VINCENT
B.LEITCH

American Literary Criticism
from the Thirties to the Eighties

20世纪30年代至80年代的

美国文学批评

[美] 文森特·里奇 (Vincent B. Leitch) 著

王顺珠 (Shunzhu Wang) 译

北京大学出版社
PEKING UNIVERSITY PRESS

著作权合同登记号　图字：01-2006-7534

图书在版编目（CIP）数据

20世纪30年代至80年代的美国文学批评 /（美）里奇（Leitch, V. B.）著；王顺珠译. —北京：北京大学出版社，2013.11

ISBN 978-7-301-22047-4

I. ① 2…　II. ①里…　②王…　III. ①文学批评史－美国－现代　IV. ① I712.095

中国版本图书馆 CIP 数据核字（2013）第 019458 号

书　　　名：20世纪30年代至80年代的美国文学批评
著作责任者：[美] 文森特·里奇　著　王顺珠　译
责 任 编 辑：于海冰
标 准 书 号：ISBN 978-7-301-22047-4/I·2585
出 版 发 行：北京大学出版社
地　　　址：北京市海淀区成府路205号　100871
网　　　址：http://www.pup.cn　新浪官方微博：@北京大学出版社　@培文图书
电 子 信 箱：pw@pup.pku.edu.cn
电　　　话：邮购部 62752015　发行部 62750672　编辑部 62750883
出版部 62754962
印　刷　者：三河市腾飞印务有限公司
经　销　者：新华书店
720毫米×1020毫米　16开本　28.5印张　520千字
2013年11月第1版　2013年11月第1次印刷
定　　　价：58.00元

目　录

序　一

王　宁

在当今的英语世界出版的众多讨论现当代西方文学理论批评的著作中,《20世纪30年代至80年代的美国文学批评》无疑是最具权威性和最全面的史书之一，同时也是文森特·里奇教授的一部重要的学术理论著作。这部著作以史的叙述为纵轴，亦史亦论，史论结合，充分体现了里奇作为一位文学理论家的著述风格。就本书所含的信息量而言，确实是其他同类著作难以比拟的，作者虽然从上世纪30年代开始描述和讨论，但上限却涉及了一些战前的文学和批评现象，下限则一直讨论到当下的全球化语境下的文学和文化研究，对我们了解整个20世纪美国文学批评的发展演变起到了清晰的导引作用。

我们注意到，作者并没有使用"文学理论"(literary theory)这个术语，而是用了一个涵盖面更广且更注重实践的"文学批评"(literary criticism)来描述美国的文学理论批评，我对此也深有同感，我想这大概也是本书作者的别具匠心之处吧。我们一般在讨论美国文学理论批评时，总是喜欢将其与欧洲大陆的各种文学和文化理论相关联，并得出结论，在美国流行的文学理论大多源出于欧洲，尤其是德国和法国，而这些理论最终旅行到了美国，并且在这块批评的土壤里生根发芽并且结出异样的果实。而且不少在全世界知名的理论家正是通过其著作在美国的风行而随后在全世界知名的。其实情况并非如此简单，通过里奇的精细描述和梳理，我们不难看出，美国的文学批评基本上有着两条平行的发展线索：其一是出自本土的文学创作并与之关系十分密切的带有人文主义色彩的文学和文化批评，这在本书所描述的(早期的)马克思主义批评、"新批评"、芝加哥学派、纽约知识分子学派等章节中可以见出；另一条则是与欧陆的各种文学以外的理论有着直接渊源关系的学院派理论批评，如现象学与存在主义批评、阐释学、读者反应批评、文学结构主义与符号学、解构主义批评、女性主义批评等，但即使是在描述这些带有明显的欧陆色彩的批评理论时，里奇也强调其在美国语境下的变异和独特之处，而最后所讨论的黑人批评以及文化的全球化，则基本上可以说是美国本土的产物。因此难怪美国文论大家希利斯·米勒称该书为“第一部对30年代以来的美国文学批评史的全景的、无所不包的巨著”。在米勒看来：“里奇的叙事是权威的，不偏不倚的……”我认为这一方面在于，本书在所含史实方面确实是无与伦比的，但另一方面我们也不难看出，由于作者本人的特长及偏好，他对解构主义批评的讨论尤其显示其扎实的功底和评价的中肯。当然，读完全书，我不禁感到，如果换成伊格尔顿或卡勒来写这样一本书，也许前者会更为强调文学批评的政治性，因而会对马克思主义和新历史主义着墨更多；而后者则会在侧重形式和美学批评的同时给予结构主义和解构主义以及叙事学批评理论以更多的篇幅。也许正是在这个意义上说来，本书作者取了这二者之外的中间立场，尽可能客观全面地对20世纪的美国文学批评进行中肯的描述和讨论。应该说，本书作者的目的基本上达到了。因此我郑重将其推荐给中国读者和从事文学理论批评研究的专业人员和文学批评家。此外，本书也应该成为文科研究生的主要参考书之一。

当然，由于本书的写作所经历的时间较长，即使几年前再版，但仍然不可能将所有具有较大影响的批评现象包括进来。尤其是对当今依然风行的生态批评，作者几乎一字未提，自然更无法去讨论后人文主义批评了。即使对后殖民批评的介绍也有些简单，尤其对霍米·巴巴的著述几乎未提。书中虽有一些篇幅提到了新历史主义理论家海登·怀特和斯蒂芬·格林布拉特，但最终还是未能就这一批评流派单独辟出一章或一节加以讨论，而是将其放在广义的马克思主义批评和文化批评中淡淡地提及。这无疑是一点遗憾，但同时也反映出一个事实，中国学者在译介西方文学批评理论时并非完全根据其在西方语境下的实际影响，而更多的则是根据其与我国的文学理论批评的关系如何。因此，在应作者之邀撰写这篇短序时，我也想谈一点我个人对当下的美国文学理论批评的看法。

在我看来，当今的美国乃至整个西方文学理论批评处于一个“后理论时代”，或“后批评时代”。那么何谓“后理论时代”？它与早先的理论批评的黄金时代有何不同？坦率地说，我这个命名受到我的英国朋友特里·伊格尔顿的一本书《理论之后》的启迪，但是我不像他那样对文学和文化理论的未来持悲观的态度，我恰恰以他那本书为起点，反其意而用之，将当今的西方文学理论所处的境遇描述为“后理论时代”。

首先，我想简略地概述一下我所谓的“后理论时代”之特征。所谓“后理论时代”(post-theoretic era) 并不仅仅说明文学和文化理论衰落后的状态，这个“后”(post) 既意味着时间上的“之后”(after)，同时也表明了内涵上的“超越”(beyond)，也即它既是一个时间概念同时也蕴含着一定的内容：它标志着美国乃至整个西方的文学和文化理论失去了曾经有过的黄金时代和轰动效应，“理论热”的大潮已逐渐消退，即使是最有影响力和持久性的理论也有其时间和空间的局限，它不可能用于解释世间所有的政治、经济、社会和文化现象，它既然主要地来自文学和文化实践，那就理应返回它应该发挥功能的领域。因此，在“后理论时代”，理论并没有死亡，只是不再具有以往的那种所向披靡和无所不能的效应，但它依然能够有效地解释当代文学和文化现象。

其次，在“后理论时代”，所有的总体意识和中心意识都被解构，甚至分裂成了碎片。没有任何一种理论可以说能够君临一切，甚至任何理论都很难持久地占据主导地位，它和其他理论呈一种共存和互动的状态，因此“后理论时代”又是一个没有主流和中心的时代，每一种理论都能在“众声喧哗”的氛围中找到自己可赖以发挥作用的有限空间。

再者，“后理论时代”在解构了袭来已久的“西方中心主义”意识后，实际上为原来处于理论关注之边缘的民族 / 国家的理论向中心运动铺平了道路，从而打破了文学和文化理论的“西方中心主义”格局。这一点尤其可以从中国的文学和理论的“非边缘化”尝试中见出端倪。我们也可以从本书最后两章所讨论的“黑人批评”和“文化的全球化”中见出。可见，我们事先并没有进行交流，但各自根据自己的阅读经验却能总结出大致相同或相近的发展走向，看来中国学者与国际同行的对话应该是完全可能的，同时也是十分必要的。

2011 年 10 月，我邀请了当今仍十分活跃的美国文学理论家乔纳森·卡勒来中国讲学，他与伊格尔顿的悲观论调截然不同。他除了否定“理论死亡”之说外，还就当今的西方文学理论的现状及未来走向作了清晰的描述。按照他的描述，进入 21 世纪以来的西方文论有这样几个方向：首先是叙事学的复兴，也即传统的以结构主义的文本为中心的叙事学转向了更加宏大的（社会和文化）语境，甚至与历史的叙述以及认知科学相关联。第二是“较多的德里达，较少的福柯和拉康”，这也说明了他本人对德里达的情有独钟，或者说，德里达所关注的对象虽然超出了文本，但依然很重视阅读和文本结构。第三便是“伦理学转向”，在经历了多年来的形式主义和文化批评后，伦理道德的问题又被重新提了出来，因而当代文学理论中便出现了回归伦理学的倾向，在这一转向的影响下，文学研究界还出现了对动物的研究，也即探讨人与动物之间的关系。第四是生态批评，这虽然是卡勒本人很少关注或涉足的一个领域，但由于这一批评理论近年来声势浩大且影响面较广，并与当代人所生活的环境密切相关，因此他也不得不给予必要的关注。第五是“后人文研究”(posthuman studies)，在当今的后现代和全球化时代，高科技的飞速发展使得人类本身的价值和作用受到了质疑，面对机器的强大作用，人类是否还能像过去那样驾驭它并使之为我所用？这已经引起了当代理论家以及其他人文学科学者的关注。第六便是“返回美学”，或者说所谓的“审美转向”，这是当今的不少文学研究者呼吁了多年的一个方向，现在，在一个新的历史时期，这一以审美为主的方向终于在卡勒这里被权威性地提出来作为一个重要的发展方向。

当然，我对卡勒的上述宏观描述基本同意，但仍然也在不同的场合作了一些必要的补充和商榷。我始终认为，无论是研究西方文学理论或是其他人文学科的研究，我们中国学者都应该积极地与自己的国际同行进行直接的讨论和对话。这样才能活跃理论争鸣的气氛，有利于中国文学理论批评的国际化。我仍然记得，我当时在卡勒的讲演后立即就他的缺憾提出了自己的补充性意见，并得到了他的回应。同样，我也记得我也曾在一次国际会议上与本书作者就文学经典问题进行过直接的讨论和对话。通过这样的讨论和对话，我确实感到受益匪浅，同时也对我本人是否对西方文学理论真正理解作了检验。

最后我还想特别指出的是，我和里奇教授虽然在2005年北京举行的“文化研究语境中文学经典的建构与重构”国际研讨会上首次见面，并且一见如故，但是我们在此之前就已经神交已久：我们的论文同时出现在欧美的学术刊物上，并且研究的课题也很相近。此外，我们有着许多共同的朋友，因此这方面的共同语言也比较多。上次由于时间很紧，未能将他请到清华大学演讲，我想随着本书中文版的出版，里奇教授再度来华访问讲学应该提到我的议事日程上了。我还应该指出的是，里奇教授对中国态度友好，尤其关注中国的文学理论在国际文论界的地位和影响。在他担任主编的《诺顿理论批评文选》第二版中，他在广泛征求了各方面的意见后，毅然决定将中国旅美美学家李泽厚的《美学四讲》收入其中，从而为中国文学理论的跻身世界作出了开拓性的贡献。我相信，随着里奇教授对中国当代文学理论批评的深入了解，他将会在未来的新版《诺顿理论批评文选》中收入更多的中国文学理论家的著作，这样看来，中国文论走向世界就不再是一句空话了。最后，我也要表达我对本书译者王顺珠教授的敬意。他历时数年，不辞辛苦地将这样一部信息量很大并且难度很大的学术理论著作译成中文，从而为我们中国的文学理论批评工作者提供了极好的精神食粮。

2012年10月28日于北京清华园

序　二

王顺珠

（Shunzhu Wang，Rider University）

20 世纪 30 年代以来，美国的文学批评理论经历了史无前例的繁荣发展过程。特别是 20 世纪六七十年代至新世纪之交，形形色色的“后现代主义”学说流派更是空前活跃，竞相跻身于本已十分拥挤的理论空间，纷呈庞杂，百家争鸣，众声喧哗。在一些传统保守的学者眼中，这一现象犹如滔滔洪水决了堤坝，凶恶的猛兽破了牢笼，恐慌者有之，愤怒者有之，于是纷纷奋起“自卫反击”，以捍卫“他们的”领地之完整，纯净“被污染”的理论空间。然而，事与愿违，这种捍卫不可避免地更加速了理论学科领地的“瓦解”与“支离破碎”，使得本来已经纷呈庞杂、众声喧哗的理论空间更加拥挤不堪、喧嚷吵闹，令人晕晕然，应接不暇。

文森特 · B. 里奇（Vincent B. Leitch）教授著述的《20 世纪 30 年代至 80 年代的美国文学批评》一书对 20 世纪 30 年代以来的美国文学批评理论进行了精心的纵向和横向的梳理和精辟的论述。他以渊博厚实的文学和理论功底、睿智的洞察力追溯了美国现、当代文学批评理论各流派与欧洲大陆各学术流派的历史渊源，描述了它们得以在美国本土产生和发展的社会环境、文化土壤和政治语境，并梳理归顺了它们相互之间千丝万缕的联系与纠葛。更为难得的是，里奇教授叙事深入浅出、生动流畅。众家批评理论本来深奥庞杂，叙事往往流于术语的刻意玩弄，晦涩难懂；而本书的叙事却经络分明，条理清楚，娓娓道来，清晰易懂，亲切生动。因此，一于 1988 年出版，就不仅受到了专家学者的高度好评，也深受广大大学生、研究生和文学批评爱好者的喜爱。

《美国文学》（*American Literature*）刊文称：“很难想象会有哪本书能比这本书对当代批评境况的研究更有用处……《美国文学批评》[1] 既是一部文学批评史的精辟描

---

[1] 指本书。——译注

述，也是一部批评生产模式的锐利析论。它是理论界的权威性论著，并将在相当长的一段时间内占据着这一权威的位置。”著名的美国耶鲁学派解构主义批评专家、现在加利福尼亚大学担任杰出教授的约瑟夫·希利斯·米勒（J. Hillis Miller）称该书为“第一部对30年代以来的美国文学批评史所作的全景的、无所不包的巨著”。他认为：“里奇的叙事是权威的，不偏不倚的……”另一位美国著名文学理论家、当时任职于杜克大学（Duke University）的斯坦利·费希（Stanley Fish）教授赞道：“就文学批评和理论而言，这是一本既可读又可靠的指南。对于从事文学批评理论学习和研究的人来说，无论是教师还是学生，都会有极大的裨益。”

该书被众多专家学者一致评为1988年杰出学术著作，荣获1988年高校研究图书馆协会的**最佳选择（Choice）**奖。自问世以来，该书越来越被广大读者、学者所钟爱，现已成为美国高校广为采用的文学理论教材，并被翻译成匈牙利语、日语和韩语。

全书除序、索引和后记外，还包括如下章节：

需要说明一下的是，哥伦比亚大学出版社的原版只有前十三章，覆盖的是20世纪30年代到80年代的美国文学批评。这里的第十四章是里奇教授前几年出席中国的一次题为“文化语境中的文学经典的建构、解构与重构”的国际学术会议上的发言。译者有幸应邀与里奇教授同行出席了这次会议，在会议上做了发言，并将他的发言译成中文。他的这次发言，对20世纪80年代以来的文学批评的全球化现象做了精辟的描述，所以将其收入增补为第十四章。

正如米勒对原著的推荐语所说，该书是一部“全景的、无所不包的巨著”。翻译中涉及的无数人名、地名、书名、专用词和术语，往往有不同的译法，比如Jameson，就有“詹姆逊、詹姆森、杰姆逊、詹明信”等多种翻译，如何定夺才好，无疑对译者是一个挑战。对这些，译者力求与国内比较通用的译法保持一致，并在第一次出现的译文后加括英文原文。在此，我亦想对清华大学的王宁教授表示由衷的感谢，他不仅于百忙中抽空仔细阅读译稿，捉笔写“序”，而且还对一些人名、术语的译法提出了宝贵意见。最后，这本译著的编辑工作量极大，很繁杂，责任编辑于海冰老师认真负责、兢兢业业、一丝不苟。对她的辛勤付出，译者也谨此表示敬意感谢！

第一章　30年代的马克思主义批评

对于美国当代文学理论与批评史学者来说，20世纪30年代最辉煌的一页也许是以下四大重要学派的形成：马克思主义学派、新批评学派、芝加哥学派和纽约知识分子学派。毋庸置疑，这些学派的历史不是孤立的，而是承前启后的；而且，每一个学派的发展都与更广泛的社会力量和其他群体势力密切相关。显然，我们必须用不同的历史分析模式来检视这些多元的、相互争鸣的批评学派，但是可以说，30年代的经济、政治与知识领域的力量是其发展的共同基础，尽管这是一个裂痕斑斑、构成庞杂的基础。"大萧条"就是美国历史上20世纪30年代众多的社会经济现象和文化问题的标志。

大萧条

1929年10月是令人疯狂的一个月。这个月，发生了"股票市场的崩垮"，纽约证券交易所的股票价值猛跌37%。此后的12年里，美国始终处于严重的经济大萧条中。1929年9月，《纽约时报》的股票平均高达425点，可是到了1932年7月却猛跌到了52点。1929年到1932年之间，美国的个人收入下降了50%多。1932年，失业率高达约25%，人数达1300万。1919年一蒲式耳小麦值2.16美元，可是1932年只卖0.38美元；在这期间，一磅棉花从高达差不多42美分跌到5美分左右。1930年到1934年，大约有100万户农民失去了他们的农场，被抵押贷款银行占有。整个大萧条期间，传统的农耕生存模式处于严重的危机。1933年3月，富兰克林·罗斯福(Franklin D. Roosevelt)就任总统时，全国五分之四的银行倒闭，金融体系面临崩溃。80年代一位温和的历史学家对此估计道："这场崩溃已经揭示，这个国家的企业是不稳固的。最糟糕的是，企业在垄断价格、谋取利润的同时，又压低工资……其结果是，约三分之一的个人收入流入了百分之五的人口的口袋。"[1]

---

[1]　George B. Tindall, *America: A Narrative History* (New York: Norton, 1984), p. 1052.

20世纪20年代的资本积累及其不平衡分配的导因是利润的膨胀，巨额股息以及富裕阶层享有的巨额免税。由此造成的巨额金钱资源积累带来的是一个疯狂的投机时代。同时，过量的储备导致了需求的降低。这种经济的特点是：一方面是低工资、高价格、资本的集中和垄断；另一方面是反托拉斯法规的执行不力和对劳动工会的集体力量的广泛怀疑。总之，政府平衡经济不平等的机制不是形同虚设就是根本不存在。

富兰克林·罗斯福的"新政"(New Deal)力求弥补政府政策的失败，在自由资本主义和社会主义经济之间找到一条出路。从某种意义上讲，30年代的"新政"在资本主义的基础上安装了一个福利国家。比如，1935年，罗斯福推出了社会安全法，国家劳动关系法、公共事业振兴署，以及税务法。这些现在都已经成为一个个历史里程碑。且以税务法为例，它提高了对收入在5万美元以上者的附加税，对收入超出500万美元者征收分级税（最高税率达75%），对企业公司收入设以超额利润税，并设立了房地产税和赠与税。尽管有了这样的改革，罗斯福本人在他第二次就任总统时(1937)的就职演说中还是承认："我看到，三分之一的国民住房匮缺，吃不保，穿不暖。"他的这句话令人难忘。这种情形贯穿了整个30年代并一直延续到第二次世界大战。

美国的社会主义和共产主义

了解了大萧条时期灾难性的经济状况，我们就不会对20世纪30年代马克思主义在美国成为一种重要思潮感到意外了。不过，如果把美国的历史向前追溯半个世纪，我们就可以发现，其实社会主义运动早在那个时候就已经开始发展了。1877年，社会劳动党形成，此后，社会民主党于1897年成立，美国社会党于1901年建立，还有1905成立的世界产业工人联盟（即世工盟）。在1900年、1904年、1908年和1920年的总统大选中，美国选民可以投社会主义党派候选人的票。比如，在1912年的大选中，犹金·V.德布斯(Eugene V. Debs)获得了90万张选票——占大众选票的6%。同年，三十三个城市的市长都是社会主义党派人士。1932年大选时，社会党的诺尔曼·托马斯(Normal Thomas)得票90万张，共产党的威廉·Z.福斯特(William Z. Foster)得票10.3万张。在20世纪早期，美国受马克思主义影响的各种思潮拥有100万选民，成为一支活跃的政治力量，尽管他们仍是边缘群体。

1919年，社会党中的左翼脱离社会党，成立了共产党和共产主义劳动党。1923

年，共产党和共产主义劳动党合二为一。直到30年代中期，许多美国共产党人都视社会党人为骗子和法西斯。在建党初期，美国的共产党基本上是跟着莫斯科走。最初，共产党是一个秘密组织，1923年才得到合法承认。1935年以前，共产党一直是一个“极左”的宗派组织。但是，在1935年至1939年这段民粹主义的“人民阵线”时期，共产党的方针开始温和下来，寻求各党派开明人士——包括“新政”的拥护者——的支持。这一戏剧性转变是受了共产国际的影响。30年代初，共产党只有7000名党员，可是到了1939年，党员人数已达到75000名。而且在有些领域，党的影响还常常超出这个范围，远及党外人士。[2] 使许多美国人走向激进的原因很多，经济大萧条就是其中之一。除此以外，还有西班牙内战——就像后来六七十年代的越南战争——也把许多美国人推向激进行列。对于发生在西班牙的这场斗争，美国方面保持中立，而苏联却支持西班牙共和力量抵抗法西斯，从而赢得了许多人的敬仰。30年代期间，重要的知识分子大多站在共产党一方，有些参加了共产党，有些成了共产党的同情者（“同路人”）。

1932年9月，包括牛顿·阿尔文（Newton Arvin）、马尔科姆·考利（Malcolm Cowley）、格兰维尔·希克斯（Granville Hicks）、西德尼·胡克（Sidney Hook）和埃德蒙·威尔逊（Edmund Wilson）在内的53名艺术家和学者联名写信，声援革命的共产党，支持威廉·福斯特竞选总统。美国作家联席会是1935年成立的一个颇具影响的“人民阵线”组织，其成员包括尼尔森·阿尔戈伦（Nelson Algren）、凡·威克·布鲁克斯（Van Wyck Brooks）、欧斯金·考德威尔（Erskine Caldwell）、约翰·多斯·帕索斯（John Dos Passos）、西奥多·德莱赛（Theodore Dreiser）、柯里夫顿·法蒂曼（Clifton Fadiman）、詹姆斯·T. 法瑞尔（James T. Farrell）、沃尔多·弗兰克（Waldo Frank）、莉莲·赫尔曼（Lillian Hellman）、欧尼斯特·海明威（Ernest Hemingway）、兰斯顿·休斯（Langston Hughes）、阿奇博尔德·麦克利什（Archibald MacLeish）、路易斯·芒福德（Lewis Mumford）、威廉·萨罗扬（William Saroyan）、约翰·斯坦贝克（John Steinbeck）、纳撒尼尔·威斯特（Nathanael West）、威廉·卡洛斯·威廉斯

[2] Hal Draper, “Pie in the Sky” *New York Review of Books,* 10 May 1984, pp. 25, 28−31; and Irving Howe and Lewis Coser, *The American Communist Party: A Critical History* (1957; New York: Praeger, 1962), pp. 225, 419.

(William Carlos Williams) 以及理查德・赖特 (Richard Wright) 这样的著名作家。[3] 30 年代期间，左派刊物盛行：从教条主义的《工人日报》到充满空洞说教的《新群众》，从学术性的《科学与社会》到文学性的《党派评论》。毋庸置疑，早一代的重要文人——比如威廉・迪安・豪厄尔斯 (William Dean Howells)、爱德华・贝拉米 (Edward Bellamy)、杰克・伦敦 (Jack London)、厄普敦・辛克莱 (Upton Sinclair) 和西奥多・德莱赛 (Theodore Dreiser) ——就曾支持社会主义的研究项目与刊物。而且，早先的刊物就欢迎社会主义批评：比如《同志》(创刊于 1901)、《大众》(1911)、《新共和》(1914)、《解放者》(1918)、《国家》(在 1918 年的自由化以后创刊) 以及《现代季刊》(1923) 等。尽管受各种马克思主义影响的各组织团体内部也存在着分歧，但是它们从 19 世纪晚期到 20 世纪的中期一直坚持在美国活动。这段时期，艺术家、学者和知识分子经常参加各种马克思主义的活动。

社会党和共产党的干部和派别之间经历着内部纷争的同时，"红色恐慌" 也带来了外在威胁。第一次影响巨大的恐慌发生在第一次世界大战的尾声。1917 年通过"反间谍法" 和 1918 年通过"防煽动叛乱法" 后，许多社会党人被捕入狱。芝加哥有一百多名世工盟成员因反战被判刑；犹金・V. 德布斯因其言论中常有鼓动抵制征兵的倾向而被判二十年 (德布斯后来被哈丁总统赦免)。1919 年，司法部属下的情报总局开始收集有关激进分子的材料。同年，249 名激进分子，包括爱玛・格尔德曼 (Emma Goldman) 在内，未经法庭审理就被遣送俄罗斯。次年，纽约立法机关开除了五位合法当选的社会党立法委员。1921 年，臭名昭著的萨克 – 万泽蒂 (Sacco-Vanzetti) 一案的裁定就是在这样一种对社会党和共产党的歇斯底里的恐慌的重要背景下发生的。

第二起重大的"红色恐慌" 事件从 1947 年一直延续到 1954 年，它与外部的国际冷战呼应。1947 年 3 月，杜鲁门 (Trumen) 总统发布行政令，要求所有的联邦雇员都得在一份忠诚宣誓上签字 (在四年时间内，这份命令对三百万人造成了影响)。1947 年通过的塔夫脱 – 哈特里法案 (Taft-Hartley Act) 是一项控制工会活动的法案。它要求工会领导保证，他们不是共产党员。1948 年，一位叫阿尔杰・希思 (Alger Hiss) 的公众人物被指控为苏联间谍。此案闹得沸沸扬扬，因为他拒不承认，结果被另以伪证罪判刑。几年后，朱利亚斯和爱丝尔・罗森伯格夫妇 (Julius and Ethel Rosenberg)

---

[3] Harvey Klehr, *The Heyday of American Communism: The Depression Decade* (New York: Basic Books, 1984), pp. 353—357.

的命运更惨，双双因间谍罪被判处死刑。1950 年的麦卡龙内部安全法案（McCarron Internal Security Act）要求，共产主义者或者共产主义阵线组织必须向司法部报告登记。此法案的执行由颠覆活动防控委员会（Subversive Activities Control Board）负责（1965 年最高法院裁定这个法案违背了宪法第五修正案）。1950 年 2 月，约瑟夫·麦卡锡（Joseph McCarthy）议员宣称，国务院里已经共产分子成灾。不过，鉴于当时的大气候，出现这样的危言耸听是不足为奇的。尽管到 1954 年，麦卡锡议员还一直坚持这样认为，但是他从未真正找到任何一个共产党的间谍。1953 年 4 月，艾森豪威尔（Eisenhower）总统颁发了 10450 号行政令，联邦雇员必须通过"安全风险"审查。这种审查有可能使联邦雇员因为与某些可疑的人或事有关系或者有某种可疑的个人习惯而被解雇。同年 12 月，原子能委员会吊销了原子弹之父 J. 罗伯特·奥本海默（J. Robert Oppenheimer）的安全许可证，原因是他曾与共产主义分子有瓜葛，并在 40 年代晚期对是否应该研究开发氢弹表示过怀疑。这些发生在世界大战后的"红色恐慌"每次都为时不短：在 1917 年至 1954 年之间，这种恐慌症一直持续存在着。1938 年，众议院成立了臭名昭著的反美活动调查委员会（Committee on Un-American Activities），专门来骚扰迫害共产党人。1940 年颁发的史密斯法案目的也是如此。

虽然"红色恐慌"逐渐削弱了民众对马克思主义运动的广泛支持，并最终在 20 世纪 50 年代中期使共产党失去了战斗力，但是，对左翼政治带来最严重打击的还是 1939 年希特勒－斯大林之间的互不侵犯协定。法西斯分子与共产党人之间的利益瓜分交易给人们心头带来了挥之不去的阴影，损害了左翼党派和他们的政策原本享有的广泛支持和声誉。1936 年至 1938 年间，臭名昭著的斯大林式的叛国罪审判也大大影响了马克思主义政治的希望和可能。简言之，跨越两代人并在 30 年代达到顶峰的马克思主义活动和组织，在后战时期实际上销声匿迹了。具有讽刺意味的是，20 世纪六七十年代的新左派对这段美国历史却并不关心，有时反而转向欧洲的马克思主义理论和思想家，寻求启迪与方向。[4] 如果说美国有过什么迷失的一代的话，他们也许就是曾经活跃于大萧条时期并继续生活在越南战争时期的那些马克思主义文学知识分子。

---

[4] Ellen Schrecker, "The Missing Generation: Academics and the Communist Party from the Depression to the Cold War," *Humanities in Society*, 6 (Spring & Summer 1983), pp. 139–159.

马克思主义哲学与美学

马克思主义经典哲学是坚定不移地建立在下列原理之上的:(1) 物质先于精神(唯物主义);(2) 社会活动和社会机制的基础是经济(经济决定论);(3) 社会群体之间的不断的斗争是历史发展的动力(阶级斗争学说);(4) 劳动产生社会价值(劳动价值学说);(5) 资本主义人与人之间关系的"商品化"引起异化(物化说);(6) 劳动阶级夺取政权是不可避免的(无产阶级革命学说);(7) 无阶级的社会必定会实现(共产主义乌托邦理论)。马克思主义思想的核心是,人生存的社会经济条件决定人的意识,而不是相反;同样重要的是,生产的经济关系(经济基础或者基础结构)决定社会意识形态的构成(文化上层建筑)。在马克思主义思想中,意识形态表明在某一个经济 / 物质发展阶段意识所设定的政治、法律、宗教、哲学和美学的形式。最后,连续替进的"历史生产方式"(亚细亚、古代、封建、资本主义、社会主义)理论也是马克思主义哲学的重要组成部分,虽然这种模式是很公式化的。

因为马克思和恩格斯有关美学的专门论述不多,而且零碎散乱,所以"马克思主义美学"必须要(重新)建构。[5] 虽然在马克思主义哲学中找不到统一的美学理论,但我们还是可以发现为这方面的研究提供方向和一致性的某些传统思路。在他们偶尔论及文学艺术的论著中,马克思和恩格斯为我们提供了三个相去甚远的视角:(1) 艺术依赖于某一特定的社会形成;(2) 艺术是(而且应该是)政治活动的工具;(3) 艺术是相对独立的。普列汉诺夫(Plekhanov)是第一种视角的第一位主要理论家,他系统地提出了艺术反映生活的观点。列宁是第二种视角早期有力的倡导者,后来查丹诺夫(Zhadanov)把它进一步体系化了。这种视角提倡:艺术必须为推动社会主义革命服务。在这一观点的影响下,出现了无产阶级文化、政治教育电影和社会主义现实主义等现象。早年的托洛茨基(Trotsky)是第三种视角的拥立者。虽然他在《文学与革命》(*Literature and Revolution*, 1924)一书中对文学的独立自足圈定出种种限制,但是,他还是允许创作型艺术有自己的发展空间。

20 世纪早期的马克思主义美学主要有四种分析模式:第一种模式从历史和理论角度来探索文学和艺术在人类社会中的总体地位。这一点与传统的美学相似。第二

---

[5] For an attempt at a systematization of Marxist aesthetics and for a useful bibliography, see Lee Baxandall and Stefan Morawski, eds., *Marx & Engels on Literature and Art* (St. Louis: Telos Press, 1973). 这是一部把马克思主义美学系统化的尝试,书后附有一份有用的参考书目。

种模式力求明确文学和艺术在社会中的作用，特别是其政治作用。这种模式倡导的往往是激进的革命纲领。第三种模式对以往的艺术作品和文学文本，特别是杰作名著进行分析，以找出它们的意识形态构成，从而揭示文化生产与社会经济基础之间的关系。这种对伟大作品的"意识形态分析"与历史学术研究通常所采取的途径类似。第四种模式对当代作品进行去神秘化（demystification），以揭示作品在现存条件下的意识形态倾向。这种研究基本上属于党派性的文学新闻。[6]

30 年代，美国主要的马克思主义学者大多从历史角度研究文学，而且特别钟情于文学新闻。他们的纯美学理论以及他们的革命纲领几乎是原封不动地照搬早期马克思主义的学说。大多数美国本土马克思主义学术活动的着眼点是美国的"社会整体"（某一特定时期的基础与上层建筑的历史构成）。通常，他们关注的是内战一直到大萧条这一段时期的"社会整体"。V. F. 卡尔文顿（V. F. Calverton）和格兰维尔·希克斯等批评家在他们的重要历史学术著作中探讨的主要是意识形态——观点、价值以及作家在特定社会环境中所表达的情感。这些批评家了解美国历史的物质条件和意识形态构成，而这种了解又使他们对现状有了一定的领悟，对未来有了洞察力。换言之，意识形态分析进一步推动了他们的革命活动。这一点我们下面会看到。

在马克思主义美学理论中，有几个领域长期存在着争论。艺术与意识形态之间的确切关系就是一例。艺术是上层建筑，即意识形态框架的一部分，是社会存在的一部分。然而，艺术不只是体现意识形态，它也影响转化意识形态；它反射和（再）生产意识形态，**同时**也反射和重新评估意识形态。用马克思主义的话来说，艺术与意识形态之间是一种既密切又疏远的"辩证"关系。这里，这种相互作用的模式在审美形式与内容的棘手关系中自我重复：两者相互影响，双方都是意识形态性的，都对对方有改造作用。马克思主义美学中另一个有争议的重要领域是艺术家和他的作品之间的关系。1905 年，列宁提出了社会主义现实主义，后来查丹诺夫在 1934 年将其进一步教条化。这个名声不佳的苏维埃教条理论坚决主张，作家在他们的作品中应该有

---

[6]　Fredric Jameson, "Introduction," Henri Arvon, *Marxist Esthetics*, trans. Helen R. Lane (Ithaca: Cornell University Press, 1973), pp. xi–xiii. 在 1940 年 9 月 9 日的《新共和》上，格兰维尔·希克斯（Granville Hicks）发表了一篇题为《左翼批评的失败》的文章。文中指出，美国马克思主义批评有两大主要学派：一派关注的是"经济力量的重要性，劳工阶级的重要性，马克思主义社会分析的重要性"；另一派则"强调技术的精益求精，关注风格与形式的问题"(346)。前一学派主要由历史学家组成，后一学派大多是美学和文学评论家。

意识地表明自己的进步立场与党性。但是，古典马克思主义的"矛盾原则"却允许艺术家的政治观点可以（而且常常）与艺术作品中所表现的背道而驰。因此，尽管艺术家的本意并非如此，他的艺术作品同样可以为进步事业服务。最后一个有争议的方面涉及马克思主义的"不均衡发展"法则。这种法则允许意识形态领域与社会经济基础的成熟阶段有不同步的可能。就是说，在任何特定的社会构成中，艺术家的作品可能或多或少地落后于形势、也可能是诊断性的，或者是预言性的。

马克思主义分析提倡基础与上层建筑之间的辩证灵活性，然而，这种辩证的灵活性往往被严重地僵化，被归纳为简单机械的因果关系。结果，出现了一个铁的法则：基础如是，所以上层建筑必定如是。这种"庸俗的马克思主义"在20世纪30年代相当普遍。在那段时期，不仅是极端的科学列宁主义与"人文主义的"托洛茨基主义针锋相对，而且在有党派的批评家与独立的马克思主义者之间也存在着激烈的、不可调和的矛盾。

美国马克思主义研究的开拓者

卡尔文顿的那本厚厚的《美国文学之解放》(*The Liberation of American Literature*, 1932)是"我们的第一部关于美国文学历史的马克思主义研究的长篇论著"[7]。在该书的序中，马克思主义者卡尔文顿一开始就告诉读者："这本书既是一部美国文学的研究，也同样是一部美国文化的研究，因为它的目的就是：根据美国文化来解读美国文学。美国的文化模式受着美国社会中不同阶级利益冲突的影响，已经显示出很多新的、矛盾的特征……"[8]卡尔文顿开宗明义，把文学牢牢地根植于社会的土壤和它的阶级体制之中，毫不含糊地强调社会矛盾在文学创作中的历史作用。他对社会力量决定艺术生产这一点笃信不疑。在他看来，这种社会学诗学与美学之间的这种关系是显而易见的："我相信，从根本上讲，美学批评具有社会属性，只有从一种健全的社会哲学出发，对它的研究才具有意义。"(xii)社会是艺术的土壤：艺术构成上层建筑，社会构成存在的基础。美学依赖于社会哲学。因为坚信这一点，卡尔文顿觉得有必要策略性地暂缓"纯美学"研究："我已经在有意识地避开美学分析与评论问题。简言

---

[7] Arnold L. Goldsmith, *American Literary Criticism: 1905—1965* (Boston: Twayne, 1979), p.62. 戈氏的这本书是从1800到1965年美国文学批评概论三卷本之第二卷。

[8] V. F. Calverton, *The Liberation of American Literature* (New York: Scribner's, 1932), p. xi.

之，为方便起见，我已经把美学因素看成是理所当然的事，因此几乎在所有的情况下，都是直接进入某一作家的作品中潜藏的哲学，或者也可以叫意识形态的分析。”(xii) 意识形态分析，而不是美学评论，构成《美国文学之解放》的研究方法。

卡尔文顿把主要作家的文学经典看成是既成事实，因而把注意力放在揭示美国文学巨匠的作品中的社会矛盾上。他认为，内战后一直到大萧条这一段时期的大多数著名作家都出生于中产阶级文化。但是，他们无法在资产阶级文化所倡导的价值中找到人生意义，所以最终与之格格不入，体验到一种异化感与悲观主义。在卡尔文顿看来，自我依赖的个人主义信条尤其成了美国作家批判与嘲笑的靶子，尽管这种批判与嘲笑可能是有意识的，也可能是无意识的。“埃默森 (Emerson) 与惠特曼 (Whitman) 的信仰属于过去而不是将来。他们对普通人的信心是对于小资产阶级个人主义者的信心；我们的信心必须是对于无产阶级集体的信心。在这种信心中，蕴藏着美国文学乃至美国生活的最终解放。”(480) 这里，卡尔文顿的开拓性命题的目标一览无遗地显示出来；他憧憬着从美国重文学性的过去步入重社会性的未来（当然不忘却过去），憧憬着把未来变成一个美国生活和文学都得到解放的时代。因为在他看来，社会经济发展的历史是，从贵族到中产阶级再到无产阶级，所以他倡导加入无产阶级的行列。他坚信：集体主义将取代个人主义；生产的历史模式正在变化。这种预言是乌托邦式的，具有马克思主义分析的特性。它使得卡尔文顿能够指派文学在社会中发挥建设性的作用，从而为美国资本主义生活与艺术所特有的那种蚕食性矛盾指明了一条出路。

“因此，文学艺术家，并不像很多人想象的那样，是什么他所处的环境的无助牺牲品，而是其创造性的一部分。他可以帮助影响它、重建它。虽然他的观点和倾向来自于社会环境，但是，他完全可以通过这些观点与倾向反过来帮助改变那个环境。”(468) 艺术家反映社会也改造社会。他或者她是潜在意义上能够帮助社会革命与社会重建工作的诊断者和革命者。正如社会的社会经济基础决定意识形态的上层建筑那样，意识形态力量也可以反过来改变社会基础。艺术在革命中担任着一个角色。这里，卡尔文顿寻求的是文学**与**生活的**双重解放**。

如果我们将卡尔文顿的《美国文学之解放》看作美国文学研究中全新的东西，那么我们就错了。左翼社会批评早就出现过，比如：约翰·迈希 (John Macy) 的《美国文学之精神》(*The Spirit of American Literature*, 1913)，凡·威克·布鲁克斯的《美国的成长》(*America's Coming-of-Age*, 1915)，凡农·L. 帕灵顿 (Vernon L. Parrington)

的三卷本著作《美国思潮中的主流》(*Main Currents on American Thought*, 1927—1930)等。帕灵顿的不朽之作采用的就是社会学研究方法,而这种方法是基于经济和社会决定论的信念之上,通过一种主张进步的或者民粹主义的观点表达的。他从殖民时期的罗杰·威廉斯(Roger Williams)开始,挖掘和重新建构美国的激进民主传统。另外,在第一次世界大战爆发与大萧条开始之间的这段时期问世的、令人瞩目的作品中也出现了对美国文学文化的具体的马克思主义批评分析。这些作家包括麦克斯·伊斯特曼(Max Eastman)、弗洛伊德·戴尔(Floyd Dell)、麦克尔·戈尔德(Michael Gold)、约瑟夫·弗里曼(Joseph Freeman)等。与他们相比,卡尔文顿的先锋性批评论著其创意在于,它是一部用革命的马克思主义方法研究美国文学历史的长篇专著:它不仅为历史作了某种诊断,而且还为与无产阶级密不可分的将来提出了某种纲领。

丹尼尔·艾伦(Daniel Aaron)在他的《左翼作家》(*Writers on the Left*)中指出:"卡尔文顿的生涯几乎是1920年至1940年之间美国激进运动的个人史。"[9] 这一点,只要浏览一下卡尔文顿的生平就可以得到证明。他出生于1900年,原名乔治·戈厄茨(George Goetz),毕业于约翰·霍普金斯(John Hopkins)大学。1932年,他已是一位羽翼丰满的激进分子,创办了《现代季刊》(*The Modern Quarterly*)。这是一个注定要为这个时代各种激进领袖人物——从极左派的共产主义者到温和的右派社会主义者——的言论提供空间的刊物(卡尔文顿最初采用这个笔名是为了不让他在巴尔的摩公立学校的工作为此受到影响)。最终,他的折中主义与包容还是使他在那些立场坚定的朋友与同志中树敌众多。在20年代末30年代初这个共产党内极端教条主义盛行的时期,他被思想教条、僵化的党员粗暴地斥为"社会法西斯分子"和"托洛茨基分子"。青少年时代,卡尔文顿曾是一名富有战斗精神的社会主义者,20年代中叶与共产党密切合作,20年代末与30年代转变到反斯大林主义立场。这种预言性的立场20年代中叶为麦克斯·伊斯特曼所接受,10年后为纽约知识分子所采纳。卡尔文顿撰写与编著了十七本书,其中包括论述性、婚姻和妇女解放的文章。他以他的《更新的精神》(*The Newer Spirit*, 1925)、《批评之新土壤》(*The New Grounds of Criticism*, 1930)和他的主要著作《美国文学之解放》在美国率先提出了马克思主义理论与批评。

---

[9] Daniel Aaron, *Writers on The Left: Episodes in American Literary Communism* (New York: Harcourt, Brace & World, 1961), p.324.

卡尔文顿始终没有放弃过他的大联合理想。直到1940年英年早逝，他一直是一位坚定不移的独立马克思主义者，梦想着实现所有反对资本主义和法西斯的激进派系的联合阵线。

马克思主义生涯的典范

大萧条时期，格兰维尔·希克斯的生涯为我们揭示了20世纪30年代美国革命的马克思主义的概貌。身处左翼文学活动中心的希克斯既是其他马克思主义者的榜样，又是他们的攻击目标，在这个本就竞争激烈的领域中更引起种种争议。格兰维尔·希克斯1923年毕业于哈佛大学，又在哈佛的神学院学习了两年。此后，在史密斯学院（Smith College）执教了三年，又回到哈佛攻读硕士。30年代前五年，他在兰瑟列尔工艺学院（Rensselaer Polytechnic Institute）英语系当教授。1934年成为《新群众》（*New Masses*）的编辑，1935年加入共产党，1935年获古根海姆研究基金，做过勤苦的审稿员，1938年到1939年间在哈佛工作，1939年秋因愤怒于臭名昭著的苏德互不侵犯条约而戏剧性地退出共产党。希克斯著有四本小说和大量论文。他早期还发表了《基督教八面观》（*Eight Ways of Looking at Christianity*, 1928）、《伟大的传统》（*The Great Tradition*, 1933；1935年修订）、《约翰·瑞德》（*John Reed*, 1936）、《我喜爱美国》（*I Like America*, 1938）及《过渡时期的人物》（*Figures in Transition*, 1939）。晚期著有反共产主义的回忆录《我们来自何处》（*Where We Came Out*, 1954）和自传《部分真理》（*Part of the Truth*, 1965）。20年代，他是一位社会主义者，1932年成为共产主义者，不过一直到1935年才正式成为共产党员。

在詹姆斯·T. 法瑞尔的眼里，希克斯是一位虚伪的宗派主义斯大林分子，总是津津乐道于并不高明的说教。法瑞尔是一名独立马克思主义者，被共产党内的批评家看成是首要的持异议者和“托洛茨基分子”（那些遭受来自党内的反对的人，不管他们实际上是不是“托洛茨基分子”，都一律被戴上这顶帽子）。丹尼尔·艾伦的看法也许较为客观一些。他认为希克斯是一位开明的、正派的伙计。[10] 不管怎样，法瑞尔的评价还是显现出20世纪30年代美国马克思主义阵营内的严重分歧。具体而言，法瑞尔认定希克斯是坏到极点的共产主义文学委员和机械唯物主义者。在《文学评论札

[10] Aaron, chap. 16；James T. Farrell, “The End of a Literary Decade,” *American Mercury*, 48 (1939), pp. 408–415.

记》(*A Note on Literary Criticism*, Michael Gold, 1936) 一书中，法瑞尔将矛头直指两种美国左翼分子，对他们大加嘲讽：麦克尔·戈尔德之流是“革命的感伤主义者”，他们要求文学必须简单乃至平庸，提倡非理性的充满汗水与气味的诗歌与把工人和工人作家理想化的小说创作；格兰维尔·希克斯之流是“机械决定论分子”，他们假定文学必须紧密地、忠实地亦步亦趋于经济，拒不考虑技巧与审美。法瑞尔与这一时期的麦克斯·伊斯特曼所见略同，他们都痛恨一些教条主义的、革命的共产党分子要求艺术家的创作必须服务于特定的政治目的的倾向。法瑞尔认为，希克斯把宣传与文学混为一谈。

作为众目所瞻的《新群众》编辑、1935年首次美国作家会议的主持人、《美国无产阶级文学选集》(1935) 的编辑，以及《伟大的传统》的作者，格兰维尔·希克斯“大概是30年代美国思想最重要的自由文学批评家”[11]。希克斯给今天的人们影响最深的是他的长篇巨著《伟大的传统》，其副标题为：对南北战争以来的美国文学的解读。这里，希克斯遵循约翰·迈希、凡·威克·布鲁克斯、帕灵顿和卡尔文顿的传统，对美国文学文化进行了社会学分析，着重剖析经济、政治和阶级斗争在经典文学生产中的作用。他追溯了农耕、交易生活模式的衰亡以及内战后资本主义、工业社会的兴起。不过，希克斯所追求的是一种比早期左翼批评更注重美学方面的文学批评。他相信，“重要的形式问题是绝对地与内容和态度问题糅合在一起的”[12]，所以特别希望避免卡尔文顿的那种把技巧与内容截然分开的批评方法。在他的第一部坚持马克思主义分析的长篇宏论《伟大的传统》中，他极力鼓吹坚持政治行动的必要性，并提出了这样的观点：革命文学是美国文学伟大传统的真实结果。因为坚定不移地相信无产阶级的神秘，所以他对任何一个作家的或褒或贬都表现出一种革命的立场。正是这种对无产阶级和即将来临的革命的矢志不渝使得希克斯的教条主义批评有别于30年代许多独立的非革命的马克思主义者的文学批评。

1932年2月，希克斯在《新群众》上发表了《美国文艺批评的危机》一文，提纲挈领地提出了他的批评理论。根据他的理论，马克思主义批评有三条主要的文学价

---

[11] Goldsmith, p.68.

[12] Granville Hicks, Review of Calverton's *The Liberation of American Literature*, in *The New Republic*, 7 September 1932, pp.104–105. See also Hicks, "The Crisis in American Criticism," *New Masses*, 8 (February 1933), 4; and Terry L. Long, *Granville Hicks* (Boston: Twayne, 1981), pp.51–59.

值标准：第一，文学作品的主题必须与生活中的核心问题相关；第二，文学必须具有情感力度，能够激励读者参加到作品所描写的生活中来；第三，作者的观点必须是无产阶级的观点。运用这样的标准，希克斯对普鲁斯特（Proust）《追忆似水年华》（*Remembrance of Things Past*）大加赞扬，因为它清楚地、令人信服地、生动地描绘了资产阶级文明的腐朽。在这一点上，普鲁斯特的小说比其他任何现代的革命的马克思主义作品都更杰出。它使人们“身临其境地感受到我们生活于其中的制度的腐败与卑劣；我们看到这个制度正在腐烂，该当崩溃”（5）。虽然普鲁斯特的文本缺乏一种乌托邦式的革命希望与决心，但是它成功地达到了马克思主义批评所要求的核心问题相关性与情感力度的标准。然而，随着时间的推移，希克斯逐渐变得越来越强调忠实于革命的无产阶级这一标准。

在《伟大的传统》修订版的序言中，希克斯为此新版正名道：“因为非革命作家阵营缺乏成就，所以我新增了一个章节专论文学中的革命运动。我原本是把这本书当做一部资产阶级的文学史来写的。我想证明某些已经出现的在资产阶级的思想和感情框架内是解决不了的。”[13]《伟大的传统》第一版所缺的是，没有完全演示出当代无产阶级作家的本质和力量。原先的文本主要是对中产阶级文学绝境的诊断。希克斯为新版的序言作了引人注目的结语：“我相信文学批评历来是一种武器。所以，我觉得没有理由隐瞒，既没有理由向别人也没有理由向自己隐瞒我身处其中的冲突的本质，或者隐瞒我所选择的立场。”（x）希克斯认为，批评从根本上讲是政治活动，无论某些批评家承认与否，这都是不争的事实。中立与行动主义一样，也同样是一种政治立场。无论你挥舞它还是不挥舞它，批评都是社会斗争中的一件武器。希克斯公开地参加社会主义的革命斗争。在他看来，革命作家们是在“参加为文明自身而进行的战斗”（330）。

在他的讨论大约进行到四分之三的时候，希克斯刻意地浓墨重书了第一次世界大战时期重要批评家们的不足之处。他的锋芒所指，包括詹姆斯·亨尼克（James G. Huneker）、乔尔·斯平加恩（Joel Spingarn）、亨·路·门肯（H. L. Mencken）以及欧文·白璧德（Irving Babbitt）。在希克斯看来，这些印象主义作家（亨尼克、斯平加恩以及门肯）犯了两个主要错误：一、他们“拒不承认艺术家或多或少全面地表现了他

[13] Granville Hicks, *The Great Tradition: An Interpretation of American Literature Since the Civil War*, rev. ed. (New York: Macmillan, 1935), p. ix.

身为其中一部分的文明、造就了他的文明”；二、他们“看不到艺术不仅表现事物，也创造事物，有其原因，也有其结果”(248—249)。印象主义错在它把文学经验私有化，人为地把作家与他的社会（社会经济基础）隔离开来，遮掩了文艺作品（文化上层建筑）的改造潜能。没有了根或者切断了与社会土壤的接触，艺术就成了纯个人化的东西，主体化的东西，孤立的东西，毫无作用的东西。这般地把文学边缘化就意味着进一步削弱先进工业资本主义条件下文学的创造力。即使像门肯这样不屈不挠、生气勃勃的反动分子和说教者，最终也“不能为那些众多的迷惑不解的不可知论者提供任何东西，只得搪之以盲目的虚无主义”(249)。在印象主义学派那里既不可能找到问题的解决办法，也找不到积极的方案。就希克斯而言，人文主义者[保罗·埃尔默·摩尔(Paul Elmer More)，尤其是欧文·白璧德]也只是回避问题和逃避责任：他们转向过去和宗教，寻求“私有财产、现存秩序和清教徒道义的保护”(250)。他们抓住旧规范不放，“巩固特权阶级的地位”，企图“压制抗议和阻挡革命”(250—251)。这种防卫性的“人文主义”哲学是反动的：它以陈腐的伦理名义，维护正在崩溃的资本主义的秩序。这种保守的温文尔雅掠夺了艺术的社会势能和革命潜力，其动因是对现在的仇恨与对将来的畏惧。人文主义早先被卡尔文顿在《新群众》上斥为“文学法西斯主义”，30年代初被马克思主义者用来有效地反衬他们自己的理论的正确。

在《伟大的传统》中，希克斯发展了一套美国文学传统的理论，并为美国文学拟定了将来。他认为，“最好的美国作家所肯定的，历来都是那些在资本主义制度下无法实现的价值。今天……只要私有制还存在，这些价值就不可能实现”(294)。马克思主义的世界历史理论适用于美国经验，这一点从未受到过重大的挑战。资本主义正在崩溃，社会主义正在到来。在此同时，一场革命斗争正在进行当中。文学反映了这种发展。“这就是美国文学的伟大传统。我们的文学是批判的文学，是批判贪婪、懦弱和卑鄙的文学。它是希望的文学，它一次又一次地闪现出激情、阶级情义、正义与知识分子的诚实……它涉及的不仅仅是批评，也包括对资本主义及其整个生活方式的摧毁。”(329)资本主义的毁灭性早已被美国作家如实地记载下来，可是从没有像30年代这样显示得如此一览无遗。大萧条灾难性地表明，必须承认革命活动之必要，继续美国文学的反资本主义传统。对希克斯来说，正是当代的革命作家才保证了美国文学的继续发展。

1935年希克斯加入共产党，这其中有种逻辑性——同年，修订版的《伟大的传统》问世。“革命作家对资本主义的认识已经发生了转变，从认为它是不完善的转变为认识到一定要摧毁它。他们很多人已经进一步认识到，只有工人阶级才能摧毁资本主义…… 其中大多数支持共产党。”(295—296) 继承美国文学的伟大传统就要进一步推动即将来临的社会变革。工人阶级在这场斗争中将起主要作用，所以，通过党组织来与这个选定的群体合作是至关重要的。希克斯充满信心地在《伟大的传统》中描画出一条从过去进入未来的行动纲领。他信心的来源显而易见：“运动的未来依赖于对马克思主义历史分析的信心。”(327) 希克斯对过去进行了详细的回顾，随后，他又对文学的未来——一个与无产阶级和革命的共产主义密不可分的未来——进行了展望：

> 无产阶级文学不仅会在革命以前和革命期间得到发展，而且也会，并且尤其会，在无产阶级专政时期得到发展。它在革命以前的发展受到资本主义势力的限制，而且，如果资本主义被允许循着其自然的发展轨迹进入法西斯主义的话，那么它就可能会受到暂时的遏制。但是，在新的社会秩序打基础的时期，无产阶级文学会有自己的机会……(它会) 成熟得比自身更好、更高尚，比世界上迄今为止的任何文学都更好，成熟得与整个人类一样广博，可以自由地服务于人类，服务于作为人的人，而不是作为敌人的人。(328)

天真的乌托邦理想加上对法西斯主义的政治预见，对未来的希望加上对资本主义的过去的批判，对新社会秩序的信心加上对新旧秩序交替时期的疑问 所有这一切都在20世纪30年代中期大部分激进马克思主义所特有的那种压倒一切的乐观主义和潜在的一厢情愿之中真实地体现出来。然而，所有这一切都发生在苏联的饥荒、斯大林排斥异己的肃反运动以及纳粹-苏维埃互不侵犯条约的消息传来以前，在这一系列的事件将人们的认识整个颠倒以前。

希克斯在《伟大的传统》中从未能把对内容的探讨与对技巧的分析有机地结合起来。关于这一点的证据俯拾皆是。他和卡尔文顿一样，既承认美学问题的重要，但是又因为更紧迫的任务而延误对这一领域的探讨。就这个问题，他在结语一章中这样解释道：

> 没有人认为仅仅坚持一套政治原则或者乃至全盘掌握一种世界哲学就保证有了文学才能。可以这么说，在前面的章节中，我们已经把具备某种最起码的文学才能看成是理所当然的事，所以我们所关心的主要是每位作家是怎么运用他

的才能的。但是，这并不是说，一双锐利的目光，一对灵敏的耳朵，透过表面看本质的能力以及力求完美的表达的愿望是不重要的。(298)

政治是一回事，美学是另一回事。希克斯把美学局限在每位作家的“文学才能”和达到“完美的表达”的个人“能力”之上。对美学成就至关重要的锐利的洞察力、敏锐和勤奋被看成是“理所当然的事”。

马克思主义批评家伯纳德·史密斯 (Bernard Smith) 效仿他的前辈法瑞尔，在他的《美国批评中的势力种种：美国文学思想历史的研究》中，鞭挞了马克思主义批评家忽视美学以及把形式与内容隔离的倾向。同时，史密斯也认为，与埃德加·爱伦·坡 (Edgar Allen Poe)、亨利·詹姆斯 (Henry James) 和艾略特 (T. S. Eliot) 等人相关的贵族式的形式主义批评并不可取：与社会目的和政治信仰脱节的艺术技巧和品味并不能取代内容。在史密斯看来，反动的个人主义、哲学理想主义、原则性的约束以及与传统美学相关的制约原则对于所有的马克思主义者来说都是无法接受的。[14] 简单说来，希克斯和卡尔文顿一样，把自己暴露在各种火力的抨击之下：不仅遭受了来自右翼的知识分子的抨击，也遭受了来自像法瑞尔、史密斯，特别是支持《党派评论》的左派团体的批评。

作为《新群众》(共产党知识分子的主要喉舌) 的编辑，希克斯发现自己与灌输进了新鲜血液的《党派评论》(*The Partisan Review*, 1934—1936; 1937—2003) 之间的冲突越来越大。《党派评论》是一个文学期刊，由独立左派菲利普·拉夫 (Philip Rahv) 和威廉·菲利普斯 (William Philips) 编辑。停刊一年后，该刊在 1937 年复刊，它力图把美学与政治，特别是乔伊斯和艾略特式的现代主义试验与成熟的马克思主义批评，有机地结合起来。该刊是许多领袖文人学士的出版平台，对斯大林主义持批判态度，而对托洛茨基主义则颇为同情。到了 30 年代晚期，拉夫和菲利普斯，与法瑞尔一样，都摒弃了伤感的无产阶级主义和机械的唯物主义。这种事态的结果使得希克斯《新群众》的教条主义和宣传式政治与拉夫和菲利普斯的《党派评论》的美学和文学现代主义之间的关系越来越紧张。《党派评论》曾因经费不足被迫停刊。1937 年复刊后，开始公开反对共产党。在埃德蒙·威尔逊、莱昂内尔·特里

---

[14] Bernard Smith, *Forces in American Criticism: A Study in the History of American Literary Thought* (New York: Harcourt, Brace, 1939). 有关史密斯对 20 世纪 20 和 30 年代马克思主义批评历史的研究，参见第 368—380 页。

林 (Lionel Trilling)、约翰·多斯·帕索斯、哈罗德·罗森伯格 (Harold Rosenberg)、克莱门特·格林伯格 (Clement Greenberg)、马伊尔·夏皮若 (Meyre Schapiro) 以及西德尼·胡克等的支持下，复刊的《党派评论》一度接受了托洛茨基对俄国革命蜕变的批评，并且响应他发出的支持革命的国际无产阶级而反对苏维埃官僚政治的号召。美国马克思主义运动的内部分裂使主要的文学知识分子与《新群众》和格兰维尔·希克斯处于针锋相对的阵势。[15] 虽然这是 20 世纪 30 年代马克思主义批评历史的一部分，在这里我还是暂不讨论这些独立的马克思主义阵营的《党派评论》的批评家。我将在第四章中对他们另行讨论。

1935 年，希克斯为他的共产主义言论付出了代价。当年 4 月，他在美国作家年会之后回到他自 1929 年开始一直在那里任教的兰瑟列尔工艺学院，却接到校方通知，因为经费的削减，他不再被继续聘用。没有终身制职位的希克斯对此提出抗议。美国大学教授协会对此事进行调查后，不得不承认他的解雇是因他的政治观点所致，而不是校方所说的什么经费紧张。[16] (其他的大学与机构也采用类似的手法困扰左翼知识分子。[17]) 1935 年后，希克斯生计艰难，不得不靠写书评、夜以继日地为麦克米伦出版公司审稿和著书来勉强糊口。另外，他开垦了 30 英亩地，在上面种庄稼，并植树以得到燃料。

像其他 30 年代前的马克思主义者一样，希克斯也在 40 年代开始倡导"新自由主义"。在 1947 年《党派评论》的关于社会主义的未来的一期代表性特刊上，他发表文章对这一问题进行了探讨。文章中，希克斯修正了他早先对资本主义必然灭亡、无产阶级夺取政权以及无阶级社会会实现的信念。其实，希克斯体验到的这种有代表性的对俄国共产主义和斯大林式的极权主义的幻灭感已经是姗姗来迟。许多人对俄国革命所表现的失望早就预示了这种幻灭。弗洛伊德·戴尔的《知识分子的流浪》(*Intellectual Vagabondage*, 1926) 的结语章，卡尔文顿在 1931 年与共产党内的斯大

---

[15] For brief historical accounts of the *Partisan Review,* see Aaron, pp. 297—303; Richard H. Pells, *Radical Visions and American Dreams: Culture and Social Thought in the Depression Years* (New York: Harper & Row, 1973), pp. 334—346; and Alan Wald, "Revolutionary Intellectuals: *Partisan Review* in the 1930s," *Literature at the Barricades,* ed. Ralph F. Bogardus and Fred Hobson (University: University of Alabama Press, 1982), pp. 187—203. 我们将在第四章中展开讨论《党派评论》。

[16] See *AAUP Bulletin,* 21 (January 1936), pp. 16—20.

[17] Schrecker, pp. 150—152.

林主义的决裂，麦克斯·伊斯特曼在《穿军装的艺术家》(*Artists in Uniform*, 1934)和《俄国社会主义的结束》(*The End of Socialism*, 1937)中对党的原则的批评，詹姆斯·法瑞尔、伯纳德·史密斯和30年代晚期《党派评论》的批评家对僵化的斯大林主义发动的抨击，以及牛顿·阿尔文在《惠特曼》(*Whitman*, 1938)和其他地方所倡导的进化式的而不是革命式的民主社会主义——所有这些都令人难忘地揭示了他们的失望感。曾一度信仰斯大林主义的马尔科姆·考利在对30年代马克思主义的一次回顾性评估时描述了这一阶段相继出现的三种截然不同的思想倾向:(1)对资本主义的愤怒;(2)对共产主义太平盛世的希望;(3)对所有的社会主义丧失信心。[18]因为希克斯对共产主义太平盛世所抱的、所表达的希望比大多数美国的马克思主义者更执著、历时更长，所以他就成了一名关键人物，一个聚合点，一个替罪羊。

和许多前党员和同路人一样，格兰维尔·希克斯在1939年退党后不久就成了一名虔诚的反共产主义者。"对任何亲身经历共产主义的人来说，"他在《我们来自何处》中指出，"中立，至少从长远的角度来说，是不可能的：对于一件事来说，如果你不是赞成它，那么你就必定是反对它"[19]。这种观点在大萧条后的美国知识分子中普遍存在。它告诉我们，为什么希克斯和其他一时的激进分子会帮助联邦调查局和立法委员会，特别是在与苏联冷战的早期，去反对共产主义。在希克斯看来，美国共产党完全是俄国的奴仆；它的党员是俄国的特工；有时他们为俄国从事间谍活动。

30年代晚期以后，无数的美国知识分子开始反共产主义、反苏维埃主义。尽管如此，许多像希克斯这样的人还是"不愿摒弃前共产主义时代的自由主义、改良主义、进步主义、激进主义的传统。有很多东西是可以挽救的……"(205)。"红色十年"以后，自由主义成了许多共产党人的归宿。希克斯和其他志士同人一样，继续倡导经济平等、财富的公平分配、言论自由、异议权、工会的组织活动权以及公民自由权的保护。他强力谴责麦卡锡听证会和教条的反共产主义。在50年代，他的批判锋芒不仅指向惠特克·钱伯斯(Whittaker Chambers)、约翰·多斯·帕索斯和麦克斯·伊斯特曼这样的前共产党人中的保守人士，也指向前共产党人中的"假自由主义者"、"白痴自由主义者"和"礼教自由主义者"——所有这些人在政治和经济问题上都流于教条主义和理论空谈，缺乏务实精神与灵活性。希克斯反对本土的"批判自由主义"，在

[18] Malcolm Cowley, —*And I Worked at the Writer's Trade: Chapters of Literary History, 1918—1978* (New York: Viking, 1978), pp. 108—112.

[19] Granville Hicks, *Where We Came Out* (New York: Viking, 1954), p. 178.

战后时期积极倡导“新政”改良主义，把它看成是“拯救文明的最可取的途径”(179)。尽管希克斯对僵化的共产主义深恶痛绝，但是他对马克思主义仍然作出如下结论：“在许多方面，批判性思维与历史唯物主义的结合是卓有成效的。”[20]

30年代美国的法兰克福学派

1923年，德国马克思主义“社会研究院”于法兰克福(Frankfurt)成立。许多与研究院有关系的知识分子早在20世纪20年代就发表了关于社会经济基础的学术研究成果。但是，30年代，他们的重点转向了对文化上层建筑的思考与探讨。1930年后，在迈克斯·霍克海默(Max Horkheimer)的领导下，研究院培养出一批重要的马克思主义美学研究学者，其中有西奥多·阿多诺(Theodor Adorno)、瓦尔特·本雅明(Walter Benjamin)、埃里克·弗洛姆(Erich Fromm)、利奥·洛文塔尔(Leo Lowenthal)、赫伯特·马尔库塞(Herbert Marcuse)。他们的研究成果有的以专著发表，有的发表在研究院的《社会研究期刊》(*Zeitschrift für Sozailforschung*)上。1933年初纳粹当权后，研究院被迫临时迁移到日内瓦，次年迁移到纽约，成为哥伦比亚大学的隶属机构(30年代期间，它仍有分院设在日内瓦、伦敦和巴黎)。

自20年代早期开始，大部分法兰克福学派的成员就摒弃了魏玛共和国的温和社会主义，同时也摒弃了德国共产党的莫斯科式的教条共产主义。就像30年代许多美国知识分子的领袖人物一样，他们都是独立的马克思主义者(就此而论，他们与欧洲的主要马克思主义者，如格奥尔格·卢卡奇(Georg Lukács)和安东尼奥·葛兰西(Antonio Gramsci)的坚定不移的党性政治形成了鲜明对比)。纽约的这个非党派性左翼机构的重要意义在于，它对庸俗马克思主义进行了一系列坚决的批判，锋芒所指既触及机械的实证主义，又触及教条的斯大林主义。法兰克福学派致力于对马克思主义思想基础的重新审视；它不是把马克思主义体系简化成一种教条或者一个政治党派，而是对其加以修正和丰富，以运用于现在与将来的实践。比如，它率先提出马克思主义与弗洛伊德理论之间的联系；它强调妇女解放和合理处理生态问题的极端重要性。正如我们现在所知道的，法兰克福学派的新马克思主义——而不是美国本

---

[20] Granville Hicks, “Communism and the American Intellectuals,” in *Whose Revolution? A Study of the Future Course of Liberalism in the United States*, ed. Irving DeWitt Talmadge (New York: Howell, Soskin, 1941), p. 86.

土的马克思主义——为 20 世纪 60 年代和以后的美国左派的领导成员提供了重要的原始资料。从事这项传播工作的关键人物有几位，1933 年加入法兰克福学派的德国马克思主义者赫伯特·马尔库塞就是其中之一。

为什么法兰克福学派对 20 世纪 30 年代美国马克思主义的发展没有形成影响？这一点在下面的解释中很清楚：“霍克海默一心要使研究院具有自觉的德国特色（包括《社会研究期刊》）。其根本原因也在于，他深信保持与德国人文主义的历史的联系是至关重要的，因为这种联系可能有助于将来对后纳粹德国文化的重建。也正因为此，研究院的成员对于哥伦比亚新同事们向他们提出的把他们的研究与美国社会科学的主流有机结合起来的请求充耳不闻。”[21] 与法兰克福理论家们思辨的黑格尔主义相比，美国的马克思主义往往没有前者更富有哲理性。直到整整十年后，才出现了后者与前者的有机结合。事实上，两次世界大战之间的西欧马克思主义直到左翼重新兴起的 20 世纪 60 年代及其之后才开始进入美国本土。

1940 年后，社会研究院开始出版英文书籍和院刊；院里的主要研究员开始取得美国国籍；研究主题开始转向美国生活和文化的分析；研究方法开始把美国经验主义与德国哲学理论相结合。但是，法兰克福学派的这种转变是在美国马克思主义的鼎盛时期过后才发生的。在研究院于 1951 年迁回法兰克福时，它的主要成员已经是比以往任何时候都更加悲观——不仅是对资本主义文化的悲观失望，而且也是对马克思主义进行积极社会变革机会的悲观失望。这种悲观情绪在从 30 年代幸存下来的美国激进分子中也同样存在。

在美学领域，法兰克福学派坚持认为，所有的艺术（包括古典和资产阶级作品）都具有其政治性，因为它保存着人类对乌托邦生活方式的憧憬。艺术不仅反映现存的社会现实（一如所有的马克思主义者都肯定的那样），也体现了社会的激进脉搏。那种康德式的（Kantian）和阿诺德式的（Arnoldian）艺术是“非功利性的”观念是错误的：艺术反抗主宰。这是一个辩证的观点，是对简单的马克思主义的观念的反驳，因为后者认为资产阶级艺术所表现的（只）是错误的意识。在法兰克福学派的理论中，社会经济基础决定社会的文化上层建筑的观念得到了充实：文化作品不只是第二位的，不只是反映阶级利益的派生现象，它既表现了整个社会的矛盾，同时也表现

---

[21] Martin Jay, *The Dialectical Imagination: A History of the Frankfurt School and the Institute of Social Research 1923–1950* (Boston: Little, Brown, 1973), p. 114.

了整个社会的乌托邦理想。艺术作品中存在着反意识形态因素，这赋予所有美学产品——包括上流社会的美学产品，也包括无产阶级的美学产品——以价值。名著和无产阶级文本一样，都对革命活动有着潜在的作用。然而，这种丰富了的诗学理论直到 20 世纪 70 年代，才孕育形成一种与马克思主义调和兼容的美学形式主义，在美国得到发展。

大约在美国共产党的“人民阵线”拓宽基础、寻求进步知识分子与公众支持的同一时期，法兰克福学派也在达成一种更广义的革命行动理论的共识。这一切都发生在斯大林主义的肃反期间。“与更正统的马克思主义不同的是，法兰克福学派从来没有觉得工人与知识分子之间的人际交往会对任何一方有什么好处。早在 1937 年的《传统与批评理论》(发表于《社会研究期刊》第六卷）一文中，霍克海默就已否定了激进理论与无产阶级之间的必然联系，从而极力主张所有愿意‘宣扬真理’的‘进步’力量之间的大联盟。”[22] 无产阶级与知识分子之间的理想联盟是美国空想共产主义者的早期信条之一。围绕这一信条的论战使注重“上层文化”的传统成了合法化论题（当然，这种明显的风雅主义从来没有使艺术反映并调节社会存在这一观点销声匿迹）。这一概念也在很大程度上动摇了 20 世纪 30 年代斯大林式的教条主义者对文学中的无产阶级艺术和社会主义现实主义的信念。如果美国马克思主义者中的强硬分子早点认同类似的观点的话，那么文学自由派和激进派之间的尖锐分歧也许早已得到了缓解。詹姆斯·法瑞尔和那些结集在《党派评论》周围的成员也许就不必与卡尔文顿和格兰维尔·希克斯那么地针锋相对了。不过，长话短说，托洛茨基和斯大林式的政治与美学理论注定会分裂马克思主义运动：理论美学和批评实践不可避免地要牵涉到内部的政治斗争。

文化政治：“新批评”与马克思主义的对抗

虽然美国的“新批评”名义上是一个致力于文学的内在特性研究的非政治性的文学运动，但是它的文化政治——通常是含蓄的，偶尔也直言不讳——却是保守的，有时甚至是反动的。最明显不过的是南方新批评学者，特别是约翰·克罗·兰塞姆（John Crowe Ransom）和艾伦·泰特（Allen Tate）早期文本中的右派观点。这些南方

---

[22]　Jay, p. 292.

重农派与20世纪20年代初的《逃亡者》(*The Fugitive*)和1930年的宣言《我将明确我的立场》(*I will Take My Stand*)都有关系。他们倡导一种传统的、稳定的、笃信宗教的、农业的社会秩序。在这种社会秩序中，家庭、亲戚和风俗构成社群的基础。南方新批评理论家对当代的工业商业主义和旧式的农业感伤主义有着一种自觉的抗拒。像马克思主义者一样，他们对于20世纪30年代处于衰败时期的美国工业资本主义提出了强力的批评。同时，这些新兴的新批评学者也对马克思主义哲学表示出失望。最初，他们曾考虑过把《我将明确我的立场》命名为“反共前线”。艾伦·泰特就毫不羞涩地把他的一本书命名为《关于诗学与观念的反革命论文》(*Reactionary Essays on Poetry and Ideas*, 1936)。在此书的序言中，他谴责任何把政治与诗学之间联系起来的学说，宣称：“任何一种名义的政治诗学，或者诗学政治，都是一个相互摩擦的两人社会。他们终将互相蚕食。这是一种精神性的同类相食的异端邪说。”[23]这种对于政治与诗学之间联系的“宗教式”谴责是新批评早期与晚期的特点。

埃兹拉·庞德(Ezra Pond)和T. S. 艾略特是美国新批评学派的两位重要先驱。从20世纪20年代到40年代期间，他们都奉行保守的文化政治。美国的形式主义批评中充斥着右派政治，有些冠冕堂皇，有些深藏不露。[24]就埃兹拉·庞德而言，他对新社会秩序的追求导致了他对意大利法西斯的毫无保留的支持。艾略特对新社会秩序的追求则使他成了对基督教君主制社会优点的辩护士。新批评形式主义的政治，与马克思主义政治一样，也对两次大战之间资本主义的生活秩序大持批判态度，对充斥于这种生活秩序中的混乱与流离失所、人性的异化与归属感的消失、劳动与休闲的“商品化”深表痛惜。文学马克思主义者力图使政治有意识地影响诗学，而新批评者却力图在诗学中取缔政治，为文学与批评提供一方美学的净土。

可以说，克兰斯·布鲁克斯(Cleanth Brooks)是新批评“纯净派”的典型代表。在《现代诗学与传统》(*Modern Poetry and Tradition*, 1939)一书中，他对马克思主义批评家进行了鞭笞，认为他们是在散布“说教式的异端邪说”。在他看来，马克思主义者所倡导的是“宣传性艺术”，而这种艺术主要是用来“说教与唆使人们改变信仰”[25]

[23] Allen Tate, Preface to *Reactionary Essays on Poetry and Ideas* (1936), in *Essays of Four Decades* (Chicago: Swallow Press, 1968), p. 612.

[24] 有关最近左翼对美国形式主义的批评，参见John Fekete, *The Critical Twilight* (London: Routledge & Kegan Paul, 1977)。

[25] Cleanth Brooks, *Modern Poetry and the Tradition* (Chapel Hill: University of North Carolina Press, 1939), p. 47.

的。这是对艺术的强奸，它降低了真正的艺术价值："一首诗中所宣扬的教条式真理本身并不能使其成为一首好诗。"(49) 另外，革命的马克思主义要求，文学必须宣扬无产阶级真理与信仰。这就有可能导致"一种排他性诗学"，摈弃与无产阶级真理不吻合的生活经验，因此把生活过分地简单化。布鲁克斯对马克思主义批评家作了这样的结论："不管这些批评家的经济学说有多么的革命，他们的美学理论是一点也不革命的。与维多利亚女王时代文人的'寓意寻猎'以及他们的布朗宁学社相比，它并没有什么进步。"(51) 撇开他的讽刺与辱骂，布鲁克斯所说倒也不无道理。其实马克思主义者法瑞尔与《党派评论》的批评家们——且不说卡尔文顿和希克斯他们自己了——都曾反复表露过这样的观点。比如，希克斯就曾在1932年强调："一个人的社会理论的正确并不是文学成就的保证，因为文学成就取决于洞察力，而不在于意识形态的合理性。"[26] 然而，文学价值问题仍然幽灵般地缠扰着马克思主义美学理论家们。

R. P. 布莱克姆尔 (Blackmur) 在他的《批评家的职责》(1935) 一文中对形形色色的"外在"文学批评表示了强烈不满。他锋芒所指不仅包括乔治·桑塔亚纳 (George Santayana) 的道德哲学和凡·威克·布鲁克斯的社会学与心理学，也特别抨击了格兰维尔·希克斯的"经济主义"。在新批评家布莱克姆尔看来，批评的开端与终极是文学作品本身——不是哲学、社会学、经济学或者其他非文学方面的关注。这种观点代表了新批评学派对于所有"**外在批评**"的经典立场。布莱克姆尔认为，希克斯的《伟大的传统》对文学的分析与评估其着眼点是文学与经济因素、阶级斗争和马克思主义观点的关系，所以，希克斯"根本不是在写文学批评；他写的是一部狂热者的历史和一部诡辩家的辩论法……"[27] 批评应该注重文学形式，而不是社会科学和社会科学理论，也不是与形式可分的作品内容。就这些问题而言，泰特、布鲁克斯和布莱克姆尔这些30年代的新批评学派的带头人都对这些观点有着"宗教式"的狂热笃信。

正如新批评学者对马克思主义政治与美学不屑一顾一样，马克思主义批评学者对新批评派的形式主义诗学与非政治性批评也同样敌视。例如，早在20世纪30年代，格兰维尔·希克斯在《伟大的传统》中就对重农派做了如下评价：

---

[26] Granville Hicks, "Literary Criticism and the Marxian Method," *The Modern Quarterly*, 6 (Summer 1932), p. 47.

[27] R. P. Blackmur, "A Critic's Job of Work" (1935), *Language as Gesture: Essays in Poetry* (New York: Harcourt, Brace, 1952), p. 384.

> 也许，戴维森（Davidson）、兰塞姆、泰特三位与其他力主农业反对工业、代表南方联邦理想反对北方的诸位先生们的声明值得人们的某种钦佩，那种对堂吉诃德式的壮举的钦佩；但是他们的声明也与堂吉诃德的壮举一样是徒劳的。年轻的南方联邦支持者们忽视了正在使工业主义不断发展的那些经济力量；他们忽视了为了实现他们所憧憬的那种农业社会必须与之抗争的那些政治力量。（282）

在希克斯看来，忽视政治与经济就是徒劳的、堂吉诃德式的不切实际。政治力量和经济力量是不可忽略的、不可压制的、不可忘却的。清静无为不能解决面临的问题；行动主义才是解决问题的关键。在这些问题上，新批评学者与马克思主义批评家背道而驰，尽管他们对于因为大萧条而变得显而易见的工业资本主义的罪恶有着许多不谋而合的见解。

至于伯纳德·史密斯，他则认为，盛行的新批评学者的唯美主义是不可接受的，也是危险的。正如他在《美国批评中的势力种种》中所指出的那样，令他担忧的是一种贵族式的“脱离普通生活的倾向，一种对于社群命运漠不关心的倾向，一种对于大众的理想与情感的优越感”（359）。一方面，他承认马克思主义批评家“一贯轻视美学欣赏”，承认他们“不能正确地分析观念与形式的互动作用”（379），另一方面，他也认定新批评学者对于文学价值的强调是一种更广泛的反动世界观的必不可少的一部分。对于艾略特、兰塞姆、泰特以及其他新批评家，他的看法是：“以前他们是唯美批评家；他们倾向于个人主义与贵族；现在他们则是宗教上和政治上的反动分子”。（385）据史密斯的分析，形式主义生来就是贵族的、保守的和宗教的；而且，这种有害的“纯”文学批评的支撑基础总是非文学的因循守旧的推论。史密斯在《美国批评中的势力种种》的结语中把马克思主义与新批评作了鲜明的比较：

> 这个学派（新批评）的文学批评往往创造出一种表现少数幸运者的温情与经历的文学。而与之针锋相对的[28]学派的批评所创造的文学所表现的往往是那些期望着战胜贫穷、无知和不平等的人们的理想和感受，是那些期望着人类大众的物质与精神升华的人们的理想和感受。未来究竟属于谁？

[28] 马克思主义。——译注

第二章 “新批评”

新批评学派的产生与发展

大多数美国文学思潮的评论家都同意这样的看法：大萧条以后美国文学批评史的一个重大成就就是“新批评”在开创和完善形式主义思想和方法上所取得的巨大成功。20 世纪 20 年代是新批评发展的第一阶段。在这一时期，英国的 T. S. 艾略特、I. A. 理查兹（Richards）以及威廉·燕卜荪（William Empson）和美国的逃亡者们和重农派们（特别是约翰·克罗·兰塞姆和艾伦·泰特）开始提出他们的观点，并将其付诸实践。10 年后，这些观点与实践构成了新批评学派的基础。30 年代至 40 年代是新批评发展的第二阶段。此阶段中，接纳这一新兴的形式主义批评的批评家人数增多了。这些新批评学者们极力在文学刊物上宣传他们的信条，并将它们有效地带进大学文学系、高校教材与课程中去。到了 40 年代末，从事新批评的重量级批评家越来越多，其中包括艾略特、理查兹、燕卜荪、兰塞姆、泰特、R. P. 布莱克姆尔、克兰斯·布鲁克斯、雷内·韦勒克（Rene Wellek）、W. K. 维姆塞特（Wimsatt）；另外，肯尼思·伯克（Kenneth Burke）、F. R. 利维斯（Leavis）、伊夫·温特斯（Yvor Winters）也与新批评有着某种程度上的联系。力推新批评的刊物也纷纷在英美问世：在英国，有艾略特的《标准》（*The Criterion*，1922—1939）、利维斯的《细察》（*Scrutiny*，1932—1953）；在美国，有《南方评论》[*Southern Review*，该刊 1935 到 1942 年期间由布鲁克斯和罗伯特·潘·沃伦（Robert Penn Warren）编辑]、《肯尼恩评论》（*The Kenyon Review*，1938 到 1959 年间由兰塞姆负责）以及《塞万尼评论》（*Sewanee Review*，该刊 1944 年至 1945 年由泰特负责，其后由其他信奉新批评的学者接管）。新批评的第三个发展阶段是 40 年代末至 50 年代末这 10 年。在这 10 年中，新批评运动脱却了“革命”的气息，占据了主流思潮，它的追随者们创立了复杂的新批评理论的精髓。这方面特别值得一提的有：雷内·韦勒克和奥斯汀·沃伦（Austin Warren）的《文学理论》(*Theory of Literature*, 1949)、W. K. 维姆塞特的《词语偶像》(*The Verbal Icon*, 1954)、默里·克里格 (Murray Krieger) 的《诗歌的新辩护士》(*The New Apologists for Poetry*, 1956),以及布鲁克斯与维姆塞特合著的《文学批评简史》(*Literary Criticism: A Short History*, 1957)。

正当新批评学派的一些领军人物开始摒弃刻板的形式主义实践、接纳更广泛的文化关注的时候,他们的信条却开始受到第二代、第三代追随者们的推崇。有时候,这些新生代的追随者不惜以相当大的代价来换取新批评的纯净,把这场文学思潮简化成一种被精心提炼的教条方法。那些最先超越新批评的学者中有 T. S. 艾略特,他于30年代和40年代期间发表了大量的社会批评作品。30年代末以后,理查兹的关注超出了新批评的"正常"范围;40年代末以后,布莱克姆尔也迈出了同样的步伐。还有那些加入新批评学派的行列为期甚短的其他学者:比如利维斯,他早就偏爱文化分析;伊夫·温特斯,他从事的是道德批评;以及肯尼恩·伯克,他开创了跨学科的理论体系之先河。虽然这些批评家还保持着某种新批评的思维习惯和研究程式,但是,他们都对形式主义进行了各种各样的补充修正。结果,美国第一代对于新批评始终不渝的"坚信者"寥寥无几:兰塞姆、泰特和布鲁克斯。在这个浓缩了的新批评学派行列中,维姆塞特、克里格和韦勒克虽然都长期对新批评笃信不移,但是他们只是在20年代和30年代后,当新批评已初步发展成形才加入这一行列的后来者。

在兰塞姆、泰特和布鲁克斯三人当中,最有影响的新批评传播者当数布鲁克斯。兰塞姆与泰特认为,他们自己首先是诗人,然后才是批评家。而布鲁克斯与他们不同。他是一位学术批评家,早就在美国的高等院校里首先倡导新批评理论的纯净化、系统化和播撒。布鲁克斯不像艾略特那样勇于标新立异,不像布莱克姆尔那样解读深邃,也不像泰特那样是一位言辞激烈的雄辩家。但是,他不愧为新批评学派中一位严谨的、有洞察力的分析家,是该学派一位卓越的、经得起考验的代表人物。直到20世纪80年代,他还常常应美国各高等院校的邀请去讲授他的新批评观点。

到20世纪50年代末,新批评作为一种有革新精神和独创性的学派的日子已经不复存在。这一点无论对于该学派的追随者还是反对者来说,都是显而易见的。然而,50年代后,新批评却仍然被越来越多的学者与学术批评家作为"标准的批评"看待,或者简单地说它就是"批评"。这样,一个特别的学术流派就演变成一种文化现象,这使新批评鹤立于其他与之争鸣的学派,标志着它已经进入其发展过程中的一个特殊阶段——第四阶段。这一阶段中,从事新批评实践的批评家往往并没意识到他们是在运用新批评：因为新批评的观点与方法已经在批评家中广泛地推广，而且在他们的意识中深深地扎下了根，所以这些观点与方法已经形成“批评”本身的核心。为了描述第四阶段的发展，我们不妨引用一下批评史学家威廉·凯恩（William Cain）在 80 年代所作的一段清晰透彻的评论：

> 新批评看起来好像没有了势头，缺乏支持者，正在走下坡路，已经死亡或者正处于死亡的边缘。今天没有人以新批评的名义发表批评……但是，事实却是，新批评不但存活下来了，而且还在蓬勃发展。它似乎已经没有势力，可这只是因为它的势力已经无所不在，以至于我们一般情况下已经意识不到它的存在了。新批评理论的态度、价值和重点已经根深蒂固地渗透在英语研究当中，所以我们甚至不把它们看成是某一个特别思潮的宝贵遗产了。相反，我们倒觉得它们是批评本身自然和必具的条件。[1]

20 世纪 50 年代的新批评之“死”标志着一种标准化了的“永垂不朽”——这一时代的任何批评学派都不可能实现的一个奇迹。那么，什么样的根本观点、价值和信念有着如此经久不衰的生命力呢？

形式主义诗学的核心概念

克兰斯·布鲁克斯在《普林斯顿诗歌与诗学百科全书》（1974 增订版）中为新批评作了一个 1200 字的浓缩定义。在这里，他筛选出这个形式主义学派的一些独特特征。第一，新批评把文学批评与文学来源、社会背景、思想史、政治和社会效应的研究分别开来，力求不仅要纯净文学批评、使其不受“外在”关注的污染，而且要将批评的注意力完全放到“文学对象”本身上来。第二，新批评探讨的是作品的结构，不是作者的意图或者读者的反应。第三，新批评倡导的是一种文学的“有机”理论，而不是一种形式与内容的二元理念；它着重于文本中词语与作品的整个语境的关系：每一个单词都对一个独特的上下文发生作用，也从它在诗歌（文学作品）的上下文中所处的位置获得它的确切语义。第四，新批评实践的是对单独作品的细读，密切注意选词的不同、修辞手法和语义的细微差别，力图详细说明作品上下文的连贯一致与意

---

[1] William E. Cain, *The Crisis in Criticism: Theory, Literature, and Reform in English Studies* (Baltimore: Johns Hopkins University Press, 1984), p.105.

义。第五，新批评既把文学与宗教分开，又把文学与道德分开，其主要原因在于：许多新批评的追随者都有明确的宗教观念，所以不想寻求宗教、道德或者文学的替代品。[2]虽然布鲁克斯列举的这些特征有待改进与补充，它们仍然可以说是新批评形式主义观点与方法的粗略宪章。对于该学派的一些成员来说，这一组概念构成了一个有组织的批评体系；对另一些人来说，它们是关于文学与批评的一套临时性态度。

要懂得新批评家们代表着什么，就有必要了解他们过去曾反对过什么。在70年代末发表的一次回顾性评估中，韦勒克指出，新批评学者对20世纪初期美国批评界与社会上盛行的某些思潮有着强烈的反感。具体说来，他们不喜欢印象主义批评的唤起式方法，不喜欢新人文主义的道德，不喜欢门肯和凡·威克·布鲁克斯的反现代主义的文化批评，也不喜欢马克思主义把文学批评社会学化。另外，他们抗议那些左右着高等院校的教学、出版与晋级的学术批评，特别是哲学、版本目录学、历史研究以及文学史研究。他们异口同声地声讨学术批评对于文学经典的不公态度：例如，现代文学在学术批评中没有位置，玄学派诗人所占的空间太小。另外，大多数美国新批评学者，特别是兰塞姆和泰特，都厌恶科学。据韦勒克所说，科学在这两位看来，“是历史的恶棍，它毁灭了人类的群落，破坏了传统的有机生活方式，为工业化铺平了道路，使人类成了这个世纪中异己的、没有根基的、没有上帝的动物。科学鼓励乌托邦式的思维，那种人类完美的伪观念，那种永无止境的进步的完全虚幻”[3]。新批评家们的这些诸多厌恶加上他们共同的信念使得这一群本来毫不相干的文人能够联合在一起。

第一代新批评的骨干分子把评判性批评作为他们形式主义的总纲领的一部分来实践。因为他们从事修改文学经典的标准，所以他们往往总沉湎于文学作品之价值的评判之中。于是，很快就产生了诗学价值的标准，这一点稍候再作讨论。对初期新批评至关重要的评判性批评并不局限于文学；它也渗进并出现在宗教与社会批评之中。T. S. 艾略特就是这方面的第一个范例。早在《神圣的丛林》(*The Sacred Woods*, 1920) 中，他就对西方文化的腐朽没落做出了影响深远的描述与批评。很久以前，有

---

[2] Cleanth Brooks, “New Criticism,” *Princeton Encyclopedia of Poetry and Poetics*, enlarged ed., ed. Alex Preminger et al. (Princeton: Princeton University Press, 1974), pp. 567–568.

[3] René Wellek, “The New Criticism: Pro and Contra,” *Critical Inquiry*, 4 (Summer 1978), 618–619. 在这篇回顾性评说中，韦勒克仅指出了新批评家的一个严重局限：“他们有着极端的盎格鲁中心主义，甚至非常的狭隘。他们很少讨论外国文学……”(623) 在一定意义上，这也是新批评在美国的英语系比在其他文学研究系更有影响的原因。

一个秩序井然的世界，可是这个世界在怀疑主义与科学的手下解体了，导致了"感性脱节"和人类与自身以及与他所处世界的疏离；但是，西方社会正在发生的腐朽没落是世俗主义和工业化造成的，是可以阻挡的；通过摒弃现代的没落文明，回归到神话、宗教和同质（基督教的，而不是农业的）文化，"统一的感受力"——一种复杂的智力与感情的（再）组合——是可能的。艾略特关于社会蜕变的描述和南方重农派对现代退化社会的看法一样，引导出一套综合的道德-文学价值：即，统一的感受力，思想的复杂性，存在的完整以及宗教与神秘秩序都是值得张扬的。这样的价值似曾相识，比如，很明显地在诗人但丁（Dante）和多恩（Donne）——艾略特和泰特最尊敬的两位大师——那里，我们就可以找到这样的价值观。我们发现，新批评的形式主义批评无不牵涉到一种对过去、现在与可能的未来所作的保守的社会、道德、宗教和政治评估。这种价值论是支撑早期新批评派核心人物进行评判性批评和文学性批评的基础，尤其是支撑后者的基础。另外，它也是他们的诗歌概念本身的必要条件。虽然这些美国的形式主义者们要极力纯净批评，但是他们的理论和实践却往往与一种传统的、保守的——一种托利[4]——意识形态和价值体系拴在一起。在他职业生涯的晚期，艾略特直言不讳地宣称："要将文学批评与从其他立场出发的批评隔开是不可能的；道德的、宗教的和社会的评判是不可能完全被排斥在文学批评之外的。"[5]

形式主义的程式与"细读"

新批评对较短文本，特别是诗歌的严谨"细读"（close reading）是它区别于其他文学批评学派的一个不可否认的重要标志。自30年代中叶起，最优秀的新批评实践都有这样一个特征：严谨的、一丝不苟的**文本分析（*explication de texte*）**。值得注意的是，这种阅读有其必要的前提，而这些前提又决定了形式主义阐释学的独特模式。因此，把新批评实践仅仅看成是一种"细读"是远远不够的；我们还必须描述要完成"细读"的程序必须具备的条件，因为这些条件左右并界定着这些形式主义的解读活动。

在新批评形式主义者看来，"生成"（genetic）批评和"接受"（receptionist）批评是应该被唾弃的批评方法。他们认为，参与生成文本的任何东西都只不过是准备性的，因而（无论它们多么有意思）对于解读工作来说基本上是无关紧要的。所以，作品的

---

[4] Tory，英国保守党的前身。——译注

[5] T. S. Eliot, *To Criticize the Critic* (New York: Farrar, Straus & Giroux, 1965), p. 25.

素材来源与背景研究，不管是历史的、心理的还是社会的，在解读过程中可能所起的作用都是再小不过的。这样，诗歌与诗人的距离就被拉远，被非个人化——客观化了。同样，读者的个人反应在对诗歌文本的自觉批评中并不重要。至于这种反应来自现在的读者还是来自以前某一时代的重新构想出的历史读者，这都没有关系。读者对于文本的接受理解被事先剔除，因为它会影响扰乱正确的批评分析。这样，对生成和接受影响的排除便构成了“细读”程序系统中的两个主要因素，这两个因素限制并决定着新批评学者所从事的精心控制的形式主义解读活动。

形式主义反对生成批评和接受批评的观点在 W. K. 维姆塞特和门罗 · C. 比尔兹利（Monroe C. Beardsley）合作的两篇著名论文中得到了系统阐述。这两篇论文就是《意图的谬误》（“The Intentional Fallacy”，1946）和《情感的谬误》（“The Affective Fallacy”，1949）——两篇论文都先在《塞万尼评论》上发表，又收录在《词语偶像》之中。就一种理论的论证而言，支持或者反对一个概念往往需要引证其他的概念。新批评学派的这两篇经典论文旁征博引了新批评形式主义学说的基本观点——后来这些观点又被布鲁克斯浓缩进为百科全书写的一篇文章中。形式主义阅读的整个系统都是建立在一系列互相依赖的原理网络之上的。比如，从以下这段出自《意图的谬误》的文字我们可以瞥见一系列相互关联的重要概念：

> 评判一首诗就像品尝一种布丁或者鉴定一台机器。它必须可口、必须工作才行。就一件人工制作品而言，只有当它工作时，我们才会去推论制作者的意图是什么。“诗歌不应该意指（mean），而应该存在（be）。”诗歌只有通过它的**意义（meaning）**才能**存在（be）**——因为它的媒介是词语——然而，它只是一种即时存在（is），如此而已——就是说，我们没有理由去追问哪一部分是意图或者意指。诗歌是对各种复杂的意思在同一时刻进行处理的文体技艺。诗歌之所以成功是因为它所说的或者隐含的全部或者大部分都是相关的；不相关的已经被剔除了，就像布丁中的硬块面团和机器上的“瑕疵”均被事先剔除一样。就此而言，诗歌与实用信息不同。对于后者来说，只有当我们正确地推断出它的意图时，才算成功。[6]

---

[6]　W. K. Wimsatt, *The Verbal Icon: Studies in the Meaning of Poetry* (Lexington: University of Kentucky Press, 1954), pp. 4–5.

把一首理想的诗歌比喻成布丁、机器和人工制作品，不能不令人感到奇怪，但其目的却显而易见：将文学客观化和空间化——是为了建立文学的不可变的本体论地位，把文学与其生产和消费分割开来。文学独立存在——永恒地独立。简言之，文学存在着；它**即时存在**。它的制作者的意图“既不可求，也不值得去求，不能作为评判作品成功与否的标准”(3)。批评者的工作是要评判文本，就像我们评判一件物品或者一台机器一样，要看它是不是能有效地工作。所有的部件都必须一起工作；任何部件都不能是不相关的。诗歌是一种词语的偶像崇拜，是意义的空间网络体。在这个网络中所有的词语与含义都是密切相关的。诗歌的媒介与实用语言有着本体上的和文体上的不同。“意义”的“即时性”和它的空间构成意味着，解读在多元回顾性分析之后才可能发生，这就使得新批评的细读披上一层客观与无所不知的色彩。

新批评学者在分析和评价一个文本时，从一开始就把它假设为一个错综复杂、相互关联的文字空间网络。被当成精心制作的器皿或者高效的机器的诗歌从一开始就是被当作一件与个人无关、与历史无关的工艺品来创造的。虽然诗歌的语言与通常的话语不同，但是它仍然具有意义——一种高度复杂和特殊的意义。不过，诗歌（作为一个自足体）存在着，这比它指代某种东西这个事实更为重要：存在先于意义。新批评主义者重文本的独立，轻文本的意义——但是，又并不放弃意义。艾伦·泰特指出：“我们不妨这样说，诗歌是它自身的知者，诗人和读者都不知道诗歌的文字以外的任何东西。”[7] 这样的概念模式的结果是，批评性描述和判断的注意力完全地、不断地集中在文本上，而其他的一切因素都被尽可能排除。被高度重视的是复杂的、自由独立的诗歌，充盈着精密编织的语义之间的相互关系的诗歌。用这样的标准衡量，难怪约翰·多恩（John Donne）和其他抽象派诗人的作品以及 T. S. 艾略特和其他极端现代主义（high modernist）诗人的作品受到广泛的推崇，而沃特·惠特曼（Walt Whitman）和其他“散漫”的浪漫主义诗人的作品却往往不是被忽略就是被诋毁。最终，新批评学者的特殊阅读方法导致了一场广泛的对伟大诗作的全部经典进行的学术上的再评估。简言之，对于新批评学者来说，阅读涉及的是技术性的修辞解释和文学评估，是建立在一整套独特的、先定的程序之上的修辞解释与文学评估——而在这文学价值和训诂学价值（exegetical values）的序列中，诗歌的复杂性都占据着一个重

---

[7] Allen Tate, “Narcissus as Narcissus” (1938), *Essays of Four Decades* (Chicago: Swallow Press, 1968), p. 595. 此后略为 *EFD*。

要位置。

新批评学派的理论和实践中的**意义**这一概念值得进一步探讨，因为这是个令人难以捉摸的概念，它身处这一形式主义学派许多基本观念密集的交叉中心。它对于阅读程序的形成起着关键作用。

在他的《精制的瓮》(*The Well Wrought Urn*, 1947) 的最后一章"释义的离经叛道"中，克兰斯·布鲁克斯对从《麦克贝斯》(*Macbeth*) 到当代的十部文学精品进行了分析。接着他做出如下结论："要指出诗歌所共有的精华之处，决不能从我们所使用的通常意义上的"内容"或者"主题"这方面着手，而必须从它的结构方面着手。"[8] 对于新批评家来说，一首诗歌的价值不在于它的内容，而在于它的**结构**。提取一首诗的内容，去总结或者释义一个文本就是离经叛道，因为这种做法把"意义"简化成提议或者声明，把文学放在了与哲学、科学和政治竞争的位置，同时把内容与形式分离了开来。这样，"意义"被当成释义，遭到了贬低，因为"释义并不是构成诗歌之精华的意义的真正内核"(180)。那么"意义"是什么呢？它是结构的一个层面。"这里所指的结构是一种 [文本] 意义的结构、评估的结构和解读的结构；而且，这种结构的统一性原则似乎是一个平衡、调和各种涵义、观念和意义的原则。"(178) 阅读的任务是检析和评估**结构**，一个由具有**统一性的**文本因素复合体——语言学的、修辞学的、语义学的、哲学的和心理学的——组合形成的结构。于是，结构——具有统一性的结构——便成了一个重要的批评概念。而意义对于新批评学者来说，既是一个从属的范畴，又是与结构密不可分的因素。布鲁克斯指出，作为一个阐释学者 (hermeneuticist)，批评家的任务就是理解——解释——统一的文学结构，那不但摆脱了生成学说和接受学说的关注、而且也不可能被简化成可释义的因素 (paraphrasable elements) 和可萃取的命题 (extractable propositions) 的文学结构。而意义的陈述，最多只不过是一种临时性脚手架而已。

通常说来，新批评的形式主义阅读是在结构的统一、平衡或者和谐已经得到了说明之后才算完成。要实现这一结构化时刻 (moment of structuration)，必须对无数对抗因素、冲突和歧异进行加工梳理。对此，布鲁克斯解释道，"前几章中之所以常常出现'模棱两可'、'似非而是'、'错综复杂的观念'以及——最常出现的，也许是最

---

[8] Cleanth Brooks, *The Well Wrought Urn: Studies in the Structure of Poetry* (New York: Harcourt, Brace, 1947) . p.177. 此后略为 *WWU*。

令读者头疼的——‘反讽’这样的术语，其实就是在努力对这样一种结构进行梳理”(179)。确实，新批评解读中的这些重要术语起着调和各种分裂性对抗、冲突因素，引导读者去“发现”(或者创造)统一的结构的作用。“反讽”，这一布鲁克斯本人情有独钟的阐释工具更有着特别的作用，它可以驯服文本中各种不一致的因素，从而使它们最终归入一统。因此，新批评者们最终的阅读理论与实践是建立在这样一个假定前提下的：包含着各种对抗与歧异的统一结构既是解读的终极目的，也是文学的真实本性。矛盾的诸因素越调和，文本及其解释就越精深。

新批评把各种各样的文本都看做是充满了错综复杂矛盾的戏剧。布鲁克斯声称，“诗的结构就如戏剧的结构一样，把冲突融入了自身”(186—187)。根据新批评的诗学观点：“诗歌的终极是通过提议、隐喻、象征来协调统一各种对抗——不管这些对抗是以何种方式形成的。这种统一是通过戏剧性过程，而不是通过逻辑过程实现的；它代表了各种力量的平衡……”(189)新批评方式的形式主义阅读无不证明——而且也力图证明——许许多多修辞、语义、心理和象征因素在统一的戏剧结构中处于平衡状态。被广泛地应用于所有文类的戏剧模式使得解读的中心围绕着各种对抗与力量的最终平衡而进行。这也使得批评者可以讨论“人物”和没有命名的“说话者”，而不是作品的真实作者，既促进了对生成批评的批判，同时又强化了文学自律的信念。

从根本上来说，新批评的阐释学是建立在其诗学理论中的某个矛盾或者“辩证法”的前提之上的。这里，一系列与康德式(Kantian)“为了艺术的艺术”(art for art's sake)的理论相关的概念和一种更早的古典哲学观念模式之间针锋相对。一方面，诗歌与道德、宗教、科学、心理学、社会学和历史分离，但同时又被错综复杂的审美和戏剧性的平衡与和谐内在地统一起来；另一方面，诗歌是以“经验”为基础的“一种现实的拟象”，一种“模仿”(*WWU*, 194)，它为我们提供“对于一个完整客体的知识”和“全部的经验整体”(*EFD*, 105)。这种文学理论的文本说、摹仿说和认知说的奇特混合使得解读既可以向一个方向发展，也可以向多个不同方向发展。文本的新批评式解读可以强调审美的深度和广度，或者生活和现实的丰富多彩，或者经验和冲突的实现，或者——更有可能是——这些价值的某种综合。解读的重点可以以审美或者道德为主，也可以以心理或者哲学、语言学或者宗教、修辞或者评判为主。

(一个长期存在的、常见的、令人误解的印象是，新批评的“细读”仅仅是对于文本的审美和修辞的解读。导致这种错误的印象有下列几个原因：发展中的新批评常常有简化和编整其主要特征的倾向；它的反对者习惯于把它的各种不同形式的实践简单化；它的简化了的教材和宣言被接受；以及后来的模仿者往往把其早期理论稀释淡化，使其失去了原先的丰富多彩。)

新批评从康德和科勒律治(Coleridge)那里继承的是一种根植于想象说(a theory of the imagination)的美学理论，而这种想象说最注重的是诗歌的统一性、包罗万象性与和谐性。另外，新批评者们追随这两位哲学先师，抵制实用的和宗派的文学和批评理论，因为这些理论把利益关注和愿望放在真正的美所具有的不偏不倚和无目的性(disinterest and purposelessness)之上。确切说来，美学批评家真正的关注对象是有目的性的和神妙的"内在形式"，那种卓越的诗歌作品所具有的"内在形式"。

新批评诗学与阐释学发展中一个重复出现的概念是"神学"(theological)概念上的**隐喻(metaphor)**。这个概念是细读的重要环节。在《文学批评简史》(*Literary Criticsim: A Short History*)中，维姆塞特与布鲁克斯言简意赅地提出了这一观念：

> 我们可以在完全概念化了的科学与哲学话语中找到普遍性概念。我们可以在报纸和审判记录中……找到大量的具体细节。但是只有在隐喻中，因此也只有在**优秀的(par excellence)**诗歌中，我们才能发现具体和普遍概念的结合。[9]

在维姆塞特和布鲁克斯看来，这样的结合——具体与抽象、历史与普遍之间的联系，新闻与哲学、法庭记录与科学之间的联系——是通过修辞隐喻，也就是诗歌，得以形成。换句话说，文学的摹仿和认知层面被融合在一个更加基本的文本、象征范围当中。使诗歌既有别于通常的话语又有别于科学话语的是修辞隐喻。诗歌就是隐喻。隐喻就是诗歌。兰塞姆在1934年对诗歌作本体论分析时下过这样的结论："隐喻的断言中有一种奇迹主义或者超自然主义。"[10] 这种隐喻修辞说——倡导者有兰塞姆、布鲁克斯、维姆塞特和克里格——是维系科勒律治式的化身性的(incarnational)、象征主义诗学的基础。通过隐喻，诗歌化身而成了人类话语的皇后。隐喻的传统作用是修饰和说明，而在新批评中隐喻的作用是"发现真理"。它是"通往洞察力的一个途

---

[9] William K. Wimsatt and Cleanth Brooks, *Literary Criticism: A Short History* (1957; rpt. Chicago: University of Chicago Press, 1978), p. 749.

[10] John Crowe Ransom, "Poetry: A Note in Ontology" (1934), *The World's Body* (1938; rpt. Baton Rouge: Louisiana State University Press, 1968), p. 139. 此后略为 *WB*。兰塞姆把文学的神奇、奥秘成份与弗洛伊德理论中的潜性梦境联系在一起。参见"Poetry: The Formal Analysis," *Kenyon Review*, 9 (1947), 441。

径”。在诗歌中，隐喻是“结构性的”而不仅仅是“装饰性的”。[11] 新批评家描述**隐喻的**语言往往带有宗教或者神圣的特征。这种将**隐喻**精神升华的倾向是为了把对解读的重点重新放到隐喻上来，放到高于一切、压倒一切的位置上来。对于其他方面的关注，比如韵律和风格，通常不是被完全忽略就是被降低到最小的限度。所有修辞语言都被赋予重任和“神学”价值，了解这一点，我们对于原教旨主义的清教徒式圣经解读和新批评派的“细读”之间的某种雷同就不应该感到奇怪了。[12] 原教旨主义阐释学与现代圣经学者的“高级批评”不同：后者注重历史考证和发现文本上的差误，而前者却首先赋予作品以神圣的地位，然后带着崇拜去阐释文本。新批评形式主义继承发展了这一传统。

新批评的阅读方法要求读者把注意焦点放在诗歌上，而不是自身的反应上，要避免外在关注，采用客观的、严格专业的评判标准。这就假设了这个读者是一个理想的读者（ideal reader）。正如布鲁克斯在1951年发表于《肯尼恩评论》上的《形式主义批评家》一文中指出的那样：“形式主义批评家假定的是一个理想的读者：就是说，他试图找到一个参照中心（central point of reference），从而把他的关注点放在诗歌或者小说的结构上，而不是把它放在一系列各种各样的解读可能上。”[13] 值得注意的是，读者的目标是**结构**——新批评意义上的特殊结构。要了解结构，理想的形式主义读者必须置身于一个“参照中心”。但是，读者却没有被告知怎样才能占据这一阐释空间。不过，没关系，布鲁克斯紧接着就坦白道：“当然，理想的读者是不存在的。从事批评活动的读者们所作的解读与诗歌的‘真正的’解读之间是有差异的。我想，这一点必须时刻提醒他们注意，怎么提醒也不算过。”（75）在这个极端的模式中，新批评读者的任务是寻找到那唯一的、真正的文本解读——那个他知道其实并不存在的解读。他要避免的首先是“一系列各种各样的解读可能”。如此，一个相对论的阐释学幽灵缠绕着新批评读者。

就像“理想的读者”这个概念一样，原教主义对于“统一性”（unity）的信念也是

---

[11] Cleanth Brooks and Robert Penn Warren, *Understanding Poetry*, 3d. ed. (New York: Holt, Rinehart and Winston, 1960), p. 270. See also Brooks' "Metaphor and the Tradition," *Modern Poetry and the Tradition* (Chapel Hill: University of North Carolina Press, 1939), pp. 1–17.

[12] Grant Webster, *The Republic of Letters: A History of Postwar American Literary Opinion* (Baltimore: Johns Hopkins University Press, 1979), pp. 100–102.

[13] Cleanth Brooks, "The Formalist Critics," *Kenyon Review*, 13 (Winter 1951), p. 75.

一种用心良苦的杜撰。泰特提醒我们道："我们必须听从兰塞姆先生的警告，艺术作品的完美统一或者完整一体是批评家的一种幻想。"（*EFD*, 273）对于一个新批评学者来说，像他这样勇于怀疑新批评的假定前提是难能可贵的。他宁可相信绝对论而不相信相对论。在他的同一本论著中，我们还可以找到这种颠覆性时刻的其他例子。比如，在谈到他的深信不疑的统一的或者"有机的社会"（旧式的农业主义理想社会）这一问题时，泰特这样说道："问题的关键不在于，在有机社会中，存在的统一是否曾经存在过，也不在于它是否能够存在；而在于我们必须肯定它的必要性，哪怕只是为了解释存在的不统一性这一人类存在的最基本的事实。"（*EFD*, 378）这种策略——模仿华莱斯·史蒂文斯的著名的"必要的杜撰"——有时也出现在其他新批评者的文本中，特别是默里·克里格的晚期作品中，这一点我们很快将会看到。这种策略的目的，是为了增进我们对于新批评者们所笃信不移的极端理想——在这里，就是"统一性"这个文学和文化理想——的理解。

同样的供认不讳也出现在泰特对罗伯特·弗罗斯特（Robert Frost）的《情语喁喁的女巫》（"The Witch of Cöös"）的讨论中。这里，他坦诚道："就像其他所有的一流艺术作品——诗歌、绘画、雕塑、电影——一样，它吸引着人们去尝试那无穷的、各种各样的解读，而所有的解读都可能是'正确的'。"[14] 从新批评学者所创作的大量丰富的材料当中，历史学家可以提炼出一种狭隘、统一的意识形态；或者如果他注意到这些材料中如前文所提到的差异和颠覆性时刻，他就可以建构出一个比较庞杂的异质性（heterogeneous）学派。泰特实话实说，其效果是拓宽了我们对于这个形式主义阐释学的理解，并使得细读那与众不同的程式和实践富有了某种强制的、夸大的和杜撰的特征。

我们可以总结出规定和左右新批评"细读"的全套形式主义程式，不过，我们必须知道这些归纳出来的理想程序通常都是带有附加条件的。总体说来，在进行细读时，新批评家要：

1. 选择一篇短文，通常是一首抽象诗或者现代诗；
2. 剔除"生成"批评阅读法；
3. 避免"接受主义"研究模式；
4. 假定文本是一个自足的、非历史的、空间的存在体；

[14] Allen Tate, *Memoirs and Opinions 1926—1974* (Chicago: Swallow Press, 1975), p.99.

5. 假定文本是既微妙复杂又有效统一的；
6. 进行多次的回顾性阅读；
7. 把每一个文本都看成是由多种相互冲突的力量构成的戏剧；
8. 总是把阅读的注意力放在文本及其语义和修辞的多种内在关系上；
9. 坚信文学语言最基本的修辞——因此也就是奇迹性的——力量；
10. 避免改写和总结，或者阐明，这些陈述不等于诗歌的意义；
11. 寻找和谐的文本元素的总体平衡或者统一的综合结构；
12. 把不一致与冲突置于次要从属位置；
13. 把悖论（paradox）、含混（ambiguity）和反讽（irony）当作协调歧异和保障统一结构的手段；
14. 把（内在）意义当作结构的一个因素对待；
15. 附带指出文本的认知和经验层面；
16. 努力做一个理想的读者，挖掘出那包罗万象的、正确的、唯一的解读。

这一套系统的程式使新批评形式主义的“细读”与其他学派的解读实践大相径庭。比如，对于20世纪30年代美国马克思主义批评家来说，这些新批评的阅读规定和程序就派不上什么用场。值得注意的是，这些规定和程序不仅对分析活动起着指导作用，而且也体现了批评性评判的标准。对新批评家来说，“阅读”既要求读者作出解释，也要求他做出评判：诗歌有优劣之分，这是毋庸置疑的。

教学使命

新批评学派不遗余力，将其基本观念和方法，特别是它的“细读”实践，在成千上万的学生和学者中宣传推广。在形式主义的观念和实践得以体制化的背后，潜藏着一幕历史。这幕历史涉及的主要是早期的“逃亡者”，包括剑桥批评家 I. A. 理查兹和威廉·燕卜荪，晚期的克兰斯·布鲁克斯、雷内·韦勒克，以及各种合作者。新批评教育使命的细节值得我们认真地思考。

1919至1925年间，“逃亡者们”每星期在范德比尔特大学（Vanderbilt University）聚会一次，对各自的诗作进行讨论与点评。这个非正式的大学研讨组发展了严谨的技术标准，力求磨砺其成员的创作技艺和阅读方法。这个小组的这些做法后来为新批评的典型分析模式奠定了基础。1926年，当曾在《逃亡者》上发表过作品、也熟知“逃亡者”批评实践的劳拉·瑞丁（Laura Riding）移居英国并与罗伯特·格雷伍斯（Robert Graves）合著《现代诗歌概观》（*Survey of Modern Poetry*, 1927）时，她也许已经将早期美国新批评主义倡导的分析模式介绍给了英国。在《含混的七种类型》（*Seven Types of Ambiguity*, 1930）——这是一部确定形式主义基本阅读步骤的关键文本——的创作过程中，燕卜荪承认，他大量借鉴了格雷伍斯和瑞丁的细致的释读方法。[15] 1930年以后，许多新批评学者都把燕卜荪的文本尊为典范。

在发表《含混的七种类型》时，燕卜荪还是剑桥大学I. A. 理查兹教授的一个年方24岁的学生。总的说来，理查兹对新批评的影响（特别是对燕卜荪的影响）是相当大的，所以有必要在这里交代一番。理查兹是一个多产的批评家，他的学术生涯漫长而高产，大致可分为两个阶段。从青年时期至近四十岁这一段，他主要在剑桥从事美学、语义学以及文学理论与批评的研究；从三十七八岁到七十五六岁这一段时期，他在哈佛大学工作，致力于教育、基础英语和全球扫盲项目的教研。对新批评产生影响的是理查兹早期的思想。确切地说，是理查兹早期思想的某些方面对于美国新批评产生了重大影响。虽然他的经验主义和理性主义的观念以及他对于科学与心理学的成就被新批评学者忽视、批判或者抵制，但是，他关于诗学语言和批评的理论和他对教学法和教学难点的研究一样，都受到了他们的重视。

I. A. 理查兹一生发表了大量的作品。对于美国新批评学者来说，最重要的也许是《文学批评原则》（*Principles of Literary Criticism*, 1924）和《实用批评》（*Practical Criticism*, 1929）。比如，像“张力”（tension）与“平衡”（balance）、“情感性”（emotive）与“指涉性”（referential）语言以及“反讽”（irony）和“伪陈述”（pseudo-statement）这些现在大家都已经熟知的术语，均出自他的《文学批评原则》一书。对于理查兹来说，美学经验的特征是，处于极度对抗中的敌对势力达到复杂的平衡或者均势：“这种平衡的势态，通过它的包容力，而不是它的排斥力，达到稳定。这种平衡的势态是……所有最有价值的艺术经验的一个总体特征。”[16] 另外，最高意境的诗歌依赖的是反讽，是那种“由对立的、互补的冲动汇聚而成”的反讽（250）。10年后，克兰斯·布鲁克斯和其他新批评学者充分利用这些概念，从而发展形成了他们的诗歌理论和阅读程式。但是，在他们的理论与程式中，理查兹的心理学基础被语言学和修辞学基础所取

---

[15] Webster, pp. 95—97 and p. 310, n.7.

[16] I. A. Richards, *Principles of Literary Criticism* (1924; New York: Harcourt, Brace, 1959), p. 248.

代。在《文学批评原则》接近尾声开始讨论语言的时候，理查兹把科学语言的指涉功能或者命名功能与诗歌所常用的语言的情感功能加以区分。虽然诗歌也常常指涉世界上可验证的事物，但是它还有其他目的。所以，对于诗歌语言来说，以词语与事物之间的对应作为唯一的检验标准是不恰当的。我们可以摒弃对应（correspondence）标准，代之以效果（effect）标准或者一致（coherence）标准——因为这种标准涉及的是审美经验所固有的态度的排列和“平衡的势态”（balanced poise）。文学语言由伪陈述（pseudo-statements）组成。理查兹谨慎细心地把诗歌语言与科学和哲学语言加以区分——他的这一项研究与新批评学者所追求的目标异曲同工，为他们开创了先河。

五年后，理查兹发表了《实用批评》（*Practical Criticism*），该书对剑桥大学数百名学生对一部短篇诗集的书面反应进行了分析。理查兹仔细地研读了这些学生的反应，罗列出诗歌阅读的十大难点。这解读的十大困难是：(1) 意义的难以确定，(2) 对音步和韵律的误读，(3) 对象征性语言的误解，(4) 毫不相干的个人联想的运用，(5) 对于俗套反应的依赖，(6) 多愁善感的过度反应，(7) 压抑的反应或者不为所动的铁石心肠，(8) 宗教式教条的限制，(9) 技术性假设前提失效，(10) 狭隘的批评性先入为主。理查兹宣称：“我认为，诗歌阅读和评判的最主要障碍和失败原因尽可以毫不牵强地被归纳到这十个方面。”[17] 可以说，《实用批评》从理论和实践上为诗歌解读和评估创立了一套教学技巧。在这篇著作中，理查兹把修辞语言的解读放到了中心位置——后来这一阅读程式在他的学生燕卜荪和新批评学者那里得到了更进一步的强调。值得一提的是，新批评的总体目标是，分析并最终改进文学研究的**教学**。它为大学课堂提供了一个高度清晰的模式。克兰斯·布鲁克斯和罗伯特·潘·沃伦合作撰写的颇有影响的教科书《诗歌鉴赏》（*Understanding Poetry*, 1938），就得益于理查兹的早期论著。最后，理查兹的思想还有两个方面值得一提：他对现代社会持含蓄的批判态度，认为它是堕落的，并提供佐证揭露它的短处，维护高尚的道德标准；另外，他很少表现出任何历史循环主义倾向，或者好古的习性。而这两种性格都能使他与新批评更加一拍即合。

如果说，理查兹的细腻的文本分析为课堂教学提供了丰富的可能和严谨的模式的话，那么，燕卜荪的文字分析则展示了经久不衰的细读的高标准。正如燕卜荪自己所说的那样，他的解读有一种积极的“谨小慎微”，其智慧与对细枝末节的求证比

[17] I. A. Richards, *Practical Criticism* (1929; New York: Harcourt, Brace & World, n. d.), p. 15.

之当代历史研究和文本目录学毫不逊色。有讽刺意味的是，他真正被广泛接受的不是他的含混本体论，而是他的细读的修辞方法。另外，他对简单的“欣赏性批评”的不屑一顾和他对严谨的“分析性批评”的推崇——出现在《含混的七种类型》的尾声中——与所有新兴的美国形式主义批评观念不谋而合，彼此呼应。他确实不愧是一个会阅读的学生。

美国新批评学派的价值、偏见和阅读方法通过布鲁克斯和沃伦合著的《诗歌鉴赏》(1938)和《小说鉴赏》(*Understanding Fiction*, 1943)以及布鲁克斯和罗伯特·海尔门(Robert Heilman)合著的《喜剧鉴赏》(*Understanding Drama*, 1946)得到了广泛传播。根据雷内·韦勒克的回顾和评估，《诗歌鉴赏》一枝独秀，“在使新批评的阅读技巧进入美国高等院校的课堂，把分析作为一种学习和模仿的技巧来推广这方面，它比其他任何一本书所作的贡献都要大”[18]。沃尔顿·利茨(A. Walton Litz)同意韦勒克的评价。不过，他补充道：“尽管《诗歌鉴赏》起到了如此的教育功效，但是，它也使新批评更快地趋向刻板和教条，而这种拘板和教条最终成为新批评消亡的一个根源。”[19] 这部开拓性的诗歌选集——其后附有对诗歌的赏析和对有关重要概念的讨论——重抽象和现代诗歌，轻浪漫和维多利亚诗歌；它摒弃评传性、历史性和社会性批评，推崇统一结构的形式主义分析；它无意中暗示，一致而又严谨的注释是有价值的文学批评。

《诗歌鉴赏》最终成功地使批评进入了高校课堂。但是，是约翰·克罗·兰塞姆在《批评股份有限公司》(“Criticism, Inc.”, 1937)一文中，首先提出了教育之于批评的重要：

> 我应该把最终创立明智的批评标准的希望放在文学教授的身上。这里所说的文学教授，在这个国家，大多是指英文教授。这是他们的职责。
>
> 批评必须更加科学，或者更精确和更系统。这就意味着，它必须是通过博学之士集体、持续的努力发展形成的，也就是说，它恰当的活动中心应该是在大学。

兰塞姆接着提议道：

---

[18] René Wellek, “Literary Criticism,” *Encyclopedia of World Literature in the 20th Century,* rev. ed., ed. Leonard S. Klein (New York: Frederick Ungar, 1983), 3: 122.

[19] A. Walton Litz, “Literary Criticism,” *Harvard Guide to Contemporary Writing*, ed. Daniel Hoffman (Cambridge: Harvard University Press, 1979), p. 57.

> 我认为，这整个企业也许应该牢牢地掌握在专业人员手中，而不是依赖业余人员偶一为之的半瓶醋式批评。也许，我所用的比喻不太恰当。但是，我的想法是，我们所需要的是批评股份公司，或者批评股份有限公司。（*WB*，328－329）

如果兰塞姆的提议得以付诸实施，将使文学批评在大学校园扎根，使批评成为一种职业，通过集体合作实现批评的系统化，并把批评活动从书评和报刊文章转移到专业学术讨论上来。与此相差无几的情形已经发生，这一点是很清楚的：在我们这个时代，绅士批评家和诗人批评家已经被高校的专业批评家所取代。除了艾略特以外，所有的新批评学者都在高等院校从事过长期的教学工作。他们的许多作品都在由高校资助的学术季刊和出版社出版发表。作为一部多人合编的诗歌选集和一本形式主义的初级读物，《诗歌鉴赏》不仅综合整理了理查兹、燕卜苏、逃亡者批评家和其他人的著作，从而使新批评主义的原则系统化，而且还加快了新批评学派的形式主义批评正在形成中的体制化进程，从而进一步巩固了批评股份有限公司的建立。兰塞姆的提议，标志着美国新批评发展过程中的一个转折点——向大学和教学发展的转折点。《诗歌鉴赏》完成了这一教学使命。

1950 年，《诗歌鉴赏》的第二版问世，此时，新批评学者们的声望已经得到了进一步的巩固提高。布鲁克斯、韦勒克和维姆塞特都是耶鲁大学的教授，布莱克姆尔任普林斯顿大学教授，伯克执教于本宁顿（Bennington）学院，艾略特刚刚获得诺贝尔文学奖，克里格和兰塞姆都是肯尼恩（Kenyon）学院的教授，兰塞姆还担任着有影响的肯尼恩暑期文学研讨班（Kenyon School of English，由洛克菲勒基金会资助）的主任一职，理查兹执教于哈佛大学，泰特在明尼苏达大学，温特斯刚刚晋升为斯坦福（Stanford）大学的正教授。这些新批评学者执鞭于名牌学府，所处的权威位置使他们能够通过他们发表的作品和他们的日常教学传播他们的思想。大约在这期间，雷内·韦勒克和奥斯汀·沃伦对新批评理论原理进行了全面系统的整理，将之收编进他们合著的《文学理论》（*Theory of Literature*，1949）一书中。事实证明，这是一部有影响力的教科书。它是针对研究生和教授的，而不是像《诗歌鉴赏》那样，是为本科生设计的。到了 20 世纪 40 年代末，“批评股份有限公司”的建立已经成为一个现实——一个建立在“逃亡者”、剑桥批评学者、耶鲁批评学者和其他与这种形式主义批评有共鸣的学者的教学活动基础上的现实。

新批评内外：典范个案分析

在新批评发展的晚期，它常常变得刻板、教条，部分原因是它经过了广泛的体系化和编纂整理，部分原因是它被广泛、成功地应用于教学活动。这种理论和实践不断的“纯净化”进程与主要的“新批评家”向不同方向分道扬镳发生在同一时期。到了20 世纪 40 年代晚期，艾略特、理查兹、利维斯、布莱克姆尔、温特斯以及伯克都已经拓宽了他们的研究视野，开始涉猎包括历史、社会学和伦理学方面的命题，虽然他们还都遵循着某些形式主义的信念和实践。在这群主要批评家之中，没有人比肯尼斯·伯克更有意识地、惹人注目地拓宽他的事业。他在这么做的同时，也暴露了新批评的某些局限性，这使得他的事业可以成为我们探讨的一个典范案例。

和大多数英裔美国新批评学者一样，肯尼斯·伯克在他的整个生涯中一直都是一位资本主义工业化社会的无情的批评者。他崇尚的是那种在合作性的农业社群中才能找到的生存方式。他对现代科学持不信任态度，觉得现代科学那种对完美的过度、片面的追求会导致毁灭性的技术战争。虽然，他显然不是一个**实际意义**上的基督教徒，但是，他却把基督教的神学推崇为最完整的“世界理想”和伦理规范。作为一位新批评家，伯克不断地强调细读的价值，坚持不懈地从事“学术上”的精细分析。他细心地把文学与道德和宗教区分开来，使形式主义批评有别于社会和文化分析。他不仅认同、而且广泛地传播了新批评学派的信念：文学是知识；修辞语言具有内在的“宗教性”；戏剧是诗歌的**唯一**模式。

伯克的事业和纯净化的美国新批评事业之间的区别很多，也很显著。正是这些区别，使新批评不断地暴露出它的主要局限性和不足之处。伯克的阐释学研究工程**大致**可分为三个阶段：20 年代和 30 年代，他把文学作为象征性行为来探索；40 年代和 50 年代，他把文学作为戏剧性行为来分析；60 年代和 70 年代，他把文学作为“语言符号体系”(logological) 行为来探讨。重要的是，他后期的研究不仅拓宽，而且也包括了早期的研究，所以，语言符号体系研究工程也包含了早先的戏剧和象征行为的研究成果。伯克的研究，包括早期和晚期的研究，有一与众不同之处，那就是：对于广泛意义上的人与人之间的关系的压倒一切的关注。因为对于伯克来说，人与人之间的关系最可靠的信息来源和最好的模式莫过于语言学和文学形式，所以，我们总是可以把他看作是又一位致力于严谨的形式主义分析的文学批评家。但是，人们发现，随着时间的推移，伯克对更广泛范畴的关注越来越明显。逐渐地，他的关注囊括了传记、心理学、社会学、哲学、政治学、美学、伦理学、宗教和人类学。从这些材料当中，他逐渐摸索形成了一套复杂的文本分析机制。毫不奇怪，彻底献身于新批评的学者们，对他把外在关注融进文学研究当中深表不满，他们谴责他放弃了**文学批评**。同时，伯克却似乎在嘲弄他的谴责者，发表了对诗歌作品的复杂而睿智的解读。到了20世纪40年代中叶，伯克已经清晰明了地创立出一套高度复杂的解读模式。然而，要理解这种模式必须要有研究系统哲学的那份专注才成。结果，他被指控为故弄玄虚、卖弄怪诞的术语、妄图改变读者的信仰，而不是为读者提供信息。这位研究关注最为广泛的批评家好像故意地倒行逆施，把新批评的种种禁忌转变成真理，把其禁止的种种做法变成积极的实践。

伯克研究工程的核心，是一个经过了各种阐释方法补充的形式主义评注方法。因为文学分析不能详尽无遗地论述人际关系和象征性行为，所以，伯克把诗学和语法、修辞、伦理联系起来。在伯克的系统中，语法的焦点在内容上——在作为信息和知识的文学上；修辞关注的是反应——是作为权力的文学；诗学以美的对象为中心——作为审美形式的文学；而伦理所讨论的则是道德价值——是作为人和社会的缩影的文学。在这个成熟的系统中，诗学探讨的只是象征性行为的一个方面。在对诗学至关重要的形式主义理论中，伯克还注入了对于诗人的先入之见和读者反应的心理分析，注入了对于诗中所包含的文化习俗和文化等级架构的社会调查，注入了对于明确的和暗含的信仰和定义的认知性探讨。

伯克始终认为，一个批评家可以合法地把他自己的研究局限在形式主义的范围内，也可以超越这个范畴、关注研究的其他层面。但是，不管哪种情况，都必须有严谨的研究方法。他曾在1966年强调指出：“我认为，特别是对于诗学研究来说，应该尽量地严格有关规定，绝对不应该允许任何有关传记方面的参考。只有在一个词语的意义（和隐喻）会在几个世纪后有所改变的情况下，我们才可以参考历史……”诗学领域的形式主义分析必须是有限制的、有中心的。比如：诗人其他的诗歌、他的生平细节和总体的历史背景方面的信息，在这种研究方法当中是不应该占有位置的。“在把作品看作一例纯粹的诗意行为的时候，我们不应该考量这些方面的材料。这里，材料的取舍必须是根据其在故事［或者诗歌］中的作用，不管这些材料是在写作过程中出现的，还是从一本笔记本上摘录下来的，或者甚至是从别人那里偷来或者借来的。”[20] 虽然伯克对形式主义诗学与方法的范畴作了严格的界定，但是，他并不认为，我们应该把所有的探索都限制在这个领域，都遵循这些程序。在他看来，“发挥得淋漓尽致的话”，细读“可以使读者对于一个阅读对象的思考达到一种睿智无比的状态，使他不仅开始对这个对象看得更加深远，而且还能超越这个对象，从而推而广之，进一步概括出这些类型的艺术和艺术美的基本特征，甚至人类思想和经验的普遍原则。”[21] 这里，伯克揭示出他的思维的最完美的运行轨道——从文本分析到人类经验。就伯克而言：“批评家应该能够道明他所关注的范围。作为一个批评家，他所能够道明的范围越广越纵，他的使命就完成得越好。”(*KC*, 272) 我们可以这么说，伯克的特色是注重文本而又**超越**文本。他比任何其他的新批评同代人都更致力于对文本含义的探究。

伯克早期最著名的作品中有一篇叫《文学形式的哲学》(1941) 的专题文章。在这篇文章中，他开宗明义地把“想象性作品”定义为“针对情况所提出的问题的答案。这些作品不仅仅只是答案，它们还是**战略性**的答案，是**风格化**的答案”[22]。可以说，在他的这个开篇定义中，既包含着一个外在批判的研究选题，又包含着一个内在批评的研究选题。“情况”是与“风格”和“答案”密切相关的。“情况”是作品创作的条件，通常它不仅包括传记以及纯粹的文学方面的素材，也包括文化和历史背景：“情况”构成作品的功能基础。这个可变性基础为多元化的批评方法提供了合法许可。对伯克来说，文学是风格化的自我表达，这种自我表达是对一个情况的反应，并试图提供有说服力的答案。它是“生活的装备”。作为启示，文学需要传记分析；作为仪式(或者风格)，它需要形式主义的批评；作为文化反应，它必须有社会学探研。其实，早在30年代起，伯克就已经逐步地提出这种诗学和阐释学的多元体系理论，只不过在《文学形式的哲学》一文中，这种理论又再次强势地体现出来。比如，在《反声明》(*Counter-Statement*, 1931) 中，他宣称：“艺术家的创作始于他的情感。他把这种情感转变成一种唤起别人的情感的机制。因此，他对于自己的情感的关注被超越，进而

---

[20] Kenneth Burke, “Formalist Criticism: Its Principles and Limits,” *Language as Symbolic Action: Essays on Life, Literature, and Method* (Berkeley: University of California Press, 1966), p.497.

[21] Kenneth Burke, “Kinds of Criticism,” *Poetry*, 68 (August 1946), 278–279. 此后略为“KC”。

[22] Kenneth Burke, “The Philosophy of Literary Form,” *The Philosophy of Literary Form: Studies in Symbolic Action*, 3d ed. (1941; Berkeley: University of California Press, 1973), p.1. 此后略为 *PLF*。

转变成对于情感的处理的关注。”[23] 这里，伯克的思维迅速地从自我表现，转到说服，再到风格，他把三者都包含在一个关于想象性作品本性的综合观念之中。这种非常早期的理论中所缺的是一个社会学层面。

30 年代早期，伯克开始在他最初的美学思想中吸收了一种马克思主义视角。这时候，社会学在他的文学和批评理论中的作用就已经很明显了。在美国早期的主要新批评家中，伯克是唯一采用社会主义思维方式的一位。他没有参加共产党，但他却是一位独立的马克思主义者。在发表在马克思主义刊物《科学与社会》上的一篇文章中——这篇文章后来被收入《文学形式的哲学》一书中——伯克指出，“美学现象的分析可以被发展和设计成对总体社会和政治现象的分析”(309)。后来，伯克把这种分析称为“社会灵意批评”(socioanagogic criticism)。这种批评的宗旨是，研究分析体现在想象性作品中的特定社会政治结构所产生的各种势力和矛盾。但是，直到 30 年代发表的《作为生活装备的文学》一文中，伯克才提出宏大规模的社会学批评研究工程，力主“把文学从它单独的储藏箱中解放出来，使之在总体的‘社会学’画面中占有一席之地”(296)。具体说来，这种社会学研究工程“要试图对艺术家为了命名各种情况而提出的种种策略进行编纂整理”(301)。文学作品，像箴言一样，为人们提供对人类幸福有直接影响的规劝、忠告、预报、安慰和教诲。文学，就像药品，是人们在特定的社会政治情况下得以生存的必要装备。批评能够而且也应该考虑文学中这些重大的主题。

在《文学形式的哲学》一文中，伯克坚持认为：“批评性分析的”主要“关注必须集中在特定作品本身的结构上”，然而，他又补充道，“当你把作品看作是结构的**运作**(**functioning**)时，关于结构的看法就更加重要”(74)。他把社会学目的也作为文学的功能之一：文学具有适于整个社会机体的治疗和净化疏导能量。文学所带来的这种净化和拯救不仅是对读者而言的，也是对诗人而言的。这种“功能主义的不证自明”维系着伯克的文学是一种**行为**的总体理论。文学是做事情的——为诗人、读者和社会做事。文学的形式和内容必须从这个角度来理解。因此，人文学和心理学、社会学和传记、政治和伦理、宗教和美学都为深入、广泛、充分理解作品提供了途径。“批评的主要理想，”伯克声称，“就是利用可以利用的一切。”(23)

伯克不但开拓了文学的跨学科协调研究的先河，而且也精炼了形式主义的分析

[23] Kenneth Burke, *Counter-Statement*, 2d ed. (1931; Los Altos, Calif.: Hermes, 1953), p.55.

方法。他开创了一种包含以下六个层面的“形式主义”阐释学：结构分析、聚类分析、戏剧分析、双关语分析、原型分析和象征分析。后来，他又为这些模式加上了“索引”。在这里，我们没有必要重复所有的这些研究模式——伯克的批评家们已经对这些进行过仔细的编目。但是，在这里且让我们单独对“结构分析”这一层面做一抽样分析。请看一位伯克研究学者对此所作的总结：

> 任何一种发展都在结构分析的覆盖之下。这些发展中最重要的有情节（外在事件的顺序）；行为（“精神运动”，或者内在反应的顺序）；经验模式（由一个因素的内部矛盾和一个因素与其他因素、场景等之间的互动所引起的简单的和复杂的心理和生理经验的模式）；空间运动（上、下、内、外、南、北、东、西）；语气的发展；时间的推移（季节的推移、生物生长、历史变化）；情景发展；以及质量发展（从黑色到灰色再到光明的意象；从堕落到净化再到拯救的意象；从天真无邪到腐败再到堕落）。把诗歌作为象征性行为来分析的第一步就是，对其结构进行一个全面彻底的描述性和分析性研究，以便判定什么在先，什么在后，以及为什么会如此。[24]

这是伯克形式主义模式的六个分析程序中的第一步。其他的程序，视具体文本而定，可能同样的细致和彻底。伯克实践的“细读”可谓彻底的精细。他的解读法与新批评解读法的不同之处在于，他有一整套与社会科学密切相关的相互协调的复杂程序。伯克把这种文学批评与其他学科之间的协调命名为“有计划的不一致（planned incongruity）”。

伯克的理论和批评中的广泛的推测、枝枝杈杈和那些“不一致”，加上他特有的透彻和跨学科性，使得新批评学者在崇敬他的同时，又不得不加以批评。R. P. 布莱克姆尔在他著名的《批评家的职责》（1935）一文中，概述了伯克的长处和许多短处，树立了这种对伯克既打亦揉的模式。20 年后，默里·克里格对新批评进行编纂整理，只是在一个注释中提及了伯克。而提及伯克时，克里格的《诗歌的新辩护士》（*The New Apologists for Poetry*）口吻颇为不屑：

> 就试图定义诗歌而言，肯尼斯·伯克的出发点与我们相去甚远。虽然他常

---

[24] William H. Rueckert, *Kenneth Burke and the Drama of Human Relations*, 2d ed. (Berkeley: University of California Press, 1982), pp. 83—84.

> 常被当作新批评学者看待，而且他的定义也算是不同寻常，不能说没有一定的影响。但是，在这篇文章中，我们不会专门论及他，正是因为他的出发点与我们相去甚远……在旨在挖掘诗人的心理和读者的心理的作品中，没有陈词滥调混淆视听的余地……这种框架导致了伯克的“戏剧性”理论，它最终否认艺术和生活之间存在着任何障碍……虽然理查兹也同样与我们大多数批评学者有着不同之处，但是，他的理论很容易被本文所讨论的那些批评学者修改和借鉴。而伯克却恰恰相反，他简直代表了一个与我们完全背道而驰的批评方法……[25]

这里，克里格大张旗鼓地把伯克轰出了新批评学派。在克里格所列举的伯克的种种过错中，包括他对于诗人和读者的心理的关注，对于艺术和生活之间的紧密联系的关注，对于**日常**语言的象征价值的关注。虽然伯克的关注与 I. A. 理查兹的非常相像，但是，他对其他新批评家没有真正的影响，所以他被摒弃，而理查兹却被接纳。克里格的主要目的是为新批评提供一种纯净、系统的美学理论，鉴于这一点，我们可以理解他策略性地开除了伯克的新批评学派派籍。伯克是新批评的圈外人。

晚期新批评形式主义的辩护

当默里·克里格的《诗歌的新辩护士》问世的时候，新批评正遭受来自多方面敌人的激烈围攻。芝加哥批评学派、纽约知识分子、神秘主义批评学派、哲学批评学派以及形形色色的心理学和社会学批评家都在某种程度上向这个形式主义运动的事业提出挑战。许多主要的新批评学者自己也与该学派分道扬镳。随着时间的推移，其他理论家和学者也纷纷加入了对新批评的批评行列，其中包括读者反应批评家、结构主义者、解构主义者、女权主义者、伦理批评学者以及左翼文化批评学者。自然，新批评从一开始就受到马克思主义学者、弗洛伊德派学者、文学历史学家以及其他学者的挑战。到了 20 世纪 70 年代初，对于新批评的攻击已经如此之多、如此广泛、如此毫无节制乃至它的作用好像就是该当挨批的替罪羊。那些对新批评的讽刺批评往往是粗枝大叶地回顾一下新批评的大概，使它面目全非，成了顽石一块。由于许多早期的新批评学者到了 70 年代已经去世，其余的也早就脱离了新批评行列或者不再活跃，

---

[25] Murray Krieger, *The New Apologists for Poetry* (Minneapolis: University of Minnesota Press, 1956), p. 216, n. 18.

新批评有权威的代言人只剩下克兰斯·布鲁克斯、雷内·韦勒克和默里·克里格。克里格比他的两位同事大约年轻二十岁。在新批评遭受挑战最为激烈的这一时期，他正年富力强，处于他权威的顶峰。作为最年轻、显然也是最后一位主要的新批评家，默里·克里格肩负起了为新批评辩护的重任，极力捍卫和发扬光大新批评的形式主义。正是因为有了克里格在70年代的辩护，才产生了一种深奥微妙、灵活多变而且精纯的现代新批评形式主义版本。

70年代，克里格曾一度感到，处于面临严峻选择的两难境地。他必须做出抉择。在克里格心目中，这一决定性时刻的历史原因，可以追溯到马修·阿诺德（Mathew Arnold）和他的信仰危机时代。使本来已经很严峻的情形更加严峻的是，解构主义批评正在给所有人文学者带来威胁。"阿诺德的选择"已经是一个世纪以前的事，可是，对于克里格来说，他的"阿诺德式选择"仍然与信仰问题有关；他自己晚期的立场与信仰分不开。他宣称自己是个有信仰的人。

> 如果我们也像阿诺德一样失去了信仰，那么，我们可以有两条路可走：要么，我们可以把诗歌看作人类战胜黑暗的一个胜利，看作文字意义的创造，并以此作为这空虚的宇宙中已经死亡的宗教的精神替代；要么，我们可以——在我们的否定中——继续沉湎于我们的无信仰、我们宇宙的空虚，任其渗透进我们的诗歌。如果我们选择后者，那么我们就可能……摒弃前者，摒弃积极的人文主义对于诗歌独特力量的信念，把它看成是由我们的怀旧和精神空虚而造成的一种神秘化（mystification）。
>
> 我是一位愚顽的人文主义者，所以我必须选择第一条出路：我想保持一种对于饱满而且有中心的文字许诺的敏感，因为文字是一种饱满的能指（signifier），它有一个从自身内部创造出来的、与之不可分割的所指（signified）。但是，我也意识到，作为一个现代人，我不信神话的习惯一定会迫使我谨慎地度量我凭什么可以大胆地宣称文字的在场和饱满（verbal presence and fullness）。[26]

作为一个有信仰的现代人，克里格坚持认为，诗歌是"人类的胜利"，是"文字意义的创造"，是"对已经死亡的宗教的精神替代"，具有"独特的力量"，是"饱满而且有中

[26] Murray Krieger, *Poetic Presence and Illusion: Essays in Critical History and Theory* (Baltimore: Johns Hopkins University Press, 1979), p.173. 此后略为*PPI*。该文集收入了1968年至1979年间发表的17篇论文。

心的文字”，是“有着不可分割的所指的饱满的能指”，是“文字的在场和饱满”。这种文学理论，在克里格看来，是“愚顽的人文主义”，是“积极肯定的”。他希望，这种理论能在一个严峻的文化背景之中——宇宙是空虚的，宗教已经死亡，形而上学没有任何实质，所有的信仰都被去除了神圣的外衣——发挥积极的作用。在这样的世界里，任何积极的肯定都必须谨慎和大胆。所以，克里格的“我要保持对于……许诺的敏感”的宣言有意识地表现出融会着信仰的沉着仔细，而他的“我必须选择”的声明则承认大胆的必要，同时又坚持他对于诗歌的精神力量和意义——诗歌的“文字在场和饱满”——的信念。

在克里格极端的构想中，另一条出路是继续沉湎于无信仰和空虚，否定诗歌，把它看成是一种神秘化和怀旧情绪。这第二条出路把语言学的能指和它的所指分割开来，拒不承认诗歌是一种胜利、一种憧憬、具有独特的力量，使得饱满而且有中心的文字失去中心，使意义和在场不再神秘。这是一条持异议者的解构之路，这一点我们将在第十章中讨论。在整个 70 年代，克里格都在以他的形式主义研究命题对抗解构主义，希求能找到一条出路，来取代否定性的和空虚的解构主义研究命题，力图阻止西方人文主义遭受侵蚀。解构主义的挑战，迫使克里格在 70 年代成了新批评传统的代言人和辩护士。

克里格自称是一位**人文主义者**，有意识地把自己的理论看成是对西方文化传统的延伸和保护。他也把自己叫做**存在主义者**——这种哲学立场表现在他对于上帝之死的意识和焦虑，表现在他对于存在之空无的洞察力，也表现在他对于人的死亡是一个不争之事实的自觉（*PPI*, 208）。克里格还把自己看成一个**形式主义者**——一位新批评的继承人和修正主义者，一位坚信诗歌语言具有独特和超越力量的信仰者，一位深信自足的文学艺术品具有独立和特殊地位的学者。对他来说，在严峻现实的灰暗背景下，西方文学伟大作品的出现是睿智的、充满想象的对文字意义的创造，是神奇的和有中心的符号，为我们提供了文字的饱满和在场。

为了使他的晚期的形式主义具有生命力，克里格不断地对他的文学理论进行修改提炼。值得一提的是，他经常直面解构理论，努力内化和修正其研究成果以为己用。就这方面而言，克里格代表了一个重要的现象，因为他是主要的新批评形式主义家当中，唯一勇于面对和不断地、大量地化解解构主义威胁的一位。但是，这种面对的目的，并不是为了要理解解构主义的批评理论，而是为了要保存形式主义的批评理论。

在回应一篇倡导美国解构主义的文章时，克里格就诗歌有争议的地位作了如下断言：

> 如果说，相信诗人有能力发现文字体现了什么是一种神话的话，那么这个神话，对于西方批评传统来说，从一开始就已经成了一种必要的杜撰（necessary fiction），一种允许我们两千多年来最伟大的诗歌向我们倾诉的杜撰。就赋予诗歌以声音而言，历史上很少有任何批评流派比新批评学派做出的贡献更大。主要是因为有了这些批评家——但是也包括在他们以前的批评家——诗歌才得以在**那里**流传着，倾诉着，因为它们确实在倾诉，似乎在它们的里面有着一种在场。诗歌证明了自己的这种在场，而且，我们之所以继续相信诗歌里的这种在场并不是出于纯粹的怀旧。因为在场是现在时态（present tense），所以在我们还活着的时候，我们决不能允许自己随波逐流，放弃对在场的信念。（*PPI*，112）

这里，克里格表扬了新批评学者，把他们与更广泛的西方批评传统联系在一起。作为一个形式主义者和人文主义者，他坚信，必须保护我们最伟大的诗歌，必须继续我们古老的传统。他谆谆告诫我们，"在我们活着的时候" 要抵制人文主义的死亡和对伟大文学的去神圣化解构（desacralization）。"在我们活着的时候" 是一个颇为奇怪的从句，它把死亡引进了他的论据，使我们感受到了克里格的刻不容缓的存在主义式焦虑。当他警告我们"决不能允许我们自己随波逐流，放弃对在场的信念" 的时候，我们已经很清楚，信仰和理念一样，都是促成克里格之所以采取这样的立场的动因。

从整个70年代一直到80年代，默里·克里格不断地肯定诗人拥有发现"文字体现什么" 的能力，肯定伟大的诗歌"向我们倾诉"，肯定形式主义批评使诗歌拥有这样的"声音"，肯定诗歌在"**那里**"，肯定它们在"倾诉"，而且"它们蕴含着一种在场"。很清楚，克里格的文学理念是建立在声音与在场的联系之上的。诗歌的"文字的在场与饱满" 是对写作（écriture）的缺席和空洞（absence and emptiness）——解构主义诗学所宣扬的那些孤立的、非指涉性的、书面的能指——的直接对抗。

克里格关于**诗性在场（poetic presence）**的精细的系统性阐述，对于他的研究工作有着举足轻重的作用，是他的诗学理论的基础。他承认，有关存在的传统信念可能是一个"神话"。他也承认，"文字在场" 所具有的身份只是"似乎"（as if）。他给他后期化身性（incarnational）的诗学理论贴上了一个"必要的杜撰" 的标签——一个"**允许**" 诗歌向我们"倾诉" 的信仰体系。值得注意的是，克里格的理论所依赖的是"假设条件”(正如本节第一段引文中出现的“如果”和第二段引文中出现的“似乎”)。但是,他仍然坚信,诗歌“证明了自己的在场”,也就是说诗歌的能指是“饱满的”,“有着一个从**自身内部创**造出来的、与之不可分割的所指”。“自己的在场”和“自身内部”这两个短语都是奇特的修辞手法;但是,这样的修辞手段正是把诗歌看作一种自足的艺术品的形式主义思维的拿手好戏。克里格不顾一切代价,要为诗歌争取一个创造饱满的在场的神圣权利。诗歌与普通话语不同,它是一种特别的话语。正如克里格现在认识到的那样,新批评的这种观念是一个幻想。诗性的在场是一种幻想,一种必要的杜撰,一种在一个解构神的话时代有用的圣餐神话。

对克里格的分析进行到这里,我们不可能不注意到,他在70年代的话语和三四十年代最初的新批评形式主义者的话语有多么的不同。他的晚期作品中所用术语明显地发生变化,而布鲁克斯和韦勒克晚期所写的论文却没有反映出这种变化。在主要的新批评学者中,只有克里格一人直面对手的挑战,把他们的术语化为己用。也许,这是一个战术上的错误,也许不是。不管怎么说,这是克里格在敌对环境中培育形式主义价值的一种独特方式。1976年,在与人合办颇有影响的批评与理论暑期研讨班时,克里格邀请了当时大部分重要批评学派的主要代言人。克里格的总体战略是联合收编,而不是排斥。结果,他在他的新批评辩护理论中创立了一套奇特的专门词汇。

通过有意识地和系统地运用某些重要的比喻和修辞手段,克里格得以维护他的信念,并为他的信仰提供根据。他对一个关键的语言手段的论述直截了当,而且发人深省:“因此,我发现,我们的文学经验告诉了我们几种重要的悖论(paradox)——在这些悖论中,我看不出有任何一方会让步。”(*PPI*, 204)例如:在克里格看来,**悖论**使诗歌既成了一个审美对象,**又**成了一种读者的经验;既是一种不连贯的、独立的修辞语言,又是整套话语的一个连续部分;既是一个封闭的、自足的王国,又是一个各种语言因素构成的开放性网络;既是,克里格继续写道:

> 一种修辞身份(metaphorical identity)的文字奇迹,**又**是一种意识,意识到这种奇迹依赖的是我们知道它的不可实现,从而使我们认识到,这种奇迹只是我们的**幻想**……我们既学会了看,**又**学会不相信我们所看见的东西,因为我们既把诗歌语言看成是从话语的正常流程中摆脱出来的一个特殊的、值得崇拜的对象,**又**把它看成是经过自我解构和调平的语言,是普通写作(*écriture*)语言行列

中的一员。(*PPI*, 204—205)

悖论系统的形式主义的一面把文学作为客体、憧憬、奇迹、身份和比喻——所有这些都值得崇拜；其“解构”的一面却又把文学当作一个不可能发生的奇迹、自我创造的幻想、不值得相信的憧憬、经过调平的语言和普通写作。虽然克里格更注重，而且也不断地倡导神圣的形式主义诗学，但他也设法两方面兼顾，对“解构主义的”阐释系统作战略上的吸收。他想要把这些错综复杂的“不可能的”悖论两面糅合在一起，但是，他的信念却迫使他作出其他更好和更坏的选择。他宁可相信奇迹，而不信奉异端邪说，这是与新批评主义的传统一致的，因为这种传统的特征就是鞭笞异端邪说、坚持信仰。**诗歌是隐喻**（和幻想）。

20世纪70年代，克里格发现自己处在一个微妙的位置，好像自己是一位神学家，要努力向异教徒解释和证明化身之谜。对克里格来说，诗歌的内容是形式的一个方面——所指（signified）在能指之中（signifier）——就像上帝在化身为人的基督之中一样。奇迹世界和物质世界在修辞（比喻）之中同在。对这个最基本的前提，克里格很大程度上要依赖各种悖论来解释。与其他美国新批评家不一样的是，克里格提倡的，不只是具体哪一首诗歌的悖论，而是在他总体诗学理论中的悖论。悖论是他在评论文章和诗歌理论中运用得非常有效的主要修辞。“很可能悖论在批评话语中不如在诗歌中那样可以接受，”克里格辩护道，“但是，就我自己而言，我只可以说，如果我想问心无愧，不辜负我们的文学赋予批评家的责任的话，那么，我就不可能做得更好，也不可能做得更少。”（*PPI*, 203）克里格把悖论从诗歌话语移植到批评话语。对文学的描述需要这样的文学处理。文学悖论产生批评悖论；一种文本范畴涉及另一种文本范畴。这种对于诗歌语言和批评语言之间的关键区别的模糊是形式主义所不能接受的。为了为这种做法辩解，克里格搬来了“问心无愧”。他有“责任”忠实于文学，有“责任”援用文学的资源。不管克里格怎么解释，悖论都是他的主要思辨工具；它决定着他的文学理论。诗歌既是隐喻又是幻想，既是自足的又是开放的，既是特殊的语言又是普通的语言，既是一种审美对象又是一种读者经验。这里，悖论的一个总体结构——矛盾系统——支撑着形式主义诗学和阐释学的整个理论体系。

不管他的措辞多么的小心谨慎，克里格对诗歌的文字在场和饱满是笃信不移的。他也对在场和饱满说加以修正，宣称它们是幻想和杜撰。他宣告了所有这些悖论在战略上的必要性与价值。诗歌是既开放又封闭的话语。一首诗既是一种经验也是一个客体。这些悖论——杜撰——既是拯救诗歌的，也是用来拯救形式主义批评的。

克里格是阿诺德式遗产的继承人，他面临着当代解构主义的挑战。作为一个人文主义者，他运用西方传统的丰富资源，为文学和形式主义批评精心建构了复杂的防御工事。就建构综合和"连贯"的体系而言，没有几个新批评形式主义者像克里格那样学问广博、兼收并蓄。当然，也从没有一个美国理论家，有意识地把整个一套美学理论建立在一套矛盾体系的基础之上。

对克里格说来，诗歌始终是批评活动的源头和中心。虽然传统上说来，批评只是一种从属的艺术，但是**太空时代**的批评，有时候有以自己的文本取代处于中心位置的诗歌作品的危险倾向。在克里格看来，这种离心的"游戏"，这种"批评"，不应该取代诗歌。[27] 文学语言优于批评话语，因此应该节制任何凌驾于诗歌之上的阐释权力意志（will-to-power）所带来的先入之见与傲慢。克里格扮演着一个道德家的角色，祈求批评家们甘当文本的忠实奴仆。

与其他的新批评家一样，克里格相信，文学作品形造经验，也梳理经验。作品是一件艺术品或者特殊的对象，它拥有审美和认知闭合的有效形式。这些与众不同的特征使诗歌得到升华，提高了它的地位，使它不但有别于其他类型的话语，而且优越于其他类型的话语。诗歌作品有着固有的、典型的趋向封闭的内驱力，它显现出一种内在的合目的性和连贯性（purposiveness and coherence），从而使它有别于普通语言，并为自身身份的神圣提供了根据。虽然诗歌与某一个作者、某一群读者、某 个文化传统以及某一种历史语言是有关联的，但是，它仍然保持着自己的至关重要的完整性，拒绝在这些外在的、分裂性的力量或者实体的压力下解体或者遭到侵蚀。在整个70年代，特别是在他1979年题为《艺术实话实说》（*Arts on the Level*）的那些讲座中，克里格都一直在大力宣扬这些形式主义学说的核心信条。

读者反应批评学者、符号学学者、马克思主义者、特别是解构主义者，对新批评学派关于信仰的理论发起了越来越激烈的攻击。这些攻击，对克里格所非常珍视的神圣的文艺作品的内在完整带来了威胁，但却并没有摧毁它。对艺术的偶像崇拜，是所有形式主义的一个长期存在的特征。对于克里格来说，这种崇拜是应该继承的。虽然他做出了妥协、不得不诉诸悖论，但是也正是通过这些妥协与悖论，他才得以始

---

[27] Murray Krieger, *Arts on the Level: The Fall of the Elite Object* (Knoxville: University of Tennessee Press, 1981), pp. 27—48. 该书收集了克里格1979年所作的3个讲座。

终坚定不移地忠实于传统的信仰。最终，这种信仰与“真理”已没有多大关系；他给它冠之以“必要的杜撰”的身份。这一现代主义策略，是从华莱斯·史蒂文斯那里借用的，其目的是为了对抗忧郁的后现代时期各种颠覆与解构。

克里格的理论系统中，暗含着一种文化和社会观念的模式。偶尔，这种模式也浮现于表面。对他来说，诗歌是一种“精英作品”(elite object)。批评家的任务是为了未来去阅读、解释和评估这样的作品。批评家们对于每一个文本的稳定和完整都有着同样的高度尊敬，他们之间的这种情义，使他们可以借助于作品和通过细读来调解他们之间的分歧。这样，伟大的传统经过不断筛选，得以保存于现在，流传于未来。只有通过限制，传统才能得以保存，高雅文化才能得以继续。克里格意识到，这套思辨体系正在瓦解，所以，他才在 70 年代变得越来越执著和迫切，不仅为伟大的传统，也为他的形式主义信仰极力辩护。

就克里格自己而言，文学文本的细读，是一个建立在一系列信念基础之上的控制性实践。克里格在阅读中“发现”内在的合目的性和一致——即，闭合与形式。作为艺术品，诗歌看起来是独特的和奇妙的，是人的胜利。诗歌文字的饱满——它的在场——使它升华到一个特殊的、神圣的位置。读者变成了崇拜者。在现代的无神论时代，文本起着一种宗教经验的作用。诗歌语言体现着人类最崇高、最神圣的自我的丰富性和希望。中心明确的文字向我们倾诉。这一整个体系——以及它的那套形式主义的程序——延续着新批评的阅读和理解方法。因为有时候，批评家会因为他们的自我关注或者他们对于文本固有的权力意志，而对诗歌有所误读。所以，克里格敦促我们要严谨和节制，反对自我陶醉。在新批评的后期，克里格脱颖而出，成为一位淡泊的、坚守信仰的人，一位有争议的保守派，也是新批评的最后一位领袖人物。

东欧和美国的新批评形式主义

一次世界大战后，新批评在英国和美国形成。大约就在这同一时期，一个与之平行的思潮也正在东欧发展。只要分析一下这些不同流派，重点看一看他们的主要相似点和不同点，我们就会清楚地看到美国新批评形式主义与众不同的特征和实践。这一分析涉及的是历史的汇合，而不是历史的直接影响，因为到了 40 年代晚期和 50 年代早期，新批评已经完全形成，而东欧的形式主义却已经消失匿迹。而在此以前，东欧的形式主义学者和新批评学者彼此几乎都不知道对方在研究什么。

俄罗斯形式主义运动有两个组织构成：莫斯科语言学会（Moscow Linguistic Circle），活跃于1915年至1920年间；彼得堡诗歌语言研究会（即所谓的*Opoyaz group*），活动于1916年至1930年间。莫斯科组织的领导成员有罗曼·雅各布森（Roman Jakobson）、欧斯普·勃里克（Osip Brik）、波日斯·托马舍夫斯基（Boris Thomashevsky）；彼得堡研究会的主要成员是威克多·什克洛夫斯基（Victor Shklovsky）、波日斯·艾亨鲍姆（Boris Eichenbaum）、里奥·雅库宾斯基（Leo Jakubinsky）和尤里·迪尼亚诺夫（Yury Tynjanov）。莫斯科学会在雅各布森于1920年去布拉格后宣告解散。雅各布森在那里住了20年，在布拉格语言学会（Prague Linguistic Circle）担任了重要角色。从20年代晚期起，该学会进一步发展了俄罗斯形式主义开创的研究工作，其成员之中包括：理论家扬·穆卡洛夫斯基（Jan Mukařovský）、N. S. 特鲁贝茨柯依（Trubetzkoy）和雷内·韦勒克。彼得堡学会到1930年停止运作，布拉格学会大约在二十年后也被迫停止运作，其原因是来自于教条主义的苏维埃马克思主义者的压力。

1949年，韦勒克和沃伦合著的《文学理论》与读者见面；1955年，耶鲁大学出版社出版了维克多·厄利克（Victor Erlich）的权威论著《俄罗斯形式主义：历史与教条》（*Russian Formalism: History–Doctrine*）。这两部著作的问世，使斯拉夫学派（Slavic groups）的理论首次在美国广为人知（《文学理论》第13、16章）。但是，直到六七十年代，斯拉夫形式主义的典范文本才有翻译版与读者见面。在两次世界大战之间，新批评和东欧形式主义正在发展之中，很显然，这两个学派对对方是不了解的，即使说有什么了解的话，那也是知之甚少。

俄罗斯形式主义和美国新批评的共同之处在于，他们的批评都着重语言，都围绕自足的文字构筑展开，并把这种文字构筑看成是精心建构的、格调统一的、奇妙的诗歌语言。双方都攻击学术性文学研究，特别是传记批评、历史研究和印象主义的评判。实际上，它们抵制从外围入手的文学研究方法，推崇内在分析模式。两种学派都正式地或者非正式地从事着对伟大的经典作品的再评估，运用**文学**标准对过去的文化和传统进行筛选。在很大程度上，新批评形式主义者和俄罗斯形式主义者主要的理论前提都来源于《判断力批判》（*Critique of Judgment*，1790）中所体现的康德唯心主义（Kantian idealism）。这便使他们成了坚信唯物主义和历史循环论哲学前提的马克思主义批评学者们早期攻击的目标。

俄罗斯形式主义者和新批评学者之间有着重大的区别。与美国学派的托利保守主义和神学精神相反，俄罗斯学派表现出一种不依赖于任何统一的宗教幻想的审美主义。在俄罗斯形式主义中，没有任何像新批评的历史哲学那样的悲观成分，认为历史是人类有机社会的丧失和感性脱节。大多数莫斯科和彼得堡批评学者，很早就献身于一种描述性诗学的新实证主义研究。这种诗学理论的基础是，对于科学研究方法和文学的科学研究的信念。与其相反的是，美国的批评学者却大多不喜欢科学，把批评从描述发展成解释和评估。其结果是，新批评形式主义者往往是从事对个别作品的实用性和评判性的批评；而他们的俄罗斯同行们从事的，却是较大规模的理论诗学研究，他们往往完全避开解释和直截了当的评估。就此而言，新批评学者继承了"美学人文主义"的西方传统，而俄罗斯形式主义学者却开创了科学结构主义的先河——后来，布拉格语言学会取得了结构主义研究的丰硕成果。从实质上讲，美国学派变得越来越专注于文学的认知层面，坚信文学传达着一种特殊的、不可意译的、非科学的知识；而俄罗斯学派对这一层面却越来越不专注。新批评学者从没完全摒弃过批评的"意义"；而俄罗斯形式主义学者却常常从事"不加解释"(interpretation-free)的研究实践。俄罗斯学者早期的很大精力都放在对于诗歌手法——韵律、韵脚和声音效果——的分析上，用语言学的方法去发现诗歌中的语音韵律。后来，批评的注意力放到了文类的研究上，特别是散文形式的研究。相比之下，新批评学者对于诗歌的手法、文类以及散文形式的关注就显得不够，没有系统。新批评学者研究的是，文本结构中各种因素的聚合；而俄罗斯形式主义学者分析的是，各种因素对于文学标准的偏离。新批评形式主义学者坚信，统一的结构和统一的感受力是诗歌完美的标准。而对于俄罗斯形式主义学者来说，这些标准和评判性批评却没有什么作用。[28]

作为一个学派，新批评没有东欧各批评团体那么团结一致。俄罗斯团体和捷克团体被迫解散的事实意味着他们没有得到发展的机会，而这也可以部分地说明他们是比较团结一致的。有讽刺意味的是，斯拉夫形式主义的夭折，反而使这些学者在 20 世纪 60 年代初次在法国、德国、英国和美国广为人知、被广泛阅读的时候，似乎成了特别有吸引力的先驱者。正当这些形式主义者深刻地影响着结构主义和符号学的时候，美国新批评学者却因为他们的不胜枚举的局限性和过错而遭受全方位的攻击。

第一次世界大战后不久，英国的 I. A. 理查兹和俄国的罗曼·雅各布森便开始系

[28] Victor Erlich, *Russian Formalism：History-Doctrine*, 3d ed.（New Haven：Yale University Press, 1981), pp. 272—276；and Ewa M. Thompson, *Russian Formalism and Anglo-American New Criticism：A Comparative Study*（The Hague：Mouton, 1971）.

统地科学地区分语言的不同功能。很快，新批评学者和斯拉夫形式主义学者，都同样开始重视实用语言和诗歌语言之间的区别。对于理查兹来说，诗歌语言的趋向是非指设性的伪陈述（nonreferential pseudostatement）；因此，它就远离了任何与现实的机械的一对一的对应。对雅各布森来说，文学研究学科需要全力以赴地研究的不是文学本身，而是文学有别于其他类型的话语的形式上的语言特性：研究的主要命题是获得“文学性”（literariness）——这种文学性是语言的一种特别功能，而不是语言的本质。这种普通语言和诗歌语言之间的二元对立引起的结果是，把形式主义研究的重点放在了文学作品的内在因素上，避开了对外在事实的分析。文本结构取代模仿对应而成了文学分析的基础。

对形式主义的第一次值得注意的攻击，来自里昂·托洛茨基（Leon Trotsky）的《文学与革命》（*Literature and Revolution*，1924）的第五章。马克思主义者托洛茨基指控俄罗斯形式主义的研究方法和理论是“肤浅的”和“反动的”，“幼稚的”和“迷信的”，“狭隘的”和“宗教式的”，“不完善的”和“妄自尊大的”。同时，托洛茨基也肯定，虽然形式主义的研究是“片面的”、“不足的”，但是，它还是“必要的”、“有用的”和“至关重要的”。托洛茨基承认艺术的相对自足，但是他坚持认为，它的本质是写实主义的：“它不是一个无形的、自我蚕食的因素，而是社会人的一种功能，这个社会人与他的生活和环境牢牢地拴在一起。”[29] 托洛茨基对形式主义的所有这些缺陷都进行了讨论。他指出：诗意与实际的分离、文学与社会生活的分离、艺术与历史的分离、诗歌与读者的分离、语言与行为的分离、“上层建筑”与“基础”的分离，削弱并使想象性作品脱离了它的物质基础，从而否定了它的实用主义功能和价值，并把（纯粹）的“艺术”当作毫无用处的木乃伊来崇拜。尽管艺术创作可以是不真实的和幻想的——不管它怎么“折射、变动和改变现实”（175）——但是，它的素材都是来源于社会现实和它的阶级结构。最后，托洛茨基指责俄罗斯形式主义者犯了哲学唯心主义的错误：“形式主义学派代表了一种失败的关于艺术的唯心主义。形式主义者们表现出一种快速成熟的宗教笃信。他们是圣约翰的追随者。他们坚信的是：‘太初有道（In the beginning was the Word）。’但是我们却坚信：太初有行，道随其后（In the beginning

[29] Leon Trotsky, *Literature and Revolution*, trans. not listed (New York: Russell & Russell, 1957), p. 179.

was the deed. The word followed……”(183)[30]

正如新批评在初期就遭到美国当时主要的马克思主义者的攻击一样，俄罗斯形式主义也受到了苏维埃马克思主义理论家的批评和攻击。这种攻击与批评，从20年代初托洛茨基开始，一直持续到20年代末的巴赫金学派(Bakhtin School)。巴赫金学派的活动中心位于列宁格勒(Leningrad)附近，是与形式主义学派对抗的一个学派，其核心人物包括米哈伊尔·巴赫金(Mikhail Bakhtin)、帕夫莱夫·梅德维杰夫(Pavlev Medvedev)、法冷廷·沃洛希诺夫(Valentin Vološinov)。在梅德维杰夫和巴赫金合著的《文学研究的形式方法：社会诗学的批评性介绍》(*The Formal Method in Literary Scholarship: A Critical Introduction to Sociological Poetics*, 1928)中，托洛茨基首创的马克思主义批评不但得到了继承，而且变得更加严密和锐利。梅德维杰夫和巴赫金紧随托洛茨基的旗帜，指控形式主义者的文学观念以及他们在对文学作品的处理中，不但把文学与读者和诗人的主体性分离开来，而且也“使它远离了整个意识形态环境和客观的社会交流。作品既与真正的社会现实脱节，也与整个意识形态领域脱节”[31]。也就是说，文艺作品不但与社会经济基础分离，而且也与文化上层建筑(意识形态领域)隔离——与政治、法律、哲学、宗教、科学和道德隔离。这就造成了意义的双重脱节，从而使形式主义者的诗歌变成了意识形态真空中的一具空洞的躯壳。“对于艺术中的意义的惧怕，使得形式主义者把诗歌建构简化得只剩下作品的周边和外层表面。作品失去了深度，失去了立体感和丰满内涵。”(118)

从根本上讲，巴赫金学派对于俄罗斯形式主义的批评其与众不同之处，在于它自己的以语言为中心的分析方法。这些马克思主义学者，反对形式主义学者赋予文学语言的非指设性、封闭性功能。他们认为，与物体或者物理过程不同，言语(utterances)是社会行为，即便只是一个单词，也是如此。根据这种马克思主义思维方式，“每一个具体的言语都是一个社会行为。它在作为一个单个的物质复合体，一

---

[30] “In the beginning was the Word”一句出自《约翰福音》第一章。大写的英语单词“the Word”指《圣经》，也可指上帝的话，所以中文版的《约翰福音》中，都被译为“道”。这句话的本意是：“世之初，先有上帝的话(语言)”。而马克思主义者洛茨基认为，劳动创造了语言。所以，他说我们认为：“In the beginning was the deed. The word followed.”意思是：“世之初，先有行为，语言随其后。”——译注

[31] P. N. Medvedev/M. M. Bakhtin, *The Formal Method in Literary Scholarship: A Critical Introduction to Sociological Poetics*, trans. Albert J. Wehrle (Baltimore: Johns Hopkins University Press, 1978), p. 145.

个语音的、发声的、视觉的复合体的同时，也是社会现实的一部分"(120)。人类语言一贯是交流性的、对话性的。语言的行动或者行为交织在一个社会历史的环境之中，所以它总是出现在一定条件下的一定的语境之中。语言既有其语言学层面，又有其社会学层面——既涉及抽象的语音学，又涉及社会现实。每一个言语的语境，无论是富有诗意的还是其他，都是社会交往。作为一种话语功能，意义是不可避免的。"不熟悉具体言语的价值观，不懂得其在意识形态领域的价值取向，是不可能理解具体的言语的。"(121) 言语产生意义，而意义只有根据**文化**语境才能得到解码。凭借它的语言（包括诗歌语言）是对话性的这一理论，巴赫金学派不仅理直气壮地攻击俄罗斯形式主义的语言理论是低劣的，而且也得以理直气壮地攻击它的阐释学理论是有缺陷的。科学分析的手段本身是不够的；"意义"的解码有待于它的完整的社会历史和意识形态的释义，而不在于它的简单的词典释义。

俄罗斯和新批评形式主义理论倾向于把文学文本看作是一个诗性语言构成的自足的艺术作品。这种倾向导致了意义处理当中的"奇怪现象"。俄罗斯形式主义者往往忽略或者否认"意义"的价值；而在新批评学者那里，"意义"又成了不可言喻的（一种不可意译的经验或者现实化）："意义"存在于一系列不可解的悖论或者悬而未决的平衡的张力之中。如果一部作品没有表现出这些特征，新批评学者就判之为不合格的次品。当受到解构主义的意义死亡说的威胁时，克里格遵循新批评传统和人文主义的方略，急急忙忙地拯救意义——哪怕是以一种特别的、自我颠覆的悖论形式。新批评学者与俄罗斯形式主义者不同，他们总是努力坚持一套关于"意义"的理论，反对任何以纯粹的描述性诗学理论为目的的实证主义的研究命题。

有讽刺意味的是，新批评学者与俄罗斯马克思主义学者对语言的看法有一点是一致的。虽然他们羞于承认这一点，羞于承认他们把读者理想化了，但是，他们都把语言看作是面向读者的口头话语。更具有讽刺意味的是，对于语音手段的研究比以往任何学派都更加彻底的俄罗斯形式主义学者，并没有把语言当成与听众交流的口语；他们的诗学理论，与其说是口头的，倒不如说是书面的。基于对于语言和意义的不同观念，俄罗斯形式主义学者、美国新批评学者和巴赫金马克思主义学者形成了诗学和阐释学的不同概念。正是早期的俄罗斯马克思主义学者，在努力吸收形式主义当中，最有力地揭示了语言理论在文学研究发展中所起的基础作用。理解了这一点，我们就可以进一步澄清新批评形式主义与众不同的特征。

1975 年，在一次接受采访中，克兰斯·布鲁克斯说道："当然，没有一个头脑清醒的人会真正地对空洞的形式感兴趣。文字揭示出整个情感、观点和行为世界。所以'文字的排列'……都是多种人性本身的一种特别反映。文字不只是语音的即兴创作；它们还是有意义的。"稍后，他又补充道："语言是社会的产物，而且，和社会一样，有它自己的历史。文学作品的话语总是来指向选用和拼排它们的人……'文字作品'不可能涤除其所含的人生意义。"[32] 这一陈述之中包含着双重的意向。一方面，布鲁克斯坚持了经典的新批评主义立场：诗歌的拼排有序的文字构成了生活的一种**特殊**反映；文字作品参与有着自己历史的语言活动。另一方面，布鲁克斯采取了一种"反映说"或者模仿说的立场：诗歌的文字不是空洞的，不单纯是语音符号；诗歌语言是社会世界的产物，而且是向着人性开放的；它拥有意义。这一立场无论是对于罗曼·雅各布森还是巴赫金来说，都是不可取的；它代表了"纯粹"形式主义和马克思主义社会诗学理论两个极端之间的一条中间道路。

在对"意义"的讨论当中，布鲁克斯强调，文学为人们提供**特殊的**知识，这种知识既不是历史性的，也不是科学性的，而是经验性的。这种知识是"具体的"、"戏剧性的"、"揭示性的"，虽然它不可言传、不可意译，但却具有"教化"意义（46—58）。

如果我们把目光从布鲁克斯和克里格转向肯尼斯·伯克或者伊夫·温特斯，那么，我们就会发现，对主流美国新批评主义的中间道路的背离以及向一种文化诗学靠拢的趋向。在这里，语言获得了实际的修辞力量，意义是可以详细说明的，外在批评受到鼓励，读者是"真实的"而不是"理想的"。在《理性的辩护》（*In Defense of Reason*, 1947）中，温特斯宣称：

> 我深信，文学作品……近乎是对于一种特定的客观真理的真正领会和交流……诗歌是关于一种人类经验的文字陈述……诗歌是于人有益的，其于人有益之处，就在于它是一种可辩护的理性陈述……而且它同时也传达了一种情感，一种受到对于经验的理性理解的激发而产生的情感。[33]

关于韵律和形式，温特斯说道："诗人运用它们来为实现诗歌的整体目标服务，就此而言，它们是有效的手段。"（12）对诗歌语言的交流功能的强调和对文学手法的

---

[32] Robert Penn Warren, "A Conversation with Cleanth Brooks," *The Possibilities of Order: Cleanth Brooks and His Work*, ed. Lewis P. Simpson (Baton Rouge: Louisiana State University Press, 1976), pp. 22, 25—26.

[33] Yvor Winters, *In Defense of Reason* (Denver: Swallow Press, 1947), p. 11.

重要性的低调处理，使温特斯背离了一种神秘的形式主义的意义说，而倾向于一种理性主义的意义观，即，把意义看作是关于人类经验的一种客观真理。结果，温特斯的阐释学与伯克的阐释学一样，承认文学的社会功用：文学有可能拥有广大的社会读者，而不只是属于有审美能力的精英。

在《荒野中的批评》(*Criticism in the Wilderness*, 1980) 中，杰弗里·哈特曼 (Geoffrey Hartman) 对新批评学派倡导的关于意义的学说进行了攻击。对新批评学者来说，意义**不是**政治的、**不是**科学的、**不是**历史的、**不是**哲学的、**不是**传记的、**不是**社会学的；它**什么都不是**。“那‘什么都不是’一直都在骚扰着我们。它就像一个没得到承认的神学桎梏。文学研究的目标不是知识，而是一种优美的状态。”这一切把“文学-批评企业掀了个底朝天”[34]。站在哈特曼的视角，新批评看起来就像一种苛刻的苦行僧禁欲主义，给人们提供了一种恩典式的负面知识。它的特征是桎梏、否定、空洞。新批评的这些神学性层面，集中体现在它的恩典阐释说 (hermeneutics of grace) 和它的化身诗学说 (poetics of incarnation) 上。也正是这些层面，使新批评截然不同于斯拉夫形式主义的纯科学诗学理论和结构主义的分析法。随着 20 世纪 60 年代结构主义和符号学的兴起，东欧形式主义的影响与日俱增，进入了它的全盛时期。而与此同时，新批评形式主义却成了使文学研究陷入穷途末路的替罪羊。因为新批评既不能对科学的、社会学的批评理论起什么作用，也不能对阐释学批评理论起什么作用，所以，它失去了对于 20 世纪 60 年代及以后的先锋文学理论的影响。

---

[34] Geoffrey H. Hartman, *Criticism in the Wilderness: The Study of Literature Today* (New Haven: Yale University Press, 1980), pp. 285—286.

第三章　芝加哥学派

教育基础和理论的兴起

《批评家与批评：古代与现代》(*Critics and Criticism: Ancient and Modern*, 1952)是芝加哥学派的一部重要文本，是该学派的“宣言”。它是一部冗长的学术论著，共收集了该学派六位成员的二十篇文章——理查德·迈肯（Richard McKeon）五篇，埃尔德·欧尔森（Elder Olson）五篇，R. S. 克莱恩（R. S. Crane）四篇，W. R. 基斯特（W. R. Keast）、诺尔曼·马科林（Norman Maclean）和伯纳德·温伯格（Bernard Weinberg）各两篇。这些文章分为三部分，重点讨论了以下三个方面：一、当代批评理论（主要是新批评理论）的局限；二、以往的文学和批评理论，从亚里斯多德（Aristotle）到萨缪尔·约翰逊（Samuel Johnson）的多元论特征和持续影响；三、当今批评和诗学理论所必需的哲学（或者美学）和方法论原理。因为该文集开宗明义，对I. A. 理查兹、威廉·燕卜荪、克兰斯·布鲁克斯和其他新批评学者进行了尖锐的批评，并且提出了一种经过修正和扩展的形式主义，所以，芝加哥学派从一开始就以对新批评的一种反应和另一种形式主义的面目出现。在50年代或者50年代以后，该学派在芝加哥大学以外的影响比较小。但新批评形式主义的影响却遍及全国各地。

作为《批评家与批评》的编辑，R. S. 克莱恩为我们提供了一份关于该学派的纲领性介绍。从那以后，他就被公认为芝加哥学派的主要代言人。在这部合作文集出版的同一年，克莱恩在多伦多大学（University of Toronto）开设了讲座课程。1953年，他将讲座整理成集，出版了他自己的专著《批评语言与诗歌结构》(*The Language of Criticism and the Structure of Poetry*)。在这本书中，他对《批评家与批评》的介绍中提及的基本概念进行详尽地展开。我们从克莱恩那里得知，这群批评家已经在芝加哥大学共同合作了二十年，他们的首次接触是在30年代中叶，是为了共同探讨课程设置与教育改革的有关问题。半个世纪后，瑞查德·迈肯在他的简短回忆录

《批评与文艺：芝加哥学派》（“Criticism and the Liberal Arts：The Chicago School of Criticism”，1982）中描述并考证了该学派早期的教育法研究的细节。值得注意的是，虽然该学派的文论集和克莱恩自己的专著都是50年代初问世的，但是，他们所代表的却是30年代和40年代（大约与美国新批评同期）就已经开始的研究成果，是在教育改革的语境下的研究成果。

30年代，人文学科对自然科学和社会科学的影响力日趋消失。必须采取措施阻止这种事态。和其他高校一样，芝加哥大学开始考虑学科重建。他们首先开始对人文研究的设想和传统做法进行了广泛的再审查，发现人文学科处于一种混乱状态，倾向于模仿理工学科，所以愈来愈失去它们的影响和声望。最后，芝加哥大学对人文学科进行了调整，为本科生设计了一套综合课程。在一个新的计划里，他们设想了人文教育的四个合作领域：(1) 语言学（非常广义的）；(2) 思想与方法的分析；(3) 文学和艺术的比较研究；(4) 文化历史研究。来自十三个系科的学者参与了这些跨学科的专业设计，并担任这些跨学科专业的教员。在这些参与课程改革并承担各个领域教学的学者当中就有《批评家与批评》中的六位芝加哥学派批评家。比如，理查德·迈肯起初是希腊语系的教员，后来又在哲学系任职，既在文化历史专业工作过，也在思辨与方法专业工作过。克莱恩与迈肯合作了好几年，共同担任文学批评历史课程的教学。这个组织的其他成员之间还有过很多这样的合作关系。所以，芝加哥学派形成的背景，其实是因为人文学科的地位和职能出现了危机，是因为有必要建立一套改革人文教育并帮助它恢复元气的专业。“芝加哥批评学派”，几十年后迈肯评述道，“是在人文学院的学科专业经历着如此改变的背景下开始和发展的”[1]。

虽然芝加哥批评学者肯定“语言学、哲学、思辨的哲学分析和历史的同等重要性，”但是，他们在文集中关注的重点并不是“批评在其他人文艺术学科中的位置，而是它目前的内部状态”，这一点是克莱恩在他为《批评家与批评》所作的介绍中承认的。[2]这种对其内部状态的关注由来已久，可以追溯至克莱恩的著名意见论文(postion paper)《文学研究与当代批评》（“Literary Scholarship and Contemporary Criticism”），

[1] Richard McKeon，“Criticism and the Liberal Arts：The Chicago School of Criticism，” *Profession 82*，ed. Richard I. Brod and Phyllis P. Franklin（New York：Modern Language Association，1982），p. 4. 此后略为“CLA”。

[2] R. S. Crane，ed.，*Critics and Criticism：Ancient and Modern*（Chicago：University of Chicago Press，1952），p. 5. 此后略为 *CC*。

该文发表于1934年美国英语教师协会的《英语期刊》(*English Journal*，高校版)。在这篇论文中，克莱恩对高校英文系是应该成为历史研究中心还是文学批评研究中心进行了讨论。在他看来，这一决定的结果将会影响系科的课程设置、考试、学位论文、资格任免以及学术研究工作。他认为，文学研究学科的内部正面临着危机。后来，他又从体制和教育的角度对这个问题进行了讨论，进一步论证了他早期的结论对于芝加哥学派的未来研究是至关重要的：

> 我们应该坚信，研究文学历史是一件好事。毋庸置疑，我们的责任之一，就是要确保文学历史在未来的学术领域中应有的价值。然而，作为批评的陪衬，它的重要性有时比人们想象的小得多，当然，我们也不能因此就过分地鄙视它的真正作用，尽管这些作用可能是微不足道的，而且在许多方面来看还主要是负面的。它能够为文学作品的解读者提供的仅此而已。[3]

30年代和40年代的自始至终，老一辈的文学历史学家和年轻一代的文学批评家之间的论战愈演愈烈。克莱恩站在批评家一边，向历史学家宣战。在此以前，他从事“思想史”研究。现在，他认为文学历史是一种微不足道的陪衬，其重要性被夸大其词，其作用主要是负面的。文学学生和学者应该主要研究文学本身，而不是**关于**文学。克莱恩号召对文学研究和英文系实行改革。文学批评，而不是文学历史，应该成为这个学科新的核心。

30年代，美国大学文学系的两个主要关注点是文学历史和文学批评。在课程设置和讲座中、在考试和学位论文答辩中、在任免和晋级中以及在研究与成果发表中，批评与历史相比处于第二位。总体说来，文学历史学家研究的重点是生平的细节、“文类”的起源、文学阶段的社会背景、文本的建立、文献学和词典学的细节，以及历史研究的适当方法。他们注重历史文献，对诗歌文本却相对忽视。而文学批评学者关注的是，关于文学作品本身的理性话语和对作为美学产品的文本的一丝不苟的解释。在他这篇里程碑性的意见论文的结尾，克莱恩针对高等教育的所有层次，提出了文学研究的两项改革措施：

> 第一项措施，是对理论进行系统的梳理整合，包括所有艺术理论，特别是文

---

[3] R. S. Crane, *The Idea of the Humanities and Other Essays Critical and Historical* (Chicago: University of Chicago Press, 1967), 2: 19. 此后略为 *IH2*。

> 学理论的系统的梳理整合；如果这项工作能由整个人文学院，而不是由各文学系分别组织和实施，那将会对理论梳理的进展大为有利。为了使理论梳理整合具有实在内容……最好首先明确地对主要的经典美学理论……从古希腊美学理论到我们当代的美学理论……进行阅读和批评讨论，在此基础之上再进行梳理整合。但是，对于批评来说，理论的目的是应用；所以我们的第二项研究措施是，对文学文本的阅读和文学性进行**仔细分析**。(23)

批评应该成为文学研究的核心。这个新核心的两个组成部分是：一、作为诗学和美学历史的**理论**；二、对个别文本进行细读的**实践**。作为理性话语，批评是理论性的；作为分析，它是解释或者实践性的。语言学、哲学和文学历史是服务于理论和实践的工具。

约翰·克罗·兰塞姆在他的影响深远的《批评有限公司》(1937) 一文中提出，要建立一个类似的改革项目。文中，他坦率承认 R. S. 克莱恩在这方面的先见之明和领导地位。在论及批评最终取代历史成为文学研究的中心这一事实时，兰塞姆说道："这份功劳大概应该归功于芝加哥大学的罗纳德·S. 克莱恩教授，他比任何人都当之无愧。他是那些倡导把它[4]作为英语系的主要政策的伟大教授中的第一人。"[5]在 20 世纪三四十年代，芝加哥批评学者和新批评学者对文学研究进行了改革：两个学派的目标都是以批评取代历史作为文学研究的中心。他们的形式主义的教育使命的不同之处在于如何看待**理论**的作用。总体说来，新批评学者要以精细分析作为学科的核心，而芝加哥派批评学者却把理论（的历史）放在解读实践之先。在 1934 年的提议中，克莱恩坚持认为："如果我们赖以运作的原理，在被运用于对具体作品的批评以前，就有了明确无误的陈述，并通过了理性的检验，那么，我们将受益匪浅。就确保我们能在哲学方法允许的范围之内达成共识这一点而言，尤其如此。"(13)

1957 年，克莱恩的《批评家与批评》出版了一个简化本，并加了一个副标题"方法文论集"。在这简化本的序言中，克莱恩对新批评提出了两项控告：它使一种狭隘的实用性批评惯例化；它已经使文学理论枯竭。自 I. A. 理查兹开始，理论研究总是割断历史，"就好像，任何一个文学的关键问题以前都从没讨论过，或者一千两百多年以来，这些问题从未得到过任何精辟的论述，虽然，这期间文学已经成为批评关注

---

[4] 以批评取代历史的文学研究核心地位。——译注

[5] John Crowe Ransom, "Criticism, Inc." (1937), *The World's Body* (1938; rpt. Baton Rouge: Louisiana State University Press, 1968), p. 330.

的对象。”[6] 作为一名改革者，克莱恩想要的是，对批评的**理论**资源进一步开发，而不是限制；他号召把研究的重点放在文学理论的**历史**上。具有讽刺意味的是，就在他发出这个号召的当年，克兰斯·布鲁克斯和 W. K. 维姆塞特携手发表了他们的不朽论著《文学批评简史》。而且，那时，雷内·韦勒克已经发表了他《现代批评史》(*A History of Modern Criticism*，1955—1986）八卷中的两卷。但是，就文学理论历史的研究而言，就批评方法的系统和逻辑标准的发展而言，芝加哥学派批评家与新批评派学者之间的差别仍然令人瞩目。无论早期还是后来，他们对这些命题的关注程度都大相径庭。而且，芝加哥学派在他们发表的论著中都非常重理论轻实践。在他们文集的二十篇文章中，只有两篇涉及具体仔细的文本解释。

新亚里斯多德（Neo-Aristotelian）诗学

如果说，在芝加哥学派的六位早期成员对文学历史和批评理论的执著中，有什么东西把他们结合在一起的话，那就是，他们对亚里斯多德的共同青睐。这并不是说，他们忽视其他的历史人物和时期，而是说，他们都从亚里斯多德的诗学那里，既借鉴了一套系统的研究方法，又借鉴了一套重复出现的研究命题。亚里斯多德主义既奠定了他们批评方法的基础，也奠定了他们的研究命题的基础。而芝加哥学派的亚里斯多德主义最典型的特征也许就是，对于“形式主义”诗学理论和文学类型理论的一种恒久的兴趣。他们把从亚里斯多德的《诗学》(*Poetics*）中学到的这些理论延展应用于后来的一系列文学问题和类型研究当中。

根据芝加哥学派的“普通诗学”理论，诗人或者工匠是用语言和经验来构建各种因素组成的审美整体。因此，正如克莱恩在《批评家与批评》的介绍中所说的那样，作为理论者和实践者的批评家的职责就是，研究“构成各种诗学整体的可能类型所必需的组成要素，从而达到对具体作品的欣赏，欣赏它们的作者是怎样完成各项特定的诗学任务的，而这些任务又是他们要努力建构的诗学整体的本质所强加于他们的”(13）。这里，值得特别注意的是：提出了文学是**个别**文本的结集的概念，强调所有文本的“建构性”模式，强调作品是“要素”和“整体”的群集的概念，对语言和修辞手段避而不论，提出了不同种类或者类型的审美整体的概念，注重对文学创作的有效性

---

[6]　R. S. Crane, *Critics and Criticism: Essays in Method*, abridged ed.（Chicago: University of Chicago Press, 1957), p. v. 此后略为 *CC2*。

的评估。有意思的是，文学创作把某些任务“强加于”作家。这里，我们看到“意图”从作者向作品转移。每个作品都表现出一种内在的意图性，这种意图性是文类限制的结果，是可以通过推论确定的。“它是亚里斯多德的功绩，”克莱恩宣称，“在众多的系统批评家中，他慧眼独具，抓住了诗歌作品作为*synola*或者具体的艺术整体的独具特征，而且提出了有效的假设和分析方法。虽然这些假设和分析方法只是提纲挈领性的，但是它们朴实地、归纳性地，而且最大程度地区别界定了各种各样的诗歌整体的建构运作中的多重成因，以及评判这些诗歌的优劣的贴切标准。”(17) 一部作品的根本的“形成原理”或者“成因”是根据其类属 (generic terms) 构思的；解释一部作品就必须归纳性地区分它的类属的主要“意图”或者“成因”。实际上，亚里斯多德的阐释者必须力求占据两个位置：作为创作者的诗人的位置和作为评估者的批评家的位置。芝加哥形式主义学者感兴趣的主要是诗歌建构的美学原理，而不是文字上的意义。

对于芝加哥学派来说，文学是什么？它是单个的和独特的不同种类的建构的荟萃，这些不同种类的建构又是由各种要素构成的一个个整体，每个整体都具有独特的主导原理。

因为文学由“种类”构成，所以，芝加哥学派的批评家往往把作为一个研究领域和一种理论的诗学，看成是“特别的”，而不是一般的。他们要的不是“诗学理论”，而是“…… 的诗学理论”——悲剧的、喜剧的、史诗的、抒情诗的、小说的诗学理论等。芝加哥学派批评家研究的典型“诗学理论”题材包括：一部作品的特定的因素，艺术组织和表现的方法，以及使创作丰满的原理和成因。作为一门学科，诗学研究的是充满活力的整体和部分的独特的形式结构。形式和内容是错综复杂地紧密相连的。他们避开长期存在的形式与内容的棘手问题，把作品分为四个基本组成部分：情节、人物、思想和语言。这些构成因素的确切运用因文类而异，因作品而异。

与新批评学者不同的是，芝加哥派批评学者重情节、人物和思想而轻语言。因此，他们把传统的模仿 (mimetic)、传情 (affective) 和说教 (didactic) 诗学理论融合到现代文本的诗学理论之中。生活进入了艺术；道德对文学读者发挥了作用。正如克莱恩所说：“一首诗歌的形式或者‘力量’主要是由诗人的对那些于人类有意义的或者能感动人的行为、人物或者思想的再现所决定的，其目的是要获得一种特定的总体效果，无论是模仿性的还是说教性的效果……”(*CC*, 21)。

埃尔德·欧尔森在关于诗学泛论的几篇文章中指出，文学的两大主要分支是模仿和说教。文本的构成原理或者根本“意图”**不是**要表现一系列可能的、必要的制度中的人类活动或者有效的事件，**就是**要提出一种说教（或者对于一种说教的态度）和为这种说教提供证明（*CC*，65—68，588—592）。比如说，如果我们把《伊利亚特》（*Iliad*）当作说教式作品，或者把《神圣的喜剧》（*The Divine Comedy*）当作模仿式作品来阅读，那么，我们对它们的判断就出现了严重错误，就会发现它们名不副实；我们就误读了它们的“主要意图”——它们的类属“成因”。在欧尔森看来，模仿性文学的审美目标是提供令人愉悦的美，说教性文学的审美目的是产生令人愉悦的指导。

作为一种启发式机制，或者分析的一个出发点，这种把所有文学分成两类的简单分类法有一定的作用，但是，这些作用是有限的。这种分类法不但从来没有流行过，而且也成了新亚里斯多德派诗学的一个薄弱环节。在一次讨论中，欧尔森提议给这个二分法补充一个第三种文学：目的在于纯粹的快乐，而不是美或者指导的“娱乐”文学。然而，这种文学是轻浮的和不真实的，所以欧尔森把这种“粗制滥造”排斥在“高雅艺术”之外（588—589）。分类法中的这一危机使得该系统中的某种欠缺更加明显地暴露出来——这个系统从未真正令人满意过。也许，这种简单的分类法的主要问题在于，它有把所有的文学都变成一种先验模式的危险，从而扼制了归纳研究和最大差异——这两个亚里斯多德方法论所珍视的目标。

理查德·迈肯在亚里斯多德关于语言用法的三个领域——逻辑、修辞、想象——的理论基础上建立起的较为细腻的文学理论，对于芝加哥派诗学理论来说更为有用，也更为重要。在这三个范畴中，思想和题材都受到不同的对待。诗学（文学）被与逻辑（科学）和修辞（政治和伦理）分开。

> 因此，一首诗可以从它自身的统一性、它对读者的影响、或者它对真实事物的模仿诸方面来考虑。然而，从一首诗的本身来考虑它，就是考虑亚里斯多德所说的诗歌的“感应愉悦”(proper pleasure)，即它对读者的影响。这里的读者是具有文学素质和修养的读者，所以，艺术作品特有的成因激发了他们的反应……从诗的本身来考虑一首诗，就像把它看成事件的组织、人物的发展、思想的表达，而所有这些作为对自然和生活的模仿都是有效的；但是它们之所以有效，不是因为它们是对于真实发生的事情的如实报道，而是因为它们是一种艺术再现。这种艺术再现，有其自身的生活，并有可能不依赖于历史的准确性。（*CC*，214—215）

在迈肯看来，一部作品可以从三个角度考量：(a) 从诗学角度，关注它的统一性，(b) 从修辞角度，考虑它的接受，(c) 从逻辑（或者科学）角度，分析它的模仿准确性。但是，如果构思得当的话，诗歌或者文学作品应该属于诗学范畴，而不是修辞或者逻辑范畴。从诗学的角度来看，文学的模仿层面与字面的、科学的或者历史的准确性并没有关系，而是与自足的审美可能性有关系。它的接受与其说涉及读者的真实情感，倒不如说它涉及读者对内在审美成因的反应。迈肯理论的整体效果是形成一种形式主义的诗学，其中心是统一性、自足、组织和（非逐字逐句的）再现这些主要的审美范畴。迈肯虽然承认文学的模仿和传情力量，但是，他与其他芝加哥学派批评家一样，强调的是远离实际读者和现实的审美整体和审美部分的一种形式主义诗学。

从根本上来说，芝加哥学派的诗学还是允许文学与生活有联系的。文学的题材是人之存在，文学再现这个题材。所有的文学都给我们指导、知识，感动我们或者使我们成为更好的人。用欧尔森的话说，文学影响个人、社会和政治行为；它教导我们不要被一已私利蒙蔽双眼，它谆谆告诫人们要有道德品质。“所以，艺术的道德功用与纯粹的艺术目标绝不冲突；相反，当艺术目标已经得到最大程度的实现时，它才最为有效，因为它只是艺术力量的进一步结果。”(*CC*, 621—622) 虽然芝加哥学派的新亚里斯多德诗学基本上是形式主义的，但是它保存了文学的从属性的模仿、传情和说教功能。而且，它也为所有艺术保留了一种广义化了的道德力量和功能——确切说来，这种力量和功能涉及的是修辞理论，而不是诗学理论。

批评方法

在 30 年代中叶提出的文学研究改革方案中，R. S. 克莱恩把批评定义为“对于想象性文学作品的理性话语。这种话语中的陈述主要是关于作品本身的陈述，是适于它们作为艺术产品的身份的陈述”(*IH2*, 11)。这段话中所包含的两条思路，对后来芝加哥学派的批评课题的形成产生了很大影响。第一，批评要求从形式主义的视角把作品作为美学建构来分析。外在关注被排除。第二，批评是文学以外的一个话语范畴，受形式逻辑的标准和框架的支配。批评有两面性：实践的一面和理论的一面——评注话语和理性话语。

作为一名形式主义批评的改革先驱，克莱恩把所有外在方法都排斥在实践性批评之外。

> 对于文学批评家所追求的那种理解来说，最重要的一件事就是，它是对于作为艺术作品的文学作品的理解。当我们把诗歌或者小说当作病历来对待，并且想要在其中发现作者的性格、而不是要发现艺术的时候，那么我们所从事的就不是批评，而是心理学研究。当我们要在想象性作品中，寻找它们可能揭示的有关生产它们的时代风俗、思潮或者“精神”，那么，我们所从事的就不是批评，而是历史或者社会学研究。当我们把它们主要作为一种手段，用来扩大和丰富我们的生活经验，或者用来反复灌输道德观念的时候，那么，我们所从事的就不是批评，而是道德文化研究。当我们津津乐道于我们自己喜欢什么、不喜欢什么的时候，我们所从事的就不是批评，而是自传研究。……批评……只是把文学作品当作艺术品看待，从而对其作出训练有素的考量，这种考量既是分析性的，又是评估性的。(*IH2*，12)

这里，遭淘汰的研究模式包括传记型、历史型、社会学型、道德型和印象主义批评。克莱恩对于马克思主义、“人文主义”、印象主义或者历史循环论都没有什么个人共鸣。作为一个实践批评者，他所要的，只是致力于对个别文本的内在分析和美学评估的形式主义批评。他感兴趣的主要是诗歌本身——而不是诗人、不是读者的情感或者修养，也不是作品的社会历史语境。

根据克莱恩的理论，理解有两种：历史性理解和批评性理解。他偏重批评性理解，也就是形式主义批评。这种理解力图挖掘出想象性作品中的**什么和怎么**，而不是**为什么**。批评性理解挖掘的是文本的外延、内涵、隐喻、修辞手段、观点，特别是文本的构成因素和形成原理。历史性理解解释的是决定作品的创作和接受的个人、社会、政治、文学以及文化诸方面的背景情况。在克莱恩看来，历史循环论的阐释理论已经垄断文学研究太久，到了必须改变的时候了。他早期的改革计划的目标是放弃历史批评，振兴形式主义批评，但是他仍然为历史批评保留了一个从属的地位。另外，他还为文学理论历史研究的用处发出了特别呼吁。

二十年后，克莱恩拓宽了他的批评实践的观点。关于芝加哥学派的批评方法，他说道：“不错，这种方法的原理注重的是诗歌的内在成因，把诗歌看作艺术产品，分析时与产生它们的活动分开；但是，如果要把关于具体诗歌的‘想象性’主题和关于诗歌创作的题材、条件和氛围的语言学的、传记的或者历史的主题糅合在一起研究，只要从因果关系的视角稍作调整即可。”(*CC*，22) 外在的批评方法，虽然仍然处于从属地位，但是是可以接受的，是有用的理解模式。这种批评实践不再被看成是与内在批评实践势不两立的东西，而被认为是对于形式主义批评的附属补充。

芝加哥学派形成五十年后，理查德·迈肯回忆起，这个早期形式主义学派曾采取了一个关键性的批评策略。这个策略起到了吸收兼容其他重要的批评方法的效果。迈肯说道："我们已达成共识，虽然修辞式批评把诗歌放在诗人和读者这样一个背景中分析，说教式批评把诗歌放在观念和宇宙的背景中分析，语法式批评把诗歌放在语法原理和细节中分析，但是，我们可以从艺术客体的视角对这三种批评所说的进行再陈述。"（"CLA"，17）通过"再陈述"的策略，形式主义批评家也可以讨论诗人、读者、宇宙等等。换句话说，"外在关注"被重新考虑并被重新定位：文本被扩展成了一个包罗万象的微型世界。这就让我们明白了，为什么芝加哥学派批评家不但可以是一名喜欢讨论纯粹文本问题的形式主义批评家，同时也可以是一名喜欢讨论想象性作品的模仿、说教和传情层面的形式主义批评家。

芝加哥评注学者是注重实际的批评家。用克莱恩的话说，他们把"解读"与"批评"区分开来。从体系上讲，他们倡导的是批评，而不是解读。解读通过分析任何话语（文学的或者其他的）的措词、语法和句法来找出由作者表达的意图所产生的意义及其引申。这种阐释性的研究采用的是心理学和历史这样的外在的分析方法。批评与解读不同，它的目的是要判定个别诗歌整体的构成原理或者形成原因。解读分析的是话语的句子和意义，而批评关注的是文学作品的形式和结构。[7] 在批评这个范畴里，"意义"处于"结构"的从属位置。芝加哥学派的实践性批评的目标是，判定作品建构的内在原理。最终，批评的目的是，识别和解释文本各部分的安排、比例和内在联系，以便了解其总体的形式结构。

对于芝加哥学派批评家来说，新批评学者情有独钟的语义分析、他们对于语言——悖论、反讽、含混——的专注，似乎是一种有局限性的语法和"修辞"解读模式。在《批评语言与诗歌结构》(*The Language of Criticism and the Structure of Poetry*)的第四讲中，R. S. 克莱恩对新批评的细读法进行了嘲讽性的模仿，证明了这种解读法既是一种简化论又是一种寓言。《批评家与批评》开头的五篇文章也对新批评的分析方法发动了类似的攻击。因为芝加哥学派不仅关注情节、人物和思维活动，也关注

---

[7] R. S. Crane, *The Languages of Criticism and the Structure of Poetry* (Toronto: University of Toronto Press, 1953), pp. 168－169. 此后略为 *LCSP*。

语言——总是在“构成意图”的背景中关注——所以它的批评所考虑的不单纯是想象性地制作出来的意象、象征和人物，而是艺术性地塑造出来的人的活动、性格和观念。芝加哥学派批评家为他们形式主义批评的宽广视野深为自豪。

作为分析的一种工具和“理性话语”，批评受到某些标准的检验。它必须于它的对象有用和足以胜任研究使命，又必须是多方面的、经济的和全面综合的。要完成其使命，批评必须是归纳性（inductive）的和鉴别性（differential）的。任何演绎性（deductive）——“柏拉图式”（Platonic）——从总体概念开始，然后强行把具体事实与概念对号入座的推理模式都遭到芝加哥派新亚里斯多德学者的诅咒。芝加哥学派的典型特征是重实效，强调得出结论所需的数据和证据。这就告诉我们，为什么芝加哥派学者对马克思主义、弗洛伊德心理学说和荣格主义（Jungianism）或者任何其他的“先验主义的理论体系”没有耐心。围绕一个特殊情况下的假设大做文章，就是走上“一条先验之路”（a priori road）。克莱恩指出：“一位好学者的标志有很多，但是其中最重要的一个无疑就是我所说的对于‘先验’的习惯性怀疑……”（*IH2*，29）。芝加哥学派批评家期望的是，完全避免——或者至少减少到最低限度——批评中的先验或者演绎成分。因此，他们倡导的是“特别的”而不是“一般性的”诗学理论；因此，他们把文类的构成因素看成有待检证的假设，而不是不变的只需要遵循的结构。

芝加哥学派使人联想到20世纪的哲学及其对于概念体系的形式逻辑关注的很多东西。他们对于批评的分析或者对批评的批评也是沿着相似的“科学线路”展开的。这种对于研究方法的逻辑（或者说对于批评的基础）的压倒一切的关注，使芝加哥学派批评与其他同时代的批评思潮大相径庭。芝加哥大学人文研究改革的一部分，涉及**观念与方法分析**的一个独立研究课题。克莱恩的文学研究的改革课题，要求**理论**对于实践有支配作用。根据芝加哥学派的宣言，所有的文学批评都具有一种潜在的概念性或者理论性的框架，这种框架为它的实践界定了范围：

> 批评与单纯的审美感知和欣赏不同，它是理性话语。就是说，它是对于术语、提议和辩论的一种组织。在任何情况下，这种组织的独具特征都取决于在话语本身的建构中运作的各种因素，而且其依赖程度，不亚于它对于它所讨论的作品的特征或者作者的思想和背景的依赖。任何批评家的陈述，不管是一般的还是具体的，其所指，即他自称在讨论的东西，都经过了调整。这种调整，首先是通过特别的概念框架和区分标准来实现的，而这种框架和标准又是他因为这样

> 或者那样的原因，在所有可能被（或者已经被）认为是与正在讨论的问题有关的框架和标准中选择出来的。没有任何能够让人理解的文学话语……不依赖这样一种概念框架；而且，一旦被选择，它就对批评家对于任何他关注的问题能够说的话规定了界限……（*CC*, 6—7）

批评家创造他们批评的客体。批评原理和方法，不管是不是有意识地选择的，预定了论题并且框定了结论。概念框架和推理模式的结合构成了批评方法。实践批评是理论（方法）选择的结果，无一例外。

因为实践批评家不能同时对所有事物都进行分析，所以，他们必须对研究命题有所选择。因此，所有批评都是被剪接了的批评。但是，这并不意味着研究中被省略了的东西是不存在的。鉴于这样一种情形，芝加哥派批评学家们的如下结论就不足为怪了："所以，除了'亚里斯多德式'批评方法以外，我们还必须有许多批评方法……"（*CC*, 19）"多元论"成了芝加哥学派理论家的口号。

多元主义路线

芝加哥学派批评家的一个显著特征是，作为批评理论家，他们对各种批评立场之间的分歧的逻辑基础很感兴趣。该学派成员从事的许多研究，都是对于贯穿于文学理论历史中的各种不同的原理和方法的探讨。批评家们采用的推理模式和文学理论，在很大程度上，就是导致批评原理和方法之所以有无数变异的原因。通过对研究方法的基础研究，芝加哥批评家得出的结论是"文学批评方法有很多，而且已经有了很多"[8]。正如埃尔德·欧尔森指出的那样："多元论兼顾了理论与方法，有了它，才有可能实现真理构成的多元性以及哲学程序的多元性——简言之，它是实现合理的哲学多元性的关键。"（*CC*, 547）"多元论"遂成了芝加哥学派的哲学旗帜。

作为多元论者，芝加哥学派的批评家对教条主义、怀疑主义以及调和主义批评都进行了鞭挞：教条主义者认为，诗歌的本质是可以挖掘出来的，他们的批评模式就足以当此重任。他们认为，所有别的理论家和批评家在这一点上都误入了歧途；怀疑主义者认为，既然批评家从未对诗歌和批评的本质有过共识，那么笃信任何一种理论体

[8] R. S. Crane "'The Chicago Critics,'" *Princeton Encyclopedia of Poetry and Poetics,* enlarged ed., ed. Alex Preminger et al.（Princeton：Princeton University Press, 1974）, p.117.

系都是徒劳的。所有的文学理论和分析工具其实都是假的；调和主义者，面对各家理论的争鸣，坚持认为，那些针锋相对的理论立场都只代表部分真理，都是虚伪的。他们解救这种困境的办法就是把众说纷纭的理论体系综合成新的体系。而多元主义立场则提倡，让批评家在文学理论和批评方法上有选择的自由。但是，无论哪一种理性框架和分析模式最终都得受到评判，看它们能否为它们所针对的问题提供实际的并且是可检验的解答。评判不同的体系是否有效的关键是看它们理解、评估文学以及把文学概念化的能力。因此，"在'多元主义'与'相对主义'之间，存在着很大的差异，在'多元主义'与对于半真理、谬误的推理以及荒谬的解读仅持温和宽容的态度之间，也存在着很大的差异"（*CC2*, v）。因为芝加哥多元主义学者致力于分析不同体系中所存在的局限和片面，所以，他们就不可能被指责为有"温和宽容"或者"相对主义"之嫌。简单说来，他们可以判定一些理论和方法比其他的理论和方法更全面、更连贯和更有效，而且他们确实也是这样做的；另外，对于谬误的观点和实践，他们也毫不迟疑地进行谴责。

具体来说，对于亚里斯多德式的批评方法，芝加哥多元主义者的评定是："作为一种实用批评和文学历史的手段，它几乎是无效的，除非把它与其他模式——比如语言学的、历史的、哲学的——结合起来一起使用…… 把它看作一种包罗万象的批评哲学的体系是没有道理的……"（*CC2*, iv）理想情况下，新亚里斯多德形式主义是其他理论体系的援手，而不是敌人。这里，我们可以发现，30 年代在芝加哥发展形成人文研究四元理论体系的扩张力。所有芝加哥批评家都参加了一个历时几十年的语言学、方法理论、比较美学和文化历史的教学研究的联合项目。因此，他们不可能教条式地抱住亚里斯多德形式主义的真理不放，摒弃其他的诗学和批评体系。

在芝加哥批评学派三位主要领袖人物中，迈肯比克莱恩和欧尔森都更称得上是多元主义批评的主要样板和表率。我们已经看到，30 年代早期的克莱恩在他的改革文学研究的方案中是有教条主义倾向的。迈肯作品中给人印象最为深刻的多元主义范例，出自他的长篇专题论文《艺术与批评的哲学基础》。该文首先在《现代语文学》（*Modern Philology*[9], 1943—1944）上发表，后来又刊载在《批评家与批评》的两个版本中。文中，他详尽描述了西方文化中发展形成的美学分析的六种"独特"的模式，指出了它们各自的长处和短处，它们之间可能的相互关系以及富有成效的组合（*CC*,

[9] 也有人译为，语言学、文字学 或者文献学。——译注

530—544)。虽然迈肯在对各种对立的方法论的基本原理的阐述可谓不偏不倚，显示出卓越的学识，但是，他悄悄推出的还是亚里斯多德形式主义的一个适时可变的版本。

在1952系列讲座的结语中，克莱恩为多元主义进行了强有力的辩护。他坚称，真理不可能是单元的，因为批评研究的命题是多种多样的，所以，讨论真理的方法也应该是多种多样的。就亚里斯多德派的研究方法而言，他认为："这种方法必然是历史的抽象萃取，因此也必须加以补充……"(*LCSP*, 192)。他一面继续批判形形色色的教条、习俗和常规，一面庆祝批评语言和体系的多样化。在他看来，在某种程度上，每一种方法都是一个有用的概念和逻辑上的手段，但同时又有其局限性，有其薄弱环节和不足之处。"毋庸置疑，未来批评之最大希望，在于这种多样化的经久不衰；任何想武断地界定批评的问题和范围的企图，或者想在某一种批评模式的等级框架中，给每一种派生的批评语言都规定一个固定的位置的企图，都是有害的。而且没有什么比这种企图的实践与成功危害更大。我们现在所面临的派中有派、百家争鸣比那样的局面好得多！"(*LCSP*, 193)。

或许是受了威廉·詹姆斯的《一个多元的世界》(*A Pluralistic Universe*, 1909)的影响，芝加哥学派的多元主义显然是研究文学理论历史的结果。埃尔德·欧尔森在《诗学理论大纲》中指出，历史上各种方法之间的差异使我们"认识到这样一个事实，二十五个世纪的探索没有白费。恰恰相反，不完整的批评体系相互修正、相互补充……从而形成了一个庞大的诗学知识体……"(*CC*, 552)。他敦促当代批评家们，通过学习研究过去的理论成就，拓宽他们自己的知识。芝加哥学派，对于理论历史的研究与对于批评的多元主义哲学的研究，是齐头并进的。在这方面，克莱恩对于杰出理论历史学家雷内·韦勒克的批评尤为激烈，因为他教条地认为，正确的分析方法只可能有一种(*CC*, 6)。

可以说，20世纪六七十年代韦恩·C.布斯的论著，把芝加哥学派的理论与方法推向了高潮。韦恩·C.布斯是克莱恩40年代末的研究生，于60年代初回到芝加哥大学执教。特别值得一提的是，多元论的哲学路线在他的《批评性理解：多元论的力量与局限》(*Critical Understanding: The Powers and Limits of Pluralism*, 1979)一书中结出了硕果。这本书原来是他在1974年为普林斯顿的克里斯钦·高斯研讨班(Christian Gauss Seminar)所作的四个讲座。书中，布斯在对罗纳德·克莱恩、肯尼思·伯克和M. H. 艾布拉姆斯(Abrams)的卓越的多元论研究进行分析的基础上，设计出他自己的宽容的"多元论的多元论。"

布斯把他的芝加哥风格的研究定位在以下几个方面。首先，他把他自己主要限制在“超批评”之中，即对批评的批评之中。用芝加哥学派的话来说，他从事的主要是“理论”领域的研究，虽然更多的是从方法而不是历史的角度入手的研究（在整个70年代，布斯一直都是观点与方法研究室主任）。另外，他开创研究项目的背景是70年代文学批评的语境——一个被他描述为争议、混淆、辩论、对抗、战争与混乱四起的场所，一个被互相争鸣的形式主义、读者反应理论，特别是解构主义，分割得支离破碎的场所。在《批评性理解》中，布斯最终以一个类似调停者的身份出现，这也许是不可避免的。在该书中，他推崇相互友善和尊重别人的价值，号召共同创建一个研究社群和一个公允的批评家共同体。

布斯所追求的方法论多元主义，与那些无限制的多元论不同。它拒绝放弃对批评性理解的信念，对可确定的文本意义的信念，对误读的可能性的信念。任何一种批评模式都必须坚持全面、连贯和呼应的标准。在布斯的阐述系统中，批评的理解要求批评家进入或者兼容另一个批评家的思维。理解的基础是，准确公正地重新建构一位批评家表达的信息、意图和价值的能力。“任何地方理解被阻，我们的生命就受到威胁；任何地方达成了理解，我们的生命就增加活力。”[10] 正如布斯所定义的那样，批评性理解，从本质上讲，是促进研究者社群里的公正和合法性的。确实，理解行为的质量可以部分地用其公正和合法性的尺度来衡量。韦恩·布斯的多元论最终所期求的，是找到与多样化共存、而不是抑制它的途径，是找到减少、而不是增加无意义的批评性冲突的方法。

和第一代芝加哥批评家一样，布斯严厉谴责一元论者、怀疑主义者和折衷主义者。他也相信，最终，与其说他的启发式多元论是理想主义的，倒不如说它是实用主义的。再者，他在坚持形式主义的实用批评的同时，也允许各种形式的“外在批评”。一个文学批评家或者实践者的首要任务是“理解文本”，就是重构文本的观点、动机和价值。这种作品的形式主义的重新发现的质量取决于它自身对于作品理解的恰当、准确和合法性。与早期的芝加哥批评家一样，布斯认为文学理解的关键是“主导意图”(shaping intention) 与“形成原因”(formative causes)。“只有当文本的意图被完全剥

---

[10] Wayne C. Booth, *Critical Understanding: The Powers and Limits of Pluralism* (Chicago: University of Chicago Press, 1979), p. 349. 沃尔特·戴维斯（一位第三代芝加哥学派批评家）在他的《解读行为：文学理性的批评》(Chicago: University of Chicago Press, 1978) 中，力图通过现象学、存在主义以及阐释学批评与哲学理论发展形成一套成熟的多元论。

离时，它们才变得不可解读。”(265)

布斯比他之前的芝加哥批评家走得更远。他把意图与（隐含）作者连接在一起，因此为从作者生平切入的批评性理解提供了可能。在他自定的“不可比天赋法则”(law of disparate giftedness) 中，他假设，作者比读者更优越、更有天赋 (272—275)。作为指导解读的实用原理，这一法则为实践批评有效地充当侍奉伟大的文本的传统奴婢角色敞开了大门，复活了作者是天才的古老的观点。

依照布斯的理论，一个实践中的文学批评家继理解之后的第二个任务是对文本的“超理解”(overstanding)。“许多作家（的作品）会使我们成为奴隶，如果我们屈服于它们的愿望的话。”(272) 因此，批评不仅需要重新发现作品的丰富内涵；偶尔，也需要否定它。然而，这种苛刻的裁判或者“犯规”总是补充性的。“理解是迈向任何超理解的第一步，超理解是对我们的共同交换的补充。”(256) 布斯几次三番地告诫我们，不要忙于不成熟的超理解。超理解依赖于准确、恰当和前后一致的理解。对于一个文学文本，只有在读过并“体验过它的独特形式（以后），我们才可以过渡到某种超理解，用政治、道德、心理分析或者先验的标准来评判它。寻求（理解与超理解的）这些差异，对于批评的生命力是至关重要的，与挖掘它们赖以生存的共同核心同样重要……”(284)

作为一名后期芝加哥学派多元论者，布斯意识到解构主义与读者反应理论的存在，所以他扩展了他的批评阅读的理论框架，使其不但包括早期芝加哥形式主义（理解）的广阔的研究范围，而且也包括一个新的、更激进的外在批评（超理解）的命题。不过，在政治、道德、心理分析和哲学的超理解之中，他仍然把文学的独特形式和根本的核心意义作为批评的首要任务。就此而言，他 70 年代的研究命题，与在第二章中论及的默里・克里格在同时期为新批评形式主义辩护的命题有相似之处。两者都极力要把解构主义纳入他们的形式主义系统之中。

作为一名芝加哥学派理论家和多元论者，布斯断言：“每一位研究者都受到他自己的语言的固有限制。我们只能看到我们的工具允许我们看到的东西。”(33) 确切地说，方法和推论的框架的限制使得批评性理解与方法的多元主义成为必然。在布斯看来，不然的话，我们就只能陷入教条主义、相对论、怀疑主义和残酷争斗的泥潭之中——因为这些都导致批评社群和共同目标的瓦解。多元论超批评家的任务是分析各种方法论，这种分析是通过对它们的概念系统和方法路线的理解来进行的，是通过评估它们的优劣之处进行的。要行之有效地评估它们的优劣之处，就要求有坚实的超理解。超批评活动的运作前提是：在某种程度上，各种方法论有意识地定义着它们的对象和原理，追求着具体的目标和问题，运用着自足的推理模式和批评手段。布斯处理这一切的一个办法是，在一开始就断言文学和批评的理论框架是"本质上不争的概念"，建立统一的系统或者宏大话语的至高企图与批评的本意是相悖的。多元论，而不是一元论，才能决定批评研究是否合法和能否存活的最好方法。在别无选择的情况下，众声喧哗与混乱比垄断的一元论和一片死寂的和谐更可取。布斯与他的芝加哥先辈们的不同之处，在于他对于多元论的本质上的基督徒式的信奉。布斯多元论的哲学态度是一种黄金法则神学的演变，而不是纯粹的对概念系统的形式逻辑的世俗信奉的结果。

芝加哥学派的标志与影响

1982 年，韦恩·布斯开始写作芝加哥学派批评的史话。其时，他罗列出该学派的六个标志：第一，它别出心裁地利用历史来达到其哲学和方法论的目的；第二，它提倡一种归纳式的、差异推论模式，并且要求细心对待对数据与结论的处理；第三，它把文本意义概括为"主导意图"，力求在重构性理解的活动中重新发现这种根本动机；第四，它摒弃演绎推理和抽象思维，谴责柏拉图、黑格尔、马克思和其他"辩证"一元论者；第五，它把所有的命题都定位在一种多元主义的理论之中；第六，提倡一种新亚里斯多德式的形式主义诗学。[11] 对于这最后一个标志，布斯不以为然。

然而，芝加哥学派批评的标志还有很多。我们得在布斯简短的单子上另外添加十条标志：第七，它把批评学派和运动看成自足的系统或者语言；第八，它摒弃并且常常批判批评的相对论、教条主义和怀疑主义；第九，它把批评定位在文学研究的中心，而不是文学史的中心；第十，它提倡系统地研究理论史，把它作为总体批评的一部分；第十一，它建议进行广义的人文主义的研究与探讨，尽管它自己更倾向于有限的命题；第十二，它在摒弃"普通诗学"的同时复活了对于文类研究的兴趣；第十三，它坚持依据明确的标准进行评估性批评；第十四，它研究的通常是传统的经典文本，对现代和"浮躁"的作品却不闻不问；第十五，它给模仿、说教和传情的诗学留下了

---

[11] Wayne C. Booth, "Between Two Generations: The Heritage of the Chicago School," *Profession 82*, ed. R. I. Brod and P. P. Franklin, pp. 20—22. 关于芝加哥学派新近历史的陈述，见 Remo Ceserani, *Breve viaggio nella critica americana* (Pisa: ETS, 1984), pp. 33—60。

空间；第十六，它显示了那个时代主流形式主义——新批评——的局限与不足。

芝加哥学派史话的一个复杂部分牵扯到它与新批评之间的是是非非。一方面，该学派的《批评家与批评》对新批评进行了抨击；克莱恩的《批评语言与诗歌的结构》对新批评的细读进行了嘲讽；布斯又在他的《批评性理解》中对这种一元论作了进一步批判。确实，根据芝加哥派的看法，完全可以对新批评家的种种不是起草一份广泛详尽的起诉书。另一方面，芝加哥学派也受到了新批评学者的批判，约翰·克罗·兰塞姆、肯尼思·伯克、W. K. 维姆塞特、伊夫·温特斯、雷内·韦勒克、默里·克里格以及其他新批评学者无不对芝加哥学派口诛笔伐，挖掘出该学派的种种谬论，对其种种不是进行了详尽的描绘与批评。这里，且让我们尽力抵制住要解决或者裁定这场势不两立的形式主义学派之间的盘根错节的论战的诱惑，先简略地品味一下 W. K. 维姆塞特对芝加哥学派的有代表性的控告。

W. K. 维姆塞特在发表于《词语偶像》(*The Verbal Icon*) 中的《芝加哥批评家：新古典主义种类的谬误》(1953) 一文中，首先回忆了 R. S. 克莱恩早期追求文学研究的改革的文章。维姆塞特指出，克莱恩的观点来得太迟、毫无新意，是在拾 I. A. 理查兹早就对教学法所做的研究之牙慧，拾现代语言协会主席约翰·利文斯顿·洛斯 (John Livingston Lowes) 在 1933 年年会上的演说之牙慧。然后，维姆塞特回顾了芝加哥学者对新批评的攻击。这些攻击首先出现在《坎萨斯市立大学评论》1942 年的冬季版和《现代语文学》(40 年代由克莱恩编辑) 上。他指出：问题是，芝加哥学派 50 年代以前的东西都是重复性的。在对芝加哥学派批评家的边缘性和重复性进行了嘲弄以后，维姆塞特接着又列举并批判了"他们的策略摇摆不定"的证据：[12] 他们在多元论与新亚里斯多德教条之间徘徊不定；他们不着边际地把批评系统看作自足、不可比的框架；他们把文学归纳为不是模仿就是说教；他们不知所云地提出了一套先验的文类理论；他们偏爱戏剧和叙事形式，对抒情形式却存有偏见；他们对意图论和传情论遮遮掩掩；他们文风晦涩。尤其令维姆塞特不能容忍的是芝加哥学派的诗学理论。他特别地对文学是**非语言 (nonverbal)** 的工艺品的理论和与之相关的归纳式的语言、修辞和象征理论提出了挑战。他与芝加哥学派针锋相对，提出了一种普通诗学和与之平行的对诗歌语言的一般性的理解。在维姆塞特看来，没有人能有效地按照文类

[12] W. K. Wimsatt, *The Verbal Icon: Studies in the Meaning of Poetry* (Lexington: University of Kentucky Press, 1954), p. 64.

来区分诗学语言，区分不同的悲剧、戏剧、讽刺和抒情语言模式。他认为，在美国形式主义整体和有机诗学领域中真正的先驱是新批评家而不是芝加哥理论家。

维姆塞特愤怒地指出，到50年代初期芝加哥学派已经元气殆尽。然而，事实是，直到80年代末，芝加哥学派最初的成员和他们的学生们还在写作、发表芝加哥风格的论著。布斯宣称，该学派的标志一直延续了半个世纪。在他对这场运动的研究中，布斯不但列举了六位创始人，而且还列举出十位多产的第二代学者以及八位第三代知识分子作为芝加哥批评家的楷模。1974年，一些第二代批评家在芝加哥大学创建了《批评探索》期刊；它很快就变成了重要的理论领域中最宽容（多元）的主要刊物。在该刊的前十年中，它定期发表最活跃的、相互争鸣的各学派的主要发言人的论文，还出版特刊探讨当时的重要话题，如女权主义批评和理论、解读的政治、修辞理论等等。芝加哥批评理论的寿命比维姆塞特和其他新批评家所能想象的要长。

格兰特·韦伯斯特（Grant Webster）也对芝加哥学派进行了类似的攻击。他列举了几条原因，倒不是要测算该学派的寿命长短，而是要说明它为什么没有广泛的影响。首先，该学派几乎没有创立任何值得注意的实用批评理论——这也是美国批评各界一个共同的严重缺陷。再者，这是一个老人运动。克莱恩出生于1886年；迈肯，1900年；欧尔森，1909年。还有，芝加哥学派的"精神"（ethos）中心是批评历史，而不是文学的现代性。它的另一个缺陷在于它的三位领袖人物的文风——全都一样的华而不实、晦涩难懂。在评估他们的贡献时，韦伯斯特列举了许多他们在批评历史与理论方面的卓越学术论著。然而，他也就此补充了另一个该学派之所以缺乏影响力的原因："亚里斯多德式学者提出的理论问题，在他们的辩护士寿终正寝以前就已经过时了。"[13] 最后，新亚里斯多德主义的研究命题拘泥形式、墨守成规，结果反而为当代批评埋葬了亚里斯多德。在这以前，瓦尔特·萨特恩（Walter Sutton）在他的《现代美国批评》（*Modern American Criticism*，1963）中，也作出过相同的结论。他断言，芝加哥批评家的模仿理论和文类说都不恰当，他们的方法呆板拘泥、不够灵活，他们的修辞和语言的理论框架误入了歧途。[14]

---

[13] Grant Webster, *The Republic of Letters: A History of Postwar American Literary Opinion* (Baltimore: Johns Hopkins University Press, 1979), p.123.

[14] Walter Sutton, *Modern American Criticism* (Englewood Cliffs: Prentice-Hall, 1963), pp.173—174. Compare the assessment of Michael Sprinker, "What is Living and What is Dead in Chicago Criticism," *Boundary 2*, 13 (Winter/Spring 1985), 189—212.

韦伯斯特和萨特恩的判断不无道理。但是，芝加哥学派缺乏广泛影响的主要原因，却在于第二次世界大战前后形式主义在美国大学中的有效体制化。在1957年的写作中，克莱恩对于文学领域中发生的从关注历史到关注批评的革命性转变，对于这种转变的成功之大、速度之快感到惊讶不已。因此，他后悔他1934年的改革方案过分激进，建议部分地恢复历史与哲学研究（*IH2*，25—44）。在30年代中叶到50年代中叶这段时间内，发生了一场范围广大、意义深远的方向转变——沿着克莱恩和兰塞姆在30年代首先拟定的路线的方向转变。这场转变影响了大学的课程、考试、学位论文、晋级和出版。作为1935年到1947年期间芝加哥大学英文系主任和1930年到1952年期间《现代语文学》的编辑，克莱恩在"形式主义革命"中起了关键作用。虽然形式主义者，包括新批评派的、芝加哥风格的以及其他的形式主义者之间存在着无数的差异，但是，是他们对新的研究对象、新的排除对象、种种创新活动进行了理论阐述。回顾起来，脱离文化背景，对自足的工艺品进行细读或者内在分析，是所有美国形式主义的中心所在，是它的特殊行动。

主要的芝加哥批评家在他们的理论著作中都倡导普遍的形式主义研究，但是，他们自己却很少进行细读。另外，他们也没有通过编撰选集和课本来进一步推广他们的形式主义研究。[15] 就这两点而言，新批评家遥遥领先于芝加哥批评家。作为一个学派群体，他们比芝加哥批评家创作了更多的实际批评理论、更多的课本和更多的原理手册。而且，他们在芝加哥学派于1952年发表他们的宣言之前就完成了这一切。新批评学者分布于无数的高等院校而不只是在一个大学的事实，进一步巩固了他们的形式主义研究的传播优势。他们影响了更多的高等院校和学生，控制了更多的刊物，与媒体有着更多的接触，发表出版了更多的论著。因为从一开始，芝加哥批评家就完全致力于理论及其历史的研究，所以他们的形式主义似乎不像新批评形式主义那么有力度、纯净或者有效。而且，芝加哥学派对多元主义的信奉——一种明显的实事求是，而不是狂热的宣传——淡化了它的激进主义，也温和了改革运动。芝加哥学派主要批评家的话语和风格没有新批评家的那么生动活泼、具有文学色彩，或者换句话说，他们比新批评家的更学究气、更冗长无味。这有损于他们的魅力，使他们与旧传统连在了一起。最后，芝加哥学者对传统经典的信奉，一旦与新批评家对现代文学

---

[15] 有两位批评家，沃尔特·布莱尔和爱德华·罗森海姆，从30年代到60年代一直在芝加哥大学执教。可是还没有人研究过他们编写的教材与芝加哥学派的关系。这应该是一个值得研究分析的课题。

和改革传统的狂热相比，便使他们的复兴方案的相对激进和吸引力大打折扣。

综上所述，与新批评家相比，芝加哥批评家的影响甚微，因为他们没出版有广泛影响的课本、选集和手册；他们写作的实用性批评很少，在竞争激烈的 30 和 50 年代发表的东西也比较少；他们对历史、理论、多元论和学究风格的信奉削弱了他们的吸引力和激进锐气；他们都滞留在一个大学，只有一个刊物和一个出版社作为他们的宣传途径；他们拘泥于传统经典和传统的亚里斯多德诗学；他们的宣言错过了时机，晚来了约十年左右。虽然他们对形式主义革命做出了贡献，但是他们的贡献太小、太温和，不足以为他们赢得多大的声誉。即使在芝加哥学派鼎盛时期过后几十年，对于理论与历史的研究兴趣复苏的时候，这些批评家仍然影响甚微：新历史研究关注的主要是文化历史，而不是文学历史；新理论研究的兴趣主要在语言学、心理学和 / 或者社会学，而不是历史和逻辑学。简言之，芝加哥学派的影响的史话是一个“太少、太晚”的故事，也许还是一个“太沉稳、太理性”的故事。

第四章　纽约知识分子学派

学派的形成

第一代纽约知识分子派的领袖批评家出生在第一次世界大战前后。他们大多通过《党派评论》(*Partisan Review*) 于 30 年代末加入这一行列，始终不渝地致力于一个独特的批评研究命题一直到 70 年代初。纽约学派的鼎盛期从 30 年代末一直持续到 50 年代中叶，最重要的人物包括 (这一点尚有争议)：理查德·蔡斯 (Richard Chase)、欧文·豪 (Irving Howe)、阿尔弗雷德·卡津 (Alfred Kazin)、菲利普·拉夫 (Philip Rahv) 和莱昂内尔·特里林 (Lionel Trilling)。比他们年长十多岁的埃德蒙·威尔逊 (Edmund Wilson) 是纽约派的楷模。其他加盟该派的知名学者有：莱昂内尔·阿贝尔 (Lionel Abel)、威廉·巴热特 (William Barrett)、F. W. 杜皮 (Dupee)、莱斯里·菲德勒 (Leslie Fiedler)、鲍尔·古德曼 (Paul Goodman)、克莱门特·格林伯格 (Clement Greenberg)、伊丽莎白·哈德维克 (Elizabeth Hardwick)、西德尼·胡克 (Sidney Hook)、德维特·麦当诺 (Dwight Macdonald)、玛丽·麦卡锡 (Mary McCarthy)、斯蒂文·马库斯 (Steven Marcus)、威廉·菲利普斯 (William Philips)、诺曼·波德瑞兹 (Norman Podhoretz)、理查德·普瓦里埃 (Richard Poirier)、哈罗德·罗森伯格 (Harold Rosenberg)、埃萨克·罗森费尔德 (Isaac Rosenfeld)、马伊尔·夏皮若 (Meyer Schapiro)、德尔茂·西瓦茨 (Delmore Schwartz)、苏珊·桑塔格 (Susan Sontag)、戴安娜·特里林 (Diana Trilling，莱昂内尔·特里林的夫人)、威廉·特罗伊 (William Troy)、罗伯特·沃肖 (Robert Warshow)。因为许多纽约派知识分子都是犹太人 (一般是还俗了的)，该派有时候被圈内和圈外人一样称为犹太小集团。大部分纽约派批评家出道之初都是激进文学记者。他们起初为《党派评论》、《新共和》(*The New Public*) 和《民族》(*The Nation*) 写稿，后来为《评论》(*Commentary*)、《异议》(*Dissent*) 和《纽约书评》(*New York Review of Books*) 撰稿，最终都成了受尊敬的大学教授，继续从事文学新闻研究而不是学术研究。他们喜爱的文学类型是批评性评论和散文；他们的著作往往是短文集。他们中的许多人后来都开始写回忆录。纽约派知识分子在早期和晚期都对学术界和资产阶级文化持一种批评和不信任态度。

在《纽约知识分子派》(1968) 一文中，欧文·豪对这些批评家的历史进行了透彻的评说，肯定了他们三十年里所取得的成就，强调指出了这些作家的十几个显著特征。他们跟社会有一种隔离感；他们是激进分子和民主（不是革命）社会主义者，反对斯大林主义和苏维埃独裁共产主义；他们喜好论战，有意识地要显示出才华横溢；他们关注的是后启蒙的欧洲文化和后浪漫的美国文化；他们很晚才加盟先锋文学现代主义和马克思主义，但是一旦加入却热情洋溢；文学上，他们崇尚复杂、一致、讽刺、理性、含混、严肃、机智和开放的价值观；他们自觉地、常常是系统地把都市文化和激进政治联系在一起；他们的批评带着强烈的社会道德意识；他们把埃德蒙·威尔逊二三十年代的著作作为自己的楷模；他们不喜欢狭隘的经院式学术；他们（追随法兰克福学派）攻击大众文化；他们是犹太人出生或者是后来逐渐地转信犹太教，常常推崇犹太文学；他们向往着领导全国，但实际上只是一个地方组织；他们在后战或者“冷战”初期成为自由主义者，有时谴责社会主义；他们坚决反对后现代主义和新左派。[1]

在豪看来，纽约知识分子是美国文学历史上第一批“知识阶层”。与聚集在埃默森周围的先验论者不同的是，纽约派批评家是“这样一群文人：他们认为自己与生活于其中的社会格格不入，但批评的纽带又把他们与之牢牢拴在一起；他们依赖或者极力想让自己附属于平民社会，因此往往把文化和政治看成是不可分割的”[2]。这段描述揭示出纽约派的知识倾向中潜在的社会辩证法。一方面，这些人来自或者向往中产阶级；另一方面，他们又觉得与资产阶级的世界格格不入，对其持批判态度。这就解释了为什么纽约知识分子派能够一边肯定民主社会主义，一边却又在鞭挞大众文

[1] Irving Howe, “The New York Intellectuals” (1968), in *Decline of the New* (New York: Harcourt, Brace & World, 1970), pp. 211—265. 该书共收集了十七篇论文。此后略为 *DN*。See also Howe, *World of Our Fathers* (New York: Harcourt, Brace, Jovanovich, 1976), pp. 598—607; and Howe, *A Margin of Hope: An Intellectual Autobiography* (New York: Harcourt, Brace, Jovanovich, 1982), chaps. 5 and 6.

[2] “New York and the National Culture,” *Partisan Review*, 44, 2 (1977), 177—178. 这是一次由威廉·菲利普斯于1976年在纽约市立大学邀请的三位批评家（包括毫）参加的座谈会，会后给与会者留有提问时间。 See also *DN*, pp. 212—213; and Mark Krupnick, “Fathers, Sons, and New York Intellectuals,” *Salmagundi*, no. 54 (Fall 1981), 106—120.

化。所以，这一中产阶级知识阶层中的马克思主义领军者，对美国共产党中的中坚分子宣扬的无产阶级神秘性进行了驳斥，就不足为奇了。

纽约派知识分子很早就开始把促进社会主义秩序和一种精英现代主义作为一个共同的研究命题。这项命题发布在 1937 年注入了新活力的《党派评论》第一期的《编者声明》中。阿尔弗雷德·卡津在《纽约犹太人》(1978) 中回忆 30 年代的纽约知识分子派时总结道："(他们的) 目标是无限的思辨自由，是自由激进主义与现代主义的联合。"[3] 政治与美学，特别是民主社会主义与自由现代主义之间的关系构成了纽约知识分子派的根本辩证法。诺曼·波德瑞兹在描述他跻身该学派的个人历史的《跻身大家庭》(*Making It*, 1967) 一书中，把纽约知识分子派比喻成一个"家庭"。这个家庭中，关系错综复杂：既与资产阶级社会牢牢拴在一起，又与现代主义先锋派亲密无间；既与现实–社会–自由传统有着千丝万缕的联系，又与想象–文学–保守传统关系暧昧；既崇拜 20 世纪物质文化，又沉湎于现代诗学想象。[4] 另外，根据波德瑞兹的描述，这些批评家还结成了牢固的统一战线，反对商业化、大众文化、矫揉造作、中产阶级的自以为是、经院主义、民粹主义、美国式自吹自擂以及斯大林主义。[5]

马克思主义政治及其他

对许多纽约派知识分子来说，埃德蒙·威尔逊是老一辈批评家中的表率，而菲利普·拉夫则显然就是该学派的价值与信仰的化身。[6]30 年代初，威尔逊和拉夫都信仰马克思主义政治。威尔逊在 1930 年 5 月给艾伦·泰特的信中写道："我一直在通往左派的道路上越走越远。"[7] 在 1931 年 1 月 14 日《新共和》上的《向进步党人的呼吁》一

---

[3] Alfred Kazin, *New York Jew* (New York: Knopf, 1978), p. 44.

[4] Grant Webster, "New York Intellectuals: The Bourgeois Avant-Garde," *The Republic of Letters: A History of Postwar American Literary Opinion* (Baltimore: Johns Hopkins University Press, 1979), pp. 209–292.

[5] Norman Podhoretz, *Making It* (New York: Random House, 1967), chap. 4.

[6] 有关把拉夫作为纽约派知识分子的"代表"的观点，见 William Barrett, *The Truants: Adventures Among the Intellectuals* (New York: Doubleday, 1982), esp. chaps. 3 and 8。有关对于巴热特的评论，见 William Phillips, *A Partisan View: Five Decades of the Literary Life* (New York: Stein and Day, 1983), pp. 290–293。

[7] Edmund Wilson, *Letters on Literature and Politics 1912–1972*, ed. Elena Wilson (New York: Farrar, Straus and Giroux, 1977), p. 196. 此后略为 *Letters*。

文中，威尔逊在控诉美国资本主义“过时的经济制度”的“恶魔”与“毫无意义的生活”的同时，也放弃了对自由主义和进步主义的信仰。他谴责美国政治家为无能的“诈骗犯”，称赞苏维埃联邦的成功为“伟大的共产主义工程。”最后，他敦促美国激进人士为实现适合美国传统的美国式社会主义而努力。[8] 1932 年 8 月，拉夫则在《新群众》(*New Masses*) 上发表了《文学的阶级战争》一文，其口吻与威尔逊类似，而且火药味更为浓烈。在这篇早期文章中，拉夫表达了对无产阶级的休戚与共，严词谴责资产阶级、自由主义、温和社会主义以及对苏维埃俄罗斯的批评，敦促知识分子，特别是他们的同路人，“掌握马克思主义理论”并且“与无产阶级打成一片。”[9] 两年以后，拉夫和他的同事们创立了《党派评论》。他们在首刊的编者按中宣告了他们的目标：反对法西斯主义和战争，捍卫苏维埃联盟，推崇无产阶级文学。在初期，纽约派知识分子从来没有怀疑过，文学批评与左翼政治之间存在着必然的和不可避免的联系。

到了 1937 年，威尔逊和拉夫都已经开始对斯大林主义、苏维埃共产主义、无产阶级文学纲领、美国共产党包括它的民粹主义统一战线路线持批评态度。但是，他们都没有立刻就摒弃社会主义本身。在《美国批评家，左翼和右翼》(1937 年 1—2 月) 一文中，威尔逊抱怨道：“身为斯大林主义者的最大问题之一……就是你必得捍卫这么多的假话”(*SL*，643)。令他尤其不能容忍的是，“窜改历史、”“压制意见、”“恐怖、”“肆无忌惮”这些斯大林主义的典型特征 (644)。威尔逊提倡一种独立的社会主义，一种没有斯大林主义的恐怖和托洛茨基主义的宗派主义争斗的、本土社会主义。当《党派评论》停刊一年以后于 1937 年恢复出版的时候，它公开地与共产党的派别活动、斯大林的独裁共产主义划清了界限，与无产阶级保持距离，而亲近知识阶层。1937 年，纽约派知识分子左派的反斯大林主义、反苏维埃和反共产主义的根芽在这里萌生，在“冷战”后期，与相似的自由和保守的情绪紧密呼应。整个 20 年代和 30 年代，这一政治路线首先在《新领袖》的孟什维克主义 (Menshevism) 中显现无疑。后来，这条政治路线不仅在纽约派知识分子的《党派评论》圈内有所表现，而且还在战后无数批评家与组织的新保守主义、新自由主义和民主社会主义中表现出来。

自 30 年代中期左派纽约知识分子与共产主义运动分道扬镳以后，他们就摒弃了

---

[8]　Edmund Wilson, *The Shores of Light: A Literary Chronicle of the Twenties and Thirties* (New York: Farrar, Straus and Young, 1952), pp. 518—533. 此后略为 *SL*。这文集收录了近百篇论文。

[9]　Philip Rahv, *Essays on Literature and Politics 1932—1972*, ed. Arabel J. Porter and Andrew J. Dvosin (Boston: Houghton Mifflin, 1978), pp. 281—283. 此后略为 *ELP*。

斯大林、共产党、苏联模式和独裁主义。但是，他们并没有放弃马克思主义以及批评与政治的联系。苏维埃联盟需要的，是改革——上层建筑的政治改革，而不是社会主义的社会经济基础的重建。问题出在党的垄断、官僚主义和政权恐怖上面。彻底的思想和言论自由是民主社会主义的根本。在美国，错误地把党和无产阶级等同起来、把斯大林主义和马克思主义等同起来、把俄罗斯与社会主义等同起来，是屡见不鲜的现象。这就构成了早期左派思潮中的三个根本错误。因此，从 30 年代的危机中衍生出一种独立的、尊重自由主义价值、信奉民主社会主义纲领的马克思主义，就不足为奇了。1940 年，埃德蒙·威尔逊发表了一篇题为《30 年代末的马克思主义》的文章，作为对于《到芬兰车站》(*To the Finland Station*, 1940) 一书的总结。文中，他问自己："马克思主义还剩下什么？"他回答："一切该说的都说了。但是，某种更重要的东西，所有伟大的马克思主义都共有的东西，依然存在：推翻建立在出生和收入基础之上的阶级特权的愿望；建立一个一部分人的优先发展不是以对另一部分人的剥削，即蓄意地削弱他人为代价的社会——一个和我们的商品化社会不一样的平等合作的社会的意志……"(*SL*, 742–743)。和威尔逊一样，其他纽约派知识分子在 30 年代过去很久，还始终坚信马克思主义的观点和价值。且举两个 1953 年到现在的例子：欧文·豪的杂志《异议》继承了 30 年代晚期形成的独立社会主义思维；拉夫，直到 1969 年离开《党派评论》，始终坚持办刊的独立的马克思主义路线。后来，在他自己创办的《现代事务》(*Modern Occasions*, 始于 1970 年) 中也一如既往，直到他于 1973 年谢世。

在 40 年代期间及之后，纽约派知识分子之间常常在政治问题上发生分歧。一些人，比如拉夫，仍然是马克思主义者；一些人，像德维特·麦当诺，变成了无政府主义者；一些人，如莱昂内尔·特里林，信奉了自由主义；还有一些人，如诺曼·波德瑞兹，皈依了保守主义。然而，反斯大林主义、反共产主义和反苏维埃主义的共识，使这些批评家在政治上联合在一起，因为他们都坚信自由主义民主价值，特别是思想和言论自由。另外，他们都认为文学批评离不开广泛的政治语境。莱昂内尔·特里林是这一晚期立场的代表。

1950 年，特里林把他写于 40 年代的十六篇论文 (其中六篇原先刊载在《党派评论》上) 收集成册，汇编成《自由主义想象》(*The Liberal Imagination*) 一书。他就自由主义的主题给这本书写了一个序。序中体现了他典型的平衡二元论的看待问题的方法，对他认为代表了我们文化时代的主导知识倾向的自由主义既倡导又批评。自由主义是启蒙的一个构成形式，它提倡一套独特的、理性的道德、知识和政治信仰和价值观：相信人的潜能，相信对生命的尊重，相信对差异的容纳，相信个人权利和自由的重要，相信宗教和知识自由的必要，相信对政府权力的限制，相信思想开放和温和节制的价值。因为这一系列观念的前提是社会存在和政治组织，所以，它们在无声中与无政府主义和完全的个人主义以及国家专权和独裁进行着对抗。在特里林看来，我们时代的自由主义不仅需要培养“多样性”和“可能性”，而且还需要尊重“复杂性”和“困难”[10]。现代自由主义想象的弱点、错误、简单和自满需要不断地检查与批评。令特里林恼怒的是，自由主义理想被编纂后变得教条和在实施时变得狭隘的双重倾向。

因为政治和文学涉及的都是情感与观点，所以特里林认为它们之间存在着必然的联系。这个纽带构成了政治批评的基础。什么是政治？在特里林看来，政治就是“组织人类生活，向这种或者那种目标迈进，向情操的修炼迈进，也就是说向生活的质量迈进”(ix)。政治，无论开明与否，都面对生活，影响着情操。文学也担任着同样的任务。基于这样的相同之处，特里林和其他纽约派知识分子一样，都肯定了：“文学和政治之间有着一种不可避免的紧密联系，尽管这种联系不总是很明显。”(ix)

文化批评事业

对于纽约派知识分子来说，文学作品是一种可以从多重角度来分析的文化现象。他们的批评理论提出了不胜枚举的解读文学文本的方法，因为文化是多层面和动态的，涉及经济和社会组织、伦理和道德规范、宗教信仰和批评实践、政治结构和价值系统、知识兴趣和艺术传统等等。由于一种文化所维系的前提和常规常常是无意识的和对抗性的，所以批评研究不仅常常需要从社会学和美学角度入手，还常常需要从心理分析的和辩证法的视角出发。纽约知识分子的特征是文化批评，他们通常称之为“社会批评”，因为“社会”和“文化”这两个概念有时被互换使用。

莱昂内尔·特里林在编辑《文学批评：入门读本》(*Literary Criticism: An Introductary Reader*, 1970) 时，为文化批评提出了一个言简意明的大纲。他的批评模式中为许多批评方式，比如形式主义的美学分析、文类研究、传记、社会学、心理分析、历

---

[10] Lionel Trilling, *The Liberal Imagination: Essays on Literature and Society* (1950; rpt. New York: Doubleday, 1957), p. xii–xiii. 此后略为 *LI*. See also Irving Howe, “Literature and Liberalism,” *Celebrations and Attacks: Thirty Years of Literary and Cultural Commentary* (New York: Horizon Press, 1979), pp.239–254. 此后略为 *C & A*。

史、道德批评、文体学、评判性批判以及现象学等，都留下了空间。根据特里林的定义，文化意味着“社会活动的全部，从最必要的到最无缘无故的，因为这些活动都是作为社会整体的不可缺少的组成部分酝酿产生的”[11]。文学作品作为文化的表现形式，可以而且也应该从许多视角进行分析。

纽约派知识分子把文学与文化紧密地糅合在一起，这种倾向使得这些批评家的批评研究形成变得丰富多彩：从知识性传记到“思想的历史”，从广泛的文类研究到心理分析，同时不放弃细致的文本解释、评估性批评或者社会分析。这方面重要的范例有：特里林的《马修·阿诺德》(*Mathew Arnold*, 1939)，蔡斯的《美国小说及其传统》(*The American Novel and Its Tradition*, 1957)，豪的《政治与小说》(*Politics and the Novel*, 1957)，以及威尔逊的《伤与弓》(*The Wound and the Bow*, 1941)。当然，这里只是略举几例，没有包括该派的许多新闻散文、评论、自传、文集、编辑、创作和回忆录。这些体裁形式的丰富多彩是纽约派作家把批评看成广泛的文化分析的观念的反映。

欧文·豪的《现代文学批评论文集》(*Modern Literary Criticism: An Anthology*, 1958) 收集了三十一位现代批评家的作品，其中八位是纽约派知识分子。他在为该文集所作的长篇介绍中，驳斥了所有的教条主义的批评模式，不管是马克思主义的、弗洛伊德式的、形式主义的，还是其他的。他极力主张，采取丰富多彩的折中主义的批评方法，以推行“自由、多样性和自发性”等“文学生活赖以生存的”自由主义的批评价值。[12]豪所推荐的是一种面向社会和历史、关怀文学与人类文化之间的根本关系的批评。阿尔弗雷德·卡津在《当今批评的功用》——由他的七十二篇文章汇集而成的《当代人》(*Contemporaries*, 1962) 中的最后一篇——中提出了类似的、但是却更狂热的观点。卡津认为，在我们这个时代，“文学可以发挥它的传统功用，为社会政治和道德行为提供重要的观点”[13]。在卡津和豪的论点中，有一个明显的倾向，一个所有纽约派知识分子所共有的倾向，那就是，延展社会批评，超越其阐释功能，发挥其行动主义潜能。在卡津看来，批评的伟大传统是“对在每个时代都必须延续下去的既定价值的一般批评的一部分。它最大的、唯一的特征就是它的力量，它关于人类的真正本性以及人类合适的必然归宿充满激情的宣言”(496)。不管其意识形态见解如

---

[11] Lionel Trilling, ed., *Literary Criticism: An Introductory Reader* (New York: Holt, Rinehart and Winston, 1970), p. 19.

[12] Irving Howe, ed., *Modern Literary Criticism: An Anthology* (Boston: Beacon, 1958), p. 32.

[13] Alfred Kazin, *Contemporaries* (Boston: Little, Brown, 1962), p. 505. 此后略为 *C*。

何，真正的批评，在关注过去的同时也关注将来，因此具有广泛的文化和政治的重要性和潜能。豪和卡津都希望发掘这种潜能。

在《自由主义想象》出版的同一年，理查德·蔡斯发表了他的信仰宣言《艺术、自然、政治》。在这篇文章中，他采取的态度是纽约派知识分子的典型代表，这不仅表现在它的反斯大林主义、世俗主义、道德基调和爱争好论上，也表现在它坚持提倡大规模的文化批评研究项目上。蔡斯认为，这样的批评具有内在的政治性。他指出："文学批评家会发现自己不可避免地是一个政治作家，因为文学涉及的是道德行为、情操、态度、神话…… 非常笼统地说来，我们甚至可以讲文学的主题是社会的建立、解体和重组。"[14] 虽然文学批评与社会的关系是不可避免的，但是这种关系的处理得得当与否，其效果却大相径庭。30年代的一些拙劣的批评为蔡斯提供了这样的案例。这类批评的症结大多在于其政治与批评的概念太狭隘、太教条。有了这些失败的前车之鉴，很多批评家在50年代以前就已经完全放弃了政治批评。蔡斯要扭转这种逃跑主义倾向："我们的任务是要再一次开通政治讨论这一批评渠道。要做到这一点，我们必须摆脱我们的宗教式的狂热、我们的逃跑主义、我们的拟古主义、我们的超验主义以及我们的漠然"(593)。所有这些，都是有效的行动主义和非宗教批评实践的障碍。

和特里林一样，蔡斯也是一位自由主义的倡导者。他希望美国的政治"在国家政体范围内提供一个宽松但有效的秩序；保护国家政体内每一部分人的民权都不受另一部分人的侵犯，也不受整体的侵犯；保障建立并发展丰富多彩的体制、风俗与思想"(589)。蔡斯认识到，许多伟大的作家，特别是现代作家，都是政治上的保守主义者，而不是自由主义者和革命者。但是，他仍然指出保守主义的危害，它既促进阶级特权又鼓励无政府状态，在极端情况下，这便导致了独裁政治的形成。蔡斯不否认人性固有的堕落(保守主义的基础)，但是，他仍然对广泛的自由主义的自由寄予很高的期望。和他哥伦比亚大学的同事特里林一样，蔡斯推崇的是一种独具一格的有自由主义政治倾向的文化批评。

不管是自由主义还是马克思主义，纽约知识分子派的社会批评与新批评派和芝加哥派的都大相径庭。后两者的批评实践有意避开社会政治主题和方法。针对这样的学派，蔡斯坚定地捍卫了纽约派社会批评。他指出："虽然文学批评的方法很多，

---

[14] Richard Chase, "Art, Nature, Politics," *Kenyon Review*, 12 (1950), p. 591.

但是我不知道有任何一种方法，[15] 如此坚决地强调，批评家一方面应该完全进入真正的想象肌理之中，另一方面又应该完全进入人的实际生活之中。”(592) 文化批评所提供的文学想象与社会存在的结合成了纽约知识分子派批评事业的基石，是辨别他们与同时代的与之争鸣的其他学派的标志。

对于纽约派批评家来说，批评与文化的密切联系是可能的而且至关重要的，因为文学反映社会经验，而且也因此对社会全貌产生影响。这也就意味着，批评不仅涉及社会、历史和道德视角，而且也涉及文学和美学的视角。所以，无产阶级文学——如20 世纪 30 年代格兰维尔·希克斯这样的斯大林主义者所想象的文学——的问题所在正是因为它缺乏一种“美学原理”，而且也没有正视政治与艺术之间的界限 (Rahv, *ELP*, 295)。在纽约派知识分子看来，保守派作家 W. B. 叶芝 (Yeats)、T. S. 艾略特的文学作品比左派作家杰克·康若伊 (Jack Conroy) 和麦克尔·戈尔德 (Michael Gold) 的好，这一点是明确无疑的。就是说，这些批评家把批评看作是一种评论和判断的形式。所以，从狭义上讲，政治在文化批评实践中最终只占据一个有限的位置。1934 年夏，《党派评论》的编辑们宣称：“我们决不能答应让艺术和文学‘从属’于政治利益。”美学批评起着至关重要的作用，虽然这种作用也是有限的。总体说来，社会学、历史、伦理、政治和美学的运用，使得纽约派知识分子的实践成为战后初期一种独特的美国批评模式。同一时期，与这种模式最接近的是法兰克福学派的文化批评以及哈佛大学教授 F. O. 迈锡森 (Matthiessen) 所从事的批评实践。

F. O. 迈锡森是信奉基督教的独立社会主义者。他发展形成了一种文化批评形式——尤其在《T. S. 艾略特的成就》(*The Achievements of T. S. Eliot*, 1935)、《美国文艺复兴》(*American Renaissance*, 1941)、《亨利·詹姆斯：主要阶段》(*Henry James: The Major Phase*, 1944) 中——把社会主义价值和宗教价值结合起来，令人瞩目地关注美国思想的历史，用新批评的方式进行细读。迈锡森与纽约派知识分子的不同之处，在于他的形式主义分析模式、他的宗教（本质上是悲剧式的）视角以及他对俄罗斯革命和苏维埃社会主义始终不渝的政治信念。这种政治信仰，在他的游记《从欧洲的心脏出发》(*From the Heart of Europe*, 1948) 中表现得最为明显，使他戴上了“斯大林分子”的帽子。迈锡森比纽约派批评家更持之以恒地强调美学批评，这在他的批评作品和理论信仰宣言《批评家的责任》(1949) 中都有所显现。迈锡森不隶属于任何学

---

[15] 像纽约派社会批评这样。——译注

派，他的论著令人难忘，最终对美国研究发展的影响比对文学和批评理论的影响更大。

1949年，埃兹拉·庞德（Ezra Pond）因他的《比萨诗章》（*Pisan Cantos*）获得波林根奖（Bollingen Award），一部分纽约派知识分子对这一决定深表愤慨。令人玩味的是，他们没有挑战庞德诗歌的不可忽视的美学成就——他们承认这一点。他们反对的是，给一个在战争期间为墨索里尼和希特勒宣传出力的、反犹太人的法西斯分子颁奖。这个事件使得形式主义的美学与形成纽约派文化批评的左派政治价值以及自由主义的道德价值对立起来。换言之，庞德事件迫使知识分子对美学和政治在实际文化批评中的"分量"作出判定。三十多年后，欧文·豪在《一线希望》（*A Margin of Hope*）中，根据《党派评论》编辑威廉·巴热特在当时的表态，解释了纽约派批评家在这个问题上的立场。他说道："我们不得不同意巴热特的观点，虽然这并不是件容易的事。我们不得不承认，'美学范畴不是人类生活的首要内容，把美学当作首要内容的态度本身远不是首要的，而是由许许多多的历史、社会和道德条件所造成的。'而且，我们不得不加速培养一种对于形式主义美学要求的警惕意识……"（155）带着一种明显的不安，纽约派知识分子对美学要求作出了评判：这样的要求是第二位的，历史、社会和道德条件才是第一位的。作为一个范畴，文化涵盖着美学。对于文化批评事业的建设来说，美学分析是基础的和必要的，但最终还是不够的。

在他发表于修订版《三重思维者》（*The Triple Thinkers*，1938；修订本1948）上的《文学的历史解读》（"The Historical Interpretation of Literature"，1940）一文中，埃德蒙·威尔逊提出了一种启发性的文化批评模式。在开篇第一句中，威尔逊就定义了他所说的"历史批评"实际上是："文学解读的社会、经济和政治层面。"[16] 这种具体的**社会分析说**原本出自维柯（Vico）、赫尔德（Herder）、黑格尔（Hegel）和泰纳（Taine），它把社会和文学作品都看作是人类在地理、民族和历史条件中的作品——所有这些条件都是批评家应该研究的。**经济分析**是马克思和恩格斯的遗产，它考虑的是生产方式和社会阶级对于文化形式和产品的创造的影响。威尔逊指出，随着从维柯到马克思的文化批评的发展，文化批评"不是越来越简单、越容易，而是越来越困难、越复杂了"（248）。**政治分析**原本是一种俄国现象，从沙皇到斯大林时代它都要求艺术作品必须通过一定的意识形态的检验。威尔逊宣称，美国批评家"可以完全不需要文

[16] Edmund Wilson, *The Triple Thinkers: Twelve Essays on Literary Subjects*, rev. ed. (1948; London: John Lehmann, 1952), p. 243.

学的历史批评的这一层面”(250)。除了社会和经济分析外，威尔逊的文化批评还包括心理分析和美学。心理分析研究的是，作家在所处的社会和历史时刻的语境中，所创作的作品中反复出现的态度、冲动、情感规律。既然社会、经济和心理分析研究都不能评判艺术价值，那么，美学分析还是必要的：“我们必须能够分辨优劣，把一流作品与二流作品区别开来。”(252)

美学分析是威尔逊的文化批评研究的一部分，它来源于情感反应和理性直觉。情感反应是“批评家的魔杖”(253)。面对一流作品，“我们体验到一种高度的满足：我们被治愈了某种病痛，对于不理解的事件的某种压抑的负担得到了解脱。这种解脱给我们带来权势感，而随着这种权势感，又产生了一种快感。这种解脱是一种肯定的感受，它告诉我们，我们面对的是一部一流的文学作品”(255)。在威尔逊看来，描绘审美情感的用语可以归为两个范畴：(1) 包括快乐、满足、解脱、决心、权势在内的情感用语；(2) 把秩序、纪律、和谐、对称和理解结合在一起的认知用语。威尔逊不相信，建立一套固定的审美标准——比如统一性、普遍性、创造性、启发性、道德或者社会现实主义等 (252) ——就能保证艺术的高质量或者合理的批评判断。一部作品可以符合部分标准或者所有标准，但仍然不是一部好作品。“如果你把优秀文学作品的要素与这些因素中的任何一个或者这些因素的任何组合等同起来，那么，你只不过是把情感反应转换成了对于某种因素或者诸多因素的辨认。”(252—253) 威尔逊认为，这样的“客体性”没有为美学创作、分析和评估领域中的内在主体性提供出路。

威尔逊早期提出的文化分析模式强调社会、经济、心理分析和美学分析的重要性和效用。在 1940 年的写作中，他对政治分析往往是指令性的 (可以说道德批评也是如此) 这一观点提出了怀疑。作为一名民主社会主义者，威尔逊采用了一种自由的具体政治分析法。在实践中，他把文本阅读和传记、历史分析糅合在一起，常常用一位作家的全部作品来阐明对此作家的美学评价。在本章的下一节，我们将点评威尔逊批评方法的一个卓越典范，讨论他在《伤与弓》中对菲洛克忒忒斯 (Philoctetes) 传说的解读。威尔逊为纽约派知识分子开创的是一个多层面的文学批评观，这种文学批评坚信，文化是获得最大程度理解和欣赏的基础。

因为纽约派批评家勇敢地相信生活和艺术的社会基础，所以，他们往往给具体批评方法，比如美学批评、文风批评和心理分析等，在文化批评的广泛探索中指定一个有限的范围。我们将在下一节中讨论他们是怎样限制心理分析批评实践的。另外，我们还将解释，他们如何有效地限制文化对现代自我不断强大的力量和霸权。文化对于现代自我的不断增长的力量和霸权是莱昂内尔·特里林最害怕的现象，他希望人能保持一种摆脱文化力量的可怕巨掌的独立感和自由感。只有获得了这种对于文化的独立感，人才能够抵御、评估和改变社会。

心理分析作为文化批评的补充

纽约知识分子派领军人物中，大部分都用心理分析来充实他们的文化批评。威尔逊、拉夫、特里林、卡津、蔡斯和莱斯里·菲德勒都很崇拜弗洛伊德的理论。在这方面，他们有别于马克思主义批评家、新批评家和芝加哥派批评家的教条主义。当然，纽约派批评家并不是第一批在美国采用心理分析的批评家。早在 1951 年，麦克斯·伊斯特曼就在《人人杂志》(*Everybody's Magazine*) 上发表了对弗洛伊德理论的评注。1920 年，凡·威克·布鲁克斯发表了《马克·吐温的磨难》(*The Ordeal of Mark Twain*)；1926 年，约瑟夫·伍德·克鲁奇 (Joseph Wood Krutch) 发表了《埃德加·爱伦·坡：天才研究》(*Edgar Allen Poe: A Study of Genius*)。这两部著作都是心理分析概念基础上的传记研究。路德维格·刘易森 (Ludwig Lewisohn) 的《美国说法》(*American Expression in America*, 1932) 是一部深受弗洛伊德理论影响的、庞大的美国文学历史。肯尼思·伯克的研究，正如在第二章中提及的那样 [17]，也得益于心理分析。1939 年，汉斯·萨赫斯 (Hans Sachs) 重新创建了他和欧托·兰克 (Otto Rank) 曾在德国出版过的心理分析刊物，命名为《美国意象》(*American Imago*)。稍后，弗雷德里克·J. 霍夫曼 (Fredrick J. Hoffman) 在《弗洛伊德主义与文学思想》(*Freudianism and the Literary Mind*, 1945；修订本 1957) 中，西蒙·欧·莱瑟尔 (Simon O. Lesser) 在《小说与无意识》(*Fiction and the Unconscious*, 1957) 中都对美国心理分析批评做出了重大贡献。简言之，从爵士时代起，美国就基本上一直有批评家在从事心理分析的批评实践。

在他的《现代文学批评论文集》序言中，欧文·豪开出了一个长长的清单，罗列了心理分析批评的种种局限。他承认心理分析有着不可忽视的潜能，但是他极力主张，把心理分析研究规定在有限的文学批评领域内。这一策略也大致代表了其

---

[17] See Louis Fraiberg, *Psychoanalysis and American Literary Criticism* (Detroit: Wayne State University Press, 1960)，该书评说了六位心理分析批评家：伯克、凡·威克·布鲁克斯、克鲁奇、刘易森、特里林及威尔逊。

他纽约派知识分子的方法。在对菲德勒的《美国小说的爱与死》(*Love and Death in American Novel*, 1960) 的否定性评论中，豪再一次列举了心理分析批评的主要局限：它把文学与历史分割开来；它没有考虑社会经济因素；它回避道德问题；它往往把对文本的分析，局限在归纳式的心理范畴之内。[18]

菲利普·拉夫写了一篇题为《弗洛伊德与文学思想》("Freud and the Literary Mind", 1949) 的肯定性评论。文中，他在仔细地描述了心理分析批评的一些主要局限的同时，强调了它的价值与优势。最终，拉夫给心理分析批评分派了一个理解某些文本的辅助角色。他所批评的是滥用这个工具，使其成为一个垄断模式的倾向。拉夫的代表性评判是，"最好的和最值得尊重的文学批评，包含着来自于丰富多彩的人类生活的各种各样的见解。显而易见的是，心理分析之于批评的价值，只在于它是否适用于我们解读的某个特定文本…… 当弗洛伊德分析法被孤立地使用，与其他的方法和手段隔离开来的时候，它本身往往就变成一个目的，取代了艺术品……"[19] 对于拉夫来说，适用于心理分析的文本不是现实主义的、理性的或者非个人的那类根植于社会主流和理想之中的文本，而是"非常个人化的和有显著的无意识指代和意义的深广度的那类文本"(165—166)。和豪一样，拉夫的目标是对心理分析批评加以限制，把它当作对于广泛的文化批评研究的一种有用的补充。

美国心理分析批评早期最令人难忘的著作是埃德蒙·威尔逊的《伤与弓》(1941)。这本书的大部分都曾以独立的散文发表过。书中，威尔逊先讨论了狄更斯 (Dickens)、吉卜林 (Kipling)、卡萨诺娃 (Casanova)、沃尔顿 (Wharton)、海明威 (Hemingway) 和乔伊斯 (Joyce)。在最后一章中，他转而讨论菲洛克忒忒斯 (Philoctetes) 神话，用以发展一种文学创作的心理分析理论。根据这种理论，"天才与疾病，就像力量与截除，可能不可分割地交织在一起"[20]。弓与伤的标志分别代表天才的力量和疾病的致残。这些互相联系的意象，对威尔逊来说，意味着"超力量的概念与残肢是密不可分的"(287)。

---

[18] Irving Howe, "Literature on the Couch," *C & A*, pp. 150—154. See also William Phillips, ed., *Art and Psychoanalysis* (1957; Cleveland: Meridian, 1963), esp. "Introduction: Art and Neurosis," pp. xiii—xxiv.

[19] Philip Rahv, "Freud and the Literary Mind," *Literature and the Sixth Sense* (Boston: Houghton Mifflin, 1969), p. 164.

[20] Edmund Wilson, *The Wound and the Bow: Seven Studies in Literature* (New York: Oxford University Press, 1941), p. 289.

威尔逊的菲洛克忒忒斯的研究值得注意的是它的深入浅出。他没有任何一处使用心理学分析的术语。在对传奇做心理解读的同时，他对相关的希腊文学和政治历史、晚期欧洲文学历史、索福克勒斯（Sophocles）的生平、有关索福克勒斯的作品的参考书目、神话的起源、神话的本质、某些诗句的优美之处以及菲洛克忒忒斯传奇的道德含义都作了深入浅出的学术探讨。讨论过程中，威尔逊也提供了一种对于索福克勒斯作品的解读，把俄狄浦斯（Oedipus）、安提戈涅（Antigone）、埃勒克忒拉（Electra）和索福克勒斯其他作品中的人物与菲洛克忒忒斯联系起来，以说明索福克勒斯作品中的"对心理错位行为的冷静观察"(290)。与哲学家埃斯库罗斯（Aeschylus）和浪漫的欧里庇德斯（Euripides）相比，索福克勒斯更像一个"临床医生"，他"对病态心理（有着）特别的洞察力"(289)。在他的简洁明了、字字珠玑的25页的讨论中，威尔逊给我们提供了一个清晰的社会–道德解读："恶臭的疾病使他遭到社会的唾弃、不断地受到凌辱、孤独无助。他是疾病的牺牲品，但也是一种超人艺术的大师，这种超人的艺术是人人都不得不尊敬的，是平常人所需要的。"(294) 在这里，作为菲洛克忒忒斯式人物的艺术家被置身于社会之中，被赋予一种重要的社会功能；他的命运牵连着社会秩序："在他已经能够忘记他的委屈、能够把他的神圣天才服务于他自己的人民的时候，他将康复痊愈。"(294) 威尔逊是典型的纽约派知识分子，他在广泛的文化批评实践中，应用了各种不同的批评分析模式，包括心理分析模式。

在主要的纽约派知识分子中，特里林是最相信**弗洛伊德式**心理分析的。谢世前不久，他说道："我从来没有怀疑过，马克思和弗洛伊德的理论系统对于我的批评工作、我的总体学术生涯有着决定性影响。"[21] 但是，他只是在一段很短的时间内是一位马克思主义者，对心理分析却终生笃信不疑。特里林从弗洛伊德和马克思那里学到的首先是揭示"一成不变、体制化了的关于现实的概念"，其次是承认"历史、社会、文化的实际和它们与批评的密切关系"(236—237)。基于这两点，我们就不难理解，作为批评家的特里林关注的"不是美学问题，除非作为第二位的，而是道德问题，是日常生活的经验以及文化和历史经验所提出的问题"(228)。特里林和豪、拉夫及威尔逊一样，把心理分析放在文化批评的中心。他同样也注意到弗洛伊德主义的局限。

《自由主义想象》中有两篇文章是心理分析的里程碑：《弗洛伊德与文学》(1940；

---

[21] Lionel Trilling, "Some Notes for an Autobiographical Lecture" (1971), *The Last Decade: Essays and Reviews, 1965—75,* ed. Diana Trilling (New York: Harcourt, Brace, Jovanovich, 1979), p.237.

修订版 1947）和《艺术与神经病》（1945；修订版 1947）。在第一篇文章中，特里林力求对弗洛伊德学说的优点和短处作出不偏不倚的历史评估。在许许多多的优点中，他着重称道的是弗洛伊德关于人的现实的、哲学的观点：弗洛伊德把人看成是“一种解不开的文化和生物的纠缠体”，认为人“不简单地只是好”；他把妥协看成是人“通过这个世界最好的办法”（54）。除了这些价值以外，他还称颂了弗洛伊德的理性主义和对复杂性的欣赏，以及他对人的动机的摇摆不定和过去的经验在人的生存中的关键作用的理解。十分明显，特里林在弗洛伊德那里发现了某些自由主义的哲学品质，他赞同这些品质。他批评弗洛伊德的不足之处包括：他的认知学，他把艺术与幻觉和快感的逃避（而不是现实）等同起来的做法，他的艺术家是神经病患者的看法，他关于现实（只是给定的而不是生产出来的）的概念，他关于艺术意义的观点（令人不能接受地无视观众效应）。最后，针对简单化的弗洛伊德观点，特里林指出，“在无意识与完成了的诗歌之间，相继意外地出现了社会意图和对意识的精心控制。”（50）总体说来，特里林对弗洛伊德的批评揭示了他对一种文学理论的笃信，在这种文学理论中，精心雕琢的艺术作品体现并反映人类经验和社会现实，达到合情合理地影响人和他的文化的目的。

在《艺术与神经病》中，特里林对弗洛伊德艺术家是神经病患者的观点、对威尔逊的相应的伤与弓的理论进行了激烈的批评。这篇文章中，特里林的一些“偶然的”阐述耐人寻味。比如：他认为艺术是神经病的理论的错误不仅仅在于心理分析家和诗人，而且也在于“19 世纪工业的理性化和资产阶级的庸俗”（157）。另外，他还比弗洛伊德更进一步，认定我们都有病，认定“社会的大部分人都患有神经失常”（168）——这就意味着，在这方面艺术家并不与众不同。艺术家的特别之处不在于他的神经失常，而在于他通过“型造它并使其为别人所用”而“成功地物化”了它（174）。这里，艺术家的视角与创造力，而不是他的病，得到了重视：诗人“型造他的幻想，他赋予它们社会形式和参照”（169）。在这些论点的自始至终，特里林一再强调神经病的社会基础以及艺术的社会功用。“一个神经过敏的冲突决不会是无意义的或者纯粹是个人性的；它必须作为文化势力的例证来理解……毫无疑问，一个声称代表我们利益的作家是这样一个人，由于他内心种种冲突势力的强大能量，他能为我们提供最大限度的文化再现……”（173－174）特里林和其他纽约派知识分子一样，在他看来，人类心理的根本基础是社会存在。但是，值得注意的是，特里林用以“拯救”艺术免受疾病侵害的不是社会学而是美学。构成艺术家的天才的基础是他型造材料的能力，而不是他所谓的神经失常。

不足为奇的是，在纽约派知识分子的论著中，有社会和文化作用决定论的危险倾向。特里林为这种庸俗因果关系的可能性担忧，这种担忧在他的论文《弗洛伊德：文化的域内域外》（“Freud：Within and Beyond Culture”，1955）中显得尤为突出。特里林从人是文化产物这个前提说起，然后开始用弗洛伊德的理论来挑战和驳斥这种观点。在特里林看来，弗洛伊德对于文化的态度是矛盾的：弗洛伊德把人看成是既受文化影响又与之对立的；他认为“超脱文化的掌控是可能的”[22]。具体说来，弗洛伊德的生物主义和他的死亡冲动理论——都是特里林所推崇的——有效地限制了文化的无所不能。人可以抵御或者更新文化：他的一部分是与文化分离的。对于特里林来说，这是一种解放的观点，为人的自我保留了一个坚实的内核，这个内核“超脱了文化掌控…… 而且保留了评判文化并且抵御和修改它的权力”（115）。

在《超越文化》（*Beyond Culture*，1965）的序中，特里林坚决肯定了现代文学的对抗力量，一如他在《对抗性自我》（*The Opposing Self*，1955）的序中曾经肯定的那样。他把艺术放在与不断增长的文化霸权对立的位置上，他指出：“艺术与思想的主要功能是把个人从他的文化暴力中解放出来。”（xiii）20 世纪 60 年代，现代艺术的这种解放性的对抗作用使特里林感到不安，因为它在高校越来越体制化，而且围绕它形成了一个从资产阶级中疏离出来的新阶级。这个阶级的自我推崇与程式性偏见，有蚕食艺术的解放力量的危险，有扼杀自我的相对于文化的特殊独立性的危险。

在用弗洛伊德理论来丰富和精炼自己的文化批评方面，特里林领先于其他纽约派知识分子。虽然，人类和他的文学都受文化的影响，但是仍然存在着一种独立于文化专制的自足因素。特里林希望保护这种因素不受任何威胁。他认为它存在于不可回复的人的肉体、人体生物学和必然死亡之中——一种顽固的、弗洛伊德式的肉体内核存在。这说明了特里林有着某种自由的普遍主义的信念，相信人类生命和它内在的向往自由的肉体欲望。

阿尔弗雷德·卡津在他的《当代人》的第七章“弗洛伊德和他的影响”中，对弗洛伊德主义的追随者进行了猛烈的抨击。卡津深深崇敬弗洛伊德本人对于真理的勇敢探索、他的创见、他的独立以及他的文学技巧，但是他对阿德勒（Adler）、弗洛姆（Fromm）、荣格（Jung）、兰克（Rank）和赖希（Reich）的现代心理分析理论却深恶痛

---

[22] Lionel Trilling, “Freud：Within and Beyond Culture,” *Beyond Culture：Essays on Literature and Learning*（1965；New York：Viking, 1968), p. 108. 此后略为 *BC*。

绝。他的观点是，“除了弗洛伊德之外，弗洛伊德主义就失去了它的总体魅力，而且往往只是一种徒劳无益的猎奇的借口”(*C*, 384)。卡津特别不喜欢的是当代人对心理分析的糟蹋，把它廉价地用于完善市场调查的技术，用于鼓励对社会的适应，用于启动机械的心理分析批评，用于放纵唯我论对身份认同的探索，用于分割意识与外部现实的联系。卡津指出，对于这些弗洛伊德者来说，“世界——周围环境和不总是友善的自然、历史、社会的现实——已经从这些人的眼前消失，而且随之带走了曾经衡量和定义人在这个世界上的挣扎的一切标准……”(369)。卡津所谴责的是任何和所有当代的虚无主义和唯我论——拒绝在挣扎中参与自然和文化——这种得到心理分析辅助和支持的虚无主义和唯我论。

卡津对于卡尔·荣格(Carl Jung)的批评尤为激烈。弗洛伊德为之献身的是现实与真理，而荣格感兴趣的却是需求和可能。荣格只是一个神秘主义者；弗洛伊德却是一个科学家。荣格把心理分析变成了无神时代的一种替代宗教。他的生活哲学来自于原始冲动和态度，于我们在异己的、外部世界中的定位毫无用处。在主要的纽约派知识分子中，卡津是对心理分析，特别是荣格式的心理分析批评最为严厉的一位。

纽约派知识分子中，没有人比莱斯里·菲德勒在他的文化批评中更依赖心理分析的了。1959年，他在为《美国小说的爱与死》(书名援用弗洛伊德的爱神厄洛斯Eros和死神坦纳托斯Thanatos)作的序中，菲德勒强调了许多批评方法的作用和不要牺牲“社会学、心理学、历史、人文学或者文类学”批评模式的重要性。[23]具体而言，他承认，他鄙视形式主义批评，高度尊重《党派评论》的那种马克思主义分析，并且深深得益于弗洛伊德和荣格的心理分析。“熟悉正统弗洛伊德主义和荣格修正主义的读者会知道我的很多基本词汇的出处；我不敢想象，没有意识和无意识、俄狄浦斯情结、原型等等概念，我怎么可能开始从事我已经从事的这种研究。只是认识到我已经不遗余力地把它们调和在一起，已经大胆地改变了我借用的概念，我才没有做更具体的交代说明”(14)。基于他对心理分析广泛和坚定的信仰，不难把他主要看作是一位心理分析批评家，大多数读者确实是这样看他的。再加上他对于18世纪80年代到20世纪50年代之间的美国小说的基本观点，读者就会得到一个深刻印象，他的兴趣主要在心理分析。

---

[23] Leslie A. Fiedler, *Love and Death in the American Novel*, rev. ed. (1960; New York: Dell, 1966), p.10.

在菲德勒看来，美国小说家还未能理解成年人的异性恋爱，因而变得沉湎于死亡、乱伦和同性恋。他首先在声名狼藉的《再回到木筏上来吧，哈克宝贝》（"Come Back to the Raft Ag'in, Huck Honey"）一文中提出这种观点。此文先是发表在 1948 年的《党派评论》上，后来又收集在《纯真的结束：文化与政治论文集》（*An End to Innocence: Essays on Culture and Politics*, 1955）中。菲德勒自以为是的观点震惊了纽约派知识分子，特别是卡津和豪，他们认为这样的原型或者"神话"批评是归纳式的、与历史无关的，而且是反美学的。

为了保存文学作品中的丰富的现实主义和诗歌的质量，理查德·蔡斯在他的《神话追踪》（*Quest for Myth*, 1949）和《民主展望》（*The Democratic Vista*, 1958）中提议，用特别的神话研究来取代心理分析。在这两篇论著中，他斥责典型的当代"神话"批评对经验、历史和文学性避而不谈。蔡斯认为，神话是故事——文学，不是宗教、心理学、哲学或者魔术。虽然他也接纳无意识主题和形式，但是他想拯救的是文学中有意识的、想象性因素及其社会和历史的具体体现。在他的《美国小说及其传统》（1957）中，他谴责了很多神话批评的刻板和抽象，谴责这种批评忽视了"时间和空间的整个现实和整个灿烂夺目的文化语境"[24]。同样的控告早些时候也出现在拉夫的具有里程碑意义的文章《神话与力士》（"The Myth and The Powerhouse", 1953）中。

作为一个学派，纽约派知识分子表达了对于铁板一块的弗洛伊德、荣格和神话批评的不屑一顾。为了反击这样的批评，他们强调政治、社会学、历史、道德和美学在文学理解和评估任务中的重要作用。那些看重心理分析的纽约派批评家给它指定了一个从属的位置，力求限制它的应用并避免它的错误。虽然他们非常敬重弗洛伊德的理论，但是他们对荣格的反应却是否定的。对他们来说，莱斯里·菲德勒对荣格理论的相信与沉迷标志着他与纽约派知识分子这个大家庭的分裂。

对现代文学的关注

菲利普·拉夫逝世几个月后，玛丽·麦卡锡在《纽约时报书评》（*New York Times Book Review*）的首页上发表了一篇简短的回忆录。她是这样评论拉夫的："对他来说，文学从陀思妥耶夫斯基（Dostoevsky）开始，到乔伊斯（Joyce）、普鲁斯特（Proust）、

---

[24] Richard Chase, *The American Novel and Its Tradition* (New York: Anchor, 1957), p. 245.

艾略特（Eliot）结束，”紧接着，她解释道，“他鄙视大部分当代作品”（*ELP*，vii）。总体说来，第一代纽约派的主要批评家关注的重点是后启蒙时期的欧洲文学和后浪漫时期的美国文学。另外，他们倾向于小说，主要是现实主义伟大传统的小说，不喜欢诗歌和戏剧。纽约派知识分子反对大众文化，崇尚精英现代主义。20世纪50年代起，现代主义开始迅速而广泛地在高校体制化的时候，他们常常表现得震惊不已。在一份他们喜爱的二十四位作家的名单中，只有四位诗人和八位美国作家；其余的是一度被认为是先锋派但现在却被看成是现代传统的一部分欧洲作家：贝娄（Bellow）、卡明斯（Cummings）、多斯·帕索斯（Dos Passos）、陀思妥耶夫斯基、艾略特、福克纳（Faulkner）、弗洛伊德、纪德（Gide）、亨利·詹姆斯（Henry James）、乔伊斯、卡夫卡（Kafka）、劳伦斯（Lawrence）、马拉默德（Malamud）、马尔罗（Malraux）、托马斯·曼（Thomas Mann）、马克思（Marx）、尼采（Nietzsche）、奥威尔（Orwell）、普鲁斯特、西隆尼（Silone）、司汤达（Stendhal）、史蒂文斯（Stevens）、托尔斯泰（Tolstoy）以及叶芝（Yeats）。纽约派知识分子喜爱的文学往往不但是现实主义的和现代的，而且也是高度复杂和严肃的、成熟的、深奥的。

就对现代文学的热情而言，纽约派批评家比埃德蒙·威尔逊和R. P.布莱克姆尔晚了十年。威尔逊和布莱克姆尔在20年代就开始发表对艾略特、劳伦斯、史蒂文斯、叶芝和其他作家的批评论著。在这些早期审视现代主义的美国研究作品中，最令人印象深刻和最彻底的是威尔逊的《艾克瑟尔的城堡》（*Axel's Castle*，1931）。这是一部很长的文本，它对1870—1930这段时期的象征主义进行了定义，并具对叶芝、瓦莱里（Valéry）、艾略特、普鲁斯特、乔伊斯和格特鲁德·斯坦因（Gertrude Stein）进行了具体仔细的分析。《艾克瑟尔的城堡》是威尔逊的第一部批评论著，使他一举成名，成为一个风格明快的批评家和对先锋派内行老道的评注家，成为一个学术渊博的人和远见卓识的领袖人物。

《艾克瑟尔的城堡》的题献把理想的文学批评定义为“一部人类观点和想象的历史，一部以形成人类思想和想象的条件为背景的历史”。这个定义准确地描述了威尔逊的象征主义研究理论。行文至最后一章“艾克瑟尔与瑞姆鲍德”（Axel and Rimbaud）时，威尔逊把他讨论的作家的观点和想象根植于第一次世界大战前后西方世界流行的文化语境中。艾克瑟尔是维里尔斯·亚当（Villiers de l'Isle-Adam）的《艾克瑟尔》（1890）中的主人公。艾克瑟尔所选择的路意味着避开现实世界，寻求内在幻想。瑞姆鲍德之路是逃避现代西方世界，寻求返璞归真的生活方式。威尔逊的结论是，象征主义者是毫无希望的逃跑主义者，是神经失常的反社会分子，不能“再作为我们的引路人了”[25]。作为对西方社会和文学中的绝望的矫正，威尔逊在行文结束时提出：“俄国，在那里，一个社会政治的理想主义已经能够发挥艺术家和工程师的作用，并赋予他们创作灵感。又一次紧迫地摆在我们面前的问题是：人类社会的实践成功是否可能？如果我们继续失败的话，几部杰作，无论多么深奥或者崇高，是否能够使生活变得令人留恋……”(293)

作为一名文化批评家，威尔逊把美学现代主义现象放在它的经济、社会和政治语境中，特别关注工业革命、资产阶级的兴起和第一次世界大战的灾难。所有这一切，特别是战争，都把诗人逼迫到边缘的和不恰当的社会位置。“但是，巨大的齐心协力的战争，只是以欧洲所有参战国人民的贫困潦倒与精疲力竭而告终，以对于政治和一切想把人类组织成社会团体的努力都普遍感到绝望而告终……以某种文化理想服务于某个特定目标的实现而告终。这时候，西方人对于那种对行动不感兴趣、漠不关心群体的文学变得特别有好感起来。”(286) 现代主义是道德沦丧的文化的产物。因此，它的漠然和疏离、它的迷失与绝望，不只是反映了几个与世隔绝的诗人神经衰弱的感受，同时也反映了处于危机之中的文化现实。

以威尔逊看来，未来文学的最大希望在于，把“自然主义和象征主义结合起来，为我们提供一个人类生活及其世界的幻想，一个比任何人迄今所知道的都更丰富多彩、更细腻、更复杂和更完整的生活及其世界。确实，它们已经这样地结合在一起了。象征主义和自然主义已经在一部文学巨著《尤利西斯》(*Ulysses*) 中结合在一起了”(294)。理想的文学对生活和世界的想象性描绘应该是丰富多彩的、精巧的、复杂和完整的。乔伊斯的《尤利西斯》就是这种文学的一个榜样。自然主义和象征主义的结合——19 世纪末和 20 世纪初的文学两个伟大的、然而各自独立的模式——构成了威尔逊的文学理想。他在《艾克瑟尔的城堡》中对象征主义评估时，指出了这场运动的自然主义的不足。《尤利西斯》———部复杂、全面并且细腻的与现实相关联的小说——不仅是威尔逊的，也是继他之后的大部分纽约派知识分子所推崇的伟大现代文学的唯一典型。

整个 60 年代始终，欧文·豪发表了一篇又一篇关于现代主义的回顾性文章。在

[25] Edmund Wilson, *Axel's Castle: A Study of the Imaginative Literature of 1870—1930* (1931; New York: Scribner's, 1943), p. 292.

《更动人的世界：现代文学与政治的看法》(*A World More Attractive: A View of Modern Literature and Politics*, 1963) 和《新文学的衰败》(*Decline of the New*, 1970) 中，豪也像威尔逊一样，对现代文学持一种既爱又恨的态度。他崇尚它表现形式的完美和丰富的想象力，但是对它的唯我论和虚无主义——它的“与生活源泉的脱节”——却特别绝望 (*DN*, *31*)。豪把虚无主义看成是一种社会混乱，它“存在于我们所指的所有现代文学的中心，它既是主题也是症状”(33)。他之所以把乔伊斯看成最伟大的现代作家，正是因为他既正视虚无主义对存在的厌恶与憎恨，同时又充分肯定生活；他既深入彻底地探究唯我论，同时又“融入城市的普通街道及其在持续着的普通生活”(24)。乔伊斯不但克服了唯我论和虚无主义(艾克瑟尔之路)，而且还坚决抵御了向原始主义和独裁主义的回归(瑞姆鲍德之路)，这条路吸引了许许多多杰出的现代主义作家。豪认为，虽然这些人生态度有时确实是伟大文学作品的基础，但是因为道德和政治的原因，它们最终是“不可接受的”。“如果现代作家与政治保持了距离，(那) 对文学和社会就都好多了。”(17) 不管这种政治是出自右派作家，像庞德、叶芝 (Yeats)、劳伦斯等，还是左派作家，像纪德、马尔罗和布莱希特 (Brecht) 等，它都不幸地带有一种独裁主义的倾向。但是，豪最终也没有把一些现代主义作家的那种修士般的隐退作为一个有效的解决办法来推荐。这些现代主义作家脱离普通读者，崇拜特别放荡不羁的生活方式，放弃责任观，只期望在艺术中求得拯救。

对于现代主义的所有倾向，豪批评得最厉害的是象征主义——现代主义革命的主要思潮。

> 象征主义理论最终提倡的是，打破世界及其再现之间的传统的双重性。它觉得，艺术和经验缺陷之间的联系不可容忍；它觉得，被普遍接受的再现主体与再现行为之间的距离不可容忍；它期望，摧毁再现本身，无论是作为客观的模仿还是主观的呐喊的再现……象征主义提倡，让诗歌变得不仅仅只是自足的，同时也是密封的，而且不仅仅只是密封的，有时也是不可穿透的。(19)

在豪看来，象征主义对于模仿说与表达说的文学概念的摧毁是一场灾难，且不说它打破传统的说教说所造成的影响了。马拉美 (Mallarmé) 和其他象征主义者的文本诗学是一种诅咒。豪认为，再现的死亡——镜映外部现实的再现或者启示内心生活的再现——虽然勇敢得疯狂，但是最终是不足的、归纳式的、难以持久的。纯粹的象征主义是不可能的：“很快，世界就会污染诗歌，诗歌就会偷偷地潜回世界”(20)。像威尔逊和大多数纽约派知识分子一样，豪要求艺术中必须有“现实主义”。封闭和自足的文学脱离了世界和生活，是不可接受的。

正如对于《尤利西斯》的广泛赞誉所暗含的那样，纽约派知识分子真正崇尚的文学，既包含象征主义又包含现实主义，既表现出对自我的关注又表现出对世界的关注，既深入探究虚无主义又充分肯定生活，既体现深刻的负面因素又深刻体现正面因素。象征主义和自然主义（用威尔逊的话来说）之间复杂辩证的相互作用，构成了纽约派批评家的文学理论基础。如果一部作品特别偏重其中之一——就像“封闭式象征主义”和无产阶级文学那样——它就会受到严厉批判。拉夫对教条的无产阶级创作的谴责与豪对费解的象征主义作品的批判都同样严厉（Rahv，*ELP*，293—304）。

特里林极力推出一种广泛的理想“现实主义”理论，它既是现时外部的、可见的、那种一般客观意义上的现实主义，又是在过去和未来展开想象或者幻想的那种主观、道德意义上的现实主义。后者，是激情和情感的内在王国——人类动机的内在王国——给现实主义增添了细腻与深度。比如，“慷慨”这样一个如此简单的动机，往往会变成一种“残酷”。对特里林来说，动机是复杂的、似非而是的，需要一种现实主义道德想象的分析，而这种道德想象的创造性运用有着巨大的“实际的、政治的和社会的作用”和文学价值（*LI*，215）。但是，因为美好、正义的道德激情和观念有可能比“利己主义的激情更加执著、专一和迫不及待”（214），所以，“道德现实主义”的探讨要求对人类动机进行特别仔细的检视，以便揭示出到底是什么才会真正引起我们“最好的”冲动。特里林的“道德现实主义”是什么？它是“对于道德生活本身的危险的洞察”（213）。“也许，没有任何时候比现在更需要道德现实主义研究了，因为没有任何时候有现在这么多的人献身于道德、正义。我们有指出不良环境的书，有褒扬我们采取进步态度的书。可是我们没有在我们的脑海里提出问题的书，那些不仅提出关于环境而且也提出关于我们自己的问题的书，那些引导我们去定义我们的动机，去问一问我们的好的冲动的背后可能隐藏着什么的书。”（213）在思考现实主义的时候，特里林要的不只是社会环境的准确描绘；他还要对于社会意图的细腻陈述。这构成了道德现实主义的基础——一种从未被真正理解过的詹姆逊式的文学理论。

特里林提出的思辨文学理论给想象作品的模仿和表达功能加上了一个明显的说教目的。文学应该教育——对社会有益。虽然威尔逊、豪和拉夫都不是公开的道德主义者，但是他们也都假定了文学说教力量的文化重要性。当然，这种说教成分是与纽约派知识分子的更广泛的社会政治命题结合在一起的。

在他的文类研究论著《政治与小说》中，豪宣称："最终，评估政治小说的标准，必须与评估任何其他小说的标准是一样的：它对我们的生活有多大启迪？它提供的道德视野有多宽广？"[26] 评估所有小说的标准都是看其能否通过广义上的传统的模仿和说教理论的检验。

（附带说明一下，豪的政治小说或多或少地重复了纽约派知识分子独特的自然主义－象征主义的辩证法。政治小说的结构，把一个真实社会环境和人类动机的双重世界，与一个政治目标和意识形态的理想世界并列在一起。在一个有代表性的政治叙事中，意识形态的抽象"与动机的丰富多样形成对照，理想的纯洁与行动的污染形成对照"（23）。在豪看来，政治小说的潜在辩证法，是由意识形态的抽象、纲领，由理想与经验的汇聚、动机的庞杂，以及行动的受污染相互作用和相互冲突构成的。）

威尔逊、特里林和豪所提出的理想文学构成一个美学、道德和社会学的系统。艺术的模仿、表达和说教功能之间的联系有意识地与自足的文本诗学形成对抗，从而保证了文学与生活和社会之间的合理的相互作用。卡津的说法言简意赅，文学应该"发挥它的传统作用，为社会政策和道德行为提供主要观点"（*C*，505）。这种理想对美学至关重要：文本的评估与它们对于理想的坚持相关。因此，对一部作品的评定必然同时是美学的，道德的和社会的。纽约派知识分子对于高度现代主义文学，特别是对象征主义既爱又恨的态度，反映了他们对它的道德和社会缺点的否定，这在埃兹拉·庞德和波林根奖事件中得到了如此戏剧性的证实。美学完美是必要的，但是对于第一流的文学创作来说，仅此是不够的。

美国文学理论种种

所有第一代纽约派知识分子，都发表过关于美国文学的批评论著。他们当中，一些人对于"美国研究"——一个40年代到60年代兴起的领域——做出了令人难忘的贡献。在这方面，拉夫的几篇论文、卡津的《本土论》（*On Native Grounds*，1942）和蔡斯的《美国小说及其传统》（1957）特别值得注意（这一点我们稍后就会看到）。要彻底地研究纽约派批评家的美国文学理论，就得仔细阅读威尔逊、卡津、豪、菲德

[26] Irving Howe, *Politics and the Novel* (New York: Horizon, 1957), p.24. 在埃里希·奥尔巴赫的《模仿》(*Mimesis*) 中出现的模仿－道德二元现实主义文学理论与纽约知识分子派对立的发展都是在40年代。

勒、西瓦茨（Schwartz）等人的无数论文，尤其是得特别拜读威尔逊的《爱国热血》（*Patriotic Gore*, 1962）、卡津的《当代人》（1962）和《辉煌的生活篇章》（*Bright Book of Life*, 1973）、菲德勒的《美国小说的爱与死》（1960）、豪的传记《舍伍德·安德森》（Sherwood Anderson, 1951）和他的介绍性论著《威廉·福克纳》（*William Faulkner*, 1952）。当然，还有很多作品可以增加到这个单子上。

拉夫发表了大约四十篇论文，差不多都用均等的笔墨关注政治和文化、俄国和欧洲小说（特别是陀思妥耶夫斯基）以及美国文学。在他对美国文学的关注中，拉夫还编辑了五部论著：《亨利·詹姆斯伟大的短篇小说》（*The Great Short Novels of Henry James*, 1944）、《波士顿人》（*The Bostonians*, 1945）、《发现欧洲：旧世界的美国经验传奇》（*Discover Europe: The Story of American Experience in the Old World*, 1947）、《美国文学：文学批评选集》（*Literature in America: An Anthology of Literary Criticism*, 1957）以及《八大美国短篇小说》（*Eight Great American Short Novels*, 1963）。拉夫不但对詹姆斯的重新流行做出了贡献，为把美学现代主义注入美国文学的马克思主义做出了帮助，而且还在他的著名论文《白面与红肤》（"Paleface and Redskin"）中，提出了一种特别有名的美国文学理论。

根据拉夫的观点，有一种美国特有的社会历史的两极倾向影响着文学传统。他指出，这种文化的感性疏离（cultural dissociation of sensibility），其特征是一种分裂，一种由"白面"者与"红肤"人分别占据的两种截然相反的立场的对立。"白面"者，像詹姆斯、麦尔维尔、霍桑、狄金森和艾略特，是贵族知识分子。他们生性孤傲、怀有一种对生命的悲剧感。这种感受源于清教徒式的宗教，其特征是：脱离现实，崇尚趣味高雅的传统，喜欢有节制的生活方式和文学的寓言象征形式。白面文化与新英格兰的理想主义有联系，它主导了 19 世纪美国的精神生活。拉夫生活时代的最后一批白面者是 20 世纪 20 年代的新人文主义者。红肤人，像惠特曼、吐温、德莱赛、斯坦贝克和海明威，是精力充沛、吵吵嚷嚷的平民神秘主义者。他们通常反对沉湎于观点，追求经验、物质和享乐主义。他们适应边疆和城市的环境和下层民众，偏爱文学现实主义的通俗形式。红肤文化对于新的发展不屑一顾，消极地面对**时代精神**（***Zeitgeist***），是 20 世纪的主流文化。在指出了美国传统这两股对抗思潮的优势与不足之后，拉夫号召，通过"努力与理解"来达成两者的平衡、统一与联合（*ELP*, 7）。

虽然拉夫的理论可以被看作凡·威克·布鲁克斯早些时候的"高雅与通俗"（highbrow-lowbrow）之别、艾略特的"文化的感性疏离"观和威尔逊关于现代主义是

“象征主义–自然主义”辩证观念的变异和拓展，但是他的理论有其独到之处：它以令人难忘的细腻笔触，描述了美国文艺复兴到**红色十年（The Red Decade）**这段时期独特的美国文化。拉夫的论文发表于1939年，它中肯地建议当时正处于优势的红肤者仔细地注意早于他们的白面者的长处。有意思的是，30年代初出版的威尔逊的《艾克瑟尔的城堡》采取的是一相反的立场，即敦促现代的象征主义接纳自然主义。但是，威尔逊和拉夫都希望这两股分叉的传统最终能够统一起来：想象与现实、意识与经验、贵族与贫民应该结合在一起。

拉夫文学理论的根本概念是“经验”。在《美国文学作品中的经验崇拜》（“The Cult of Experience in American Writing”, 1940）和《本土偏见》（“The Native Bias”, 1957）中，他指出，惠特曼和詹姆斯——现代主义美国文学的发起人——都对经验持肯定的态度，虽然他们对它的内容与意义有不同的看法。广泛的“对经验的追求与执著”，是自内战以来在病态的精神生活、可笑的逃避主义和不正常的尊严概念的背景下盛行起来的。这种追求与执著积极地改变了美国文学，把它从对欧洲传统的软弱奴媚中解放了出来。[27] 与经验的紧密关系和与**旧世界**传统的决裂都是在19世纪末就实实在在地开始了。在拉夫看来，这就是真正的现代美国文学的开端。

当他的不朽巨著《本土论：现代美国散文文学的解读》（*On Native Grounds: An Interpretation of Modern American Prose Literature*）问世时，阿尔弗雷德·卡津成了纽约派知识分子中美国研究的领袖人物。他和理查德·蔡斯在该学派的鼎盛时期过后很久，还仍然初衷不改。就19世纪80年代到20世纪30年代期间主要的美国小说家而言，他的观点是：他们主要是对工业资本主义和科学的缺陷做出了反应；他们致力于对社会生活的现实分析；对于美国早期理想的希望之破灭令他们失望，在失望中他们产生了强烈的异化感。值得注意的是，卡津以两次文化危机来框定他的叙事历史。首先，19世纪80年代的美国处于“一个社会和另一个社会之间、一种道德秩序和另一种道德秩序之间……它的根在飘移，在向一个由工厂和城市构成的新世

---

[27] Philip Rahv, “Introduction: The Native Bias,” *Literature in America: An Anthology of Literary Criticism* (Cleveland: Meridian, 1957), p. 15. 有关第二次世界大战以前美国文学理论的状况与范畴，see Howard Mumford Jones, *The Theory of American Literature* (1948; rpt. Ithaca: Cornell University Press, 1956) and Richard Ruland, *The Rediscovery of American Literature: Premises of Critical Taste, 1900—1940* (Cambridge: Harvard University Press, 1967)。

界飘动，伴随着旧规范和信仰的消逝……”[28] 其次，卡津在第二次世界大战开始、大萧条处于尾声时宣称，“在我看来，很清楚，(我们的) 文学肯定已经到达了一个高峰，就像我们的现代自由文化已经达到一个高峰一样。我认为，整个文明正处于风雨飘摇之中，我们可以试图对此作出某种全面的判断……”(x) 通过把历史放在西方工业资本主义的“胜利”及其衰败期间，卡津得以从一个透彻的社会-道德视角来讨论他的主题。美国文学“实际上只是我们现代生活的表达”，“它的根深深地扎在我们社会的变革之中…… 扎在在工业资本主义和科学的影响下美国生活、思想和风俗飘忽而且也许还是不可表达的道德变革之中……”(viii) 与拉夫和威尔逊一样，卡津把文学历史放在广泛的文化历史范畴内，主要是其经济、社会学、美学和道德层面来探讨。他是一个典型的纽约派知识分子，深深地为资本主义和自由主义的危机而担忧。最后，他也相信，美国文学专注于现实：“最重要的是，它的根扎在了解什么是现代时期的生活现实这一需要之中。”(ix)

对卡津来说，文学历史是总体文化历史的一部分，而批评历史又是文学历史的一部分。文学和批评范围的环境与经济和社会领域的环境是平行的。批评不是独立的；它是文化的一个方面。毫不奇怪，卡津大约把他叙事的四分之一的笔墨，用在作为美国文学历史一部分的本土批评的历史上。请看他的美国批评历史理论：

> 从埃默森和梭罗 (Thoreau) 到门肯和布鲁克斯，批评一直都是伟大的美国世俗哲学、知识良知和知识集装箱。它是一种对公民身份理想有着内在关注的文学研究，它对于美国文学作品赖以生存和发展的新的、必要的道德秩序的追求，往往超过对于文学文本的研究。除了像爱伦·坡和詹姆斯这样的人以外，批评家们对于技巧和风格问题的关注从来都只不过是偶一为之。与其说批评一直是一种美学研究，倒不如说它一直是一种道德宣传的形式。它甚至是美国文学和社会之间的秘密媒介——尽管这样解读和实践的人寥寥无几。(400—401)

在这种背景下，卡津为30年代马克思主义者与形式主义者之间的论战深表惋惜。这些左倾和右倾的激进主义者在推崇教条主义的社会批评和文本美学中，迫使批评在一个极权主义的年代变得极权专横。对于卡津来说，美国批评既不应该是政治武器

---

[28] Alfred Kazin, *On Native Grounds: An Interpretation of Modern American Prose Literature* (New York: Harcourt, Brace, 1942), p. vii.

也不应该是学术技巧，既不应该是宣传也不应该是贫血的经院研究。没有美学的社会学和没有社会学的美学带来的是狂热和专制。形式主义者，比如庞德，向法西斯主义的转变，以及左倾主义者，比如希克斯，向斯大林主义的转变，代表了批评上的极端主义的最大危险。归根到底，20 世纪 30 年代的批评危机，是西方文明整个道德秩序中更广泛的危机的一部分："批评已经变成了一种哲学前线。在这里，各种企图重建世界的强大的核心力量绞缠在一起。"(406)

30 年代美国批评家的交战阵营令卡津不快的是，在他们的理论中的理性和道德的退缩。他在纽约知识分子派身上看到了唯一的希望："在这些作家身上，批评还像它曾经在美国生存过的那样安然无恙地生存着……"(447) 对他来说，埃德蒙·威尔逊成了他唯一值得毫无保留地表彰的现代美国批评家。威尔逊没有陷入社会批评或者美学批评**非此 / 即彼** (either/or) 的陷阱，他"继续从事批评创作，把它作为一门伟大的人文学科，一种与文明相关的文学研究，一种不放过细枝末节，但是却又把视线瞄准在整个人类状态上的文学研究上"(447)。根据卡津的观点，美国批评的传统在纽约派知识分子那里显示得最为有生机、有活力——而不是在教条的马克思主义者或者新批评家那里。正是这种对于现实和文学技巧的双重关注，使得我们最优秀的批评家和我们最优秀的作家鹤立鸡群。他们的特征还包括与资本主义社会的格格不入以及对于民主价值的笃信不移。

理查德·蔡斯广泛地被认为是一个重要的美国研究的领袖人物。他出版的六本书和编辑的一本文集，探讨的都是美国文学：《赫尔曼·麦尔维尔》(*Herman Melville*, 1949)、《埃米莉·狄金森》(*Emily Dickenson*, 1951)、《再评沃尔特·惠特曼》(*Walt Whitman Reconsidered*, 1955)、《美国小说及其传统》(*The American Novel and Its Tradition*, 1957)、《民主展望》(*The Democratic Vista*, 1958)、《沃尔特·惠特曼》(*Walt Whitman*, 1961) 和《麦尔维尔批评论文汇编》(*Melville: A Collection of Critical Essays*, 1962)。在他最为著名的《美国小说及其传统》中，蔡斯提出了一个在某些重要观点上与拉夫和卡津相似，但是却又与他们有着显著不同的理论。他对美国小说的研究涵盖广泛：从查尔斯·布洛克顿·布朗 (Charles Brockden Brown) 和詹姆斯·菲尼莫尔·库珀 (James Fenimore Cooper) 到斯各特·菲茨杰拉德 (F. Scott Fitzgerald) 和威廉·福克纳。他力图把美国小说与英国小说区分开来，把伟大的英国作品描述为现实小说，伟大的美国作品描述为浪漫小说。

根据蔡斯的理论，美国的浪漫文学是对传统的现实主义在 19 世纪和 20 世纪的一种改编与修饰。浪漫文学的许多显著特征包括它对于真实与现实的相对自由，它的戏剧性夸张或者田园倾向，它的重象征行为轻人物发展，它对于普遍道德问题而不是真理的关注，它对于异化、矛盾和混乱而不是和谐、和解和情感净化的明显偏爱，以及它把经验看成是不相关联的和不受控制的、是反社会的和个人的处理方式。

> 正如我们看到的一样，浪漫文学是一种"边界"小说，无论行动的场所是文明与荒野之间的中立地带，像库珀和希姆斯（Simms）的历险情形那样，还是一种思想状态，而不是一个地方——在真实与想象混为一体的人类思想的边疆，就像霍桑和晚期的浪漫作家所描述的那样。浪漫文学不像小说那样，牢固地扎根在现实之中。但是，当它令人难忘时，也不遁入纯粹的想象之中。(19)

与现实主义小说相比，浪漫文学有脱离现实和社会存在、转向精神和想象的倾向。它抽象而不具体，占据着一个边界位置。从心理学角度来看，它偏离意识向潜意识转移，表达了"现实主义所不及的黑暗和复杂的真实"(xi)。从形式上来看，它常常偏爱传说、象征或者寓言，而轻对生活体验的记录。它满足于探索新的疆土和异常的生活，而不去欣赏和开化这些奇异的地方和经验。与之截然相反的是，英国的现实主义小说是"一种帝国的事业，它以结束混乱建立秩序为崇高目的，是对现实的一种侵占"(4)。

根据蔡斯的论述，浪漫文学衍生的土壤是一种充满矛盾的文化。这种矛盾的文化的生成原因有：一、早期美国经验的地理和政治上的荒凉；二、强大的摩尼教式的对于正义与邪恶的戏剧性夸张；三、美国人对于旧世界和新世界的精神传统的双重忠诚。与拉夫和卡津一样，蔡斯把文学放置在更广阔的民族文化领域中来研究。他发现，这种文化也是一分为二的。蔡斯的现实主义与浪漫主义在某种程度上相当于拉夫的红肤与白面、卡津的社会学与美学以及威尔逊早些时候的自然主义与象征主义。这些类似的范畴以独特的方式重现了纽约知识分子派的两个截然不同的根本倾向：马克思主义的政治和现代主义的美学。糅合、平衡这两个领域的研究命题，在每个纽约派知识分子提倡的美国文学理论中，都以独特的方式重复着。

因为浪漫文学理论似乎把美国小说放在一个纯粹的美学范畴，所以蔡斯在他的书后加了一个附录，用神话批评的非历史主义和先验论（美学）作为衬托，来强调他自己对于文化批评和现实主义文学的信奉。对于神话批评家，他宣称："他们忽视时间和空间的整个现实，忽视给人启迪的整个文化语境……当我说现实主义是小说的根本特征时，当我接着说，浪漫是小说中的某种东西，它出自现实主义而又修饰现实主义的时候，我已经注意到这一点……”(245—246) 蔡斯的策略，是想把浪漫框定在现实主义的范畴，避免把它实体化为一个不受文化和历史现实限制的白面的、象征主义的美学模式。作为一种“边界”现象，浪漫文学的位置摇摆不定，处于夹缝之间，一边是现实、经验和社会，另一边是思想、想象和自足的美学形式。这里，我们可以发现纽约派知识分子的基本辩证法的一种版本，这种版本在拉夫、卡津、蔡斯等人提出的美国文学理论之中都曾出现过。

论批评和文学的制度化

自 20 世纪 50 年代初，纽约派知识分子就开始对批评与文学的制度化表示绝望。在他们看来，这种现象与战后时期大众社会的广泛形成有关。文学、批评和政治对于先锋派的接纳，威胁着思想独立并且导致妥协。豪解释道：“我们所说的大众社会是一个相对舒适、半福利和半军管的社会。在这个社会中，整个人口慢慢变得消极、漠然、被分裂；…… 在这个社会中，在一定的利益和观念基础上团结起来的集体逐渐瓦解；在这个社会中，人成了消费者，而且就像他所消费的产品、娱乐和他所接受的价值观一样，自身也成了大批生产的产品。”(*DN*, 196) 对差异、怪异和特殊利益的压制和驯服造成了一种文化状态。在这种文化状态中，“不同意见、争议、辩论被认为是粗俗无理的”，而且“直接的和第一手的经验似乎在回避人类”(197)。大众被截断了直接经验的渠道、被鼓励不要提出异议，他获得了舒适、娱乐、教育和福利，其代价是失去了独立和批评的权利。

在《战后形势中的美国知识分子》(1952) 一文中，拉夫指出，知识分子的特征不再是对于异议和反叛的执著，不再有异化感和被剥夺感。“随着他们的心态逐渐从对抗向接受转变，他们对于激进的观点已经变得不容易接受，意识形态信仰已经不如以前严格和‘纯洁’，更容易受到现实的左右。”(*ELP*, 329) 造成这种变化的因素包括：斯大林主义乌托邦神话的被揭穿，现代主义运动时期美国名著的令人欢欣的积累，后战时期西欧的知识衰弱，高校和政府部门对于知识分子的吸收，以及战争启动的经济带来的物质财富的增长。根据拉夫的判断，这个民族正在见证“美国知识阶层的**资产阶级化**（***embourgeoisement***）”(330)。伴随着这种接受美国和批判共产主义的心态，随之而来的是一种“新市侩倾向”，它不受批评精神的约束，企图淹没敢于发表异议的传统。为了阻止“这种大众文化的任意扩张，我们至少可以保持距离并且不为其所用”(334)。在拉夫看来，知识分子的一个选择是，恢复先锋派传统，来发展它自己的规范和标准，抵制妥协的诱惑。

最令人难忘的对大众文化及其对批评和文学的体制化的批评是豪的《这个妥协的时代》(“This Age of Conformity”, 1954)。他激烈反对知识分子的妥协，推出了一个引起争议的等式：“体制与知识分子的关系和中产阶级文化与严肃文化的关系一样，一方逗弄着另一方，以不断加快的频率和不断娴熟的技巧榨取它、袭击它，恰到好处地资助和鼓励它，以达到能够继续袭击它的目的。”[29] 正如流行文化蚕食高雅文化一样，体制也在榨取着知识分子。失去的是传统的人文观念和批评独立的使命感——那种“执著而又不带偏见，随时准备孤身独立、好奇、热忱、怀疑”的意志(33)。和拉夫一样，豪相信，只有一个重建的、行动主义的先锋派才能扭转这种可怕的妥协主义倾向。这个先锋必须接受被异化，因为它毕竟是现代时期所产生的最优秀的文学、批评和思辨的源泉。另外这个先锋还必须防范自由主义，因为它是“导致我们精神妥协的一个极大隐患”(17)。

豪特别担忧的是，新批评的成功所带来的妥协主义。另外，他对博士学位制度和所有的文学教育都进行了批评：“我们今天的文学世界所面临的是，一种观点与品味的逐步官僚化……”(26—27)。在这个妥协的年代，“文学本身成了一种批评家用来营造结构与象征组合的原材料；相信它关注任何像人类经验这样**不合时宜(gauche)**或者像人这种过时的主题……那就是信奉异端邪说了”(27)。批评，作为一个对诗学结构比对人类经验更感兴趣的行业，已经成了一种有着完整的工具、方法和贸易机密的机制。

根据德尔茂·西瓦茨的见解，大众文化、教育和新批评都是同一整体的社会大众化的一部分。“自然，新批评是倾向于使文学依附于大学的，所以，只有一个勇于批评、不妥协的知识阶层，才能从大学的内部和外部纠正这种现象、平衡事态……”[30] 西瓦茨与拉夫和豪共执一见，号召重新恢复知识分子的先锋活力。他还补充了一点，那就是，这个勇于批评、不妥协的知识阶层的部分成员可能就在大学内部。

在《当代人》的修订本(1982)中，阿尔弗雷德·卡津觉得有必要增写一个介绍，

---

[29] Irving Howe, “This Age of Conformity,” *Partisan Review*, 21 (1954), 13. 该文是1952年《党派评论》策划的一部重要的专题论文集《我们的国家与我们的文化》的一部分。

[30] Delmore Schwaitz, “Our Country and Our Culture” (1952), *Selected Essays of Delmore Schwartz*, ed. Donald A. Pike and David H. Zucker (Chicago: University of Chicago Press, 1970), p.401.

对大萧条以来的批评做一个反思。他回顾道，在20世纪30年代末，“批评仍然是一个个人知识与品位的问题，而不是向学生介绍文学的方法……”[31] 卡津为机械的新批评的胜利感到遗憾，特别反感它错误地把批评与教学法等同起来。到了50年代初，对于纽约派知识分子来说，大学已经占有了批评、垄断了文学研究，并且已经削弱了独立的文学报刊，这些既显而易见且令人沮丧。确切说来，这种反学究的气质和对于专业学术的反感（对独立的新闻写作的偏爱）可以追溯到该学派的建派之初。1939年，埃德蒙·威尔逊在芝加哥大学给艾伦·泰特的信中写道：“看到大量的文人开始把教学当作一种《党派评论》所说的‘拐杖’，我颇有一点沮丧——虽然这有可能是不必要的。”（*Letters*，321）虽然50年代大部分知识分子都很依赖这个拐杖——除了威尔逊这样显著的例外之外——但是，他们继续把批评的功能与教学法的功能区别开来，继续偏重高新闻（high journalism）写作而轻经院式学术。“批评绝不应该如此职业化，”卡津在1962年强调，“以致只有职业批评家才能看懂…… 近来许多致力于现代文学和批评方面的学术刊物发表了一些毫无价值的文章，我一直非常吃惊。”（*C*，502）。卡津指出，纵观现代文学的整个传统，最强有力的批评都首先出现在周刊和杂志上。他自己的《本土论》是以新闻报道模式写的，没有注释与引文目录。几乎所有的纽约派知识分子都偏爱这样一种非职业化的批评风格。这就意味着他们在高校的批评家中越来越没有什么影响了。

现代主义文学的机制化，尤其使纽约派批评家陷于一种深深的矛盾心态之中。两次世界大战之间的叛逆者们——艾略特、乔伊斯、庞德，等等——已经成了高校里的崇拜偶像，这尤其令特里林不能容忍。对他来说，这种现象是对抗性的、先锋的文化被体制化这样一种更大的现象的一部分。遗憾的是，这种文化的形成导致了一个主要是在高校范围内的特殊阶层的产生。正如特里林在他1968年版的《超越文化》的序的补遗中明确指出的那样：“我为高校与艺术之间的越来越紧密的关系感到忧虑。另外，我对这种现象的不安来自我对艺术的完整性和正确影响的担忧。”（xviii–xix）高校加快了把激进的和颠覆性的作品变成“经典”的进程，而且这种颠覆性作品的合法化或者社会化似乎是毫不费力的。这就导致了一种情形：使得早些时候的文化中，典型的个人与作品之间艰难的冲突正在一个大众化的奇特过程中消失。在《论现代文

---

[31] Alfred Kazin, *Contemporaries: From the 19th Century to the Present*, rev. ed. (New York: Horizon, 1982), p. 4.

学的教学》——第一次是在 1961 年以另一不同的标题在《党派评论》上发表——一文中，特里林讽刺道："我们必须问问我们自己，我们现在学术视野所笼罩的范围是不是太广了。随着大学的不断开放，把它们慈善的帝国主义的目光投注在所谓的生活本身上，我们的各知识阶层越来越觉得没有什么可以经验的了，除非它得到了某个既定的学科的认可。结果是，对我们来说，经验已经大大失去了它与个人的直接关系，从而变成了一种被正式认可的社会活动的一部分。"（*BC*，10）经验、生活本身的教学化（pedagogization）似乎是无限的；它约束了越来越多的现实；以一种"帝国主义的目光"使得一切都一览无遗地呈现在公众的注视之下，即使有所遗漏，也是所漏无几。个人与隐私的领地在缩小，也许在消失。先锋主义与不妥协，就像其他事物一样，几乎在一瞬间就被体制化了。特里林认为，这些是"慈善"自由主义的恶果。他早在 40 年代就告诫人们警惕这种"慈善"自由主义。60 年代，正是它助长了纽约派批评家中越来越大的惊慌和保守情绪。在他的回忆录《知识分子的愚昧》（*The Intellectual Follies*，1984）中，莱昂内尔·阿贝尔令人惊异地哀叹："高校已经放弃了大量的、曾经处于他们领域之外的生活。我认为，这对于生活与学习都是不利的。"[32]

早些时候，新批评家与芝加哥批评家曾在某种程度上醉心于有效的教学手段的设计，但是，纽约派知识分子对此却不是那么热心。他们的缺乏热情表现在如下几点：首先，他们把独立的文学记者的生活看作批评家的榜样。就是说，他们对于学术和职业学者的态度不是鄙视就是怀疑。其次，他们反对把批评简化成说明与课堂解释。因为批评是一种瞄准广大观众的文化活动，它不可能、也不应该被局限在大学的讲座厅和学术刊物里。另外，纽约派批评家鄙视大众文化和大众化过程：教育法则不加批判地参与这种可怕的"现实"（虽然鄙视，但是很多纽约派知识分子还是担任了为大学和"大众"市场设计的书本的编纂和编辑）。最后，他们不相信教学法，正因为它起着磨合——束缚——他们热爱的先锋文化的作用。特里林言简意赅地陈述了他们的感受："教学法对所有敏感的人来说，都是一个令人压抑的学科。"（*BC*，3）

了解了战后教育的普及、对抗性现代主义艺术的社会化、把批评简化成职业化的教学阐述的势头以及先锋知识分子为高校所用这些现象以后，再听到特里林和其他纽约派作家对于愈演愈烈的贬低艺术和私人经验的现象表现出忧虑，那就不足为奇

[32] Lionel Abel, *The Intellectual Follies: A Memoir of the Literary Venture in New York and Paris* (New York: Norton, 1984), p. 285.

了。同样不足为奇的是，他们对于文学教育的任何作用和功效都感到担忧。因为当代批评与教育所教的是，在最有侵略性的现代文本面前采取被动接受的态度，所以，它们不可能开发和培育批评性智慧与独立；事实上，它们培养的是妥协、职业服从和被动消极，而不是独立的批评性思维。对于纽约派知识分子来说，战后时期文学教育的作用越来越令人怀疑，它的价值越来越不可靠。

大约有一半的纽约派批评家一开始就在大学工作，但是，他们和该派大多数其他成员都是在 50 年代初到 60 年代初这段期间开始在学术界获得声望的。1963 年《党派评论》从纽约迁移到罗格斯大学（Rutgers University，威廉·菲利普斯接受了该校的教授聘任）；六年前，菲利普·拉夫已经去了新英格兰的布兰蒂斯大学（Brandeis University，豪早在 1953 年就来到了这里）接受教授职位。可以说，这时候纽约派知识分子已经经历了它原来曾经激烈反对的**资产阶级化**和同化过程。“纽约派的文学生活已经在成功中不复存在”，这就是豪对这段时期的评价（*The Margin of Hope*，289）。也许，这时候的纽约派知识分子构成了大学内部的不妥协的知识界，这正是德尔茂·西瓦茨在 50 年代初就呼吁的。对这些事件的另一种不怎么宽厚的说法是，纽约派批评家“背叛了”。该学派的这种转变，既意味着独立的文学新闻已经不再是美国批评中的一支强大的力量，也意味着以大学为文学批评和创作的**唯一**根据地的一个新时代已经开始。尽管纽约派批评家被体制化，尽管 70 年代初威尔逊、拉夫、特里林、蔡斯和西瓦茨先后谢世，卡津、豪等人仍然坚守阵地，使纽约派知识分子的观点和关注、方法和视角——他们的独特风格——一直持续到 80 年代。另外，很多年轻的下一代的追随者也继承了纽约派的批评传统，继续在“文学”杂志上发表文章。

纽约派批评家的弱点和失败之处有：相对狭窄的语言概念，对诗歌的有限欣赏，以及对于文学风格的细腻之处的严重忽视。在这些方面，埃里赫·奥乌巴赫（Erich Auerbach）和 F. O. 迈锡森的文化批评——也发表于 40 年代和 50 年代——则要成熟得多。纽约派知识分子不能欣赏后现代主义文学——特别憎恶诺曼·梅勒（Norman Mailer）和垮掉派（Beats）的作品——的事实，更突出地显示了他们的文学关注范围有相当大的局限。同样，他们对于新左派的藐视，使他们脱离了新一代的激进分子和社会主义者，严重地局限了他们的影响。虽然他们属于最早对欧洲存在主义敏感的美国知识分子行列，但是他们并没有重视这种新的哲学，而是让其他批评家，如现象学家、存在主义者和阐释主义者，去沿着当代欧洲大陆思想开拓的研究方向，进一步进行富有成效的探索。在纽约派知识分子当中，一些优秀女性的批评家——伊丽莎白·哈德维克、玛丽·麦卡锡、戴安娜·特里林以及稍后的苏珊·桑塔格——使该学派成了当代第一个“完整”的学派。但是，这些女性并没有对女性批评做出特别、经久的贡献，错过了开创一个新的研究模式的机会。具有讽刺意义的是，文化批评的广泛范围意味着，纽约派知识分子的研究项目成功地抵御了对体制化至关重要的有效整编。因此，在大学取得胜利（无论这种胜利是多么含糊），从而保障他们的长期影响与生存的重任就落在了新批评家身上。纽约派知识分子的孤傲不群和豪放不羁原本是他们的力量源泉，可是最终却成了他们的弱点，使他们的观点局限在一个有限的圈子内，无法得到进一步推广。在年轻的下一代眼里，成功地抵制了体制化的纽约派知识分子，是一群散漫的边缘怪人和过时的激进分子。

第五章　神话批评

现代神话的种种视角

虽然美国神话批评贯穿整个20世纪30年代到80年代始终，但是其鼎盛时期是40年代末到60年代中期。在这段活跃的开拓时期内的主要人物包括：理查德·蔡斯、弗朗西斯·福格森（Francis Fergusson）、莱斯里·菲德勒、丹尼尔·霍夫曼（Daniel Hoffman）、斯坦利·埃德加·海曼（Stanley Edgar Hyman）、康斯坦斯·洛尔克（Constance Rourke）和菲利普·威尔莱特（Philip Wheelwright）。当然，为神话批评的兴起作出贡献的还大有人在，他们当中有：肯尼斯·伯克、尤瑟夫·坎贝尔（Joseph Campbell）、威廉·特罗伊（William Troy）以及英国批评家玛妩德·伯德金（Maud Bodkin）和加拿大学者诺思罗普·弗莱（Northrop Frye）——后者是这场运动中英国文学研究的领军人物。和主要的马克思主义批评家、新批评家、芝加哥派批评家以及纽约派知识分子一样，大多数杰出的神话批评家都出生于20世纪前20年或者更早一些（以后几章中要讨论的批评家是他们的晚辈）。因为神话批评家作为一个团体，没有共同的重要刊物或者杂志，没有持久联谊的广泛网络，也没有共同的专门机构或者地理场所，所以，与其说他们构成了一个学派，还不如说他们构成了一场“运动”（不过，伯克、福格森、海曼和特罗伊都在本宁顿学院 [Bennington College] 任教）。把这些文学批评家联合在一起的是，对于文学和批评的一种特定思维方式。这种思维方式，在某种程度上，是建立在神话理论基础之上的，而这种神话理论往往源于欧洲人类学、哲学、社会学和 / 或者民间传说研究。

神话批评在战后时期的美国很快就获得成功，并盛行起来。其中部分原因包括：当时盛行的形式主义和历史学研究的狭隘，20世纪初人类学与心理学的迅速发展和强大吸引力，同时期的存在主义哲学和文学所描述的现代人和现代文明的可怕的精神状态。带着或多或少的自我意识，神话批评家反对形式主义和复古主义的枯燥沉闷，反对无神的科学世界的空洞与荒诞；他们为新发现的人类学真理欢呼雀跃，为关于人类普遍的集体创造的神圣礼仪、民间传说和神话之丰富多彩和神秘欢呼雀跃。神话批评的特征是：不信任技术，追求精神意义，含蓄地为集体献身的观念，对于原始人类意识有着不衰的兴趣。

弗里德里希·尼采（Friedrich Nietzsche）在《悲剧的诞生》（*The Birth of Tragedy*, 1872）中，对现代生活提出了令人难忘的控告。这个起诉，可以作为一个代表性的描述，帮助我们理解这个没有根的世界。神话批评是对于这样一种世界的一个积极反应。根据尼采的理论，社会已经失去了它在神话中的根本基础，其后果是毁灭性的：

> 让我们思考一下没有神话的抽象的人类、抽象的教育、抽象的习俗、抽象的法律、抽象的政府；没有被本土神话引导的艺术想象的盲目的异想天开；没有固定、神圣的发源地的文化，这种文化注定要耗尽所有可能，痛苦地、寄生虫般地吸取阳光下每一种文化的养分。这就是我们现在的这个时代。今天的人类，没有神话，饥饿地瑟立在他所有的过去中，必须疯狂地挖掘寻根……[1]

没有神话，人类已经变成了一种抽象——无家可归、没有神灵庇护、迷乱疯狂。在 18 世纪初，吉阿姆巴提斯塔·维柯（Giambattista Vico）就曾预见了这种情形。文化的所有方面，从艺术到法律到政府到教育，都经历了可怕的毁灭。值得注意的是，“毁灭神话，而且也同样使诗歌脱离它自己的土壤，使其变得无处可依”的是科学（105）。现代文化的严峻状况——它的病——似乎呼唤着神话的复活：“同样的原因，每一个失去了神话的文化都失去了它自然、健康的创造性。”（136）

尼采之后半个世纪，当 T. S. 艾略特和詹姆斯·乔伊斯抨击现代世界的无限荒芜的时候，他们都非常依赖神话：《荒原》（*The Waste Land*）和《尤利西斯》（*Ulysses*）使用神话手法，均从人类学那里受益颇深。这种手法是叶芝首创的。很多现代主义作家都使用了它。向原始或神话意识——用 D. H. 劳伦斯的话说，与抽象的“思维意识”相反的“血的意识”——的回归是从 19 世纪晚期起，很多优秀艺术和社会科学的进程的特征。它构成了神话批评兴起的一个重要背景。这种对于原始主义的关注源自浪漫主义。神话批评家依赖得最多的是：詹姆斯·弗雷泽（James Frazer）爵士和其他人

---

[1] Friedrich Nietzsche, *The Birth of Tragedy and The Genealogy of Morals*, trans. Francis Golffing (New York: Doubleday, 1956), p. 137.

类学家，恩斯特·卡西尔（Ernst Cassirer）和其他哲学家，卡尔·荣格和其他精神分析学家。他们从这些人那里吸取关于神话的知识和对神话的理解。无数的关于神话的社会科学研究——于20世纪前五十年问世——为后来美国和其他各国的文学研究者进行神话研究所采用的重要视角打下了基础。

在剑桥人类学家的著作中——特别是在弗雷泽的《金枝》（*The Golden Bough*，1890；增订版1900，1911–1915）中——读者了解到，典礼动作、手势和舞蹈是原始神话的源泉。仪式的起源是巫术：古代的人们举行仪式以约束各种力量来达到实用的社会目的。通过巫术、仪式和神话，远古的人类与超理性和超自然的精神力量建立起至关重要的关系。这些集体性质的原始形式，伴随着敬畏和惊奇，利用戏剧性的方式来达到社会目的——随着时间的推移，这些目的与它们的起因失去了联系。根据剑桥路线的追随者斯坦利·埃德加·海曼的观点："随着时间的推移，人们不再真正举行古老的仪式，它们被误解和改变了的记录慢慢地变成了神话和象征。而且它们就是以这种形式幸存下来并且使历史生色，而自身却没有成为历史事件。"[2] 神话原本既不是对历史事件也不是对历史人物的记录，而更多的是对于实际现象的解释。它们是认可仪式的故事。后来，它们有时被误解为历史文献，有时被误解为原始科学文献。

文学批评家对于神话的看法不尽相同。他们认为，神话通过选择或者某种组合，便具有了巫术性、礼式性、历史性、叙事性、认知性，或者是功能性。遵循剑桥路线的批评家（像海曼）偏爱从仪式视角研究神话。叙事观最坚定的倡导者是理查德·蔡斯。他认为人的诗歌创作能力产生了神话（而不是相反），特别反对任何认知性的神话观。他给他的叙事说增加了巫术的层面：神话"通过捕捉世界上与人力无关的力量，引导它们来满足某种情感的需求"，从而给"自然力量"注满了"超自然力量，以达到某种目的"[3]。菲利普·威尔莱特以卡西尔的发现为基础发展形成了一种神话视角，这种视角结合了神话的仪礼、叙事和认知说，但同时把巫术与仪式分开，从而将其撇出了神话视角。神话具有基本的认知层面这一观点来源于卡西尔20年代的论著。这种观点的假设前提是，神话是理解和展望世界的一种方法。作为像语言和艺术一样的

---

[2] Stanley Edgar Hyman, "The Ritual View of Myth and the Mythic" (1958), *Myth and Literature: Contemporary Theory and Practice*, ed. John B. Vickery (Lincoln: University of Nebraska Press, 1966), p.54. 此后略为 *ML*。

[3] Richard Chase, "Notes on the Study of Myth" (1946), *ML*, pp.70–71. See also Chase, *Quest for Myth* (Baton Rouge: Louisiana State University Press, 1949), pp.69–74.

象征形式，神话是一种独立的、把现实概念化的模式。[4]

对于文学批评家最有用的神话与意识相关的理论，不是来自人文学家或者哲学家，而是来自心理学家，特别是卡尔·荣格。20世纪30年代以来，他的理论对神话批评家产生了广泛深远的影响。荣格宣称，在个人无意识的门槛下面潜藏着一个集体无意识。他敦促人们注意研究普遍存在的集体意象、主题、象征、人物和情节。这些在大多数古代和现代的人类作品中都可以找到，从雕刻和神圣的仪式到梦和幻想，从绘画、舞蹈到神话、诗歌，无处不在。这些来自心灵深处、重复出现在所有人类文化和审美形式之中的永恒的素材，储藏在人类的集体无意识——那远古的想象和智慧的丰富储藏所——之中。荣格对神话采用的心理学视角本质上是一种非历史的构想。它认为神话像白日梦一样，是来自无意识的永恒的信息，揭示了人类在心理发展和成熟阶段的广泛语境中永久的需求、欲望和问题。荣格式心理分析为神话的认知、叙事和净化功能理论作了准备，同时为神话创造的精神解读留下了余地。

从约翰安·高特弗里德·赫尔德（Johann Gottfried von Herder）以来，“民间”研究的重点放在了口头传播文化的各方面。这些方面通常涉及风俗、信仰、仪式、工艺、服装、食物以及口头表达，比如谜语、成语、奇迹、英雄传奇、神话故事和传说。20年代期间，布洛尼斯劳·马林诺夫斯基（Bronislaw Malinowski）根据他对于特罗伯莱恩德岛岛民（Trobriand Islanders）的实地考察，发展了有影响的关于民间叙事的现代社会学视角理论。根据这个视角，在这些岛民中流传着三种可以辨别的口头故事：传说、民间故事和祭祀神话。传说是没有既定形式的关于过去的故事，被认为是真实的并且具有历史（而不是精神）价值的；民间故事与真实无关，由一个特定的人或者群体用戏剧夸张的手法讲述，旨在娱乐；祭祀神话体现古老的社会、道德和精神价值，认可现在的信仰和行为。[5] 马林诺夫斯基的社会学视角为神话批评家所证明的是一种神话的功能观，它要求不仅把讲故事的人和故事区分开来、把故事与听众区分开来，而且也要把叙事的具体社会功能和普遍的审美效果区分开来。

就民间文学与神话的关系而言，美国神话批评家从来没有达成过共识：一些人认为民间形式在神话之先；另一些却认为它们的形成和传播过程后于神话。然而，有

---

[4] Ernst Cassirer, *Language and Myth*, trans. Susanne K. Langer (1925 in German; New York: Dover, 1946), pp. 7—15.

[5] Bronislaw Malinowski, *Myth in Primitive Psychology* (New York: Norton, 1926), pp. 20—30, 91—92.

几位批评家对民间传说的研究却卓有成效，特别是康斯坦斯·洛尔克和丹尼尔·霍夫曼。霍夫曼把本土的民间素材用于美国文学的研究，从而抵制了神话批评把问题普遍化的显著倾向；他有意识地把目标限定在对具体的本土文化的分析上。他关注的是**美国**仪式、民间故事和神话。如果说有一个"普遍存在的"神话进入了美国文化，那么，它必定在强大的、先它而在的、民间传统的训喻下经过了种种修改过程。总体说来，民间研究所提供的神话研究视角，强调文化和历史的特殊性，强调所有神话材料的原始的本土性、流行性、集体性特征。因此，民间视角的倡导者们往往鄙视和反对剑桥人类学和荣格心理分析所提出的把礼仪和神话明显等同起来的观念，偏爱当代社会学家和社会人类学家提供的观点。

无论个别的现代学者采用什么视角来研究神话，总有某种辩证法在整个神话研究领域始终不变地运作着。一方面，神话被与普通知识和事实，与简单的经验主义和实证主义，与理性、逻辑和意识对立起来；另一方面，它又被与神秘和他者性、与魔术和梦境、与想象和无意识、与原始智慧和民间、与直觉和先逻辑或者超逻辑紧密联系在一起。隶属于**神话**（***mythos***）的整个价值、观念和信仰世界与那些和**理性**（***logos***）相关的价值、观念和信仰发生了公然的冲突。尼采在《悲剧的诞生》中预言性地戏剧化了的神话与科学的对立在后来的神话批评中重复出现，为神话批评勾画了研究范围和绚丽夺目的全方位视角。针对现代科学造成的抽象的、脱离根本的知识与现实，神话批评为在一个漠然的——如果不是有敌意的话——世界里的人提供了更高层次的真理和集体生活形式，提供了古老的智慧和有意义的资源。

1966 年，约翰·B. 维克里（John B. Vickery）编纂了一个选集，收集了主要的神话批评理论家的三十六篇曾经发表过了的论文。这本选集进一步推动了神话批评运动。在这本选集的序言中，他为神话批评颁布了一个姗姗来迟的宪章：

> ……但是，要简短而又准确地总结神话批评的观点是很难的，因为它有很多对抗的派中派、自相残杀的竞争，以及纯粹的独立分子。然而，大多数神话批评家大概都赞同以下几点总体原则。第一，神话的创造……是思维过程的固有特征，它满足了一种基本的人类需求。第二，神话构成了文学的历史和心理的发源地。结果，文学的情节、人物、主题和意象基本上都是神话和民间故事中类似因素的复合和置换……第三，神话不仅可以给艺术家以创造灵感，而且还为批评家提供可以用来解读特定文学作品的概念和模式……第四，也是最后一

点，文学能够深深打动我们的能力归功于它的神话特征，它体现出的超自然力量（*mana*）和神秘（*numinous*）……文学之于人类事务的真正功用是，继续神话的古老和基本向往，为人类在一个对他的存在视而不见的世界里创造出一个有意义的场所。[6]

对于神话批评的这种辩护和编码所勾画出的不仅是一个致力于研究永恒的人类需求和反应的批评哲学，而且也是一种来源于神话和民间故事的文学模式和一种建立在早先神话解读基础上的阐释学文学理论。虽然维克里颇为谨慎，指出了神话批评领域内的斗争和冲突，但是他所展望的仍然是一个统一的运动，尽管这个运动内部有着人类学、哲学、心理学、社会学和民间传说这些不同视角之间的互相竞争。

神话诗学种种

创造一种以魔术、礼仪、民间故事和神话的本质为基础的文学理论的根据，最终来自对这种"神话"与文学之间的关系的理解。从形式上讲，神话和文学有着同样的特征：情节、人物、主题和意象。从心理学的角度讲，文学来源于仪式和神话——人类对现实作出反应的最初模式。从主题上讲，文学，就像神话，关注的是某种永恒的话题：世界和人类的起源，社会和法律的基础，神和魔鬼的本质。从历史的角度看，神话常常被作为文学的源泉、影响或者范式。从文化的角度看，神话和文学是传播知识和智慧的重要叙事，同时也是强化社会和精神信仰的重要叙事（*IL*, 67—73）。头脑里有了这些关系，神话批评家就可以建构一种主要以神话为基础的文学理论。让我们来品味一下一些有代表性的"神话诗学"，特别是卡尔·荣格、玛妩德·伯德金、莱斯里·菲德勒和菲利普·威尔莱特的重要理论阐述。

因为卡尔·荣格影响了所有的神话批评家，所以首先浏览一下他关于文学的主要观点将大有裨益。在他早期的论文《论分析心理学和诗歌的关系》（"On the Relation of Analytical Psychology to Poetry", 1922）中，荣格对自己的观点进行了夸张的表述。荣格追随席勒（Schiller），认为文学模式有优劣之分。前者的特质是

---

[6]　*ML*, p. ix. 十六年后，维克里在他的《文学与神话》（"Literature and Myth"）一文中一字不变地重复了神话批评的这一编纂成典的文字。该文载于《文学之间的相互关系》（*Interrelations of Literature*, ed. John-Pierre Barricelli and Joseph Gibaldi [New York: Modern Language Association, 1982]), pp.80—81。此后略为 *IL*。

诗人听从他的艺术客体的支配；后者的特征是，作者千方百计抵制作品的无意识的要求，并成功地宣告他的自觉的意图。来自优秀的文学作品中的无意识的创造冲动的力量左右着诗人，这对于荣格来说是不言自明的。荣格感兴趣的主要是发源于集体无意识的有说服力的艺术作品。“我的假定是，我们提议分析的作品……的源头不在诗人的**个人无意识（personal unconscious）**，而在一个无意识的神话领域，其原始意象是人类的共同遗产。我已经把这个领域叫做**集体无意识（collective unconscious）**……”[7] 这里，荣格把优秀文学的非个人的、普遍的来源归于集体心理，并且把这种心理描述为一个神话领域。这个神话领域的原始意象——原型（the archetypes）——出现在艺术材料中，赋予它神秘的魔力：“当一个原型的情形出现时，我们突然有一种特别的放松感，好像激动异常，或者被一种势不可挡的力量所控制。在这样的时刻，我们不再是个人，而是人类；全人类的声音在我们的声音中回响。”（82）文学的巨大的传情力量——它感动我们的能力——是它启用神话材料的结果。这种启用为读者和诗人荡除了个人意识、意志和意图。

荣格的文学理论的杰出之处，不仅在于它植根于远古的神话和集体无意识，在于它为诗人和读者庆祝欢狂的效果，而且还在于它在强调教育价值的同时，强调了文学的自足。通过启用原型，文学创作获得了广泛的社会意义：“它不断地向人们宣传时代精神，召唤这个时代最缺乏的形式。”（82）文学所提供的文化教育填补了现在的不足，广泛地起着平衡和改进人类精神的作用。不管文学作品对社会有多大价值，对于荣格来说，它仍然具有像形式主义批评家所阐述的那种根本的审美独立性。在荣格看来，“一部艺术作品的意义和个别特征是其内部所固有的，而不是外界因素所决定的。我们几乎可以把它描绘成一个生命体。这个生命体把人仅仅作为一个有营养的媒介，利用他的能量来为它自己的法则服务，为了满足它自己的创造目的来型造自己”（72）。在美学范畴之内，文学客体似乎是一种非个人的、自足的、有机的形式。“也许，艺术没有‘意义’……也许，它和自然一样，只是简单地**即时存在（is）**，除此之外别无它‘意’。”（77）

在荣格的神话诗学中，令不得不与新批评的兴起竞争的盎格鲁-撒克逊神话批评家特别感兴趣的，不是它的人类学、心理学和伦理学层面，而是它的康德式或者形

---

[7] C. G. Jung. “On the Relation of Analytical Psychology to Poetry” (1922), *The Spirit in Man, Art, and Literature*, trans. R. F. C. Hull (New York: Pantheon, 1966), p. 80. This book is vol. 15 in the *Collected Works of C. G. Jung.*

式主义的趋向。这一点，在像玛妩德·伯德金、弗朗西斯·福格森和诺思罗普·弗莱等等这样的准形式主义神话批评家的论著中是显而易见的。随着荣格文本理论而来的，是一种对于传统的表达说诗学的极大偏见。最好的诗歌表达的不是诗人的个人意志、意图或者个人的无意识，而是来自集体无意识的普遍原型。弗洛伊德式的艺术观的弊端正是在于，它把艺术作品简化成个别艺术家神经质的心态，简化成婴儿时期形成的个人的性困惑。优秀的艺术作品"积极地把自身强加于作者…… 作品携带着它自己的形式；作者想增加的任何东西都被摒弃，而他自己想摒弃的却仍然被塞给了他。面对这种现象，他的意识一片迷茫和空无，同时他的脑海里却滔滔不绝地涌现出一串串思绪和意象。这些思绪和意象是他从未想到过要创造的，是他的意愿绝不可能创造出来的"(73)。在荣格看来，作品自身的形式对于诗人的个人意志、意识和意图有着绝对的优先权。诗歌表达的不是个别诗人的智慧，而是人类的灵魂和天赋。这里，荣格实际上发展了文学理论的表达说，把它的基础从个人转移到了集体的无意识。

在玛妩德·伯德金开拓性的论著《诗歌的原型模式》(*The Archetypal Patterns in Poetry*, 1934) 中，她有选择地把荣格的理论，特别是原型理论和集体无意识理论，与弗洛伊德的精神分析和英国人类学的概念，以及形形色色的哲学家、神学家、社会学家和文学批评家的理论糅合在一起。具体而言，她详尽地探讨了再生原型、天堂-地狱原型、被背叛者-背叛者妇女原型，以及恶魔、英雄和神原型。她仔细研读的文本中，包括《古老的水手》("The Ancient Mariner") 和《荒原》。她的研读为人们提供了用英语写作的神话批评的早期优良范例。虽然偏爱于赞美非理性、神秘主义和种族记忆，但是伯德金抵制了荣格式的普遍主义的诱惑。她相信历史条件影响着特定版本的原型的形成："研究男人、女人、神、恶魔形象，在任何特定条件下它们出现在诗歌中时，不是与某个诗人的敏感性、与某个时代和国家有关，就是与某个时间和地点的人类经验中可能实现的某种感受的表达模式有关。"[8] 在伯德金的文学理论中，个人无意识和社会历史的作用得到了一定的重视。

伯德金认为，从根本上来说，诗歌表达的是关于原型人物、情节和主题的群体知识，这种表达方式情感是如此强烈，以至于她想依据艺术的传情说来发展一个接受批

[8]　Maud Bodkin, *Archetypal Patterns in Poetry: Psychological Studies of Imagination* (1934; London: Oxford University Press, 1963), p. 315. 此后略为 *APP*。

评理论。在《诗歌的原型模式》的序言中，伯德金号召，应该在将来对诗歌反应的本质进行广泛的研究。而这种研究将要求“对个人经验进行深入的探讨”(vi)。这一命题在下一代的诺尔曼·霍兰德 (Norman Holland) 的弗洛伊德式读者-反应批评中得到了完成。最早，这个命题是 I. A. 理查兹 20 年代期间在对学生的反应所作的调查中提出的。作为典型的神话批评家，伯德金在她的文学理论中为传情说保留一个特殊的位置。

总体说来，伯德金的文学理论为想象作品留有文本、教育、表达和传情层面的空间，但是她的理论却没有给诗歌的模仿力量留出一个明确的位置。她把科学语言和诗歌语言区分开来，把科学话语中实际的指涉真实与诗歌话语中含蓄的、想象的指涉真实加以区分（她的语义学理论无疑是出自 I. A. 理查兹）。伯德金模仿诗学之关键是礼仪舞蹈，它是艺术中完整交流的一种范式。“在舞蹈中，交流通过一连串的形体姿态得以完成。这些姿态相互关联，每一个姿态都随着整体的节奏，强化其他姿态的体验；这种惟妙惟肖的感官体验成了一种对于现实的共同幻想的载体。”(324) 对伯德金来说，模仿涉及的是对神秘的现实的一种令人向往的体现 (embodiment)，而不是它的准确的镜子般的反映。模仿诗学的作用通常不受神话批评家的重视，这一点我们一会儿就会看到。

和玛妩德·伯德金一样，莱斯里·菲德勒在发展他自己独特的神话诗学系统时，也非常依赖荣格的心理分析理论。他同样也认为，有必要在保留集体无意识的作用的同时，为个人无意识留出一个位置。这里所涉及的是，保证历史和传记都有一个空间这样一种需求。早先，荣格攻击弗洛伊德把诗歌放在诗人个人的婴儿期心理传记中来分析；与弗氏相反，他强调艺术的普遍的、非个人的和集体的起源。这种对于传记的回避包含着对于历史的回避，而荣格后来不得不把历史补充进来。作为一个马克思主义者，菲德勒特别关注，影响作家及其作品的任何时期的社会和历史因素。

在《原型与署名》(“Archetype and Signature”, 1952) 一文中，菲德勒自觉地选择“原型”和“署名”这两个词语而不是用“神话”来阐述他的诗学。对他来说，“原型”指的是“任何一种不可追忆的对在最永恒的层面上的人类处境的反应模式”[9]。原型属于超个人 (metapersonal)、无意识、本我 (id) 和所有前意识层次的集体范畴。“署名”的意思是“一部作品中个人化因素的总和”(537)；它属于意识层次的自我 (ego) 和超

[9] Leslie A. Fiedler, “Archetype and Signature” (1952), *The Collected Essays of Leslie Fiedler* (New York: Stein and Day, 1971), 1: 537.

我(superego)——人格和社会集合体——的范畴(539)。"文学，确切说来，可以说是在原型被加上署名的那一刻开始存在的。"(537)文学与神话和民间故事(纯粹的原型)不一样，它的个人化特征不仅表现在文体、措词、韵律和意象上，而且也表现在社会规则和历史传统上，这些随着地点、时间和作者的不同而不同。菲德勒的理论不仅为传记、历史和审美分派了角色，也为礼式、民间故事和神话分派了角色。换句话说，他形成了一种方法，把文学与非文学结合在一起，而又不牺牲文学的至关重要的神奇魅力——它的特殊能力。这种力量令我们欣喜若狂，无所顾忌地表现崇高，使我们接触"奇妙"。荣格、伯德金、菲德勒以及大多数其他的神话批评家所重视的文学的"欣喜若狂"(ecstatics)，使他们与他们的同行竞争对手截然不同；他们的文学理论轻教育、技巧或者(纯粹的)愉快，重"狂喜"(ecstasy)和"奇妙"(wonder)。

运用他对于"一般读者"的特别兴趣和他的"署名"概念，菲德勒开始着手研究美国的流行文学。他把荣格的"原型"定义为一个由社会决定的而不是简单的永恒的形式——一个署名-原型的结合。这样他就可以研究相对近期的本土"神话"而不是那些严格意义上的古老神话或者原始民间作品。他在他的很多批评佳作中，挖掘出了"美国原型"。这方面最有名的是《再回到木筏上来吧，哈克宝贝》(1948)和《美国小说的爱与死》(1960)中的美国原型故事。菲德勒认为，在最著名的美国流行经典中，我们面对的社会的官方特征是，对于同性恋的有意识的惧怕和白人与非白人之间的公开暴力，然而，我们却再三地发现白人与深色皮肤的流亡者之间热烈然而纯洁的男性情谊，这样田园诗般的文学场景。这种本土的"原型"揭示出和官方版本的社会不同的美国精神幻想生活的一个层面。对菲德勒而言，社会压抑的一切都会在它的文学中再现(《文学是什么》*WWL*，41—42)。原型理论领域里的这种特殊的压抑-补偿的辩证法概念来源于荣格。他把它作为建树他的辩证的艺术观念的基础。而菲德勒则把这种文化机制看作一种道德力量和希望之光。

对于艺术的模仿潜能，菲德勒持不屑一顾的态度。他不想把诗歌限制在可能的、逼真的、理性的、现实的范畴。他的观点是，大众"对于情节和人物的逼真和对结构与风格的优美一样的漠不关心。一般的读者直觉地意识到，他们喜欢的书本的模式是幻想型的，而不是模仿型或者分析型的。所以，他们并不要求他们的主人公有心理学上的可信度……"[10]从根本上讲，菲德勒轻文本说、教育说、表达说，特别是模仿

[10] Leslie Fiedler, "From Ethics and Aesthetics to Ecstatics," *What Was Literature? Class Culture and Mass Society* (New York：Simon and Schuster, 1982), p. 133. 此后略为 *WWL*。

说诗学，而偏重艺术的感染、传情力量。换言之，与其说他否定前者，不如说他更偏爱后者。

诺思罗普·弗莱在他后来被收入《身份认同的寓言》(*Fables of Identity*, 1963) 的论文《文学的原型》(“The Archetypes of Literature”, 1951) 中，坚定地继承了把模仿诗学从神话批评中摒除出去的传统。“艺术涉及的不是真实，而是想象；批评……决不会在任何真实说理论的发展中得到证明，更不用说，在任何真实说理论的假设中得到证明了。”[11] 想象与真实、幻想与逼真、神秘的“现实”与事实——在这些对立中，神话批评家毫不动摇地偏向想象、幻想、神秘而轻视真实、逼真和事实。弗莱宣称，“再现的谬误远比绘画式的批评更有碍于文学批评”(14)。

哲学家和语义学家菲利普·威尔莱特在《燃烧的喷泉》(*The Burning Fountain*, 1954) 中，对简单的再现和现实主义观念进行了令人难忘的抨击。他拥护神话批评的语言观，反对逻辑实证主义广泛推崇的语言观。他对科学的刻板、逻辑话语——“速记语言”(steno-language) 进行了批判：它被教条地局限在法律和必然性、技术和传统“真理”、外延 (denotation) 和单指涉 (monosignation) 这些公众领域。与速记语言不一样，神话、宗教和诗歌的超逻辑以及表达性话语开辟了 个充满可能与自由的私人领地，一个有深奥和完整真理的私人领地，一个有内涵 (connotation) 和多指涉 (plurisignation) 的私人领地。威尔莱特为神话启示性的、似非而是的话语作了辩护，对逻辑和科学的陈述性的、单义的语言进行了批判。[12] 像尼采一样，他把模仿和现实主义与刻板的科学的彻底写实主义连在一起；和其他神话批评家一样，他以可能对抗真实，以似非而是对抗已知，以神秘对抗实际。

在一个世俗的科技时代，威尔莱特力图保持一种精神的“超脱感”。他谴责盛行的实证主义、唯物主义和自然主义，对纯粹的感官教条以及反宗教意识的宣言感到气愤。他和伯德金一样，想把现代美学推向神秘主义。所有这些情感和目标，都反映在他的诗学理论中。他努力巩固文学语义学范畴内话语的情感和指涉功能；同样，他也力图在诗学领域里把神话的叙事和认知层面联系起来：诗歌，和神话一样，是一种认识现实的叙事模式。神话与诗歌都和典礼有共同之处，然而这个共同之处并不像实

---

[11] Northrop Frye, “The Archetypes of Literature” (1951), *Fables of Identity: Studies in Poetic Mythology* (New York: Harcourt, Brace & World, 1963), p. 18.

[12] Philip Wheelwright, *The Burning Fountain: A Study in the Language of Symbolism* (Bloomington: Indiana University Press, 1954), chap. 4. 此后略为 *BF*。

证主义者弗雷泽所认为的那样，在于对权力的渴望，而是在于对“超脱”的集体参与的欲望。不足为奇的是，威尔莱特诅咒诗歌中有意识的说教和寓言，因为它们往往太过刻板和抽象，而不是超越逻辑的和具体的。文学的智慧，通过原型得以传播，它体现在自相矛盾的和多指涉的语言中。它“比智慧天才的创作更接近人类的自然人的想象力”(92)。任何观点与意象的分离都是对艺术的贬低。威尔莱特认为神话文学的深邃智慧和真理描绘“超越了普通的缺乏想象力的语言所能表述的范围”(159)。

也许，威尔莱特的神话和文学理论中最独特的是他的坚定的传情诗学观。他和其他主要的神话批评家不一样，对于文学为人们提供崇高的娱乐或者促进健康的心理平衡这样的观念持批评态度。这些简单的享乐主义和治疗性的理论有一个问题，那就是，它们把对于想象性作品的情感反应和理智反应分离了开来。对文学的反应，有赖于带着敬畏与惊奇去领悟它的深层真理和智慧。

> 比如，在《李尔王》中，语言、意象、人物的发展和故事都是整个诗的不可分割的部分，是它的魅力的不可分割的构成因素。然而，《李尔王》的伟大之处却又超出了这些成分：它之所以伟大，是因为它在这些诗歌手段中，并通过这些手段，揭示了深层意义——它预示了关于人的本性、衰老、伪推理和在苦难中的自我面对这些问题的至关重要的真理和准真理。《李尔王》的深层意义——戏剧中有待发现的“诗学真理”——是构成与证明合格读者（Fit Reader）的完整反应的主要因素，这种完整的反应是情感与理智的一种不可分离的混合。(46)

威尔莱特在这段话里借助了关注语言、意象、人物和情节的文本理论，但是，他最借重的还是一种说教-传情结合的理论。这种理论注重的是传递给敏锐的读者的不可分割的智慧和崇高，不管这种传递多么神秘。基于这样的理论，我们可以理解为什么模仿说被特别地低调处理：因为描写外部世界的准确性与仪式、神话、宗教和诗歌的谜一般的更高层次的真理没有什么关系。最优秀的诗歌，以自身的话语表达出祖先的崇高的智慧。如果没有了情感和神圣的真理，诗歌原型就成了老调重弹，神话就被降低成神话学。就是针对这样一个消除了神话色彩的世界，威尔莱特，像所有的神话批评家一样，进行了英勇的抗争。

在大多数的神话诗学中都充满着某种未言明的历史哲学。任何原始或者远古的都比现代和当代的更重要。原型的力量来自于不具体的但却大量的时间积累。和与原始时期有关联的事物相比，那些与现代性特别相关的事物，比如，科学、技术、速记语言和文学自然主义，就显得苍白、毫不重要，受到鄙视。在"illo tempore"[13]——这是用了米尔恰·伊利亚德(Mircea Eliade)所用的短语——人类比现在更接近神圣的真理、神、真正的创造力、真实的情感、心理的健康、公共的福祉——仪式、民间故事和神话。抽象的现代人，没有根基、崇拜物质、心中无神、自信独断，在想象或者智慧上远远比不上他英雄的祖先。那时的大地上行走着巨人。这种历史哲学的最大不足之处，在于它的多愁善感、怀旧、保守和虚假。它的政治明显地右倾。它面向遥远的过去，不喜欢现在，忽视或者惧怕将来。神话批评家不像革命的马克思主义者那样，诅咒暴君专制的过去，向往共产主义的未来。与马克思主义者相比，他们是反革命的。他们和一些新批评家一样，追求的是在一种虚构的、农耕式的过去中的社会和谐。时间历程是退化性的。文明的文学造成一种古代仪式、民间故事和神话的衰退和衍生。智慧和奇妙在那祖先的作品之中。

论预言、亵渎与奇迹

在《新科学》(*The New Science*, 1725；1744)中，吉阿姆巴提斯塔·维柯坚称，"第一个应该学习的学科是神话学或者寓言解读；因为，正如我们将会看到的那样，所有异教徒的历史都可以在寓言中找到起点。寓言是异教民族的第一部历史。学科和民族的起源都应该通过学习寓言来发现……"[14]对于维柯来说，神话来源于历史：推测古代智慧和知识的最好的办法是解读一个文化的神话。这种解读不应该是寓言性的，像柏拉图学者那样，而应该是历史性的，用维柯的术语来说，是"系谱性的"。维柯新科学的目标是，通过解读寓言来研究古代风俗、行为和观点的历史，以便能够推论出人类本性和历史的原理。关于寓言的解读，维柯毫不迟疑地宣称，"希腊寓言和埃及象形文字必定有过的历史意义有多自然，那些博学者所赋予它们的所有的神秘的崇高哲学意义就有多牵强"(120)。神话和经文的寓意解读，从古希腊文化和早期犹太-基督文化开始直到现在，不仅仅注重字面和历史意义，也注重精神意义——后者往往涉及仔细推敲的象征、比喻和神秘层面的意义。依据菲洛(Philo)、奥瑞根(Origen)、奥古斯丁(Augustine)和阿奎纳(Aquinas)等人的圣经阐释学传统发展形

---

[13] 拉丁语"在那个时候"。——译注

[14] Giambattista Vico, *The New Science*, 3d ed. rev., trans. Thomas Goddard Bergin and Max Harold Fisch (Ithaca: Cornell University Press, 1968), p.33.

成的著名的“解读四意”(Four senses of interpretation)假定：古代文本是多义的，而且某些文本意义是隐蔽着的。这样的经文诠释实际上往往回避系谱研究而偏重哲学和精神分析。当历史解读在19世纪进入了圣经诠释学时，它引起了一个重大的变革——所谓的“高等考证”革命。由维柯所描述的寓言学者和系谱学者之间的分歧，一直持续到今天，以这样或者那样的面目出现在神话批评家的行列中。这一点，从我们这里对他们的批评关注点和方法所给出的全面简介中可见一斑。

因为现代神话批评常常从非历史角度涉足隐含意义、古老的“种类”以及道德和精神意义，所以它的朋友和敌人都同样把它与寓意解读联系在一起。我们记得，威尔莱特的语言理论以神话、宗教和诗歌的秘密的、自相矛盾的、多指涉的话语对抗逻辑和科学的宣言式的、指示性的、单指涉的速记语言。威尔莱特声称：“字面意义只是诗歌的全部意义的一个方面。”(*BF*, 69)超越文本的字面意义去寻找它的精神意义是所有神话批评的特征，使它成了对异教和犹太-基督教寓意诠释传统的继承者。

令许多神话批评家担心和沮丧的是，所有的解读都具有一种无时不在的破坏倾向。推动解读的知识意志(will-to-knowledge)把理性(*logos*)与神话(*mythos*)对立起来。神话批评家发现，自己在解密他们心爱的文本。预言包含着对神圣作品的奇迹的亵渎。在他早期关于分析心理学和诗歌的论文中，荣格表现出了通常伴随着神话批评的诠释研究的那种极度矛盾的心理。一方面，“我们不应该去理解，因为没有什么比认知更有害于直觉经验”(78)；另一方面，“我们必须解读，我们必须发现事物的意义，不然我们就不能对他们进行思考。我们必须分解生活和事件……尽管明明知道，这样做的时候，我们正在离活的神话越来越远”(78)。究其本性而言，解读既带来分离与破坏又带来理解与认知。和人类学和心理学学科一样，文学批评把非理性的东西理性化，把巫术变成解释得明明白白的幻觉，把本我(Id)变成了自我(Ego)，把无意识变成了有意识，把黑暗变成了光明。它质询的既是神话和诗歌的意义，又是它们的真实本身；它带来了把充满活力的原型变成垂危的成规的危险。

玛妩德·伯德金深深懂得理解的亵渎力量，她表达了对批评的一个愿望和一个目标。“然而，思想并没有必要这样严厉、具有破坏性。思想可以是微妙的、圆通的，使自己服务并服从于充满活力的想象活动。”(*APP*, 320—321)对于神圣和非理性事物的特殊存在的这种敬畏，是神话批评的一个很大的特征，使它与其他研究模式截然不同，也常常使它遭受反对者的怀疑。

和荣格、威尔莱特和伯德金一样，莱斯里·菲德勒也对科学理解和文学批评——

理性（logos）——有着深深的疑虑。他提议，以神话本身而不是以科学本身作为一种批评模式。他以一种忏悔的口吻承认，“我曾帮助把活生生的神话变成了垂危的神话学，如果不是把原型变成了成规的话。但是，我仍然相信，我们还有机会，把这种素材提升到一个完全意识的层次但又不完全篡改它，只要这样做的批评家记住，他自己所写的是关于文学的文学、关于小说的小说、关于神话的神话”（*WWL*, 131）。正是这种基本的承诺、这种反科学的冲动，使菲德勒觉得现代批评最“不令人着迷”的形式那么令人憎恶。依照菲德勒，如果我们能够在我们的批评中表现或者创造神话和文学的**迷狂（ekstasis）**，我们就会“发现我们自己在越来越少地谈论主题和意义、结构和组织、所指和能指、隐喻和转喻，而更多的是在谈论神话、寓言、原型、幻想、巫术和奇迹”（*WWL*, 140）。最终，菲德勒对所有的方法论——形式主义、结构主义、解构主义或者不管其他的什么主义——都进行了驳斥，而提出一种折中主义的、民粹主义的、**业余的（amateur）**批评。

神话批评家是跨学科研究的早期倡导者。他们提倡的折衷主义批评最先是肯尼思·伯克倡导的，这我们在第二章已经看到。[15] 作为美国神话批评的原型，肯尼斯深为批评的破坏力量担忧；尤其令他不安的，是伴随着纯粹的推测和科学的好奇心而来的危险的狂妄自大。“从社会必需品这个角度看，如果所追求的利益，或者所作的断言，太过局限，这时好奇心就成了有害的东西。或者说，当**权力（power）**的诱惑力比**改善（betterment）**的诱惑力更大的时候，好奇心就成了有害的东西……”[16] 和晚期的神话批评家一样，伯克反对脱离了根本的科学与纯粹的推论，只要它们隐藏着毁灭性的、反社会的潜能。理性活动应该为改善社会或者医治社会弊端服务。

---

[15] 美国神话批评家中，最先有意识地提倡跨学科综合研究的是肯尼思·伯克的年轻同事斯坦利·埃德加·海曼。See especially Hyman, *The Armed Vision: A Study in the Methods of Modern Literary Criticism*, rev. ed.（1948；New York：Vintage, 1955）, esp. Preface, Introduction, and Conclusion. 在他的巨著 *The Tangled Bank: Darwin, Marx, Frazer and Freud as Imaginative Writers*（New York：Atheneum, 1962）中，海曼就四位巨人总结道：“我们的未来，在于他们的综合。”（第446页）

[16] Kenneth Burke, “The Philosophy of Literary Form”（1941）, *The Philosophy of Literary Form: Studies in Symbolic Action*, 3d ed.（1941；Berkeley：University of California Press, 1973）, p. 102n. 威廉·特罗伊认为：“如果驱动象征或者想象行为的脉冲首先是综合性的话，那么，驱动分析行为的脉冲就是游离性的。因此，从根本上讲，分析对于传统上一直作为象征模式存在的艺术品来说是充满敌意的。”参见“Thomas Mann：Myth and Reason”（1938；1956）, in *Selected Essays*, ed. Stanley Edgar Hyman（New Brunswick：Rutgers University Press, 1967）, p. 243。

肯尼思·伯克的好几个观点和理论把他的名字和神话批评家连在了一起。但是，和菲德勒一样，他本质上也是一个自行其是的人。让我们顺便提一下伯克的一些“人类学”理论。他认为，仪式戏剧构成了所有人类行为结构上的“原始形式”。他相信，语言具有内在的“魔术性”，因为命名行为就意味着选择。他坚信，诗歌是一种“顺势疗药”(homeopathic medicine)，为集体的健康净化提供免疫或者解毒药。他给净化诗歌中的仪式指定了“替罪羊”这样一个重要角色。他的总体“象征行为”理论是：诗歌对诗人和社会都做出了积极贡献。这种理论给文学指定了两个互相对立的思想动机——“虔诚的敬畏”或者“不虔诚的反叛”。但是，伯克与许多神话批评家的不同之处，在于他对复杂精细的修辞和传记研究的依赖。和菲德勒和蔡斯一样，伯克也是一个十分折衷主义和独立的知识分子，所以他与各学派的关系广泛而淡薄。另外，这三位批评家对于政治和左派理论的虔信也是他们与主流神话批评家的区别所在。

神话批评家的批评方法不尽相同：主要来说，有的像伯德金那样采用接受视角，有的像霍夫曼那样采用社会学视角，有的像坎贝尔那样采用宗教视角，有的像福格森那样采取“形式主义”视角，有的像弗莱那样采取历史的视角。传记批评或多或少地让给了弗洛伊德学派的心理分析家，评估性审美批评差不多都留给了新批评家和其他笃信形式主义的批评家。几乎所有的神话批评家，不管他们具体采取何种方法，都把关注的重点放在挖掘被埋藏的原型上，所以，他们都是按照寓言解读的传统进行神话研究的。换句话说，就神话批评的解读是从字面到精神——或者是从明了的文本到文本的潜在的心理学-社会学-人类学（重新）编码——而言，它所从事的是柏拉图式的注释学者和经文诠释学者很久以前就实践过的寓言解读。早在大萧条的尾声年代，威廉·特罗伊就在他的宣言《神话评论》(“A Note on Myth”) 中，预示了一种以寓言解读为基础的美国神话批评研究课题。

社会学模式的神话批评有力地推动了发展中的美国研究，特别是在战后。通过独特的美国原型的发掘，很多文本大大地丰富了知识宝库。这方面特别值得一提的有：康斯坦斯·洛尔克的《美国幽默》(*The American Humor*, 1955)、亨利·纳西·史密斯的《处女地》(*Virgin Land*, 1950)、R. W. B. 刘易斯的《美国亚当》(*The American Adam*, 1955)、理查德·蔡斯的《美国小说及其传统》(1957)、莱斯里·菲德勒的《美国小说的爱与死》(1960)、丹尼尔·霍夫曼的《美国小说的形式与寓言》(*Form and Fable in American Fiction*, 1961)。这些论著，当然还有其他的论著，对原型的美国人物、主题、情节、意象、文体和背景进行了详尽的研究。这种以文学民族主义为目的的对神话批评的修正，虽然与这场运动的某种普遍化倾向不吻合，但却是对它的一个重大贡献，而不是一种背离。美国大地是民间故事、神话和原型的肥沃土壤，这一点到了60年代中期，也许有点出乎意料，但已经是不争的学术事实了。在这方面，美国神话批评成功地提高了本土文学历史的地位，其气势之宏大是大萧条以后的任何学派和运动所无法比拟的。由于霍夫曼、菲德勒、蔡斯等人的努力，这场特别的解读思潮采用了一种社会学视角和一种谱系学方法，抵制了神话批评把文学文本精神化或者寓言化的倾向。

在《美国小说的形式与寓言》中，霍夫曼对十部浪漫文学的典范作品——欧文、霍桑、梅尔维尔和吐温的主要文本——进行了探讨。书中，他旁征博引17世纪以及后来的本土材料和发端于文明时期以前的世界文化中的普遍材料。霍夫曼的注释对这些文本进行了具体的处理，从而使他的解读和理论比蔡斯和菲德勒（在第四章中已有讨论）的更加细腻，不像他们那么笼统。霍夫曼的贡献中包括这十篇卓越的解读、丰富多彩的浪漫文学理论（对蔡斯的理论的发展）和对于原型的美国英雄的精妙描述。正是在他对浪漫文学的理解中，霍夫曼最充分地显示了他的方法论的风格。

在霍夫曼看来，美国浪漫文学是一种非现实主义、诗歌式文体，它通常描述的是一个自我发现的历程——一种（民族）身份的追求——一个与旧世界传统的决裂、为新的大地寻求新神话的历程。古老的神话素材，无论怎样被遗弃，仍然构成了美国浪漫文学的背景。民族命运部分地依托于否定之中。在对独立的肯定之中，美国浪漫文学探索了人物、主题、行为和语言的本土民间传统。例如，口头传统和非纯文学的文字作品提供了触手可及的民族人物类型，像自力更生的、幼稚的边疆居民和美国佬。本土民间素材的典型特征是与源自世界文化的神话主题的冲突：要成为一个美国人，就意味着对先辈、国王、社会和传统的反叛。浪漫文学的意识形态偏袒的是民主的平均主义。浪漫小说与风俗小说不一样，它回避社会的统一和传统，偏爱无拘无束的自然和本能世界。这个看似原始的状况不只是促进了宇宙原型的出现。虽然美国浪漫文学中有死亡的神和复活、替罪羊和魔鬼、入世仪式和再生，但是“它们在具体作品中所处的语境几乎没有任何重复，它们的功用同样没有任何重复。而且这些通常是由民间传说中的那些不是与这些神话相似就是与其冲突的主题所决定的”（14）。对霍夫曼来说，美国民间传说和世界神话之间的关系是多层面的：本土传统可能进一步证实古老的原型，也可能取消它，或者使其复杂化，或者否认它。不管怎样，一部浪漫作品中的民间或者神话素材的选用是视那部作品的具体情形而定的：霍夫曼抵制了神话批评的均一化倾向。

在讨论哥特式小说对于美国浪漫文学的影响时，霍夫曼的社会学方法尤为引人注目。在他看来，与其说这是 18 世纪英国哥特式文学的影响，倒不如说这是隐立于美国哥特式想象之后的本土民间传说传统：关于巫术、仙女、鬼怪的口头传说与最早的美国移民同期而至，不需要后来的英国文学传统让它得以流播。所谓的“哥特式”题材既是**民间传说性**的，又是文学性的。美国的社会历史，而不是英国的文学传统，为本土作家提供了“哥特式”题材。

在描述原型的美国英雄的时候，霍夫曼不遗余力，对早先奥托·兰克（Otto Rank）、拉格伦公爵（Lord Raglan）特别是尤瑟夫·坎贝尔提出的普遍主义的英雄理论进行了坚决抵制。“美国民间英雄与大多数神话或者神话故事（Märchen）中的伟大英雄之间的天壤之别，令人诧异。不像神话或者神话故事中的英雄，美国的民间英雄没有父母。他没有历史、没有祖传的遗产、没有兄弟姐妹、没有家庭，也没有生命的循环，因为他从未结婚生子。他也很少死亡。”(78) 就是说，美国英雄与那些重要的神话批评家所描述的欧洲英雄完全不一样。他是一个独立的、本土民族的创造，这个民族的文化想象和社会生活都是独特的。

尤瑟夫·坎贝尔在《千面英雄》(*The Hero with a Thousand Faces*, 1949) 中，戏剧性地采用了神话批评的宗教视角，试图在神话和文学中发现永恒的人类特征。它运作的层面是整个星球而不是某个特定的社会。就方法论而言，它偏爱寓言学而轻系谱学。就其观点而言，它笃信宗教和一神论，就像某些东方宗教那样。因此，它与霍夫曼、蔡斯和菲德勒的社会学方法构成了鲜明的对立，而与荣格、伯德金和威尔莱特的观点较为接近。美国研究学者关注的是“署名”对于“原型”的影响（借用菲德勒的说法），但是坎贝尔和其他宗教批评家关注的却主要是独立于“署名”的纯粹的“原型”。因此，传记、社会历史和单个美学形式就很少受到重视。在坎贝尔看来，各个地区的神话形式都是一样的。所有的英雄都是一个英雄，所有的神话都是一个神话。坎贝尔认为，“性别、年龄和职业的不同不是人物的本质，只不过是服装而已……我们认为自己是美国人、20 世纪的后代、西方人、文明的基督徒。我们要么贞节要么有罪。但是，这些称谓并不能说明人到底是什么，它们只意味着地理、出生日期和收入的偶然。”[17] 时间、地点、宗教、道德状态、经济条件——这些构成的是生活的偶

[17] Joseph Campbell, *The Hero with a Thousand Faces*, 2d corrected ed. (1949; Princeton: Princeton University Press, 1968), p.385.

然，不是生活的本质。“今天的集体是这个星球，不是居住在某个疆界内的民族……”(338) 在坎贝尔看来，民族主义是有害的。

在尤瑟夫·坎贝尔发表关于英雄的元神话的论著的同一年，弗朗西斯·福格森的《戏剧观点》(*The Idea of a Theatre*, 1949) 也与读者见面。这部论著把十部戏剧放在神话批评视角的普通戏剧理论的语境中，对它们进行了详尽的探讨。福格森对于作品严谨的解读显示出某种“形式主义”美学方法。在英国人类学的影响下，他的总体理论和具体解读在很大程度上都是建立在仪式和神话的概念之上的。比如，索福克勒斯的戏剧中的俄狄浦斯 (Oedipus)，在他的笔下是一个被肢解了的国王和替罪羊，而底比斯 (Thebes) 则是一片荒原，长满不结果实的庄稼、不繁殖的兽群和不育的女人。在这些神话原型之外，《俄狄浦斯王》(*Oedipus Rex*) 和所有的戏剧一样，有一种基本的表演层面，一种原始的行为基础，与古老的仪式相连。在福格森看来，这比其文明化了的文学或者文本层面更重要。作为公开的表演，这个戏剧“在生活和公众的意识中心”展开。[18] 鼎盛时期的戏剧，比如在伯利克里时期的希腊和伊丽莎白时期 (Elizabethan) 的英国，是仪式主义的、大众的和公有的；它为社会提供了一种健康的理解模式和一种先于哲学、科学和艺术的社会生活的真实反映。俄狄浦斯表演的不是他自己的成长和发展的戏剧仪式，而是“人类城邦的危险生活”的戏剧仪式 (41)。文学情节、人物描写和对话是建立在集体心理现象——神话 (*mythos*) 先于理性 (*logos*) ——的基础上的。

福格森与美国形式主义学者——特别是早期的新批评家——之间的共同之处在于，对于每个作品的具体特征的细致入微的关注和根植于艾略特的感性疏离说的宗教文化观念。福格森认为，17 世纪中期开始盛行的理性主义和哲学理想主义，把情感和直觉与理智和思想分离了开来。科学智慧的胜利意味着仪式、神话和有机社会的结束。在我们的时代，神话沦为装饰和谎言。批评的任务是恢复我们传统的仪式的感受力——神话意识。这种感受力先于所有理性属性：“表演感受力是人类精神的一种基本的，或者说主要的，或者说原始的品质。”(252) 在我们理性时代以前，人类“能够自由地运用理性而不失却与古老的部落宗教相关的感受的习惯和认识模式”(245)。和新批评家一样，福格森也为现代人感受力的游离，信仰的丧失和对科学和

---

[18] Francis Fergusson, *The Idea of a Theater: A Study of Ten Plays — The Art of Drama in Changing Perspective* (1949; New York: Doubleday, 1953), p.14.

理性的沉迷感到悲哀。

值得注意的是，对福格森来说，戏剧表演的直觉经验是前批评的（precritical）。真正的戏剧作品使我们触及“经验的最深层，在那里，神秘的世界感觉起来却像真实的，在我们的发明、需求和批评以前的世界”(47)。批评在神秘的经验之后：它是第二位的、迟到的、次等的。**理性后于神话**。所以“批评家必须这样设想：艺术作品，即使是久远的过去和外国文化的作品，在某种意义上是可以直接理解的；我们对它们的研究可能会改变或者加深我们对它们的直觉感受，但却永远不能代替这种直觉感受”(23)。戏剧和仪式一样，不管多么神秘，是不证自明的。虽然第二位的批评作品可能长学问、丰富知识，但是它却永远不可能取代奇妙的直觉经验。现代形式的戏剧是“一种语言艺术，但就其本质而言，它却又比语言和概念都更原始、更微妙、更直接……”(22)。福格森的戏剧模式是前推论（prediscursive）和前理性（prerational）的原始仪式——纯粹的行为——即公众能够直接参与的仪式。批评家的责任，是带着敬畏通过概念和语言追溯那位于群族生活中心的行为和神秘。从理性的角度看，批评的轨迹是由**理性到神话**。从这个终点，我们看出福格森的神话批评和新批评家的形式主义是多么的不同。后者排除了外在关注，崇拜孤立的自足文本，拒绝把形式与内容分开，反对所有的生成研究模式。

福格森的贡献之一是，他对《哈姆雷特》(*Hamlet*) 的超凡解读，成了围绕莎士比亚的神话批评的重要传统的一部分。这方面的杰出作品还包括吉尔伯特·默里（Gilbert Murray）1914 年的论著、科林·斯蒂尔（Colin Still）1921 年的论著、G. 威尔逊·奈特（G. Wilson Knight）1930 年的论著、斯图尔特（J. I. M. Stewart）1949 年的论著、巴伯（C. L. Barber）1959 年的论著、约翰·豪勒威（John Holloway）1961 年的论著、诺思罗普·弗莱（Northrop Frye）1965 和 1967 年的论著。当然，还有许许多多别的批评家，恕不一一列举。这里要强调的是，神话批评积极推动了莎士比亚研究，而且，我们完全可以进一步把范围扩大到包括中世纪研究、文艺复兴研究，特别是浪漫文学研究，更不用说其他时期的研究了。值得重视的是，神话批评作为一种批评工具，也同样适用于诗歌、戏剧或者小说，似乎也适合于任何其他时期的文学。但是，这一点马克思主义和新批评就做不到，它们偏爱的是一定的文类和时期。

鉴于神话批评的广泛应用性，20 世纪 50 年代后期，它成了新批评最强劲的对手而且很有可能取而代之就不足为奇了。对于许多批评家和学者来说，诺思罗普·弗莱 1957 年的不朽巨著《批评的剖析》(*Anatomy of Criticism*) 的问世，既标志着神话批评的成熟，又标志着新批评从未受过挑战的一统天下的结束。当时的神话批评硕果累累，无论是出版的范围、种类还是吸引力而言，都是芝加哥学派批评家、纽约派知识分子或者当时任何重要的历史学者所不及的。另外，神话批评非常适合正在兴起的美国研究和比较文学（40年代开始发展）领域的研究，这一事实意味着，它既可以为传统的批评家所用，又可以为开拓型的文学批评家所用。它既适用于寓言性的研究模式，又适用于谱系学研究模式；它可以容纳接受主义、社会学、宗教、历史和“形式主义”的批评方法。虽然它也担心亵渎神灵，但是，它还提出了一个宏伟的、多层面的神话预言（divination）的研究选题。

神话批评的系统学

诺思罗普·弗莱的《批评的剖析：四篇论文》(1957) 的问世带来了神话批评的一场波澜壮阔的高潮。这部现代批评理论的杰作，令人信服地证明了神话批评的广泛应用范围，影响了一大群年轻一代的文学批评家，它单枪匹马地对所有同时代的各学派提出重大挑战，为神话批评运动作了总结，为它的研究命题提供了一个意义深远的分类学。弗莱在他四十年的学术生涯中还发表了很多书评、论文、电台采访、录音磁带、教育电视节目和大约二十部著作。这些论述开创、发展和精炼了——但没有完全超越——他在《剖析》中详尽阐述的宏伟的研究项目。虽然神话批评自60年代中期起，就受到了哲学、读者反应、结构主义、解构主义、女权主义以及左派批评或多或少的成功挑战，但是，《批评的剖析》一直处于一种似乎不可动摇的地位，与艾略特的《神圣的森林》(*Sacred Wood*, 1920)、理查兹的《文学批评原理》(*Principles of Literary Criticism*, 1924)、威尔逊的《艾克瑟尔的城堡》(*Axels' Castle*, 1931)、布鲁克斯和沃伦的《诗歌鉴赏》(*Understanding Poetry*, 1938)、韦勒克和沃伦的《文学理论》(*Theory of Literature*, 1949) 和特里林的《自由想象》(*Liberal Imagination*, 1950) 这些更早的批评论著齐名，成为影响深远的不朽杰作。

弗莱的论著之所以如此有影响是因为他的立论前提是：文学作为一个整体构成了一个连贯、封闭的系统，因此批评就得相应地表述这个系统的所有成因。从某种意义上讲，弗莱在努力完成亚里斯多德在他的《诗学》(*Poetics*) 中没有完成的任务——把所有的文学系统化。在他那些更热情的崇拜者们的眼里，弗莱的百科全书式的努力获得了令人鼓舞的成功，从而使批评获得了一个与当代科学和社会科学相等的认知论基础和理性地位。

在《批评的剖析》的第一篇文章中，弗莱描述了古典文学和后古典文学中五种文学模式的历史轨迹：这五种模式是神话、浪漫传奇、高模仿（high mimetic）、低模仿（low mimetic）和讽刺。每一种模式中的文学作品有成熟或者幼稚，悲剧或者喜剧之分。这样，就形成了各种可能的组合：成熟的喜剧浪漫传奇、幼稚的低模仿悲剧等等。弗莱指出，在这种模式理论中，虽然一部作品总是有一个潜在的主要模式，但是它也可能同时兼容任何一个或者其他所有的模式。在这具有划时代意义的"线性"发展模式中包含的是这样一种理论：浪漫传奇、高模仿和低模仿模式构成了一系列错位的（displaced）神话；讽刺带来了神话的一种周期性回归或者反动。这种周期说使神话成了文学的**起源（arche）**和**目的（telos）**。

在弗莱的诗学系统中，神话与模仿是相对立的。

> 对于小说模式的研究还告诉我们，模仿的倾向本身，即描述的逼真和准确的倾向，是文学的两极之一。处于另一极的是某种似乎既与亚里斯多德的神话一词相关又和神话本身的通常词义相关的某种东西。就是说，它原本是讲述关于可以做任何事情的人物的故事的一种倾向，可是后来逐渐变成了讲述一个合理或者可信的故事的倾向。[19]

随着文学从神话向讽刺模式发展，它也变得越来越合理、可信和逼真（这一点不应该与真实或现实混淆），然后又返回到神话。这在乔伊斯、艾略特和其他现代主义作家的讽刺神话中是显而易见的。弗莱以神话包围了模仿。

重要的是，和所有神话批评家的理论一样，弗莱的系统中由某些对立面结构而成。处于对立两极的是神话和模仿、口头文化与书面文化、宗教与科学、启示与对应的真理、诗歌与散文、暗喻与明喻、集体与个人、希望和信仰语言与概念和陈述语言、保守的政治形式与自由的政治形式、**神话与理性**。作为一名亚里斯多德传统的系统学批评家，弗莱重视的是写作、科学、个人主义、非诗歌、概念语言和自由思维。但是，作为一名独立的私人读者，他喜欢神话和浪漫文学而不喜欢现实主义和讽刺文学，喜欢诗歌而不喜欢散文体，喜欢暗喻而不喜欢明喻，喜欢喜剧而不喜欢悲剧，喜

---

[19] Northrop Frye, *Anatomy of Criticism: Four Essays* (Princeton: Princeton University Press, 1957), p.51.

欢启示和仪式而不喜欢经验主义和演示。

和其他一些神话批评家一样，弗莱相信，西方文化中出现了一种感性疏离，从而形成了他称之为“神话世界”和“科学世界”的两个领域。哥白尼（Copernicus）是这种疏离的象征。在弗莱看来，现代知识分子必须努力调和这种疏离。在《世界之灵：文学、神话与社会论文集》（*Spiritus Mundi: Essays on Literature, Myth, and Society*, 1976）的前言中，弗莱总结了他的神话世界的观点，声称“所有的文学都是在我称之为‘神话世界’的范围内创作的……；这个神话世界不是真正的原始科学性的世界……；之所以说文学是在这个范围内创作的，是因为文学秉承思维的神话习惯。后者是一种想象习惯。它是微妙深奥的，而且是接触‘现实’的，就这一点而言，澳大利亚土著的思维神话习惯和20世纪诗人的一样接触现实。”[20] 这种人类想象和神话的联系，超越时间、空间和文化，使科学沦为神话意识的一种偏离和替代。神话世界位于人类意识和文化的“源头”。

在《剖析》的第二篇文章中，弗莱提出了一个文学象征的五阶段语义理论，并且形成了一种与之配套的分层诠释理论。在“描述”阶段，文学语言是指涉性的；在“字面”阶段，它是非指涉性的；在“形式”阶段，它为我们提供自足、典型的意象；在“神话”阶段，它传播原型；在“灵意”（anagogic）阶段，它向我们呈现不受指涉、典型，或者不可知因素约束的整个存在的象征（在与文学语言的这五个阶段相关的五种批评中，弗莱最感兴趣的是原型批评，所以他的第三篇文章对此作了专题论述）。弗莱的语言和批评理论的基础是普通话语（工具性传播语言）和诗歌话语（自足的语言和想象）之间的区别。

> 在文学中，事实或者真实的问题是次要的，为自身营造一种文字结构才是文学的首要目的；象征的符号价值是次要的，它们作为一种相互关联的主题的结构才是它们的重要性所在。有了这样一种自足的文字结构，我们就有了文学。缺乏这种自足的结构，我们所有的只是语言，即用来帮助我们人类意识去做其他事情或者理解其他事物的文字工具。文学是具体化了的语言形式……（74）

这种语义学使人想起了 I. A. 理查兹和菲利普·威尔莱特的语言理论，使弗莱的整个

[20] Northrop Frye, *Spiritus Mundi: Essays on Literature, Myth, and Society* (Bloomington: Indiana University Press, 1976), p. ix.

系统有了一个“形式主义”的导向。强化这种导向的，还有他对于文学的意图的否定，他对于意义和说教的反感，他的全方位的诠释学的倾向，以及他对于各种形式的“外部批评”的鞭挞。然而，弗莱并没有否定文学语言与现实之间的关系；不过，他把这种关系描述成潜在的、可变的、从属的，而不是简单直接的、否定的、不存在的或者主导的。

文学语言的内转倾向使快乐原则重于现实原则、娱乐重于教育、情感重于真实、惊奇重于理解。就是说，弗莱偏重的是一种传情理论而不是说教理论，但是他并没有摒弃后者。在这里，也像在其他地方一样，我们可以窥见弗莱的重要策略之一斑。他几乎什么都承认，什么都不否定，包容一切，但同时把一切都按等级归位。就诠释理论而言，他喜欢原型批评，不喜欢修辞批评、评判性或者其他种类的批评。就诗学问题而言，他喜欢神话，不喜欢模仿（现实主义）；喜欢惊奇，不喜欢说教；喜欢自足的艺术作品，不喜欢自我表现的文献。另外，他喜欢集体，不喜欢个人；喜欢预言，不喜欢推论；喜欢诗歌，不喜欢科学；喜欢神话批评，不喜欢新批评或者马克思主义。其实，弗莱根本没有必要说出他喜欢什么：他的宏伟视野所至肯定了一切，对什么都不否定。他偏爱模式循环中的神话和批评阶段中的原型解读这一事实，意味着他是以一位神话批评家的身份出现的——可是讽刺的是，这一身份限制了他的宽广的视野范围和他的“理想”的潜能。

弗莱处处谨慎，把普通、业余或者公共“读者”和专业、科学或者学术“批评家”区分开来。他把前者与朗吉纳斯（Longinus）联系起来，把后者与亚里斯多德联系起来。朗吉纳斯读者的注意力，集中在接受的直接过程和阅读的时间层面上，期待着欣喜若狂；亚里斯多德批评家研究的是，已完成的文学产品之统一的空间丰满。弗莱虽然是一个坚定的亚里斯多德批评家，但是他有时却以一位热情的朗吉纳斯式读者的面目出现，为艺术的神秘力量、美妙生动的语言和它令人惊奇的领悟欢呼雀跃。诚然，这种“前批评”的反应在弗莱并不常见。他不想把文学的直接经验置于批评性理解之上。就这一点而言，弗朗西斯·福格森恰恰与他背道而驰。

新批评的主要问题，在弗莱看来，在于它把文学作品从文学系统中分离了出来，使文本脱离了它的“完整”的语境。文学系统的集体或者原型基础被压制。形式主义批评方法用于采用讽刺模式的抒情文学时才能发挥出最佳功能；用于其他文体和模式的文学就不那么有用。另一方面，“所谓的神话批评，不是某一种文学或者文学的某一方面的研究，更不是一种专利批评方法。它是对文学本身的结构原理的研究，特别是它的传统、类型和它的原型或者反复出现的意象。”[21] 弗莱神话批评的五种文学模式和五个批评阶段的广泛组合使得其他学派（特别是新批评学派）——那些把自身的研究限制在某些模式、体裁和阶段的学派——的研究范围显得那么狭窄。

在《剖析》的第三篇文章中，弗莱详尽地展开讨论了原型作品或者神话批评涉及的内容。神话批评关注的是文学原型和传统的系统，强调文学的社会和集体方面。文学作品的基础是文学系统。一个文本出现的背景是由其他文本组成的网络，这样就最终追溯到神话，这个“所有文学模式中最抽象、最传统的文本”（134）。这第三篇文章的目的是提供文学意象、情节和人物的分类研究，把它们适当调整以用来说明现存文学的丰富多彩。要系统处理的大量资料迫使弗莱大量盗用术语，这使人想起了肯尼斯·伯克和后来的哈罗德·布鲁姆（Harold Bloom）。

弗莱认为，先类型的文学类型或者**神话**有四种——浪漫传奇、悲剧、讽刺和喜剧。每一种类型又有六个循环阶段，这样一共就有二十四种形式。这四种**神话**构成一个核心的、统一的追求——神话的各方面或者各片断。换句话说，所有的文学类型都源于神话——追求。这种起源，与其说它是历史性的，还不如说它是逻辑性的或者理论性的。这里，弗莱把传奇和它的追求提高到优势或者主导的“原型”的地位。文学的全部作品讲述的是一个挣扎过程，从迷惑、灾难和仪式死亡通往认识和再生的挣扎过程。这种从**神话**向元神话的过渡规定了从适当的原型批评向灵意批评的转变。

《剖析》的第四篇文章，和第三篇文章一样，覆盖了大量材料，提供了众多的分类，显得既壮观又紊乱。这最后一篇文章分析了四种主要文学类型——**史诗**（***epos***）类、小说类、戏剧类和抒情类——中的措辞、韵律和视觉呈现的传统，即文学修辞方面的传统。在分析中，弗莱把这四种文学类型与他早先的历史模式、象征阶段和文学**神话**（***mythoi***）联系起来，从而构成了一个错综复杂的理论系统。直到弗莱批评家罗伯特·丹纳姆（Robert Denham）发表了《诺思罗普·弗莱与批评方法》（*Northrop Frye and Critical Method*, 1978），在其中用了二十四幅图解和二百五十页的篇幅才透彻地拆解和阐释了弗莱的整个理论系统。我们这里就不再另行总结了。

第四篇文章所讨论的附属问题包括“文学的发端”理论和“来源神话”理论。和新批评家、芝加哥学派批评家和一些荣格神话批评家一样，弗莱也反对批评家把作品

---

[21] Northrop Frye, “Literature and Myth,” *Relations of Literary Study*, ed. James Thorpe (New York: Modern Language Association, 1967), p. 40.

的理解限制在诗人的有意识或潜意识“意图”上的倾向。换句话说，弗莱对表现说诗学和传记批评持怀疑态度(这在像弗莱这样致力于浪漫文学研究的批评家实属罕见)。启动文本的不是个人的“意图”，而是非个人的“文学的动议”(literary initiative)——一种控制和协调的美学力量，这种力量同化一切从而使自己成为控制形式。这种“动议”可能是一种韵律、一种情绪、一种体裁、一种重复出现的意象、主题，或者是这些或者其他文学因素的组合。重要的是，“动议”理论把“意图”从个人心理范畴移植到非个人的文学系统的范畴，把它与传统而不是个性联系起来。这就意味着“有控制或者左右力量的动因”(controlling or shaping motive)是原型批评的一个合适选题。

对于弗莱来说，圣经是后古典西方传统中未被置换的神话的主要源泉。作为这样的来源，它在他的理论体系中具有独一无二的特殊位置。他把它看成神话模式中核心的、百科全书式的巨作。正如弗莱所指出的那样，我们许多的意象、象征、人物类型、情节、比喻、文类——原型——都来源于圣经材料。耐人寻味的是，弗莱摒弃了对圣经的系谱性“高等考证”，因为那种批评把注意力放在圣经文本的讹误、修订、插入和合并上。相反，他提出一种批评性的“合成过程，这种合成过程的前提是，圣经是一个权威的神话，一个独一无二的、从创世一直到启示的原型结构。它的启发原理是圣·奥古斯丁(St. Augustine)的格言：旧约全书在新约中得到了揭示，新约藏匿在旧约之中……即使从历史的角度，我们也无法把圣经追溯到这样一个时刻——一个它的材料还没有被型造成一个预示论的统一(typological unity)的时刻……”(315)弗莱不认为圣经是一种经历了长达千年的编辑过程的文本大杂烩，他把它看成是围绕着对一个叫弥赛亚(Messiah)的中心人物的史诗般的寻求而展开的一个统一、连贯的神话。那些材料之所以出现在圣经中，是因为它们在神话意义上的重要性，而不是因为它们的历史“真实性”。弗莱的原型批评撇开文本和历史批评，在这一点上，它与早期宗教领袖著作中的预示论诠释学是一致的。它赋予新约和旧约以原始的创造性和优先权以及文学和结构的完美。对于圣经的这种特殊待遇在他的《伟大的代码：圣经与文学》(*The Great Code: The Bible and Literature*, 1982)中达到了顶峰。

理论上，弗莱的系统理论给文本、形式主义、历史、传记和接受批评提供了空间；实际上，原型批评往往把所有其他的批评模式掠为己用。它积极地抵制各种外在批评，就此而言，它是形式主义的。它认为，像马克思主义、弗洛伊德学说和现象学这些批评的问题是，它们把批评与外部框架拴在一起，而不是在文学内部去寻找一个概念框架。“批评原则不可以从神学、哲学、政治、科学或者它们的任何组合那里现成地照搬过来。把批评附属于一种外部的批评态度就过分夸大了文学中那种可能与外部来源——不管这种来源是什么——有关的价值。”(7)

虽然批评是一个自足的学科和知识体，有别于其他的学科和文学本身的经验，但是它在保持自身独立的同时，确实也与其他领域发生关系。比如，“一旦我们从个别艺术作品感受到艺术的整体形式，艺术就不再是一个审美对象，而变成了一种道德工具，参与文明的工作”(349)。原型批评一个侧面是道德，另一侧面是历史。文学的整体是一种历史现象，这一点，弗莱的五种文学模式的循环理论阐述得很清楚。道德批评与文学的内在社会语境有关，与道德的准则无关，也与美学价值标准无关。评判性批评的“肆无忌惮的自以为是”特征令弗莱深恶痛绝。他坚持认为“批评不应该是消极反动的，而应该坚定地向一种一视同仁的宽宏大度靠近”(25)。弗莱所作的是把文明的工作转移到文学的内部。这种理想主义或者灵意说的策略意味着像历史、社会学和宗教这样的“外在”关注，成了原型批评家研究的神话领域的一部分。

被合并进原型批评范畴的种种批评中，有寓言解读。单独的或者纯粹的寓言解读，不管多么高明和独到，都存在着这样一个问题：它会导致一种可能是“无穷无尽的评论”，使批评家感到压抑并产生一种“无用”感。“治愈这种症状的唯一办法是以原型批评来补充寓言批评。批评在文学结构的整体形式中有一个目的，在文本中有一个开始，一旦有了这样一种感觉，不管这种感觉多么模糊，事情就比较有希望了。”(342) 确切说来，这里所憧憬的原型批评与寓言批评之间的关系是一种兼并，而不是补充。接受文学是完整的形式或者系统这样的前提，就是承认，孤立的文本只有有限的诠释可能。具有讽刺意味的是，这里唯一可能的例外是一种文化的主要的源神话(source myth)或者权威典籍——最初孕育出寓言解读的那种文本本身。显然，弗莱认为，寓言解读从神圣的源神话向世俗的文学类型的转移是令人担忧和不幸的。

在他后来的论著中，弗莱努力修改《剖析》中的一些极端立场。例如，在《批评的道路》(*The Critical Path*, 1971) 中，他放弃了他的文学内部结构观念的标志——灵意文化吸取说。“批评永远会有两个方面：一面面向文学结构，另一面面向构成文学的社会环境的其他文化现象。在一起，它们相互平衡……”[22] 虽然，这种批评活动的观点没有否定文学的自足性，也没有牺牲批评的独立，向外在的非文学的思想学科

[22] Northrop Frye, *The Critical Path: An Essay on the Social Context of Literary Criticism* (Bloomington: Indiana University Press, 1971), p. 25.

(desciplines of thought) 妥协；但是，它确实为人类存在的各个独立王国之间的交流开了绿灯。这里，弗莱的研究项目与蔡斯、菲德勒和伯克等人早先倡导的文化批评不谋而合。

虽然其他神话批评家都害怕，批评性预言会有亵渎之嫌，但是弗莱似乎并不为此担心。他继承亚里斯多德传统，担当起了科学理论家的角色，从而把私人读者——朗吉纳斯式的热心读者——放逐到一个特殊的"前批评"领域。但是，在晚期的几篇论文中，他又在不放弃他的更大的科学命题的同时，为私人读者"恢复了名誉"。他在《可见与不可见的批评》("Criticism, Visible and Invisible", 1964) 中论述道，"科学批评"的一侧是"胜利的批评"，另一侧是"战斗的批评"。最佳状态的胜利的批评，追求的是内在地、不可见地、主观地占有文学，并以此作为强大的想象势能和力量。最佳状态的战斗的批评，旨在为了公众利益，为了保卫思想和言论的自由，而明确地评判文学作品是好的或者坏的。但是，最差形式的战斗的批评变成了破坏性的批评：它利用审美和道德标准来疏远、审查或者诅咒文学作品。对于弗莱来说，批评的破坏性在于，它把文学永久地物化，它对文学的审查，它对文学的感染力的限制。弗莱认为，胜利的批评的目标，"不 (是) 审美的，而是道德和参与性的：为了实现这个目标，文学作品最终不是有待注目凝思的事物，而是有待吸收的力量"[23]。胜利的批评是私人的、积极的；科学的批评是非个人的、提供信息的；战斗的批评是为公众的并且常常是负面的。最差形式的战斗的批评是对文学的亵渎。这种批评是道德、审美、社会或者宗教的焦虑的投影，它表现出弗莱在《批评的剖析》的开篇就严厉谴责的那种"肆无忌惮的自以为是"。通过把胜利的批评保留在私人和前批评的范畴，弗莱终于能够维护文学的力量和奇妙，使其不受任何批评的公共蹂躏，不管是科学的还是战斗的批评。

神话批评和文学研究机构

在美国的 20 世纪 60 年代，神话批评被迅速地接收进学术的文学研究机构。重要的高校出版社出版越来越多这种模式的论著，就像他们以前出版这场运动的早期领袖人物的论著那样。1965 年出版的权威性的《普林斯顿诗歌和诗学百科全书》

---

[23] Northrop Frye, "Criticism, Visible and Invisible" (1964), *The Stubborn Structure: Essays on Criticism and Society* (Ithaca: Cornell University Press, 1970), p. 82.

(*Princeton Encyclopedia of Poetry and Poetics*) 为神话批评提供的条目比给新批评和芝加哥学派的都长。沃尔特·萨藤 (Walter Sutton) 和里查德·福斯特 (Richard Foster) 合编的作为教材的选集《现代批评：理论与实践》(*Modern Criticism: Theory and Practice*, 1963) 收选了八位神话批评家的代表论著：包括 C. L. 巴伯、伯德金、蔡斯、福格森、菲德勒、弗莱和刘易斯。**现代语言协会**广为流传的关于当代学术的概况《文学研究的关系》(*Relations of Literary Studies*, 1967) 为读者提供了神话批评指南和冗长、详尽的参考书目，这些均由弗莱执笔。约翰·B. 维克里的专题资料汇编《神话与文学》(*Myth and Literature*, 1966) 在 60 年代末再版了四次。所以，在 70 年代初，戴维·洛奇 (David Lodge) 在他编纂的教材《20 世纪文学批评读本》(*20th Century Literary Criticism: A Reader*, 1972) 中，可以不自觉地把神话批评的个案放在六种现代批评模式的综合框架中加以分析：形式主义、历史、社会学、**原型**、心理分析和约定俗成。两年以后，威廉·翰笛 (William Handy) 和麦克斯·维斯布鲁克 (Max Westbrook) 在他们的教材选集《20 世纪批评的主要范式》(*Twentieth Century Criticism: The Major Statements*, 1974) 中，把批评范式分为以下五种：形式主义、文体、**原型**、历史和跨学科。与 30 年代的马克思主义批评家、芝加哥学派批评家或者纽约派知识分子不同的是，神话批评家几乎从一开始就立刻，并且持续地在学术批评界享有很高的知名度和公认的地位。

神话批评之所以能被立刻接受的一个显著原因在于它的灵活性：作为一种批评工具它适用于任何文体、任何时期和任何地方。还有，它显然不对伟大作品的既定经典造成重大或者极端威胁。特别是对于美国研究和莎士比亚研究而言，它直接有效地丰富了对已经公认的杰作的理解。同时，它进一步促进了对浪漫文学的重新评估，促进了比较文学的机制化，促进了通俗文学地位的提高，使其成为一门有价值的高校课程。因为它可以以一种灵活的形式主义的批评方法来运作，所以就调整自身以适应现存的主导研究模式而言，它比马克思主义和纽约派知识分子提出的文化批评要容易得多。另外，菲德勒脍炙人口的辉煌论著、弗莱空前绝后的成就、尤瑟夫·坎贝尔令人难忘的贡献以及有关的研究成果，给神话批评罩上了一层成功和希望的光环，这是 50 年代末 60 年代初的其他任何学派都无法比拟的。神话批评能够这么容易适应教学规则，使其能够更迅速地机制化。

当然，对神话批评持敌意、批判态度的也大有人在。比如，在新批评家中，布鲁克斯和维姆塞特在他们的《文学批评简史》(1957) 中对神话批评进行了严厉的批判。

马克思主义学者和纽约派知识分子菲利普·拉夫在他著名的文章《神话与力士》(1953)也对神话批评进行了严厉的批判。在芝加哥学派批评家中对神话发动攻击的主要是R. S. 克莱恩，他在《批评语言与诗歌结构》(1953)中嘲弄性地把它的一些主要缺陷进行了分类编目。再后来对于神话批评的攻击简直太多了，没办法一一列举。不过，年轻的马克思主义学者约翰·菲克特(John Fekete)的《批评的曙光》(*The Critical Twilight*, 1977)和弗兰克·兰特里夏(Frank Lentricchia)的《新批评之后》(*After the New Criticism*, 1980)对于弗莱的强有力的批评值得一提，因为他们阐明了弗莱和神话批评的资深及其经久不衰的影响。和新批评一样，神话批评在20世纪80年代美国的学术界仍然生机勃勃、繁荣昌盛。

也许，对神话批评最严厉的批判与它公开的和隐蔽的政治有关。神话批评拒不面对文体结构、回避小心谨慎的细读、借用社会科学的抽象术语，这令形式主义者头疼；而它回避社会历史的现实、追求超验的欣喜若狂、鼓励某些"不真实"的社会-政治态度，又与马克思主义学者的信念完全背道而驰。比如，坎贝尔在《千面英雄》的结尾宣称，"整个社会秩序的演变势在必行，这样才能使那实实在在存在于我们所有人内心的生机勃勃的神-人意象，通过现实生活的每一个细节和行为，在意识中多少留下一些印象。因为这一工作不是意识本身所能胜任的"(389)。另外，"不是社会去引导和拯救有创造力的英雄，恰恰相反，是有创造力的英雄去引导和拯救社会。因此，我们每一个人都分享着那最大的磨难——背负着救世者的十字架——不是在他的宗族取得伟大胜利的光辉时刻，而是在他个人陷入绝望后的沉默中"(391)。坎贝尔在这里想象的未来革命，是一场宗教变革，它把每个人都描绘成一个可能的英雄，在一个绝望的集体的背景中追求自我改变。然而，导致革命的更可能是机会，而不是有意识的行动。对"社会"和"意识"的贬低，对救世者"神-人"和"英雄"的歌颂，殉难于十字架的"个人"被迫承受的孤独以及他对于宗族的异化，所有这一切都似乎在有意嘲笑马克思主义学者。在对于历史的这种反集体的、异化的理解的背后，潜藏着一种哲学理想主义。有意思的是，指出这一点的，不仅有马克思主义学者，而且也有"富有同情心"的神话批评家如伯克、蔡斯、菲德勒、霍夫曼和海曼等。这清楚地证明，神话批评的政治，事实上可以从传统的基督教保守主义和开明主义，比如福格森和弗莱的理论，一直覆盖到世俗的社会主义，比如伯克和菲德勒就是明显的例子。这种政治，不管是右倾、中间还是左倾的，都一律声称具有超常的视野。所以，这里又有了神话批评很快就被纳入美国文学研究机构的另外一套原因：它几乎能够容忍任何政治、任何宗教以及任何批评方法。一切都是可能的，它的实践者充满了一种集体感、责任感、超越感和乐观。神话批评覆盖的范围广泛、全面，它对于不同视角的适应能力极强，它能够解释所有人类的创作和想象，它通过神圣的**神话**（***mythos***）来安抚亵渎神灵的理性（*logos*），在这些方面，无论是脱离了根基的科学还是技术，似乎都无法与神话批评相比。

50年代以来，美国文学理论与批评的一个非常重要的特征是，它在高等院校学术领域之内愈来愈趋向封闭。我们已经提到，新批评家和纽约知识分子在40年代期间及其后向高等院校流动。这时候，大萧条时期的马克思主义学者大多已经不再写作，而芝加哥学派批评家从一开始就是在大学工作。随着50年代末太空时代的来临，美国有创意的文学批评大多被封闭在高等院校之内。这时候，埃德蒙·威尔逊、T. S. 艾略特和格兰威尔·希克斯还活着，可是他们的垂垂老矣更突出了一个有影响的"独立"文人的时代的结束，这些人曾依靠写评论和著书、为出版社审读手稿、偶尔做一些讲座、为他人作序和做一些其他的"临时工作"为生。美国战后主要的神话批评家都在高等院校任职。再重申一遍，在太空时代，文学理论和批评方面的革命都发生在高等院校。几乎所有的独立批评家和刊物要么已经不复存在，要么已经被高校吸收归编了。和其后的批评运动一样，神话批评主要是一场发生在高等院校的学术运动。神话批评的领导人物中，主要是莱斯里·菲德勒，一位长期在高校任教的学者，鄙视学究风气和学术机器，寻求"流行"销路和商业出版社，一直到老都扮演着**乖戾（enfant terrible）**的旧式文人的角色，从而有意识地、顽固地维护着独立的批评家这一旧式理想。但是，他的研究表明，他自己继承的是纽约派知识分子公开承认的传统，而不是职业的神话批评的传统。

第六章　现象学与存在主义批评

从原子时代到太空时代

1957 年 10 月，苏联发射了名为斯普特尼克（sputnik，旅伴之意）的第一颗人造卫星。几个星期以后，又发射了一颗携载动物的卫星，动物身上装有电线，可以从地球上监控。美国匆忙于 1958 年做出回应：1 月发射了探索者一号，7 月创建了国家航天和太空署，9 月为改进科学和数学培训而颁布了国防教育法。美国和竞争对手苏联之间的"导弹差距"引起了恐慌，于是美国于 1958 年在英国、意大利和土耳其布置了朱庇特和雷神导弹。从 50 年代开始，紧接着二战而来的冷战全球化开始愈演愈烈，同时科学和技术日益被各国政府用于"防卫"目的。美国总统德怀特·艾森豪威尔（Dwight Eisenhower），一位将军和战争英雄，在他 1960 年的告别演说中警告美国人："在政府的各个部门，我们都必须警惕，不受庞大的军事工业的毫无根据的影响，不管这种影响是不是它们有意施加的。"艾森豪威尔希望防止政策被"一小撮科技精英"所控制。从原子时代一开始，人们就觉得科学和技术既令人敬畏，又是对人类生命的潜在威胁。

战后时期科学胜利的积极象征，是遗传基因（DNA）、小儿麻痹症疫苗和抗生素的发现。技术成功最富戏剧性的体现是计算机，它使太空飞行得以实现。世界范围的通讯系统和全国性的电视传播也证明了科学和技术的成就；不过，这种成就不像新式原子武器和火箭那样令人可怕。在理论科学领域，特别是航空物理学，戏剧性地实现了后爱因斯坦宇宙，揭示出惊人的新观念和新现象：大爆炸、不断扩展的宇宙、空间曲率、黑洞、超新星、脉冲星、类星体、反物质、夸克。从更靠近地球的意义上来说，美国家庭和办公室获益于科学和技术带来的无数发明和革新，从电视到空调，从洗碗机到按钮电话，从自动挡汽车到电动打字机。

到了 60 年代末，美国社会的四分之三是城市人口，四分之一是农村人口。一个世纪以前，这个比例正好完全相反。40 年代到 60 年代人口增长了 97% 是一个城市现象。这些高度公开化的数据掩盖着郊区化不断发展的现实，这一现实是扩张的原子和太空时代美国社会生活的典型特征。从 50 年代开始，人口调查局把郊区人口包括在城市人口的统计范围内。在后战时期，不仅农村人口在减少，而且严格意义上的“城市”中心的人口事实上也在减少。到了 60 年代末，7600 万美国人在郊区居住，6400 万居住在城市里。郊区的迅速发展带来了高速公路、购物中心和城市内一块块贫民区的出现。

虽然国民总产值从 1932 年的 580 亿美元增长到 1960 年的 5040 亿美元，但是不断增长的国家财富的社会分配并不均衡。比如，1960 年，5% 的上层人口大约占有总财富的 13%，而 20% 的下层人口却只拥有 6%。在 60 年代，2000 多万人生活在政府规定的贫困线以下。由郊区生活富有舒适的消费者构成的战后的“富裕社会”形象掩盖着广泛的贫困、断垣残壁的城市和每况愈下的农村社区的残酷现实。

后战社会变得越来越大众化，那些不断兴起的“莱维特镇”和“戴利城”的整齐划一的房屋和生活方式便是缩影。这种大众化现象不仅显现在不断增长的人口的郊区化上，也显现在大众交通、大众传播和大众营销系统的推广上。虽然美国生活有了明显的机动性、舒适和富足，很多知识分子仍然在当代大众化社会和战后技术科学中看到很多腐朽和危险，很多异化和荒诞，很多压抑和疾病。

不胜枚举的有影响的社会学研究为我们描绘了美国社会的残酷现实，其中包括大卫·瑞斯曼（David Riesman）的《孤独的人群》（*The Lonely Crowd*，1950）、C. 赖特·米尔斯（C. Wright Mills）的《白领》（*White Collar*，1951）和《权力精英》（*The Power Elite*，1956）、赫伯特·马尔库塞的《爱欲与文明》（*Eros and Civilization*，1955）、威廉·怀特（William Whyte）的《组织人》（*The Organization Man*，1956）、万斯·帕卡德（Vance Packard）的《隐藏的说客》（*The Hidden Persuaders*，1957）、约翰·肯尼斯·加尔布雷斯（John Kenneth Galbraith）的《丰裕社会》（*The Affluent Society*，1958）、诺尔曼·布朗（Norman O. Brown）的《生与死的对抗》（*Life Against Death*，1959）以及保罗·古德曼（Paul Goodman）的《荒唐的成长》（*Growing Up Absurd*，1960）。这些力作所提供的，除了别的以外，是一种紧迫的历史叙事。这个叙事中的社会压制个人的质朴独立，迫使人都成为妥协主义者，甘愿被剥夺政治主见和心理独立，听任政府官僚机构摆布。大众人微不足道、软弱、依赖、压抑、任人摆布、荒唐可笑。驯服人的是公司资本主义、庞大的政府、大量的广告、泛滥的技术、刻板的社会传统、被收买的科学和极权统治——所有这一切都起着驯化对抗形式、培养顺从和妥协的作用。

在战后时期的前几年里，高校在校学生人数的激增和随之而来的师资队伍的扩充带来了高等教育的大众化。《退伍军人权利法案》(The GI Bill) 的颁布是这种现象的形成原因之一，朝鲜战争是又一原因。从40年代末开始，大批退伍军人进入高校就读。通过在高校注册，大学生可以避免应征入朝作战。他们也确实这样做了。在1946年到1957年期间，全国的高校招生数从167.7万增加到313.8万人。高校教师人数从13.6万左右增加到34.4万。无独有偶，新批评的简化了的教育程序正好适合这些现象，而不像社会学和历史批评的相对复杂的教育法，因为它们通常要求相当长时间的基础教育。退伍军人的情况很特殊，他们往往对社会和政治问题不感兴趣。他们关心的是继续他们自己的被打断的生活，而不是社会变革。但是，到了50年代末，战后头十年典型的妥协和沉默受到了来自各方面的挑战。

毫不奇怪，敦促解放和反抗的各种活动层出不穷：从鼓励小型的独立社区到开始艺术上的反主流文化运动，从逃避社会到在毒品中寻找精神解脱，从创建特别政治兴趣团体到追求性解放。在50年代末和60年代期间特别盛行的这些活动常常以“世外桃源”的面目出现，毫无例外地把在科学、社会和教育的控制方法辅助下形成的科技–官僚的思维形式看成敌人。50年代和60年代，美国一些最优秀的年轻文学知识分子转向欧洲大陆哲学，特别是20世纪中叶以前国外形成的现象学和存在主义，作为发展有生命力的新的文学批评模式的方法。

美国的欧洲大陆哲学

在20世纪的欧洲，哲学的主流传统是分析 / 实证主义和现象学 / 存在主义的思维路线。后一种思维模式在后战时期，大约从50年代中期开始，对美国文学批评产生了重大的影响。在探讨美国的现象学和存在主义批评以前，我们先对现象学和存在主义的一些重要的哲学背景做一概述。

在诸多的欧洲哲学现象学家中，埃德蒙德·胡塞尔 (Edmund Husserl) 是最重要的一位。他是世纪之交的这场运动的创始人。虽然其他的现象学思想家也做出了重大贡献，比如说，罗曼·英伽登 (Roman Ingarden)、莫里斯·梅洛庞蒂 (Maurice Merleau-Ponty)、加斯顿·巴齐拉德 (Gaston Bachelard)、艾米尔·斯泰戈 (Emil Staiger)、密克尔·杜夫海纳 (Mikel Dufrenne) 等等，但是他们在50年代和60年代对于美国文学批评的影响远不及他。在美国文学研究中，胡赛尔现象学主要是通过乔治·布莱（Georges Poulet，我将在本章的下一节中讨论他）的日内瓦派批评传播和演变而来的。

在他的《逻辑研究》（*Logical Investigation*，两卷本，1900—1901；第2次修订版，1913）和《观念》（*Ideas*，1933）中，胡塞尔试图超越经验主义和哲学唯心主义，从而建立起知识的基础和科学真理的标准基础。洛克（Lockean）的经验主义把大脑描绘成一张接收和串联感觉信息的白纸，而康德（Kantian）的唯心主义则认为，意识在通过普遍的心理范畴来建构知识的过程中是积极的，而不是被动的。为了**既**避免联想主义（associationist）对心理因素的注重和经验主义的“客观主义”，**又**避免唯心主义的分类和主观主义，胡塞尔主张，把关注点重新放到作为为主体所经验的客体上来。现象学的基础是对经验深思熟虑的描述——对一个主体和客体协力合作的感性活动场所深思熟虑的描述。客体通过直觉直接接触主体，而主体则在赋予意义的行为中构成客体。因为主体和客体是相互作用的，所以，胡塞尔认为，意识从来不会是空白的：一种单纯的“我思”是不可能存在的。意识总是有内容的，总是**对于**某种现象的意识。主体和客体之间在经验中的根本联系，即心智作为“对于……的意识”这个至关重要的事实，胡塞尔称之为“意向性”（intentionality）。意识固有的意象性意味着现象不是独立于主体存在的；主体在指定意义的同时构成现象；对于人类意识而言，现象是“有意向的”。

为了能够“向事情的本身还原”，胡塞尔发展了悬置（epoche）说，即把外在的假设、推理、判断和情感投射“放在括弧内”（bracketing）或者“悬挂起来”（suspending），这样会歪曲经验。这样，一如他通过意向性颠覆了经验主义一样，胡塞尔也摒弃了康德哲学中使“物自体”不可知的范畴，因为这一切都使意识被内容主宰，而不是在经验意义上的空白或空洞。对于一名胡塞尔现象学家来说，要进行一次完整的现象学研究，首先，要依据悬置（epoche）观念，对意识客体诸方面进行全视角的描绘，然后，通过“先验还原”（transcendental reduction）来直觉意识流所揭示的事物，最后，通过“本质还原”（eidetic reduction）的方法来把握在对总体范畴的客体经验中所显现出来的本质性的东西。最终说来，现象学方法的目标不是为知识提供一种随机的现象流动，一种怪诞或者纯个人的陈述，而是为之提供一种不变的普遍本质，即艾多斯（eidos）。

胡塞尔现象学的主要贡献，包括它坚持主体和客体认知性的互相作用，坚持整体经验世界[1]的第一性。另外，它对客体不依赖观察者、存在于外部世界的“自然态度”或者“常识”说提出了质疑。现象学不仅推翻了经验主义和唯心主义，也推翻了笛卡儿（Cartesian）的二元论和现代科学方法。它致力于弥合自我和世界之间、经验和知识之间、意识和创造之间的裂痕。它以它的先验和本质的分析方法，在紧随达尔文和弗洛伊德的年代里（重新）恢复了人的尊严。

在众多的欧洲存在主义思想家中，对美国批评家影响最大的是马丁·海德格尔（Martin Heidegger）和让·保罗·萨特（Jean-Paul Sartre）。后者随着二战的结束立刻在美国享有盛誉，把最初源自海德格尔的理论介绍给美国人。而海德格尔过了相当长的时间才在美国广为人知。存在主义的一个显著特征就是它的吸收能力，它能把各种各样的思想家都兼容在它的研究项目中，既包括像克尔恺郭尔（Kierkegaard）、陀思妥耶夫斯基和尼采这样的早期作家，也包括许多像卡夫卡（Kafka）、艾略特和纪德（Gide）这样的后期现代主义者，这一特征以一种自觉的形式出现在海德格尔的《存在与时间》（*Being and Time*, 1927）中。在 1945 年就这一主题做的一次讲座中，萨特概述了这一哲学的一些典型特征。这个讲座在 1947 年被翻译成英文出版，题为《存在主义》（*Existentialism*）。根据他早先的概观，存在主义者坚持认为：存在先于本质；人的主体性是哲学的适当的出发点；人没有本质，因此不得不不断地定义存在；做选择不可避免地引起痛苦；上帝不存在，结果人被遗弃；在所有宿命论都缺席的情况下，人受到自由的“惩罚”；道德标准必须根据具体的社会情形不断地更新；现实居于有他人在场的行动和参与之中；人向往的只有一样东西——自由；人不断地追求他自身以外的东西，喜欢超越。这些核心主题和前提在萨特的早期杰作《存在与虚无》（*Being and Nothingness*, 1943）中得到了更充分的发展。1947 年，威廉·巴热特在《党派评论》上发表了介绍存在主义的专题论文。这篇论文对上述主题和前提作了详尽的介绍，深受美国广大读者的喜爱，后来又附录在他的《何为存在主义》（*What is Existentiaslism?*, 1964）一书中。

虽然海德格尔和萨特都是现象学家，但是他们研究的重点是存在问题而不是知识问题。存在主义是本体论哲学，胡塞尔现象学是认知论哲学。前者通常研究的是传统的人文主义的命题，而后者则倾向于关注永恒的科学命题。存在主义自身有一系列独特的关注主题和关键概念：荒诞、深渊、痛苦、真实性、背信弃义、存在、关

[1] 德语为 Lebenswelt，直译为“生活世界”。——译注

爱、忠诚、偶然性、群体、上帝的死亡、有限、被遗弃、自由、历史性、迷失、憎恶、虚无、他性、本体、责任、情境、暂存性、世界。然而，在胡塞尔现象学中，这些基本的存在主义话题极少出现。

也许，因为它是在第二次世界大战时期法国对德国占领的抵抗运动的语境中发展形成，早期萨特存在主义很注重哲学的实践性和日常生活问题；它有着明显的道德基调，提倡道德与哲学的结合。正如萨特所承认的，它是一种人文主义。海德格尔的存在主义不是伦理学，不是行动主义，也不是人文主义，海德格尔在他的《论人文主义》（"Letter on Humanism", 1947）一文中指出了这一点。这两种存在主义几乎都能直接应用在哲学以外的领域。在心理分析学科，路德维格·宾斯旺格（Ludwig Binswanger）盗用海德格尔的概念发展形成了一套完整的存在主义心理分析理论；萨特也在《存在与虚无》中提出了他自己的存在主义心理分析。几乎从一开始，海德格尔和萨特就都对文学批评感兴趣，著文对主要作家进行评论。作为一名小说家和戏剧家，萨特开创了存在主义文学的先河，影响深远。受存在主义影响的研究领域包括宗教研究、社会学、艺术以及心理学、文学批评、哲学和文学。

一般说来，无论是现象学还是存在主义的多样种类，当代哲学批评的要旨都是要肯定人的主体性的价值，否定传统的科学的客观性，歌颂个人而反对大众，信赖主体之间的亲密关系，抵制机械的或者因技术革新而造成的趋同和限制，鼓励个人的参与而不是疏远或者冷漠，发展和丰富美国批评方法，为其他批评模式尤其是新批评和神话批评提供别的出路。事实上，哲学批评有效地遏制了社会大众化、技术科学和形式主义批评的值得怀疑的成功。对于美国哲学批评家来说，这三者似乎是一体的。在下面几节中，我们将讨论大约从 50 年代中期到 70 年代初的美国哲学批评，把着重点放在有代表性的和 / 或者有影响的现象学和存在主义批评家身上，特别是 1925 年到 1934 年之间出生的那一代批评家，如：J. 希利斯·米勒（J. Hillis Miller）、保罗·布罗德考伯（Paul Brodtkorb）、杰弗里·哈特曼（Geoffrey Hartman）、苏珊·桑塔格（Susan Sontag）、威廉·斯潘诺斯（William Spanos）和伊哈布·哈桑（Ihab Hassan）等。从 60 年代末到 80 年代中期的哲学批评模式，特别是阐释学和解构主义，将在这一章的结尾和另外的章节中分别讨论。

现象学批评的日内瓦风格

五六十年代期间的美国，关注和从事哲学批评的文学知识分子为数较少，进行不涉及存在主义主题和信仰的现象学研究的人数则更少。在这些现象学批评家中，最有影响、最重要的是希利斯·米勒和杰弗里·哈特曼。严格意义上的美国现象学批评的主流，散漫地追随日内瓦学派的引领，特别是比利时批评家乔治·布莱的观点。乔治·布莱于 1952 年到 1957 年间在美国任教，他的论著在 60 年代的美国享有相当大的读者群。在本节讨论希利斯·米勒的批评论著时，我们将穿插对日内瓦学派和乔治·布莱进行介绍。下一节中，我们将讨论保罗·布罗德考伯对于麦尔维尔的现象学研究，他的研究在一些方面丰富发展了日内瓦方法；我们还将仔细分析杰弗里·哈特曼的论著——五六十年代期间与日内瓦路线最不一致、对其修正最多的美国现象学研究。

美国读者对于日内瓦方式的现象学批评的了解主要是通过 J. 希利斯·米勒的有影响的论著，包括他的《查尔斯·狄更斯与他的小说世界》(*Charles Dickens: The World of His Novels*, 1959)、《上帝的消失：19 世纪的五位作家》(*The Disapperance of God: Five Nineteenth-Century Writers*, 1963)、《现实诗人：20 世纪的六位作家》(*Poets of Reality: Six Twentieth-Century Writers*, 1965)、《维多利亚小说的形式》(*The Form of Victorian Fiction*, 1968) 和《托马斯·哈代：距离与欲望》(*Thomas Hardy: Distance and Desire*, 1970)。米勒研究了很多作者，对每一位作者的意识，他都进行了详尽的描述。这些详尽的细节是从每位艺术家的作品中精心收集的。米勒有意识地不以形式主义批评的单个作品为分析单位，而是把分析基于作家的全部真作上，包括书信、笔记、日记等等。换句话说，米勒把注意力完全集中在作家的意识上，避免（事先）把诗、剧本、故事或者小说的价值看得重于书信、日记、文学片断或者讲座。在米勒看来，任何一个作品，不管是一部杰作还是一个不重要的片断，都可能揭示它的作者的心态。在建构作家的整体意识的过程中，米勒与作家的关系应景而变，有时是旅行同伴，有时是兄弟般的冥想者，或者是共同主持宗教仪式的教士。这种方法论上的亲密关系或者互为主体性使米勒有别于美国其他（非现象学）批评家。重要的是，米勒日内瓦批评的方法和目标与马克思主义批评、新批评、芝加哥派批评、纽约知识分子批评及神话批评的各种方法与目标都形成了鲜明对比。

在一篇题为《日内瓦学派》("The Geneva School", 1966) 的文章中，米勒对他的研究方法进行了透彻的描述。这篇文章共分十个部分：第一部分是引言介绍，二三两节是总体理论，接着的六小节分别论述该学派的六位欧洲主要成员，最后一节是简短的结论。不足为奇的是，从他对那些与他志同道合的批评家的讨论中，以及他对理论的探讨中，我们对他自己的批评方法有了很多了解。米勒一开始就指出："日内瓦批评家把文学批评自身看成是一种文学形式。这种形式不是把诗人和小说家写作的那种对自然客体的经验、别人的经验或者超自然的现实作为它的主题，而是把那些被某个作家的作品所同化吸收了的统一体作为它的主题。文学批评是二度文学。"[2] 要在批评中重新建构一个作家的主题和想象，就意味着要进入他或者她的世界——从内部重温并分享这种现实。这个通往科学的客观性或者不偏不倚的阐释的过程中没有虚假；批评家和作者之间的复杂关系形成批评实践的基础。正如米勒指出的那样，"文学批评家，和小说家或者诗人一样，是在追求他自己的精神探险，不管这种追求是多么地不露痕迹或者间接。他不是通过自己的经验去追求，而是以他人的经验为媒介。他所做的工作远不是无私的或者是超然的"（306；也见《托马斯·哈代》序）。从本质上讲，批评家的工作不可避免地是个人的，即使它表面上不是那么私人。米勒通过他对日内瓦批评的界定，取代了传统的"审美距离说"。当然，他的这一界定不无争议："最好不要以它与其他模式的文学批评的关系来定义它。相反，应该把它看成历史上与瑞士、更多的是与日内瓦相关的一种特殊形式的禅悟、梦幻文学，或者精神探索。"（306）日内瓦批评是一种禅悟、梦幻或者神秘之旅；日内瓦批评家是禅师、梦幻者或者精神旅客。其基本方法，米勒认为，就是最终从内部体验、延展和完成作家的幻觉意识：日内瓦批评家是人类意识内部空间的探索者，他的方法是用文字再现他对作者的独特经验。

米勒的宣言以两个斜体的片语开宗明义，"意识的意识，关于文学的文学"（consciousness of consciousness, literature about literature）。他想通过日内瓦批评的这两个重要层面给我们暗示。通过第一个标签"意识的意识"，他含糊地确立日内瓦现象学家的目的。第二个标签暗示出该学派的批评方法。从根本上讲，这些批评家把文学严格地看成一种意识形式（见《上帝的消失》序）。这种概念否认，文学是社会现实或者客观结构的表现形式，或者是集体的或者个人的无意识的揭示，或者是

---

[2] J. Hillis Miller, "The Geneva School," *Critical Quarterly*, 8 (Winter 1966), 305—306. Pub. also in *Virginia Quarterly Review*, 43 (Summer 1967).

纯粹的符号编码的组合。“那么，对日内瓦批评家来说，批评主要是对另一个意识的意识，是把一位作家的精神世界搬运到批评家的大脑的内部空间。所以，相对说来，这些批评家对单个文学作品的外部形式不感兴趣。”(307) 因此，日内瓦批评家大多忽略特定作品的假定的自足，因为他们感兴趣的是在艺术家的全部作品中显现的艺术家精神的活跃中心。日内瓦批评家在引文中只标注其在文集中的页数出处，却不把作品的标题和页数一起标出。他们这样做是有实在意义的：单个作品被非实体化(desubstantiated)；作者的意识被实体化(hypostatized)。“他们的论文的主题通常是某位作者的全部作品，包括他的笔记、日记、未完成的作品、零碎的手稿片断。这些不完整的写作比一篇完美的杰作更有利于我们亲密地接触一个作家的心态和品质。”(307) 综上所述，日内瓦批评的宗旨是通过批评家的意识来揭示作家体现在他或者她的全部作品中的意识结构。[3] 所以，这种文学现象学的绰号叫“身份认同批评”(criticism of identification)。

欧洲日内瓦学派的主要成员有马塞尔·雷蒙德(Marcel Raymond)、阿尔伯特·贝甘(Albert Béguin)、乔治·布莱、让·鲁赛特(Jean Rousset)、让·皮埃尔·里查德(Jean-Pierre Richard)、让·斯达鲁宾斯基(Jean Starobinski)。这些批评家之间的联系既是由于他们志同道合，也是出于他们的个人友谊。米勒自己于 50 年代初和中期在约翰·霍普金斯大学(John Hopkins University)任教时，认识了布莱和斯达鲁宾斯基。他当时还是一位年轻的教授。后来，米勒在他的几篇文章中都详尽地讨论了他的良师益友布莱的批评理论。在这些讨论中，米勒不遗余力地指出布莱与其他日内瓦批评家之间的相似之处和不同点。就布莱的通常方式，米勒指出：“只要内在经验的一些具体特征在作家的作品中成功地表达了出来，布莱就认为值得从内部重新体验那种特征。他每一篇批评论著的目的，都是尽可能准确地重新创造某位作家在他各种各样的作品中不断地表现出来的那种心态。”(313) 米勒接着又说，准确地说，布莱的意识概念不是现象学的，而是笛卡儿式的，因为布莱相信的是“纯粹的意识”，而不是现象学所相信的“对于(某事物)的意识”。这一点很重要，它使米勒得出这样的结论：“那么，可以把布莱的批评定义为‘意识的意识’，既比雷蒙德和贝甘的宗教导向的批评更纯粹，也比巴齐拉德和里查德的主题批评更纯粹。”(315) 简言之，布莱的

[3] See J. Hillis Miller, “The Antithesis of Criticism...,” *Modern Language Notes*, 81 (December 1966), 564–565.

批评是最日内瓦的日内瓦批评，因为它更完全的是对“纯粹”意识的意识。但是，在这里，日内瓦批评忽略了胡塞尔现象学的整体要旨，力图超越意识的内容以便达到纯粹的精神——后来受到一些批评史学家谴责的一种唯心主义的终极。[4]

米勒在他的第一本书——关于狄更斯的研究——中首先对日内瓦现象学方法进行了描述。值得注意的是，他在该书的序言中公开宣告他对布莱的个人感激。十多年后，他在一篇题为《乔治·布莱的“身份认同批评”》的文章中对布莱的方法进行了描述，同时也对他自己的价值观和目标进行了总结：“布莱的批评首先是模仿，当批评家的语言和作家的语言已经变成同一种语言，因此批评家能够交替使用作者的语言和批评家的语言替作者说话的时候，他就在自己的大脑中成功地复制了作家的大脑。”[5] 确实，是米勒对于他的作家的观点、情感和语言的那种不可思议的变化多端的认同使他的理论有别于五六十年代占据主流的形式主义和神话批评。

1970年，米勒放弃了日内瓦现象学，开始偏爱解构主义。这一举动耐人寻味，预示着一场新的哲学批评思潮的来临。我们将在第十章中讨论解构主义。

莎拉·拉沃尔（Sarah Lawall）的《意识的批评家》（*Critics of Consciousness*, 1968）是第一本向美国知识分子全面介绍日内瓦批评的论著。该书信息量大、学术性强，对日内瓦学派的八位主要的批评家都作了专章介绍。拉沃尔按照年代顺序对每位批评家的主要作品进行了讨论；用这种方法，她详尽地分析了米勒的前三部论著。书中一开篇，拉沃尔就这样描述日内瓦批评家：“他们视文学为一种行为，而不是一个客体；他们拒绝区别文学的类型；他们在同一作家的系列作品中寻找同一声音；他们不把单个作品看成一个自足体。另外，他们从文学内部挖掘主题和冲动的潜在规律，不讨论正式文本的对称性和含混。”[6] 消极地说，对于日内瓦现象学家来说，一部文学作品不是一个客体；文体是一个非生产性的外在概念；脱离作家全部作品的单个

---

[4] 有关对这种唯心主义倾向的批评，见 the discussions by Frank Lentric-chia, “Versions of Phenomenology” *After the New Criticism* (Chicago: University of Chicago Press, 1980), esp. pp. 62—81; and Terry Eagleton, “Phenomenology, Hermeneutics, and Reception Theory,” *Literary Theory: An Introduction* (Minneapolis: University of Minnesota Press, 1983), esp. pp. 58—61。

[5] *The Quest for Imagination*, ed. O. B. Hardison, Jr. (Cleveland: Case Western Reserve University Press, 1971), p. 196. See also Miller, “Hommage à Georges Poulet,” *MLN*, 97 (December 1982), 1039—1041.

[6] Sarah Lawall, *Critics of Consciousness* (Cambridge: Harvard University Press, 1968), p. vii.

作品不能提供连贯的视野；事实上，单个作品不是自我关闭的；单个作品中意象和主题的客观规律往往不能或者不一定能揭示作品的重要意义。此外，日内瓦批评家把文学批评本身看成一种创造性的写作形式。在这种写作形式中，批评家通过自己的个人意识和文学语言重新体验和创造那贯穿于作家全部作品中的独特意识。

正如米勒在五六十年代的批评实践中所显示的那样，日内瓦批评值得注意的一些方面包括：给读者指定的重要角色，给批评创作指定的重要性，对于其他批评模式（特别是形式主义）暗含的批判、对于内在批评的强调，语言透明说，对社会和历史决定因素的摒弃（与先验还原一致），“作品”是一位作家全部作品的概念（与本质还原一致），以及对于“意向”说的修正。就“意向”说而言，日内瓦批评家对一位作者的意图——对作家创作以前的心理——不感兴趣。他们从现象学的角度，把“意向”看成批评家体验到的、体现在文本之中的作家与世界接触的结果。[7] 所以，日内瓦批评对一般性的传记批评不感兴趣。最后，米勒现象学研究值得注意的，是它的某种宗教的或者神秘的语气和词汇，这是他喜欢在他分析的作品中不断寻求那些灵光闪烁的时刻的结果。这些强烈的情感所显示的是，对于悬置（epoche）法则——必须把预设和偏见放在括号里——的漠视。因为类似的宗教的关注在许多日内瓦批评家的论著里都有所表现，所以它构成了该学派的一个与众不同的特征。

现象学批评的多元化

在太空时代的前几年里，对于大多数有哲学倾向的美国文学批评家来说，现象学批评的主流模式仍然是乔治·布莱和 J. 希利斯·米勒的日内瓦模式。然而，在保罗·布罗德考伯、大卫·哈利伯顿（David Halliburton）、杰弗里·哈特曼、勒鲁瓦·琼斯（LeRoi Jones）、约瑟夫·瑞代尔（Joseph Riddel）和爱德华·赛义德（Edward Said）等人的论著中出现了批评现象学丰富、多元化的新版本。这种丰富多元，可以在布罗德考伯于 60 年代中期发表的关于麦尔维尔的论著中、在哈特曼在 50 年代中到 70 年代初发表的论著中，略见一斑。和米勒一样，布罗德考伯和哈特曼抵制了正在不断增长的、竭力把自己的作品纳入存在主义庇护下的那种倾向。这并不是说他

[7] On the question of "intentionality" in phenomenological criticism, see Robert R. Magliola, *Phenomenology and Literature: An Introduction* (West Lafayette: Purdue University Press, 1977), pp. 29, 31, 97, 104, 110.

们两人中有谁忽视萨特、海德格尔或者其他欧洲大陆的哲学家，而是说他们都信守现象学的基本观念和关注。

在《伊希迈尔的白色世界：〈白鲸〉的现象学解读》(*Ishmael's White World: A Phenomenological Reading of Moby Dick*, 1965）一开始，保罗·布罗德考伯就明确地宣告他的现象学研究计划：他对《白鲸》的解读将是从它的虚构世界的各个层面的描写中，重点挖掘叙事者的意识。根据布罗德考伯（Brodtkorb）的胡塞尔意识理论，“意识总是对于某种事物的意识：对于任何事物的任何程度的意识就是以某种方式，通常是可以描述的方式，‘有意’于它。因此精神和物质是不可分的；主体改变、修饰和型造呈现给它的客体，以便使‘主体’和‘客体’一起生长。”[8]《白鲸》的内容或者素材可以通过对“意向性意识”或者叙事者伊希迈尔（Ishmael）的精神世界的描绘来呈现。为了准确地描绘伊希迈尔的整体经验世界（Lebenswelt）的各个层面，布罗德考伯采用了荷兰心理学家凡·登伯格（J. H. Van den Berg）在他的《精神病学的现象学方法》(*The Phenomenological Approach to Psychiatry*, 1955）中提出的一种海德格尔式公式。“作为一种意向性意识的伊希迈尔的存在可以分为他对于以下四个层面的理解：1）他的世界，不包括别人；2）他的身体，和他对别人的身体的意识；3）别人，包括作为一个人物存在的他自己；4）时间。”(10) 布罗德考伯对于叙事者整体经验世界，或者“生活世界”(Lebenswelt）的各个层面都分章进行了专门讨论。在讨论过程中，他附带地引用了巴齐拉德、布朗肖（Blanchot)、克尔恺郭尔、布莱、萨特和其他欧洲大陆思想家的观点。不足为奇的是，布罗德考伯对存在主义主题——无聊、死亡、绝望、恐惧、非存在（non-being)、虚无（nothingness)、他者性（otherness)、情境、虚空（void）——进行了探讨，但是，他的探讨是在胡塞尔意识理论的框架中进行的。

布罗德考伯的现象学方法与日内瓦批评有着重要的差异。首先，它对作者没有什么兴趣，注意力完全在人物分析上。而且，它只专心致志于一部作品的分析，避免参照作者的其他作品。最后，它依赖连续的大量引证，几乎完全删除了读者的在场，从而突出了文本：因此它企求的是批评的“客观性”，而不是批评与文本以外的因素的密切关系。很清楚，这一切告诉我们，布罗德考伯要使现象学与当时占主导地位的形式主义保持一致。他孜孜不倦于自我封闭的单个作品；他既回避“意图谬误”（作者

---

[8] Paul Brodtkorb, Jr., *Ishmael's White World: A Phenomenological Reading of MOBY DICK* (New Haven: Yale University Press, 1965), p. 9.

的在场)，也回避“感受谬误”(读者的主导作用)，虽然后者在程度上略次；他以一种细读方式对文本本身进行仔细的研读。从一开始，布罗德考伯就致力于搜寻用以证明“连贯”和“一致”的“象征结构”(10)：和形式主义者一样，他寻找结构的一致，不过，在这里批评家是通过语言来发现统一的**意识**。最终，他像新批评家那样把社会和历史关注悬置在括号内(这是形式主义者和日内瓦现象学家共同的“策略”)。

布罗德考伯在出道之初一心恪守师徒之道，可是杰弗里·哈特曼在他三十多年的批评生涯中却从不如此。无论是作为一名现象学家，还是后来作为一位解构主义者，他都力求独立。就好像哈特曼在扮演着姜饼人的角色，有意逗弄所有的人：“有本事你就抓住我吃了。”显然，哈特曼不屑被任何学派招安或者接纳。

哈特曼的这种规避含混在《回顾 1971》(“Retrospect 1971”)一文他所表达的对现象学的特殊态度中可见一斑。此文增补在他的《华兹华斯的诗歌：1787—1814》(*Wordsworth's Poetry: 1787—1814*, 1964)的再版中。文中，他这样说道：“我所做的，基本上是描述华兹华斯的‘意识的意识’。其他的一切——心理、认知、宗教观点、政治——都是次要的。如果那是现象学的做法，那就算它是吧。”[9] 确实，那是现象学的做法。在这本书中，哈特曼一丝不苟地重构了华兹华斯四分之一世纪的意识发展。正如他在该书原版的序中所宣告的那样，他的目的是追溯华兹华斯的“正在形成的精神现象”，富有同情心地描述“意识和成熟的戏剧”[10]。他把他的研究描绘成“对于华兹华斯的‘关于意识的意识’的一种全新的、全面的见解”。他从现象学的视角指出：“华兹华斯的主体和客体之间的根本关系，不是内在的和不可分割的，而是一种在至深处运作的慷慨原理的一部分…… 想象向往自然，变得富饶，于是孕育出一种‘创作’……”(391)在哈特曼看来，华兹华斯诗歌中精神与世界的结合构成了一种深思熟虑的关于爱和慷慨的现象学行为。在华兹华斯的诗歌中哈特曼阐明的是一种现象学的辩证法：诗人意识的两极中，一方面是自我和自然的理想结合，另一方面是自我的唯我独尊、退出世界。

哈特曼对于现象学的关注，在他的《无中介的想象》(*The Unmediated Vision*, 1954)中可见一斑。虽然此时的哈特曼显然不是一位真正的现象学批评家，但是，他

---

[9] Geoffrey H. Hartman, “Retrospect 1971,” in *Wordsworth's Poetry: 1787—1814* (1964; Yale University Press, 1971), p. xii.

[10] Geoffrey H. Hartman, *Wordsworth's Poetry: 1787—1814* (New Haven: Yale University Press, 1964), p. xi.

的研究兴趣本能地直逼现象学的中心关注所在：自我与世界的关系，意识的本质，知识的“意向性”特征，文学中“经验”在认识论上的优先权。在介绍性的《方法之简论》（“Short Discourse on Method”）中，他坚持认为伟大的诗歌“其创作者是那些自愿为经验所限的人”，认为“诗歌应该从整体考量，诗人的作品应该从整体考量”[11]。在文学作为人类经验之体现的现象学语境内，哈特曼力图保持作家的单个作品相对于他所有作品而言的审美完整性。但是，他最终提出的是关于现代诗歌的**一般（general）**论点：“现代主义诗人已经肩负起认识直接经验这一使命。”（164）现象学意义上的“经验”这一范畴，构成了哈特曼理论的基础：他认为，现代诗人是一群追求直接或者原初经验的疯狂的括弧者（frantic bracketers）。

现代主义诗人渴望自我和现实得到最强烈和最纯净的再现，他们往往采用极端的括弧形式（radical forms of bracketing）。他们在追求自然、身体和意识的直接知识或者经验的过程中，常常把历史、知觉和语言本身悬置在一边。对于原初知识的极端渴望或者创造原初知识的可能是笛卡儿哲学的遗产，这种渴望和可能把现代主义诗人推向极端，使得他们回避中介、否定中介。有些诗人喜爱沉默；有些梦想着纯净的声音或者语言；有些向往纯粹的知觉或者纯粹的意识。

> 作为诗人，华兹华斯、霍普金斯（Hopkins）、里尔克（Rilke）和瓦莱里（Valéry）都一致追求一种纯粹的再现。但是，作为现代主义诗人，把他们联系在一起的，是他们通过对现实的直接的感官直觉来获得纯粹的再现的努力。他们每个人都或多或少地相信未经中介的幻象……眼睛与感官生来不仅仅是为了装饰，也是为了提供真理的真实情节。在与物质世界的接触当中，意识成为认知的源泉，甚至还常常成为认知的目的。（156）

哈特曼解释的是，后笛卡儿时代哲学思潮分裂为理想主义和经验主义，这一分裂重复出现在从浪漫主义到现代主义的主要欧洲诗人身上。断断续续地，这些诗人为这种

---

[11] Geoffrey H. Hartman, *The Unmediated Vision: An Interpretation of Wordsworth, Hopkins, Rilke, and Valéry* (1954; New York: Harcourt, Brace & World, 1966), pp. xi, xii. 20世纪50年代，批评家有识之士都视哈特曼的《无中介的想象》为现象学的一部扛鼎之作。See the memoir by J. Hillis Miller, “Interview with J. Hillis Miller, Yale, Fall, 1979,” *Criticism*, 24 (1982), 100—101; and the 1958 conference paper by Neal Oxenhandler, “Ontological Criticism in America and France,” *Modern Language Review*, 55 (1960), 17.

分裂提供了现象学的解决方案。一些诗人倾向于理想主义，还有一些倾向于经验主义——一些向往一种纯粹的理智王国，还有一些向往纯粹的知觉王国。但是，自我与世界的相互牵连这一经验事实最终解决了这一两难："在与物质世界的接触当中，意识成为认知的源泉，并且还常常成为认知的目的。"

50 年代中期到 70 年代初，哈特曼在他的批评论著中始终不渝地致力于三种整合模式的研究。他把文本的解释放在文学历史的语境中进行。这种审美或者哲学批评的认识论和主题基础实质上是现象学：哈特曼的分析往往是从形式到意识。在致力于哲学和现象学研究的同时，哈特曼也致力于宗教批评，或者更确切地说，灵意批评（anagogical criticism）。后一种研究模式表现在对以下各方面的关注——经文、神秘主义、神话、精神性、文学的"幽灵"或者离奇层面。比如，在《无中介的想象》中，哈特曼把对现代主义诗歌中上帝之死的哀悼留到最后作为全书的结语："本书所讨论的四位艺术家是从更伟大的现代主义诗人之中筛选出来的。然而，即使在最虔诚的时候，他们已经在不同程度上失去了对启示宗教（revealed religion）的全面理解，沉湎于个人对真理的追求，并因此被迫寻求调和。他们追寻的着眼点既不在基督那里，也不在传统中，而是在那些迫使他们去寻求的事物中：个人经验和知觉经验之中。"(172) 鉴于哈特曼这样描述现代主义诗人的精神困境，他把后启蒙诗人描绘成"自我折磨者"就不足为奇了。哈特曼早期关注精神的例子足以说明这一点。贯穿《华兹华斯的诗歌》始终，哈特曼证录了他研究的诗人作品中的启示录和末世论主题。至于诗人，他宣称："虽然一般说来，华兹华斯把他的关注点放在个人的精神成长上……但是他的诗歌确实启示，人类意识有着天意使然（环境使然？）的变革可能性，不管这种启示多么温和。"(407) 这里讨论的未知的革命有可能是环境使然，而不是天意使然。但是这并不重要，重要的是这场革命是精神的。和布莱、米勒以及其他现象学批评家一样，哈特曼明显地表现出一种对于宗教主题的关注。

当哈特曼谈论"意识的意识"的时候，他想到的是诗人的意识和个人精神活动的主题化。这种对于文学自我意识的兴趣是一种划时代的（epochal）向内转的精神追求，它有别于日内瓦批评家对于解读活动中批评家与作家的亲密无间或认同的执著追求。日内瓦现象学家的"意识的意识"所指的是批评家对于诗人的内心世界的直觉：批评家是文学行为的参与者，而哈特曼却没有把现象学的意向性延展到批评行为。作为一名语言学家和文学史家，他与诗人之间保持着一定的距离。正是由于一定程度的形式主义和历史主义造成的这种距离，使得哈特曼有别于其他日内瓦批评家。但是，他和日内瓦批评家都有着对于精神方面的共同关注，虽然哈特曼所关注的精神与其说与内在的对文本的顿悟（textual epiphanies）有关，倒不如说与对他所研究的作家的宗教意识状态的历史反思有关。

从60年代末开始，哈特曼把美国批评界的总的状况概括为一个战场，占统治地位的英美形式主义（经验主义传统）和新兴的欧洲大陆哲学（唯心主义传统）之间的战场。他鄙视纯粹的形式主义，却又惧怕不精炼的哲学批评。他提倡的是这两种模式的糅合。在美国的批评语境中，这意味着哈特曼是作为一位哲学批评的倡导者身份出现的。从《超越形式主义论文集：1958—1970》(1970) 到《拯救文本：文学 / 德里达 / 哲学》(*Saving the Texts: Literature/Derrida/Philosophy*, 1981)，可以看出他对于哲学批评的投入变得越来越明显。这后面的十多年里，哈特曼一直极力抵制英美形式主义者对于文学的驯化，极力促进欧洲哲学家和批评家提出的文学的陌生化理论（defamiliarization）。在他的笔下，文学愈来愈被描绘为奇异的、神秘的、魔幻的、陌生的和鬼魅的东西。与他批评理论中的这种"灵意说"层面联系在一起的是一种不断增长的对诠释学的历史性好奇，对古老的祭司和神父所从事的宗教诠释学以及对更现代的德国诠释学批评家所从事的世俗的诠释学的双重好奇。哈特曼后期研究的一部分涉及的是从英美批评的质朴风格向与欧洲批评相关的文学的或创造性的风格的演变。在这一点上，哈特曼的研究与早先曾被称为"关于文学的文学"的日内瓦现象学批评研究不谋而合。我们将会在本章的倒数第二节中看到，伊哈布·哈桑（Ihab Hassan）也倡导了一种类似的向"创作批评"的转变。

在《超越形式主义》中，哈特曼试图把"文学批评与哲学更紧密"地联系起来而又不摒弃形式主义。"尽管我忠实于欧洲大陆风格的批评，我还是深切地感受到詹姆斯所说的'形式的不可抗拒的魅力'。"[12] 然而，美国对于形式的挚爱却是"狭隘得危险"(xii)。在哈特曼看来，新批评的注释使文学批评作品失去了应有的活力。他这样描述1970年的情形："今天，我们见证的是从属性的注释学科——对于艺术作品的主题和形式关系进行重复的、强迫的分析——在教育上的盛行。但是，伟大的注释学家总是要在一定的时候，背离文本的字面意义的。对于祭司、神父和新柏拉图诠释者来说，这个文本，就像这个世界，是一座牢笼。然而，通过他们的诠释行为，这座牢笼

[12] Geoffrey H. Hartman, *Beyond Formalism: Literary Essays 1958—1970* (New Haven: Yale University Press, 1970), p. xi.

的大门打开了，通向了殿堂，与此同时，人类最美好的寄托和憧憬呈现在眼前。”(xii)哈特曼想仿效古代的经文诠释者，把批评的着眼点从文本和主题转移到生活世界和憧憬上来——从语言学转移到哲学和诠释学上来，从形式主义注释转移到现象学和灵意批评上来。了解了这一目的，我们就可以理解哈特曼在他的著名论文《超越形式主义》(“Beyond Formalism”, 1966) 中对于形式主义的慷慨陈词：

> 注释的权威是伟大的：她是我们的巴比伦淫妇 (whore of Babylon)，身披黑色的学袍，骑坐着批评的巨龙，她的学究杯中不断流溢出一种催眠药剂。昔日的圣经解读，必须使圣经文本与奇异的或者相反的经验一致，即与历史一致。如果我们的新经文式的解读活动也那般地大胆和自觉的话，那么就没有任何人可以提出这种幼稚的控告……要把文字从文字的迷信中拯救出来，就是要将其人性化，使其重新加入到生活的大合唱中来，就是要把艺术当作经文般对待，使艺术正视经验，将注释提升到它原先的地位。(56—57)

批评的名正言顺的目的是通过文本获取人类经验。这里，经验的特征各异，可以用“奇异”、“相反”、“历史”、“生活的大合唱”等来形容。批评的模式是古老的经文诠释学。当代的形式主义是一种异端邪说、偶像崇拜和迷信；它驯化了美国的批评学者，使他们变得软弱。

在猛烈抨击形式主义的同一年，哈特曼也在对诺思罗普·弗莱的解剖中对神话批评进行了抨击。他再次强调，经验是文学和批评的基础。正如他对形式主义的抨击一样，他把经验与“历史”和“人类声音”等同起来。“无疑，伟大的文学作品（或者批评）的成功之处就在于：它在命名、诅咒、祝福、安抚、欢笑、哀悼、恳求的对话行为中呼唤文明的本源。对于我们来说，这些行为比神话和原型说教更明白了当，因为他们是人类声音的最初产物。”(39) 要使僵死的文字、图像或者原型有血有肉，批评家必须重新找到一种对于声音、对话、人类群体和经验的原始感觉。口头诗学是哈特曼用以抵制形式主义对艺术的诋毁和神话主义对艺术的盗用的法宝，它构成了文学的基础类型——“对话”。至于文本，哈特曼宣称，“如果它们不揭示‘飞梭之声’和‘地毯上的图案’的话，那么，它们就没有存在的必要”(xiii)。对话理论——诗人的文本和批评家的文字的相互作用——为文学和批评奠定了现象学的基础，从而为作家和读者的**经验世界**和文学作品的意向性提供了依据。

哈特曼的多层面的批评理论保留了一种现象学的内核，同时也倚赖于语言学并恢复了古老的诠释学洞见。它力图为批评保留住形式主义实践、历史敏感性和精神意义。不用说，这种独立的多元形式的现象学批评后继乏人：它独树一帜，似乎从本质上抵制模仿和归类。它所缺乏的是日内瓦学派批评家的情感批评方法的那种独特的可亲可近。但是，它却弥补了日内瓦批评模式的不足，给这一特别富有表现力的诗学理论增添了一种对于文学形式和文学历史的系统关注。和日内瓦现象学一样，它对与评判性批评相关的问题没有多少兴趣。最后，哈特曼的研究有意识地、并愈来愈明显地强调了哲学性批评和各种本土的形式主义模式之间的冲突。神话批评是文学技巧和学问的一个干瘪的学究婴儿（40），新批评是一个巴比伦淫妇（56）。欧洲大陆哲学只有通过疏离才能重新获得活力："今日之文学如此容易地就被同化或者侵吞，所以批评的作用就常常必须是，使文学陌生化。"[13]

从存在主义现象学到基督教存在主义

在 40 年代末和 50 年代初，当存在主义最初在美国引起兴趣时，人们关注的似乎只是法国哲学家。早期的存在主义批评家只有少数几个在认真研究海德格尔和别的德国哲学家；而其他所有人几乎都对萨特和加缪（Camus）情有独钟。也许因为萨特和加缪都既是超级小说家和戏剧家，又是批评家和哲学家，所以，他们既影响了美国的诗人、戏剧作家和小说家，又影响了美国的文学批评家。因此，到了 20 世纪 60 年代，很多学者，比如奥尔文（W. S. Merwin）、埃德华·阿尔比（Edward Albee）及诺曼·梅勒，在美国文学界的眼里，都既是存在主义者又是当代的文学批评家。这一切都意味着，随着一个个新的文集、专题汇编集、介绍和研讨会的出现，存在主义亦变得愈来愈流行，同时它的历史、哲学和主题的疆界也往往在不断延展。不久以后，存在主义便既不仅仅只是关注法国流派，也不仅仅只是一种批评思潮了。

在《存在主义名家探析》（*Casebook on Existentialism*, 1996）中，威廉·斯潘诺斯列举的存在主义代表包括哲学家帕斯卡（Pascal）、克尔恺郭尔、尼采、海德格尔、雅斯贝尔斯（Jaspers）、别尔嘉耶夫（Berdyaev）、萨特、梯里希（Tillich）、加缪以及作家陀思妥耶夫斯基、卡夫卡、乌纳穆诺（Unamuno）、海明威、杜伦马特（Dürrenmatt）、尤内斯库（Inoesco）、萨特、加缪和奥登（Auden）。在该书的序中，他提出了这样的

---

[13] Geoffrey H. Hartman, *The Fate of Reading and Other Essays*（Chicago：University of Chicago Press, 1975）, p. 260.

观点："存在主义不仅仅是一种哲学思潮，它已经成了敏感和忧虑的现代人观察世界的视角。"[14] 在该书的首章介绍中，他指出："存在主义渊源深远，根植于西方历史，甚至早于圣·奥古斯丁（St. Augustine），可以追溯到苏格拉底以前的哲学家们和《约伯记》（*Book of Job*）的作者。"（1）换言之，在存在主义发展的后期阶段，它已经变成了一个广义的视角，这个视角关注不被社会接纳的人和他对虚无的经验，关注毫无意义的社会生活和异化的事实，关注死亡及其荒诞，关注真实的存在和自由的沉重，关注精神上的畏惧和个人的反叛。鉴于它的视角如此广泛，存在主义在美国的追随者如此众多庞杂就不足为奇了。一时之下，论"存在主义"的文本纷纷出笼，阐述和推广它的前提、关注主题和领军人物的文本不计其数，在此仅举六例：《耶鲁法国研究》（*Yale French Studies*，春 / 夏刊，1948），布莱卡姆（H. J. Blackham）的《存在主义六大师》（*Six Existentialist Thinkers*，1952），威廉·哈本（William Hubben）的《我们的命运的四大预言家》（*Four Prophets of our Destiy*，1952），阿图若·法利克（Arturo B. Fallico）的《艺术与存在主义》（*Arts & Existentialism*，1962），尤金·凯林（Eugene F. Kaelin）的《存在主义美学》（*An Exsitentailist Aesthetic*，1962）以及戴维斯·敦巴·麦克尔罗伊（Davis Dunbar McElroy）的《存在主义与现代文学》（*Existentialist and Modern Literature*，1963）。苏珊·桑塔格、威廉·斯潘诺斯是最有意思的两位存在主义文学批评家，我们在这里将先讨论他们的论著。在下一节中，我们再论伊哈布·哈桑的乌托邦存在主义。

苏珊·桑塔格毕业于芝加哥大学著名的人文专业，是一位训练有素的哲学家、电影制片人、小说家、批评家，也许还是年轻一代的纽约派知识分子中最引人注目的一位。她才华横溢，连篇累牍地发表论文，于 20 世纪 60 年代初一跃而出，成为文坛上一颗耀眼的新星。这些论文后来都收集在《反对阐释》（*Against Interpretation*，1967）和《激进意志的风格》（*Styles of Raclical Will*，1969）中。桑塔格是一位深受当代法国哲学和文学熏陶的文化批评家。她有意识地以一种纽约散文家和文学评论者的面目出现，而不是以高等学府的学者或者哲学专家的面目自居，所实践的是一种通俗易懂的、温和的存在主义批评形式。她集现象学派的敏感与存在主义对主题的关注于一身，是我们研究存在主义形式的哲学批评时一个有用的过渡人物。

[14] William V. Spanos, ed., *A Casebook on Existentialism* (New York: Crowell, 1966), p. v.

在《沉默的美学》(1967) 一文中，桑塔格描绘了后浪漫主义文学意识的两个阶段。据她看来，我们时代的艺术从一种高贵的人类意识的表达形式变成了一种悲剧式的、自我疏远的意识解毒剂。艺术在从一种忏悔变成一种拯救的同时，也变成了人类自我和创造形式的一种"清洗"形式。最终，艺术寻求的是沉默。然而，这不是瓦莱里 (Valéry) 所描绘的预备式的成熟中的沉默，而是瑞姆鲍德、杜尚 (Duchamp) 以及维特根斯坦 (Wittgenstein) 生动地呈现的那种最终的舍弃的沉默。这种表面上变得衰弱的舍弃掩盖着"一种愿望：获得'上帝'的那种无拘无束的、不加选择的、完全的意识"[15]。当它不完全放弃艺术时，这种沉默美学倡导的不是对生活的直接、感官经验，就是与艺术的理念界限的对抗。它所要对抗或者消除的最首要的就是历史意识的负担，因为这种负担造成了一种使人衰弱的迟误感和异化感，玷污了今天的感知、语言和意识。"在对于沉默的吁求的背后，潜藏着一种感知和文化重新开始的愿望。另外，就其最有鼓动力、最大胆的版本而言，对沉默的提倡表达了对彻底解放的一种神话般的设想。它所憧憬的是艺术家从自我中彻底解放出来，是艺术从特定的艺术作品中彻底解放出来，是艺术从历史中彻底解放出来，是精神从物质中彻底解放出来，是思想从它的感知和知识局限中彻底解放出来。"(192)

存在主义的现代意识的磨难是文学沉默美学的基础，它总是与普通语言的非真实性分不开，无一例外。为此，后浪漫作家提出了各种不同的创造性的改建和拆毁工程。一些学者，如特里斯坦·查拉 (Tristan Tzara)，建议放弃书面语言，恢复口头诗学；另一些学者，如塞缪尔·贝克特 (Samuel Beckett)，则培养出一种不间断的"本体论口吃"(onto logical stammer) 以面对"虚空"(void) (199)；还有一些，如里尔克 (Rilke) 和蓬热 (Ponge)，力图把语言限制在简单的命名艺术范围内，以此来纯净语言。与此相关的努力还包括：返璞归真、净化感知、重建社区文化、关注未受污染的意识、保持缄默——所有这一切努力都是现代沉默美学的一部分，也证明了人的存在的极端异化和虚空。虽然其他的美国哲学批评家包括杰弗里·哈特曼和乔治·斯坦纳 (George Steiner)，早先曾经研究过这一严峻的文化情形，但是，是桑塔格给了现代文学意识的磨难以及伴随着它的沉默美学一个几乎是权威性的理论陈述。她既没像哈特曼那样特别优待"经验"，也没有像斯坦纳那样把语言和艺术的干巴枯竭归罪

[15] Susan Sontag, "The Aesthetics of Silence" (1967), *A Susan Sontag Reader* (New York: Farrar, Straus, Giroux, 1982), p.189.

于“技术大众社会”和当代的“政治不人道”[16]。相反，她把这归功于一系列广泛的因素——所有这些因素都与历史意识的负担及其对于自由创作的束缚有着千丝万缕的联系。在这一点上，她师承弗里德里希·尼采。

桑塔格在 20 世纪 60 年代最有名的论文是《反对阐释》(1964)。这是一篇以格言警句风格写就的宣言，提出的是一个以现代存在的存在主义观为基础的现象学理论。“现代生活的一切条件——它的物质丰足、它的拥挤不堪——都是使我们的知觉愚钝的同谋…… 现在，重要的是恢复我们的知觉。我们必须学会**多看**、**多听**、**多感觉**。”(104) 我们需要的是一种激情的、透明的、描述性的批评，而不是那种使艺术作品黯然失色、累赘不堪的实用主义解读。“解读就是使其枯竭”；“解读很大程度上是反动的”；“今天，很多艺术都可以理解为或由对阐释的逃逸而激发”(99, 98, 101)——这样的格言给桑塔格结束迂腐解读的号召注入了活力。具有讽刺意义的是，这样的号召提出的时间是在阐释学在美国眼看就要有一个相当大的发展前景的时刻，E. D. 赫希的《解读中的有效性》(*Validity in Interpretation*, 1967) 和理查德·帕尔默的《诠释学》(*Hermeneutics*, 1969) 的出版就预示了这一点。桑塔格的对解读的反感，她寻求一种真正的感知的反叛行为，她对于批评自由的要求，她对于社会和批评中的乌合之众的不屑一顾，构成了一种反对现代社会状况的存在主义立场。对于她来说，最真实的选择是反抗，而不是沉默。她有意识地要逆流而行。

在他的介绍性文本《存在主义》(1945) 的开篇中，让·保罗·萨特坦承，界定存在主义有一定的困难。“复杂的是，有两种存在主义者：一种是那些基督教信徒……；另一种是那些美学存在主义者。海德格尔、法国存在主义者和我自己属于后者。”[17] 从 20 世纪 50 年代开始，出现了一些重要的基督教存在主义的文学研究。这些文本出自美国神学家和文学批评家之手，其中包括斯坦利·罗迈·霍珀 (Stanley Romaine Hopper)、威廉·林奇 (William F. Lynch)、小内森·斯各特 (Nathan A. Scott, Jr.)、艾莫斯·怀尔德 (Amos Wilder) 以及威廉·V. 斯潘诺斯。文学批评家斯潘诺斯编辑了一本前面提到的流行的存在主义文集，其中对从奥古斯汀到梯里希的神学“存在主义者”花了相当的笔墨。在他的《现代英国诗体戏剧中的基督教传统》(*The Christian*

[16] George Steiner, “Silence and the Poet” (1966), *Language and Silence: Essays on Language, Literature, and the Inhuman* (New York: Antheneum, 1967), p. 49.

[17] Jean-Paul Sartre, *Existentialism*, trans. Bernard Frechtman (New York: Philosophical Library, 1947), p. 15.

Tradition in Modern British Verse Drama, 1967）——副标题为《圣礼时代的诗学》（*The Poetics of Sacramental Time*）——这部长篇巨著中，斯潘诺斯把现代生活，即“现代困境”，描绘为一种“边缘处境”。在这边缘处境之中“人类被剥夺了保护性的哲学或者神学体系，赤裸着、一无所有、孤独，直面**虚无（Nothingness）**”[18]。这种面对实质上是宗教性的，它构成了现代性的基本事实，成了基督教存在主义的基础。

从20世纪20年代末到60年代末（只有战争期间除外），英国诗体戏剧家一直都参与坎特伯雷大教堂的戏剧节。与我们这个时代的大多数基督教作家一样，他们也在努力创作一种重要的宗教文学的过程中面对着现代的“边缘处境”。这些主要的作家中有戈登·博顿利（Gordon Bottomley）、T. S. 艾略特、克里斯托弗·弗赖（Christopher Fry）、约翰·梅斯菲尔德（John Masefield）、多萝西·赛耶斯（Dorothy Sayers）和查尔斯·威廉斯（Charles Williams）。所有这些作家都在斯潘诺斯的研究之列，因为他极力要提倡一种存在主义的“圣礼美学”以与世俗的“沉默美学”对抗。

和许多现代文人一样，斯潘诺斯认为，在17世纪出现了一种感性疏离，从而产生出一种实证的“自然主义想象”和一种理想的“天使般的想象”。现代基督教知识分子的任务就是要从信仰上愈合这一分裂。“在边缘处境内，最需要的——也是最困难的——是一种有可能容纳广泛的人类经验的真正的存在主义的本体论……”（12）基督教诗体戏剧家在中世纪奇迹剧的“圣礼现实主义”中找到了答案。这种奇迹剧的基础是“**化身**的教义，即：道成肉身。这个教义调和了时间和永恒，把过去从历史的垃圾堆中拯救了出来”（13）。欧洲大陆的基督教存在主义学者，如巴斯（Barth）、别尔嘉耶夫、潘霍华（Bonhoeffer）、布特曼（Bultmann）、马塞尔及梯里希，也找到了类似的答案，提出了“危机神学”。对于诗人来说，化身或者圣礼美学尊重道的神圣和肉身的人性，使文学得以“运用自然物体来表达先验的意义而又不牺牲它们的身份，它们独特的现实”（27）。在圣礼美学中，历史不是一个可怕的负担。相反，它显现为一种被赋予的时间性。在这种时间性中，“时间和永恒，许多和单个，运动和静止，不断地相互沟通。历史上的每一时刻，每一个人类行为，都具有一种可发现的普遍永久的意义，同时又不失却它独特的现实性，它的历史性”（29）。

基督教存在主义美学与神话批评不同。后者给现代性注满了永恒的原型价值，

---

[18] William V. Spanos, *The Christian Tradition in Modern British Verse Drama: The Poetics of Sacramental Time* (New Brunswick: Rutgers University Press, 1967), p. 7.

但是藐视当代现实；而前者却给现在和以往的经验提供了本体论的、而不仅仅是心理学的价值。神话批评重复哲学唯心主义的姿态；而圣礼美学在本体论的层面上恢复了现象学的解决方案。“圣礼憧憬统一了经验主义的世界观二分化了的具体现实与价值；这样，它就把价值从自然主义艺术中拯救出来，把现实从理想主义艺术中拯救出来。通过它，空间（自然）中所有物体和时间（历史）中所有事件，都被井然有序地安排在一个普遍计划中，赋予了超验意义。”(50) 对于戏剧而言，这意味着人的行为，无论是发生在过去或者现在，都既具有当代价值又具有超验价值。时间成了精神生活的真正载体。“挣扎于时间与永恒、灵与肉、善与恶的取舍之间，基督教英雄……在痛苦中发现，要获得拯救就必须以存在主义的方式彻底投身于时间之中……”(335) 返回神话——逃避时间——违背了圣礼美学。通过基督教存在主义美学，戏剧英雄方能拥抱混乱和世俗的痛苦。一个基督教徒无论是选择**肯定神学**（***via positiva***），积极地接受自然和时间的惠赠和负担，还是决定选择**否定神学**（***via negativa***），禁欲般地拒绝沦落的自我滥用自然与时间的惠赠和负担，她都同样地既肯定了时间的化身救赎，也肯定了存在主义式的投身时间的必要。

基督教存在主义发展的圣礼美学，等于是解脱世俗沉默美学中体现的痛苦的认知困境的一个本体论的解决方案。在各种美学中，时间和历史的作用是截然不同的。对于无神论者来说，时间充满着历史压迫性的和庞大的陈旧负担；它把未来死亡的事实带入了现在；但是却又任凭未来的捉摸不定之门洞开。时间虽然沦落了，但它却提供自由。对于基督教徒来说，时间是由**化身**赎回的过去的行为的沉积；它使得痛苦的现在与过去一样具有重要的精神意义；而且它提供了一个超验的物质未来。无神论和宗教存在主义都承认现在的进退两难的困境，即边缘处境——用萨特的话来说，就是“存在先于本质”。——在这个困境中，人孤独地面对着**虚无**与死亡，既有责任也有自由，通过在痛苦与彷徨中的行为界定他的存在。是对于过去的观念、对于历史的观念，使宗教存在主义有别于无神论存在主义。对于后者来说，解决历史意识的负担的办法范围很广，从解构到有意的忘却，从戏仿到沉默。对于前者来说，历史给现在提供了大量有意义的模拟。基督教观念导致了一种保守主义；无神论的见解产生出各种激进主义。基督教的诗体戏剧研究与瓦莱里和瑞姆鲍德，或者贝克特和杜尚的激进主义的研究不同，它倾听过去的黄金时代——伊丽莎白和中世纪的戏剧时代。过去变成了恩赐，而不是负担。

在 20 世纪 70 年代，威廉·斯潘诺斯改换门庭，从基督教存在主义转向海德格尔的"颠覆性阐释学"。他摒弃了宗教的圣礼美学方案，开始直面沉默美学的困境。和许多现象学家和存在主义者一样，他继续努力，既要克服唯心主义与经验主义的分离——把先验主义和自然主义结合起来——又要为当代人保留创造的可能性和自由。

乌托邦存在主义批评

伊哈布·哈桑是美国最给人启示和最多产的存在主义批评家之一。他以这一哲学模式发表了无数的论文和数本受到广泛赞誉的论著，特别是《激进的纯真：当代美国小说研究》(*Radical Innocence: Studies in the Comtemporay American Novel*, 1961)、《沉默的文学：亨利·米勒与萨缪尔·贝克特》(*The literature of Silence: Henry Miller and Samuel Beckett*, 1967) 和《肢解俄耳甫斯：走向后现代文学》(*The Dismemberment of Orpheus: Toward a Postmodern Literature*, 1971)。哈桑后期的论著虽然在精神上还是存在主义的，但是在此基础上却增加了一种越来越占主导地位的文化乌托邦主义和一种超出了严格的存在主义的零碎的行文风格。这个变化大约于 1970 年在《超批评：时代的七种猜摩》(*Paracriticism: Seven Speculations of Times*, 1975) 中第一次得到了充分体现。哈桑出生、生长于埃及，1946 年到美国读研究生，从事学术研究。1956 年入籍成为美国公民。

很显然，哈桑的《激进的纯真》对战后时期十多位美国重要的小说家的创作提供了一个文学历史和社会学的调查研究，是对正在发展的美国研究领域的一大贡献（书中，相当大的一部分材料都在 50 年代以论文形式发表在各种刊物上）。书中所探讨的作家包括贝娄 (Bellow)、卡波特 (Capote)、奇弗 (Cheever)、唐里维 (Donleavey)、艾利森 (Ellison)、梅勒 (Mailer)、马拉默德 (Malamund)、麦卡勒斯 (McCullers)、塞林格 (Salinger) 以及斯泰伦 (Styron)。哈桑进一步发展了诺思罗普·弗莱的理论，认为当代美国文学中有三种独特的讽刺小说形式：以牺牲者或者替罪羊作为主人公的讽刺悲剧；以冒名顶替者、反叛者或者外来人作为主人公的讽刺喜剧；以自我嘲讽者为主人公的讽刺浪漫文学。哈桑的历史、社会学和形式主义批评模式的基础是存在主义。

关于文学类型，哈桑坚持认为，"形式是大脑 / 思想 / 心灵接受经验的途径"，它涉及"自我与世界"或者"主人公与经验"之间的一种"具体的、存在主义的遭遇"[19]。

[19] Ihab Hassan, *Radical Innocence: Studies in the Contemporary American Novel* (Princeton: Princeton University Press, 1961), p. 97.

当代美国小说采用讽刺的形式和精神，这一点证明了在这一时间和地点人类经验的本质。换言之，技术追随生活，而不是相反。这一文学类型观使哈桑得以把弗莱的“形式主义”重新置于存在主义的基础之上。它等于是存在主义对神话批评的一个攻击，也是对于美国小说的浪漫理论的一个批评：“如果当代主人公像神话中主人公那样充满了牺牲激情的话，那么，他的行为便有了一个具体的对存在主义式相遇的自我定义。”(114) 在哈桑看来，“当代小说中的经验模式很大程度上是存在主义的”，在根本上不是神话的或者通用的。战后小说没有遵循传统的喜剧或者悲剧小说的模式；它的独特的存在主义模式的根在讽刺文体的传统和生活的本质之中。对哈桑来说，这一小说观的好处在于，它使批评家能够“从一个视角就看到美国文化和当代小说的形式偏见之间的特殊冲突”。(122)

哈桑的社会批评背后的存在主义敏感在《激进的纯真》中通篇可见。书中，他描绘了现代自我与社会的种种极端关系。

> 自我的异化，即它以牺牲或者反叛或者既牺牲又反叛的形式对于现代经验的反应，在历史、政体、人类的心智和他的存在之中，已略见一斑。(20)
>
> 大众社会的小说的重要事实也许就是：随着行为模式凝固成一种坚硬、单一的外壳，主人公试图在凝固的表层下找到另外的生活模式。(107)。
>
> 时代的主导政治潮流强化了社会的集体和技术组织。(20)
>
> 然而，技术不只是限制了个人自由，它也接管了政体本身。(15)
>
> 这是…… 大众文化的悖论：强制的统一化不仅导致潜藏的深层异议；而且也横向产生种种离经叛道的异端邪说。(108)
>
> 当代自我受到世界的反弹，冲着自己撞击而来。它已经发现了荒诞。(5)
>
> 当代世界给人类带来不断的挑衅…… (5)

上述以及类似的对于现代社会生活的描述广泛代表了存在主义对于大众社会的主要控告。技术社会组织把统一化强加于人类，在这种环境下，人被异化，愤愤不满，成了牺牲品，变得反叛、自我残毁、激进异端。他最渴望的是自由。

哈桑的批评是熟练地穿梭于当代小说和社会生活之间的一种文化批评，它坚决拒绝尊重形式主义批评提出的美学自足，对神话批评的非历史主义和普遍主义提出了质疑。文学的本体学和历史性先于其美学和原型形式。经验模式决定艺术形式的本质。哈桑的政治隐藏在字里行间，是坚定地反道德律法的且从根本上是无政府主义的。对他来说，文学与生活相关。作家给人们显示了“实际上，他们是怎样在狮子口中生活的”(335)。同样，“对于文学教授来说，这不是一个忽视人类情感的判断的时代”(326)。和许多存在主义者一样，哈桑把历史看成一种负担，“嫌恶确实已经成为对于历史的一种现代态度……人类在历史中找不到救赎，这是一句大实话。伊甸园距离久远，《启示录》所说的千禧年也并没有更近。现在普遍的感觉是，这是一个巨变的年代，或者是一个无常的年代”(13)。无论历史是多么可怕的一场噩梦，未来之门是敞开的。从存在主义意义上说，我们有行动起来改变我们的存在的自由。强调时间的开放性中的这种乌托邦因素是哈桑的典型特点。对他来说，反叛和抵抗行为标志着人类不愿做他的未来的牺牲品的积极进取精神。但是，未来包含着死亡，这一点必须接受。否定死亡，就是拒绝时间和历史——就是激进地纯真。

大约在《激进的纯真》的中间，哈桑罗列了当代小说的五种普遍特征。这些特征无疑都是存在主义的：第一，“偶然和荒诞统治着人类行为”。第二，“情感和行为没有一定的规范……”；只有勇气才能在如此的无意义面前带来尊严。第三，主人公“仍然是一个外人，与社会格格不入”，而且，对他来说，时间“只是为了证明最终的失败”。第四，“人类的动机永远都是复杂的；讽刺和矛盾总是最终获胜”。第五，对于任何情形的感知“总是既有局限性，又是相对的”(116—118)。尽管面临这样一幅严峻的画面，哈桑还是处处强调存在主义哲学和文学所包含的超验性的积极潜能：这种超验性表现了勇气、投入、自由、责任——对世界和生活的肯定。

在《激进的纯真》以后的论著中，哈桑文化批评的乌托邦倾向变得更加迫切和明显，尽管他仍然在研究存在主义经验的深不可测。例如，在《肢解俄耳甫斯》中，他对萨德（Sade）、海明威、卡夫卡、热内特和贝克特的颓废作品进行了研究。诚然，这些作家“以某种神圣的绝望，证明了虚空的主宰”[20]。但是，为了与这样一种思潮形成对照，哈桑战略性地插入了两个插曲和一个尾奏曲，用以证明“先锋派的摧毁力量似乎最终是救赎性的”(x)。人类意识救赎性转变的可能把哈桑从先锋派推向现在的生活。“然而，我们必须向前迈进，向着一个最终被死亡关闭的个人命运，一个不为古老的地球或者新生的月球上的子孙所知的集体命运。文学是不够的。”(ix)必须超越文学，他的这一观点在《肢解俄耳甫斯》的第一页上就赫然出现。

---

[20] Ihab Hassan, *The Dismemberment of Orpheus: Toward a Postmodern Literature* (New York: Oxford University Press, 1971), p. x.

沉默的虚空的文学所揭示的是存在与空无、意识与死亡的根本问题。这些不仅仅只是先锋派的关键问题，也是现代世界所有知识分子的关键问题。不要让这种文学时髦一阵就瞬间成为历史，而不对我们产生影响，这对哈桑来说是至关重要的。"沉默的面孔，贯穿着从现代到后现代时期的文学。但是，这个面孔将仅仅作为个人的直觉一闪而过，或者作为批评的抽象概念而消失，除非我们给它提供抗拒的榜样。在选择这些榜样的时候，我们做出了一个不完全是文学意义上的判断，并且把作者的经验融进了我们自己的臆想之中。因此，批评家最终证实了他们与艺术之间的交换能量。"(22—23) 作为一名存在主义文化批评家，哈桑希望，现代文学和后现代文学既超越纯粹历史的那种抽象冷漠与距离，又超越简单时髦的批评的那种个人热忱与亲近；他提出取而代之的是一个至关重要的中介任务，即让文学成为一个充满活力的人际经验和社群经验，这是一个有挑战性的榜样。巧妙地暗示着人类意识转变的虚空文学，必须给批评注入活力以推动变化的发生。文学的教育潜能取决于批评家的共鸣和强烈反应，因为他们的任务是提供证词和进一步带来变化。哈桑不再怎么强调文学传统的模仿、表达和文本或者形式层面，以此来突出它的情感和教育力量。在存在主义的意义上，这些力量涉及存在和虚无的意识，在乌托邦意义上，这些力量涉及新的存在形式。作为一名乌托邦模式的存在主义文化批评家，哈桑注重历史、传记和社会学，以它们作为发展存在主义研究、重新营造和重新孕育批评和意识的工具。

在《肢解俄耳甫斯》的简短前言的结语中——写于1970年秋，哈桑承认"很有可能，该书中的某种不安可能会暴露一种我认为不再属于我自己的风格"(x)。确实，一种转变已经发生。哈桑不再在文学研究的传统模式中运作。他的文本很快变得破碎、格言化、个性化。虽然作为构成单位的句子和段落仍然坚实紧凑，但是更大的结构却松垮下来。肢解后的生机勃勃、新意盎然的形式打断了他的批评文本的流畅。他的行文中充斥着"沉默的美学"。文学与批评之间的界限被打破。批评变成了创作。哈桑以他自己的方式，实现了日内瓦批评使批评性写作成为"关于文学的文学"的主张。但是，日内瓦批评家没有一个走得有哈桑那么远。70年代早期，其他哲学批评家，像杰弗里·哈特曼和哈罗德·布鲁姆的文风也出现了类似的转变。在这方面以及其他方面，苏珊·桑塔格都是一位先行者，不过，她在对后现代主题的分析和对学术风格的抨击中，从没像哈桑和其他人走得那么远。在《超批评》研究项目中，哈桑也接受乌托邦主义的诱惑。"我所关注的问题的核心，是一个尴尬的对变化的憧憬，一个对于我们人类命运的迫切疑问。不断扩展的人类意识在宇宙中将扮演什么样的角色？”[21] 在《超批评》的“个人前言”（作于1974）中，这个陈述和疑问描绘了哈桑70年代著作的方向。虽然深信存在主义，但是他却变成了一个完全的乌托邦主义者和对神秘的意识形式感兴趣的俄耳甫斯主义者（orphist）。1970年，哈桑发出了这样的号召：“那么，让批评成为生活的设计。让它想象一个全新的人类。也让它歌颂，并从而培养变革的可能性。”[22] 十二年后，在《肢解俄耳甫斯》的新版本中，哈桑提出了一个发人深省的反问：“在我们当中，是不是正在发生着某种决定性的历史变化——某种涉及艺术与科学、高雅与通俗文化、男性与女性原则、部分与整体，涉及苏格拉底以前的先贤们所说的**一**与**多**的历史性变化？”[23] 显然，他是相信这一点的。这不是文学知识分子可以忽视未来的积极可能性的时候。

美国的欧洲大陆哲学——第一次与第二次浪潮

20世纪50年代中期到70年代早期，现象学与存在主义的文学批评开始出现并趋向成熟。美国的这种哲学批评的根在早期的埃德蒙德·胡塞尔和萨特的欧洲大陆哲学，它与50年代和60年代占据主流地位的本土形式主义批评和神话批评完全对抗（早期马克思主义与纽约知识分了的“边缘”思潮并没构成威胁）。虽然，除了包括默里·克里格和莱斯里·菲德勒几个显著人物以外，相对来说，老一代的形式主义和神话批评家对于战后欧洲大陆哲学思潮关注甚少，但是，哲学批评家对于他们的本土对手却是深为警惕。这一章所探讨的所有美国哲学批评家都出生于1925年到1934年之间；他们与新批评、芝加哥学派和神话批评的批评家以及大萧条时期的马克思主义批评家和主要的纽约知识分子不是同一代人。他们在原子时代之初进入大学，在太空时代的晚期开始他们的职业生涯。他们当中的许多人都与欧洲大陆知识分子有联系。大部分，即便不是受过比较文学的专业训练，也都深受比较文学研究的影响。作为年轻的知识分子，他们目睹了一场发展中的激动人心的批评的形成。这是一场

[21] Ihab Hassan, *Paracriticisms: Seven Speculations of the Times* (Urbana: University of Illinois Press, 1975), p. xii.

[22] Ihab Hassan, “Frontiers of Criticism: 1963, 1969, 1972,” *Paracriticisms*, p. 28. The first part of this three-part critical manifesto was published in 1964, the second in 1970, and the third in 1972.

[23] Ihab Hassan, “Postface 1982,” *The Dismemberment of Orpheus: Toward a Postmodern Literature*, 2d ed. (Madison: University of Wisconsin Press, 1982), p. 271.

由社会学家、神学家和心理学家提出的针对大众文化和技术理性的批评。新批评家、马克思主义学者和纽约派知识分子曾经发起过类似的批评。他们所选择的欧洲引路人对社会大众化和技术理性也都持类似的批评态度。所有的美国哲学批评家都深受现象学影响，对实证主义的科学认知论以及它对物理和文化现象非人的物化和它对主体与客体、存在与本质、读者与文本的分离，都特别的不满。这些批评家当中的许多人都对美国批评学究式的、冷漠的对话风格甚为忧虑。他们所期求的变化不仅涉及改写非个人化的认知论和批评风格，还涉及重新评估文学经典。这些批评家与形式主义者和神话批评家不同，他们都对华兹华斯或者布莱克（Blake）以前的文学没有多大兴趣。长期投身于美国研究的也为数甚少。有趣的是，没有一个美国现象学和存在主义批评家表白过任何明确的政治信仰：他们既不是坚定的左派也不是坚定的右派。至于宗教，他们大多对灵性感兴趣，但是他们感兴趣的是一种非派系的、神秘的灵性。

在诗学方面，大部分早期的美国哲学批评家都或多或少地肯定文学的感染力和教育潜能。虽然他们肯定文本注释的重要性，但是他们都对把文学文本当成神圣的自足艺术品不满。虽然他们都在表现性诗学的重要性或者作用问题上各持己见，但是都一致公认文学的模仿性，尽管除了哈桑以外，没有人真正对文学的社会记录和揭示功用感兴趣。在心理诗学研究上，很少有哲学批评家在这方面花费多大精力，尽管哈特曼、布罗德考伯和哈桑运用过一些弗洛伊德（不是荣格）理论。总体说来，现象学和存在主义批评家对于意识的关注并不很经常涉及无意识。按理而言，那个领域应该是神话批评家的研究范畴。

就批评方法而言，这些文学知识分子都一致避免判断性批评，显然是要把这份差事留给形式主义批评家。他们都或多或少地深切关注对读者对文学的反应。这与他们的现象学根源是一致的，因为现象学强调主体（读者）与客体（文本）的相互作用。这里，他们的分歧在于读者与作品之间假设的亲密关系究竟应该到何种程度。虽然，有少数哲学批评家对作者的生平感兴趣，但是他们中没有一个人怎么重视实际传记批评。对于形式文本的仔细研读是所有这些批评家的特点。毫无疑问，这证明新批评和盎格鲁－撒克逊经验主义传统对他们的深刻影响。他们中唯一的一个例外是苏珊·桑塔格。她师承的是纽约文学记者正在消失的传统，而不是高等学府的学究传统。对于文本的细枝末节的关注是这群人有别于他们的欧洲大陆榜样的特征，后者在这方面是相当松懈的。美国所有的哲学批评家都在某种程度上专注于历史批评，但是，历史批评到底涉及什么，历史本身是怎样建构的，他们往往各持己见。在这一点上，他们明显表现出了一种与大萧条时期的马克思主义者所从事的历史批评的相对同质性截然相反的异质性。有些哲学批评家，如桑塔格和哈桑，从事的是超越严格意义上的文学历史的文化批评。

到了20世纪70年代初，这一代批评家中最有创新能力的已经在学术界获得了相当的地位。虽然哲学批评仍然处于一种相对边缘的位置，但是，对这些批评家来说，在主要的刊物和出版社发表论文和论著，显然没有什么困难。文化研究机构很早而且毫不费力地就为现象学和存在主义批评家提供了方便。也许，因为除了桑塔格以外，他们很早就都被看作是学术的“实践批评家”，而不是非文学或者哲学的“理论家”，所以他们很少遇到什么困难或者怀疑。哲学批评家与新批评家不同，他们对教学法没有产生多大影响。不过，他们没有刻意要在这方面产生什么影响。与现象学基本观点一致的课堂改革的研究有待后来的读者反应批评家来完成。如果说哲学批评家对美国的文学教学产生过什么重要影响的话，那么，它的影响就在于促进了存在主义的传播。后者于50年代期间开始在高校课程中普遍出现。毫无疑问，这一变化归功于社会条件以及心理学家、社会学家、神学家和哲学家的共同努力，而不是相对为数较少的坚定的文学批评家的功劳。

60年代末到70年代初，美国文学研究领域出现比第一次波及更多层面、传播范围更广的第二次欧洲大陆哲学浪潮。这次浪潮有两个特征：第一，它分为四个不同的派系——阐释学、结构主义、解构主义和马克思主义；第二，它与现象学、存在主义、心理分析的批评模式之间关系复杂。

美国的阐释批评家，其中包括E. D. 赫希、理查德·帕尔默和威廉·斯潘诺斯，继承了德国阐释学传统。他们的研究师承马丁·海德格尔和汉斯·格奥尔格·伽达默尔（Hans-Georg Gadamer）。虽然，就赫希而言，这种师承显然是反其道而行之，他的研究复辟了更早的德国的哲学传统而不是那种体现在施莱尔马赫（F. D. E. Schleiermacher）和狄尔泰（Wilhelm Dilthey）文本中的现象阐释学传统。主要的文学结构主义者包括乔纳森·卡勒（Jonathan Culler）、西摩·查特曼（Seymour Chartman）、克劳迪欧·纪廉（Claudio Guillén）、杰拉德·普林斯（Gerald Prince）、麦克·里法特尔（Michael Riffaterre）以及罗伯特·休斯（Robert Scholes）。虽然他们的思想根源来自美国各种语言学和文体分析的传统，但是，在他们的知识结构中，当代法国的传统却占了主导地位。他们是不同的两代人：一代出生于20年代，另一代出生于40年代。在影响越来越大的当代哲学家雅克·德里达（Jacques Derrida）的著作中，解构主义批判性地继承了胡塞尔和海德格尔的现象学、索绪尔（Saussurrian）和列维－施特劳斯（Lévi-Straussian）的结构主义以及弗洛伊德和拉康的心理分析。另外，解构主义中似乎处处渗透着尼采的文本。60年代末和70年代初第一批在文学批评中运用解构主义的美国知识分子有哈罗德·布鲁姆、保罗·德曼、杰弗里·哈特曼、希利斯·米勒和约瑟夫·瑞代尔。这批学者与他们的竞争对手阐释学批评家一样，都属于在20年代中期至30年代中期出生的那一代。

值得注意的是，在七八十年代，欧洲大陆哲学第二次浪潮的一种"马克思主义"因素开始形成。这些马克思主义者中，包括弗雷德里克·詹姆逊（Frederick Jameson）、弗兰克·兰特里夏、麦克·莱恩（Michael Ryan）、爱德华·赛义德、佳亚特里·斯皮瓦克（Gayatri Spivak）。这些批评家大多数是30年代中叶以后出生的，比第一代美国阐释学者和解构主义者晚了一代。这些年轻一代的左翼知识分子其文化批评根源于晚期萨特的存在主义现象学、福柯（Foucaultian）的结构主义，有时也源自弗洛伊德和拉康的心理分析学说，还有德里达的解构主义以及法兰克福学者、格奥尔格·卢卡奇和无数其他学者的学说中体现的20世纪新马克思主义思想。他们与首批美国解构主义者不同，后者在转向德里达哲学时已经功成名就。而这些年轻一代的左翼批评家，在接触第二次浪潮的欧洲大陆哲学及其相关的各种理论时，则是初出茅庐，刚刚开始他们的学术生涯。

随着70年代前五年解构主义的迅速传播，起源于60年代末的美国阐释批评也相应经历了一些重大发展。一个来自欧洲的重要的新思维注入了这一传统：当代法国阐释现象学家保罗·利科（Paul Ricoeur）的理论——1965年至1977年期间，他的十二本书的译本与读者见面——其影响迅速传播，因为它对结构主义、心理分析理论和解构主义进行了细致入微的检析，提出挑战的同时又不摒弃阐释学。从60年代中叶到80年代，利科一直在美国兼职教学。另外，70年代初，一支新的力量加盟阐释学阵营——威廉·斯潘诺斯从基督教存在主义转向海德格尔的"颠覆性阐释学"。后者向着解构主义靠拢，但是却没有像米勒和瑞代尔那样摒弃现象学传统。最后，因为阐释学对发展中的解构主义思潮提出批评的同时也提供了一种成熟的替代，所以它得到了不断的肯定与重视。正如在70年代解构主义给默里·克里格的形式主义带来了新的活力一样（我们在第二章已经看到这一点），它也给像斯潘诺斯和赫希这样的诠释批评家的研究带来了新的活力。赫希因为攻击解构主义者是暴发户式的怀疑主义者和“认知的无神论者”而越发声名狼藉。

从60年代末到80年代中期，欧洲的阐释学、结构主义、解构主义、马克思主义以及心理分析理论（特别是拉康的分支）得到了愈来愈广泛的传播。第二次浪潮比第一次波及面更为广阔、追随者更多。这次被文学知识分子普遍描绘成“理论”浪潮的第二次欧洲浪潮产生了广泛深远的影响：这个新生的跨学科研究领域的许多刊物开始出现；各出版社出版的“理论指向”的论著越来越多；学术会议与研讨会层出不穷；翻译作品的出版令人应接不暇；产生了很多新的职业；确立了新的学术权威；形成了新的研究机构和学派，新的命题和术语广泛地渗入美国批评与学术研究。看起来文学研究学科从内部发生了变革。这一专业的方法和传统经历了重新评估。正如我们所注意到的那样，在哈特曼、哈桑和布鲁姆的论著中，批评话语的风格本身被新的自由与放纵所取代。在所有这一切的变化中，存在主义消融于背景之中，现象学成了替罪羊，而阐释学、结构主义、解构主义和马克思主义则扩大了范围和影响。

欧洲大陆哲学的第二次浪潮使马克思、尼采、索绪尔、弗洛伊德、海德格尔、伽达默尔、拉康、德里达和福柯的理论获得了显赫声誉。正如利科在《论诠释》(*De l'interprétation*, 1965）中所指出的，这些思想家的共同之处在于对事物的表面和对明显的“现实”或多或少的不信任。为了揭开表面和幻象的神秘，这些欧洲的“颠覆者”发展和提倡了一种“怀疑阐释学”。在美国第二次浪潮的所有哲学路线都反映了这种倾向。此外，他们继承并发扬了对于技术科学和大众社会的那种深切怀疑、极度恐慌和强烈批评的传统。这种传统始于新批评之初，壮大于第一次欧洲大陆哲学浪潮期间。

阐释学、结构主义、解构主义和左翼文化批评与读者反应批评、女权主义批评和黑人美学批评的携手合作使得太空时代的美国文学研究领域似乎成了一个狂欢场所；它看上去不太像一个松散的等级机制，而更像一连串相互关联的杂耍。70年代初登场的有新批评家、芝加哥学派批评家、纽约派知识分子、读者反应批评家、结构主义者、解构主义者、女权主义者、黑人美学家和左翼批评家，还有文本学者、语言学家、文学史家、传记作者、文学记者、目录学家，以及无数从事业余批评的诗人、戏剧家和小说家。在以下的章节中，我们将继续讨论太空时代文学研究的百花齐放，以及美国文学批评中理论取向的百家争鸣。

第七章　阐释学

越战时代

1965年上半年，美国驻扎在南越的战斗部队已达125000人之众，对北越的大规模空中轰炸也正在紧锣密鼓地进行。下半年，华盛顿发生了约有25000名学生参加的大规模反战游行。美国在越南大批驻军，民众抗议呼声不断，这一切几乎持续了十年，直到1973年最后一批美军撤离越南，1975年西贡宣告“沦陷”。越战是美国承认自己失败的第一场战争。那么，它又是怎么卷入到这场战争中去的呢？越战期间又发生了什么？

50年代初，为了帮助法国重新恢复它在印度支那的帝国统治，美国向越南提供了援助并派遣了驻军。到了1954年，法国战争费用的大约80%是美国支付的，每年达数亿美元之巨。与此同时，中国和苏联也向越南提供了援助，其目的是与美国对抗，使越南在美国为了反对共产主义及其传播而发动的国际“冷战”中，成为一个必争之地。这一时期，其他不稳定的地区包括朝鲜以及中欧诸国。1954年法国在奠边府之役遭遇决定性失败以后，越南被沿着第十七度平行线分割成南北两块。作为1954年日内瓦和平协议的一部分，越南应该进行选举。但是，1956年，在德怀特·艾森豪威尔总统的默许下，吴庭艳（Ngo Dinh Diem，南越总统）却违背了这一承诺，拒绝实行选举。此后不久，越共开始在南方出没，对吴进行积极的武装反抗。但是，吴仍然受到美国的支持。

1961年，约翰·肯尼迪就任总统时，美国全面卷入越战已达十年之久。他从以下几个方面着手进一步推动这场反共战争：命令国防部制定出救越计划（他于1961年5月批准了这些计划）；于1961年11月派兵7000人以维护基地安全；于1963年11月秘密策动倒吴军事政变。这一时期国际反共斗争的其他重大事件包括1961年的柏林墙危机，1962年的古巴导弹危机（紧随1961年的猪湾事件）和与苏维埃联盟的“太空竞赛”[1961 年，尤里·加加林（Uri Gagarin）成为太空第一人；1962 年，约翰·格兰（John Glenn）紧随其后]。在越战时代早期的政治决策背后，潜藏着战后自由党对于国际主义和反共主义的信奉。肯尼迪政权就是这种信奉的象征。

1964 年 8 月，林登·约翰逊（Lyndon Johnson）就任总统后不久，北越显然在东京湾（The Gulf of Tonkin）攻击了美国舰艇。国会通过了“东京湾决议”，授权总统保护美国军人。一年之内，在越南参战的美军已有十万多人，对北越的轰炸也大规模展开。

60 年代中叶以来，战争不断升级，国内外的反战情绪也越来越高涨。1965 年，爆发了华盛顿大游行；1966 年，1964 年的诺贝尔和平奖得主马丁·路德·金（Martin Luther King）发表了反战演说。这十年中，反战浪潮汹涌澎湃、此起彼伏，特别令人难忘的有：1967 年的五角大楼大游行[诺尔曼·梅勒（Norman Mailer）的小说《夜幕下的大军》（*The Armies of the Night*，1968）是对这一历史事件的纪实]，1968 年民主党的全国代表大会风波，1970 年国民卫队对肯特州立大学的包围。这一时期，游行、静坐、焚烧兵役卡、出逃瑞典、流亡到加拿大以及其他形式的抗议司空见惯、比比皆是。同时，国际共产主义的“铁板一块”暴露出破裂的迹象。1960 年，中苏关系破裂；1968 年，苏军入侵捷克斯洛伐克；1969 年，中苏边境发生武装冲突；1970 年，波兰发生工人罢工。这些事件的发生，对冷战的根本观念——世界范围内的共产主义侵略的威胁及其引起的“多米诺理论”——提出了疑问。而这种观念正是美国卷入越南的动因和“理由”。

反战知识分子中，最有影响的当数语言学家诺姆·乔姆斯基（Noam Chomsky）。1967 年，他在《纽约书评》（*New York Review of Books*）上发表了一系列反战檄文，特别是《知识分子的责任》和《论抵抗》这两篇尤其具有煽动力。几年后，乔姆斯基把这些文章和其他的反战文章一起收录在《美国强权与新官僚》（*American Power and The New Mandarins*，1969）一书中，以此书“献给拒绝在非法战争中服役的勇敢的年轻人”。在乔姆斯基看来，越南战争是一种不道德的非法行为，是美国帝国主义丑恶行径的一个例子，体现出一种侵略性的、腐败的权力意志。而政府部门内外的学者专家对这一切有着不可推卸的责任。

越南时代的美国人民不仅目睹了知识界（特别是大学生们）的日益激进化，而且也见证了黑人、妇女、美国印第安人、同性恋者以及其他被剥夺了权利的团体对于民权越来越强有力的要求。1963 年，黑人在华盛顿特区举行盛大集会，要求民权。会上，马丁·路德·金发表了他如今已闻名遐迩的讲演——“我有一个梦”。次年，金获得诺贝尔和平奖，国会通过民权法案。1965 年，洛杉矶瓦兹贫民区黑人发起暴乱；1966 年，激进的黑豹党（Black Panther Party）成立；1968 年，在墨西哥城举行的奥林匹克运动会上，几位黑人运动员在接受奖牌时举拳向黑人权利运动致礼。贝蒂·弗里丹（Betty Friedan）的挑战性论著《女性的奥秘》（*The Feminine Mystique*, 1963）是女权运动的象征性标志，而 1966 年**全美妇女组织**（National Organization of Women）的成立则是女权运动的初步成果。该组织于 1967 年发布了**妇女权利案**（Bill of Rights for Women）。妇女的不满促成了堕胎法在三个州放宽限制并促成议会在同年就**平权修正案**（Equal Rights Amendment）召开听证会。也是在这一年，凯特·米利特（Kate Millett）发表了她有影响的《性政治》（*Sexual Politics*）。妇女、黑人和其他团体的抗议，对于战争的公开批评，以及对于所有压迫、权威、控制的普遍不满不仅以大规模游行、暴乱和集会的形式表现出来，而且也反映在电影、流行歌曲、书籍和“政治”运动之中。这些“政治”运动包括不分男女（unisex）、民权、反战、“人类潜能”、同性恋权、公社、颓废、嬉皮士和使用迷幻剂等。

全国范围的各种运动和抗议活动显现出社会态度和意识、道德和风俗、敏感性与感受力正在发生巨大变化。意识和道德行为的基础似乎在变动。标新立异盛行，整个时代就像一场盛大的狂欢节。这场文化变革不像常规战争，更像游击战。它有很多前线和无数看不见的战士。比如，大学这一概念处处受到挑战——特别是在加州的伯克利大学、纽约的哥伦比亚大学和康奈尔大学、俄亥俄的肯特州立大学。事实上，全国高校所有校园都出现了动乱。同时，世界各地也纷纷发生了自由或者解放运动：美国、法国、德国、捷克斯洛伐克、波兰、越南、阿尔及利亚、加纳、古巴、刚果、玻利维亚、爱尔兰、魁北克、波多黎各、柬埔寨、智利、葡萄牙、安哥拉、莫桑比克和南非。许多“第三世界国家”，其贫穷之境况类同于大革命前法国的第三等级，通过多国合作和政治经济联盟，力图摆脱“第一世界国家”的经济控制和文化霸权。在这些国家，美国常常被描绘成最邪恶的“新帝国主义”。这些国内外要求自由独立的呼声遥相呼应，形成了一种基础广泛的舆论，使美国进入了一段多产而危险的动荡期与反省期精神探索时期。整个民族需要反省自己的良知，立国之本需要重新考量——这是整个越战时代由来自社会各阶层、各方面的对这个国家的抗议而催生的两大任务。

美国知识分子参与了这些抗议活动，为解放被压迫群体、调整基本价值观、促进良知反省、开放法律和文化禁锢、从越南撤军作出了多方面的贡献。在中国，知识分子的情形却大不一样。他们在1966至1969年的“文化大革命”中受到了冲击。学校被关闭、图书馆被捣毁、歌舞团和交响乐团被关闭、图书被焚烧、外国的影响被清除、艺术家被开除、教师被公开批斗。据估计，死于红卫兵之手的人数达40万之多。[1]

越战时期的美国，文学批评和理论领域的各种新流派和运动蓬勃发展。最显著的有阐释学、读者反应理论、结构主义和符号学、解构主义、黑人美学和左派批评。这些流派多少都是反对社会道德规范的，它们力图推翻现存的主导批评理论和实践模式。在这些流派内部，批评家们也都是勇于开拓新的研究途径和新的批评方法的激进主义者。但是，这些学派都有一个首要的共同目标：摧毁或者批倒新批评。结果证明，后者是他们的一方屡试不爽的磨刀石。奇怪的是，对于新批评的攻击反而给了这个正在衰退的形式主义以新的活力，使其在六七十年代还依然存活。美国形式主义就这样存活着，经受着讽刺、嘲笑和颠覆。无情的攻击似乎无损它的魅力，也动摇不了它的合法地位。越战期间美国文学研究呈现出以下特征：新的批评流派百花齐放，基金会、高校和文学系的财政来源不断增长，书籍出版、学术会议、刊物和工作职位的数量大幅度增加，文学研究职业化和机制化的趋向不可抵挡，学术权力和威望多元化。鉴于这一时代的反道德规范精神和不稳定性，鉴于各种各样的要求解放的呼声，鉴于文学研究领域的扩展，文学批评出现了文艺复兴般的繁荣昌盛就不足为奇了，尽管有些人认为这是一个天下大乱的、倒退的时代，是一种死亡而不是新生。

推动越战时期文学研究的力量，不仅包括对于过去的那种似乎是无政府主义和颠覆性批判，而且也包括了对于多样化、扩散（dispersal）和不确定性的普遍的宽容与欢迎。强烈的颠覆意志与肯定一切人类成就的意志并存。但是，在很多批评圈内，派性偏见往往压倒多元主义。六七十年代，对于和谐的一去不返、对于传统的丧失痛惜不已的大有人在。连续担任《党派评论》编辑五十多年的威廉·菲利普斯（William Phillips）对六七十年代期间的文学场面这样描写道：“我们的文化中，没有中心观点，没有主导传统，没有主要的方向，只有背道而驰的主题和憧憬，在表达着现代生活的混乱。”[2] 在这具有代表性的抱怨背后，是一种对于万花筒般的现状和昔日所谓的统

---

[1] Paul Johnson, *Modern Times: The World from the Twenties to the Eighties* (New York: Harper & Row, 1983), pp.544—567.

[2] William Phillips, *A Partisan View: Five Decades of the Literary Life* (New York: Stein and Day, 1983), p.294.

一性一去不返的绝望。而那些不再抱怨的人显然在忙于蚕食昔日的成果。莫里斯·蒂克斯坦（Morris Dickstein），是一位第四代的纽约知识分子和《党派评论》的编辑，他与菲利普斯不同，认为这是一场在能量和文化意义上可以与 20 年代极端现代主义的顶峰时刻相媲美的文艺复兴。虽然并不是毫无批评，但在《伊甸园之门——60 年代的美国文化》(1977) 中，蒂克斯坦对于这一时代的一些主要价值和思维模式还是褒扬的，比如：它对于传统的怀疑，它对于旧信仰习惯的批评，它的新参与意识，它的建构主义（constructirist）诗学，它对于与非目的和非个人的（客观的和价值中立的）研究模式的摒弃，它对所有形式主义的批评，它对生活、文学和批评研究的政治化，它对于被排斥群体和新的文化可能性的接纳。令蒂克斯坦和其他一些批评家沮丧的是，这一时期艺术、流行文化和政治的不稳定与自我吞噬。

60 年代末到 80 年代中期，批评圈内阐释学的繁荣反映了越战时代的一些当务之急。这些重要紧迫的任务之中包括：避免客观批评的伪承诺，提倡解读参与的实践，肯定历史和文化力量对于理解作品的作用，打破形式主义批评带来的令人窒息的传统和思维习惯。阐释学研究的新起点是马丁·海德格尔学说，它在 70 年代中进入发展的第二阶段，与解构主义形成了对抗。

海德格尔的阐释学“革命”

欧洲大陆哲学家中，对于现代阐释学贡献最大的是马丁·海德格尔。在《存在与时间》(*Being and Time*, 1927) 中，他为德国哲学中这一特殊领域的全面变革打下了基础。后来的欧洲阐释主义哲学家，包括艾米里·比梯（Emilio Betti）、汉斯·格奥尔格·伽达默尔、保罗·利科和彼特·斯丛狄（Peter Szondi），都是海德格尔“革命”的响应者。现在，阐释学历史学家把施莱尔马赫和狄尔泰在 19 世纪发表的开拓性的理论称为“旧阐释学”，把海德格尔和伽达默尔以及他们的追随者在 20 世纪发展的理论称为“新阐释学”。自 20 世纪 60 年代起，美国一些文学批评家、哲学家和神学家开始阐释学研究，把它作为处理文本理解和解读的一种当代方式。

海德格尔对阐释学的贡献在于：第一，他把现象学本体论作为理解的基础。现象学的描写最终需要解读劳动。描写**存在**就意味着解读它。存在并不直接自我显示，它必须被发现。第二，海德格尔在施莱尔马赫的理论基础上发展了一种成熟的描述阐释活动的循环过程的理论。《存在与时间》(32—33 节) 的简单概述就是，阐释劳动的过程涉及文本与读者之间的前反思亲密交流（prereflective intimacy），也就是海德格尔所说的“先有”（fore-having）和“理解”。对这种理解的描述性阐述包括复杂的“先见”（fore-insight）活动。在这种“先见”行为中，读者的关注和观点找到（或者说产生）相关的文本因素。海德格尔把这一切称之为“解读”。在一定的时刻，解读通过一个“先概念”（fore-conception）过程被概念化成客观性、命题性思维，即海德格尔所说的“断言”（assertion）。阐释活动的这三个阶段——理解、解读、断言——循环往复，这是因为各种各样的前提（先有、先见、先概念）对于解读活动是不可避免和至关重要的。值得注意的是，这里的读者和文本（主体与客体）之间的相互作用不需要把语境悬置在括号中，不需要压制或减少个人关注，也不需要对作者表示尊重同情。因为诸如此类的种种原因，海德格尔的阐释主义现象学有别于施莱尔马赫和狄尔泰的老“客观阐释学”，也有别于胡塞尔的超验现象学。

海德格尔于阐述学理论第三方面的贡献，在于他后来对于特拉克尔（Trakl）、乔治（George）和荷尔德林（Hölderlin）的诗歌的独特解读及其对语言的反思。但是，这些注释学和语言学方面的探索，就像阐释学的总体情形一样，在60年代的美国的追随者并不多，远远比不上存在主义的巨大影响和盛名。海德格尔阐释学在美国一些文学圈内的盛行主要是在70和80年代——一个要求对意义或者重要性人为性或者建构性特征以及批评家之于这种建构的参与进行全面思考和解释的时代。

新老阐释学

主要从60年代末到80年代中期，美国哲学家、神学家和文学批评家对海德格尔和伽达默尔的“新阐释学”开始发生兴趣，并开始追随。理查德·帕尔默的《阐释学——施莱尔马赫、狄尔泰、海德格尔与伽达默尔的解读理论》（1969）是美国这一传统最早的主要论著之一。作为文学批评家的帕尔默本意是把它作为阐释学的介绍和宣言。对施莱尔马赫和狄尔泰的“老阐释学批评”，E. D. 赫希是一位有影响的倡导者。他的《解读的有效性》（1967）为严谨的哲学解读提供了一个大胆明晰的例证。

帕尔默的《阐释学》意义重大，其原因有二：一、它第一次用英语把阐释学作为一门历史学科进行了全面阐述；二、它竭力宣扬“新阐释学”，反对占据美国批评主流的形式主义和赫希的哲学解读。下面我们就将帕尔默的《阐释学》作为一份宣言来讨论。虽然帕尔默把《阐释学》的第三和最后一部分称为“美国文学解读的一份阐释学宣言”，但是，整个文本却既突出了现象学较之老阐释学的优越之处，又强调了新阐释学较之主流的英美形式主义（Anglo-American formalism）的优越之处。帕尔默在《序言》中对自己的意图直言不讳，对他的各方面的敌人开始了理论攻势。

主流的新批评和神话批评的问题在于，他们共同的基础都是“哲学实在论”。这种实在论把主体和客体（读者和文本）从根本上分开了，割断了文学作品与它的历史语境和读者的联系。很可悲的是，这种“实在论”使读者的反应和历史背景成了与解读无关的东西。在帕尔默看来，这些做法表明，英美批评是技术性和强暴性的，是在模仿非个人的科学家式的模式。“我们已经忘记，文学作品不是一件我们可以任意揉捏的物体；它是来自过去的人类声音，一个我们必须复活的声音。对话，而不是解剖，才是打开文学作品之门的钥匙。无私的客观性不适合于文学作品的理解……一个人要进入伟大的诗词、小说或者戏剧所描绘的生活世界的话，那么他必须冒险、押上他自己的个人‘世界’。”[3] 文学文本是作为作品，而不是物体，让我们面对历史，唤起我们生存于世的个人经验。帕尔默用存在主义现象学来反对哲学实在论：主体与客体是相互牵连的；人类的关注，而不是不偏不倚，才是正确的批评态度：对话，而不是解剖，构成真实的批评活动；理解及个人所冒的危险，而不是非个人的知识，才是批评的真实目的。因为文学不是单纯的信息，它更接近事件和公告，所以它具有科学理性所轻视的一种基本的历史纬度。

帕尔默看重的是活的声音而不是死的文字，是听而不是阅读。书面语言是虚弱的，它离间了文字和文字的生命，使它失去了原始力量。批评必须“弥补书面语言的虚弱和无助”(17)。最优秀的文学是口头的时间事件，而不是空间的或者视觉的、自足艺术品。“文学作品所完成的叙说是对存在的一种揭示……”(248) 它把一个世界呈现在我们面前。“口头诗学”是从海德格尔到伽达默尔，从帕尔默到斯潘诺斯的新阐释学的特征（我们将在下一节中讨论斯潘诺斯的阐释学）。在 60 年代，瓦尔特·昂格（Walter Ong）发起了一个类似的研究，对文字使用以前的口头文化和后来有了文字的社会作了历史比较分析，发表了一系列深受欢迎的论著。比如，在《语词的在场》(1967) 中，昂格把两种文化进行了比较，指出：“在某种程度上，古文化是一种听觉综合，它把宇宙作为存在，作为充满事件的活生生的此时此地。而新文化是一种更突

[3]　Richard E. Palmer, *Hermeneutics: Interpretation Theory in Schleiermacher, Dilthey, Heidegger, and Gadamer* (Evanston: Northwestern University Press, 1969), p. 7. 该论著是西北大学出版的重要丛书“现象学与存在主义哲学研究”之一。

出视觉的综合，宇宙只是在那里，是一大堆东西，基本没有什么事件发生。当然，这种转折，从一个充满内部活力的宇宙到一个相对缺乏内在活力的物体宇宙的转折，可以在很多思想史的发展中找到。”[4] 昂格和帕尔默关于口头性的理论，把演讲、对话、说、听、事件性、存在和原始性联系在一起，并把这些与视觉性形成对立，因为视觉是和印刷、非个人性、写作、阅读、静止、客观性和现代性联系在一起的。这样，口头诗学便成了新阐释学的哲学基础，集中了它的许多重要原理和主题。

在《阐释学》中，帕尔默把解读本身与观察、解释、分析、反思和方法论作了区别。解读活动必然会涉及作品和读者的本体论的、历史的和语言学的世界。对文本进行理性的观察、解释、分析或者反思则是拉开其与读者的距离，而不是促成“语言事件去抓住、降服和改变解读者本人”(226)。另外，把解读活动方法化就是事先框定读者与作品的接触。所有这一切的前决定使解读变成教条性的测试或者质询，而不是经验性探索。把读者的视野悬置在括弧内、把关注点集中在文本的视野上的倾向产生的是古文物批评。重构或者恢复一件艺术品——从艺术品本身及其时间（即使有可能的话）来理解这件艺术品——是无视解读者的世界和她目前的兴趣。

对帕尔默来说，解读必须“与现在联系起来，否则就是死路一条”(251)。所以在他整个的阐释学中，包括了鲁道夫·布尔特曼的“去神话”实践——一个尽可能从古老的、多少有点异类的文本中为现代人筛选出意义的一个解读过程。这就解释了为什么帕尔默提出了一个特殊的“意义”(significance)观：“意义是对于听者自己的任务和意图的一种关系……”(24)一部作品的“意义”是作品与读者之间的关系的一种功能。没有关系，就没有意义。最后，这也解释了为什么他拒绝从对形式的考虑出发来开始解读：把形式与主题分开是一种反射性行为，与人和作品经验上的相遇毫不相干。

因为作品的世界和读者的世界都是历史性的，所以，解读必须是一种历史行为。没有任何作品是在历史之外的；没有任何一个解读者是独立于时间而存在的。读者的思维、听和理解的模式都是承袭过去而来的。非历史性的解读是不可能的（就意识、理解和世界的历史性的不可避免而言，胡塞尔和海德格尔是有分歧的）。在帕尔默看来，批评的“客观性”这一流行概念是建立在时间的不定位性（nonpositionality）

[4] Walter J. Ong, S. J., *The Presence of the Word: Some Prolegomena for Cultural and Religious History* (New Haven: Yale University Press, 1967), p. 228.

观点之上的，是英-美批评的一种危险的错觉。

在老生常谈的作者意图和文学价值的问题上，帕尔默基本是沉默的。新阐释学关注的不是判断性批评，它对传记研究也不感兴趣。作者消失在作品的世界里。在这一点上，新阐释学与新批评是一致的。但是几乎在其他所有的问题上，它们都是冲突的。

现象学阐释学与新批评不同，它尊重历史、崇奉读者（但是，从 60 年代末到整个 70 年代，读者的作用在读者反应批评中得到了进一步的强调。这一点，我们将在下章中看到）。阐释学对历史的切入点与马克思主义批评截然不同，不是社会经济角度，而是语言学和“认知学”的角度：历史中的问题涉及的主要是语言和世界观方面的差异。文学作品改变读者的世界的能力使得阅读成了一种个人冒险，赋予文学以一种非常特殊的力量。要最大限度地发挥这种能量，文学必须被说出来，必须被听到。从文本到口头诗学的重要转变起到了淡化形式特征和启动情感潜能的效果。这两点都削弱了形式主义批评。虽然，在帕尔默攻击新批评和神话批评的时候，这两个学派的第一轮的创造性能量已经消耗殆尽，正经历着进一步系统化和整顿过程。美国的阐释学，和现象学以及存在主义一样，把猛烈抨击各种形式主义当作它初期使命的一部分。结果，60 年代的这些哲学批评使人强烈地感到，不可调和的分歧和永久的分裂使得文学研究领域变得支离破碎（其实，这是一个至少从一次世界大战以来无数力量就在不断地竞争的场所）。越战时代，各学派内部和它们相互之间的多种异议和分歧之中，似乎没有一个比美国哲学批评和形式主义批评之间的分歧更不可调和。它们之间的分歧奠定了接下来几十年批评斗争的基调。

阐释学阵营内，存在着非常严重的分歧。在美国，E. D. 赫希的“老阐释学”与帕尔默的“新阐释学”研究之间几乎没有什么相同之处。很显然，语言学和现象学不可能调和。整个 70 年代，两种阐释学模式之间的分歧更加扩大：赫希发表了更多的论文，后来收集在《解读的目的》（1976）之中，而其他“新阐释学”现象学家，如威廉·斯潘诺斯和罗伯特·马格廖拉（Robert Magliola），又接过了帕尔默的接力棒。

在德国，与 19 世纪的施莱尔马赫、洪堡（Humboldt）、博伊科（Boeckh）和狄尔泰等学者的名字联系在一起的语言学传统（philological tradition），力图通过对作者意图的真实的再认知，为所有的文本解读找到一种获得客观真理的正确途径。这一传统虽然已经衰弱，但是它却在从德国移居来美的埃里希·奥巴赫（Erich Auerbach）和列奥·施皮泽（Leo Spitzer）的著名论著中幸存下来。奥巴赫和施皮泽都是浪漫主义学者，他们从事历史和文体语言学研究一直到20世纪50年代后期。而海德格尔和布尔特曼在20世纪初期进行的阐释学研究，则在伽达默尔的里程碑式的论著《真理与方法》中达到了顶峰，从而构成了对语言学传统的庞大攻势。

50年代中期到60年代中期，意大利法学家艾米里·比梯发展了当代语言学阐释学理论。借助于这一学说，E. D. 赫希开始为美国批评建构一种施莱尔马赫、狄尔泰、比梯及19世纪语言学家模式的普通阐释学。赫希的基本策略是，对当代的主导批评的传统和前提发起攻击，以语言学阐释学作为解决当代问题的有效办法。这一策略立刻使赫希成了一名有争议的中心人物，而这一争议，尤其是在美国阐释学领域，一直持续了二十多年。赫希善辩、坚定、毫不留情，他对阐释学做出的贡献就像布鲁克斯为新批评做出的贡献一样，虽然规模较之为小：他界定了基本命题，并使阐释学的主要观点得以普及。《解读的有效性》在问世后的十五年内再版了十二次之多。

赫希于1960年在《美国现代语言协会会刊》(*PMLA*) 上发表了一篇题为《客观解读》的长篇论文，打下了他的研究基础。该文后来收入了《有效性》一书。为了使文学研究成为"一个联合企业和一个进步学科"，为了避免"主观主义"和"相对论"的毁灭性错误，赫希提议建立一套能够生成正确解读并裁决争端的有权威性并始终如一的原则。[5] 赫希坚定地维护意思稳定的确定性，坚决抵制吹毛求疵的个人主义和唯我论，因为它们破坏人类知识的可能性，削弱了统一学科的基础。

赫希语言学阐释学的核心概念中，两个最重要的核心概念是"意思"(meaning)与"意义"(significance)。这两个概念是承博伊科、弗雷格 (Frege) 而来。对赫希来说，"意思"(Sinn——德语) 是指作者的意思——一个不变的、自我同一、可以再生的客体。意思既是确定的又是可确定的。就一个意思含混的文本而言，弄清具体含混在什么地方是可能的，也是关键性的：解读可以弄清含糊的意思。因为，从根本上讲，作品的意思是与作者有关的；所以，赫希批驳了形式主义"文本中心"的意思说以及神话批评的原型的、非个人的意思观。值得重视的是，赫希把作者的"公开姿态"与"私人态度"加以区分——前者指作者实际说过的、可以证明的话，而后者是指他本来可能想说的话，或者无意识的所指。赫希关注的不是作者的非文本的"私人态度"，因此他与新批评家不无同感，解读中存在着"意图谬误"的危险，所谓的"传记

[5] E. D. Hirsch, Jr., *Validity in Interpretation* (New Haven: Yale University Press, 1967), pp. 209－212. 此后略为 *VI*。

的意思”说是愚昧的。通过把作者的公开和私人观点加以区别，赫希便能够处理匿名文本。对于这种文本，解读者只需要假定一个特别的、可证实的“公开”作者。

对赫希来说，“意义”（*Bedeautung*——德语）涉及的是在确定的、与作者有关的意思基础上发展起来的附加兴趣、联想和语境，比如，批评家目前的关注，或者某一价值标准，或者与当下相关的问题。“意义”以自己的方式并为了自身的缘故越出了“意思”。经过一段时间以后，一个文本的意思可能具有不同的意义。然而，这种变化依赖于稳定的意思。要把意思应用到更大范围，就必须把意思与意义区分开来。从理论上讲，文本的意义是无限的，因为随着时间的发展将会出现无限的语境、联想和兴趣。赫希肯定了意义的重要性和价值：文本应该向我们说话。但是，要向我们说话，它们必须先有确定的意思。

根据意思与意义之间的根本区别，赫希进一步把“解读”和“批评”加以区别（在这一点上，他步了博伊科的后尘）。“解读”的目的是意思；“批评”的目的是意义。根据赫希的逻辑，解读是第一位的，批评是第二位的。他在研究中感兴趣的是解读，不是批评。他要把阐释学——解读的科学——作为所有人文学研究的基础。这就意味着，有关事实和解读的问题比相关性和价值的问题更为重要。因此，接受主义和判断性批评被推后，如果不是被立刻摒弃的话。传记和历史批评有时被用来作为文本解读这个主要任务的辅助工具。赫希的文本解读理论对作者的个别作品以及他的全部作品都给以尊重，给历史和传记以一定的关注，所以它构成了一种与新批评和芝加哥批评有着重要区别的特殊的“形式主义”。尽管如此，《解读的有效性》是题献给 W. K. 维姆塞特和 R. S. 克莱恩的，这表明了它与美国形式主义传统的紧密关系。

作为普通阐释学中的一项理论研究，《解读的有效性》的目的是建立有效解读的规范准则。因此，赫希反对“历史主义”、“心理主义”和“自足论”，因为它们都否定规范的有效性的可能存在。这些怀疑主义令赫希不安的是，它们导致了混乱、唯我论和无政府主义。“这种阐释学的怀疑主义更广泛的影响往往被它的追随者们所忽略。最终，**任何**人文学科宣称拥有真知灼见的权利都受到严重挑战。正如狄尔泰所指出的，既然所有的人文研究都是建立在文本解读的基础之上的，那么，有效的解读对于其后所有推论的有效性都是至关重要的。”（viii）赫希的理论扮演着良心和立法者的双重身份，所以，他采用的是一种摩西式语气和高调的道德姿态；他的自信和不耐烦似乎使所有的人都难以忍受。对于《有效性》的间接的批评立刻铺天盖地而来，而且越来越多。针对这一切，赫希在他的九篇论文汇集《解读的目的》中开篇就宣称：“就我所知，这些文章丝毫不代表对早先的观点有任何重要修改。"[6] 这里，他表现出并没有受到他的无数对手的伤害。然而，这招来了更多的间接的批评。在《客观的解读》中，赫希进一步澄清、阐述和发展了他的观点，同时对种种新形成的怀疑主义，特别是解构主义的"认知无神论"进行了抨击。为了把文学研究重新建立在语言学阐释学的坚实基础上，他孜孜不倦地耕耘了逾四分之一个世纪。

赫希把解读行为分为两个阶段：一个是直观的感知阶段，另一个是理性的解读阶段本身。"要理解济慈的诗，读者必须在想象中重演济慈的感知世界所经历的怀疑、荣耀以及神秘。但是，随后，读者必须能够使他的想象建构经得起严格的推敲……"（*VI*, x）有意思的是，赫希的第一阶段所描绘的有点类似日内瓦和海德格尔的现象学批评模式。与这个前反思的、个人的、情感的文本重演相对的是反思的、非个人的和理性的重构。诚然，这种语言重构所要求的严格推敲依赖的是移情反应，但是这种移情反应必须通过追溯性确认和可能性标准的检验。最终，解读的目标是作者的本意，而不是读者对文本的反应。就此而言，历史起着关键性作用。不过，是定位作者和文本的历史，而不是决定读者理解的历史，也不是既影响著作者的作品又影响批评性接受的组合的历史。尽管赫希引用胡塞尔的预测 / 解读、重演 / 重构、个人的 / 非个人的、读者 / 作者、价值 / 事实、主体性 / 客体性——所有都是意义 / 意思的置换概念——在所有的这些区别之中，他表现出的是一种"语言学现实主义"的倾向。

1984 年，赫希发表了《意思与意义重解》。这篇文章的目的是，在对语言学阐释学理论不造成负面影响的前提下，进一步拓宽和加强他原来的理论。在重构解读理论中，赫希部分地吸收了伽达默尔的预言性的和历史主义的"应用"观，在作者的意思之中加进一种可能性，即一个作者的历史本意可能原本就是未来指向的，就像莎士比亚十四行诗之五十五，本身就是为后代而写的。不管怎么说，既然语言有着内在的"过渡性"（指向未来），那么"意思"本身就可能不单单是历史性的，或者永远都是过时的。对于赫希阐释学来说，这些新的区别意味着"解读可以对旧概念进行修正，把它们应用到新的理论中，只要这种修正与历史的言语意图的精神一致，只要它与人物的距离不是太远"[7]。换言之，赫希让相关性的力量从意义的范畴向意思的范畴滑动了些许——当然，它还得受到严格制约，需要通过可能性、确认以及作者的"公开"

---

[6] E. D. Hirsch, Jr., *The Aims of Interpretation* (Chicago: University of Chicago Press, 1976), p. 7.

[7] E. D. Hirsch, Jr., "Meaning and Significance Reinterpreted," *Critical Inquiry*, 11 (December 1984), p. 223.

意图的检验。

虽然，赫希在这里对新阐释学做出了些许让步，但是，他首先要坚持他原先的历史说。这是新老阐释学之间的一个主要区别。新阐释学派认为：因为历史在变，随着历史的变化，意思也在变，因为意思在变，人类的理解也发生了改变。老阐释学则认为：毫无疑问，历史事件永远决定了它的意思的永久特征。换言之，从历史意义上讲，意思不受时间左右，是稳定的。赫希所做的新的修改是，历史事件“可以永远地决定意思的永久、不变的特征”（126）。赫希把“决定了”换成“可以决定”，这样，他便允许历史意思有发生变化的可能——当然，还是要通过有效性的检验。不过，他还是继续反对新阐释学的“必须”说，因为它坚持，意思必定随着时间而改变。

1964 年，赫希的《解读的有效性》即将完成。这本书基本上是对他 1960 年的论文《客观的解读》的全面展开。同年，帕尔默在海德堡大学和苏黎世大学的阐释学研究院写作他的《阐释学》。赫希与比梯有联系，而帕尔默则跟着伽达默尔学习并与海德格尔保持接触。1964 年，美国与欧洲大陆的阐释学传统在个人和哲学上的联系都是很紧密的。也是在这一年，苏珊·桑塔格发表了她的《反对阐释》一文。她对新老阐释学的普通批评模式一概反对。她倡导的是与日内瓦批评家所从事的直觉的、透明的、创造性的直观感知类似的模式。这种灵活的批评在 60 年代初盛行一时，J. 希利斯·米勒的论著使之发扬光大，保罗·布罗德考伯的修改应用使之完善，杰弗里·哈特曼的建树使之进一步地巩固。可是到了 70 年代初，桑塔格倡导的这种批评已经几乎销声匿迹。现象学家开始青睐解构主义的严密，阐释学批评也已经赢得一些追随者，虽然为数不太多，但却呈增加趋势。只有在存在主义中，人们还能找到些许直觉的、透明的批评。不过，这种批评是深深扎根于一种文化主题中的，而这种文化主题中，复杂的绝望和空无又越来越沉重地压迫着它，无论它的风格多么有创意。当伊哈布·哈桑转向乌托邦文化批评的时候，他的风格是变得轻松活泼了，但是他的存在主义想象模式却更加复杂了。当桑塔格本人从现象学转向存在主义——从《反对阐释》转向《沉默的美学》（1967）时，当威廉·斯潘诺斯从基督教存在主义转向颠覆性阐释学时，他们的分析范围和密度也同样更加复杂。这样，随着时间的推移，美国哲学文学批评也变得越来越严谨和思辨。最主要的是，它变得不那么虔诚，而是更具怀疑的眼光。这是一个重要的发展，是越战时代的一个明显特征。到 70 年代初，赫希已经成为一名领军人物。所有的批评家，除了最浑浑噩噩者，都知道海德格尔的大名。七八十年代，阐释学进入了真正的繁荣昌盛时期。

颠覆性阐释学

许多现代哲学家、批评家和诗人，都希望抗拒或者抛却越来越沉重的历史和传统负担，因为这两者都令人畏首畏尾、导致落伍，都扭曲现代意识、语言和理解。一种要彻底更新观念、语言和文化的强烈欲望（或者企求），在各种各样的激进命题中表现出来：它在沉默中寻求庇护，它为意识冲破感性认识的局限、获得自由而欢呼，它呼吁摒弃书面文字、恢复口头诗学，它呼吁通过对一般话语的陌生化来洗涤语言，它力图回归事物本身，它梦想获得纯净的感知，它反对阐释，它提倡创造性地颠覆历史和传统。在现代哲学范畴，马丁·海德格尔在《存在与时间》（第6节）的导论中提出的"颠覆本体论历史"的计划，就是这样的一个命题。这里，海德格尔呼吁的是**颠覆（Destruktion）**[8]，而不是**摧毁（Zerstörung）**：从根本上讲，他的命题涉及的是对历史的暴力性的、创造性的保护。

对海德格尔来说，对本体论历史的颠覆重新提出了"存在的（根本）问题"，使它获得了它应有的原始纬度、它的特殊性和它的生命力。历史和传统掩盖了真理。

> 如果存在问题就是要使它自己的历史透明的话，那么，我们必须给这个刻板的传统松绑，揭开它的遮遮盖盖。我们知道，在这个任务中，把存在问题当成我们的线索，就意味着我们要颠覆古老的本体论的传统内容，直到我们达及那些原初经验——我们于其中获得确定存在本质的最初方法……[9]
>
> 但是，这种颠覆远不只是具有打破本体论传统桎梏的否定作用。相反，我们必须明确宣布我们掌握着那个传统的肯定的可能性……就其否定作用而言，这种颠覆并不是针对过去；它批评的目标是"现在"……（44）

传统，在传播越来越多的知识的同时，也在掩盖真理。它储藏着不证自明的、非具体的"真理"，打着权威和大师的名义，阻挡着通往真正的源头和真理发源于其中的原初经验的途径。因为源泉被掩盖得严严实实、被忘却，所以，开始时，回归必然显得

[8] Destruktion 德语，国内大多翻译为"摧毁"，也有人翻译为"解拆 / 解构"。译者认为这些译法在这里的上下文中都不够确切，前者过分强调毁灭性，后者与 destruction 解构混淆，所以试译为"颠覆"。——译注

[9] Martin Heidegger, *Being and Time*, trans. John Macquarrie and Edward Robinson (1927 in German; New York: Harper & Row, 1962), p.44. 此后略为 *BT*。

没有必要和不可理解。等回归一旦显得重要了，就可以实实在在地开始颠覆工作，重新回收传统中那些于今天有用的因素。因此，颠覆的命题既是否定的又是肯定的活动。之所以是否定的，因为它肆无忌惮地在传统中翻找，破坏性地寻找于当代命题有用的真实材料；它在毫无耐心的批评的黑风中焚毁、风卷了很多被传统当成神圣的东西；它使大量的珍品声誉扫地，它公然践踏文物，对文物保护和考古研究毫无虔诚与敬重之心。这种颠覆也是肯定性的，因为它通过有选择地保存传统中有价值的东西而更新了传统；它真切地、批判性地关心过去从而重新活跃了现在的思维；而且，它尊重历史，因为重复着传统同一的创始运作。颠覆的命题假设传统是一分为二的。一方面，传统掩盖了真理，因为它保存的只是僵死的"真理"(这些真理的阴险之处是它们似乎是不证自明的)，从而在遗忘中封锁了所有最初的真正的源头。但是，另一方面，传统也提供了返回存在和真理开创时刻的途径。不管怎么看，人类都逃脱不了历史。他在世界中存在（being-in-the-world）的模式把他限制在了时间和他的继承物之内。

理查德·帕尔默主要是从汉斯·格奥尔格·伽达默尔那里承袭了海德格尔和他的弟子们的"新阐释学"，而威廉·斯潘诺斯的"新阐释学"则是直接从海德格尔那里继承而来的。另外，主导斯潘诺斯的现象学阐释学方向的是早期海德格尔的《存在与时间》和**颠覆**说。1972 年，他与人共同创办了重要刊物《疆界 2：后现代文学学刊》（*Boundary 2: A Journal of Postmodern Literature*）。几年后，他便从基督教存在主义转向"颠覆性阐释学"。在此后的几十年里，斯潘诺斯发表了一系列长篇论文，立意发展颠覆阐释学理论并将之应用于对主要的现代和后现代作家的解读。这项艰巨复杂的工程发展了新阐释学，将其树为解构主义的一个自觉的竞争对手，解构主义从 70 年代初以来获得了越来越多的追随者。在与解构主义的对抗中，美国阐释学进入了第二个也是更加复杂的发展阶段。

斯潘诺斯承袭海德格尔，认为从柏拉图到胡塞尔、从希腊悲剧到极端现代主义的主导性"本体论传统"覆盖和忘却了存在与时间，是有害的。他花费了大量精力，对这个传统进行"颠覆"，特别是它对暂存性的系统性的处理不当。在斯潘诺斯看来，这个传统以两种平行的方式把在**世界中存在（being-in-the-world）**短暂地变成了一幅总体有害的"世界图"：

(1) 一个扁平的、静止的和同质的欧几里德（Euclidean）空间——一个总体

> 化的、从本体论角度讲毫无深度的指代系统（一张地图）——如果那物化意识是实证主义的或者现实主义的；或者（2）一个自我限制或者封闭的、包罗万象的意象（偶像或者神话），如果那物化意识是唯心主义的或者象征主义的。不管哪种情形，这种变化都使得此在的人类（*Dasein*）能够看到最初的存在，就是说，能够将所有的存在同时一览无遗。如此，它使人类远离立场，也就是去除了他的关注，使他成为一个客观、无私或者漫不经心的观察者，面对最终熟悉的或者自足的画面。在这幅画中，暂存性——连同它的威胁和可能性——已经无效。[10]

存在的“地图”和“偶像”范式分别来自于实证主义-科学世界观和唯心主义-象征主义者的思想倾向。这两种模式置人类意识于生活的骚动之上，赋予人以一种客观的尺度，以及与事物本身之间的距离。作为观察者，人有能力俯视生活的全部，找到它的秩序，弄懂它的始末。在建构世界观与存在观时，本体论者采取的是一种无私和非个人的姿态；他通过观察把永久与变化区分出来；他压制着他的关注和兴趣。这样，人便能够充满信心地把客体放在或者呈现在自己面前，以供分析、操纵和谋算；他向世界施展他的意志和权力。在这一切中，形而上学的人表达的完全是一种空间存在观。

斯潘诺斯的目的是，“颠覆”传统的空间模式或者世界观，并以一种时间的系统学代之。这样一种颠覆意味着什么？“我所说的‘颠覆’（destruction）当然不是指‘毁灭’（annihilation），而是指建立在对真理的理解的基础之上的一个阐释学命题……就像希腊文的**去除遮蔽（a-letheia）**——（将其）从遮蔽处或者遗忘的角落里取出来公布于众 [*BT*, 57]——设定颠覆的形式——拆解空间的形象——就像海德格尔与……他称之为西方‘本体论神学’（onto-theo-logical）传统的系统哲学的对话中所作的那样。”[11] 斯潘诺斯以海德格尔的方式，把颠覆当作旨在推翻系统的传统哲学，特别是其空间范式的一项解读使命，以便通过仔细解构现在的主流的形而上的真理构成，来揭示被隐藏和忘却的可能性。

颠覆研究，在它打开文本、穿越时间的同时，打断了空间观点的表述，把隐藏在

---

[10] William V. Spanos, “Breaking the Circle: Hermeneutics as Dis-closure,” *Boundary 2*, 5 (Winter 1977), p. 427. 此后略为“BC”。

[11] William V. Spanos, “Repetition in *The Waste Land*: A Phenomenological Destruction,” *Boundary 2*, 7 (Spring 1979), p. 229.

传统中对于存在的不定或者模糊的见解公布于众。它发现存在原来**存在于（be-ing）**实际时间过程本身，从而揭示出解读是一个无尽头的藏匿和揭示存在之真理的经验。颠覆性解读者，作为一个历史性的在**世界中的存在**，心怀私念、小心谨慎，独立而亲密地深入文本的存在之中，为他自己、也为他的时间在追溯和**重复（Wiederholen）**的活动中重演存在的真理。作为重复，解读重复和获取了原初的历史存在，把它转变成一种新的开始。这里的开始不是被还原成过去（或者一种去时间性的**回忆形式**），而是重新开始，带着真正的开端所包含的所有危险和不安全。这个颠覆性解读过程"使时间成了人的因素，使在时间的无垠之中的不断探索成了他的（拯救）活动"[12]。这样，人就被卷入了一个无穷无尽的解读存在。这个存在永远没有结局。

显然，斯潘诺斯没有放过形式主义、神话批评、日内瓦批评、结构主义和其他形式的"形而上学"思维。据称这些批评的每一种模式都未曾开始就先有了一个"整体画面"或者认定某种"总体形式。"阅读还没有开始，结局就已经在望。这样或者那样确定的预期，胁迫文学的时间性中介成为一种包罗万象的信息或者不动的客体——一个封闭的圆圈、一个去除了时间性的在场。像形式一样，意义是无限开放的，这就避开了这些"形而上学"的解读体系。在它们对完整性（totality）的要求和期待中，在它们对文本的权力意志（will-to-power）中，在它们压制着的、对持续的不确定性的焦虑中，这些空间方法把混乱变成秩序，把分歧变成认同，把文字变成上帝的话。这些传统批评不能让文本开放，所以它们封闭了真理的揭示过程。所有形式主义批评都把存在的时间性过程空间化，实施一种特别令人厌恶的策略："换言之，这是一种恶性循环的策略，这种循环封锁了对于存在的时间性的现象学 / 存在主义的理解。而且，也同样地封锁了对于文学文本的时间性存在——文字的顺序——的现象学或者存在主义的理解。"[13]

---

[12] William V. Spanos, "Hermeneutics and Memory: Destroying T. S. Eliot's *Four Quartets*" *Genre*, 11 (Winter 1978), p. 563. 1986 年，斯潘诺斯致力于两本相互关联的著作，暂且将它们分别命名为《重复：文学与文化中的后现代情境》(*Repetitions: The Postmodern Occasion in Literature and Culture*) 与《T. S. 艾略特的诗歌：一种解构性解读》(*T. S. Eliot's Poetry: A Destructive Reading*)。

[13] William V. Spanos, "Heidegger, Kierkegaard, and the Hermeneutic Circle: Towards a Postmodern Theory of Interpretation as Dis-closure," *Boundary 2*, 4 (Winter 1976), p. 116. 此后略为"HK"。这是一期关于"马丁·海德格尔与文学问题"的专刊，不仅载有斯潘诺斯、海德格尔和帕尔默的文章，而且还有戴维·霍伊和约瑟夫·瑞代尔的文章。后两位是 20 世纪 70 年代传播海德格尔阐释学颇有影响的人物。我们将在第 10 章中讨论瑞代尔，本章稍后讨论（转下页）

斯潘诺斯诗学的关键在于，他为读者的个人创造性活动和发现——存在——展开了文本。实际上，他既收回了批评家对于文本的权威和空间性视角，又收回了作者对于文本的权威和空间性视角。批评家和诗人不再能凌驾于文本之上，进行超然的奥林波斯式的冥想和完全的理解。要使诗歌有活力，就必须在读者与文本持续不断的对话中把它悉心地、详尽地展开。文本的"形式"是一个迟来的、回忆性的建构；它不事先存在。读者不体验形式。文字的流动、文本的时间性存在要求读者的积极参与和专心致志的探索。因此，文本是一个事件——一个发生在读者时间视野之内的事件，一个作为解读而必然被经历的事件，一个揭示存在于现在并为了现在而存在的时间性的事件（"BC"，445）。作为活动与事件，诗歌通过过程产生**形式**（Form），通过解读产生**意思**（Meaning），通过存在产生**存在**（Being）；这些不是插入文本或者从中提取的实体或者物质；它们是可追溯的建构。文学作品使读者卷入一个开放式的实现过程，它延宕结局，在拒绝全观性解读的同时，要求一种不间断的探索心态和投射立场。文本启动了一场持续不断的参与和修改活动。这个活动一旦停下，随之发生的是简化和具体化，一种有害的**回忆**。

值得重视的是，斯潘诺斯把存在、理解和话语放在平行和同等原初（equiprimordial）的位置（这里，他严格遵从海德格尔在《存在与时间》中的教导）。话语，与存在和思维一样，最初在（作为）存在产生的时刻出现（"HK"，138）。[14] 然而，对我们来说，话语太多地以意象形式出现，也就是说，它们变成了静止的画面仅供我们瞭望和注视，而不是去倾听，这样的空间化需要解构。在斯潘诺斯看来，"人类生活基本的存在结构是作为人类言语的语言"（"HK"，138）。斯潘诺斯坚持语言是原初的言语这一观点，在"新阐释学"传统内努力耕耘，与同时代许多文学批评和理论的倾向背道而驰。

（接上页）霍伊。值得一提的是，三年后，斯潘诺斯将这期《疆界 2》编辑成书，即《马丁·海德格尔与文学问题：走向一种后现代的文学阐释学》（*Martin Heidegger and the Question of Literature: Toward a Postmodern Literary Hermeneutics*），并作了《序言》，于 1979 由印第安纳大学出版社出版。这本书带有西北大学出版社的丛书"现象学与存在主义哲学研究"的印记。十年前，西北大学出版社首先推出了帕尔默的《阐释学》。在某种意义上，《阐释学》代表了美国"新阐释学"的最高研究成果。

[14] 在帕尔默身上，我们可以看出，"新阐释学"对于"口头诗学"有着深切的关注。斯潘诺斯也表现出了同样的关注，见"The Oral Impulse in Contemporary American Poetry," a special issue（edited by Spanos）of *Boundary 2*, 3（Spring 1975）。

最终，斯潘诺斯的命题超越了新阐释学的范围，而希望去阅读文学文本。他所描绘的是一种新的文学历史。“这种时间性（而不是空间性）的指向不仅是阅读文学文本的关键，也是发现一个新的文学历史的关键。”（“HK”，116）在斯潘诺斯看来，颠覆性阐释学“提供了一个永新的——一个后现代或者真正现代——文学史的可能。这个文学史关注的焦点是揭示，它既证明了文学文本的不可穷尽（也就是说，文学史作为误读），又使文学承担起那更大的‘克服形而上学’的任务。换言之，它是一个让文学服务于存在、而不是让存在服务于文学的历史”（“BC”，446）。运用这种新阐释学，颠覆主义的批评家发现，文本的意思是不可穷尽的。阅读文本就意味着必定会“误读”它。所有的阅读都是误读。文本是永不枯竭的。因此，从定义上讲，文学史是永远开放和常新的。这种阐释学之所以是颠覆性的，正是因为它揭示、接受并延展了文本和文学史的不可穷尽性。斯潘诺斯的新文学史观进一步发展了海德格尔独特的现象学表述模式，把它延展成一个把历史和传统作为不断发生的事件和无穷尽的表现行为的理论。同时，他也盗用了解构主义的见解，用于他的现象学阐释论。

斯潘诺斯为新阐释学所作的贡献在于，把它牢固地定位于文学理论与批评之中。他不像帕尔默，志不在普通阐释学。虽然他缩小了现象学阐释学的研究范畴，但是却把它的触角深入到文学研究的不同角落。这一点，在他关于发展一种新的文学历史的提议中再明显不过。虽然这一工程是零打碎敲地进行的，但是却引人注目地突出了新阐释学对于文学批评领域的影响。斯潘诺斯所表现出的对时间性和历史性的痴迷，不仅涉及文本或者作者的过去，还涉及文本与读者的现在。对于“口头诗学”的强调的目的在于，实现文学在现时和现地的感染力和说教力。颠覆阐释学的全部目的就是让过去在今天复活，而不是把以前的不朽作品当古玩供奉起来。跳越令人麻木的对历史主义和老阐释学的尊重，这正是应该做的。如果一个文本不生活在现在，那么它就是死的。斯潘诺斯与帕尔默不同，他对早先的世界观和语言形式的历史性没有多少兴趣，虽然这些对于旧文本的读者来说是值得探讨的问题。斯潘诺斯兴趣的焦点是现代文学，这就使得他能够全心投入他对现时现地的时间性的关注。他对空间构成的反感，体现了传统现象学对哲学现实主义和唯心主义的敌意。当他在70年代放弃了基督教存在主义的“神圣美学”而奉行海德格尔现象学的颠覆阐释学时，他就改变了他的历史哲学：过去的作品不可能生活在现在——除非它们经过读者的颠覆。然而，从根本上讲，这种暴力是虔诚的：它将当代的生机与活力注入过去，使其得以保存。

美国现象学和存在主义批评家的写作风格往往是"创造性的"或者是文学的模式，比如希利斯·米勒、杰弗里·哈特曼、苏珊·桑塔格以及伊哈布·哈桑的作品；阐释学批评的风格却毫无例外，仍然坚定地保持着冷静的"哲学"风格，这在帕尔默、赫希和斯潘诺斯的文本中是显而易见的。这是阐释学（包括新的和老的）区别于现象学和存在主义批评的特征之一。美国所有的哲学批评家中，没有任何人的文风比斯潘诺斯的更加深奥难懂——这一点在他的阐释学批评中比在他的存在主义批评中更为突出。

80年代初，斯潘诺斯给他的颠覆说增添了一个新的纬度，从而拓宽了他的命题。除了70年代中期采纳的海德格尔的拆解（destruction）概念外，他从爱德华·赛义德和各种马克思主义批评家以及米歇尔·福柯本人那里吸取了福柯系谱学，并大力倡导、用于自己的理论实践。这个群体中其他与《疆界2》有联系的一些年轻成员，包括乔纳森·阿拉克（Johnathan Arac）、保罗·鲍威（Paul Bové）、丹尼尔·欧哈拉（Daniel O'Hara）等，都在向大致相同的方向发展。后来的颠覆阐释学不仅涉及披露空间性的刻板和本体论神学的构成，而且还涉及揭示产生广泛的霸权控制和规训权力的文化或者档案背景和约束条件。从这种新的"世俗批评"出发，斯潘诺斯对资产阶级文化、资本主义经济和加尔文基督教进行了否定。斯潘诺斯清楚地认识到：提出存在问题也就是提出了意识、语言、本质、历史、认知学、法律、性别、政治、经济、生态、文学、批评和文化的问题。作为"存在的统一体"上同等原始的场所，以上每一个领域，不管它们的历史形成是多么不均衡，都是与其他领域相互牵连的。对一个领域进行探索，在某种程度上，就是要打开所有领域的大门进行探问。"存在的统一体"的概念是斯潘诺斯后期阐释学的根本所在，它几乎是不可避免地要导向左翼模式的谱系学文化批评。在美国阐释学批评家中，斯潘诺斯独树一帜，他努力将海德格尔和马克思的传统结合在一起，力图把意识形态分析纳入现象学阐释学的命题。

解构主义后的阐释学

美国文学研究的阐释学思潮经历了两个历史发展阶段。一个转折点发生在70年代中叶，大多数阐释学理论家都为解构主义所吸引的时刻。在解构主义来临之前，阐释学，无论是现象学派还是语言学派都是源于从施莱尔马赫到伽达默尔的德国传统。

解构主义兴起之后，它开始在不摒弃对于阐释学命题的信仰的基础上，考虑并吸收法国后结构主义思想。正是在这个时刻，利科的论著已经闻名遐迩，而斯潘诺斯也开创了他的命题——他们都竭力把“解构主义的思维”纳入他们的理论之中。阐释学的第二个发展阶段正逢越南时代的结束，一系列探讨解构主义对阐释学影响的论著纷纷问世。这一发展阶段的代表文本不下十多部，其中包括戴维·霍伊（David Couzens Hoy）的《批评圈：文学、历史与哲学阐释学》（*The Critical Circle: Literature, History, and Philosophical Hermeneutics*, 1978）、保罗·鲍威的《颠覆诗学：海德格尔与现代美国诗歌》（*Destructive Poetics: Heidegger and Modern American Poetry*, 1980）、杰拉尔德·布伦斯（Gerald L. Bruns）的《创新立意：文学史的写作、文本性和理解》（*Inventions: Writing, Textuality and Understanding in Literary History*, 1982）、苏珊·汉德尔曼（Susan A. Handelman）的《杀害摩西的凶手：现代文学理论中犹太教士式解读的出现》（*The Slayers of Moses: The Emergence of Rabbinic Interpretation in Modern Literary Theory*, 1982）、罗伯特·马格廖拉（Robert R. Magliola）的《现象学与文学》（*Phenomenology and Literature*, 1977）和《德里达的转机》（*Derrida on the Mend*, 1984）、承（T. K. Seung）的《结构主义与阐释学》（*Structuralism and Hermeneutics*, 1982）和他的《阐释学中的符号学与主题》（*Semiotics and Thematics in Hermeneutics*, 1982）。

在法国后结构主义的影响下，德国的阐释学本身在曼弗雷德·弗兰克（Manfred Frank）和弗雷德里希·吉特勒（Freidrich Kittler）等人的论著中也进入了一个“后阐释学”阶段。有意思的是，弗兰克在《可说的与不可言说的：法国阐释学与文本理论的最新研究》（*Das Sagbare und das Unsagbare: Studien zur newusten französischen Hermeneutik und Texttheorie*, 1980）中一边抵御雅克·拉康尤其是雅克·德里达的猛力攻击、保卫完整的主体性，一边却接受了存在的语言学基础。他求助于施莱尔马赫和萨特，力图通过发展一种非本体论——一个以语言为基础——的自我理论，来修正当代解构主义的语言决定论。他的这种做法颇有代表性，无论成功与否，它都表明法国解构主义的哲学思维已经渗入德国阐释学。

在第二阶段，阐释学批评家与解构主义的冲突以各种形式呈现出来。例如，在《创新立意》中，杰拉尔德·布伦斯把解构主义哲学描绘成一种繁琐的认知论，一种依照非历史的、自我封闭的体系和这些体系的逻辑结构进行思维的认知论。在布伦斯看来，“德里达是我们最亲密的和最棒的体系鉴赏家，一个可怕的和被忘却了的莱布尼茨。”[15] 对布伦斯来说，语言和对语言的理解的根基是历史，历史被认为是事件和情境不可避免的发展，并因此生产社会实践。文本解读不被当成正式的思维活动，而是被理解为受时间限制的社会实践，所以文本解读只是出现在历史中——总是受到相对论的理性规范约束，并扎根于具体的生活形式中。因此，要理解解读就得理解它的历史，而不是凭某种普遍主义或者结构主义的解读观点来理解它。对解构主义系统的这种历史批评，成为其他阐释学批评家抵制德里达及其追随者的重要防线。由海德格尔的学生伽达默尔首创的这一历史路线，不仅为布伦斯所用，而且也为霍伊和承（Seung）所用。霍伊温和地把解构主义纳为己用，而承（Seung）却严声厉色地把它从阐释学中驱除出去。

在阐释学界，斯潘诺斯对付解构主义的独特策略，尤为引人注目。他既不像承那样抨击德里达哲学，也不像霍伊那样彬彬有礼地解除其武装并将其收编，更不像布伦斯那样过分强调它的结构主义的纬度。相反，他求助于海德格尔在《存在与时间》中的**颠覆说**，这尚未开发的资源。斯潘诺斯研究“颠覆性阐释学”的第一种方法，是1975年至1980年之间形成的一种本体论方法；他的第二种方法是从1980年起形成的，它既是谱系论（或者意识形态论）的，又是本体论的。实质上，斯潘诺斯既没要缴解构主义的械，也没要彻底毁灭它。他没有像受到围攻的后期美国阐释家通常所做的那样，诉诸伽达默尔和利科，从他们那里寻求增援。他另辟蹊径，从海德格尔和福柯那里寻找与解构主义对抗的方法和理论。

马格廖拉和汉德尔曼在他们的论著中与解构主义的对抗既令人着迷又扑朔迷离。在发表《德里达的转机》的时候，马格廖拉已经不再像《现象学与文学》的结语中所表现出来的那样，只是一位纯粹的海德格尔主义者。作为一位加尔默罗会（Carmelite）基督教成员，马格廖拉力图以海德格尔的现象学、德里达的解构主义、龙树菩萨佛教和三位一体基督教调和出一种“差异神秘主义”（differential mysticism）。这里，我们

---

[15] Gerald L. Bruns, *Inventions: Writing, Textuality, and Understanding in Literary History* (New Haven: Yale University Press, 1982), p. 97. See also Bruns, “Structuralism, Deconstruction, and Hermeneutics,” *Diacritics*, 14 (Spring 1984), pp. 12—23. 在《文学意义：从现象学到解构主义》(*Literary Meaning: From Phenomenology to Deconstruction*, New York: Basil Blackwell, 1984) 中，威廉·雷伊则根据一种批评理论是重体系还是重个案来确定其在整个战后文学批评历史中的位置。在他的描述中，解构主义有意识地把“体系”与“个案”整合起来，从而破坏了结构主义对于体系的信念。在有关德里达与解构主义的问题上，雷伊与布伦斯有着根本性的分歧。

且抛开马格廖拉神学命题的成功与否不论，把他纯粹地看作一名批评理论家，这样我们就发现，他仍然在现象学阐释学的轨道之中。[16] 我们再看看汉德尔曼。在《杀害摩西的凶手》中，她提出，从施莱尔马赫到伽达默尔的德国阐释学都根源于早期基督教领袖（Patristic）的文本理解模式之中，而从弗洛伊德到德里达到布鲁姆的"解构主义阐释学"的基础都是犹太教士的解读模式。汉德尔曼的主要目标是把解构主义从它在欧洲阐释学历史中不适合的"位置"上解放出来，安置到"合适的"犹太教传统——一个漫长的"异教阐释学"历史中。如果避开汉德尔曼的神学命题不论，我们可以说，作为阐释学批评家的她，传承的不是现象学传统，而是与犹太教哈伽达传说（aggadah）相关的米德拉西传统（midrashic tradition）。

美国阐释学发展的第二阶段，理查德·罗蒂（Richard Rorty）在他的《哲学与自然之镜》（*Philosophy and the Mirror of Nature*, 1979）中，推出了一套影响深远的阐释学理论。罗蒂是美国哲学家中的一位领军人物，在分析哲学和实用主义的现代传统方面造诣很深，但是对欧洲大陆的现象学却不感兴趣。他抛弃了后文艺复兴对认识论、精神哲学和语言理论的"分析"命题——笛卡儿、洛克、康德、胡塞尔和罗素（Russell）的哲学——关注的是海德格尔、维特根斯坦（Wittgenstein）、杜威（Dewey）、萨特和伽达默尔的非系统性哲学阐释学。根据罗蒂的历史评估，基础性的认知论已经走向穷途末路，阐释学必须取而代之。罗蒂心目中的本土阐释哲学绝对不是出自施莱尔马赫、狄尔泰、比梯和赫希的"旧阐释学"——因为"旧阐释学"是恪守客观的研究框架和科学认证标准的、没有出路的认知论传统的一部分。罗蒂的阐释学是历史主义的、相对主义的。阐释学命题的目标，用罗蒂自己的话来说，是"动摇读者的

---

[16] 面对解构主义的挑战，其他神学倾向的批评家都选择了现象学阐释学。See the essays by Robert P. Scharlemann and Max A. Myers in *Deconstruction and Theology*, ed. Thomas J. J. Altizer et al.（New York：Crossroad, 1982）.

加里·夏皮罗与阿兰·西卡收集了比梯、布伦斯、德曼、伽达默尔及帕尔默等人的十四篇力作，编辑成 *Hermeneutics：Questions and Prospects*（Amherst：University of Massachusetts Press, 1984）。该书开篇就坦诚，德里达解构主义"笼罩着全书，但得不到承认，它是不在场但却不可缺少的客人……"（第2页）。换言之，阐释学与解构主义的冲突，不管多么不想它发生，都是不可避免的。同样的观点也出现在早先的《阐释学、后结构主义与"客观"解读专题讨论会》（"A Symposium：Hermeneutics, Post-Structuralism, and 'Objective' Interpretation"）一文中，刊于《语言与文学论文集》（*Papers on Language and Literature*），1981年冬季刊，第17期，第48—87页。在《论文集》中，阐释学批评家罗伯特·马格廖拉、弗农·格拉斯、戴维·哈里伯顿、迈克·莫瑞及詹姆斯·史威林根等就最近解构主义给语言指涉性（linguistic referentiality）带来的危机进行了分析。

以下信念：'思维'是人必须对其有一种'哲学'观念的某种东西，'知识'是应该有一个'理论'和'基础'定位的某种东西，'哲学'就是自康德以来一直被构想的那种东西"[17]。令罗蒂苦恼的是，笛卡儿和康德的哲学传统"企图逃避历史——企图找到任何历史发展可能的非历史性条件"(9)。和其他新阐释学理论家一样，罗蒂拒绝"无私的"、"客观的"、"不偏不倚的"和"理性的"批评理论，因为这些理论把人变成一个可知的、非历史的、来自经验的现象或者客体，而不是神秘、自由的道德代理人。

罗蒂与伽达默尔同持一见，认为阐释学是**态度**，不是方法。它涉及一种"愿意在探索中艰难跋涉，而不向理性标准妥协的态度——是处理人和事，而不是通过揭示本质来切合现实"[18]。他的阐释学活动模式是会谈或者开放式对话。这种务实的会谈或者对话不事先设定认知矩阵或者共同点；它只希望求同存异，有所收获。具有重要意义的是，他给阐释学哲学家树立的榜样不是科学家型的，而是"有鉴赏力的艺术爱好者，是形形色色的话语之间好事的、苏格拉底式的调停者"(*PMN*, 317)。

80年代，罗蒂进一步发展了他70年代的阐释学研究成果，努力将其纳入一种按照威廉·詹姆斯和弗里德里希·尼采的传统修正并扩展的实用主义哲学轨道。这项命题的导师不仅包括海德格尔和伽达默尔，还包括福柯和德里达。对于这种新实用主义，法国后结构主义的文本主义是适用的、有助的："如果我们把文本主义看成是以彻底的实用主义方式思考问题的一种尝试的话……"罗蒂宣称，"那么，我们就能最大限度地理解它对我们的文化的作用。"[19] 这里，重要的是，为了其他的、更远大的哲学和批评目标，为了抵制英美的分析哲学和科学方法，罗蒂把阐释学和解构主义融合在一起，而不是把它们对立起来。

在第二阶段，阐释学批评家有时视解构说为异端邪说，必须彻底破除，像布伦斯、承(Seung)和赫希那样；有时，他们把它吸收进阐释学，像霍伊那样；有时，他们把它纳入更广大的"古怪"命题，像马格廖拉、汉德尔曼和罗蒂那样；有时，他们对它既欢迎又挑战，像斯潘诺斯、鲍威以及《疆界2》的其他批评家那样。这里，学术姿态和政

---

[17] Richard Rorty, *Philosophy and the Mirror of Nature* (Princeton: Princeton University Press, 1979), p.7. 此后略为 *PMN*。

[18] Richard Rorty, "A Reply to Dreyfus and Taylor," *Review of Metaphysics*, 34 (September 1980), p.39.

[19] Richard Rorty, "Nineteenth-Century Idealism and Twentieth-Century Textualism" (1980), *Consequences of Pragmatism: Essays 1972—1980* (Minneapolis: University of Minnesota Press, 1982), p.150.

治主张多种多样，从保守派的反动思想到自由主义者的宽容、到自由派的兼吞、到进步党人的外交。总之，第二阶段的阐释学批评家对解构主义的政治策略范围广泛，从偏执狭隘的保守主义一直到圆滑的进步主义。也就是说，解构主义从各种令人料想不到的角度促进了阐释学运动，展示了它的意识形态的多元性，挖掘了它的各种可能。

在越战时代以及其后的十年里，文学阐释学仍然是一个比较小的运动。除了《疆界2》，没有别的刊物定期地发表阐释学批评。更具讽刺性的是，阐释学者中以主要的当代美国批评家身份活跃在文坛的只有赫希一人。讽刺性在于，大多数阐释学批评家都继承了海德格尔和伽达默尔的传统，而不是施莱尔马赫和狄尔泰传统。阐释学对教学法实践和教材出版影响甚微，就像其对实践批评和体制政治的影响一样，可以忽略不计。但是，在为数越来越多的先锋派批评理论家中，阐释学和所有形式的得益于欧洲大陆思潮的哲学批评一样，往往受到认真对待，并成了文学研究领域中这一影响深远的分支学科的话语和引证系统的一部分。阐释学批评很少提供真正的文本解读——很少进行纯粹的实际批评——这是它在美国文学批评领域缺乏广泛影响的部分原因。另外，阐释学哲学的很多观点和新鲜之处都已经在现象学和存在主义批评中预示过。早些时候，这两种思潮已经从唯信仰论的角度对无私无我的研究理论进行过批评，提出了一种参与的道德观念，对形式主义进行了抵制。阐释学在这方面的新贡献——比如，对时间性、历史、口头诗学以及解读的循环性的关注——显然还不足以把这一命题推至批评活动或者关注的前沿。

阐释学本可以对"常规"文学解读作出一些贡献，但是却被读者反应批评抢了风头。后者在越战时代及其随后的一段时间比前者更受文学界青睐。和阐释学批评家一样，读者反应理论家把文学看成一种事件和对时间性存在的揭示，它涉及读者的探索与冒险，它的意思必须通过对话活动建构。阐释学批评的这一竞争对手所缺乏的是，本体论上的哲学基础、对历史相对论的基本应用、对口头诗学的挚信以及在神学、哲学和人文学科的牢固根基——而正是这些使阐释批评有了自己的独特之处和它的宽广度，使它在发展后期仍然能够为一些神学家、哲学家、社会科学家以及文学批评家所钟爱。

文学阐释学是更广泛的"普通阐释学"的一部分。在这一点上，帕尔默和赫希一开始就在60年代末不谋而合。十多年后，斯潘诺斯、马格廖拉、哈特曼、霍伊、罗蒂、汉德尔曼、承（Seung）、布伦斯等等都先后认同此说。阐释学批评与读者反应批评不一样，它不局限于文学批评；它亦涉足更为广泛的、跨学科的研究。它涉足的范围之广，以至于它的影响被稀释了，但同时也增强了它的诱惑力和期望值。理查德·帕尔默在越战结束一年后就宣称："阐释学不是一种'主义'。它不是海德格尔和伽达默尔的财产，虽然我觉得他们很有帮助……阐释学是一门跨越沟界的桥梁学科，一门把这些鸿沟理论化的学科。"[20] 帕尔默认为，可供阐释学研究的典型的界沟有十二个，其中包括上帝与人、过去与现在的语言、非凡的和一般的现实、不寻常的和日常的经验、东方与西方思维、女人与男人、黑人与白人、土著人与美国移民（不管是第一、二代还是第十二代）之间的界沟。随着时间的推移，阐释学的关注也随之扩展，不仅包括传统的宗教、历史和哲学问题，而且也包括当代性别、社会和政治问题。法国太空时代的哲学进一步推动了这一扩展。

弗雷德里克·詹姆逊的《马克思主义与形式：20 世纪辩证文学理论》（*Marxism and Form: Twentieth-Century Dialectical Theories of Literature*, 1971）和《政治无意识：作为社会象征行为的叙事》（*The Political Unconscious: Narrative as a Socially Symbolic Act*, 1981）是展示阐释学与社会批评之间联系的早期典范文本。在这两部论著中，詹姆逊发展形成了一种深受保罗·利科的《论诠释》影响的博采众长的马克思主义阐释学。他研究命题中至关重要的概念——否定的、颠覆性阐释学和肯定的、修复性阐释学之间的重要区别——就出自利科。否定阐释学的目的是用马克思、尼采、弗洛伊德和德里达的方式去除幻想的神秘性；它既是对意识形态、又是对虚假意识的马克思主义批评。肯定阐释学则与马克思主义坚定的乌托邦信念是一致的，旨在找到通往生活的某些根本源泉的途径，其探寻方法使人想起宗教阐释学、恩斯特·布洛克（Ernst Bloch）的希望之理想、米哈伊尔·巴赫金解放性的对话与狂欢概念、福柯学派在美学作品中描写的幸福承诺说。詹姆逊认为，"马克思主义的否定阐释学，即意识形态分析的马克思主义实践本身，必须在实际解读中与马克思主义的肯定阐释学同时运作，或者与同样静止的意识形态文化文本中的对乌托邦冲动的解码活动同时运作"[21]。

---

[20] Richard E. Palmer, "Postmodernity and Hermeneutics," *Boundary 2*, 5 (Winter 1977), p.386. 该文最初在 1976 年初斯潘诺斯与《疆界 2》主办的一个座谈会上宣读。此前，《宗教杂志》（*The Journal of Religion*）出版了一期阐释学专刊（1975 年 7 月，第 55 期），刊载了帕尔默及赫希等人的文章，并附了一份有关阐释学的注释参考书目。

[21] Fredric Jameson, *The Political Unconscious: Narrative as a Socially Symbolic Act* (Ithaca: Cornell University Press, 1981), p.296.

斯潘诺斯与帕尔默早期的肯定阐释学原本是为了找到通往存在的途径，后来他们又在此基础上加入了旨在诊断社会分化和压迫的否定性文化分析。与他们一样，詹姆逊也在他原先的解密性意识形态批判的基础上，发展形成了一种修复性的乌托邦阐释学。这一发展，是受到利科的启发、受到古代灵意解读和革命的马克思主义的启发。我们在第十三章中将会看到，詹姆逊的马克思主义，与罗蒂的实用主义一样，把阐释学和后结构主义纳入了一个广泛的肯定命题，从而证明了在紧接着越战的日子里，阐释学和解构主义对于新的文化批评的重要性与用途。在詹姆逊看来，无论解构主义陷入非历史主义有多深，它还是对意识形态批评和虚幻意识批评做出了贡献。和其他文本主义理论一样，解构主义把我们有力地"从经验客体中解放了出来，无论这个客体是一个机构、事件或者一部作品。它把我们的注意力集中在客体的**构成上**，集中在客体与其他客体构成之间的**关系上**"(297)。换言之，解构主义揭示了一切所谓的"经验"现象虚构的特质、受时间制约的本质及其相互关系，从而补充了马克思主义的否定阐释学。总体说来，后结构主义为阐释学研究揭示了社会形成的基础。

第八章 读者反应批评

读者的时代

从大萧条到太空时代之初，美国批评家关注的焦点往往不是文学文本，就是文学的历史和文化语境，或者两者同时兼顾。太空时代早期，批评家和理论家中的许多领军人物开始把他们的关注点转移到阅读活动和读者身上。在某种程度上，读者反应批评的兴起在各种各样的批评命题中都有着强烈的表现，包括那些文学现象学、阐释学、结构主义、解构主义和女权主义批评的研究命题。虽然早在二战前，理查兹、玛妩德·伯德金、D. W. 哈丁、肯尼思·伯克、路易斯·罗森布拉特（Louise Rosenblatt）等人对文本也有所关注，但是一个有意识地关注读者和解读的、全面冲击先前的文本中心和语境中心批评的势不可挡的浪潮，直到50年代末才开始出现。对这场读者中心批评浪潮做出贡献的美国批评家有很多，其中包括戴维·布莱奇（David Bleich）、史蒂芬·布斯（Stephen Booth）、韦恩·布斯、乔纳森·卡勒（Jonathan Culler）、保罗·德曼、朱迪丝·菲特利（Judith Fetterley）、斯坦利·费希（Stanley Fish）、诺曼·霍兰德（Norman Holland）、西蒙·莱瑟尔、J. 希利斯·米勒、理查德·帕尔默、玛丽·露易丝·普拉特（Mary Louise Pratt）、杰拉德·普林斯（Gerald Prince）、艾伦·帕夫斯（Alan Purves）、麦克·里法特尔（Michael Riffaterre）、沃尔特·斯拉托夫（Walter Slatoff）和威廉·斯潘诺斯。可是，这些批评家中有半数都加入了具体的学派，而不是投身这场涉及广泛的思潮：韦恩·布斯加入了芝加哥学派；德曼和米勒先是加入现象学派，后来又转向解构主义；帕尔默和斯潘诺斯加入了阐释学派；普林斯和里法特尔加入了结构主义学派；卡勒先是加入结构主义学派，后又转向解构主义学派；菲特利加入了女权主义学派；普拉特起初加入言语行为理论学派（speech-act theory），后又转向马克思主义学派。结果，70年代末，读者反应思潮的顶峰期所建立的美国读者反应批评家领军人物的名册上，可以说就仅仅只剩下费希、霍兰德和布莱奇了。这里排列的顺序是按照他们投身这一领域的先后以及本章对他们讨论的次序而定的。

不管是从狭义还是广义上界定读者反应批评运动，这一思潮在 60 年代末到 80 年代初的鼎盛时期都具有如下特征：它反对形式主义的文本中心批评，倡导读者指向的批评；它往往强调阅读的时间性，抵制空间阐释学和有机体论诗学（organistic poetics）的倾向；它打破文学的一致性信条，首先提出了文本的不连续性理念；它探讨了阅读活动和读者的劳动所承受的认识论、语言、心理和社会的约束；它往往忽视显而易见的美学价值和历史作用问题；它不触动学术风格的标准，把批评研究推向教学法研究，通常把文本和读者定位于课堂。不足为奇的是，它助长了各种说教性诗学；它倾向自由的多元化政治，打破教条主义方法论的教条和传统，提倡读者的权利；它把关注点严格定位在读者身上，形成了一系列各种类型的读者：知识读者（informed readers）、理想读者（ideal readers）、隐含读者（implied readers）、实际读者（actual readers）、虚拟读者（virtual readers）、超级读者（super readers）和“读者”（literents）。和太空时代其他学派与运动一样，它认为，新批评对当代文学批评中的许多弊端有不可推卸的责任。与其他一些学派不一样的是，读者反应批评家没有在某些刊物、出版社、机构和高校形成一个外人难以介入的圈子。相反，从地理和知识角度来讲，这场运动的涉及面越来越广泛——除了太空时代的女权主义和左翼批评思潮以外，它比 30 年代到 80 年代美国所有的批评流派都更广泛。

因为读者反应批评运动的范围广大，所以，它内部也表现出了无数的差异和分歧。随着运动的发展，出现了许许多多的阐述读者反应理论的文章，迅速地扩大了这一领域的研究成果。虽然读者反应批评没有显著地改变文学经典或者文学教材，也没有促成专业词典或者手册的大量出版，但是，它引发了很多学术会议的专题讨论，促成了很多专刊的出版。1980 年，两本优秀的读者反应批评文集问世，使这一领域有价值的出版资料的传播达到了一个高峰。这两部文集分别附有实用的导论和全面的参考书目，它们是：(1)《文本中的读者：读者与解读论文集》(*The Reader in the Text: Essays on Audience and Interpretation*)，普林斯顿大学出版社出版，苏珊·苏雷曼（Susan Suleiman）和英格·克罗斯曼（Inge Crosman）担任编辑，共收入 16 篇论文；(2)《读者反应批评：从形式主义到后结构主义》(*Reader-Response Criticism: From Formalism to Post-Structuralism*)，约翰·霍普金斯大学出版社出版，简·汤普金斯（Jane Tompkins）执编，收集、再版了这场运动中的 11 篇重要论文。这两部文集在著名高校的资助下不断再版，标志着美国高校的文学研究从文本中心到读者中心批评的转变达到了一个高潮。

在她的长篇导论《以读者为指向的批评种种》(“Varieties of Audience-Oriented Criticism”)中，苏珊·苏雷曼对六种模式的接受主义批评进行了介绍：修辞模式、结构主义–符号学模式、现象学模式、心理分析模式、社会学–历史模式和阐释学模式。她指出：“以读者为指向的批评不是一个领域，而是许多领域，不是一条拥挤的单行道，而是一个纵横交错、还常常岔道纷繁的多向交通枢纽。它覆盖着批评景象中的广袤区域……”[1] 和简·霍普金斯在《读者反应批评导论》中的姿态不一样，苏雷曼花了相当大的篇幅对在读者指向理论引发的“革命”中起了重要作用的欧洲批评家作了介绍。她推举的重要的美国批评家包括布莱奇、布斯、费希、霍兰德、普林斯、里法特尔和一些耶鲁解构主义者，即德曼、哈特曼和米勒。汤普金斯承认读者反应批评的异质性，承认它“从理念上讲，不是一个统一的批评定位”[2]，但是，她认为，这场运动在二十多年的发展中表现出了一种“统一的进程”，并显示出一条“理论发展主线”(ix, xxvi)。根据这一陈述，这场运动从形式主义、结构主义、现象学到心理分析和后结构主义的内在历史进程分为两个阶段。第一阶段，读者反应批评在不否认批评的最终对象是文本的同时，强调了读者的活动对于理解文学文本的关键作用。第二阶段，它把读者的活动看成文本的活动，这样，这一活动就成了关注与价值的源泉。这个从文本向阅读、从产品向过程的“革命性转变”开拓了新的研究领域，重新定位了意思和解读理论，把批评与道德、最终也与政治重新结合了起来。在汤普金斯看来，发动这场转变的主要的美国批评家是普林斯、里法特尔、费希、卡勒、霍兰德和布莱奇。与苏雷曼不同的是，汤普金斯没有对欧洲社会学和历史学的读者反应批评家以及欧洲和美国本土的阐释学批评家进行讨论。汤普金斯与苏雷曼都没有包括女权主义的读者指向的批评家。也许，这是因为女权主义批评直到 80 年代中期才开始盛行，而读者反应文集则在这之前的几年里就已经在酝酿之中了。和其他读者反应批评的历史学家一样，苏雷曼和汤普金斯对于这一思潮的内部异议和分歧的实际范围持不同意

---

[1] Susan R. Suleiman, “Introduction: Varieties of Audience-Oriented Criticism,” *The Reader in the Text: Essays on Audience and Interpretation,* eds. Susan R. Suleiman and Inge Crosman (Princeton: Princeton University Press, 1980), p. 6.

[2] Jane P. Tompkins, “An Introduction to Reader-Response Criticism,” *Reader-Response Criticism: From Formalism to Post-Structuralism* (Baltimore: Johns Hopkins University Press, 1980), p. ix.

见。但是，这场运动构成了一个多少有点分裂的探究领域，这一点两人都毫不怀疑。这个新的、对于读者的关注往往被描绘成一种文化范式的转变，它似乎赢得了一个时代，而不是一个这样或者那样的学派。

阅读：从现象学到后结构主义

60年代，最著名、最流行的读者反应批评论著当数斯坦利·费希的《为罪所震撼：失乐园中的读者》(*Surprised by Sin: The Reader in Paradise Lost*, 1967)。在这部论著以及在他的《自我吞噬的人造物：17世纪文学的经验》(*Self-consuming Artifacts: The Experience of Seventieth-Century Literature*, 1972)中，费希把关注焦点一门心思地集中在读者的文学经验上。与文本就像一个精制的瓮、是一个自足的物体这一长期存在的形式主义观点背道而驰，费希坚持认为，文学作品是通过阅读这种行为——这个接受过程——而进入批评家的现实。因为阅读通过时间而发生，所以文学的经验涉及认识、观点和评估的不断调整。因此，一部作品的意思应该在经验它的过程中遇到，而不是在经验过后的残留屑粒中找到。文学是过程，不是结果。批评要求的是，对短语和句子进行一系列缓慢的包括决定、修改、期待、颠倒和恢复的细加工。这里，阅读现象取代了传统的空间一致的形式主义命题和追忆性解读的老阐释学命题。

1971年，在《为罪所震撼》的平装版的序中，费希对他的现象学理论的基础进行了这样的描述："意思是一个**事件**，是在文字（或者声音）与读者–听者积极的调停意识之间的互动中发生的某个事件，它不在纸张上，尽管我们习惯在那里寻找。虽然，《为罪所震撼》中没有任何章节论及这样一种关于意思的理论，但是它却是这一理论的结果。"[3] 这一描述恰如其分，因为贯穿该书始终的焦点都是在弥尔顿《失乐园》的读者身上，尤其是在读者对诗歌的参与以及在参与过程中所受的屈辱和教育上。费希认为，弥尔顿的作法是在读者的脑海里重演人的堕落行为，从而使读者与亚当一样地堕落。诗歌的意思（或者内容）体现在读者的经验中，而不是在诗歌里。这种经验有着精神和道德上的升华作用。

费希的意思说中包含着一种非正统的文学形式观。他对此毫不隐讳："如果诗歌的意思是定位在读者对诗歌的经验之中的话，那么，诗歌的形式就是那经验的形式；

---

[3] Stanley Eugene Fish, *Surprised by Sin: The Reader in Paradise Lost* (1967; Berkeley: University of California Press, 1971), p. x.

而且，那外在的或者物质的形式是如此的显眼，在某种意义上，是那么不可否认地在那里存在着，可在另一种意义上，又是偶然的，而且甚至是不相干的。”(341)费希摒弃了艺术品是由形式和内容构成的传统的二元论，代之以一种一元论（读者的经验=意思=形式），而这种一元论曾被新批评斥为一种谬误——所谓的“感受谬误”。费希对于这一假定的可能性明确表态：

> 我在追求“感受谬误”。确实，我在拥抱它，而且在超越它……就是说，使作品消失在读者对它的经验之中，这正是我们的批评中应该发生的事，因为这就是我们阅读时所发生的事。我们退出阅读经验时可以观察到的所有的形式特征，如情节和观点的线索、开头、中间、结尾、意象群等，在那经验过程中，都是反应的构成部分；也是……反应的结构。(ix—x)

就方法而言，费希给文学形式和意思都假设了一个时间基础。空间形式——通过追溯物化了的诗歌形式——是虚幻的。意思和形式都与读者的经验同时扩展；它们不是在阅读活动以后产生的。时间的现象学既决定了作品的意思又决定了它的形式。

与希利斯·米勒早先从事的现象学批评一样，费希的读者指向批评也不再把文本作为关注的唯一客体，也提倡注重读者意识的关键作用。读者与文本之间的互动、主体与客体之间的相互作用，产生了一种强烈的反形式主义的、对参与的批评思维的经验特征的关注，而不是对文本的形式特征（意象、情节、文类）的关注。费希也与米勒一样，在某种程度上，把外在社会现实和历史问题悬置在括号里(bracketed)，以读者-批评家在与文本的互动中所经验的那种强烈的参与感取代了这些广泛的问题。这两位批评家虽然都是反形式主义的，都有非历史主义的倾向，但是，他们对于文本、意思、文本-读者之间的关系却各持己见。米勒把作者的全部作品看成单位文本(unit text)，而费希却把单个的作品看成文本。对米勒来说，“文本”体现着作者的意识，而这意识又是神秘地与敏感的读者分享的：读者是神圣“文本”的辅祭(acolyte)或者共同祭司(cocelebrant)。然而，对费希来说，文本是对于读者正在形成过程中的反应的一个严格的、权威性的控制器。根据米勒的阐述，“文本”的意思来自贯穿于作者的作品之中的、反复出现的题材、主题、语气，揭示出一个本性的自我或者意识中心。再现作者最典型的精神冒险，就是表述他的作品的意思。但是，在费希看来，意思是随着文本在阅读过程中的发展由作者在读者身上创造出来的：意思是读者随着作品的展开而连续感受到的经验。要建构意思就要详细地描述每一时刻的阅读经验。

《为罪所震撼》问世几年后，费希在《读者的文学：传情文体学》(“Literature in the Reader：Affective Stylistics”, 1970) 一文中，第一次详细地表述了他的读者反应说的理论基础。后来，他把这篇文章附录于《自我吞噬的人造物》，作为一个重要的理论信条。在这一宣言中，他除了描述了意思、形式和文本理论，还提出了他的“知识”读者说的轮廓。通过把批评的关注点从文本转移到阅读过程、再到读者，费希提出了一系列新的值得思考的问题。七八十年代，他的批评一直围绕着这些问题展开。根据费希的描述，知识读者“既不是一个抽象，也不是一个实际的、有生命的读者，而是一个混合体——一个尽其所能使自己有知识的真实读者 (我)” [4]。知识读者既具有语言学能力，又具有文学能力——既有语言经验，又有文学传统知识。这种最小 (minimal) 的能力，构成了所有可能的读者反应所必备的先决条件。直到70年代末，费希才开始缕清他关于能力和传统的理论的含义。但同时，作为美国读者反应运动中的中心人物，他却招来了很多猛烈的抨击。

在70年代初，保罗·德曼对费希的意思说和作者观进行了批评。德曼认为，费希“以一种倒退的、未处理的‘经验’概念代替了意思” [5]，因此实际上掩盖了语言的内在欺骗性。语言的物质性和复杂性被费希溶解了。另外，费希还设定了一个意图性的作者意识，通过语言学和诗学传统来控制意思的涉猎范围。这是一个靠不住的理论，它使读者永远处于追赶作者的角色，实际上把读者的劳动和创造性限制在最小范围。令德曼特别不满的是，费希的读者反应批评中残留着一种倒退的意图说。德曼认为，费希无意识地把作者当成了文本的理想读者。

70年代中期，乔纳森·卡勒也对费希提出了批评，指责他对语言能力和文学传统这两个构成他的知识读者理论基础的概念处理轻率、缺乏严谨。鉴于费希的立场之逻辑，他本应该进一步“把阅读作为一个受规则制约的生产过程进行探讨”[6]。可是，

---

[4] Stanely E. Fish, “Literature in the Reader：Affective Stylistics,” *New Literary History*, 2 (Autumn 1970)；rpt. with omissions in *Self-Consuming Artifacts：The Experience of Seventeenth-Century Literature* (Berkeley：University of California Press, 1972)；rpt. with omissions in Tompkins, pp. 70—100；and rpt. in Fish, *Is There a Text in This Class? The Authority of Interpretive Communities* (Cambridge：Harvard University Press, 1980), p. 49. *Is There a Text* 包括16篇文章，其中12篇发表于1970年至1980年间。

[5] Paul de Man, “Literature and Language：A Commentary,” *New Literary History*, 4 (Autumn 1972), p. 192.

[6] Jonathan Culler, “Stanley Fish and the Righting of the Reader” (1975), in *The Pursuit of Signs：Semiotics, Literature, Deconstruction* (Ithaca：Cornell University Press, 1981), p. 131.

他却退回到现象学模式的个性化主题解读。他简单地假设，知识读者已经内化了关键的知识和能力，从而关闭了这个研究领域的大门，放弃了“揭示阅读的程序和常规，提出一套全面的、理解各种各样的文本的理论”的机会（125）。这正是卡勒在《结构主义诗学》(*Structuralist Poetics*, 1975) 中悉心勾画出来的结构主义文学理论的目标。而要实现这个目标，就必须把焦点从个别读者转移到社群读者（communal reader）身上来。

1976年，费希修正了他早先的知识读者说，以“解读社群”(interpretive communities) 说取而代之。这一概念他首先是在《解读“经典集注”》(“Interpreting the *Variorum*”) 这一重要论文中提出。这一新转折是从现象学向后结构主义思维模式转变的开端。费希努力要反映出读者对于文本的反应的多样性和稳定性。为此，他提出了这样的理论：“解读社群由那些有着同样的解读策略的人构成。但是，这些共同的解读策略，不是为了阅读（传统意义上的阅读）文本，而是为了书写文本，为了指定文本的性质和确定文本意图。换言之，这些策略在阅读行为以前就已经存在，因此，它们决定着阅读内容的形式，而不是像通常想象的那样，与此相反。”[7] 每一个解读社群都以自己的解读策略所要求的方式去解码文本。比如，灵数学(numerological)[8] 和心理分析解读策略都会各自产生出一种不同的文本。另外，任何一个读者都可以在不同时间有不同的反应，因为他或她可以转入或者属于别的社群。不管怎样，一个读者总要运用一套解读策略，尽管他或她力求客观性或者给人以一种客观的印象。传统上，人们都认为意思蕴藏在作品之中，在任何个人的解读以前就已经存在，且不依赖于解读。根据费希的观点，所有意思都是在读者对文本每时每刻的经验过程中通过、特定的阅读行为和解读策略而产生的。因此，费希提倡的就不仅仅是一个知识读者，而是作为这个或者那个解读社群中的一员的知识读者，也就是一个肩负创造出特定意思使命的社群读者。

当费希从知识读者说转向解读社群说的时候，他也就改变了他的研究命题的本质。他放弃了先前有关作者、文本和有知识的个人读者的观点，提出了新的关于群体读者、解读策略和再写程序的观念，以及关于解读的社会学和专业政治的观点。他关注的不是阅读事件，而是控制解读活动的约束体系，是产生可预见的解读的社群基础

---

[7] Stanley E. Fish, “Interpreting the *Variorum*,” *Critical Inquiry*, 2 (Spring 1976); rpt. in *Is There a Text*, p. 171.

[8] 数字学、数像学或数字命理学。——译注

的理性。他否定有无私的解读和“客观”事实的可能。社群的利益、信念和价值型造知识、构成事实并决定研究和解读的方向。对于一个文本的理解，即它的再写，来自于特定的阅读社群既存的利益和信念。“一个人只能读到自己早已阅读过的东西。”[9]

从 70 年代中期到 80 年代中期，费希极力推行一种实用主义的有关语言能力、文学规范和解读策略的观念，反对传统的培根式科学和理性的普遍主义，反对乔姆斯基语言学的抽象的数学结构主义，反对赫希式批评的普通阐释学。他偏爱福柯的特殊的差异历史主义、维特根斯坦和格里斯（Grice）的“普通语言”观、罗蒂和德里达的反基础主义哲学。比如，在语言能力上，他坚持认为：“语言学知识是语境性的而不是抽象的，是地方的而不是普遍的，是动态的而不是一成不变的；每一条规则都是经验之谈；每一个能力语法都是伪装的行为语法。这就是（普遍主义或者基础主义的）理论永远不会成功的原因：它的术语和内容不得不从它声称要超越的地方借来，从实践、信仰、设想、观点等等变化无常的世界借来。”[10] 所有的解读都是有情境的。超验——不受形势、语境和价值影响——的出发点是不存在的。文学批评不能把社群和历史所决定的利益和信念悬置在括号里（braceket）。这样，费希就被推动着，开始了对知识的社会学和文学的职业特性的探究。

虽然在二十多年里，费希改变了他的研究方法，从现象学模式转向后结构主义模式；但是，在 80 年代，他仍然受到了无数理论家，特别是左翼文化研究运动的批评家越来越猛烈的批评。比如，爱德华·赛义德这样说道：“如果像最近斯坦利·费希所告诉我们的那样，每一个解读行为都是因为有了一个解读社群才成为可能、才有了力量的话，那么，我们必须大大地更进一步，阐明在每一个解读社群的存在之中，具体地包含着什么情形、什么历史和社会构成、什么政治利益。”[11] 换言之，费希必须朝着社会学、历史和政治的方向迈得更远。弗兰克·兰特里夏（Frank Lentricchia）与赛义德同持一见，抱怨道：“费希的读者是纯粹的文学读者：他的文学批评家社群的会员身份，以某种方式取消了那些形造他的政治、社会或者种族地位的力量……脱离

[9]　Stanley Fish, *The Living Temple: George Herbert and Catechizing* (Berkeley: University of California Press, 1978), p. 172.

[10]　Stanley Fish, “Consequences,” *Critical Inquiry,* 11 (March 1985), p. 438.

[11]　Edward W. Said, *The World, the Text, and the Critic* (Cambridge: Harvard University Press, 1983), p. 26.

了更大范围的社会结构和历史过程的文学社群是唯美主义者的孤立主义的重复。”[12]类似的批评也出现在威廉·凯恩的《批评的危机》(*The Crisis in Criticism*, 1984)、特里·伊格尔顿（Terry Eagleton)《文学理论》(*Literary Theory*, 1983）和其他 80 年代初出版的论著中。总言之，虽然费希把批评切入点从文本转移到知识读者再到解读社群，从而放弃了形式主义、转而接纳现象学和后结构主义，但是，他却止步于此，未能进一步进行意识形态分析。而意识形态分析正是七八十年代美国流行的文化研究的显著特征。

读者的心理分析

在他二十多年的生涯中，诺曼·霍兰德发表了一系列的论著和文章，对文学的发生过程进行了详尽的论述。这些论著，特别是《文学反应动力学》(*The Dynamics of Literary Responses*, 1968)、《诗在各人》(*Poems in Persons*, 1973)、《五种读者阅读》(*5 Readers Reading*, 1975)、《笑——幽默心理学》(*Laughing: A Psychology of Humor*, 1983)、《那个我》(*The I*, 1985)，表现出对反应的心理分析特性始终不移的兴趣。以往的心理分析批评家的传统见解与方法已经阐明了作者和文学人物的活动，所以，霍兰德把研究的关注点主要集中在读者与文本之间的交流上，用“自我心理学”的研究成果作为理解文本接受理论本质的一个工具。通过对受试验者的实际阅读记录进行分析，霍兰德能对读者的反应活动做出仔细的心理分析，并将其概念化。从本质上讲，他提出的模式是，读者的身份（或者个性）在文本中构造出一个前后一致的解读。就是说，他对个性怎样影响文学感知和解读进行了一种心理学描述。霍兰德认为，相信反应的一致性是错误的，因为在任何情况下，都是个性决定反应。

在《文学反应动力学》中，霍兰德用他自己的个人反应为依据，发展了关于读者-文本之间交流的一种概括性理论。后来，特别是在《诗在各人》和《五种读者阅读》中，他开始运用试验者的反应来阐述一种经验性的交流模式。在紧接着这三本论著之后的一篇举足轻重的论文中，他对这一模式中的重要概念进行了进一步的精炼，从而使他的命题以最简洁明了的形式出现。1975 年，他的《统一性—身份认同—文本—自我》(“Unity Identity Text Self”）在《现代语言协会会刊》(*PMLA*）上发表，此

[12] Frank Lentricchia, *After the New Criticism* (Chicago: University of Chicago Press, 1980), p. 147.

文后来又被收入汤普金斯的文集。在这篇文章的一开始，霍兰德就简洁地对标题的这四个术语进行了定义（因为它们对他的基本理论阐述至关重要）。他所用的“文本”指的是纸张上的文字；“自我”指整个的人，包括心灵与身体。文学的“统一性”取其通常的传统意义，指类似活的有机体的一个整体结构或者所有部分的结合。所谓“身份认同”是指一个生命体——一个通常被称为“人物”或者“个性”的不变的恒定实体——中的从属主题和模式的统一构成。霍兰德将这四个概念关联起来，概述了它们之间的各种数学关系。比如，最重要的关系式是：“**统一性**之于**文本**”等于“**身份**之于**自我**。”[13] 就是说，文本的统一性就像自我的身份认同。

他为什么要如此不辞辛劳地界定这些关系呢？原因很快就清楚了：“统一性之于文本，等于身份之于自我，两个比例的值是相等的。但是，等式右边的术语比项不能从左边消除。我们在文学文本中发现的统一性蕴含着发现那个统一性的身份。”(816) 换句话说，因为读者身份的在场具有一种形造力和统一力，所以读者与文本之间的文学互动以文本的统一而结束。正如霍兰德所总结的那样，“解读是身份的一种功能”(816)。他是这样详细阐述这个基本的读者-文本互动模式的：“总的原则是：身份再造自身，或者，换句话说，风格——从个人风格意义上讲——创造自身。就是说，我们所有的人，都在阅读的同时，利用文学作品来象征并最终复制我们自己。通过文本，我们理清自己的欲望和自我调整的规律特征。我们在解读过程中与作品互动，使其成为我们自己的心理机制的一部分，并使我们自己成为文学作品的一部分。”(816)

为了解释读者与文本互动中具体运作的程序，霍兰德对他在研究中发现的读者反应的三个心理阶段进行了描述。第一个阶段，涉及读者对快乐的欲望与对痛苦的恐惧。就是说，痛苦-快乐机制的运作及其防卫系统构成了反应过程中的一系列初始事件。从根本上讲，读者形造作品或者在其中发现他或者她所希望的或者惧怕的，习惯性地抵制我们所惧怕的，并通过典型的策略改变我们所希望的。如果这一过程没有发生，那就是读者封闭了这个经验（霍兰德在《诗在各人》中陈述了这种封闭的一个典型案例）。反应过程的第二阶段是读者实现其幻想中的快乐。读者从文本中重新营造个人幻想，从而达到极大的满足。反应过程的第三阶段是在原始幻想之上焦虑和负疚开始运作以及那赤裸裸的幻想随后转变成了一种连贯和重要的有关道德、知识、社会或者美学统一和完整的经验。所以，为了保持了精神和情感的稳定，读者

[13] Norman Holland, “UNITY IDENTITY TEXT SELF,” *PMLA*, 90 (October 1975), p. 815.

的反应最终往往被综合，在这个综合过程中，防御、满足和焦虑被平衡。

在《新范式：主观的还是互动的？》（“The New Paradigm：Subjective or Transactive？”，1976）一文中，霍兰德言简意赅地总结归纳了这种反应的运作过程：

> 简言之，读者（或者另一个人或者任何其他现实的观察者）是带着特别的期待接触另一个现实（比如，文本）的。通常，这些期待是互相关联的欲望和惧怕之间的平衡状态。观察者通过调节“另一现实”，来满足那些欲望并把那些恐惧压缩到最小——就是说，观察者用文学或者现实提供的素材重新建构他自己的调节和防卫（他的身份主题的各方面）模式。他或者她把自己的幻想投影到这些素材之中（这些幻想也可以理解为身份的构成层面）。最后，这个人便可以把这些幻想转变成特别关注的主题——意思……[14]

因为反应的阶段分别是防卫（defenses）、期待（expectations）、幻想（fantasies）和转变（transformations），所以霍兰德以这四个字的开头字母 DEFT 来命名他的文学互动模式。

DEFT，即身份重新建立过程，源自对《五种读者阅读》中详细记录的受试验者（本科生）的阅读实践。但是，正如霍兰德的归纳描述所暗示的那样，这种模式阐明了，身份或者风格不仅仅影响文学经验的解读，也影响所有经验的解读和所有的人类互动，包括机构、文化和民族之间的互动。[15]

值得重视的是，霍兰德通过对作家，特别是在《诗在各人》中对希尔达·杜丽特尔（Hilda Doolittle）、在《统一性—身份认同—文本—自我》中对罗伯特·弗罗斯特（Robert Frost）的写作技术和主题关注进行分析，进一步拓宽了身份再建理论的运用范围。另外，他还在《诗在各人》中以 DEFT（身份重建过程）理论对自己的批评兴趣和方法进行分析。因此，到了 70 年代中期，在费希从知识读者转向解读社群的时候，霍兰德已经开始把身份重建模式及其阶段说，应用于文本、作者、读者和他自己的身上，从而指出，这种模式可以更广泛地应用于各种机构和社会。

---

[14] Norman Holland, “The New Paradigm: Subjective or Transactive?,” *New Literary History*, 7 (Winter 1976), p.338.

[15] 霍兰德认为：“同样的大原理似乎不仅适用于人与人之间的互动，而且也适用于任何机构、文化或者民族之间的互动，因为可以说它们都与人有着同样的风格。” *5 Readers Reading* (New Haven: Yale University Press, 1975), p. xiii. See also Holland, *The I* (New Haven: Yale University Press, 1985), pp.145—155.

霍兰德的成熟的读者反应批评的主要特征与米勒的日内瓦批评和费希早期的现象学很相似。当然，它们之间也有不同之处。霍兰德对历史研究、形式主义阐释或者意识形态分析没有什么兴趣；他关注的是读者与文本之间的互动，他赋予了读者形造和决定文本的重大权力。米勒和费希的论著探讨的是时间性和意识在意思的创造过程中的作用，而霍兰德的命题检析的是驱使无意识生产有机统一体的推动力。读者在解读文本中没有什么自由；身份决定反应。霍兰德对于科学、数学和自我心理学的依赖使他的理论有别于其他的读者反应批评。米勒说的是神秘的洞察力和超验时刻，费希论的是读者不断的再调整及其后的认知进步，而霍兰德讲的则是性心理固恋(psychosexual fixation)、防卫策略和幻想。

霍兰德的心理学批评表现了与美国文学研究中的心理学批评主流的决裂。他 70 年代发表的论著没有承袭凡·威克·布鲁克斯、肯尼思·伯克、莱斯里·菲德勒、弗雷德里克·霍夫曼、J. W. 克鲁奇、路德维格·刘易森、莱昂内尔·特里林或者埃德蒙·威尔逊的任何痕迹。另外，霍兰德也没有鼓吹当代的存在主义、荣格、拉康、法兰克福学派和第三势力心理学（这一点在《诗在各人》的“延伸阅读书目”和《那个我》的附录“其他心理分析论著”中可以看得很清楚）。他依赖得最多的是爱利克·埃里克森（Erik Erikson)、安娜·弗洛伊德（Anna Freud)、恩斯特·克里斯（Ernst Kris)、海因茨·利希滕斯坦（Heinz Lichtenstein)、罗依·沙菲尔（Roy Schafer)、罗伯特·维尔德尔（Robert Waelder)、维尼考特（D. W. Winnicott）等人的自我心理学。弗里德瑞克·克鲁斯（Frederick Crews)，他的一位同行心理分析批评家，在《尽情宣泄》(*Out of My System*, 1975）中，对霍兰德进行了彻底的批评，指责他依赖自我心理学的身份认同理论，一种在克鲁斯看来毫无生命力的简化论的理论。就克鲁斯而言，霍兰德“忘记了整个批评活动的存在理由（raison d'être)”，“在进行一场非常特殊的破产拍卖”[16]。

很多批评家对霍兰德的读者心理分析理论表示了各种各样的不满。这些不满包括：他轻率地把文本的统一性概念移植到自我身上；他为了个案分析而放弃了文学批评；他把所有的解读都看成是为个人利益服务的；他破坏了解读的有效性、专业权威和课堂教学程序的标准；他把弗洛伊德的移情理论（theory of transference）简单地用

---

[16] Frederick Crews, *Out of My System: Psychoanalysis, Ideology, and Critical Method* (New York: Oxford University Press, 1975), pp. 179—180.

于批评；他把阅读描绘成一种神经质的过滤和排除过程；他不明智地把所有美学价值标准都看成个人心理反应；他把读者描绘成固恋的或者静态的自我（fixated and static egos）；他鼓吹了一种剥离了社群和社会价值的非政治多元论；他自己的阅读是唯我论的和纯自白式的；他的批评形式使文学文本成了牺牲品；他的"自我风格"描述深深陷入了一种解读循环；他的"互动范式"留有追求客观性的这一陈腐目标痕迹。因为霍兰德的理论引起了广泛的关注，而且大多是否定性的，所以它便成了美国读者反应运动中一个备受严密关注的焦点场所。十多年里，霍兰德和费希一样，一直是这场运动中的一只出头鸟。

教学法主题

斯坦利·费希把他70年代的很多信条和论文收集成册，命名为《本课有文本吗？》（*Is There a Text in This Class?*）。诺曼·霍兰德在70年代初从客观批评范式向互动批评范式转变时，把对学生反应的分析作为他的研究基础。这一点在他那令人难忘的十年巨著——《五种读者的阅读》中明确地显示出来。戴维·布莱奇创作《阅读与情感》（*Readings and Feelings*，1975）和《主观性批评》（*Subjective Criticism*，1978）时，他毫不含糊地声称这两本书都是为了要"改变现存的教育体制"和提出以"实际课堂经验"为基础的新的教学方法大纲。[17] 通常，美国读者反应运动的领军人物都把文学理论和批评与课堂教学和学术实践紧密联系在一起。但是，对于从早期的马克思主义者和纽约知识分子到后来的存在主义者和解构主义者这些其他学派的批评家来说，这种联系似乎既非不可避免、也不可取。就这一问题，莱昂内尔·特里林在《超越文化》中，开宗明义、一针见血地指出："教学法是一个令所有敏感的人都感到沮丧的话题。"毫无疑问，这种典型的对教学法的关注，反映了大部分批评越来越多地渗透进高校课堂这一事实以及60年代学生对于课堂知识的"相关性"的普遍要求。从60年代中期到80年代中期，杰弗里·哈特曼与其他几位有影响的哲学倾向的批评家都觉得形势严峻，不得不对不断增长的、把批评简化成教学法的倾向提出警告。

在提倡反形式主义和非客观主义的文学研究范式的教法学而言，没有任何人比

[17] David Bleich, *Subjective Criticism* (Baltimore: Johns Hopkins University Press, 1978), pp. 297, 9.

戴维·布莱奇更坚决。他的研究命题，最初在《阅读与情感：主观性批评导论》（由美国英语教师协会出版）中得到详尽的表述，提倡的是以小型课堂为基础的辅导性的教学模式和师生之间的个人互动。霍兰德也提出了类似的建议，把课堂变成小型的研讨班形式，让师生通过互动建立起亲密和信赖的关系，从而创造对于读者反应教学至关重要的条件。“在大型课堂里，”布莱奇强调，“这种方法是不可能的……”[18] 供职于规模庞大、正常开设大型文学课的高校，那些持读者反应说的教授，如布莱奇、霍兰德等，对太空时代大型讲座式的文学课的广泛实践都持批评态度。于是，对教学的关注成了批评的基础。

布莱奇认为，文学解读涉及最初情感反应的姗姗来迟的再激发和演示。这种最初反应分为三个阶段：个人的（1）知觉、（2）情感和（3）联想。解读的复杂心理过程的第四阶段涉及个人主体经验的客观化和伪造。“真正的情感范围——或许也是真正的情感限制——实质上被理性复述否定了。”（69）布莱奇所要强调和努力证明的是所有客观陈述的主观原因。他不相信“客观性”。从认知意义上讲，情感和激情先于并引导思维和知识。“说到底，意识判断与其主观根基的分离是人为的无中生有。”（49）作为一名教师，布莱奇关注的主要是学生是怎么感觉的，而不是她是怎么想的；他最关心的是情感，不是解读。

因为阅读依赖于个人心理，所以它必然产生种种“曲解”——夸张、省略、联想、插入和误读。没有任何一种文本反应能够达到不真实的、正统的、那种客观和完整的标准。“曲解”是反应的一个内在因素，对于布莱奇来说，它既有揭示性又有价值：它展示了知觉的风格特征，是与文本真正的交流的见证。要承认主观性的价值，就必须承认个人特性的作用。客观性力图根除的就是这些重要的先决的个人特征。布莱奇对个人情感和主观价值的批评禁忌深感痛惜。

对布莱奇来说，反应是一回事，解读又是另一回事：一个是私人性的，另一个是社群性的。进行解读就是把私人经验公布于众：“强烈的情感和意象经验先于缜密的思维”（5）。因此，“在处理社群中的主观经验之前，应该先让学生理清自己的个人经验……”（79）布莱奇与费希不同，他把社群作为反应程式中的后来者，而不是解读构成的决定因素。他与霍兰德一样，是一位心理学批评家，而不是一位社会学批评家。

---

[18] David Bleich, *Readings and Feelings: An Introduction to Subjective Criticism* (Urbana: National Council of Teachers of English, 1975), p. 81.

毫无疑问，社群有帮助型造解读的作用，但是，它的帮助作用在解读的后阶段才会发生，而且它包含伪造的危险。特别是，传统的社会解读格式——提议-证明——导致了原初读者反应，尤其是个人情感和联想，与实际经验的分离。虽然他在《阅读与情感》中没有这么说，但是如果可能的话，他显然是想彻底废除批评性散文这个文类，因为它不利于读者指向的教学法。

布莱奇和费希一样，把文学看成一种经验，而不是一个自足体。与费希不同的是，他对阅读的时间性没有兴趣。他期望他的学生对文本进行多次阅读，作为反应和解读的前提。读者对整个文本的"最初"反应很可能完全取决于作品的最后一个单词。布莱奇不是现象学家。他与其他读者反应批评家一样，把情感诗学与说教联系起来：文学的情感经验"能够产生新的对自我的认识——不仅仅是这里一个道理、那里一个启示，而是对你自己的价值观和品味以及你的成见和学习中遇到的困难的一种真正、全新的概念"(3—4)。布莱奇理论中对于主观性的特别强调，使他成为所有主要的读者反应批评家中最不攀附于文本诗学的一位。文本左右阅读和避免曲解的力量不值得考虑。在文学研究中，本体论的优先权属于书面的反应陈述，不属于文学文本。批评不是一种文本解码运作，而是一种培养重要的个人情感和联想的经验。

《阅读与情感》是六年的读者反应课堂教学经验和对无数本科生的实际阅读反应进行分析的结晶。布莱奇在书中对三十种反应进行了剖析。其他的当代文学批评家，如神话批评家和阐释学批评家，推崇博学、语言学的严谨和学术精通；而奉行霍兰德和布莱奇的经验模式的读者反应批评家注重的却是个人投入的深度、个体的坦诚和真实以及脱离体制性权威的自由。他们把他们自己的反应和他们学生的反应都公布于众。正如苏珊·苏雷曼所指出的那样，这种"批评带我们踏上了阅读作为私人经验的探索之路，并在这条路上能走多远就走多远——在这种经验中，决定因素是个人的'人生历史，'而不是群体和民族的历史"(31—32)。布莱奇的主观性批评重个性轻规范、重个人轻集体，把文本作为反应的一种稳压器，完全抛至一边。在这一点上，他有别于霍兰德，后者的互动批评对文本的限制作用是予以承认的。[19] 但是，他们都积极主张革新文学教学，重视单个的学生读者。这甚至使得那些本来持同情态度的批评家对他们产生了怀疑。这一点，在斯蒂文·迈洛克斯（Steven Mailloux）的《解读

[19] Bleich and Holland debated this difference in articles published in *College English* and *New Literary History* during 1975 and 1976.

的传统》(*Interpretive Conventions*, 1982) 和威廉 · 瑞 (William Ray) 的《文学的意思》(*Literary Meaning*, 1984) 中是显而易见的。这两本论著都强调指出，当代读者反应心理批评缺乏足够的社会和体制分析。

抗拒性阅读：女权主义与马克思主义

在读者反应运动的鼎盛时期，没有任何一位领军人物明确地论及性别这个女权主义批评家在 70 年代就开始提出的问题。女人的阅读有别于男人吗？性别身份认同影响理解吗？性别在文学中扮演着什么样的角色？在批评中呢？对于这些问题，费希、霍兰德和布莱奇都保持了缄默，而苏雷曼、克罗斯曼或者汤普金斯在他们的文集中也都没有提及。事实上，在太空时代初期，主要的现象学、存在主义、阐释学、结构主义和解构主义批评家都没有把性别当作一个研究命题。尽管如此，女性读者反应这一领域仍然取得了重要研究成果。

70 年代，读者反应理论方面最有影响的女性主义论著之一，是朱迪丝 · 菲特利的《抗拒性读者》(*The Resisting Reader*, 1978)。菲特利认为，从欧文 (Irving) 和霍桑 (Hawthorne) 到海明威 (Hemingway) 和梅勒 (Mailer) 的美国经典小说，不是具有"普遍" 意义的小说，而是男性小说。这种文学迫使女性读者否认自己的身份。菲特利的目的是，"为迷失在'美国小说的男性荒野中' 的女性读者 (提供) 一本生存指南" [20]。她的灵感来自于凯特 · 米利特的《性政治》(*Sexual Politics*, 1970) ——第一部剖析文本中的男性假设的开拓性论著。

菲特利认为，身为美国女性，阅读本国的经典小说总是会发现自己被排斥在外：自己的经验在艺术中既没有得到表现，也没有合法的位置。阅读这样的文学，要求你以男性的身份来与其认同。在这种状况下，女性没有权力可言。"没有权力可言，这不仅是女性阅读经验的特征，而且也可以用来描绘阅读的内容。" (xiii) 从根本上讲，菲特利对男性主导的文学及其周围产生的带有性别歧视的学术批评体制都进行了批判。"作为读者、教师和学者，女人被告知要像男人那样思维，要认同男性的观点，还要把男性价值系统当成正常和合法的价值系统来接受……" (xx) 菲特利全身心地投入女权主义批评，为改变身为女性却要具有男性思维的异常现象而不懈努力。同

[20] Judith Fetterley, *The Resisting Reader: A Feminist Approach to American Fiction* (Bloomington: Indiana University Press, 1978), p. viii.

样，“女权主义批评家的第一个行动必须是成为一名抗拒性读者，而不是顺从性读者，并且，通过拒绝顺从来开始驱除被灌输进我们脑海的男性思维”(xxii)。这个命题不仅需要心理和社会分析，还需要政治批评。女权主义的抵抗与女性的身份、阶级和权力关系有关。菲特利从不怀疑“作为一个阶级的男人对于作为一个阶级的女人的权力”，也从不怀疑当下“文学的性政治的”压迫“功能”(xx)。

与其他女权主义批评家一起，特别是卡罗琳·海尔布伦(Carolyn Heilbrun)、凯特·米利特、艾德林娜·芮奇(Adrienne Rich)、莉莲·罗宾逊(Lillian Robinson)，菲特利控诉了美国文学机构中盛行的排斥和歧视女性的风气。这种男性主导的文化的特征是性别–阶级歧视和压迫。摆在面前的任务很清楚：

> 要揭露和挑战我们社会中存在的、并在我们的文学中得到肯定的、关于女人和男人的观念和神话的复合体，就要将体现在文学中的权力体系说明，不但要展开讨论，甚至要进行改变。当然，这种挑战和揭露的任务，只能由与构成这种文学的意识截然不同的意识来承担……女权主义批评提供了这样一种视角，并且体现了那种意识。(xx)

通过对女性意识的重视，女权主义读者反应批评可以发现、揭示和挑战文化中隐藏的观点、神话和权力关系，以此作为促成变化的一种途径。这一计划的实现依赖于一个全新的、截然不同的女性意识。目标很明确：“要对我们的文学有一个新的理解，就是要使那种文学有可能在我们身上产生一种新的效果。而要有可能产生新的效果，就必须为改变文学所反映的那个文化创造条件。”(xix–xx) 女权主义批评的任务就是要推出新的解读方法，作为改变意识和社会的途径。

在菲特利的研究命题中，诗学包括传情、说教和模仿说。首先，“我们所阅读的打动我们的情感”(viii)。我们可以被文学所感动。其次，我们还可以被其引导、受其影响。比如，我们可能认为自己是没有权利的、有精神分裂症或者毫无价值的，就像菲特利本人所证明的那样。最后，文学既体现又反映了主流文化。美国的社会和艺术，菲特利认为，是重男轻女和性别歧视的社会和艺术。学术批评也是如此。菲特利的文学理论和批评与费希、霍兰德和布莱奇的最显著的区别就在于，它帮助恢复了模仿诗学，并且一心关注政治命题。这两者是同一个问题的两个方面。

因为文学和文学批评能够打动、影响和反映我们的思想和世界，所以两者都具有推动进步的力量。“最好的女权主义批评是一种政治行为，其目的不仅是解读世界，而且是要通过改变那些阅读者的意识，从而改变世界……”(viii) 菲特利与其他读者反应理论家一样，也把阅读与身份形成联系在一起；但是，她比他们更深信文学文本对于读者的影响力量。因此，她把女权主义批评活动看成一种抗拒权力的运作。菲特利与费希同持一见，认为读者不是像霍兰德和布莱奇所说的那样，是孤立的、异质的，而是一个解读社群的成员。菲特利的理论中所描绘的读者属于一个特定的阶级，有其特殊的历史经验、目标和行动纲领。但是，对于解读社群的社会学和政治学的关注，菲特利远比费希更为深切。就此而言，菲特利的学说与70年代兴起的文化研究思潮有很多相同之处，而与同时代的现象学、阐释学、结构主义、解构主义或者男性读者反应批评却没有多少共同之处。

菲特利的理论与大多数读者反应批评一样，都与教学法有着紧密联系。她的《抗拒性读者》的开篇语就是：“拙作始于课堂。”接着，她讲述了她八年教授女性文学的经验，毫不隐讳地告诉读者，这本书原本是她教授一门课时与学生分享的教学日记。“我一直在通过与学生的相互交流来发展、完善并改变我的观点。我真诚地希望，这本书能够进一步延续我们之间的对话，这本书本身将成为一种教学的形式。”(vii) 这里，正如读者反应思潮的任何论著一样，批评的开始与终极都是教学法。这一点与它的情感–说教诗学以及它的以学生为中心的批评方式是一致的。菲特利的新贡献在于她给这种批评增添了一个模仿–政治纬度，这个纬度把她的理论定位于一个客观的范式。

一些女性主义读者反应批评的实践家和理论家对社会学和政治分析都很投入。这一点，不仅在朱迪丝·菲特利的论著中显而易见，在后来的女性主义批评家，比如在简·汤普金斯和玛丽·露易丝·普拉特的论著中也同样的显而易见。例如，汤普金斯在她的文集的结语中，出人意料地列举了读者反应思潮的六大不足，对其进行了强烈的批评。第一，它并没有颠覆新批评，而“只是把形式主义的原理转换成一种新的曲调重弹而已”(201)。第二，它把批评活动限制在指定“意思”上。第三，它继续把分析限制在单个文本上。第四，它维护了长期以来把文学与政治和社会生活的力量分离开来的有害的传统，使它进一步成了私人的东西、丧失了道德影响力。第五，它接受了把文学从历史中剥离出来的做法、使艺术永久化或者普遍化的倾向。第六，它把文学语言看成特殊的或者美学性的，而不是权力的一种形式或者一种工具。

玛丽·露易丝·普拉特在她的重要论文《解读的策略 / 策略的解读：论英美读者反应批评》(1982) 中，运用文化研究运动中典型的意识形态分析对美国读者反应理论和批评进行了批判。她借鉴马克思主义学者路易斯·阿尔都塞（Louise Althusser）、雷蒙德·威廉斯（Raymond Williams）和特里·伊格尔顿的观点，斥责读者反应批评是与“资产阶级美学，特别是一种消费主义艺术观”紧密相连的一种新的形式主义实践。这种艺术观“把艺术品非历史化，把艺术从它的生产语境中剥离出来，供私人娱乐”[21]。普拉特与菲特利和汤普金斯一样，也反对文学脱离历史、社会和政治。她建议读者反应批评进一步扩展其研究范畴，“把接受的具体程序作为一个由社会和意识形态决定的过程来探索，从而加深对艺术‘生产’问题的理解……读者反应批评没有任何必要把生产问题排斥在文学研究范畴之外，这是很显然的”（205）。读者反应批评需要扩展它关于接受过程是由心理和社群决定的观念，把它进一步运用到艺术生产本身的范畴，即艺术生产本身也是由心理因素与社群决定的。实际上，普拉特指出，把生产模式应用于接受行为有利于读者反应批评：文学的反应本身就是一种生产形式或者生产过程。

费希的理论与普拉特为读者-中心批评确定的目标最接近，然而，它还是有几个方面令她失望。费希的解读社群理论提出了对社会建构的主体以及文学的社会构成有用的原理，但是它也为此付出了相当大的代价：它忽略了解读群体（意识形态圈）内部的异议、不定性和变化的现实。它因此否定了权力斗争的可能性。在普拉特看来，费希把“解读社群”描绘成一个“自发地形成、不存在强迫、平等的实体”（226）。这样一来，“权力斗争的问题就被无情地摒弃了”（226）。这种社群内的和谐是费希的乌托邦式的共识观——一种永远保险的幸福终极，因为社群的每个成员都是自愿的、都有共同的信仰和阅读规范——创造的。费希没有把解读社群的劳动政治化，而是把它们的批评中的多样性和相对性看成社群内部健康的平等和博爱的迹象，看成是社群之间至关重要的自由和活力的迹象。布莱奇推崇的是读者的个人自由，而费希崇尚的是所见略同的批评家的群体共识。两种模式中，批评家都隐瞒了权力关系和权力斗争的基本事实。

在她早些时候的论著《论文学话语的语言行为理论》（*Toward a Speech Act Theory of Literary Discourse*，1977）中，普拉特已经对形式主义和结构主义诗学进行了抨击，谴责它们使文学语言脱离日常语言，使文学和批评脱离社会存在的广泛领域。她对

---

[21] Mary Louise Pratt, “Interpretive Strategies/Strategic Interpretations: On Anglo-American Reader-Response Criticism,” *Boundary 2*, 11 (Fall/Winter 1982−1983), p.209.

读者反应理论和言语行为理论的发展充满期待，因为两者都保证把文学研究与物质的社会生活重新结合在一起。在后来的论文中，她继续希望通过吸收话语生产理论来实现批评的复兴。这种话语生产理论得益于马克思主义和女性主义的批评理论与观点。她以菲特利的理论作为自己研究的榜样。在普拉特看来，读者反应批评与马克思主义的生产概念以及女性主义的社会政治分析的实践之间的结合，可以促进和推广这场运动。正如越来越多的女性主义者和马克思主义者所指出的那样，在80年代早期，美国主流的读者反应批评缺乏对于社会和政治现实的足够重视。女性主义者和马克思主义者广泛地认为，从文本中心向读者中心的批评的转向是文学研究的一种积极转变，但是要接触性别、阶级、权力和抵抗的事实，绝不能停留于这种转变，还得继续向前迈进。

德国接受理论在美国

六七十年代，一种独立于美国读者反应思潮的接受理论在西德主要是在康斯坦茨大学形成。这个学派的带头人是汉斯·罗伯特·姚斯（Hans Robert Jaus）和沃尔夫冈·伊瑟尔（Wolfgang Iser）。他们的论著经常发表在半年刊《诗学与阐释学：一个研究小组的发现》（*Peotik und Hermeneutik: Arbeitsergebnisse einer Forschungsgruppe*）的系列上。此刊登载定期在康斯坦茨大学举行的重要学术研讨会的研究成果。从70年代中期开始，伊瑟尔的现象学研究命题引起了美国学者的极大关注，但姚斯的历史研究却鲜为人知，直到80年代初他的《美学经验与文学阐释学》（*Aesthetic Experience and Literary Hermeneutics*, 1977）和他的论文集《论接受美学》（*Toward an Aesthetic of Reception*, 1982）问世，他才开始引起人们的关注。伊瑟尔的主要著作《隐含读者》（*The Implied Reader*, 1972）和《阅读行为》（*The Act of Reading*, 1976）分别在1974年和1978被译成英文，在美国的刊物上受到广泛而及时的评论。整个70年代，姚斯和伊瑟尔都在美国的高校作过讲座，并且在几所名牌大学长期讲学。但是，80年代出版的苏雷曼和克罗斯曼合编的文集以及汤普金斯的文集中都只包括伊瑟尔，而没有姚斯。直到1979年康斯坦茨大学出版的《诗学与阐释学》有关章节被翻译成英文，由理查德·阿玛其（Richard Amacher）和维克多·兰格（Victor Lange）担任编辑的《德国文学批评的新视角》（*New Perspectives in German Literary Criticism*）出版，书中分别收选了姚斯和伊瑟尔每人两篇论文，这才有了比较全面的读者指向的英文选集。虽然，在70年代，姚斯和伊瑟尔都常常在有影响的刊物《新文学史》(*New Literary History*)上出现，但是对于美国学者来说，德国接受理论的代表人物是伊瑟尔。沃尔夫冈·伊瑟尔之所以受到美国文学批评家的青睐，其原因有二：一、他专长古典英文小说，而姚斯的主要研究兴趣是早期罗曼语言文学；二、他实践的是现象学模式的细读，而姚斯从事的是广泛的历史主义思辨。

就像美国的读者反应批评对社会和政治问题明显地不感兴趣，因此受到了攻击一样，西德的接受理论也引起了东德马克思主义学者类似的抨击，尽管还要早些。在70年代初，东德学者，特别是曼弗里德·诺曼(Manfred Naumann)和罗伯特·韦曼(Robert Weimann)，就已经对接受理论进行了一系列的批判。这些批判主要发表在后斯大林时代德意志民主共和国的主要文学理论刊物《魏玛文集》(*Weimarer Beiträge*)上。马克思主义学者对其有三大不满。第一，他们谴责康斯坦茨接受理论只关心文学的消费，而对文学的生产却避而不谈。第二，他们抱怨西德的读者指向批评家有把人类文化历史主体化的倾向。第三，他们痛斥西德接受说学者把阅读过程私有化的倾向，认为这是躲避对个人反应进行任何社会根源和社会决定因素分析的一种资产阶级理想化。姚斯和伊瑟尔都没有逃脱这些指控。后来，费希、霍兰德和布莱奇也受到了类似的攻击。

美国学者对伊瑟尔的关注最主要的是集中在他对"隐含读者"、阅读过程以及"文本空隙"(textual gaps)的作用的描述上。伊瑟尔假设了一个由文本先构、批评家实现的隐含读者，使接受理论的关注点聚集在一个先验的或者超历史的读者身上，从而把实际读者、经验读者以及先定的知识读者悬置在括弧内。换句话说，伊瑟尔躲避了与接受的历史纠缠，选择了与潜在反应打交道。这一策略与长期以来的形式主义教条是一致的。根据伊瑟尔的描述，阅读过程涉及动态事件中的期待和评估的不断的再调整，这种再调整的目的是达到统一。伊瑟尔所描述的顺序性一致与霍兰德身份重建模式中的整体统一不同。后者的整体统一被描绘为一个终点，而前者却重在阅读经验的时间性展开。读者与文本之间的相互合作强调的是阅读的美学和说教纬度，而不是它的心理、社会或者历史层面。在梳理文本经络的过程中，读者不断地、积极地自我矫正，这种自我矫正运作强化了自我意识，加强了人的开放性。因为文本含有空隙、空白、空缺——不确定因素——所以读者在具体分析作品、挖掘一致性的过程中就受到了限制，不得不仔细地、创造性地梳理文本线索。因此，伊瑟尔的接受理论是尊重文本的，使人联想到"客观"的批评模式；它拒绝把文本转化或分解成读者的主体性，或者解读社群的规范和传统。同时，它依靠并肯定读者在克服不确定因素的障碍的过程中的创造性。

1981 年，斯坦利 · 费希和沃尔夫冈 · 伊瑟尔在后结构主义刊物《辩证批评家》(*Diacritics*) 上展开了一场论战。论战的主要问题是认知性的。费希坚持认为，“感知”本质上是解读性的，“事实”被价值观先定，“知识”总是与兴趣有关，“既定”(given) 事实上是给予的，“文本”由读者构成。因此，感知不仅已经被调节，而且还打上传统的烙印。就是说，感知是由公众和群体、而不是个人和某个独特的范畴事先框定的。所以，伊瑟尔模式中，启动阅读活动的文本空隙或者不确定因素不存在于文本的结构中，而是群体读者的解读策略或者感知倾向的结果。对此，伊瑟尔的答复是：“解读总是受假设或者传统影响的，但是，这些假设或者传统也被他们意欲影响的对象所影响。因此，这个将被调节的‘某样东西’先于解读而存在，起着限制解读的作用，对在解读中起作用的期待是有影响的，并且因此而对阐释过程作出贡献……”[22] 伊瑟尔坚持认为，文本先于解读而存在并对其有限制作用，对他的“客观主义”或者文本诗学直言不讳。这正是他的总体互动或者现象学的解读模式与费希、米勒、霍兰德、布莱奇、菲特利等人倡导的各种模式的区别所在。

在他介绍德国读者指向批评的《接受理论》(*Reception Theory*, 1984) 中，罗伯特 · 郝勒伯 (Robert Holub) 比较了美国读者反应批评与德国接受美学理论的区别。美国的这些批评家没有一个在“读者反应批评”的旗帜下呐喊参战过，这一头衔是后来封给一些相互之间并没有多少接触或者影响的理论家的。“如果读者反应批评已经成为一股批评力量的话，”郝勒伯指出，“那么，这股势力的形成是创造性的称呼的结果，而不是因为他们的共同努力。”[23] 相反，德国接受美学理论则是在面对相似的环境和前辈而产生的一种有凝聚力的、有自我意识的、集体性的事业，领军人物包括斯拉夫形式主义者和结构主义者、欧洲现象学者和阐释学者以及各种各样的社会学家和言语行为理论家。值得注意的是，心理分析和女权主义显然不在其中。对郝勒伯来说，“从根本上讲，读者反应批评与接受美学理论之间在整体批评视角上的类似之处太表面、太抽象，所以不能把它们混为一谈”(xiii–xiv)。然而，郝勒伯随后对德国接受美学内部的诸多分歧和差异的陈述，表明它与美国读者反应批评一样呈现出

---

[22] Wolfgang Iser, “Talk like Whales: A Reply to Stanley Fish,” *Diacritics*, 11 (Fall 1981), p. 84.
[23] Robert C. Holub, *Reception Theory: A Critical Introduction* (London: Methuen, 1984), p. xiii.

一种多元性，并无内部的一致可言。这一重要相似之处——多样性与斗争性——突出反映了所有不同哲学信仰（形式主义、现象学、阐释学、马克思主义）的读者指向批评的内部运作。而哲学信仰之不同，正是德国和美国读者指向批评的特征。无论是一个严密的组织还是松散的运动的一部分，德国和美国的读者中心批评家通常都是在无数相互争鸣的哲学力量的密集交会处运作。伊瑟尔与姚斯之不同，一如米勒与费希之不同。美国批评家的领军人物与主要的德国批评家的重要区别在于对教学法和心理学的关注。后来，对女性主义的关注又进一步扩大了美国读者批评运动与德国康斯坦茨学派的区别。

论限制与变化

除了女性主义和左翼批评以外，70 年代的美国没有任何批评流派有读者反应运动那样“多元”或者异质。根据简·汤普金斯的描述，这场运动包括了形形色色的形式主义、现象学、结构主义、后结构主义和心理分析的批评模式。苏珊·苏雷曼认为，它包括六种严谨的分析模式，从修辞学、符号学和现象学到心理分析、阐释学和社会-历史分析（诚然，后一种模式主要适用于欧洲接受美学理论）。这场运动的界限甚至还可以更进一步扩大，把斯潘诺斯这样的新阐释学家和菲特利这样的女性主义者的接受美学理论也包括进来。在 70 年代末这场运动的第一次低潮期间，这两位批评家都承诺要重振读者指向的批评实践。正是在他们两位——还有一些崭露头角的文化研究理论家——所提倡的意识形态分析的推动下，读者中心的批评运动才开始发生变化，走出低谷。

尽管美国读者反应批评是一场广泛的运动，有着明显的多元主义特征，但是它却无法接纳一些形式主义者、结构主义者、解构主义者和阐释学者以文本为中心的批评方法。另外，它也不能毫无保留地接受大多数神话批评家、存在主义者和黑人美学批评家通常采用的程序化的以主题为中心的批评。

在某种意义上，读者反应批评是当代学派和批评运动中最不具多元性的一种批评思潮。总的说来，多元主义者力求避免两大危险：他们抵制任何笃信对一部作品只有一种正确解读的理论；他们也否定任何宣扬有多少读者就有多少可接受的解读的理论。多元主义者鼓励对阐释自由加以限制；他们通常提倡有限的多样化，谴责公然的武断。因为像布莱奇、霍兰德和费希这样的读者反应批评家把意思定位在单个读者身上，所以，他们公然越出了对多元主义至关重要的界限。读者反应运动对美国传统的多元主义进行了冲击，不仅把批评的特权授予给单个读者，还自相矛盾地坚持每个读者只有一个“合理”的解读。正如解读群体的传统把阅读导向某些先定的途径一样，读者的个人心理或者身份也事先决定了他们阅读经验的结果。读者反应批评打破了传统多元主义的两大主要限制。

读者反应批评运动初期，美国高校发生了各种各样的显著变化。这些变化中包括：高校及其课堂大规模地扩展、学生要求权利的呐喊得到响应、对主题相关性的合理要求得到采纳、个人化专业的要求得到满足、对社会进行去教育（deschooling）的乌托邦尝试、打破传统评分政策的成功努力星星点点，对教师进行正式评估的呼声得到重视。这是一场广泛的教育重心的转变，从教师转向学生、从注重博学转向注重经验、从注重无私的学术钻研转向注重个人的自我发展。新的参考资料似乎是日记，而不是百科全书。权威的源泉在于自己而不是学者。自白似乎成了一种有生产价值的活动。小型的研讨会比大型讲座更受欢迎。反应性陈述取代了批评论文。在这样一种情形下，文本中心的文学研究受到来自读者反应批评的挑战是不足为奇的。同时也毫不奇怪，对读者指向分析的指控包括自恋、反智识主义（anti-intellectualism）、向粗俗的消费主义投降、把课堂教学当成理论与实践的唯一标准。在这种语境中，接受美学攻击新批评的早期策略便成了太空时代美国教育所发生的更广泛的变革的象征。

在读者反应批评思潮的发展后期，它常常突破它早期的个人主义和自恋的局限，对决定自我及其行为的非个人的社会和文化力量有所关注。结果，早先理论中被放大了的自我很快在后来的理论中变成了最小的自我。费希和菲特利的论著就是这种变化的最好证明。霍兰德在发表他的《那个我》的时候，已经给他的身份重建理论增加了一个新的纬度，用它来描述文化的重要作用：“文化造就个人也限制个人”，或者，从身份认同理论的角度来说，“身份既是社会和政治性的，也是个人性的”（149）。同样，布莱奇的《主观性批评》标志着对他早期理论命题的延展，就是因为它对解读的集体产生过程进行了详细描述。根据布莱奇的理论，一切知识无不“处于群体和社会动机的权威之下，至少部分地处于这种权威之下”（265）。这些由主要的接受美学批评家描述的后期社会学理论与众不同的是，它们第一次肯定社会实践和社群传统的决定性力量的程度。

大多数与读者反应运动有关系的主要批评家都力图改变传统教学实践和理论，但是，他们并没有试图改变既有的名著伟作的标准。这样，他们就限制了自己的研究范围。这里的部分原因，在于接受美学者提倡的个人化阅读技术的适用性。因为读者反应方法适用于任何时期、任何文类的文学，所以，就没有必要像新批评家们那样去建立一套特别的经典或者给这些经典以特别关注。但是，读者反应批评家，特别是属于现象学和阐释学之类的读者反应批评家，放慢了“正常”的阅读速度（就像一些解构主义批评家所做的）。这一变化包含着对空间形式理论的攻击，对系列性、连续性或者时间性“形式”的新概念的赞同。读者反应批评家与新批评家不同。后者喜欢短小的、诗歌类的文学；而前者则一视同仁，既喜欢长的也喜欢短的，既喜欢散文体的也喜欢诗歌体的。结果是，长期以来对经典的限制有所松动。虽然演变出一种更宽松、更具包容性的经典观，但是却并没有出现从美学角度来评估和裁判作品的对抗性要求。评判性批评，也与历史性批评一样，被搁置一边。在没有这两种受质疑的批评实践的情况下，读者反应批评是不可能重新构建经典的。因此，毫不奇怪，女性主义者、黑人美学批评家以及其他的种族批评家对主要的读者反应批评家控制经典的状况，提出抱怨是不足为奇的。即使在后来，当读者反应批评家诉诸社会学理论的时候，他们把关注焦点着重放在学生和教授组成的小型社群，避免对整个社会和文化进行分析。从 70 年代末开始，女性主义接受美学批评家着手改变这种狭隘的关注焦点，修改拓宽那有限的经典。这是一个顺应历史、政治和意识形态分析的新潮流的命题。

要更完全地理解美国读者反应批评各个派生的流派，我们必须讨论某些结构主义批评家关于阅读和读者的理论贡献。在下一章的第四节中，我们将对麦克·里法特尔、杰拉德·普林斯、乔纳森·卡勒和罗伯特·休斯的文本接受理论进行讨论。

第九章　文学结构主义和符号学

先驱者与后来者

结构主义和符号学在美国学术界文学知识分子中盛行是从60年代末到80年代初。主要的批评家包括西摩·查特曼、乔纳森·卡勒、克劳迪欧·纪廉、罗曼·雅各布森、杰拉德·普林斯、罗伯特·休斯和麦克·里法特尔。他们当中，除了雅各布森以外，所有人都深受法国结构主义分析传统的影响。这一传统始于费尔迪南·索绪尔，随着克劳迪·列维-施特劳斯和罗兰·巴特（Roland Barthes）的成名达到了鼎盛时期。正是60年代法国结构主义的昌盛最直接地带动了美国的文学结构主义和符号学的兴起。法国传统对美国批评产生重大影响的最初迹象是1966年《耶鲁法国研究》（*Yale French Studies*）出版特刊"结构主义"和约翰·霍普金斯大学召开以"结构主义论战"为专题的重要讨论会。几年后，特刊和会议论文都出版成书：《结构主义》（*Structuralism*，1970）由雅克·埃尔曼（Jacques Ehrmann）编辑；《结构主义论战》（*Structuralist Controversy*，1970；1972再版）由理查德·马克赛（Richard Macksey）和尤金尼奥·多纳托（Eugenio Donato）共同编辑。这两本由法语教授编辑的文论集立刻成了美国结构主义和符号学批评家的重要文本，它们标志着美国学者开始关注当代高卢研究成就语境中的文学结构主义。

但是，当结构主义到达美国的时候，它早已形成了一种丰富、复杂的传统，不仅仅只与索绪尔早期的语言学有关，而且也与斯拉夫形式主义和结构主义诗学、与英国和法国的结构主义人类学、与美国的描述性语言学有关，与更近期的法国结构主义心理学、政治理论、历史学、影视研究和文学理论有关。后来，一些美国学者又把查尔斯·桑德尔·皮尔士（Charles Sanders Peirce）和查尔斯·莫里斯（Charles Morris）的本土符号学、诺姆·乔姆斯基（Noam Chomsky）的生成语法以及诺思罗普·弗莱的神话批评也纳入到这庞杂的系统之中。因为在六七十年代，结构主义不仅在美国而且也在东欧的几个国家，如德国、荷兰、以色列和意大利，拥有一些颇有影响的追随者，所以到了70年代末，美国批评家在论著中提及来自这些地区的批评家的当代理论已经司空见惯。意大利符号学者翁贝托·艾柯（Umberto Eco）和俄国符号学者尤里·劳特曼（Yuri Lotman）的论著在美国越来越热就是两个例子。70年代，美国结构主义和符号学的兴起代表着一种多层面的国际思潮的来临，这种思潮也将对新生的跨学科研究模式产生相当大的影响。70年代期间，美国形形色色的艺术历史学家、历史学家、音乐学家、哲学家、神学家以及其他的专家们已经开始探索把结构主义和符号学方法与模式应用于各自研究领域的可能性。因此，美国和其他国家的结构主义运动都不只是局限在文学理论和批评的范畴；它根植于、也被应用于许多不同的领域和民族背景。

结构主义和符号学的大多数类型都有一套共同的理论系统和重要概念。最初，这些理论和概念出自索绪尔，是为了反对历史主义和阐释学的研究模式而形成的。为了避免19世纪历史语言学和语文学（philology）的各种问题，索绪尔在19世纪和20世纪之交提出了把分析的焦点放在语言潜在的规则和传统上，而不是放在言语行为的表面构成上。换言之，索绪尔开创了语言的社会或者集体纬度的分析，他感兴趣的不是说话者所制造的个人事件。他鼓励人们研究的是规则而不是表达、是语法而不是用法、是模式而不是数据、是能力而不是行为、是系统而不是实现、是语言（langue）而不是言语（parole）。要重构一个完整的语言系统，就必须阻止它的历史进化，注意它在某特定时间的构成因素。结构分析与历史研究不同，它通常分析的是系统的共时（synchronic）层面，而不是它的历时（diachronic）层面。比如，当布拉格语言学小组的主要成员N. S. 特鲁别茨柯伊（Trubetzkoy）在30年代开始详细研究语言的声音的时候，就把对语言的实际声音（语音，phonetics）的研究和对语言的运作至关重要的、有限的因素规则（音韵学，phonology）的研究区别开来。特鲁别茨柯伊和索绪尔一样，感兴趣的是现象的无意识的、共时的基础结构。克劳迪·列维－施特劳斯紧紧追随索绪尔和特鲁别茨柯伊，40年代期间，他开创性地把对原始神话的人类学研究引导到集体文化文本中受规则制约的规律的分析上来，把所有的历史变数都看成是神话中潜在的、永恒的共时系统（synchronic system）的一部分。

70年代初，美国文学批评家宣扬的结构主义研究所反映的原理出自索绪尔。在《文学结构主义导论》（*Structuralism in Literature: An Introduction*，1974）中，罗伯特·休斯宣称，结构主义在文学研究中占有特殊位置，“因为它要建立的是文学系统本身的典型……通过从对语言的研究转移到对文学的研究，通过界定不仅作用于个别作品、而且也作用于整个文学领域作品之间的关系的结构化原理，结构主义已经——而且还在——为文学研究建立一个尽可能科学的基础”[1]。和大多数结构主义者一样，休斯把他的领域里所有现象的整体（而不是独立的、原子意义上的实体）当作他的分析对象，分析的目的是为整个文学系统建立一个典型。乔纳森·卡勒，也在他的《结构主义诗学：结构主义、语言学与文学研究（*Structuralist Poetics: Structuralism, Linguistics and Study of Literature*, 1975）中表示拥护结构主义，反对当时盛行的那些解读批评形式：“结构主义帮助人们设想的那种文学研究不会是以解读为主；它不会提供一种方法，一种一旦应用于文学文本，就会产生新的、迄今为止没有人想到的意思的方法……文学研究与单个作品的细读和讨论相反，它力图理解的是那些使文学之所以成为文学的传统。”[2] 卡勒认为，结构主义批评家需要揭示和理解维系文学及其解读的传统体系。这种批评志不在解读本身；它也不局限于对单个作品的分析。虽然休斯和卡勒都倾向于认为文学是共时性的和系统性的，但是文学历史学家克劳迪欧·纪廉在《作为系统的文学》(*Literature as System*, 1971）中却指出：“文学历史与语言和社会不同，与其说它是通过完整的系统而运作，还不如说它有系统和结构化的倾向。”[3] 接着，他又对这个温和的文学系统观进一步修改，因为这些“体系不（是）元时间的或者元历史的”(389)。从根本上讲，纪廉是在告诫批评家不要追求普遍的范畴，要他们在结构主义批评中给文学历史保留一席之地。

就现象的深层结构与表层结构而言，索绪尔更注重前者，所以，他的理论部分地与马克思和弗洛伊德的命题平行。马克思对于潜在原因的兴趣和弗洛伊德对于无意识动机的关注极大地降低了个体意识的传统地位，以与索绪尔相似的方式把注意力转移到超个人的力量上。结构主义，且不说马克思主义和弗洛伊德主义，带来的“主体的消失”把自我看成非个人的社会体系的一种建构和结果。个人既没有开创也无法控制他的精神生活、他的社会存在或者他的语言经验的规范和传统。结构主义与马克思主义和心理分析吻合，这是不足为奇的。例如，在朱利娅·克里斯蒂娃（Julia

---

[1] Robert Scholes, *Structuralism in Literature: An Introduction* (New Haven: Yale University Press, 1974), p.10.

[2] Jonathan Culler, *Structuralist Poetics: Structuralism, Linguistics and the Study of Literature* (Ithaca: Cornell University Press, 1975), p. viii. 此后略为 *SP*.

[3] Claudio Guillén, “Literature as System” (1970), *Literature as System: Essays toward the Theory of Literary History* (Princeton: Princeton University Press, 1971), p.376.

Kristeva）的作品中这种吻合就显而易见。克里斯蒂娃是一位保加利亚理论家，从60年代起在法国工作，70年代末开始在美国兼职。

索绪尔预见了一个新学科、一门关于符号和符号系统的一般科学的可能性的科学，他暂时称之为“语言符号学”（semiology）。他认为，他的结构语言学对于这个新学科的研究在方法论上起到至关重要的作用。索绪尔的同代人皮尔士也提出了一个相似的学科，称其为“一般符号学”（semiotic），不过，他的研究方法是逻辑学而不是语言学。1961年，克劳迪·列维－施特劳斯在法兰西学院发表就职讲演的时候，把他的结构人类学定位在“语言符号学”的广泛领域之内。随着它的使用愈来愈普遍，“语言符号学”一词也像它的非法语的亲戚“一般符号学”一样，开始指代一个分析一切符号系统、代码和传统——从自然语言到动物语言、从交通信号到手语、从时装语言到食品系统语汇、从民间叙事的规则到语音学系统的规则、从诊断医学的代码到原始神话和文明文学的传统——的研究领域。所以，虽然符号学（semiotics 或者 semiology）常常依赖语言学研究方法，但是在广义上讲，它已经远远超越了语言学和文学研究的范畴。在60和70年代，“结构主义”（structuralism）一词往往被“符号学”（semiotics 或 semilogy）所代替。这一术语的转变在70年代末开始在美国出现，它标志着索绪尔的诸多追随者在视野上的开拓。文学结构主义或者符号学是一个更大的命题的一部分。历史证明，索绪尔的眼光是有预见性的。

自60年代中期后，世界范围内众多的符号学分支流派，无论是涉及动物符号学还是叙事学，无论是身体语言学（kinesics）还是文本语言学，都具有一个显著特征：方法论上的保守主义倾向支持着其在使用术语时的显著创造性。符号学分析通用的两个基本运作是：一、建构一个共时性领域或者数据场（一种语言 / a langue）；二、将这个领域分割、对分割的部分进行分类、再具体分析这些部分潜在的组合规则。通常，符号学家都为他们的各种系统决定了最小的构成单位以及这些单位之间的关系在形式上的规则。这方面的经典范例是特鲁别茨柯伊的语音学，他将有限的音素（phonemes）排列成一种服从于三元中介的二元对立。与之类似，为了研究神话，列维－施特劳斯也建构了“神话素”（mythemes）（或者叫微叙事单位），并在其对应与调解的关系中进行探讨。在研究原始烹饪习俗的时候，他还对“食素”（gustemes）的系统模式进行了研究。为了整理他们的数据，符号学家通常都诉诸数学公式，表示出与传统科学的重要联系和对它的尊重。

正是符号学与传统科学的关系，使得符号学圈内产生了对符号学的怀疑与批判。

比如，在法国，这种怀疑与批评导致了一种分裂，出现了“解构主义”、“符号分析学”(semanalysis)、“批判性符号学”、“精神分裂分析”(schizoanalysis) 和其他与符号学对立的命题。巴特《S/Z》(1970) 的问世成了这个学科里这一危机的象征。雅克·德里达、米歇尔·福柯、朱利娅·克里斯蒂娃以及其他与《太凯尔》(*Tel Quel*) 杂志有关的批评家，在 60 年代末开始发表的一系列论著也都是同一种危机的象征。因此，一个能够连贯性地生成新知识的、真正属于当代太空时代的科学梦想很快就受到了挑战。这一点，我们将在下一章看到。不过，尽管结构主义–符号学命题受到如此的怀疑与攻击，它在鼎盛时期仍然产生了很多重要的论著，而且还有继续下去的势头。

诗歌话语的语言学与符号学

太空时代开始以后的三十多年里，世界范围内的大多数文学结构主义者和符号学者都把关注焦点聚集在叙事性散文文学上。虽然诗歌相对来说受到的关注较少，但还是有一些重要的、有趣的有关诗歌话语的著作相继出版。60 年代，诗歌方面最重要的“结构主义”论著采用的是严谨的语言文体学方法。这在萨缪尔·列文 (Samule Levin) 的《诗歌的语言学结构》(*Linguistic Structures in Poetry*, 1962)、麦克·里法特尔 60 年代的论文集《文体学结构论文集》(*Essais de stylistique structurale*, 1971) 以及罗曼·雅各布森 60 年代的许多论文中都是显而易见的。70 年代期间，符号学这一新科学被有效地应用于诗歌话语。这样的例子有保罗·卒姆托 (Paul Zumthor) 的《论中世纪诗歌》(*Essai de poètique mèdièvale*, 1972)、尤里·劳特曼 (Yuri Lotman) 的《诗歌文本分析》(*Analysis of the Poetic Text*, 1972；译本 1976) 和麦克·里法特尔的《诗歌符号学》(*Semiotics of Poetry*, 1978)。对美国文学结构主义和符号学发展影响最大的两位诗歌批评家是罗曼·雅各布森和麦克·里法特尔。他们都在美国工作了三十多年。

值得一提的是，雅各布森在 1915 年到 1920 年期间曾任莫斯科语言学协会主席，1927 年至 1938 年曾任布拉格语言学会副主席。40 年代，他在哥伦比亚大学任教，50 和 60 年代同时在哈佛大学和麻省理工学院任教，70 年代，在许多美国高校，包括布朗大学、耶鲁大学和纽约大学任教。雅各布森不仅非常熟悉俄罗斯形式主义和布拉格结构主义，而且也非常熟悉克劳迪·列维–施特劳斯的结构人类学。40 年代初，他与列维–施特劳斯在美国一起工作过。实际上，是雅各布森首先把年轻的列维–施特劳斯引向结构语言学。他可能比其他任何个人都更能体现20世纪结构主义的历史。

雅各布森对诗歌研究的贡献有很多，比如他的可以作为典范的对诗歌文本的分析和关于诗歌功能的一般理论。他的宣言《语言学与诗学》（"Linguistics and Poetics", 1958）——收录在托马斯·西比奥克（Thomas Sebeok）的《语言风格》（*Style in Language*, 1960；一次学术会议的论文集）中——为后来结构主义–符号学研究中的大量论战和发展设定的规则。他与列维–施特劳斯合著的论文《查尔斯·波德莱尔的〈猫〉》（"Charles Baudelaire's 'Les Chats'", 1962）很快就在建立一种可行的针对诗歌的结构主义研究方法的努力中成为一个有影响力的典范。

在《语言学与诗学》中，雅各布森指出，语言传播过程涉及六个因素和六个相应的语言功能（见图1和图2）。

语境

信息

说话者（编码者）————————受话者（解码者）

接触

语码

图1　语言传播的六个因素

指涉

诗学

情感————————意动

交感

元语言

图2　语言传播的六项功能

虽然雅各布森把传播的六项功能相互分开，但是他坚持认为，语言信息的传递不是单单某一项功能的实现，不是垄断，而是多项功能的运作。因此，决定一条信息的语言结构的是，某项功能在与其他功能的组合层级中占据了压倒优势。就诗学分析而言，雅各布森研究模式的主要影响在于，它打破了诗歌是韵律语言的标准文类形式这一传统概念。诗学功能不仅体现在诗歌中，而且也体现在政治宣传口号、商业广告以及很多其他形式的话语中。无论是否处于优势，诗学功能都经常、而且广泛地在语言信息中运作着。所以，“诗歌”的科学研究就不可能被语言学家和诗学研究者限制于传统的文类。

当雅各布森在研究传统的诗歌类型时，他把不同类型诗歌中语言功能的排列规律加以区别，以此来描绘它们。例如：史诗通常使用第三人称的话语，它既涉及指涉功能也涉及诗学功能。而抒情诗则与第一人称有关，它在启动情感或者表达功能的同时也启动诗学功能。诗学功能本身有三个显著特征：(一) 为了自身的缘故对语言信息的极大关注；(二) 有使指代功能相形失色的显著倾向；(三) 在所有语言层面上 (音位、形态、句法、词汇) 都有一种强有力的趋向平行的动力。“这种功能，通过强化符号的可感触性，加深了符号与对象之间的根本的二元对立。”[4] 因为诗学功能既表现在绘画、电影、芭蕾舞和音乐作品中，也表现在包括文学作品在内的语言信息中，因此，把它放在普通符号学而不是单纯的语言学或者诗学的语境中来研究是大有裨益的。“任何要把诗学功能的范畴局限在诗歌上，或者把诗歌限制于诗学功能的企图，都将是一种令人产生错觉的过分简单化 (93)。”虽然，雅各布森在符号学的范畴内为诗歌保留了一席之地，但是他个人却继续把它放在语言学的框架里研究。

雅各布森关于诗歌语言分析的论著有很多。也许，其中最有影响的是他与列维－施特劳斯合著的、探讨波德莱尔的十四行诗《猫》的那篇论文。此文成了“微结构主义”(microstructuralism) 的象征。所谓微结构主义，是一种严谨的细致分析法，它注重语法、句法、语文学、修辞、主题学、语气、诗节结构特别是语音肌理领域内的对比、一致、关联和对应这些确定无疑的形式。就语音肌理而言，雅各布森的结构主义研究几乎是着魔般地把注意力集中在元音、辅音、韵律、格律单位复杂的抑扬调节与和谐上，从而把单个文本的诗学功能实体化，这种方式使人联想到斯拉夫派的形式主义。一首像《猫》这样的诗作中有许许多多的因素，当它们协调一致时，就能赋予诗歌“以一种绝对客体的价值”[5]。正如列维－施特劳斯所说，“诗是层叠而成的，所以，单独来看，每一首诗都包含着它自身的变异，这些变异可以在竖轴上再现出来……”(124) 确实，雅各布森和列维－施特劳斯从事的共时性研究把作者生平、文学和文化

[4] Roman Jakobson, “Linguistics and Poetics” (1958), in *The Structuralists: From Marx to Lévi-Strauss*, eds. Richard T. and Femande M. De George (Garden City: Doubleday. 1972), p. 93.

[5] Roman Jakobson and Claude Lévi-Strauss, “Charles Baudelaire’s ‘Les Chats’” (1962), in *The Structuralists*, p. 141.

历史以及读者的反应撇在一边，使作品脱离了它的生产和接受语境。

对诗歌的微分析是雅各布森语言学结构主义的典型特征。它受到了美国各类同情者们的批判。在一篇著名的论文《描述诗歌结构：波德莱尔的〈猫〉的两种研究方法》（“Describing Poetic Structure：Two Approaches to Baudelaire's ‘Les Chats’”，1966）中，里法特尔率先发难，从美国结构主义的立场出发对雅各布森进行了批评。这篇文章首先发表在《耶鲁法国研究》（*Yale French Studies*）的特刊《结构主义》上。文中，他抱怨，从文学角度讲，雅各布森和列维－施特劳斯研究的许多语言学特征都是无关紧要的，而没有文学文体学支撑的结构主义语言学是不可能辨别哪些美学因素是相干的，哪些是不相干的。雅各布森式分析的问题在于，它对文本的所有方面都是不偏不倚同样对待，特别是对无关紧要的排比穷追不舍到了盲目的地步。虽然里法特尔与其他的结构主义者一样，都不喜欢传记批评，但是他坚持认为，批评必须建立在读者反应的基础之上（在这个问题上，美国其他的结构主义者与他是一致的。我们将在本章的第四节看到这一点）。使描述性批评免于理论上枯燥无味的是那有文学修养的读者，这种读者关注美学价值和文学意义。批评不是机械操作，要摆脱机械操作的误导，批评必须依靠敏感的读者在掌握信息基础上做出的反应。“所以，诗歌的相干部分必须是建立在这些反应的基础之上的……”[6] 这里，里法特尔启动了**受话者（addressee）**在传播过程中的作用。另外，他把诗歌定位在语言和文学的历史框架里，从而延展了传播**语境（context）**的潜在作用和相关性。在他对波德莱尔的十四行诗的解读中，充满了对 19 世纪法语词汇和文学作品的旁征博引。恢复结构主义批评对于文学的历史层面的关注，这也是克劳迪欧·纪廉在同时期的一系列论文中的主要观点。里法特尔对于雅各布森把诗歌孤立起来分析的做法持批判态度，他指出，读者反应和历史语境在结构主义批评中起着重要作用。

70 年代初，里法特尔从文体学研究转向符号学研究，但是，他拒绝放弃对于自足文本进行缜密分析（close analysis）的实践这一源自形式主义的传统。在《诗歌符号学》、《文本生成》（*Text Production*，1979；英译本 1983）以及 70 年代发表的许多论文中，他始终坚持关注文学历史、接受美学批评，坚持对单个文本的细读。有所改变的是一种新的对更大的宏观结构主义命题的执著：他执著地为创造一种可普遍应用于西方文学的诗歌理论模式而努力。为了描述阅读诗歌话语时常常遇到的复杂的表

[6] Michael Riffaterre, “Describing Poetic Structures: Two Approaches to Baudelaire's ‘Les Chats’” (1966), in *Structuralism*, ed. Jacques Ehrmann (Garden City: Doubleday, 1970), p. 197.

层特征或者“不合语法性”，他提出了一种诗歌的深层结构或者深层语法理论。通过一系列程度不同的复杂转化，一首诗便从一个简单的词或者句子（一个母题 / Matrix）衍生出来。根深蒂固的符号学母题（编码在文学性个人方言中）经过延展和 / 或者转换而成为模仿性指代语言（主流的社会方言），在此过程中，它被曲解并产生模糊性。从指代的角度阅读诗歌，就是横向地、表面地进行获取内容和意思的运作。追溯性地或者“从阐释学角度”阅读一首诗，就是沿着一个等同系统（system of equivalences）上下纵向移动，以掌握形式与意义。在模仿层面不合语法的东西，在符号学层面是符合语法的。对于读者来说，每一个遇到最大困难的时刻，都毫无例外地标志着母题显示的关键时刻。通常，母题总是与更早的文本 [所谓的“隐项”（hypograms）] 有关，或者经过它们的过滤。这个事实意味着阅读既取决于文学能力也取决于语言能力。里法特尔的读者是仔细研究文学历史的学生。在他的生成–转化符号学诗歌模式中，母题要经历转化，经历复杂的词句生成（hypogrammatizations）、延展和转换。这个转化描述了文本的生产过程，保证它被正确地接受。

美国的一些结构主义者和符号学者对雅各布森和里法特尔甚为不满。其原因是，二者极力将语言的指涉–模仿功能压缩到最小限度或者将其完全消融，使其脱离社会，表现出将诗歌永恒化的倾向。在消融模仿性和指代性上，里法特尔比雅各布森走得更远，所以他也受到了更多的批评。卡勒、休斯和纪廉都对诗歌的符号学中这种形式主义倾向深表不满。[7] 雅各布森的结构主义语言学和里法特尔的符号学与形式主义一样，都对文本的统一性和空间形式、对文学语言（而不是普通语言）、对自足文本的细读表现出极大兴趣。不过，里法特尔除了上述的兴趣之外，还关注读者的参与、历史的互文文本（intertext）的作用以及西方诗歌的潜在体系——而这些关注都使他的形式主义不再那么刻板。值得注意的是，雅各布森和里法特尔与60和70年代的苏联符号学家不同，他们不愿意把诗歌定位在文化类型学范围内，在这个范围内，所有艺术的模式系统都统一到一个视角来研究它们的相互影响、共同的等级结构以及相似的符号系统。这两位欧洲出生的美国结构主义者倾向于把诗歌孤立起来研究，这一点与新批评家无异。

---

[7] Jonathan Culler, “Riffaterre and the Semiotics of Poetry” (1981), in *The Pursuit of Signs: Semiotics, Literature, Deconstruction* (Ithaca: Cornell University Press, 1981), pp. 95—97; Guillén, pp. 9—10; and Robert Scholes, *Semiotics and Interpretation* (New Haven: Yale University Press, 1982), pp. 42—48.

叙事学：从句法到修辞到话语

叙事学源于60年代的欧洲。自创立以来，它就成了一门包罗所有现存的和可能存在的叙事的学科：从神话、传说和寓言到史诗、中长篇和短篇小说，从对话、新闻报道和电影到悲剧、喜剧和历史剧，从一些浮雕、彩色玻璃窗、绘画到舞蹈、哑剧和个案研究，正可谓无所不包。叙事学有意识地不把自己局限在小说的历史、叙事意义的挖掘或者经典故事的美学价值的研究范围内。从根本上讲，叙事学的任务就是分析所有叙事的特征和功能。就现代英美传统而言，对于叙事的理解作出了重要的、非结构主义的、文学贡献的有：珀西·卢伯克（Percy Lubbock）、约瑟夫·弗兰克（Joseph Frank）、马克·肖勒（Mark Schorer）、弗兰克·克默德（Frank Kermode）、诺思罗普·弗莱、韦恩·布斯、威廉·拉波夫（William Labov）以及许多其他学者。重要的斯拉夫叙事理论家包括，维克多·什克洛夫斯基（Victor Shklovsky）、弗拉基米尔·普罗普（Vladimir Propp）、米哈伊尔·巴赫金（Mikhail Baktin）、鲍里斯·乌斯本斯基（Boris Uspensky）、尤里·劳特曼和捷克移民卢伯米尔·多莱采尔（Lubomír Doležel）。其他可列举的理论家还有很多。仅从60年代中期开始，法国传统中就包括最著名的结构主义学者罗兰·巴特、杰拉德·热奈特（Gérard Genette）、阿尔戈德斯·格雷马斯（Algirds Greimas）、茨维坦·托多洛夫（Tzvetan Todorov）、朱利娅·克里斯蒂娃、克劳德·布雷蒙（Claude Bremond）。一些荷兰、德国、意大利和以色列学者也对结构主义叙事学这一新领域作出了重大贡献。叙事学研究跨越了数代人，其特征是具有多层面的研究方法和广泛的学科疆域。这个领域的重要论著的作者不仅有马克思主义者、形式主义者、神话批评家、结构主义者和符号学者，还有民俗学家、人类学家、圣经学者、历史学家和心理分析家。70年代，美国文学结构主义者和符号学者中，最有创意的叙事学家当属杰拉德·普林斯。另外，历史学家海登·怀特（HaydenWhite）和曾是文体学家的西摩·查特曼也对结构主义叙事学研究做出了重要贡献。

杰拉德·普林斯在《叙事学：叙事的形式与功能》（*Narratology: The Form and Functioning of Narrative*，1982）中，对他70年代的那些论文和《故事的语法》（*A Grammar of Stories*，1973）进行了修改和系统梳理，并借鉴这一领域已经获得的研究成果，为叙事学科学作了一个明晰的总体介绍。普林斯的研究与其他学者，比如卡勒、纪廉和休斯的文学叙事研究不同，它表现了一种普遍主义的抱负。这种抱负是建立在代数学的研究方法基础上的，而这种方法又出自诺姆·乔姆斯基的《句法结构》

(*Syntactic Structure*, 1957),它追求的是以一种宏观结构主义(macrostructuralist)的方式,把叙事的有限语法规则形式化并对其进行详细的描绘。普林斯与同时代的许多叙事学者一样,考虑到了语义学、读者反应和传统的小说功能,但是,与美国其他的叙事学理论家不同的是,他发展了一种生成–转换语法,用以描述叙事的结构、逻辑、叙述因素和机制。

根据普林斯的模式,一个有限数目的结构特征就可以生成无限数目的叙事。当然,有些可能的叙事形式还没有被讲故事者实现,这是不可避免的。一种语言的语法使说话者能够创造出新的句子,同样,叙事的语法也赋予讲故事的人以创作新故事的能力。对普林斯来说,分析的基本或最小单位是事件。要成为叙事,文本必须按时间顺序至少再现两个事件,而这两个事件都不以对方为先决条件或者倚赖对方而成立。叙事的每一个部分可以有一个修饰。普林斯就是从这样的内核叙事开始,建立了一套排列有序的改写规则,来描绘由连接因素或者一连串片断连接起来的事件。为了探讨延展叙事,即一系列内核叙事是怎样被一个个连接起来、改动或者打断的,普林斯提出了一组转换规则。有了他那套有限的改写和转换规则,普林斯便能描述所有叙事结构。另外,为了便于把内容、叙述和翻译(成自然语言)形式化,他还为未来的语法理论指出了方向。"很清楚,就目前的情况看,语法需要进一步详细的阐述,它的最终建构不是短期的任务。"[8] 尽管普林斯的语法理论有其局限性,但是它对叙事结构的规则处理得相当好。这一点,他用《故事的语法》中所阐述的几十个规则对《小红帽》所做的12页代数学描述就是证明。

普林斯是一位典型的科学结构主义者。他认为,有限的规则可以描述无限的真实的和可能的现象,实现他的目的的最有效的模式是语言(langue)的句法。他感兴趣的不是个别文本的表层结构,而是所有叙事的深层结构。他是名副其实的符号学者,研究的对象是所有的叙事,从食谱到文学文本。最后,他有计划地排除对历史、美学和阐释学的考虑——而这却是索绪尔传统所鼓励的方法论上的策略,也被认为是科学的结构主义研究所必需的条件。

整个70年代,结构主义史学家海登·怀特频繁出席文学会议,他的名字也频繁出现在文学刊物上。默里·克里格和哈扎德·亚当姆斯(Hazard Adams)于70年

[8] Gerald Prince, *Narratology: The Form and Functioning of Narrative* (Berlin: Mouton, 1982), p.101.

代中期合创的批评理论学院经常聘他作教员。他的历史叙事模式深受诺思罗普·弗莱的文学模式理论和肯尼斯·伯克的修辞手法理论的影响，把复杂的现象简化成相对少的几条“规则”。怀特与卡勒和休斯一起，在全国进行循环学术讲座，成了深受喜爱的结构主义代表人物。他的《元历史》(*Metahistory*, 1973) 和《话语的回归线》(*Tropics of Discourse*, 1978) 在文学理论家中广为流传。

在《元历史》中，怀特把焦点集中在 19 世纪欧洲主要的历史学家和哲学家 [包括黑格尔、米希莱 (Michelet)、兰克 (Ranke)、托克维尔 (Tocqueville)、布克哈特 (Burckhardt)、马克思、尼采和克罗齐 (Croce)] 身上。他指出，历史，作为一种叙事话语，偏袒特定的情节设置 (emplotment) 模式：一个历史文本，从根本上讲，如果不是一部浪漫传奇，便是一个悲剧、一个喜剧或者一个讽刺剧。其他的文类都被归纳进了这些主要类型。而且，每一个这样的主要文类都与某个特定的意识形态模式有着一种密切关系。与各类情节相关的分别是虚无主义、激进主义、保守主义和自由主义的视角。在有限的范围内，可以出现各种变异。各种情节和意识形态有具体的论证形式与之相应。这种广泛的说明、假设或者历史法则都偏爱某种演绎模式，包括所谓的形式论、机械论、有机论和语境论方式。综合起来，这几套情节设置、意识形态和论证的结构便产生出历史作品非常明确的美学、伦理和认知层面。

从根本上讲，怀特的历史叙事模式是建立在语言理论的基础上的。这是大多数结构主义者的一个典型策略。历史学家在再现、评估或者解释一个历史领域的数据以前，她必须把这个领域预见 (prefigure) 或者构想成一个思维的对象。从本质上讲，这种生成的行为本质上是语言学的。“这种先概念性的构想将会——通过其本质上的**预见性**特征——成为可以用主流的比喻模式来描述的东西。”[9] 历史学家在分析这个领域之前，就已经创造了她的分析对象，因此事先决定了她的表现方式。与情节设置、论证和意识形态相互关联的四种比喻方式或者主要比喻 (master tropes) 是：隐喻 (metaphor)、转喻 (metonymy)、提喻 (synecdoche) 和反讽 (irony)。当人类思维与经验世界接触时，现象之间和之内就产生了种种关系。这些比喻描述了这些关系。或者，更确切地说，“思维是语言方式的俘虏，并力图在其中掌握自己的知觉领域中的对象的轮廓”(p. xi)。这样，比喻就支持和构成了历史领域中所有前概念性的材料：它们构成了每一个历史文本的潜层或深层结构。一个历史学家在从语言学角度预见

---

[9] Hayden White, *Metahistory: The Historical Imagination in Nineteenth-Century Europe* (Baltimore: Johns Hopkins University Press, 1973), p. 30.

一个历史领域的时候，就已经心照不宣地选定了特定的情节设置、意识形态和解释方式。根据怀特的界定，在这既定的结构安排之中，很少有置换的可能。

随着历史学修辞基础的建立，怀特的文学历史叙事范式获得了新的意义。叙事的美学、道德和认知层面以各种基础比喻的投射形式浮现出来。叙述成了与前意识的语言决定因素一致的人生现象和经验的形式化。书写历史必须包括对包含在比喻构成中的可能的情节、道德含义和观点的设计。

怀特的四重结构范式，具体地阐述了历史叙事是怎样产生的，为什么它们是语言性和文学性的（比喻性和文类的）。比喻的方式决定思维的路径和叙述的文类模式。作者没有改变这种语言控制或者深层结构的自由。和普林斯的叙事生成语法一样，怀特的模式证明，为数有限的规则可以产生无数不同的叙事。

怀特与普林斯不同，他对历史、美学（特别是文类理论）、政治和阐释学有着明显的关注。确实，怀特广泛的关注范围，使他的研究有别于美国所有的文学结构主义者，无论是雅各布森还是里法特尔，纪廉还是休斯，卡勒还是查特曼。他对某种马克思主义思想路线的执著，解释了为什么他对历史、政治和阐释学感兴趣，也使他与法国结构主义者更接近，因为后者大多数是马克思主义者。对怀特来说，叙事是历史作家的产品，因此不可避免地体现着社会存在的政治和阐释学。

西摩·查特曼的《故事与话语：小说和电影的叙事结构》（*Stories and Discourse: Narrative Structure in Fiction and Film*，1978）是美国结构主义叙事学最流行的论著。它是对英美和欧洲叙事理论的一个清晰、明智的综合论述。书中，布斯与巴特都受到同样的推崇；卢伯克和巴赫金得到同样的赞誉。查特曼的理论与众不同之处，并不在于它关注叙事的深层结构或者语法——**故事**，而在于它具有创新性地把关注点放在故事的形式表述或者传送——**话语**——上。普林斯和怀特常用的代数和修辞性简化归纳对于查特曼没有多少用处。他最具独创性的地方是他对视角理论的修正和充实。在言语行为哲学的鼓舞下，查特曼废弃了传统的叙述者分类——第一人称叙述者，第三人称叙述者，全知叙述者，等等。"叙述者的分类固然重要，但更重要的是识别那些标志它们的能听度（degree of audibility）的特征。这里有一个计量效应：识别特征越多，我们对叙述者的在场感就越强。"[10] 查特曼构建了一个叙述者-显现度的频谱，从最小到隐蔽到公开的叙述者，约有十八个不同识别程度的叙述者能听度。其实，他

[10] Seymour Chatman, *Story and Discourse: Narrative Structure in Fiction and Film* (Ithaca: Cornell University Press, 1978), p. 196.

并没有废弃传统的叙述者概念，而是给它增添了新的内容，使其变得更加复杂。这里，与其他地方一样，查特曼的论著表现出一种反简化论的倾向。

欧洲叙事学者，如普罗普和格雷马斯，提出了简洁的人物类型学，并把人物概念化为情节的一种功能。可是，查特曼却认为，人物是独立的、令人难忘的、自足的存在，而且，就某些伟大的文学人物而言，其魅力永不枯竭、永远发人深思。在叙事中，人物是体现在被赋予了持久特征（形容词）的名字（名词）中的个性的最终居所。叙事事件沿着故事的时间链水平地或者横向地（syntagmatically）发生，而人物特征却是跨越事件生成的时间而纵向地（paradigmatically）聚合。"人物的纵向聚合观看到的是一系列特征，在比喻的意义上，这些特征是与情节组成的事件的横向链锁相交的垂直组合。"(127) 查特曼深受莎士比亚批评家布莱德利（A. C. Bradley）于世纪之交开创的人物分析的影响，他推崇的"开放的人物理论"与其说是一种结构主义叙事学，倒不如说是一种人文主义研究。

因为查特曼完善了有关叙事者和人物的理论，因为他摒弃了所有形式的简化论，所以他事实上抵御了与结构主义形影相随的"主体的死亡"论。可是，他也与大多数结构主义者一样，对美学、阐释学和历史没有什么兴趣。他喜欢以索绪尔传统中典型的理性方式来描绘话语系统的细枝末节。

1984 年，乔纳森·卡勒对叙事学的发展和存在问题进行了回顾性评估。他指出，这一领域有四大贡献值得特别称颂。他褒扬了对深层结构与表层现象（故事与话语）之间的区别进行研究的成果；他为叙事和视角理论的各种精深见解欢呼；他深信把叙事作为理解和可理解性（intelligibility）的一个基础体系来研究（以海登·怀特的方式）有很大的价值；他宣称对叙事观众和读者反应理论进行反思极为重要。[11] 在结构主义圈内，对接受美学真正感兴趣的不仅仅只是叙事学者。麦克·里法特尔的诗

---

[11] Jonathan Culler, "Problems in the Theory of Fiction," *Diacritics*, 14 (Spring 1984), 2—11. See also the several issues devoted to narratology of *Poetics Today*, 1—2 (1980—1981); and Harold F. Mosher, Jr., "Current Trends in Narratology," *Critical Texts*, 1 (Summer 1982), 1, 15—20. On the state of narrative theory just prior to the advent of structuralism in America, see the representative anthology of criticism edited by Philip Stevick, *The Theory of the Novel*(New York: Free Press, 1967), which observed on the opening page "the novel has had no poetics" (1). For an introduction to the developments in narratology between 1960 and 1985, see Wallace Martin, *Recent Theories of Narrative* (Ithaca: Cornell University Press, 1986), which has a detailed bibliography.

歌风格研究，开创了 60 年代对读者关注的先河，后来成了美国结构主义批评的典型特征。从根本上讲，叙事学的研究成果证明了结构主义研究方法的实力，它提供了经济、简单、连贯和可检验的理论来阐释叙事纷繁而复杂的特征。

阅读的传统与规范

读者指向批评的两部重要选集是简 · 汤普金斯的《读者反应批评》(*Reading-Response Criticism*) 和苏珊 · 苏雷曼与英格 · 克罗斯曼合编的《文本中的读者》(*The Reader in the Text*)。在这两部 1980 年问世的选集中，收集了卡勒、普林斯、里法特尔这三位美国文学结构主义者的论文。当然，她们本可以再收入一些其他的结构主义者。美国结构主义批评家们常常对读者和阅读理论提出详细的见解，在这方面做出了很大的贡献。在他的《文学术语汇编》(*A Glossary of Literary Terms*, 1981) 中，M. H. 艾布拉姆斯指出："结构主义批评把关注焦点放在阅读活动上，这种活动，通过启用必要的传统与规范，使文学产生意义——即，赋予构成文学作品的单词、短语或者句子这一序列以形式和意义。"[12] 举一个直接具体的例子：查特曼宣称，"阅读"叙事表层与"读出"(reading out) 它的深层结构不是同一回事，后者涉及对传统和规范进行繁琐的层际之间的解码。总的说来，没有对于阅读的一般理解的扩展和翻新，结构主义者的研究就不可能进行。关于这一点，我们将在里法特尔、普林斯、卡勒和休斯的理论中得到证明。

在他的《描述诗歌结构》("Describing Poetic Structures") 一文中，里法特尔坚持认为，诗歌的分割与分析取决于读者对文本相关特征的认识，而这些特征往往模糊不定、难以预料、内容含混。为了描述文本的这些重要的、相关的层面，他假设了一个"超级读者"——一个想象中的、尊重作品的时间性展开并尤其是对作品不符合语法的地方做出高度敏感反应的读者。这一修辞建构，使里法特尔能够把聚焦点放在发觉特异之处的重要时刻上，从而进行形式主义的微分析。在里法特尔看来，文本决定反应，反应总是要求语言学和文学知识。超级读者不仅拥有一个百科全书般的信息库，而且还具有高度的美学敏感。

五年后，当《描述诗歌结构》的法语译本发表在他的《论文体结构》中时，里法特

[12] M. H. Abrams, *A Glossary of Literary Terms*, 4th ed. (New York: Holt, Rinehart andWinston, 1981), p. 189.

尔又新增加了一个段落，概述了阅读的相互牵连的三个阶段。第一阶段，读者忠实地跟随文本中事件的展开。第二阶段，他回顾性地分析某些矛盾的情节段落，以找到解决困境的方法。第三阶段，他再次对文本进行整体的、记忆性阅读。这三个阶段对于阅读的动态都至关重要。当里法特尔从文体学转向符号学时，他把这三个阶段重新分为两个阶段。第一阶段，是“启发式阅读”(heuristic reading)，它注意作品的线性、模仿层面，面对的是表层上语言的不合语法之处。第二阶段，“阐释性阅读”(hermeneutic reading)，是追溯性的，关注的焦点在文本的纵向的、符号学特征上，特别是它深层的结构的隐项词句（hypograms）和母题。阅读的这两个层面的特征是一系列的对应：理想地说，阅读的进程是从言语到语言、从社会方言到个人方言、从意思到意义、从内容到形式、从模仿到符号过程、从不合语法性到合乎语法性、从语段到范式、从转换到母题、从表层到深层。查特曼把这样的层次变动叫做“读出”。根据里法特尔的论述，这个过程有很积极的促进作用，虽然它也有麻烦的一面，即它的循环性和不稳定性：“当这些结构等值在启示的光焰中一下子变得很明显的时候，读者就被重新引向了正确的阅读。这种启示总是机遇性的，总是必须重新开始……”[13]符号学的“双重阅读”(double reading) 迫使读者在文本的不同层次之间不断地、有成效地穿梭——里法特尔认为这个过程是文学性的一种标志。

在他的文章《叙事学介绍》(“Introduction à l'étude du narrataire”，1973；1980 译本）中，普林斯把“受述者”(narratee) 与真实读者 (real reader)、虚拟读者 (virtual reader)、理想读者 (ideal reader) 加以区分，给不断发展的读者类型学增添了新的内容。他的理想读者与里法特尔的超级读者一样，对文本有着完全的理解。虚拟读者指作者心目中的叙述对象，而真实读者则是真正地在阅读作品的读者。受述者指的是文本所针对的那个或者那些人，比如，《一千零一夜》中的哈里发 (Caliph) 或者《黑暗之心》中的马娄 (Marlow)。“所有的叙事，无论口头的还是书面的，无论它叙述的是真实事件还是神话事件，无论它是讲述一个故事还是一个简单的先后发生的系列活动，都不仅（至少）有一个叙述者，而且还（至少）有一个受述者，即，叙述者与之说话的人。”[14] 受述者在小说中像人物形象一样占据着一个位置；他是文本内在固有

---

[13] Michael Riffaterre, *Semiotics of Poetry* (Bloomington：Indiana University Press, 1978), p. 166.

[14] Gerald Prince, “Introduction to the Study of the Narratce” (1973), trans. Francis Mariner in *Reader-Response Criticism：From Formalism to Post-Structuralism,* ed. Jane P. Tompkins (Baltimore：Johns Hopkins University Press, 1980), p. 7.

的。在普林斯的阅读模式中，交流的走向是从作者到叙述者、到受述者、到虚拟读者、到真实读者、再到理想读者。为了能够描述受述者，普林斯设定了一个假想的“零度受述者”(zero-degree narratee)，用以对照衡量实际受述者。与大多数公开的或者隐蔽的真实受述者不同的是，零度受述者存在于心理、社会和伦理的真空之中，具备的主要是最小的语言能力、实在的心和一个好的记忆力。有了这固定的参照点，普林斯便能够通过一种忠实于单个作品的、高度形式主义的运作，描绘出各种各样的文本受述者的轮廓。受述者承担的功能，包括建立文本框架、揭示叙述者的个性、推动情节发展、把信息从叙述者传递给读者、表明故事的寓意。普林斯认为，要充分地阅读一个叙事，就必须考虑到各种受述者的功能。

关于文本以外的“真实读者”，普林斯也在《叙事学》中作了论述。他把最小阅读(minimal reading)和最大阅读(maximal reading)加以区别。理解和复述言内意义或者表义意义就是最小地阅读；掌握文本所有相关的和有意义的方面就是最大地阅读。普林斯还将文本阅读和反应生成加以区别。在阅读中，批评家选择、改进并重新排列在阅读过程中收集起来的材料；在反应中，读者让自由联想和个人幻想来决定他对文本的接受。普林斯贬低反应，其理由是它引进了无关紧要的东西，它避开文本的约束，因而与文本失去了联系。无独有偶，里法特尔也认为，“对于一种非常特别的阅读行为来说，文学文本首先是一张约束之网和方向指南”[15]；普林斯亦宣称“我所阅读的文本是我阅读的一种约束”(112)。普林斯要真实读者超越最小阅读，以便能够在提取最大意思的过程中创造一种关注文本约束条件的阅读。对于普林斯和里法特尔来说，意思都同样居于文本之中，经读者提取而得。

对于普林斯的真实读者和里法特尔的超级读者和阐释学读者而言，熟悉语言学和文学传统与规则都是至关重要的。根据普林斯的观点，“阅读一个叙事，去理解它，就意味着按照几种规则来组织它和解读它”(125)。在这些必需的传统和规则之中，包括语言知识、基础逻辑的掌握、对解读惯例的熟悉以及对传统的符号、文类和人物形象的欣赏。这些信息构成了一套规范、限制条件以及规则，从而使文本变得可以解密、可以理解。基于文本的约束条件、语言学传统和文学规则，阅读在普林斯的理论中便成了一种非个人的、受到限制的活动。

---

[15] Michael Riffaterrc, "Interview," *Diacritics*, 11 (Winter 1981), 13. See also *Semiotics of Poetry*, pp.12, 150, 165.

总的说来，结构主义的阅读理论家，特别是里法特尔、普林斯和卡勒，与其他读者反应理论家，例如布莱奇、早期的费希和霍兰德，两者之间的不同之处在于，前者把阅读描绘成一种在很大程度上已经被决定了的解码运作，这种运作受文本和文化的约束条件而不是心理和情感倾向所左右。70 年代中期，当费希在他的解读理论中提出解读社群的概念时，他采用的是一种结构主义视角。就是说，他承认传统和规范对阅读的种种限制。结构主义的传统（或者规范）概念所带来的，是对于那些决定文学和文学解读的潜在的社会和历史的准则系统（或者深层结构）的一种意识感。克劳迪欧·纪廉仿效哈里·列文，对此做了明确的证明（*Literature as System*，59—68）。不过，在美国文学圈内，对促进传统和规范的研究贡献最大的应当首推乔纳森·卡勒。

在《结构主义诗学》以及其他的论著中，卡勒提出了这样的观点：掌握了规范和传统的文学读者，才能够把句子组合作为具有形式和意义的文学作品来处理分析。因此，结构主义批评的任务就是，"尽最大可能，揭示出那些已经产生效果的规范"(31)。比如，在作家和读者共同的解读传统和规范中，卡勒列举了以下六条。"重要性规则"，意味着文学作品表达了对于人类和 / 或者人类世界的一个重要态度。"隐喻连贯传统"，肯定比喻的本体（tenor）和喻体（vehicle）总是一致的。"诗学传统的规范"为我们提供了一套具有约定意义的符号和类型。"文类常规"为我们提供衡量文本的固定的标准。"整体原则"要求作品一致的层面越多越好。"主题统一性传统"意味着语义和比喻的对应符合对称的二元对立模式。卡勒认为，这些规则、规范和传统的整个体系构成了文学能力，组成了文学建制。

虽然阅读常规常常是无意识的，有时还是可变的，但是，它们是社会现象、而不是主观现象，因此，我们可以像语言学研究语法那样对其进行分析。所以，卡勒为文学研究提出的是一种转变，一种从研究单独的作品向研究解读传统的转变。这是一个从个人行为向社会能力、从独力工作的批评家向文学建制、从表层现象向深层结构的转移，是索绪尔从**言语**（***paorle***）向**语言**（***langue***）的转移的扼要重述。毫不奇怪，卡勒对美国人自新批评以来执著于对单个文本进行细读持批评态度。他摒弃阐释学、推崇符号学，因为符号学"赋予建构一种文学能力的理论这一任务以优先权，把批评性解读降到了一个次要的位置"(128)。对当代批评性解读为了追求一致性和意义匆匆了结的倾向，卡勒尤为不满。这种不满充分地体现在他的《福楼拜：不确定性的运用》(*Flaubert: The Uses of Uncertainty*，1974)，这部著作推崇福楼拜颠覆传统理解模式的各种策略。这本对福楼拜的论著证明的是，一方面文学研究体系的传统对于解读是至关重要的，另一方面，打破这些传统起到的作用也同样重要。

在整个70年代以及80年代初，卡勒在他的符号学研究中吸收了越来越多的解构主义。如果说这一努力在《结构主义诗学》(*Sturcturalist Poetics*) 中还是小打小闹的话，那么到了《符号的追求》(*The Pursuit of Signs*, 1981) 和《论解构主义》(*On Deconstruction*, 1982) 中，它已经变成了一种执著的追求。在《论解构主义》中，卡勒几乎已经放弃了符号学、爱上了解构主义，而在前一部论著中，他也毫不含糊地要把解构主义吸收到符号学中来。他的这种理论追求的变化也改变了他对阅读活动的概念。例如，在《论解构主义》中，他把阅读本身表现为一种叙述。文本的阅读被描绘成阅读文本的经历。从本质上讲，这些经历是二元的；它们依赖"一个解读者和有待解读的东西，一个主体和一个客体，一个行动者和他行动的对象或者以他为行动对象的东西"[16]。要描述阅读过程中的联系，文学理论家必须建构各种一元论。卡勒认为，在这些一元论中，文本和读者之间，或者文本内容与解读推论之间的界限最终是不可确定的。这是典型的解构主义悖论逻辑，似乎颠覆了卡勒早期的以描绘文学建制中潜在的传统体系为目的的结构主义观念。但是，卡勒把结构主义和解构主义描绘成互补的命题：一个对文本的语法分类，另一个标出了文本的不合语法之处。两者研究的都是系统和系统的崩溃，但是，研究的出发点不同。在某种意义上，《论解构主义》力图对由各种解构主义的阅读程式带来的新的传统与规范进行系统化整理。

里法特尔、普林斯和卡勒关于阅读和读者的结构主义理论都有一个共同的基础，即与社会相联的深层结构。社群传统或规范取代了其他理论中通常由个体读者占据的位置。体系取代了主体性。阅读成了一个受文本和解读限制、由规则支配的过程。结构主义者们所设定的各种读者的共同之处在于，他们都是非个人的、集体的、理论的建构，不是经验主义的或者真实的读者。结构主义者对读者的主要关注，用卡勒的话来说，"不在于实际读者正好在干什么，而在于理想读者必须知道什么才能阅读和解释作品"(*SP*, 123—124)。某些现象学、阐释学、心理学和女性主义批评家所珍爱的移情性阅读 (empathetic reading) 集中体现了与结构主义和符号学批评最背道而驰的方法。要达到最完全的阅读，理想读者必须具备所有语言学和文学传统方面的超卓能力，以与这种能力相符的方式来解码文本。在这样的过程中，传记、历史和评判

[16] Jonathan Culler, *On Deconstruction: Theory and Criticism after Structuralism* (Ithaca: Cornell University Press, 1982), p.75.

性批评模式的丰富资源被或多或少地忽视或者淡化了。

罗伯特·休斯与美国其他主要的文学符号学家不同，他对课堂教学法和“意识形态分析”都表现得越来越专注。这在他一系列讨论结构主义和符号学的第三本论著《文本的力量：文学理论与英语教学》(*Textual Power: Literary Theory and the Teaching of English*, 1985) 中尤为显著。这种双重关注源于对文化传统和规范以及各种各样的文化体制的关注。休斯构建三阶段符号学“阅读”模式时深受米歇尔·福柯的“结构主义”之影响。后者的政治、社会理论对文化研究思潮起了重大影响，而 80 年代休斯与该思潮的共同之处越来越多。

休斯把与文本的接触分为三个连锁的、升序阶段，分别称之为“阅读”、“解读”和“批评”。阅读阶段，涉及对作品进行服从性解码，这种解码的主要根据是对于一般的和文化的规范无意识的知识。解读阶段，在阅读碰到困难的时候开始，促使读者有意识地把与共同的文化规范相关的异议和涵义主题化。批评阶段，涉及以某些特定团体或者阶级的价值观的名义，对于主题和 / 或者规范进行对抗性批评。休斯认为，与文本的接触最终要求的不是被动的消费，而是积极的生产，不是虔诚的注释或者细读，而是评判性和怀疑性的质问。所以，批评家或者教师“必须打开文学或者言语文本与我们生活于其中的社会文本之间的通道”[17]。在他自己的阅读和示范当中，休斯总是把文学文本与社会文本联系起来进行意识形态的分析。这既得益于心理分析和女权主义，又得益于结构主义和符号学。休斯既执著于对解读规范和传统的分析和教学，又全身心投入文化规范和文化价值的分析和教学，这使得他成为美国主要的文学符号学者中最不形式主义的一位批评家。他对普林斯的最小 / 最大阅读或者里法特尔的启发式 / 阐释学阅读都不满意。他努力在这些文本批评中加进一种评判性的世俗批评，从而强化批评体制，使学生和批评家都成为实在、有用的公民。休斯的贡献在于，恢复了话语的指涉和模仿功能，打破了早期结构主义设置的形式主义限制。他在查特曼的文本“读出”过程基础上，又增加了对文本的“对抗阅读”(reading against)，成了 80 年代越来越多的重要的、有影响的“抗拒性读者”中的一员。

---

[17] Robert Scholes, *Textual Power: Literary Theory and the Teaching of English* (New Haven: Yale University Press, 1985), p. 24.

符号学学科

美国文学结构主义者和符号学者的所有领军人物，主要都是以理论批评家而不是实践批评家的身份从事研究。他们的主要关注焦点在一般性的文学问题，而不是单个的文本。里法特尔和雅各布森把西方诗歌作为他们的研究对象，普林斯和查特曼把所有叙事都列为他们的适当研究领域；休斯、纪廉和卡勒则把文学体系和机构当作他们的主要议题。虽然这些批评家也讨论单个文本，但是这种探讨总毫无例外地是用来例证一个广泛的论点。如果把他们看作纯粹的实践批评家，结构主义者和符号学者偏爱的是对文本进行形式主义的研磨细读和对文本接受规范进行分析，都或多或少地忽视了传记性、评判性和历史性的研究方法。比如，雅各布森和里法特尔对于诗性的关注，与对于个别文本的美学判断没有什么关系，完全是为了在普遍意义上界定普通诗学或者符号学功能。同样，比如纪廉和卡勒，对于历史的关注，只局限于文学历史——文学类型、传统和规范的历史——而不包括经济、社会或者政治历史。以结构主义–符号学传统从事研究的批评家提出的文学理论，把文学的表达、模仿、情感和社会学层面减低到了最小限度。他们的理论极少强调，诗人如何或者为什么生产文本，诗歌有多少反映了现实，或者文学怎样深深地感动或者打动特定的读者，或者它怎样充分体现了它的社会历史语境中的各种因素。从本质上讲，文学的指涉功能最多只是第二位的，尽管休斯后来力图把它恢复到首要位置——他的这种努力是他转向文化研究的一个必然结果。就文学话语的传情层面而言，结构主义者和符号学者更关注的是阅读而不是读者，是界定反应的通用的传统和规范而不是个人反应和联想。要探究的是体制，而不是个人。文本或多或少地完全消隐在深层结构、一般语法、母题、基础修辞或者文学传统之中，当然其程度因批评家而异。这样，文学符号学就呈现出一个具有独特特征的框架，这使它与同时代各种相互争鸣的批评流派和思潮的研究方法迥然不同。

美国符号学批评家提出的大多数理论都是为了证明，结构主义传统可以提供价值观、美德和强力有效的技术。因为这些批评家念念不忘宣扬结构主义和符号学，所以他们通常以开明的改革者自居。特别是卡勒和休斯，很快就成了这方面的主要代言人，因为他们常常就教学法问题发表演说，评论本科教学、研究生专业、批评程式、文学系科本质等——所有这些问题都处在一个迫切需要变革的语境中。

作为一门学科，符号学的研究范畴不只是局限于文学。布朗大学、范德堡大学

(Vanderbilt Unviersity) 和印第安纳大学开拓性的课程设置就很清楚地证明了这一点。符号学涉猎范围之广，没有比在符号学与结构主义国际暑期研讨班 (ISISSS) 每年提供的研究项目中更为显而易见了。这个密集的研讨班为期四周，自 1980 年创立以来，开设了无数的课程，举行了无数的研讨会、座谈会和专题讨论会、讲习班和专题讲座。该研讨班由多伦多符号学研究小组 (Tonronto Semiotic Circle) 和范德堡大学结构主义研究信息中心 (Structuralist Research Information Center) 联合主办，吸引了世界各地符号学研究的领军人物来做讲座和授课，得到了很多国家符号学家组织的认可。主要的知名讲座学者包括卢伯米尔·多莱泽尔、翁贝托·艾柯、米歇尔·福柯、格雷马斯、韩礼德 (M. A. K. Halliday)、本杰明·赫鲁索夫斯基 (Benjamin Hrushovski)、丹尼尔·帕特 (Daniel Patte)、麦克·里法特尔、约翰·瑟尔 (John Searl)、托马斯·西比奥克和雷内·托姆 (Réné Thom)。这些学者代表了各种不同的研究领域，如人类学、历史、语言学、文学研究、数学、哲学和宗教研究，也代表了来自不同国家的传统，如加拿大、英国、法国、以色列、意大利、美国以及苏联。还有很多别的批评家、很多别的国家对研讨班建设做出了贡献，这里不一一枚举。研讨班开设的课程覆盖了众多的领域，如建筑符号学、符号的生物基础、音乐符号学中的问题、人类交流的非语言层面、行为艺术的符号学分析、符号学与考古学、符号学与艺术历史、符号学与女性主义、营销符号学、灵长类动物的符号化过程。还有很多的文学符号学课程，研究虚构性和语义学、格雷马斯文学理论、雅各布森语言学分析、结构主义阐释方法、叙事和抒情结构、多元系统理论、文学符号学原理、说教话语的符号学、小说符号学以及诗歌符号学。

尽管符号学有着跨国界和跨学科的多元性，但是在 60 年代末，它却以一个越来越组织有序的全球性学科的面目出现。这个新学科的大多数追随者都执著于语言学模式和符号理论的研究；他们都或多或少地热衷于皮尔斯、索绪尔、雅各布森、列维－施特劳斯、艾柯等人的理论；他们出版并阅读某些重要刊物，特别是由**国际符号学学会**于 1969 创办的会刊《符号学》(*Semiotica*)；他们都有着共同的基本研究方法和研究目标。最能代表这个新兴学科的组织形成过程的是托马斯·西比奥克。西比奥克出生于匈牙利，在美国接受教育，后来成了这个学科的管家人物，40 年代到 80 年代他的大本营设在印第安纳大学。他是一位语言学者和人类学者，在《符号学》担任主编长达 20 年，任美国符号学协会执行主席达十年，而且还是《美国符号学期刊》(*American Journal of Semiotics*) 的出版人。他编辑了好几套重要的系列丛书，包括

“当今语言学研究趋向”(Current Trends in Linguistics，始于 1963)、“符号学研究方法”(Approaches to Semiotics，1969)、“符号学研究”(Semiotic Studies，1974)、“符号学进程”(Advances in Semiotics，1974)。单单“符号学进程”系列中就发表了艾柯、格雷马斯和里法特尔的很多重要的英语文本；它还刊登了约翰·迪利(John Deely)撰写的符号学历史，罗伯特·易尼斯(Robert Innis)编选的一部介绍性的符号学选集，以及对人类学符号学、建筑符号学、文化符号学、手势符号学和文学符号学等各种单独的专业的介绍文章。1959 年成立的、由西比奥克担任主任的印第安纳大学语言与符号学研究中心曾数次主办国际符号与结构研究暑期研讨班(ISISSS)。因为西比奥克个人与文学符号学没有什么关系——他的兴趣在普通符号学和动物符号学——所以，他对于结构主义与符号学在美国知识界的发展并没有起很大的作用。大多数美国文学批评家都得益于 60 和 70 年代法国的结构主义。从全球的角度看，美国文学结构主义者和符号学者与世界范围内普通符号学的研究网络之间联系并不很紧密。

美国的文学结构主义和符号学经历了四个发展阶段。60 年代，形式主义 / 原始结构主义的语言学和文体分析比较流行。70 年代初，60 年代的法国结构主义在美国本土思维中占了主导地位，这一点在卡勒、纪廉、普林斯和休斯的研究命题中显而易见。70 年代末，“符号学”取代“结构主义”成了该学派的代名词，标志着该学科界限的松动与拓宽。正是在这个时期，艾柯、劳特曼、皮尔斯和其他非法国的理论家开始产生重大影响。80 年代初，来自后结构主义的挑战趋于明显，迫使结构主义主张科学性的语气有所缓和、方法论的怀疑主义呈上升势头。普林斯和里法特尔对这种后结构主义思维置之不理，或者将其影响降低到最小限度，卡勒则努力将它吸收为已用，而休斯和怀特都极力想要破除它。查特曼和纪廉在这个问题上基本保持沉默。在文学结构主义和符号学发展的两个中间阶段，与教学结合的要求呼声很高。虽然，关于结构主义的课堂教学文选的流行时代在 70 年代中期已经结束，但是个人著述的关于结构主义的介绍性概述这时才刚刚开始出现。同样，要求按照结构主义的路线进行教育改革的檄文，也是在这段时间纷纷出笼。不过，文学经典并没有改变，也没有新的文学教材出现。整个七八十年代出现的是新的美国学术刊物和时事通讯，其中包括《美国符号学期刊》(*American Journal of Semiotics*)、《辩证批评家》、《附属学》(*Enclitic*)、《塞迈亚》(*Semeia*)、《符号学文本》(*Semiotext(e)*)、《符号学场景》(*Semiotic Scene*)、《结构主义研究信息》和《结构主义评论》(*Sturcturalist Review*)。这些刊物关注的都是文学结构主义，有些也力挺后结构主义。符号学对美国课堂内的文学研究有什么影响很难说清楚。但是，它与文学阐释学家、以读者为中心的批评家、解构主义批评家、女性主义者以及其他批评家向“理论”靠拢的普遍转向呼应，就这一点而言，符号学学科提供了一个复杂精细的、科学的选择，由此吸引了当时一些最杰出的思想家。

随着时间的推移，文学符号学这一领域，不再只是从它自身独特的研究方法和目标来界定，而且也常常是通过它与其他学派和思潮之间的复杂关系来界定。现象学就是一个这样的例子。因为法国早期的结构主义是有意识地被作为存在主义现象学的对立面和取代者而构想的，所以，美国结构主义者和现象学者之间的关系往往也是一种竞争的关系。在这两个学派之间存在着几个重大的分歧。现象学珍视存在的时间性，而结构主义看重的是共时性；一个宣扬人类意识和自由，另一个肯定无意识和社会决定论；一个以冥想为基础，另一个以科学分析为基础；一个偏重语义研究，另一个喜欢语法（或者句法）研究；一个相信世界反映在文学之中，另一个认为文学语言的符号功能压倒模仿功能。不足为奇的是，一些分析家试图弥合现象学和结构主义之间的分歧。其主要的策略是把两者都视为对方的互补——这是保罗·利科于 60 年代开创的一种视角。美国学者费农·格拉斯（Vernon Gras）在《欧洲文学理论和实践：从存在主义现象学到结构主义》（*European Literary Theory and Practice: From Existential Phenomenology to Structuralism*, 1973）中、罗伯特·马格廖拉在《现象学与文学》（*Phenomenology and Literature*, 1977）中、罗伯特·德特维勒（Robert Detweiler）在《故事、符号、自我：作为文学批评方法的现象学与结构主义》（*Story, Sign, Self: Phenomenology and Structuralism as Literary Critical Methods*, 1978）和韦斯利·莫瑞斯（Wesley Morris）在《星期五的脚印：结构主义与被表达的文本》（*Friday's Footprint: Structuralism and the Articulated Text*, 1979）中，都试图肩负起这一任务。[18] 这样做的通常都是现象学家和阐释学家。结构主义者似乎对于与现象学传统之间的和解不感兴趣。

符号学学科与其他主要学派之间关系微妙，往往既是互相肯定的同时又是互相

[18] See also Jonathan Culler, “Phenomenology and Structuralism,” *The Human Context*, 5（Spring 1973）, 35—42；and Donald G. Marshall, “The Ontology of the Literary Sign：Notes toward a Heideggerian Revision of Semiology” *Boundary 2*, 4（Winter 1976） —rpt. in *Martin Heidegger and the Question of Literature：Toward a Postmodern Literary Hermeneutics*, ed. William V. Spanos（Bloomington：Indiana University Press, 1979）, pp. 271—294.

否定的。例如，一方面，主要的符号学家与读者反应批评家都极为关注阅读在批评活动中的重要作用。另一方面，这些符号学家又坚决反对主要的读者反应批评家把重点放在读者个人身上和主体反应上。接受主义批评的研究对象应当是那些决定理想读者或者理论读者反应的、潜在的规范和传统。虽然符号学与形式主义传统的文本批评都基本上对传记和社会历史分析不感兴趣，但是，符号学抨击形式主义只关注文体的表面特征和单个的文本，并反其道而行之，提出要关注深层结构和文学体系的研究。

符号学与心理分析和解构主义的关系也同样复杂。例如，符号学与心理分析都把关注的焦点放在现象的潜在的基础架构以及再现与解读的传统上，但是，它们在欲望、个人身份和语言的重要性和地位的问题上，却各持己见。50年代中期，当法国精神分析学家雅克·拉康提出无意识构成了语言的全部结构时，他就已经把心理分析与结构主义联系在一起，创造了一种结构主义精神分析学。虽然美国主要的结构主义者和符号学者中没有人传承拉康的理论，但是一些重要的批评家的的确确传承了他的理论，这些批评家中包括朱利娅·克里斯蒂娃和马克·埃里·布兰查德（Marc Eli Blanchard）。前者的很多著作都是例证（她定期在哥伦比亚大学开设讲座），后者的《描述：符号、自我、欲望》（*Description: Sign, Self, Desire*，此书是1980年出版的谢贝尔克的"符号学研究方法"丛书系列中的一部美国作品）亦是个例证。所以，虽然有一些符号学家把自己的理论与心理分析联系在一起，但大多数符号学家却没有这样做。结构主义与解构主义的关系十分复杂，这一点我们将在下一章中看到。这里，暂先提一下，结构主义和解构主义在语言、文本体系、符号以及阅读传统的决定性作用这一点上是具有共识的；但是，在语言、体系、符号和阅读的确切本质和功能问题上却各持己见。卡勒极力要促成符号学与解构主义之间的和解，而休斯却极力要把解构主义的概念从后期的文学符号学中摒除出去。其他的结构主义者认为解构主义是结构主义的一种渐进的替代。比如，杰弗瑞·梅尔曼（Jeffery Mehlman）和尤金尼奥·多纳托（Eugenio Donato）就持这样的观点。[19]

在第十二章中，我们将讨论小休斯顿·A. 贝克（Houston A. Baker，Jr.）的结构主义研究。他是后越战时代美国黑人文学的一位主要批评家，后来转向后结构主义。

---

[19] See, for example, Eugenio Donate, "Structuralism: The Aftermath," *Sub-Stance*, no. 7 (Fall 1973), 9—26; and Josué V. Harari, ed., Introduction, *Textual Strategies: Perspectives in Post-Structuralist Criticism* (Ithaca: Cornell University Press, 1979), pp. 17—72.

结构主义和马克思主义之间的关系特别值得一提。许多60年代的法国结构主义者都是马克思主义者，众所周知的有阿尔都塞、巴特和列维－施特劳斯。可是，美国文学结构主义者的领军人物中却没有一个是马克思主义者。不过，怀特是同情马克思主义的，晚年的休斯也是。结构主义和马克思主义有很多共同之处。两者都挖掘隐藏的结构，这些结构都毫无例外地有它们的社会基础。两者都认为，根深蒂固的基础结构有相当大的决定力量，都希望通过上层建筑达及基础结构。但是，马克思主义肯定历史决定论和哲学唯物主义，而结构主义却忽视历史，属于哲学唯心主义的范畴。一个依据经济基础，另一个依据语言学基础。在美国，首先是弗雷德里克·詹姆逊在《语言的牢笼：结构主义与俄国形式主义的批评性描述》(*The Prison-House of Language: A Critical Account of Structuralism and Russian Formalism*, 1972) 中对结构主义与马克思主义的关系进行了界定。这部论著使得60年代的法国结构主义在美国马克思主义者圈内声誉不佳，为其后的许多马克思主义学者对结构主义的评论奠定基调。一开始，詹姆逊就指出马克思主义与结构主义的严重分歧。他指责结构主义反历史的、共时性分析是在逃避时间和历史的现实。他谴责它抱着形式主义不放，把语义学放在括号内 (bracketing)，从而剥夺一切现象的内容和意义。他斥责它把自足的客体孤立起来分析的经验主义的习惯、它把意识与社会经济基础分离的唯心主义倾向。最后，他对它武断地、彻底地忠实于语言学模式，从而导致了一种简化式的语言决定论深表绝望。

至于符号学与神话批评之间的关系，基本上只有弗莱在他的论著中进行了界定，特别是在为大多数文学符号学者所推崇的《批评的剖析》中。弗莱强调了理论批评之于实践批评的价值，强调科学方法的重要性；但同时他也摒弃了传记性、判断性和新批评的评注性批评方法——而这些与美国符号学的理论都是和谐一致的。弗莱对文学的系统性的执著引起了最热烈的反应。比如，休斯在《文学的结构主义》中对弗莱关于模式的综合理论大为赞赏，进而以此改进和丰富他自己的小说形式的理论。卡勒在他的重要文章《超越解读》(1976) 中，赞扬了弗莱对于一种连贯的、包罗万象的诗学理论的坚信不疑，但同时又抱怨，弗莱没有对英美批评对文本解读的执迷进行正面的攻击。他指出："弗莱的理论在倡导诗学理论研究上所起的作用，没有它在推动一种被称为'神话批评'或者原型批评的解读模式上起的作用更大。"[20] 就神话批评津

[20] Jonathan Culler, "Beyond Interpretation" (1976), *The Pursuit of Signs*, p.9.

津乐道于文本注释这一点而言，符号学者是很失望的。

女性主义与拉康式的以语言为基础的心理分析和符号学之间的联系是法国的一些理论家首先提出来的。这种联系在70年代末与80年代初开辟了新的、前景广阔的研究方向。这里仅举一例，在《符号学的主体》(*The Subject of Semiotics*, 1983) 中，卡娅·西尔弗曼 (Kaja Silverman) 从女性主义的视角论证了心理分析符号学的必要性和价值。作为符号学的一个分支，心理分析符号学指出，人类主体性是在话语范畴之内建构的、是由话语构成的。指涉活动——符号学的贴切的研究对象——既有赖于话语、也有赖于身处这样或者那样的文化秩序中的主体。研究指涉现象涉及对主体和文化规范的研磨细读。值得注意的是，性别差异在主体性、话语和文化规范的形成中起着中心作用。西方世界的文化秩序所表现的主体，其话语功能有着性别上的差异和再现的不平等。西尔弗曼的研究在某种程度上是要"打破妇女的地位是自然形成的说法，找出其文化上的决定因素"，以鼓励妇女看得更远，"超越她的历史梦魇"[21]。西尔弗曼认为，符号学可以为女性主义的抵抗所用，这种抵抗关注文化话语内部的矛盾、努力重新描述女性主体性和文化秩序。

托马斯·西比奥克在《符号学：艺术状况的调查》("Semiotics：A Survey of State of Art", 1974) 一文中，回顾了符号学学科的早期发展。他宣称："1969年这一年，很可能是符号学历史上的一个里程碑。"[22] 这是因为，国际符号学学会就是在1969年成立，它的会刊《符号学》(*Semiotica*) 和重要的"符号学研究方法"系列丛书也是在同一年问世的。回顾走过的十五年历程，我们可以肯定，西比奥克的评估是正确的。符号学在太空时代开始繁荣昌盛。国际符号与结构研究暑期研讨班就是它越来越生机勃勃、越来越多样化的一个标志。它与其他文学批评学派和领域达成有益联盟的能力似乎保证了它的未来。可是，就在西比奥克回顾符号学发展的同时，尤金尼奥·多纳托也对这一新兴思潮尤其是它在文学研究领域的过去与未来进行了评估。他的结论是："结构主义作为一种批评概念已经失去了它的时效。"[23] 这是因为，后结

[21] Kaja Silverman, *The Subject of Semiotics* (New York：Oxford University Press, 1983), p. viii. On the political uses of semiotics, see Marshall Blonsky, "Introduction—The Agony of Semiotics：Reassessing the Discipline," *On Signs*, ed. M. Blonsky (Baltimore：Johns Hopkins University Press, 1985), pp. xiii-li.

[22] Thomas A. Sebeok, "Semiotics：A Survey of the Stare of the Art" (1974), *Current Trends in Linguistics*, ed. T. A. Sebeok (The Hague：Mouton, 1974), vol. 12, part 1, p.231.

[23] Donato, p.25.

构主义者的理论，特别是雅克·德里达的理论，颠覆了结构主义和符号学的基础。对于文学研究领域来说，多纳托的话证明是有预见性的。70 年代和 80 年代期间，后结构主义在文学研究领域中的传播远远超过了符号学。随着时间的推移，后者的影响逐渐下降。作为一个新的跨学科领域，符号学在稳步地发展，可是，作为文学研究的一个附属专业 (subspecialty)，它的影响却越来越小。文学批评家们对于这一现象有两种解释：后结构主义的风暴席卷了符号学，使其所剩无几；后结构主义的东风给符号学一个强劲的借力，将其提升至复杂和精细的新高度。解构主义者通常持第一种观点，而很多符号学者，包括卡勒、克里斯蒂娃、西尔弗曼等，则持第二种观点。第一种观点的一个后果是，大多数美国的解构主义者都各自埋头于自己的研究，极少考虑结构主义者和符号学者的研究成果。在美国，当一名后结构主义者，就意味着超越结构主义，没有必要仔细地梳理符号学研究的传统。随着后结构主义成功的传播，这种观点也使得符号学越来越处于从属的位置。回过头来看，1969 年对于美国的文学符号学来说，确实是非常重要的一年：德里达第一本著作的英语译本就是在 1969 年出版。

第十章　解构主义批评

解构主义批评的萌生与形成

70 年代初，解构主义开始在美国文学批评家中公开现身。其时，它的范围仅仅限于出生于两战之间的一些批评家，其中包括哈罗德·布鲁姆、尤金尼奥·多纳托、保罗·德曼、杰弗里·哈特曼、希利斯·米勒以及约瑟夫·瑞代尔等。到了 70 年代中晚期，一批大多于 1940 年以后出生的相对年轻的批评家已经以解构主义者的面目活跃在学术界。这些解构主义批评家的领军人物中，有肖珊娜·费尔曼（Shoshana Felman）、芭芭拉·约翰逊（Barbara Johnson）、杰弗瑞·梅尔曼、佳亚特里·斯皮瓦克。还有几十位年轻的批评家，这里且不一一列出。以上所有这些解构主义者，无论老少，都曾在这样或那样的时刻不是与约翰·霍普金斯大学有关系，就是与耶鲁大学有牵连。70 年代初，米勒和德曼离开霍普金斯与布鲁姆和哈特一起加盟耶鲁时，所谓的"耶鲁学派"开始形成，并一直持续到 80 年代中期。这四位主要的耶鲁批评家的同事和学生中有费尔曼和约翰逊等。因为在 70 年代末和 80 年代初，解构主义发展迅速而广泛，所以它很快就不再仅仅限于一两个大学，也不再局限于十几位批评家的小团体。

法国哲学家雅克·德里达对美国解构主义的建立起了关键作用。70 年代初到 80 年代，他在法国任教的同时，也在美国兼职，主要是在耶鲁、康奈尔和加利福尼亚大学的厄湾分校。1966 年，在约翰·霍普金斯大学召开的结构主义研究大会上，德里达发表了对于结构主义思想的决定性批判。次年，他出了三本书——《论文字学》（*Of Grammatology*，英译 1976）、《言语与现象》（*Speech and Phenomena*，英译 1973）和《书写与差异》（*Writing and Difference*，英译 1978）。第一部著作继续对结构主义发动攻击；第二部对胡塞尔现象学进行了猛烈抨击；第三部，由十一篇论文汇集而成，在对结构主义和现象学进一步穷追猛打的同时对精神分析和文学进行了探讨。从一开始，德里达的解构主义就不只是"后结构主义"和"后现象学"的，他同时也在积极地关注一些精神分析和文学主题。因为美国对于德里达理论接触最早的仅限于那些精通法语的批评家，所以一直到70年代末，他的著作的很多译本开始问世，德里达的思想才得以广泛传播。在这个传播过程中，佳亚特里·斯皮瓦克翻译的《论文字学》起了关键作用，因为它为读者提供了一序言性的专题文章，详尽地介绍了德里达研究的历史语境、广泛的跨学科范围及其哲学和批评的重要性。

几年后，德里达理论的翻译出现了第二次浪潮。这次浪潮包括六本书，特别值得一提的是《多重立场》(*Positions*, 1972；英译1981)、《播撒》(*Dissemination*, 1972；英译1981)和《哲学的边缘》(*The Margins of Philosophy*, 1972；英译1982)(《多重立场》和《哲学的边缘》中的许多章节已经在70年代就已经被翻译出版过)。《多重立场》是德里达的访谈录。在接受访谈中，德里达对他的研究命题作了清晰明了的介绍。第二本书是对柏拉图、马拉美和小说家索莱尔斯(Sollers)的文本进行的示范性的解构主义解读。第三本书是一系列关于结构主义和现象学、对延异(difference)这一重要概念以及修辞地位的论文汇编。以上提到的这六部德里达的著作都是70年代初以前用法语发表的。德里达1974年以后的大量论著，对于美国解构主义批评的形成作用相对较小。80年代，美国众多的各色解构主义者之中，忠实的德里达追随者与不太忠实、更为独立和实用主义的批评家之间出现了分歧。主要的文学解构主义者中，无论老少，没有几个是教条地追随德里达的，所以，他们有时被指控有削弱货真价实的解构主义之嫌，或者有歪曲德里达理论的本意之嫌，或者是两罪并列。这是对耶鲁学派成员的一种常见的批评。这一论战往往是围绕德里达后期(1973年以后)文本的重要性展开的，特别是《丧钟》(*Glas*, 1974；英译1986)和《马刺》(*Spurs*, 1976；英译1976, 1979)。相反地，有些批评家对德里达的后期文本——他的"美国阶段"的论著——不感兴趣，也许是因为这些文本表现了一种达达主义(dadaistic)风格。这些人哀叹，美国毁了德里达。虽然，所有的解构主义者都对结构主义和现象学持有共同的批评态度，但是对于德里达哲学的忠实程度、对于心理分析重要性的看法、对于德里达后期理论与风格的相关性的看法，以及对于解构主义的"政治"含义的估计，他们之间却不尽相同。

1968年到1972年是美国解构主义发展的第一阶段，这是解构主义理论的形成阶段。1973到1977年是第二阶段，涉及对早期文本展开激烈的论战和评论。1978到1982年是第三阶段，这是该学派的广泛铺开和体制化阶段。就是在这个阶段，出现了很多的翻译，包括德里达的六部著作和很多论文。另外，还有一些介绍性论著也在这一时期出版，其中包括乔纳森·卡勒的《论解构主义：结构主义之后的理论与批评》(*On Deconstruction: Theory and Criticism after Structuralism*, 1982)、笔者本人的《解构主义批评：高级介绍》(*Deconstructive Criticism: An Advanced Introduction*, 1982) 和克里斯托夫·诺瑞斯 (Christopher Norris) 的《解构主义：理论与实践》(*Deconstruction: Theory and Practice*, 1982)。从 1982 年开始，解构主义进入了第四个发展阶段，开始向其他领域渗透，比如神学、文学教学和政治。有关神学理论的著作中，包括马克·C. 泰勒 (Mark C. Taylor) 的《解构神学》(*Deconstructing Theology*, 1982)、托马斯·阿尔提泽 (Thomas J. J. Altizer) 和他人合编的《解构主义与神学》(*Deconstruction and Theology*, 1982)。在文学教学领域，《耶鲁法国研究》出了一期由芭芭拉·约翰逊编辑的关于"教育之势在必行"("Pedagogical Imperative", 1982) 的特刊；《泰晤士报文学增刊》(*Times Literary Supplement*, 1982 年 12 月) 上刊登了主题为"教授文学"(Professing Literature) 的研讨会上的一些论文。G. 道格拉斯·阿特金斯 (G. Douglas Atkis) 的《阅读解构主义 / 解构主义阅读》(*Reading Deconstruction/ Deconstructive Reading*, 1983)；格雷戈里·乌尔默 (Gregory L. Ulmer) 的《应用文字学》(*Applied Grammatology*, 1985)；道格拉斯·阿特金斯与迈克尔·约翰逊 (Michael L. Johnson) 合编的《别样的写作与阅读：解构主义以及创作和文学的教学》(*Writing and Reading Differently: Deconstruction and the Teaching of Composition and Literature*, 1985)。最后，还有一些把解构主义放在政治语境中思考的论著，其中包括《马克思主义与解构主义》(*Marxism and Deconstruction*, 1982)，乔纳森·阿拉克 (Jonathan Arac) 与他人合编的《耶鲁批评家》(*The Yale Critics*, 1983)、克里斯托夫·巴特勒 (Christopher Butler) 的《解读、解构主义与意识形态》(*Interpretation, Deconstruction, and Ideology*, 1984)、哈瓦德·费潘金 (Howard Felperin) 的《超越解构主义：文学权利的功用与滥用》(*Beyond Deconstruction: The Uses and Abuses of Literary Power*, 1985)、迈克尔·费彻尔 (Michael Fischer) 的《解构主义有用吗？》(*Does Deconstruction Make Any Difference?*, 1985) 以及罗伯特·康·戴维斯 (Robert Con Davis) 和罗纳德·施莱弗尔 (Ronald Schleifer) 合编的《修辞与形式：耶鲁解构主义》(*Rhretoric and Form: Deconstruction at Yale*, 1985)。在后两个阶段，解构主义的传播已经远远超出了它初期的追随者，激励了大批知识分子为捍卫这一学派的意义与重要性而大声呐喊。从 70 年代末开始，关于解构主义的论战给文学理论领域注入了新的活力，促使很多解构主义的反对者加入论战行列，从而产生了大量的二次文献。

到了70年代末，丝丝缕缕的解构主义思维交织在一些形式主义者、现象学者、阐释学者、马克思主义者、结构主义者、女权主义者、黑人美学研究者和文化批评家的研究项目中已经是司空见惯的事。我们已经看到，解构主义影响了克里格、布斯、马格廖拉、斯潘诺斯、詹姆逊、卡勒等批评家的研究项目。我们记得，苏珊·苏雷曼把解构主义当作读者反应批评中阐释学分支的一部分。确实，解构主义促动了各家各派的批评家，从极端保守的到激进的、从传统的人文主义者到坚定的马克思主义者、从经验主义者和实用主义者到哲学唯心主义者和唯物主义者。这种现象使人想起，大约三十年前，新批评占据文学研究领域的舞台中心，使与之竞争的各学派一时间都相形见绌，处于边缘位置的情景。所以，解构主义被称为"新新批评"就不足为奇了。这是因为，它也占据了舞台中心，它的领军人物也在耶鲁，而且它偏爱的批评方法也同样以文本为中心。

结构主义之后的语言理论

在他的《论文字学》与《人文科学话语的结构、符号与游戏》("Structure, Sign and Play in the Discourse of Human Sciences"，此文在1966年约翰·霍普金斯大学召开的学术会议上宣读）中，雅克·德里达用符号与结构的概念作为对语言与文本解读的传统思维的突破口，对索绪尔和列维-施特劳斯的结构主义与符号学发起了攻击。德里达在这里所开创的概念探究模式，就像哈佛毕业的比利时移民保罗·德曼的修辞探究模式一样，为后来的知识分子运用对语言和语言构成的研磨细读来进行解构主义分析树立了榜样。70年代中期，在综合德里达与德曼的理论、弘扬这种解构主义优点之中，J. 希利斯·米勒成了美国解构主义批评的主要发言人和代表人物。但是，事实上，米勒推崇的主要是早期耶鲁学派（布鲁姆、德曼、德里达、哈特曼以及他自己）理论的优点，而对于法国同仁罗兰·巴特、吉尔·德勒兹（Gilles Deleuze）、米歇尔·福柯和雅克·拉康（Jacque Lacan）以及美国同仁尤金尼奥·多纳托、杰弗瑞·梅尔曼、约瑟夫·瑞代尔和佳亚特里·斯皮瓦克的类似的后结构主义研究项目并没有显出太大的热情与关注。米勒自己的解构主义批评关注的焦点在文学名著的经典文本上，从一开始就有效地避免直接涉足哲学、心理分析和广义上的法国后结构主义。这种纯粹的或者狭隘的解构主义受到了更"折衷的"解构主义者的怀疑。

在《论文字学》中，德里达把索绪尔的结构主义描绘成西方哲学——即从柏拉图和亚里斯多德到海德格尔和列维－施特劳斯的形而上体系——临终前的奄奄一息。他称这种体系为“逻各斯中心主义”(logocentrism)。正如德里达所描述的那样，这种“逻各斯中心主义”总是把真理的起源归结于“逻各斯”(*logos*)——归结于口头词语、理性的声音或者上帝的话。另外，任何一个实体的存在总是被确定为一种**在场(presence)**：科学和形而上的“对象”典型地是“在场的实体”(present entity)。在这样的情形下，声音的完全在场就显得比无声的文字符号更为重要。事实上，写作被这种传统当作次要的言语，当作传递声音的一种手段、当作完全在场的一种替代工具。它是迟来的或者次要的，代表了言语的一种堕落。逻各斯中心主义坚持把写作瓦解成言语，特别偏爱语音写作（把写作作为一种言语模仿）。这种“逻各斯中心主义”的动力学已经生成了一整套价值论对立的历史与文化母题：声音/写作、声响/沉寂、存在/非存在、意识/无意识、内部（内在性）/外部（外在性）、现实/影像、事物/符号、本质/表象、真理/谎言、在场/不在场、所指(signified)/能指(signifier)。在逻各斯中心主义传统中，每组对立的第一项都享有优势地位。德里达认为，索绪尔结构主义的定位完全是在这种认知学体系或者母题范围之内（特鲁别茨柯伊、雅各布森以及其他的结构主义者的理论也是如此）。

德里达针对结构主义提出了截然相反的理论。他指出，传送口头言语（**逻各斯，logos**）的声音并不是语言的源头；**写作(writing/écriture)**才是语言的源头。德里达是有意识地设计了文字学来取代索绪尔的符号学的。在德里达的延展的概念中，**写作(writing)**指代任何延异(differentiation)、表述(articulation)和间隔(spacing)的实践。从这个新的意义上来理解，**写作**包括所有的标记形式，从起草一个法律条款、到回忆一个梦、到在森林里辟出一条小径。德里达用这个**普遍化了的写作(generalized writing)**或者**原书写/原始书写(archi-écriture)**的概念，把传统的逻各斯中心主义的两极对立来了个大颠倒，成了写作/声音、沉寂/声响、非存在/存在、无意识/意识、能指/所指，等等。比如，以传统的能指–所指的形式出现的符号稳固地位于语音中心–逻各斯中心的体系之内，在那里标注出声音和真理、声音和存在、声音和意义的接近性。**写作**的沉寂的、无意识的延异运作在逻各斯中心时期则被压抑，使对于符号生产至关重要的不在场、延异和间隔处于一种隐匿状态。从某种意义上讲，德里达的研究就是要充分挖掘这些推动力量和破坏力量的作用。“不在场”、“延异”和“间隔”成了德里达词汇中的关键词。

在《结构、符号与游戏》一文中，德里达对逻各斯中心主义的结构观提出了质疑。

结构观需要一个中心来支撑，这一点无例外可言。这个中心的功能是保持一个体系中所有因素的稳定，无论这是一个形而上学体系，还是语言学、人类学、科学、心理学、经济、政治或者神学体系。总之，所有这些传统的中心都实现了同一个目的，总是将“存在”确定为“在场”。这个本体论的基础是一个确保稳定的因子，它产生向心力，从而把中心，这个结构母题，排挤出局。一个特定的逻各斯中心体系，无论多大、多复杂，其结构的中心使得一切都围绕这一个控制点运作，从而保证了平衡、一致与秩序。德里达把那些历史的稳定因素构想为一系列的隐喻（metaphors）与转喻（metonymies），这些隐语与转喻都起相似的结构作用。他所描绘的中心不是一个地点、场所或者实体，而是一种体系性功能。这个功能的目的是调整结构，它的历史由一连串概念或者符号替代（sign substitutions）构成。最后，这套历史的中心所指（或者先验性所指）瓦解崩溃，进入一种特权名称（privileged names）的游戏。德里达把这些同时描绘成结构性的必然和飘浮的能指（floating signifiers）。

德里达认为，列维–施特劳斯对神话所作的可供仿效的结构主义解读依赖于这样一个前提，即有意识地强加中心结构，去限制各种因素的游戏。游戏被取缔了。但是，事实上，正是因为有了游戏的可能与运作，才有了结构的结构性本身，才有了中心的强加。在在场或者不在场的取舍之前，在中心或者结构形成的可能性之前，游戏就已经开始。它打扰了在场，并破坏了中心结构的稳固。因此，德里达指出：两种历史解读模式，一种是逻各斯中心的，另一种是解构主义的。以下是德里达在 1966 年约翰·霍普金斯大学结构主义学术会议上宣读的确切的阐述：

> 所以，解读、结构、符号、游戏都有两种解读。一种试图解码，梦想解码一个真理或者一个原初，那脱离符号的游戏与秩序的真理或者原初，那离群索居、经历着解读的必然的真理或者原初。另一种，不再面向原初，而是肯定游戏并努力超越人与人文主义。这里，人这个名字就是那个存在的名字，他在整个形而上学或者本体论神学历史的始终——换言之，他的整个历史的始终——都一直在梦想着完全在场、那可靠的基础、那原初和那游戏的结束。[1]

---

[1] Jacques Derrida, “Structure, Sign, and Play in the Discourse of the Human Sciences” (pub. 1967), in *Writing and Difference*, trans. Alan Bass (Chicago: University of Chicago Press, 1978), p.292. 英译版首先见于 *The Languages of Criticism and the Sciences of Man*, eds. Richard Macksey and Eugenie Donato (Baltimore: Johns Hopkins University Press, 1970)；该书于 1972 年再版，更名为《结构主义的论战》(*The Structuralist Controversy*)，再版的（转下页）

在宣称受尼采、弗洛伊德和海德格尔（解构主义先驱）理论的庇护之下，德里达对结构主义理论的逻各斯中心主义发起了解构主义的攻击。与传统的先驱不同的是，德里达式的解构主义者肯定符号的游戏和解读活动，追踪能指在中心周围的自由游戏和有倾向性的结构生产，打破对虚幻的原初与基础的梦想，并把本体论神学的人和形而上学的人文主义一笔勾销。

德里达很早就开始而且常常探讨符号学和文字学、符号与延异、逻各斯中心主义和语音中心主义（phonocentrism）、书写与间隔，探讨结构、中心和游戏，探讨弗洛伊德、索绪尔和列维－施特劳斯；但是，保罗·德曼却几乎从未提到过任何上述的命题、概念或者人物。他的批判语汇里反复出现的重要词语是“语言”和“修辞”。他与德里达两人唯一共同的先辈是尼采。德曼不喜欢公开地把本体论、形而上学、人文学、心理分析或者阐释学的理论理论化。他喜欢对文本进行细致的注释，不时地加以一些理论性归纳。他在60年代末的论文集《盲视与洞察》(*Blindness and Insight*, 1971）的前言中宣称：“我的尝试性归纳的目的不是要建立一种批评理论，而是要建立一种通用的文学语言。”[2] 后来，他在70年代的论文集《阅读的寓言》(*Allegories of Reading*, 1979）的结语分析中，进一步肯定了他对于语言与修辞的迷恋，而这种迷恋本身就是对本体论和阐释学的打击与颠覆。他指出：“阅读的主要目的一直是要证明，阅读带来的困境是语言学方面的，而不是本体论或者阐释学方面的，”阅读的明确目的就是要证明“两种修辞模式之间”深刻的“不连续性”[3]。无论德里达与德曼的理论有多大的差异，但是他们的研究命题都是建立在语言——写作与修辞——理论的基础之上的。

在1973年一次关于尼采的修辞理论的学术会议上，德曼对自己的语言和修辞观念作了最清晰的表述。值得注意的是，尼采把修辞研究的着眼点从说服和雄辩的方法转移到修辞与比喻上来。尼采指出：“比喻不是可以随意加进语言中或者从中抽走的东西；它们是语言最本质的东西。”这是一个引起争议的观点，可是德曼却把它进一步

（接上页）新序“The Space Between－1971”是这样开篇的：“今天，我们完全可以提出这样的问题，结构主义到底是不是一个有意义的概念……”(ix）从而宣告了解构主义对于结构主义的超越。

[2] Paul de Man, *Blindness and Insight: Essays in the Rhetoric of Contemporary Criticism* (New York: Oxford University Press, 1971), p. viii. 此后略为 *BI*。

[3] Paul de Man, *Allegories of Reading: Figural Language in Rousseau, Nietzsche, Rilke, and Proust* (New Haven: Yale University Press, 1979), p. 300. 此后略为 *AR*。

推而广之：

> 语言的范式结构是修辞性的，不是对一个指代的、恰当的意义的再现或者表达……对于这一观点的毫不含糊的肯定标志着，必须彻底推翻那些既定的重点，因为这些重点习惯性地把语言的权威建立在对于语言以外的意思或者指代的满足上，而不是语言内部的修辞资源上。(*AR*, 106)

尼采可谓一位举足轻重的先驱。他发出了与传统语言理论彻底决裂的号召，开始了一个新的历史纪元。在这个新纪元中，语言第一次被有意识地看成是，而且生来就是、一直都是比喻性的或者修辞性的，而不是指涉性的或者再现性的。所谓的原始的非修辞性语言是不存在的。修辞性作为语言的独特特征必然会对真理造成颠覆，而且开辟了“令人眩晕的指涉性变异的可能性”(*AR*, 10)。所以，语言符号是指涉意义和修辞意义之间模棱两可、令人不安的关系的场所。

符号的这种关系特性是对主题性解读的挑战，又是对修辞性解读的肯定。所以，对德曼来说，批评的修正命题就是要创造一种非主题性的修辞批评或者一种解构修辞学。最终，德曼的**修辞性（rhetoricity）**理论，与德里达的**写作（écritrue）**概念一样，成为“解读”工作中一种颠覆性的、去中心的（decentering）力量，一种解构工具。人们得到这样一种印象，一种几乎是真实的印象，即：德曼根本不需要德里达的存在，就可以形成他对语言的理解。

J. 希利斯·米勒的解构主义理论来自德里达与德曼。在1970年的一篇论文中，米勒以德里达的开创性论文《论延异》(“La Différance”, 1968）为依据，首次勾勒出一种解构主义的语言理论。在后来的一篇论文中，他又对此进行了言简意赅的论述：“每一片叶子、每一层波浪、每一个石块、每一朵花或者每一只鸟都各不相同。它们之间的类似是建立在这个根本的相异的基础之上的。同样，语言与它命名的事物之间的关系，也是通过跨越它与所指之间难以弥补的差异的空隙而发生关系。”[4] 所有的类似之处都是因不同之处而产生，所以**差异（difference）**本身是由相似、重复和类似构成的。说两只鸟很像，就是肯定它们原本之不同。语言也同样如此。一只鸟（bird）不是b-i-r-d的字母组合；就是说，一只有身体、有羽毛的鸟不是白纸上的那四个黑色

[4] J. Hillis Miller, “Nature and the Linguistic Moment,” *Nature and the Victorian Imagination*, eds. U. C. Knoepflmacher and G. B. Tennyson (Berkeley: University of California Press, 1977), p.450. 此后略为“NLM”。

的铅印记号。语言与所指之间有着根深蒂固的差异。这里，米勒把语言符号定位于**延异**的颠覆性力量之中。因为**延异**产生或者构成符号，所以语言在场、存在和起源的地位就受到了索绪尔和德里达式的质疑。米勒的论述所强调的是，实体之间的关系不是建立在一致性和连续性基础上的；相反，它们是以延异和去中心的形式而构成的。

对米勒来说，所有符号都是修辞格——所有的词语都是比喻。他遵循德曼的修辞性理论，在1972年的一篇文章中宣称："所有的语言从一开始就是比喻性的，而不是相反，即，修辞格出自语言的恰当用法，或者由其'转化'（translated）而来。那种认为语言有其字面或者指涉功用的观念，只是忘记了语言的比喻'根本'而产生的一种幻想。"[5] 米勒把符号置于修辞性的颠覆和分裂力量之中，颠覆了指涉性，从而让符号放任自由地产生令人晕眩的语义变异效果。

米勒综合了德里达和德曼的语言理论中的各种因素，兼并了**延异**说与**修辞性**说，从而为从事解构工作锻造了一种工具。米勒与早期德里达不同，但是与德曼却不谋而合。他主要从事解构主义修辞批评，追踪文本中修辞格的变异以及指代的游离不定。而德里达关注的焦点则是概念，是颠倒概念之间的相互关系，并且用新观念取代旧真理。米勒把他的修辞方法推而广之，为未来文学研究提供了如下计划："文学研究断然不可继续把文学的模仿指涉性看成是一种理所当然。这样一种彻底的文学学科将不再仅仅只是观点、主题和各种各样的人类心理学的一个组合科目。它将再次成为哲学、修辞学，成为一种比喻认知学的探索。"（"NLM"，451）米勒要把修辞批评与历史、阐释学和心理学批评相齐并论。这种向解构主义修辞的转移，不是对于简单的传统批评的一种幸福逃避，而是与文学语言令人费解的认知学的一种痛苦的哲学面对。从本质上讲，修辞提供了一条超越指涉性谬误（fallacy of referentiality）的途径，一种突破逻各斯中心的包围圈的方法。

解构主义者提出的关于语言命题的整个体系被称为**文本性（textuality）**，并且形成了解构主义的基石。解构主义者提出的语言理论有这样的共同之处：它们在传统的指涉概念中开凿了裂缝，松动了语言与概念和指涉对象（referents）之间的紧密联系。因此而产生的语言的变异或游戏对统一、连贯、在场、声音、结构以及中心等所有起稳定作用的概念都提出了挑战。语言承担了一种强有力的基础性角色，它对人

---

[5] J. Hillis Miller, "Tradition and Difference," review of M. H. Abrams' *Natural Supernaturalism*, in *Diacritics*, 2 (Winter 1972), p.11.

的决定作用大于人决定或者指导它的作用。从某种意义上讲，语言构成了存在的一个（囚）室。它产生了人和他的现实。语言背后什么也没有：语言之外既没有起源也没有基础。世界是不可简化的文本。语言之外的现实是一种幻想。“文本之外，什么都不存在，”德里达在《论文字学》中这样宣称（158）。

杰弗瑞·梅尔曼在分析60年代法国结构主义和后结构主义的语言符号理论时指出，目前“法国思想中最富冒险精神的种种倾向，开始在对于文本动力学的反思中汇聚在一起，这种文本动力学与我们所知道的‘文学批评’这种无关痛痒的技巧的极端化毫无相似之处”[6]。解构主义与结构主义的最大差异在于，它对于语言的稳定性、结构形成过程本身、哲学的二元对立、逻辑阅读程式、元语言以及宏大的科学断言都持怀疑态度，欲推翻之而后快。另外，解构主义加速了结构主义早先宣布的主体的死亡，宣告了人与人文主义的终结。这时，美国的一些解构主义者，尤其是布鲁姆和哈特曼，开始踌躇不前，希望通过某种方法来保存人的主体和声音。这证明他们仍然不能完全放弃他们早先对于心理分析与现象学的迷恋。这一点，我们稍后再作讨论。

超越现象学

许多在两次世界大战之间出生的美国解构主义者的领军人物其学术根源都在现象学。保罗·德曼、尤金尼奥·多纳托、约瑟夫·瑞代尔是如此，希利斯·米勒与杰弗里·哈特曼亦不例外，后两位我们已经在第六章中作为现象学家讨论过。德里达是研究现象学起家的：他的第一本书是对胡塞尔的《几何学的起源》（*Origin of Geometry*，1939，法译本1962）的译著；第二本书《言语与现象》（*Speech and Phenomena*）是对胡塞尔的语言理论的批评；1973年以前他的其他早期作品中包括关于胡塞尔、海德格尔和其他现象学家的五篇重要文章和许许多多的议论片断。德里达是通过结构主义和现象学才最终走向解构主义的。但是，他的美国盟友中大多数人却是从现象学直接达及解构主义，并没有经过直面结构主义的过程。这是因为，在美国，结构主义和解构主义差不多是同时出现在文学批评家面前，成为他们可选择的批评方法。70年代初，一些批评家，如卡勒、普林斯、里法特尔和休斯，选择了结构主义；而其他人，如德曼、多纳托、瑞代尔和米勒，则选择了解构主义。与选择结构

[6] Jeffrey Mehlman, “The ‘floating signifier’: from Lévi-Strauss to Lacan,” *Yale French Studies*, no. 48 (1972), p. 11.

主义的批评家不同的是，那些选择解构主义的批评家往往是从前的现象学者。然而，大多数年轻一代的解构主义者是在 60 和 70 年代接受教育，以学生身份而成为解构主义者的。这就意味着，他们往往不必先深入了解结构主义或者现象学。所以，美国的情况是，很多成熟的批评家没有与结构主义的深入接触就成了后结构主义者，其他年轻一代的知识分子没有通过现象学就成了后现象学批评家。因此，才有了这样的抱怨：美国的解构主义是异常的解构主义，因为美国的解构主义者没有很好的、重要的哲学基础。虽然这种批评有其道理，但是对于美国解构主义的领军人物来说，通往解构主义必须经过一个穿过并超越现象学的甬道。

对于胡塞尔和海德格尔，德里达的策略是针对他们逻各斯中心的"在场的形而上学"和"存在本体论"进行反阅读，严格定位和凸显他们作品中未被注意的**延异和书写**的构成力量。德里达虽然欣赏现象学家对传统形而上学的批评，但是他对他们公开宣称要重新唤醒和恢复形而上学的最真实和原初的目的——决定存在的在场——深为痛惜。比如，胡塞尔的整个理论体系都是建立在活的**在场**（***lebendige Gegenwart***）这个一切经验的普遍的和最终极的基础之上。在这个基础之上，在场的自我对于自我的知觉或者直觉，是作为诸原则中的一个原则在发挥其功用。胡塞尔坚持认为，自我-在场（self-presence）的这种原初构成，不需要通过符号的代理或者指代过程的运作。纯粹的或者理想的自我在场身份的这种前表述（pre-expressive）经验在沉默中发生。语言是第二位的。在德里达看来，胡塞尔的整个研究体系都"肯定了语言囿于经验的第二层次的潜在局限，而且，基于这一层次，又肯定了传统的形而上学的语音中心主义。如果说写作完成了理想的客体的构成的话，那么，它是通过语音文字来完成的：它对一个早已准备好了的发音进行确定、书写、记录并赋予其实体"[7]。对胡塞尔来说，自我-在场的存在、纯粹的存在先于语言。语言出现了，但是它是迟到的、工具性的和语音性的。德里达颠覆和颠倒了这一现象学的基础观念，从而证明了胡塞尔对于原始**延异**的压制："纯粹的延异，构成了活的在场者的自我-在场。它从一开始就把一切被公认为不包括在其中的不纯粹性带进了自我-在场。那活的在场者从它自己的非同一性之中、从保留的痕迹的可能之中一跃而出。"（*SP*，85）在胡塞尔想象自我-在场的地方，德里达发现了延异与书面踪迹。在这里，文本性侵犯了本体

---

[7]　Jacques Derrida, *Speech and Phenomena: And Other Essays on Husserl's Theory of Signs*, trans. David B. Allison (Evanston: Northwestern University Press, 1973), pp. 80–81. 此后略为 *SP*。

论。对德里达来说，活的在场者是延异的效应、间隔的效应、写作的效应。

德里达对现象学的解构主义批评，以语言的鬼斧神工的构成力量公开地与意识、存在、在场和声音这些形而上学的概念相对抗，同时也含蓄地与简化论、悬括和"描述"的逻各斯中心的程序相对抗。从一开始，解构主义就对现象学的主观主义、语音中心主义和唯心主义倾向持批评态度。因为现象学关注的焦点在概念的潜在体系和传统西方哲学的修辞矩阵上，所以德里达解构主义能够把它当成逻各斯中心主义的临终一息。而美国解构主义对于现象学的批评，虽然部分地传承了德里达的开拓性思想，但是相比之下，就没有那样宏伟、气势磅礴。

保罗·德曼与现象学的联系在他 50 年代的论文中最为明显，而他与现象学有意识的分道扬镳则显示在他 60 年代末的文章之中。例如，在《形式主义批评的死胡同》("The Dead-End of Fomalist Criticism", 1956) 一文中，德曼对马克思主义、日内瓦批评和神话批评的不足以及逻辑实证主义与形式主义的错误都进行了批评。但是，他单单挑出了威廉·燕卜荪古怪的论说，对其褒扬有加，因为燕卜荪的怪论表明："真正的诗学含混性产生于存在自身的深度分裂，诗歌所做的只不过是陈述和重复这种分裂。"德曼对燕卜荪的代表性成就进行了这样的概括性描述："燕卜荪从最严格的美学形式主义的前提出发，最终面对的却是本体论问题。"[8] 德曼的做法是把本体论，而不是社会学、心理学、神学或者逻辑，作为文学的关键性学科或者领域。换言之，现象学的"存在问题"支配了他的注意力。虽然德曼在早期的研究中一心关注的是存在问题，但是在后来的研究中，他却全神贯注于语言问题（修辞性）。例如，在《批评与危机》("Criticism and Crisis", 1967) 一文中，他纵览了太空时代欧洲大陆批评的动荡状况，指出了现象学的根本薄弱环节，从而开拓出解构主义的疆域。他指出"无中介的表达在哲学意义上是不可能的"。他宣告了文学"与经验现实的分离；它作为符号，与意义的差异，即与依赖这个符号的构成性活动而存在的意义的差异，构成了文学作品的本质特征"(*BI*, 9, 17)。在这种解构主义的阐述中，文学经由语言作为中介，而语言本质上又是差异性的、问题性的、非同一的、异常的。这个从本体论到语言学、从存在到文本性的转换，标志着从现象学思维向解构主义思维的转移。

J. 希利斯·米勒在五六十年代从事的是日内瓦现象学批评，我们在第六章对此

---

[8] Paul de Man, *Blindness and Insight: Essays in the Rhetoric of Contemporary Criticism*, 2nd ed. rev. (Minneapolis: University of Minnesota Press, 1983), pp. 237, 240.

已有所讨论。他于 60 年代末转向解构主义批评。这一转变在他 1971 年发表的一篇关于乔治·布莱的批评的长篇论文中有着最为鲜明的呈现。米勒对他的导师的现象学批评进行了公正、细致入微的描述和不带个人情感的解构主义批评。他这样结语道："德里达所代表的传统与布莱所代表的传统必须以一种不可调和的不是 / 就是二者选其一的对立形式摆在人们面前。批评家必须作出选择，不是选择在场的传统，就是选择'延异'的传统，因为两者关于语言、文学、历史和思维的假设是不可能相互兼容的。"[9] 米勒选择了德里达和"延异的传统"，对布莱的时间、意识、语言和文学历史的概念提出了质疑（米勒在 1972 年针对美国文学历史学家领袖 M. H. 艾布拉姆斯发表了一篇类似的全面批评，从而在美国的解构主义者与正统的文学历史学家之间开辟了最早的战线）。他对布莱的批评的关键论点涉及语言与意识之间的恰当关系。"'意识'这个概念或者这个词，甚至是意识本身……是语言因素作为思维的基础，而不是相反，在系统性的相互作用中生成的一个因素"(213)。与德里达和德曼一样，米勒也把语言作为意识的基础，置语言学于本体论之先。语言的游戏产生了思维的可能本身。这里，米勒借重尼采、弗洛伊德和海德格尔，颠覆了现象学的基础，与一些法国后解构主义者（罗兰·巴特、吉尔·德勒兹、米歇尔·福柯，当然还有杰出的德里达）结成了统一战线。

超越现象学的解构主义转向需要通过马丁·海德格尔的理论这条复杂的通道。几位主要的解构主义者都深受海德格尔的影响。1975 年，J. 希利斯·米勒与约瑟夫·瑞代尔之间爆发的一场发人深省的论战就带有海德格尔现象学的印记。就在这一年，威廉·斯潘诺斯开始了他的"颠覆性阐释学"研究项目，其宗旨是通过突出海德格尔哲学中的"解构主义"因素来对抗解构主义。这一点，我们在第七章中已经有所领略。

美国最早的大部头解构主义批评论著是瑞代尔的《倒置的钟：威廉·卡洛斯·威廉斯的现代主义与反诗学》(*The Inverted Bell: Modernism and the Counterpoetics of William Carlos Williams*, 1974)。米勒为此写了一个书评，抨击了瑞代尔对语言的概念化。

> 瑞代尔坚信"唯一，唯一的语词"，他的语言理论与海德格尔的一样，实际上是写实性的或者模仿性的。他往往把海德格尔的修辞比喻当成刻板的照本宣科，

---

[9]　J. Hillis Miller, "George Poulet's 'Criticism of Identification,'" *The Quest for Imagination*, ed. O. B. Hardison, Jr. (Cleveland: Case Western Reserve University Press, 1971), p. 216.

是指涉语言之外的现实……而另一方面，对德里达来说，语言"原初"就是比喻性的……[10]

米勒认为，瑞代尔所持的是一种源自海德格尔的关于语言和文学的模仿理论。作为一名解构主义者，他需要的是一种德里达式的区别性的，或者更确切地说，修辞性的理论。这里所暴露出来的，不仅有语言的模仿说和修辞说之间赤裸裸的冲突，而且也有对于海德格尔和德里达的错误描述。海德格尔的语言观根本不是写实性的或者模仿性的，德里达的语言理论也不是修辞性的。那只是德曼的看法。米勒想通过他的"矫正性"话语，让解构主义者们摒弃海德格尔，追随德里达。

瑞代尔在他的答复中，没有进行辩护，而是以攻为守，对整个耶鲁学派进行了批评。他指控耶鲁批评家以与新批评相似的方式，对**文学**语言和伟大的作品都给予特殊优待，从而驯化了德里达。他不无道理地指出，哈特曼和布鲁姆拒绝接纳德里达的语言理论，米勒只是德曼的一个"注脚"，后者错误地把德里达的语言哲学限制在了文学范围。这样，围绕着对海德格尔理论的不同理解，出现了解构主义阵营内的第一次公开分裂，第一次出现了自己人对于耶鲁学派的批评。对于写实主义这项指控，瑞代尔回答道："说我真的相信某种原初的、先-语言的事件是可笑的。"[11] 瑞代尔认为他比任何耶鲁批评家都更忠实于德里达，并且第一次提出了"真正的德里达主义"的问题。从此，这一问题一直困扰着发展中的解构主义阵营。

虽然米勒的论点有其薄弱环节，但是他把《倒悬的钟》描绘成现象学的论著这一点却是正确的。该书的定位是介于海德格尔与德里达之间，是瑞代尔转向解构主义的一个转折点。次年，瑞代尔在斯潘诺斯的《疆界2》上发表了《从海德格尔到德里达到机遇：重叠及（诗学）语言》（"From Heidegger to Derrida to Chance: Doubling and (Poetic) Language", 1976）一文——该文后来被收入《马丁·海德格尔与文学问题》（*Martin Heidegger and the Question of Literature*, 1979）——这说明他承认了海德格尔的局限，接受了德里达对现象学的"决定性的"解构。这里，瑞代尔暗示，他"不是一位海德格尔主义者"。他的典型策略是把海德格尔与德里达的独特词汇合并在一起，从而肯定：语言的延异确实"起着打破幻想的作用。这个幻想就是，文学中可能存在

[10] J. Hillis Miller, "Deconstructing the Deconstructers," review of Joseph N. Riddel's *The Inverted Bell*, in *Diacritics*, 5 (Summer 1975), pp. 29–30. 此后略为"DD"。

[11] Joseph N. Riddel, "A Miller's Tale," *Diacritics*, 5 (Fall 1975), p. 59.

着真理，或者一种再现之中未被再现的‘表象’，存在着未被遮蔽但却看不见的遮蔽，一种意识的统一或者一个想象‘世界’的‘现实’”[12]。这样一来，瑞代尔就放弃了现象学关于真理是一种**解蔽**（***aletheia/unconcealing***）的幻想，关于意识的统一性的幻想，以及关于文学在某种意义上是真实的幻想。和德里达本人一样，瑞代尔在解构主义的理论中为海德格尔现象学保留了一个重要的位置。唯一的另一位追寻同一条路线的美国解构主义者是鲁道夫·加谢（Rodolphe Gasché）。加谢认为，不理解海德格尔就不可能完全理解德里达。

在德里达、德曼、米勒、瑞代尔以及其他人背离现象学时，威廉·斯潘诺斯却在力图依据海德格尔的早期论著发展一种“颠覆性”（destructive）阐释学，作为迎接解构主义挑战的一种方式。斯潘诺斯希望保护的是，文学之于生活的相关性，抵制解构主义理论特有的反模仿说和形式主义的修辞性。他批判了解构主义炫耀的空间性——而非时间性——阐释，以及它的重语言、轻存在的倾向。在斯潘诺斯看来，西方传统中的“写作”用心叵测地保存了在场，恒定了存在，并把时间空间化。事实上，正是海德格尔言谈（*Rede*）意义上的“言语”（speech），而不是德里达的**言语**（***parole***）意义上的“言语”（speech），生成了向存在敞开大门、并且植根于存在主义的空无/不在场（no-thingness/non-presence）之中的真正的探索性语言。

耶鲁学派的宣言《解构主义与批评》（*Deconstruction and Criticism*，1979）中包括布鲁姆、德曼、德里达、哈特曼和米勒的论文。在为该宣言所作的序中，杰弗里·哈特曼把德曼、德里达和米勒描绘成“蛇一般的解构者”（boa-deconstructors），把他自己和布鲁姆描绘成“勉强的解构主义者(barely deconstructionists)”[13]。这是一种确切的描述，因为布鲁姆和哈特曼不愿意把语言毫不含糊地放在存在之先，不愿接受人类主体的死亡，或者用声音代替写作。哈特曼早在50年代就开始从事现象学研究，上述这些现象学情结一直保留在他的“解构主义”理论之中。其实，哈特曼在早期与晚期都执著于文学历史语境中的语言学诠释与阐释学研究，执著于对离奇的和神圣的文

---

[12] Joseph N. Riddel, “From Heidegger to Derrida to Chance：Doubling and (Poetic) Language,” *Boundary 2*, 4 (Winter 1976)；rpt. in *Martin Heidegger and the Question of Literature：Toward a Postmodern Literary Hermeneutics*, ed. William V. Spanos (Bloomington：Indiana University Press, 1979), p.248. 此后略为“HD”。

[13] Geoffrey H. Hartman, Preface, *Deconstruction and Criticism*, ed. Harold Bloom et al. (New York：Seabury, 1979), p. ix. 此后略为 *D & C*。

学主题的神秘探索，并且特别执著于对意识与声音——文学的经验基础——作现象学的恢复。就像更早时期的形式主义令他担忧一样，解构主义也令哈特曼忧心忡忡，因为它的非个人化的语言观完全排除了声音与意图（或者意愿），使文学成了无指涉的、鬼魅般的东西。在《荒野中的批评》(*Criticism in the Wilderness*, 1980）中，哈特曼借用圣经里的"太初有道"[14]来描绘语言与主体性之间的相互依存的关系来佐证："主体或者自我没有被否定，它就是揭示那种相互依存的关系的所在。"[15]语言与时间出现的场所是自我。语言、历史与主体性相互依存、缺一不可。词语既消除又产生了在场与身份。所以，当哈特曼宣称"什么也不能使我们脱离语言"[16]时，他肯定的是解构主义的语言牢笼说，而不是与之相随的主体死亡说。

解构主义与现象学之间的关系构成了美国批评历史的一个重要部分，因为很多现象学批评家的领军人物都改变了初衷转而信奉解构主义。这一现象发生在越战时代——这是一个对意识与正统思想的解构盛行的时代，同时对这些"解构"的抵制也同样盛行的时代。早期的解构主义颇有以一个怪异的新纪元的黎明而自居的势头，带有一种不可否认的千禧年的成分。德里达以一名目击者的身份，欢呼逻各斯中心主义的结束。他在《论文字学》的序言《空白处》中这样宣称："未来只能被想象为一种绝对的危险。它绝对地背离既有的常规，只能被宣布、被**表现**为一种怪兽。"[17]德里达拒绝乌托邦式的安慰，推荐尼采式的欢快的肯定——一个依赖于急切的梦想，另一个则需要经过耐心的解构劳动。

双重阅读、误读、误因

解构主义者怎么阅读？在1968年秋美国的一次会议上宣读的题为《人的终结》的结语中，德里达简要地为解构逻各斯中心主义体系勾勒出了各种选择。他指出，解构主义者有两种策略可供选择：一、批评家可以尝试在不改变立场的情况下阅读，重复原来的逻各斯中心主义的问题，用这个体系来对抗体系本身（这有点像海德格尔的

---

[14] 这里的"道"就是语言"word"。原文为：In the beginning was the Word.——译注

[15] Geoffrey H. Hartman, *Criticism in the Wilderness: The Study of Literature Today* (New Haven: Yale University Press, 1980), p. 261. 此后略为 *CW*。

[16] Geoffrey H. Hartman, *Easy Pieces* (New York: Columbia University Press, 1985), p. xii.

[17] Jacques Derrida, *Of Grammatology*, trans. Gayatri Chakravorty Spivak (Baltimore: Johns Hopkins University Press, 1976), p. 5.

“颠覆”策略)。二、批评家可以改变立场,突然跳出圈外,肯定整个的不连续性与差异。最后,德里达建议,两种形式的阅读必须同时采用。在《结构、符号与游戏》提供的两种解读之中,没有一种是有效的。他力荐双重阅读。

德里达最有影响的早期阅读出现在《论文字学》的后半部。在这里,他对卢梭(Rousseau)的《论语言的起源》(*Essay on the Origin of Languages*)进行了典范的双重阅读。德里达之所以选中这一篇论著,是因为它极力为语音中心和逻各斯中心的写作概念进行辩护。通过分离和追踪卢梭文本中神秘的**补充(supplement)**的具体运作,德里达开创了一种弘扬解构主义的研究阅读模式。什么是**补充**?西方传统中的很多作家与哲学家假定或者提出了“自然/文化”的二元对立。根据传统的逻各斯中心主义的描述,古代人生活在一种天真欢乐的自然状态,遇到这样或者那样的危险或者匮乏,产生了一种对于社群的需求或者欲望。在人从自然向社会的进化中,后一种存在状态被描绘成对人原来的欢乐状态的一种填补。换言之,文化补充了自然。不久,文化便取代了自然。所以,文化从两个方面起了补充作用:填补与取代。它可能既是有害的,同时又是有益的。

值得注意的是,自然/文化对立的结构重复出现在其他的传统二元对立中:例如,健康/疾病、纯洁/污染、善/恶、客体/再现、兽性/人性和言语/书写。在每一组对立中,第一项在时间上处于优先;第二项是对第一项的**补充**。例如,就言语/书写对立而言,传统的解释告诉我们,书写出现于人类历史的晚期,对于人来说,它的到来是一种双刃剑式的有得有失的补充。它既是一种保护,又是一种威胁。传统上讲,每组对立中的第一项构成优先的或者更好的状态或者存在。自然胜过文化。

但是,德里达指出,未被**补充性(supplementarity)**力量雕琢的自然不具有真理价值;原初的未被补充的自然是不存在的——存在的只是渴求它的欲望或者创造它的神话。德里达颠倒了自然/文化的对立,从而推翻了这个形而上学意义上的纯粹观点,他看到了一种“不可判定的”概念[**补充(the supplement)**]的浮现,梳理它在卢梭的文本中无所不在的运作。其结果是,“解构”了自然与文化,证明了文化没有补充自然,那个(打了叉的)自然**总是早已**是一个被补充了的实体。

为了表示一个概念的双重地位,德里达先是把它写出来,然后再在上面打叉。把一个概念“置于删除之列”(sous rature)的这种策略出自海德格尔。另外,德里达还常常用“总是早已”这一习惯语来质疑“自然起源”或者“未经补充的纯洁”说:其效果是将**补充**插入了任何看似简单或者纯粹的形而上学的二元对立组合。这样的“双重写作”方法对于解构主义的双重阅读来说是必需的。

补充的逻辑和结构表明，外部的与迟至的实际上就是内部的与原始的。在“自然”状态中，**补充**总是早已开始了它的运作。在某种意义上，人类从“自然”脱离、转向“文化”是即时的和无止境的。

神秘的**补充说**最令人不安的一面在于它缺乏内容和实质：它不能被触摸、被品尝、被闻听、被嗅察、被看见或者被直觉感受；它也不能被思考——在逻各斯中心体系范围内。因此，它与其他德里达的**不可确定因素（undecidables）**，包括**延异**、**写作**和**间隔**，显示出密切关系。到了80年代中期，德里达已经挖掘出近四十种**不可确定因素**。这些不确定因素都是**延异（difference）**的非同义“替代”，各具其文本特殊性。关于补充说，特别值得一提的是，德里达是在卢梭的文本之中标记出它的运作。它不是一种外界输入。与其他所有的文本的**不可确定因素**一样，**补充**没有被定位在古典哲学和文学的二元对立与概念架构之中，但是，它却滞留于它们之中，在抵抗它们和打乱它们的秩序的同时，拒绝成为其中的第三项或者主项。双重阅读必须运用逻各斯中心主义传统的资源来放大它的封闭以及它的分解。解构主义双重阅读的公式是“颠倒并代替文本中的关键词”——互调对立项并标注出不可确定因素。因为“文本之外一无所有”，所以解构主义阅读涉及的是严格的内在分析。

保罗·德曼的修辞解构与雅克·德里达的哲学概念解构大相径庭。在他的一个早期文本中，德曼宣称：“文学语言的决定性特征确实在于其修辞性，某种更广泛意义上的修辞性。然而，因为这种修辞性远不足以构成文学研究的一个客观基础，所以就意味着时时存在着误读的威胁。”更确切地说，“文学语言的特殊性存在于错误阅读与错误解读的可能性之中。”[18] 简言之，如果一个文本完全排斥或者拒绝任何误读的话，那么，它就不可能是文学性的。一个文本之所以是文学性的一定程度上就是因为它允许并鼓励“误读”。因此，任何以“控制”和“改正”解读为目的的批评或者阅读理论完全是自欺欺人。从本质上讲，德曼的（误）读说所做的是协调和颠倒传统的字面 / 修辞和阅读 / 误读的组合。因为文学是修辞性的，所以文学阅读不可避免地涉及误读。自相矛盾的是，德曼认为误读有合理和不合理之分，有好与坏之分。比如，一种好的误读“产生另一个文本，一个自身就可以证明是一种有意思的误读的文本，一

[18] Paul de Man, “Literature and Language: A Commentary,” *New Literary History*, 4 (Autumn 1972), pp. 188, 184.

个产生另外的文本的文本”[19]。

误读理论既适用于批评家，也适用于作者。作者或者批评家的任何阅读最终都不能控制或者限定文本。在《盲视与洞察》种，德曼演证了杰出的批评家们（卢卡奇、宾斯旺格、布朗肖、布莱和德里达）怎样不知不觉地在他们宣扬的文学理论与他们的实际解读之间显示出一种差异。有意思的是，批评家正是“似乎依靠这种差异而成功，他们最睿智的洞见也有赖于这些洞见所不允许的假定”（*BI*, ix）。**盲视 / 洞见**模式是“普通文学语言的一种构成特征”（*BI*, ix）。在《阅读的寓言》中，德曼演证了杰出的作家（特别是卢梭和尼采）怎样暴露出误读现象不可避免的运作。错，在于语言，不在读者。

在德曼的解构主义研究项目中，自我解构的文本这一概念最终也包含了作为勇敢的解构者的批评家本身，或者作为诡计多端的自我解构者的作家。“一个文学文本同时既肯定又否定它自己的修辞模式的权威…… 诗性写作是最先进和最精致的解构模式……”（*AR*, 17）文学文本本身自我解构；无论批评家或者作者是否意识到，它们总是早已被解构。没有人可以自由地禁闭修辞游戏与语义指涉变异。文本自身自我误读。

批评性阅读所面对的，是无法控制地彷徨于对指涉意义的期待与对于那种期待的修辞性颠覆之间的语言。德曼把这种不确定性称为**僵局**（***aporia***，即 semantic impasse 语义陷阱）。真理永远受到威胁。德曼从不摒弃指涉性；他将其问题化，颠覆它，揭穿它——但是却保存它，正如其他解构主义者所做的那样。

阅读中令人眩目的事件是可以记录的。事实上，批评性写作就叙述了阅读经验。作为一种运用修辞性语言的叙事，批评有着固有的**寓言性**（虚构性）。批评永远不可能简单地描述、重复或者再现一个文本。对于批评写作来说，不存在什么非修辞性或者科学的元语言。即使是一丝不苟的改写，也是用其自身话语勉为其难的同质性遮蔽了文本的不连续性。因为文学与批评都参与修辞语言活动，所以它们之间的差异是一种“错觉”（*AR*, 19）。因此，写作与阅读都是双重性的。

J. 希利斯 · 米勒追随保罗 · 德曼，始终坚持误读理论、修辞解构主义实践、文本自我解构的观念以及批评写作是寓言性的观点。与德里达一样，他偶尔也通过强调文本中不可判定的概念因素来质问逻各斯中心体系。

---

[19] Paul de Man, “Nietzsche’s Theory of Rhetoric,” *Symposium*, 28 (Spring 1974), p. 51. 这篇论文先后在 *Symposium* 及 *Allegories of Reading* 上发表。不过前者的版本还包括了德曼对听众问题的回答，后者则没有。

对于米勒来说，所有文学文本都是不可阅读的——或者是不可确定的。把一个文本简化为一种具体的或者单一的同质性阅读，就是武断地限制文本因素的自由游戏。但是，米勒指出："这不是意味着，叙事者或者读者有把他所希望的任何意义强加给叙事的自由，而是意味着，叙事的模式受'自由游戏'的支配，形式上是'不可确定的。'"[20] 因此，便有了"批评误读的明显的优劣之分，有了其某种程度上的至关重要性"（"DD"，24）。但是，不管其优劣之分、不管重要与否，任何一种解读终究都是**误读**，因为它既不可能挖掘出文本虚幻的"原始"意义，亦不可能包含所有可能的阅读。永远不可能有什么"客观的"解读——只有重要或不重要的误读。

米勒承传海德格尔的一个文本阅读策略是，抓住一个关键词的意义不放，直至追溯到它词源学上的"根"。这样，他便将一个关键词语的明显稳定性从一个封闭的体系中移取出来，放入一个不断产生歧岔的迷宫。这种语义**播撒（dissemination）**——德里达创造的一个表示不确定的概念——的结果是，使文本脱离了原有语境，揭示了解读永不枯竭的可能性以及逻辑秩序或者整体化的徒劳无益。在阅读了一首范诗以后，米勒总结道："这样的一首诗不可能被单单一种逻辑形式所涵盖。它可能需要无止境的评说……"[21] 值得指出的是，一种评说既不能完全吃透文本，也不可能用一种不出修辞错误的语言——一种不带修辞性和寓言的语言。元语言是不存在的，不管结构主义者和符号学者有什么科学断言。

解构主义者提倡内在阅读。他们细心地追踪和重复有选择的文本因素（修辞、概念、主题），从而释放了一切重复所固有的破坏力量。从根本上讲，批评重复启动了**延异（difference）**运作，引起一连串令人眩晕的替代与移位，打破了文本系统的稳定。米勒在他的一本解读英国小说的书中演证了批评的这种有差别的重复的力量。他恰到好处地把该书命名为《小说与重复》（*Fiction and Repetition*，1982）。

文本的解构涉及对于逻各斯中心传统的广泛颠覆。米勒指出："所谓的对'形而上学的解构'从来就是形而上学的一部分，是其光圈中的一个影子……"（*LM*，62）一切文本都既包含传统的形而上学成分，又包含着对这些成分的颠覆。"这种颠覆交

---

[20] J. Hillis Miller, "Fiction and Repetition: *Tess of the d'Urbevilles*," in *Forms of Modern British Fiction*, ed. Alan Warren Friedman (Austin: University of Texas Press, 1975), p.68.

[21] J. Hillis Miller, *The Linguistic Moment: From Wordsworth to Stevens* (Princeton: Princeton University Press, 1985), p.422. 此后略为 *LM*。

织成概念性词语、修辞以及西方神话的形式，成为它的光圈中的一个影子……”[22]这里，米勒是在说，解构主义阅读涉及内在的历史批评：没有必要、也没有可能跳出古老的自我解构的逻各斯中心体系。西方文学、哲学和文化，已经包含对当代解构主义至关重要的不相容性、双重比喻、不连续性和不可确定性。历史和传统被加密(encrypted)、或者说被铭刻在一个巨大的、迷宫般的文本囚室之中，这些文本既是形而上学的，同时又是解构性的。

“一个文学文本自身不是一个‘有机统一’的事物，而是与其他文本的一种关系，而这些文本本身也是与另外的文本的关系。因此，文学研究是一种互文性研究……”[23]对于解构主义者来说，**互文性(intertextuality)**指明了文本依赖于以前的概念、修辞、编码、无意识的活动、常规以及文本，并被它们所渗透。作为一种重要的批评工具，**互文性**突出了文本的迷宫般的基础，加速了意义的播撒，强调了语境的不稳定性。因为互文性为文本既假定了一个无中心的历史疆域，又假定了一个深不见底的去中心(decentered)的基础，所以，它构成了一种解放决定论。约瑟夫·瑞代尔把它简化为这样一种陈述：“艺术‘作品’总是根源于先辈们所开创的历史土壤。”(“HD”, 249)

除了德曼以外，美国知名的解构主义者在阅读的劳动过程中，都或多或少有规律地征求文学的互文本。这方面，没有人比哈罗德·布鲁姆更投入。尤其是他的《诗学的误读囚笼》(“Poetic Misprison”)四部曲，包括《影响的焦虑》(*The Anxiety of Influence*, 1973)、《误读图示》(*A Map of Misreading*, 1975)、《卡巴拉与批评》(*Kabbalah and Criticism*, 1975)、《诗歌与压抑》(*Poetry and Repression*, 1976)，充分体现了这种投入。在布鲁姆看来，每一个文学文本都必然是一个“互文本”，任何一个文本的基础总是另一个文本。诗歌不存在——存在的只有“互诗歌”。值得注意的是，一个文本与另一文本之间以及与其他文本的关系涉及根本性的**误读囚笼**(误读、错误、误解)。误读的囚笼既是必要的，也是不可避免的，出现在诗人与诗人之间、批评家与文本之间。这是因为，从本质上讲，准确无误的重复或者认同是不可能的；因为，认同就是奴役与死亡，延异才是自由与活力。

布鲁姆认为，有三个层次的误读囚笼。后来的诗人误读前人的诗；批评家误解文

[22] J. Hillis Miller, “Ariachne’s Broken Woof,” *Georgia Review,* 31 (Spring 1977), p.59.

[23] J. Hillis Miller, “Stevens’ Rock and Criticism as Cure, II,” *Georgia Review,* 30 (Summer 1976), p.334. 该文宣传的是耶鲁学派批评家的观点。

本；诗人也误解他自己的作品。“诗人的误解或者诗歌比批评家的误解或者批评更**极端**，但是，这只是程度的差异，绝不是类型的差异。没有解读，只有误读……”[24] 误读囚笼理论坚持认为，任何时候都只存在着误读。这一理论来自德曼，不过布鲁姆对其进行了限定：“我不完全赞同德曼的阅读是不可能的观点，但是，我承认阅读是多么困难的一件事……复原意义或者修复受到伤害的修辞性是一项令人生畏的任务。然而，这却是一件可以而且必须完成的任务。”（*DC*，16）这个发表在 1979 年耶鲁宣言上的声明暴露出布鲁姆的保守。他希望复原意义或者否定德曼的修辞说的激进的文本性。他的误读囚笼说处在误读深渊的安全边缘，处心积虑地、绝望地对文学意义的播撒加以限制。为了达到这一目的，他详细描绘了诗歌语言中显而易见的复杂的误差产生阶段。在布鲁姆的理论中，意义最终以破坏性的、破碎的互文本的形式得到了恢复。与德曼不同的是，布鲁姆和其他主要的解构主义者把互文本作为文本的基础。文本的语言总是互文性的。布鲁姆理论的特别之处在于，它的关注点几乎完全集中在诗人对于前人诗歌的误读囚笼上，而不是在批评家的文本误读上。布鲁姆首先是一位文学历史学家。

读者反应批评家从心理学、现象学、社会学、文化或者政治的角度来分析文学读者，而解构主义批评家探讨的却是文本和文本阅读，不是读者。就他从现象学向解构主义的转变这个问题，米勒解释道：“原则上讲，把探索范畴从‘意识’转回到‘语言’上来，可以更真切地看清纸张上的内容。我觉得，讨论作品的语言、修辞结构比讨论读者和读者反应收获更大。”[25] 解构主义者提出的阅读理论，无论涉及的是双重阅读、误读，还是误读囚笼，都非常明显地撇开读者，因为“自我”和“身份认同”的概念已经被挑战、被颠覆。“自我”是一种语言建构，正如文本是一种建构一样：“主体的死亡”是解构主义的一句格言。布鲁姆和哈特曼都抵制这种论点，我们将在下一节中看到这一点。在哈特曼看来，“写作是一种迷宫，一种拓扑拼图和文本的字谜；就读者而言，他必须暂时完全投入到一种阐释学的‘无限化’（infinitizing）中，让一切表示终结的规则都显得主观武断”（*CW*，244）。从解构主义的视角来看，这一阐述的倒退之处，在于“暂时”一词。解构主义阅读的“无限化”特征不是临时性的，文本

---

[24] Harold Bloom, *The Anxiety of Influence: A Theory of Poetry* (New York: Oxford University Press, 1973), pp. 94–95.

[25] J. Hillis Miller, *Fiction and Repetition: Seven English Novels* (Cambridge: Harvard University Press, 1982), pp. 19–20.

也不是一时的字谜。瑞代尔这样解释道："误读不是一种不正确的阅读，而是每一种阅读的游离(errancy)或者变异。"[26] 这种游离是不可避免的。要通过文本的变异、矛盾和不连续性以找到并固定意义，这必然会排斥、压制和扭曲文本的关键层面。虽然读者反应批评家使这种曲解理性化，但是，解构主义者则拒绝把它合理化并详细论述了这种曲解，因为，他们坚信，文本的不可确定性和变异左右着阅读。

心理分析、后结构主义、解构主义

两次大战期间出生的解构主义批评家中，有几位对弗洛伊德心理分析非常感兴趣，特别是布鲁姆、德里达和哈特曼。而1940年以后出生的解构主义者中，几乎所有的人都既与源自西格蒙德·弗洛伊德的精神分析学也与源自雅克·拉康的精神分析学有密切联系。这里的一个关键人物，是1937年出生的尤金尼奥·多纳托。显然，是他60年代中期在约翰·霍普金斯大学任教时，首先把拉康心理分析介绍给美国的。心理分析对于解构主义的影响与作用从一些刊物出版的特刊中可见一斑，特别是杰弗瑞·梅尔曼编辑的《耶鲁法国研究》1972年48期中的《法国的弗洛伊德：精神分析中的结构主义研究》和肖珊娜·费尔曼编辑的《耶鲁法国研究》1977年的55期《文学与心理分析——阅读问题：否则》；瑞查德·克莱恩编辑的《辩证批评家》(1979年春)第9期《弗洛伊德的比喻论》；罗伯特·康·戴维斯编辑的《现代语言札记》(1983年12月)第98期《拉康与叙述：叙事理论的心理分析差异》。美国的一些主要解构主义者基本上无视心理分析，其中值得注意的有德曼。米勒在某种程度上也是如此。这一事实标志着，这一学派内部存在着重大分歧。

很多拉康心理分析家都不是严格意义上的解构主义者。总体说来，这些批评家被称为"后结构主义者"。这里，有一个术语问题。在一些用法当中，"后结构主义"与"解构主义"是同义词。在另外一些用法当中，"解构主义"是一种更大的叫作"后结构主义"思潮的一部分。这种思潮不仅源于德里达，而且也源于拉康和福柯。其他一些太空时代的有影响力的法国学者也常常被列入主要的后结构主义者的名单，例如，路易斯·阿尔都塞、罗兰·巴特、吉尔·德勒兹、菲力克斯·伽塔利(Félix

[26] Joseph N. Riddel, "Re-doubling the Commentary," review of Derrida's *Of Grammatology* and of Foucault's *Language, Counter-Memory, Practice,* in *Contemporary Literature*, 20 (Spring 1979), p.242. 此后略为"RC"。

Guatarri)、朱利娅·克里斯蒂娃和让·弗朗索瓦·利奥塔(Jean-François Lyotard)。后结构主义运动的广阔疆域在哈拉里(Josué Harari)的文论集《文本策略：后结构主义批评视角》(*The Textual Strategies: Perspectives in Post-structuralist Criticism*, 1979)和罗伯特·扬(Robert Young)的文论集《给文本松绑：后结构主义读本》(*Untying the Text: A Post-structuralist Reader*, 1981)中都有所概述。扬是重要的英国后结构主义刊物《牛津文学评论》(*Oxford Literary Review*, 创刊于1976年)的合作编辑。他是这样描述后结构主义的：

> 那么，后结构主义牵涉到一种从意义向表演(staging)，或者从所指向能指的转变。从这一点可以看出，后结构主义的前提不允许自身有命名性的、统一的、或者"适当"的界定。但是，广义上说，它涉及一种对于形而上学(因果、身份认同、主体及真理等概念)的批评和对于符号理论的批评，它承认并吸收心理分析的思维模式。简言之，可以说，后结构主义打破了稳定的符号和一致的主体的宁静统一。在这方面，借助福柯、拉康和德里达的论著，可以最好地描绘出后结构主义的"理论"参照点，这三者以不同的方式，将结构主义推到了极限……[27]

后结构主义更为广泛的领域与解构主义的领域之间最显著的区别在于，前者吸收了福柯的历史、社会学和政治研究和拉康的心理分析理论。确切地说，一位像爱德华·赛义德这样的社会批评家，一位福柯的追随者和德里达的批评者，更大程度上是后结构主义者，而不是解构主义者。像米勒这样的一位批评家，忠实于德里达、不在意福柯和拉康，最准确的称呼应该是一位解构主义者，而不是后结构主义者。像威廉·斯潘诺斯这样的一位阐释学批评家，在他最初的海德格尔原理的基础上先是吸收了德里达理论的精华，后来又吸收了福柯的理论精华，这使他成为一名"后结构主义阐释学"的代表人物。但是，这样的术语称谓往往产生混乱，而这种混乱表明，必须创造出新的术语或者新的思维方式。一些理论家，尤其是乔纳森·卡勒，想彻底废弃"后结构主义"这一术语。

在解构主义批评的形成过程中，心理分析所起的作用非常复杂，值得作单独的

---

[27] Robert Young, ed., *Untying the Text: A Post-Structuralist Reader* (Boston: Routledge & Kegan Paul, 1981), p. 8. See also Philip Lewis, "The Post-Structuralist Condition," *Diacritics*, 12 (Spring 1982), pp. 2—24. 与"后结构主义"相比，刘易斯更喜欢"批评结构主义"的说法，他把解构主义看成"批评结构主义"的一部分。

专题论述。不过，通过以下几个方面的简单分析，我们可以对这一棘手的问题略知一二：一、众所周知的德里达对拉康的批评；二、《耶鲁法国研究》在 1977 年推出由肖珊娜·费尔曼编辑的关于"文学与心理分析"的特刊；三、哈特曼对于弗洛伊德与拉康的思考；四、由布鲁姆提出的误读囚笼说而形成的弗洛伊德式心理诗学。

从 60 年代到 80 年代，德里达对心理分析表示出了一种密切的、与日俱增的关注。他关于弗洛伊德、尼克拉斯·亚伯拉罕（Nicolas Abraham）和玛利亚·特勒克（Maria Torok）的文章，特别是《弗洛伊德与写作场景》（1966；英译 1972）与《前言》（"Fors"，1976；英译 1977），是他最睿智卓绝的文本。在《多重立场》中批评拉康时，德里达许诺，以后要进一步充实他粗率的批评。在《真理供应商》（"The Purveyor of Truth"，1975；1975 年部分翻译）中，他兑现了这一诺言。在他的第一轮攻击中，他表达了对拉康的几点不满：他跳不出逻各斯中心体系；他受制于语音中心主义；他离不开黑格尔、胡塞尔和海德格尔的现象学概念；他把弗洛伊德的文本简单化；他的风格闪烁其词、不合时宜、晦涩难懂；他运用索绪尔的符号理论，从而简化了**写作**（***écriture***）。尽管如此，德里达还是认为，在心理分析的广泛领域内，拉康的研究有其历史重要性。

在第二轮攻击中，德里达对拉康的"关于'失窃的信'的研讨班"（1957）进行了抨击，该研讨班是拉康的不朽之作《选集》（*Écrits*，1996）的先行研究。但是，德里达对拉康对幼稚的阐释学语义主义的矫正，他对能指的神秘本质和活动的敏感性，以及他拒绝对文本意义的浮游加以传记性限制的做法，表示了真诚的钦佩。不过，他还是认为，拉康的研讨班有着重大缺陷。

在对爱伦·坡的故事的分析中，拉康省却了叙事框架，把关注点放在两个三角关系上。德里达认为，拉康的阅读撇开写作的场景，从而表现出"一种对于内容的分析迷恋"[28]。虽然，在坡的故事中，那封神秘的失窃的信起着浮游的能指的功用，拉康却把它当作一个稳定的所指来分析。叙事者的省略迫使他说明信的原委，迫使他无视这个活动能指的全部文本活动。这样，写作变成了书信，文本变成了信息，过程变成了结果，能指变成了所指。拉康表现了一种"对于真理的强求"（57）；他以一个正统的分析家的面目出现，成了一个"真理供应商"（65）。

---

[28] Jacques Derrida, "The Purveyor of Truth" (1975), partial trans. by Willis Domingo et al., in *Yale French Studies*, no. 52 (1975), p. 48.

对德里达来说，拉康的逻各斯中心主义在他的语音中心倾向性中表现得最为明显。在拉康的分析中，真理（逻各斯）以说话或者声音的形式闪闪发光："他最终总是诉诸一种被声音扬弃的书写（a writing sublated by voice）(82)，而且"能指的规则只有在可用声音表达的信中才能展示"(83)。在拉康那里，心理分析仍然是建立在口头真理之上的"谈话疗法"。

在德里达看来，拉康的研究命题把阳具定位为主导能指（master signifier）。因为始终存在这样一种可能性，即每一个能指、任何能指都带有这个独一无二的能指的特征，所以，在拉康的心理分析中，阳具占据了一个超常的位置。作为主宰性能指的阳具其非凡功能是，居于中心位置，系统地调节解读过程、真理的揭示、声音的输入以及能指的游离。所以，德里达对拉康的语音中心主义和阳具中心主义都进行了批判，因为两者都是逻各斯中心主义的同谋。德里达称这种意识形态的情结为"阳具逻各斯中心主义"(phallogocentrism)。

《文学与心理分析——阅读问题：否则》(1982) 首先作为《耶鲁法国研究》的一期特刊问世。五年以后，又出版成书。书中不仅收集了美国和法国的重要后结构主义者、马克思主义者和拉康本人的文本，而且还收录了三位受拉康影响的年轻的解构主义者——芭芭拉·约翰逊、佳亚特里·斯皮瓦克、肖珊娜·费尔曼——的文论。特刊引自拉康和德曼的卷首语指出，为了意思的阅读必然导致陷入神秘，得不偿失，永远也走不出迷宫。在《参照框架：坡、拉康、德里达》一文中，芭芭拉·约翰逊解构了德里达对拉康关于坡的研讨班的解读，把拉康描绘成一位抵制逻各斯中心主义诱惑的后结构主义者。佳亚特里·斯皮瓦克的《信为先锋》("The Letter as Cutting Edge")勾画了拉康心理分析对于哲学和修辞学解构主义批评的局限与用途。她在解构主义理论中为主体说和主体互移说（intersubjective theory of transference）保留了位置。肖珊娜·费尔曼在她的专题文章《拧紧解读的螺丝》中，对围绕埃德蒙·威尔逊的《亨利·詹姆斯的含混》(1938；修正稿 1948)（这是一篇对詹姆斯的《螺丝在拧紧》进行弗洛伊德式分析的文章）展开的争议进行了分析，从而以一个得益于德曼和拉康的视角，对文本性与性别之间的关系以及（误）读与移情之间的联系进行了理论阐述。这三个文本的合力，大大强化了拉康心理分析与解构主义的相关性。这条思路是 70 年代初由杰弗瑞·梅尔曼开创的，后来杰弗里·哈特曼又传承了这条路线，他是老一辈结构主义者中除了众所周知的尤金尼奥·多纳托以外唯一对拉康有好感的批评家。

肖珊娜·费尔曼以一种典型的解构主义风格指出：语言是性别的基础。与修辞一样，性别产生互相冲突的力量，使矛盾更复杂化，暴露出一种统一性的缺乏和一种本质的含混。因此，“性别是修辞性的，因为它本质上由含混构成：它与动态对抗的意义共同存在。”[29] 语言的内在分裂、矛盾和摇摆不定标志着性别的混乱。

有鉴于这种性别 / 文本理论，我们不难理解，费尔曼把较早的、传统的美国心理分析批评描绘成一种压抑的、整体化阅读模式，这种模式盲目地追求对含混与矛盾的掌控。似非而是的是，这种掌控企图使得文本和性别的破坏性力量，在一种不被注意的移情过程中，重新出现在批评家的写作当中。以这种方式阅读意味着，在一种贪婪的爱的行为中，从他者（文本或者人）那里盗窃知识。在这种行为中，侦探–医生不知不觉地成了罪犯–病人。发现病症意味着被病症所缠绕。费尔曼把这种阅读的缺陷与美国更早的弗洛伊德批评联系起来：“一个阅读是不是称得上‘弗洛伊德式阅读’就看它**读什么**（它从文本中得出的**意思**或者主题**内容**），或者看它**怎么读**（它的解读**程序**，它所采用的分析技术或者**方法**）。虽然，在美国文化语境中，‘弗洛伊德式阅读’的概念几乎都是从第一种意义上来理解和运用的，但是，在法国却相反，雅克·拉康已经详尽地提出了一种新的、第二种意义上的弗洛伊德阅读理论”(117–118)。这里，费尔曼倡导的是一种新的心理分析批评，这种心理分析批评源自拉康，它摒弃追求意义与内容的旧方法，而重视阅读意义的步骤与方法。对她来说，一如对其他解构主义者来说，意义从来都不是最终的、字面的、固定的；它总是矛盾的、不可读的、修辞性的。

杰弗里·哈特曼编辑了一本由1977年英语学会年会上的论文选编而成的《心理分析与文本问题》(1978)。在为这本文集所作的序中，哈特曼批评了诺曼·霍兰德和其他批评家的身份认同心理学，褒扬了伯克、威尔逊和特里林的旧式心理分析批评，以及德里达与拉康的新法国弗洛伊德主义。身份认同理论以想说话的学生与批评家取代了受到伤害的艺术家，把早期心理分析严谨的对梦的解读与身心研究简化成‘一种自由的言语运动，一种学术的福音传道，一种驱除了旧的、压抑性词语，偏爱新的

[29] Shoshana Felman, “Turning the Screw of Interpretation,” *Literature and Psychoanalysis—The Question of Reading: Otherwise*, ed. S. Felman (Baltimore: Johns Hopkins University Press, 1982), p. 112. 该书最初分两期发表在1977年的《耶鲁法国研究》上。Felman’s monograph was reprinted in her *Writing and Madness: (Literature/Philosophy/Psychoanalysis)*, trans. Martha Noel Evans et al. (Ithaca: Cornell University Press, 1985), pp. 141–247.

词语的福音”[30]。在这种语境中，哈特曼更喜欢拉康，因为他坚信“英雄的弗洛伊德，严厉的或者可怕的父亲”(xvii)，使人想起威尔逊、伯克和特里林。哈特曼选择了一种保守、稳健的弗洛伊德，放弃了一种自由、温和的简化心理分析。压抑的假设比解放的承诺对他更有吸引力。他比较喜欢注重语言的心理分析，注重“它的含混的起源和不确定的情感影响，它的比喻能量，无论这种能量怎么受制或者净化，它残留的体态或者符号层面，它的不可还原的‘声音舞蹈’(sounddance)”。(乔伊斯，ix)

在《拯救文本》(1981) 中，哈特曼以拉康的“语言–伤痕”(word-wounds) 和“幽灵般的名字”(spectral names) 心理分析说为基础，提出了“一种对德里达的反陈述”[31]。哈特曼指出，语言使我们不断受到精神的伤害：无论是经历过的还是幻想的，某些语言–伤痕在神秘的自我形成中起着重要作用。令哈特曼感兴趣的是口头以及书面语言的魔术般的力量。德里达解构主义颠覆了口头语言、削弱了主体性，在一定的程度上，它也对心理学和诗歌的基础构成了潜在威胁。哈特曼努力将修辞恢复为口头行为，以重新获取“词语的模仿与情感力量和它们的非个人影响”(120)。最终，他坚持认为，精神是由直接言语神秘地创造、界定和影响的。通过这一切，哈特曼早期对现象学批评和灵意或者幽灵主题的执著信念，在与解构主义的相遇中幸存了下来。

与哈特曼一样，哈罗德·布鲁姆也对德里达，特别是有关心理分析的自我与主体概念，提出了他自己的反驳。与哈特曼不同的是，他没有用拉康作理论依据，而是依赖弗洛伊德以及他的几位早期追随者的理论。鉴于他有意识地忽略德里达、拉康、福柯以及其他一些有关的法国思想家，鉴于他依赖尼采、埃默森、弗洛伊德和一些犹太神秘主义者 (Kabbalists)，从严格意义上讲，布鲁姆既不是一位解构主义者，也不是一位后结构主义者。不过，他的理论与本土解构主义批评很相似，所以米勒、哈特曼和其他批评家都把他看成耶鲁学派的成员之一。70 年代中叶，约瑟夫·瑞代尔曾指出，布鲁姆与哈特曼都不是解构主义者。耶鲁宣言把他们都称为“勉强的解构主义者”。这里的分水岭是自我和语言的概念。

在他于 1973 年至 1976 年之间发表的四部曲中，布鲁姆关注的是主要的英美诗人的后启蒙诗歌；他把 1740 年以来的整个时期都看成是“浪漫主义”时期。他以“教

---

[30] Geoffrey H. Hartman, Preface, *Psychoanalysis and the Question of the Text,* Selected Papers from the English Institute, 1976–1977, ed. G. H. Hartman (Baltimore: Johns Hopkins University Press, 1978), p. xvii.

[31] Geoffrey H. Hartman, *Saving the Text: Literature/Derrida/Philosophy* (Baltimore: Johns Hopkins University Press, 1981), pp. 121, 138–139.

育场景”对抗德里达的“写作场景”，详尽地阐述了诗歌起源与发展的六个阶段的心理学。根据这一理论的描述，年轻的后启蒙诗人被老一辈诗人的权力所震慑（**选择权 / election**），接踵而至的是诗人的幻象的协议（**盟约 / covenant**），随后是反灵感的选择（**竞争 / rivalry**），然后是显然获得了自由 / 解放的青年诗人把自己作为真正诗人的真实的显示（**化身 / incarnation**），最后这位后来者对前辈进行彻底的重新评价（**解读 / interpretation**），并且最终以一种新的方式重新塑造他（**修正 / revision**）。[32] 布鲁姆用弗洛伊德的概念作为模拟，把诗人坚强自我（ego）的形成描绘成一种无意识的和不可避免的过程。在这个过程中，前辈诗人被锁定在**本我（id）**中，而不是在**超我（superego）**中。诗人之间的关系，就像弗洛伊德的“家庭罗曼史”中的关系始于诗人心灵上浮现的一种“原始的影响固结”（primal fixation of influence）。伴随这种初始固结的，是对新的、强健的诗人对于自足和永生的贪婪的期望或者欲望的“原始的压抑”（primal repression）。没有这种压倒性的“先知意志”（will-to-divination），新来者就不可能成功地成为一位强大的诗人。这种压抑，在更大程度上，是一种不断地修正的力量，而不是一种稳定的存在状态。它启动了各种各样的调整过程，这些调整过程意在保证后来的坚强的诗人在与前辈诗人的对抗中幸存、独立和胜利。

教育场景的场所是精神。自我先于诗学语言而存在。布鲁姆坚定不移地拒绝“把自我交给语言”[33]。他否定了“写作（*écriture*）场景”。“一个诗歌‘文本’，在我看来，不是一页纸上的符号积累，而是一个精神的战场。在这个战场上，种种真实的力量为了取得值得争夺的唯一胜利而奋斗，为了征服被遗忘、跻身神圣而奋斗”（*PR*，2）。要征服死亡与时间、要后来居上并获得永生——要跻身经典——的不屈不挠的意志，激励着坚强的诗人努力奋斗。这种意志或者倾向，这种从影响的原始固结那一刻起就被压抑着的意志或者倾向，通过修辞比喻来保卫自己不被湮没、不被影响所窒息而亡、不失却诗人的创造力量。在布鲁姆的文学理论中，修辞起着根本性的作用。修辞**服务于**诗人的意志。布鲁姆否定了德里达、拉康、德曼与米勒提出的宿命论的语言理论。他牢牢抓住“主体”不放。

布鲁姆承认他有逻各斯中心主义观念。他那诗人的诗歌权力意志，那驱动心灵

[32] Harold Bloom, *A Map of Misreading* (New York: Oxford University Press, 1975), pp. 53—60, 115—119; and his *Poetry and Repression: Revisionism from Blake to Stevens* (New Haven: Yale University Press, 1976), p. 27. 此后略为 *PR*。

[33] Harold Bloom, “The Breaking of Form,” *D & C*, p. 37.

的动力，起着先验性能指的作用，居于文本指涉过程的中心。根据布鲁姆的描述，成功的坚强的诗人具有一定程度的自足与自由——埃默森式的自我依靠——与结构主义、后结构主义和解构主义宣称的“主体的死亡”是不一致的。无论布鲁姆的诗人的自我怎么被无意识的、毁损性的固结、压抑与防卫所解构，这个自我依然保持着进取的姿态和身份认同。

因为布鲁姆在他的心理诗学（psychopoetics）的心理分析基础上增加了一个修辞层面，所以，他的文学理论与德曼和米勒提出的修辞性理论有着重要的相似之处。布鲁姆的诗人诉诸于诗歌中以比喻形式表现出来的一整套无意识的“精神防卫”机制。布鲁姆把六种防卫机制与六种比喻联系起来，勾画出一幅六种防卫与比喻对应于六种意象模式的结构图。这些防卫机制、比喻和意象加在一起，又构成了六个修正过程（或者比率）。在阅读一首诗歌时，布鲁姆通过分析意象、比喻和防卫机制来对诗人的修正作出评估。最终，意思在语言与心灵或者写作与意志之间不稳定但可标示的关系中浮现出来，把他者与自我联系起来。面对解构，布鲁姆的目标是用语言、写作与他者来拯救心灵、意志与自我。他所研究的修正，涉及立意竞争的新诗人对于经典诗人的误读——创造性所必需的一种防卫性心理运作。布鲁姆认为，误读之所以出现，不是因为不可避免的语言失误，而是因为必要的心理防卫。由于所有的防卫都体现在比喻之中，所以布鲁姆与德曼和米勒持同样的看法，认为比喻是误读的源头。最终，布鲁姆的心灵诗学提倡的是一种表达性的而不是文本性的诗学理论。1982 年，布鲁姆这样宣称：“我拒绝接受一切当下的高卢式（Gallic，指法国、法国人。——译注）解读模式，因为它们把诗歌与批判非人性化。”[34] 这是一个耐人寻味的防卫宣言。

尽管后结构主义者与解构主义者宣告了“形而上学的人的死亡”与“人文主义的终结”，但是，主体依然是一个争议不断的场所。争议中的主体远远没有被统一。语言的力量，在构成自我的同时也在解构自我，因而导致了内在的分裂。无论语言涉及的是无意识、力比多、幽灵般的命名、原始固结、压抑还是防卫机制，主体性形成过程中的颠覆力量都已经渗透到它当中，渗透到能指、修辞、命名或者比喻之中。语言处于解构主义与心理分析的交叉点，颠覆了人的身份认同和主体性。从布鲁姆的多层面的诗性主体到德曼的被取代的空洞的修辞，无论从哪一边看，人文主义的人都位于终端或者靠近终端。在这一点上，后结构主义者与解构主义者的意见是一致的。

---

[34] Harold Bloom, *The Breaking of the Vessels* (Chicago: University of Chicago Press, 1982), p. 29.

解构主义与女权主义

70年代末、80年代初，女性主义运动对读者反应批评和符号学产生了很大的影响；大约是在同一时期，美国的解构主义也开始感受到它的影响。除了德里达以外，研究女性问题的主要是女性解构主义者。在《辩证批评家》1982年的一期题为“寻找女性：女权主义批评 / 女性文本”的特刊中，德里达令人不解地指出：“那仍然不可确定的，不仅而且与两性之间的分界线有关。”[35] 与其他所有逻各斯中心的有等级的对立组合一样，“男性 / 女性”组合也需要解构。不足为奇的是，基督教《创世纪》的描述中，女人是由男人的肋骨造成的：女人是第二性的、从属性的、补充性的。就连弗洛伊德和拉康的理论阐述也以阳具中心论的“阴茎妒羡”(penis envy) 与“阳具匮乏”(phallic lack) 来表现女性心理。从70年代开始，法国、英美和其他女权主义者对这种男权主义和阳具中心论的概念发动了多次攻势。解构主义颠倒了男 / 女对立，结果产生了不可判定的广义的女性概念，由男性（阴茎）和女性（阴道 / 子宫）性别合成的女性概念。男性与女性都带有根本性的双性恋的女性性别特征。因此，在意识形态意义上，女性主义者可以通过一种反神话创造行为来强调女性的首要性，或者通过一种颠覆性挑战行为来强调所有性别的含混的双重性。这种颠倒策略的危险是，在没有进一步的批评置换时，发展和巩固一种与阳具中心主义形成对称与稳定对抗的女性主义的子宫中心主义 (hysterocentrism)。女性主义将会成为一种逻各斯中心主义的形式。在1985年的一次采访中，德里达说道：“因此，对我来说，解构主义是一种对于女人的思维。但是，这种思维不想把自身限定在女性主义范畴内。我认为，女性主义是必要的。女性主义已经成为了一种必要，而且在某些情形中仍然是一种必要。但是，在一定的时刻，把自己禁锢于女性主义就是在复制自己所反对的。”[36]

在《性别理论与耶鲁学派》(1985) 一文中，芭芭拉·约翰逊探讨了“由耶鲁学派现象——而且的确，除了极少数的例外，由批评“学派”这样的现象——早已牢固地

[35] Jacques Derrida, “Choreographies,” interview with and translation by Christie V. McDonald, *Diacritics*, 12 (Summer 1982), p. 75. 这是由辛西娅·蔡斯、奈莉·弗曼、玛丽·雅克布斯等编辑的一期关于女性主义批评的特刊。See also “Textual Politics: Feminist Criticism,” *Diacritics*, 5 (Winter 1975).

[36] James Creech, Peggy Kamuf, and Jane Todd, “Deconstruction in America: An Interview with Jacques Derrida,” trans. J. Creech, *Critical Exchange*, no. 17 (Winter 1985), 30. 此后略为“DA”。有关对于男 / 女性对立的解构，见 Jonathan Culler, *On Deconstruction: Theory and Criticism after Structuralism* (Ithaca: Cornell University Press, 1982), pp. 165—75。

建立起来的女性消除（effacement）模式。像与它同类型的其他学派一样，耶鲁学派一直是一个男性的学派。”[37] 约翰逊透露道，她与肖珊娜·费尔曼、玛格丽特·福格森和佳亚特里·斯皮瓦克曾为 1979 年出版的耶鲁宣言准备了一本女性主义指南，但是可惜的是，这一计划一直没有机会付诸实施。约翰逊发现，在耶鲁批评家的理论中，包括她自己的《批评的差异：当代阅读修辞学论文集》(1980）中，存在着一种对于性别问题的公然漠视和一种根本性的、性别分隔的逻各斯中心体系，而这一切偶尔也表现出些许自我解构的迹象。这种沉默、歧视和忽隐忽现的颠覆表现出当代批评与文学中普遍的性别规范。女人被描绘为沉默、拟像（simulacrum)、不在场、装饰符号、差异，处于在场、声音、语言和知识的边缘。

在 1981 年《耶鲁法国研究》一期关于“女权主义阅读：法国文本 / 美国语境”的专刊上，肖珊娜·费尔曼发表了一篇题为《重读女性特征》的文章。文中，她通过对巴尔扎克的《金眼姑娘》的解读，用弗洛伊德和巴尔扎克明显的逻各斯中心的男权主义作为衬托，证明了“女性特征”的不确定性。从传统的男性视角来看，“只有男人才享有确切意义、真实身份认同的特权：女性，作为一种能指，不能指涉**自己**；它只是一种比喻，一种修辞性取代；它只能依赖男人，依赖阳具，来作为它的确切意义，作为它的所指。因此，两性间的这种修辞的等级化对立本身，使得女人的**差异**被压制，被完全纳入女性对男性身份的指涉依赖。”[38] 在巴尔扎克的故事中，这种男性对女性特征的误囚被双性恋和修辞倒置的动态活力所解放。“女性特征”标志着他者性、含混和差异，威胁着要打破对性别角色的牢固界定以及与之相伴的社会等级和秩序的惯例。女性特征的不可确定性颠覆了性别差异的本质化与具体化特征：“有意思的是，在巴尔扎克的文本中，女性作为真实的他者性，不是男性的对立面，而是**那颠覆了男性与女性之对立的本身的对立**。”(42)

与其他从事女权主义研究的解构主义者一样，费尔曼也对文学文本中显示出的“社会文本”感兴趣。她在对巴尔扎克的分析中，不仅关注性别特征与修辞性，而且也关注经济学与阶级差别。在巴尔扎克的作品中，不仅性别的等级秩序被打破，阶级

---

[37] Barbara Johnson, “Gender Theory and the Yale School,” *Rhetoric and Form: Deconstruction at Yale,* eds. Robert Con Davis and Ronald Schleifer (Norman: University of Oklahoma Press, 1985), p. 101.

[38] Shoshana Felman, “Rereading Femininity,” *Yale French Studies,* Special Issue on “Feminist Readings: French Texts/American Contexts,” no. 62 (1981), p. 25.

的经济体制也同样被瓦解：一种动态的“普遍的经济**平等**原则”颠覆了严格的阶级划分原则 (39)。一种语言、性别与金钱的神秘、协调的自由游戏打破了固定界限，冲垮了既定的疆界。虽然费尔曼没有提到这一点，但是，巴尔扎克对社会存在的这种描述显然反映了 19 世纪初资本主义社会中各种势力的运作。

把解构主义和女权主义与源自马克思的意识形态分析联系起来的是佳亚特里·斯皮瓦克。虽然，当代马克思主义者运用解构主义洞见的并不少见，但是，解构主义者提到马克思的名字却实属罕见。换句话说，解构主义者中极少有人研究社会或者政治历史。甚至连应付文学历史对他们都是一种负担。德曼和米勒与布鲁姆和哈特曼的区别之一就在于，前两位拒绝像后两位那样对文学历史进行探讨。

为了理解斯皮瓦克的马克思主义解构女权主义，让我们首先简单地探讨一下历史这一问题。在他的第二本书的开篇语中，德曼坦承：“**阅读的寓言**以历史研究开始，以阅读理论告终。我开始认真阅读卢梭时，是为了准备一份对于浪漫主义的历史思考，结果却发现，自己无法逾越局部的解读疑难。为了解决这一问题，我不得不把着眼点从历史界定转移到阅读问题上来。”(*AR*, ix) 同样，德曼在《浪漫主义的修辞学》(1984) 的序中承认，文学历史的阅读中不断产生的停顿与阻碍令他对文学历史产生了绝望。德曼深深地陷入于修辞游戏的认知深渊之中，所以，他从未有意识地涉足历史。他在耶鲁宣言中的那篇文章所作的直言不讳的结论“警告我们：任何事物，无论是行为还是言语、思想还是文本，从来都不是因为它与其他任何事物的关系而发生，无论那些其他事物是先于还是后于它发生，还是在别的什么地方存在，也无论这种关系是积极的还是消极的。相反，它的发生只是一个偶然事件，这种偶然事件的力量，就像死亡的力量一样，来自它发生的偶然性”(*DC*, 69)。这种完全的非连续性、偶然性、与异常通过修辞性与阅读的运作而产生，并打断和杜绝了任何历史。我们经常在美学和历史体系中修复和整合事物与事件，这一事实并不否定这些捏造的连续性的谬误性；它只是肯定了一种语言的必要性。历史的创造，在语言编织的不朽的虚构中，给偶然性带来了秩序。

米勒与德里达一样，也把体现在语言中的逻各斯中心主义的传统想象成一种巨大的历史圈地——一种结构的无意识或者互文本。与德里达不一样的是，他的圈地没有恐怖的外围与逃避的出口。由于这个体系把它的虚无主义的阴影投射在自己的内部，所以，它为解构主义工作提供了内部的突破口。因为“超越”已经在里边有了“适当的位置”，所以，重复而不是革命，才是挑战逻各斯中心主义历史的方式。这种重复产生差异，打开缝隙并导致变化。但是，米勒与德曼一样，不相信有任何文学历史存在的可能（*LM*，xxi）。

布鲁姆和哈特曼与德曼不同，在某种程度上，也与米勒不一样。他们不断地思考历史。对于历史，布鲁姆是这样说的："不存在文学历史，但是，传记，而且只有传记，却是存在的，而一部真正的文学传记主要是一位诗人对于另一位诗人的防卫性误读的历史。"[39] 这种伟人历史说将"历史"变成了心理分析性文学传记。布鲁姆、米勒和德曼都没有论及经济、政治和社会历史。布鲁姆对文学影响的历史进行了研究，米勒有时也对逻各斯中心主义的享有特殊待遇的概念与比喻的历史进行详细探讨，但是，德曼基本上躲避纠缠于这种泛泛的讨论。他甚至怀疑，"逻各斯中心论"的历史主义概念实际上是德里达作为一种有效的阅读机制而杜撰出来的（*BI*，137—139）。哈特曼与耶鲁学派的其他成员不同，他关注文学、批评、阐释学以及文化机构的历史，就像一位传统的文学历史学家。他承认文学与批评在文化和政治上的利害关系。他在《荒野中的批评》中敦促道："我们当中，必须有人愿意写作一部不仅仅是新版田园牧歌的批评理论：一部批评与文化的关系的理论，一部作为一种意志的写作行为本身与带有政治含义的话语之间关系的理论……因此，我们命名为**批评**的话语情形，与任何其他情形并无任何不同。"（259）对哈特曼来说，批评性写作是一种话语意志，这种意志既具有政治和历史意义，又具有学术与文学意义。躲避这样的现实，就是把自己隐退于一种田园诗般的真空之中。

当年轻的解构主义者们转向女性主义的时候，她们就在以她们的文本主义批评直接接触社会的历史和政治问题。约翰逊与费尔曼犹豫不决，不愿放弃对具体的阳具中心的文学文本进行内在分析。但是，作为一名马克思主义者的斯皮瓦克，在70年代末与80年代的论文中，却表现出了相对的果断。在这一点上，她像德里达。后者在从1974年以后的十年中，成了一位活动家，与哲学教学研究小组（GREPH，即the Group for Research on Philosophic Teaching）合作，反对政府提出的法国教育"改革"。让我们也看一下斯皮瓦克的解构主义历史观："即使所有的历史分类都有问题，那么，也必须为解读设定一个最小限度的历史网络，这个历史网络告诉人们，阳具中心论话语就是解构的对象，因为它与西方形而上学的历史并存，而这个历史又是与政

[39] Harold Bloom, *Kabbalah and Criticism*（New York：Seabury, 1975）, p. 106.

治体制、与作为财产所有者的人之财产不可分离的。”[40] 马克思主义的女权主义解构主义者必须肩负起对阳具中心论的批评，作为对于更大范围的逻各斯中心主义意识形态分析的一部分，因为逻各斯中心论在历史上是一种被决定的和决定性的体系，这个体系指定了妇女的性别、政治、经济和社会分工。阳具中心主义是更大的历史网络或者文本——西方逻各斯中心社会的“社会文本”——的一部分。斯皮瓦克的最终目标是改变社会，而不单单是改变文学批评：“在女人作为社会代理人要求合法性的同时，还必须在这个社会进行一场与之相适应的、重新分配社会生产力和再生产的运动”(192n)。

在广义上的女权主义者所承担的各种研究命题中，有五项是斯皮瓦克特别关注和同情的。她支持恢复妇女的历史和文学，建立一套先锋妇女的话语，重新解读古典文本以揭露其中罪恶的阳具中心论。但是，这些研究命题都是一个更大的集体使命——重写社会文本——的一部分。没有这个大目标，女性主义者的努力就有成为当道的阳具中心的跨国资本主义秩序这一或那一部分的同谋部分。另外，出生于孟加拉、在美国攻读研究生和工作的斯皮瓦克立志要整合第三世界与第一世界的女权主义。不包括“殖民地的妇女”就是不包括“他者”，这是社会、种族和阶级偏见的表现。

作为一名女性主义者，斯皮瓦克与解构主义有着特殊的关系。“现在，我对解构主义的态度可以这样总结：第一，作为对阳具中心论的一种批判，解构主义是有启发性的；第二，作为一种反对以建立歇斯底里中心主义来对抗阳具中心话语的观点，它是令人信服的；第三，作为一种‘女性主义’实践本身，它却滞留在性别差异的另一边。”(184) 解构主义，无论是德里达的、耶鲁学派的还是其他类型的，都是倾向于男性的。德里达本人开拓性地深入思考女性，但是“尽管德里达有着最强烈的个人的良好愿望，他也还是无法真正地冲破男性对女性声音的吞噬这个庞大的圈围”(190)。斯皮瓦克要的是，一种特殊的、具体地说是女性主义的、与马克思主义意识形态分析相辅相成的解构主义。

斯皮瓦克的解构主义与约翰逊、费尔曼以及其他人的解构主义的显著区别在于她的文本性概念。美国的解构主义者，尤其是德曼的追随者们，往往把文本性看成是无所不包的。就像瑞代尔所说的那样，“德里达确实把世界文本化了，或者把一切都

---

[40] Gayatri Chakravorty Spivak, “Displacement and the Discourse of Women,” *Displacement: Derrida and After*, ed. Mark Krupnick (Bloomington: Indiana University Press, 1983), p. 185.

还原成了一种文本"("RC", 242)。但是,斯皮瓦克却认为,"把文本性的这种主题化看成是历史的一种纯粹的语言简化论,是一种错误。"[41] 在她看来,文本性没有像很多解构主义者所想象的那样,关闭了通往社会经济、政治或者历史范畴的途径。德里达在他 80 年代的论著中,也提出了与斯皮瓦克一致的立场:"就解构主义视角而言,文本之外什么都不存在,那么我就问自己:如果解构主义真的是在说一切都发生在文本之中的话,那么它就不值得任何人五分钟的关注。"("DA", 15) 除了左派和女性主义解构主义者以外,德里达和德曼在美国的重要追随者们都极力要避开政治批评、避免探讨社会历史。非马克思主义的女权主义解构主义者们也不愿直接介入政治机制问题的讨论。

质询解构主义批评

到了 80 年代中期,解释、评估、运用和 / 或者批评解构主义批评的书籍、文章、评论以及会议论文层出不穷。其数量之巨,显然是美国文学批评的这段历史时期任何其他学派或运动所无法比拟的。从 70 年代中期开始,对解构主义显而易见的反模仿说和反表达说的 (antiexpressive) 文本性抱怨越来越多,因为它把文学作品与世界、作者以及读者被抑制的宝贵的伦理和情感反应分割开来。许多批评家对解构主义明显的反人文主义深表不安,因为它不仅使普通的传记和接受批评方式无法运作,而且也使传统的历史分析和评判分析模式无法运作。人们担心的另一个方面是解构主义所提倡的对元语言的否定:它原则上拒绝把批评语言与文学语言分开,从而抹杀了批评与文本之间的距离,削弱了批评与文本之间的差异,同时助长了一种篡夺艺术力量的"创作型批评"。最后,植埋在解构主义中的含混的政治意识形态——与一些无政府主义、自由主义和社会主义观点一致——诱发了对其不可确定性的批评。

上述这些指控中,有一些是草率和没有根据的。例如,关于反表达主义的帽子,就显然戴不到布鲁姆与哈特曼的头上,因为他们都尊重诗人的创造性心理和文学的传记性层面。同样,反历史主义的指控也反映出对于布鲁姆、德里达、哈特曼和斯皮瓦克的研究命题缺乏理解。最后,有关反模仿主义的指控也往往是不成熟、不细心的。事实上,解构主义者提出的语言理论并不是反指涉性的。例如,德曼和米勒是在

---

[41] Gayatri Chakravorty Spivak, "French Feminism in an International Frame," *Yale French Studies*, no. 62 (1981), 171n.

不断地质疑指涉性，其实费尔曼与约翰逊也是如此，但是，他们并没有摒弃它。由于布鲁姆、哈特曼和瑞代尔常常关注互文性修辞与意象的根本体系，所以，他们对指涉性的模仿层面兴趣不大。但是，他们并没有放弃指涉对象。德里达也没有放弃："我从没说过，指涉对象不存在。("DA", 19) 尤金尼奥·多纳托说："我们没有符号，因为我们与事物之间、相互之间有一种现存的或者可复原的亲密无间。我们生活在符号世界里，因为这种亲密无间对我们永远是禁果。"[42] 这里，不可否认，就特征而言，语言与事物是相连的——文本与现实是互相关联的——只不过，语言与世界的联系和纽带缺少严密性、贴切和亲密无间。**延异**的空间与时间在指涉过程中插入了不可逾越的空隙，打断了模仿，使人对它产生了疑问。

在前面几章中，我们讨论了解构主义令人激动的效应，展示了一些批评家是怎样面对它的：一些知识分子试图把解构主义纳为己用；一些力图对抗和挑战它；另一些想兼并它；还有一些要消灭它。克里格采取的是内射策略，斯潘诺斯采取的是对抗策略，而罗蒂采取的则是综合策略。很多批评家，如布斯、卡勒、詹姆逊和赛义德，从解构主义中零摘碎取来充实他们自己的理论。那些试图挑战或者祛除解构主义的批评家当中，有一些是美国最著名的人文主义者，包括M. H. 艾布拉姆斯、杰克逊·贝特 (W. Jackson Bate)、丹尼斯·窦纳修 (Denis Donoghue)、杰拉尔德·格拉夫 (Gerald Graff)、E. D. 赫希、罗伯特·R. 休斯以及约翰·瑟尔。70年代末至80年代中期，关于著名知识分子对解构主义所表现出来的对抗情绪可以写一篇专题论文。我们在这里只能浅尝辄止，对其中几次重大的攻击作一简单交代。

杰拉尔德·格拉夫在《美国学者》上发表了一篇题为《耶鲁的恐慌与颤抖》的文章，对耶鲁学派进行了讽刺，特别是它的装腔作势的自我专注、它的自白的苦痛、它的已入穷途末路的反指涉性、它对自我的失败主义的放弃、它的无错的 (误) 读理论、它对真理与价值的厌烦、它伪装起来的源于新批评的根以及它的拙劣风格。格拉夫对哈特曼的"别别扭扭的风格"和"总体的晦涩"尤为不满。他指出，这种"逻辑连词的舍弃，就像布鲁姆对定冠词的舍弃，使人想起现代诗歌的转折技巧…… 批评不应该意指 (mean)，而应该就是 (be)。"[43] 在格拉夫看来，"不可确定性"说只不过是新批评的"含混"说与"释义的离经叛道"说的延展，它最终暴露了耶鲁解构主义与枯竭

---

[42] Eugenio Donate, "Structuralism: The Aftermath," *SubStance*, no. 7 (Fall 1973), p. 23.
[43] Gerald Graff, "Fear and Trembling at Yale," *American Scholar*, 46 (Autumn 1977), p. 470.

的、上百年的现代主义之间的联系。现代主义起源于19世纪的象征主义，而象征主义则是一种非人化的、反模仿的艺术哲学，这种哲学与客观性、现实主义、真理、政治和工业社会是格格不入的。格拉夫推论道："可能，当今批评萎靡的真正原因并不是认知性的或者本体论的，而是体制性的，它是文学系科的混乱的一种反映。"(476)生活在一个批评生产过剩的年代，耶鲁批评家显然是对传统的批评不满的，因为它似乎越来越缺乏创意、越来越无关紧要、越来越机械。

M. H. 艾布拉姆斯在他1979年的《如何处理文本》一文中，对德里达、布鲁姆和费彻尔的激进研究命题对文学与批评带来的损失进行了评说。作为一名传统的人文主义知识的自觉的维护者，艾布拉姆斯早些时候曾在一场辩论中对米勒的论著进行了抨击，该辩论刊载于1977年的《批评探索》上。在此五年前，米勒曾为《辩证批评家》撰文，对艾布拉姆斯的论著《自然的超自然主义》进行了彻底的解构主义批评。《辩证批评家》是康奈尔大学出版的刊物，而艾布拉姆斯又长期在康大供职。在对解构主义的评说中，艾布拉姆斯在褒扬它的创意的同时，也指出了它存在的主要问题。他重点批判了它无视作者的意图、回避指涉性以及放弃正确解读的标准。他深信，文学是出于人、服务于人和关于人的。他悲叹，解构主义的"文本宇宙的阅读是一种互文性模式，在这种模式中，一个主体-漩涡与一个客体-深渊纠缠在一种延异指涉过程的无限倒退之中"[44]。读者自我的死亡与文本的不可确定性造成了意思的死亡：读者、文本和意思消失了，取而代之的是漩涡、深渊和无限倒退。因此，德里达是一位"禅师"；解构主义是一种"刻意的、最终徒然无益的实践"(574)；它的"没有灵魂的阅读过程"是"自杀性的"(567, 568)。最糟糕的是布鲁姆的研究命题，它夸大"自我肯定、对权力和地位的贪婪、怨恨、嫉妒、复仇"的文学动机(586)，不让艺术家有任何机会把这种婴儿恋母情结的强迫性冲动升华成对更高的目标和更成熟的人类关系的追求。

对解构主义最猛烈的攻击之一来自德高望重的文学领袖杰克逊·贝特的文章《英语研究之危机》(1982)，这篇文章的阅读对象是高校管理者和普通的有学问的民众。贝特是哈佛的一名教授，获过一次国家图书奖、三次高斯奖、两次普利策奖、一次国家图书评论奖。在他的诸多著作中，《批评的主要文本》(1952；修订本1970)这部深受欢迎的文集向学生介绍了从柏拉图和亚里士多德到萨特到弗莱的文学批评历

[44] M. H. Abrams, "How to do Things with Texts," *Partisan Review*, 46, no. 4 (1979), pp. 574—575.

史。文中，贝特追溯了 1880 至 1980 年之间文学研究的衰退，认为解构主义是这堕落自取灭亡的端点。他渴望的是，回归和重新献身于文艺复兴的人文研究（litterae humaniores）理想，把文学、历史和哲学作为文科教育的中心，把智力、知识和道德品质的培养作为“人文学”（humane letters）的目标。这种理想的敌人包括：一、随着 19、20 世纪之交的象征主义而出现的枯燥无味的形式主义；二、现代学术专业主义，特别是早期文本目录学、原始资料研究和语言学；三、当代的流行文化研究，特别是妇女、种族和同性恋研究；四、目前的批评理论，特别是结构主义和解构主义。所有这些时尚与运动都造成了文学研究的裂变，打破了文学研究的中心，把人文学从普通的人类经验、道德价值和文化历史中剥离了出来。贝特还引用弥尔顿的诗歌“利西达斯”，来描述太空时代盛行的对文学理论的广泛关注：饥饿的羊儿抬起了头，不被喂养，/ 却随风膨胀，他们描画的恶臭雾障，/ 从内部腐烂，让恶病传染。贝特谆谆告诫，传统的模仿说和教育说诗学有其重要性，批评的多元主义和常识有其可取之处，人类的想象能力和原罪起源不能否认。解构主义不仅暴露出一种可悲的反模仿主义和反意图主义，而且还暴露出一种天真的哲学怀疑主义和虚无主义。贝克宣告，作为一种批评方法，解构主义“光荣地摆脱了与历史、哲学或者人类生活之间任何必要的关系”[45]。与艾布拉姆斯一样，贝克也在他对解构主义批评怀有敌意的质询中自觉地代表了传统人文主义者和文学历史学家审慎的观点。

与文学人文主义有联系的传统的批评家认为解构主义是一种极端的理论；而激进批评家，通常与左派批评运动有联系，却认为它是保守的。根据这种观点，著名的解构主义者把英国、美国和欧洲大陆文学的主要经典文本放在特殊的地位：解构主义者批评家并没有解构文学经典。大多数解构主义者都回避任何政治话题。很多人仍然与正统的宗教保持着联系。虽然解构主义是一种哲学批判形式，但是，它提倡对文学名著进行形式主义的分析，坚定不移地、狭隘地纠缠于倒退的文本性的稀薄网络之中。新批评与本土解构主义之间唯一值得注意的区别就在于：诗歌结构的概念从空间向序列的转变，文学形式的主导模式从统一性向异质性的转变，以及解构主义学派对于出版教科书、文集和教学法指南的不情愿。这最后一点，证明了解构主义者所谓的精英主义特征。另外，解构主义批评家供职于名牌大学，在著名的出版社和刊物上

[45] W. Jackson Bate, “The Crisis in English Studies,” *Harvard Magazine*, September-October 1982, p. 52. 也见贝特的撤销声明《致编辑》，刊于 *Critical Inquiry*, 10 (December 1983)：“本人对于解构主义的那一小段评论显然是过激的反应，有失偏颇。”(370)

发表论著与论文，在主流的学术机构中把持着领导位置，而且还频繁地从有威望的机构和基金会获奖并得到研究基金。这一切都进一步证明了解构主义批评家与处于支配地位的知识权力体制之间的休戚与共。随着解构主义的盛行，战后的学术专业主义得到了进一步的巩固。但是，虽然它被指控有保守主义的一面，解构主义仍然为一些激进批评家在文化批评研究命题的形成中提供了重要的帮助，这一点我们将在以下的几章中讨论。

第十一章　女性主义批评

女性主义批评与妇女运动

1970年凯特·米利特（Kate Millett）的《性政治》（*Sexual Politics*）与1985年桑德拉·吉尔伯特（Sandra Gilbert）和苏珊·古芭（Susan Gubar）的《诺顿妇女文学作品选》的出版，恰到好处地象征了美国女性主义文学批评的开端与后来的成功。在这十五年里，参与女性主义批评运动、为促进女性主义批评运动的发展作出贡献的妇女批评家不胜枚举。她们当中，大多数是1934年到1944年间出生的，其中包括大家熟悉的约瑟芬·多娜文（Josephine Donovan）、朱迪丝·菲特利（Judith Fetterley）、桑德拉·吉尔伯特、苏珊·古芭、弗洛伦斯·豪（Florence Howe）、爱丽丝·加尔丁（Alice Jardine）、安妮特·科罗德尼（Annette Kolodny）、凯特·米利特、艾伦·莫尔斯（Ellen Moers）、莉莲·罗宾逊（Lillian Robinson）、伊莱恩·肖瓦尔特（Elaine Showalter）、帕特丽夏·梅耶·斯帕克斯（Patricia Meyer Spacks）、佳亚特里·查克拉沃尔蒂·斯皮瓦克以及凯瑟琳·斯蒂姆森（Catharine Stimpson）。女性主义文学批评家的理论与方法原本非常多元庞杂，但是她们走到了一起，因为她们有着三重共同的心愿：揭露重男轻女思想的立论前提与偏见；发现与重新评估妇女文学作品；深入剖析文学与批评的社会和文化语境。总体说来，美国女性主义者更关注的是性别（gender）而不是性（sex），是性别的社会构成因素，而不是其单纯的生理构成因素。在其发展的第一阶段，女性主义批评首先对大男子主义的性别歧视发起了攻击；第二阶段，它开始研究妇女的创作；第三阶段，它把关注焦点集中在文学、批评、心理和文化理论上。[1]

---

[1] K. K. Ruthven, *Feminist Literary Studies: An Introduction* (Cambridge: Cambridge University Press, 1984), pp.20—21; Toril Moi, *Sexual/Textual Politics: Feminist Literary Theory* (London: Methuen, 1985), pp.50—51, 70; Elaine Showalter, "Introduction: The Feminist Critical Revolution," *The New Feminist Criticism: Essays on Women, Literature, and Theory,* ed. E. Showalter (New York: Pantheon, 1985), pp.5—10; and Gayle Greene and Coppélia Kahn, "Feminist Scholarship and the Social Construction of Woman," *Making a Difference: Feminist Literary Criticism,* eds. G. Greene and C. Kahn (New York: Methuen, 1985), pp.1—5, 21—28.

从政治上讲，这场运动从一开始就处在自由主义和社会主义改革、激进分裂主义和文化革命的百家争鸣的中心。抛开一切政治是很少见的，因为这违背了这场运动的初衷。政治观点的不同从一开始就既给这场运动注入了活力，又造成了它的裂变。

女性主义文学批评是60年代初开始的更广泛的新的妇女运动的一部分。贝蒂·弗里丹（Betty Friedan）在《女性的奥秘》（*Feminine Mystique*，1963）中，对作为贤妻良母的成功而幸福的美国妇女这一主导文化形象进行了剖析和批判，有力地推动了这场妇女运动。40和50年代所特别宣传的这种女性神秘，使贤妻良母成为所有妇女的榜样，把妇女的理想现实局限于做饭、打扫卫生、洗洗涮涮和生养孩子的琐碎家务之中。要在这样的氛围中找到成功美满、获取认同，妇女必须承认自己生儿育女的母性、性别的被动性，必须接受男人的支配。同时，妇女被教导要唾弃那些吵嚷着要求接受高等教育、追求事业发展和女性选举权利的早期女权主义者。在弗里丹看来，大萧条以后的女性神秘"这一形象，是由妇女杂志、广告、电视、电影、小说，由婚姻、家庭、儿童心理、性心理咨询专家的专著与专栏，由社会学与心理分析的推广者所创造出来的。它塑造了今天妇女的生活，反映了她们的梦想"[2]。因此，妇女运动的任务是，不仅要揭穿这种反革命的、无所不在的女性神秘，而且要继续进行妇女解放的长期斗争。

就像60年代期间与70年代初反对种族歧视、贫困和战争，争取民权、经济正义与和平的运动一样，这一时期妇女的反对性别歧视、争取平等权利和堕胎权的运动也在美国大地呈烽火燎原之势。新的组织机构不断出现，新的宣言不断发布，新的立法不断产生，公众抗议和游行活动如火如荼，深受欢迎的书籍和文章层出不穷。重要的女性主义组织之中，有弗里丹自己创立的全国妇女协会（1966）和美国黑人女权组织（1973）。宣言包括全国妇女协会（NOW）的《妇女权益案》（1967），《红袜子宣言》（1969），《婊子宣言》（1969），以及底特律女权主义者和印度支那妇女的《第四世界宣言》（1971）。重大的立法，不仅有民权法案（1964）、国会重新通过的平权修正案（1970），还有阿拉斯加、夏威夷和纽约州出台的堕胎自由法案（1970）。令人难忘的抗议包括：1968年共和党全国代表大会期间的妇女游行，1971年纽约激进女权主义者的反强奸呼吁，以及1974年迫使葡萄牙当局释放了"三位玛丽亚"的声势浩大的国际范围的女权主义运动。出版的著名论著当中，包括弗里丹的《女性的奥秘》、玛

[2]　Betty Friedan, *The Feminine Mystique* (New York: Norton, 1963), p. 34.

丽·艾尔曼（Mary Ellmann）的《思考女人》（*Thinking about Women*, 1968）、罗宾·摩根（Robin Morgan）的《姐妹情谊的力量：妇女解放运动文选》（*Sisterhood Is Powerful: An Anthology of Writings from the Women's Liberation Movement*, 1970）以及凯特·米利特的《性政治》。

毫无疑问，米利特的《性政治》是太空时代早期出版的最受欢迎的文学博士论文。这本书的锋芒直指四位男性作者 [D. H. 劳伦斯、亨利·米勒、诺曼·梅勒和让·热内（Jean Genet）]，直指男权意志和性暴力，在反对当时盛行的形式主义批评的同时，塑造了社会和文化批判的典范。这种批评模式成了后来大多数女性主义批评的典型特征。与弗里丹一样，米利特也把30到60年代这段时期描绘成反革命的，极力主张恢复女权主义的早先的激进主义。她也批判了当代的流行文化和社会科学，特别是弗洛伊德精神分析学的性别歧视对妇女的贬低。作为文学批评，《性政治》开创了女权主义文化批判的先河，同时也首先挑战了受尊敬的男性作家的权威，揭穿他们的神秘。作为一名抗拒性读者，米利特以她的雄辩力量弥补了她对于主题细节和文学风格的敏感性的不足。政治上，她比自由主义的弗里丹更激进，期望的是社会革命，而不是改良。"作为我们社会最庞大的异化因素，也因为她们的人数之众、她们的激情、被压迫的时间之久，因为她们是最庞大的革命基础，所以，妇女可能会在社会革命中担负起史无前例的领导作用。"[3]

60年代的妇女运动构成了美国女权主义的第二次浪潮。早在内战以前，就已经开始出现了无数的女权主义活动和组织，这些活动和组织一直持续到一次世界大战以后，吹响了第二次浪潮的前奏。当代女权主义者对这段历史进行了追溯。19世纪40年代的塞尼卡福尔斯会议（Seneca Falls Convention）标志着争取妇女权益的政治运动的开始。就是在这一时期，玛格丽特·富勒（Margaret Fuller）发表了《19世纪的妇女》（*Women in the Nineteenth Century*, 1845）一书，在《日晷》（*The Dial*）和《纽约论坛报》（*New York Tribune*）担任编辑，成为令人振奋的自信和独立女性的榜样。1869年，苏珊·安东尼（Susan B. Anthony）和伊丽莎白·凯迪·斯坦顿（Elizabeth Cady Stanton）一起，创建了全国妇女选举权协会，提出了宪法的选举权修正案。该提案一直到1920年才得以通过，成为第十九修正案，使妇女最终享有选举权。有代表性的女权主义政治活动既表现在19世纪80年代的睦邻之家运动（Settlement

[3]　Kate Millett, *Sexual Politics* (Garden City, N. Y.: Doubleday, 1970), p. 363.

House Movement)[特别值得一提的是，芝加哥的简·亚当姆斯的赫尔大厦（Jane Addams' Hull House），这个睦邻之家奉行为被压迫者服务的宗旨，引起了极大的公众效应]，也表现在1903年旨在为保障劳工妇女的经济利益而奋斗的全国妇女工会联盟（National Women's Trade Union League）得以成立。1923年，妇女党（Woman Party）向国会提交了平等权益修正案（Equal Rights Amendment）。重温这些历史，是为了赋予六七十年代新的妇女运动一种延续感和历史使命感。新的妇女运动也获得一些重大的政治成果：1964年《民权法案》的第七章禁止工作场所的性别歧视；1972年《教育修正案》的第九章要求高校成立"平权法案"（Affirmative Action）办公室，以保障妇女的平等权利；1972年最高法院对罗伊诉维德案（Roe versus Wade）做出判决：德克萨斯州禁止堕胎的立法是违宪的。

从70年代初到80年代中期，女性主义文学批评表现出了政治和方法论上的多元性。这也是更广泛的妇女运动的典型特征。随着批评运动参与者的人数迅速增长，各种各样的新的批评方法也不断涌现。在《女性主义文学研究序论》（*Feminist Literary Studies: An Introduction*，1984）中，鲁斯文（K. K. Ruthven）列举了七种形式的女性主义批评：

> 有社会女性主义者，她们关注社会指定给妇女的角色，促进了对于文学文本中的女性再现方式（"妇女形象"）的研究；有符号学女性主义者，她们的出发点是符号学，即符号的科学。她们研究的是，把女性作为女人编码和归类从而给她们指定社会角色的那种指意实践；有心理学女性主义者，她们拼命在弗洛伊德和拉康的理论中寻找一种不受男性规范和范畴约束的女性性别理论。她们在文学文本中寻觅无意识的女性欲望的表达或者这种欲望被压抑的蛛丝马迹；有马克思主义女性主义者，她们对女性的被压迫比对女性欲望的压抑更感兴趣。她们用马克思主义的方式来分析文学文本，但是，凡是非女性主义的马克思主义分析中你以为会出现"劳动阶级"的地方，你都会发现"妇女"已渗入其话语之中；有社会学–符号学–心理学–马克思主义女性主义者，她们什么都沾点儿边，但是以什么身份出现，视情形而定。有同性恋女性主义者，她们推行一种身体写作理论（somatic theory of writing），把阴唇作为一种独特的女性写作（écriture féminine）的源泉来探讨性别与文本性之间的联系，并以此来对抗占据支配地位的阳具中心的、作为勃起和射精行为的写作神话。还有黑人女性主义者，她们觉

> 得自己受到了双重甚至三重的压迫：身为白人至上社会的黑人；身为男权社会中的女人；身为资本主义制度下的劳工……[她们指控] 近期的女权主义几乎把注意力完全集中在技术先进的社会中的中产阶级白人妇女身上……(19)

在这基础上，还可以加上那些从事存在主义、读者反应、言语行为和解构主义批评的女性主义者，以及荣格神话批评和第三世界反殖民主义批评的女性主义者。在这长长的单子后，鲁斯文又添加上后结构主义的反女性主义的女性主义者，他们坚决抵制男权制度的调和，把“女性”抽象成为一种被排斥的能指，而不是真实存在的女人。到了 70 年代末，这十四种形式的女性主义批评在美国批评界都有了自己忠实的追随者。这种多元性所显示的正是 80 年代女性主义文学批评最显著的特征：它是一场广泛的运动（不是一个组织严密的学派），位于太空时代很多学科的交叉领域，位于后越战时期各种政治的交汇处。

对妇女文学的关注

70 年代中期，很多女权主义批评家采取了一种女性取向的视角，把关注焦点放在女性作家的文学作品上，放弃了早些时候只注重揭露重男轻女的偏见和父权思想下千篇一律的女性负面形象。这种从对男性中心的作品（androtexts/ 男性文本）的否定分析向对妇女中心的作品（gynotexts/ 妇女文本）的肯定分析的转移在无数的论著与文章中都有所反映，在下列作品中表现得尤为突出：帕特丽夏·梅耶·斯帕克斯的《女性想象：女性写作的文学和心理探索》(1975)、艾伦·莫尔斯的《文学妇女》(1976)、伊莱恩·肖瓦尔特的《她们自己的文学：从勃朗特到莱辛的英国女性小说家》(1977)、尼娜·贝姆（Nina Baym）的《美国妇女小说指南：1820—1870》(1978)、桑德拉·吉尔伯特和苏珊·古芭具有划时代意义的《阁楼上的疯女人：妇女作家与 19 世纪文学想象》(1979) 和她们合编的《诺顿妇女文学作品选》(1985)、伊丽莎白·简维（Elizabeth Janeway）发表在《哈佛美国当代作品指南》上的《妇女文学》(1979)、玛格丽特·霍曼斯（Margaret Homans）的《妇女作家与诗学认同：多萝西·华兹华斯、艾米莉·勃朗特与埃米莉·狄金森》(1980) 以及安妮丝·普拉特（Annis Pratt）与他人合作的《妇女小说中的原型模式》(1981)。最初的女权主义阅读模式抨击的是男性话语的刻板模式、对女性的扭曲和疏忽，而后来的女性中心批评关注的是女性的创造性、风格、文类、主题、意象、生涯和文学传统。这个命题的一个重要方面涉及从学术角度重新发现被忽视、疏漏和忘却的妇女作家，同时重新建构一套重要的妇女作家的经典。女性批评研究的基础前提是，所有的写作都打上了性别烙印，而男性中心的批评却无视这一根本性事实。扩展开来，非女性主义的女性批评家，如苏珊·桑塔格与海伦·文德勒（Helen Vendler）存在的问题是：她们拒绝承认在性别认同过程中和在妇女作家的文学作品中，读者可以察觉到男尊女卑的社会心理的决定因素。

女性批评的发展，从贝蒂·弗里丹、凯特·米利特到艾伦·莫尔斯、伊莱恩·肖瓦尔特，经历了一种转变：前者是对有影响的男性作家的作品进行批判，后者则是为有强大感染力的女性文学作品欢呼庆贺。莫尔斯的《文学妇女》的目的，是要通过分析 18 世纪 80 年代到 20 世纪 30 年代期间"伟大的文学妇女"的生涯，对英国、美国和法国文学的"史诗时代"提供一个详尽的肯定性叙述。莫尔斯关注的是妇女的主题、意象、传统和生活，关注点主要是小说——卓越的妇女文类。在《文学妇女》长达 50 页的附录《文学妇女的词典目录》中，莫尔斯收编了从萨福（Sappho）到安娜·阿赫玛托娃（Anna Akhmatova）大约 250 位妇女作家所创作的以及关于她们的最优秀的作品。这份目录表明，莫尔斯的最终梦想是，有一天要研究所有国家所有时代的文学。也许，莫尔斯的著作最令人难忘的是她那份热情，不仅对像简·奥斯汀、伊丽莎白·巴热特、乔治·桑和哈丽特·比彻·斯托这样的著名作家充满了关注热情，而且对像维拉·凯瑟（Willa Cather）、哈丽特·马蒂诺（Harriet Martineau）、唐娜夫人（Mrs. Tonna）和弗罗拉·特里斯坦（Flora Tristan）这样的被轻视了的作家也同样热情关注。莫尔斯对女性主义的工厂与反奴隶题材的小说、对女性景观（female landscape）和鸟意象（bird imagery）、对妇女的经济成功以及她们的乌托邦梦想，都进行了感人的描写。虽然，在理论上她显得有些不够成熟老到，缺乏对文学形式的关注，但是她却以对传记的热心关注和总体的肯定态度弥补了这两方面的不足。她最终的主题是，文学女性主义者带头人的"英雄主义"令人钦佩。不过，最后，她还是抵制了把妇女文学同质化（homogenize）的诱惑。"文学中，没有单一的女性传统……""所谓的**那种**女性天才，或者女性感受能力是不存在的。""文学中，没有单一的女性风格，尽管每个国家、每个时期都有人错误地认为有一种女性风格存在。"[4] 与帕特丽夏·梅耶·斯帕克斯和 70 年代其他主要的女性主义批评家不同，莫尔斯认为不存在什么可认同的、同质的、"本质性"的女性意识、女性文学传统或者女性风格。

---

[4] Ellen Moers, *Literary Women* (Garden City, N. Y.: Doubleday, 1976), pp. 62—63.

在《她们自己的文学》中，伊莱恩·肖瓦尔特开始着手纠正传统文学历史的弊端，因为这种历史连篇累牍的都是伟大的作家，而英国的各类女性小说家却被压缩得所剩无几。“次要的小说家是一代与另一代之间的联系纽带，因为忽视了她们，所以我们对妇女文学的连续性缺乏一种清晰的理解……”[5] 为了重构 19 世纪 40 年代到 20 世纪 70 年代英国小说家的女性传统，肖瓦尔特不得不越过伟大的作家，以拯救次要的作家。《她们自己的文学》后附有一份 30 页的《生平介绍》，与莫尔斯的《词典目录》不同的是，这份附录介绍的数十位妇女实际上都是名不见经传的作家。肖瓦尔特把英国妇女小说家描绘成与其他少数族群次文化一样的一种文学次**文化**（subculture）。她打破了传统的时期划分模式，提出了妇女文学历史发展的三阶段说。从 1840 年到 1880 年，是最初的“女人阶段”（feminine phase）。这阶段的妇女小说家模仿主流传统，并将这种传统的文学和社会标准内在化。第二阶段是从 1880 年到 1920 年的“女权主义阶段”（Feminist phase）。这一阶段涉及的任务是抗议当时盛行的文学模式，倡导少数族群的价值与权利。最后从 1920 年以来的是“女性阶段”（Female phase）。这一阶段见证的是一种内转，一种寻求内在认同与摆脱对于男性依赖的转变。肖瓦尔特认为，“当我们把妇女作家作为一个集体考量时，我们便可以看到一种想象的连续体，那种一代又一代重复出现的某些模式、主题、问题和意象”（11）。换言之，妇女拥有她们自己的文学，这种文学有其独特的历史与传统。肖瓦尔特的任务就是，详尽地界定从勃朗特到多丽丝·莱辛这一英国现实主义小说的悠久传统。这项任务不仅要求重新发现大量的文本，而且还要变革一部简化的、刻板的经典。另外，还要证明那种只注重伟大作家的历史学的局限性。

与艾伦·莫尔斯不同的是，伊莱恩·肖瓦尔特对自己的批评理论有一种自觉意识。她把自己的命题看成是正在兴起的妇女研究学科的一部分。她努力实践一种文化批评，而这种文化批评是基于这样一种理解，即：社会型造并限制了妇女的生活，包括她们的语言、意识和文学教育。在不同的时间与不同的地点，这种“型造”呈现出不同的政治、经济和社会形式。当今处于支配地位的男权主义的形式主义和结构主义其症结在于，它们都躲避社会–历史的决定性和性别认同的事实。虽然肖瓦尔特坚定不移地把性别作为批评研究的一个基础范畴，但是她对一些作家与批评家把女

[5] Elaine Showalter, *A Literature of Their Own: British Women Novelists from Brontë to Lessing* (Princeton: Princeton University Press, 1977), p. 7.

性意识实体化、或者迫不及待地要建立一种女性美学的企图持否定态度。她认为，所有这些关于女性感受能力或者女性风格的理论都有重复本质论的性别定型观念的危险，有供奉普遍主义原型的危险，因而就有忽视妇女经验不断变化的物质现实的危险。就对于这些危险的抵制而言，她比莫尔斯更坚定、更成功。

在《阁楼上的疯女人》的开篇中，桑德拉·吉尔伯特和苏珊·古芭肯定道："最近，艾伦·莫尔斯与伊莱恩·肖瓦尔特证明了，19 世纪文学妇女**确实**拥有她们自己的文学与文化。"[6] 与斯帕克斯早些时候写作《女性想象》的情形一样，《阁楼上的疯女人》的雏形来自于吉尔伯特和古芭的教学实践："该书源于 1974 年秋我们在印第安纳大学共同教授的一门妇女文学课程。在阅读从简·奥斯汀和夏洛蒂·勃朗特到埃米莉·狄金森、弗吉妮亚·伍尔夫（Virginia Woolf）和西尔维亚·普拉斯（Sylvia Plath）的妇女文学作品过程中，我们惊奇地发现，地理上、历史上和心理上相隔遥远的作家的作品常常显示出主题与意象上的连贯性。"（xi）吉尔伯特和古芭的关注焦点是 19 世纪的女性文学传统，她们的目的是，通过模仿哈罗德·布鲁姆男性传统的父权诗学模式，来表述一种历史女性主义诗学。女性作家经验的不是"影响的焦虑"，而是一种"作者身份的焦虑"。这种焦虑迫使她们在通过（重新）建立与女巫（Sibyl）式的原型人物或者女性诗人原型（Ur-poet）的联系以获得文学独立和权威的道路上，与异化和疾病巧于周旋。为了创作，女性作者必须彻底粉碎西方父权社会给她们指定的不适当的、枷锁性的"安琪儿"与"妖女"的文化角色。在纠正父权社会的这些弊端的斗争中被推崇的先辈诗人是一位姐妹或者母亲，她树立的榜样给了后来者抗拒男性文学权威的干扰、禁锢与摧残的创造性与力量。简·奥斯汀与玛丽亚·埃奇沃思（Maria Edgeworth）尝试的是安琪儿，勃朗特姐妹和玛丽·雪莱（Mary Shelly）则尝试了妖女的角色。乔治·艾略特（George Eliot）与埃米莉·狄金森则选择了弃权。而她们共同的梦想，都是拥有一方具有女性完整性和力量的乌托邦净土。

《阁楼上的疯女人》的一些最精彩的章节是对于女性文学传统典型的震撼人心的疾病主题与意象的剖析。吉尔伯特与古芭追踪了各种重复出现的生理与心理的疾病，指出："父权社会的社会化不折不扣地把妇女折磨致病，使她们饱受生理上和心理上的双重磨难。"（53）这些令人难忘的病痛当中，包括广场恐惧症、失眠、厌食症、失

---

[6] Sandra M. Gilbert and Susan Gubar, *The Madwoman in the Attic: The Woman Writer and the Nineteenth-Century Literary Imagination* (New Haven: Yale University Press, 1979), p. xii.

语症、暴食症、幽闭症、歇斯底里症和一般的疯狂。她们在剖析无数虚构的人物所体现的疯女人的生动案例时发现，这个人物形象“在某种意义上通常是**作者**的替身，是她自己的焦虑与愤怒的一种意象”(78)。可以说，肖瓦尔特对社会历史的执著是有节制的，并没有广而概之，但是，吉尔伯特与古芭的原型心理学批评的倾向却对妇女的形象、主题、诗学实践和愤怒的敏感性发出了一些影响广泛的、几乎是普遍主义的声明。她们认为，安琪儿、妖女、疯女人和女巫的形象抑制着妇女作家的集体无意识，引人注目地出现在19世纪的现实主义文学之中，尽管这种现实主义具有欺骗性。

在大量关于后启蒙时期妇女文学的肯定性妇女批判论著问世的同时，重读和揭露父权制性别歧视文学中的否定性力量这一任务仍然在勇敢地继续。像莎士比亚这样的重要作家受到了女性主义普遍的关注与审视。妇女批评（gynocriticism）与女性主义批评相互补充，对妇女美学问题与标准的男性经典的地位问题都进行了充分思考。像朱迪丝·菲特利(Judith Fetterley）这样的批评家既写出了《19世纪美国妇女读者》(1985)，也写出《抗拒性读者：美国小说的女性主义阅读方式》(1978)，既提供了一部美国妇女文学作品选，又对美国男性的性别歧视文本发起了攻击。随着时间的推移，有关批评方法、诗学和政治的理论问题变得越来越紧迫，虽然这些问题从一开始就存在。正如伊莱恩·肖瓦尔特所说，“没有理论，就没有实践，哪怕是未系统阐述的或者不完整的理论。”[7]

批判理论、诗学、与政治

在前面的几章中，我们接触了女性主义读者反应批评（第8章），心理分析符号学批评（第9章），心理分析和马克思主义的解构主义批评（第10章），讨论了朱迪丝·菲特利、玛丽·露易丝·普拉特、简·汤普金斯、卡娅·西尔弗曼、肖珊娜·费尔曼、芭芭拉·约翰逊以及佳亚特里·斯皮瓦克的理论作品。在这一章中，我们已经讨论了贝蒂·弗里丹的社会批评、凯特·米利特的“妇女形象”批评、爱伦·莫尔斯的文学历史批评、伊莱恩·肖瓦尔特的文化批评以及桑德拉·吉尔伯特和苏珊·古芭

---

[7] Elaine Showalter, “Women’s Time, Women’s Space: Writing the History of Feminist Criticism,” *Tulsa Studies in Women’s Literature*, Special Number on “Feminist Issues in Literary Scholarship,” 3 (Spring/Fall 1984), p.35. 此后略为“WT”。

的心理学批评。接下来，我们将对有影响的法国批评家提出的后结构主义的“女性本原”(gynesic) 批评作一概述，然后，在下一章中，我们将探讨黑人女性主义批评。从反思的角度，先前所列举的十四种女权主义批评的独特形式，是建议性的而不是定义性的。从肯定的意义上讲，这种批评方法的多元性促使安妮特·科罗德尼在 1980 年的一篇著名文章中，为所有女性主义批评提出了一种高瞻远瞩的理论立场：“我们的任务是，不折不扣地发动一场游戏性多元主义，以适应批评学派与批评方法百花齐放的可能。”[8] 但是，多元主义存在的问题是，它助长了混乱而不是促成一致，它宁要自由主义的容忍而不要激进的献身。无论多元与否，女性主义批评理论一般都追求 (一) 颠覆有意识和无意识的父权前提，(二) 探讨妇女文学，(三) 研究生物、语言学、心理学、社会、历史和 / 或者政治对于生活、文学与批评的型造力量。肖瓦尔特称第一项任务为“女性主义批评”(feminist critique)，以法语的 *la gynocritique* 把第二项任务命名为“妇女批评”(gynocritics)，把第三项任务叫做“文化批评”(cultural criticism) [9]。这些术语很快就成为文学女性主义者描述三种主要的批评模式的常用语。并不奇怪，很多女性主义者把这三种批评模式看成是辩证关联的。关于这一点，约瑟芬·多娜文 (Josephine Donovan) 早在她编辑的文论集《女性主义文学批评的理论探索》(1975) 后记中就作了清楚的交代。

许多著名的美国女性主义者从事的是一种协调模式的批评分析。这种模式采用的是对文学进行接受美学、评判性和社会历史的批评方式。传统中受到质疑的妇女对文学文本的主观反应和直觉反应成为抵制所谓的“客观批评”所产生的排斥性的一种方式，同时它们也肯定了妇女运动所带来的个人使命感与觉醒意识。与这种批评的领受说 (receptionism) 对应的是妇女运动最初的那些觉悟–提高小组。女性主义批评的判断性倾向，重新掀起了美学价值一整套问题的讨论，而此前，这一问题几乎被

[8] Annette Kolodny, “Dancing Through the Minefield: Some Observations on the Theory, Practice, and Politics of a Feminist Literary Criticism,” *Feminist Studies*, 6, no. 1 (1980); rpt. in Showalter, ed., *The New Feminist Criticism*, p.161. 此后略为“DM”。这篇重要论文获得了现代语言协会 1980 年弗洛伦斯·豪奖。

[9] Elaine Showalter, “Toward a Feminist Poetics,” *Women's Writing and Writing about Women*, ed. Mary Jacobus (London: Croom Helm, 1979) 及后来她在 *Critical Inquiry* Special Issue on “Writing and Sexual Difference”, 8 (Winter 1981) 上发表的那篇举足轻重的“Feminist Criticism in the Wilderness”，这两篇文章都收录在她的《新女性主义批评》(*The New Feminist Criticism*) 之中。

所有的后战批评学派压制或者低调处理。[10] 是什么决定了文学作品的优、劣、有无价值？那么多的妇女作家被排斥在经典之外、被从教材中删除、被丢进历史的垃圾堆的理由是什么？当妇女最终被增补进经典的时候，是因为她们“代表”着妇女，还是因为她们是伟大的作家？这种女性主义的质问其普遍效果是告诉人们，传统的美学标准需要推翻。最后，社会历史批评方法在弗里丹、莫尔斯、肖瓦尔特、吉尔伯特、古芭等的论著中有着不同的显示。这种方法不仅拒绝把写作从文化语境中剥离出来，而且也努力抗拒文学与生活的脱节。所有这一切表明，美国女性主义批评理论向主导的形式主义教条提出了挑战，同时也改写了文学的移情、说教、模仿和表达理论。

许多美国女性主义诗学家断言，文学文本反映了作者的个人、社会和政治现实，而读者则是被文学作品所打动和型造。“我们认为，”约瑟芬·多娜文宣称，“不能让文学脱离生活，同样，一个批评家也不能使他 / 她自己脱离他 / 她的社会、文化和个人身份认同。”[11] 狭义上讲，这种诗学理论有时会导致文学的指令性政治标准。“要获得女性主义的认可，”谢丽·瑞吉斯特 (Cheri Register) 声称，“文学必须发挥以下的一种或者几种功能：(一) 成为一种妇女论坛；(二) 帮助建立文化的双性同体 (androgyny)；(三) 提供榜样；(四) 倡导姐妹情谊；(五) 增进觉悟的提高” (*FLC*, 18—19)。这里，在推行一种说教性与政治性诗学的仓促中，至关重要的美学价值问题被遗忘。广而言之，一种多层面的女性主义诗学产生了一种修正主义的、文化的文学理论。约瑟芬·多娜文、安妮特·科罗德尼和伊莱恩·肖瓦尔特所提倡的就是这种理论。她们都相信，文学反映作者所经验的内在与外部现实，而且文学能打动并型造读者。

就生理、心理和语言在性别认同形成过程中的相对重要性而言，女性主义对妇女文学的描述不尽相同。妇女在生理结构上的差异有没有导致她们文学的不同？存在不存在一种独特、原始的女性心理？如果存在，那么它有没有形成一种独特的女性

---

[10] Barbara Herrnstein Smith, “Contingencies of Value”, *Critical Inquiry,* 10 (September 1983), 7. 除了这期有关“经典”的专刊外，也见 Lillian S. Robinson, “Feminist Criticism: How Do We Know When We’ve Won?”, *Tulsa Studies in Women’s Literature, 3* (Spring/Fall 1984), pp. 143—151，罗宾逊的文章尖锐地提出了审美价值以及经典化的标准中存在的种族、阶级与性别歧视问题。

[11] Josephine Donovan, “Afterword: Critical Re-Vision,” *Feminist Literary Criticism: Explorations in Theory,* ed. J. Donovan (Lexington: University Press of Kentucky, 1975), p. 80. 此后略为 *FLC*。See also Josephine Donovan, “Toward a Women’s Poetics,” *Tulsa Studies in Women’s Literature*, 3 (Spring/Fall 1984), pp. 99—110，在这篇文章里，多娜文描述了决定女性世界观与诗学的六种社会、经济与心理条件。

诗学？有没有一种妇女的语言——或者一种特别的风格——使得女性写作与男性不同？一些女性主义诗学家认为，因为存在着一种单独的妇女生理、心理和/或者语言，所以妇女文学才具有明显的女性特征。另一些女性主义诗人政治家则不以此为然。围绕这些问题展开论战的重要文本有：安妮特·科罗德尼驳斥生理决定论的论文《界定"女性主义文学批评"札记》(1975)；艾德林娜·芮奇(Adrienne Rich)在70年代初发表的散文与诗歌，这些散文与诗歌都宣扬了一种心灵的"女性原则"与一种原始的母系世界秩序的可能性与重要性；罗宾·拉可夫(Robin Lakoff)的《语言与妇女的地位》(1975)；莎丽·麦考内耳–吉内特(Sally McConnell-Ginet)、露丝·鲍克(Ruth Borker)与奈丽·弗曼(Nelly Furman)合编的二十一篇论文集《文学与社会中的妇女与语言》(1980)。后两本书探讨的都是妇女语言与风格的独特性。早些时候，我们也看到了，莫尔斯与肖瓦尔特反对女性有特殊的感受能力，但推崇一种独特的妇女文学传统，而吉尔伯特与古芭提倡的则是一种特殊的女性心理学与诗学遗产。

不管她们在诗学与批评理论上有何分歧，大多数女性主义批评家都坚定不移地恪守一种以性别为基础的"意识形态"，致力于一种旨在社会变革的政治命题。例如，肖瓦尔特担心，对文学与批评理论越来越执著的追求会削弱政治行动主义，所以她反对任何"在这种追求过程中，放弃对紧迫的政治任务与个人的关注"的女性主义批评，因为正是这些任务与关注"使以往的女性主义批评取得了如此丰硕的成果"(WT, 41)。科罗德尼也对成功的女性主义研究与审慎的政治活动之间日趋严重的脱节现象深恶痛绝。她谴责了所有这样的学术孤立主义中隐含的不闻窗外事的态度："我们在美国研究或者妇女研究课程中也包括了有关'劳工运动中的妇女'的片断，但是对在本系工作的秘书因为积极组织秘书工会而被解雇这样的事实却置若罔闻；津津乐道于伴随着学术生涯的'业绩'、'特权'与'地位'的虚妄之中，以使我们自己与成千上万在贫困中挣扎的妇女隔绝——这一切不仅仅是虚伪的，也毁灭了我们女性主义运动的精神与意义。"(DM, 163)虽然我们早先曾提到，艾尔曼(Ellmann)与斯帕克斯采取的是非政治主义方法，但是大多数女性主义批评家都执著于一种性别"意识形态"和一种社会变革的政治。

在一篇颇有争议的文章《阿基米德与女性主义批评的悖论》(1981)中，麦拉·婕伦(Myra Jehlen)对女性主义的意识形态与政治进行了批评，认为它是一种极端的分离主义，因而也不能收到预期的效果。她指出，女性主义需要直接介入占据统治地位的男性知识体系。像斯帕克斯、莫尔斯、肖瓦尔特、吉尔伯特与古芭这样的批评家，她们的妇女-中心理论推崇对抗性的政治或者意识形态批评，而不是鼓励欣赏性的审美批评，因而误入了歧途。否认女性对男性文化的依赖是一种有勇无谋，同时从历史上讲，也是不确切的。忘却了真正伟大的文学作品有时候也会包含不好的、不人道的观念，就是对**文学的**价值与成功视而不见。“因此，我们首先应该承认文学主题的独立完整性，承认它具有独特的视野——形式主义者直接和间接地告诉我们的：它的完整性。我们还应该认识到，只有尊重那完整性，不要问文本它自身都不问的问题，而是去问文本我们应该问什么问题，这样才能实现最充分完满的阅读。”[12] 为了避开女性主义分离主义的陷阱，婕伦建议，奉行形式主义的文学文本自足的观念，遵循其对批评性阅读的约束。一切文学批评的主要任务是审美欣赏与评价，不是意识形态的研究与政治评估。

回归形式主义——婕伦发出的这一具有争议的呼吁所引发的文学与批评问题，早在美国女性主义批评形成的最初阶段就曾有人争论过。例如，《大学英语》的一期具有突破性的特刊刊发了1970年现代语言协会的妇女地位委员会组织的研讨会与论坛上宣读的八篇论文，其中包括莉莲·罗宾逊的《身居象牙塔：激进批判与女性主义视角》(1970)。文中，罗宾逊指出：“批评已经陷入形式主义如此之深，以致我们已经忘记，不是艺术具有内容，而是**内容(content)**具有内容。”[13] 在罗宾逊看来，文学的形式、风格、历史都不能独立于内容、意识形态与政治。文学评判的客观美学标准是不存在的。观点不存在于真空之中。这些形式主义的观念是为统治阶级的利益服务的。高雅文化有组织性地排斥妇女、非白人与工人阶级。所以，女性主义批评家必须把文学放在性别、种族与阶级压迫的广泛社会范畴中来研究。“女性主义批评，正如它的名称所暗示的那样，是投身于一种事业的批判，是接触实际的批判。但是，直到目前，提供给我们的批评模式所接触的仅仅是婚姻的实际。这种模式只能是一种与

---

[12] Myra Jehlen, “Archimedes and The Paradox of Feminist Criticism,” *Signs, 6* (Summer 1981); rpt. in both *Feminist Theory: A Critique of Ideology*, eds. Nannerl O. Keohane, Michelle Z. Rosaldo, and Barbara C. Gelpi (Chicago: University of Chicago Press, 1982); and in *The SIGNS Reader: Women, Gender & Scholarship*, eds. Elizabeth Abel and Emily K. Abel (Chicago: University of Chicago Press, 1983), p. 73. For responses to Jehlen, see *Signs*, 8 (Autumn 1982), 160—176, and Moi, pp. 80—86.

[13] Lillian S. Robinson, “Dwelling in Decencies: Radical Criticism and the Feminist Perspective” (1970), in her *Sex, Class, and Culture* (Bloomington: Indiana University Press, 1978), p. 17. 该书收集了罗宾逊在1968—1977年间发表的十二篇马克思主义女性主义论文。

资产阶级思维方式及其批评范畴的联姻（*mésalliance*）契约。而女性主义批评要成为一种有效的批判，就不能仅仅只是费力地变成资产阶级批评。它必须是意识形态与道德的批评；必须是革命的批评。”（3）罗宾逊回忆了30年代形式主义批评压倒了马克思主义批评的情形，有意识地要把这段历史颠倒过来；她敦促女性主义批评家，要警惕非意识形态的、非道德的和非政治的墨守原文的批评的回潮，因为这种批评的价值偏见与虚假的客观性是为性别歧视、种族歧视与阶级利益服务的。罗宾逊认为，女权主义批评必然是道德的、意识形态的、革命的批评，与形式主义毫无共同之处可言。

在她对形式主义理论所进行的马克思主义批评中，莉莲·罗宾逊曾一度提到“最伟大的资产阶级主题——多元主义的神话——及其对于意识形态信念的拒绝，同为意识形态信念‘太简单’，因而不能容纳（必然复杂的）真理”（11）。自由主义的女性主义者提倡理论多元化，激进女权主义者推崇分离主义的意识形态批判，而社会主义女性主义者却倡导关注种族、阶级与性别的有立场的政治批评。保守主义者不希望女性主义批评与意识形态或者政治纲领有任何牵连。一些温和派，如艾尔曼与斯帕克斯，则努力避免政治。

虽然美国女性主义理论与实践在批评理论、诗学与政治的问题上体现出如此的多元性与自相矛盾，但是，它从70年代初开始就表现出了一种特有的韧性精神：它通常没有那种多愁善感、怀旧和顺从，尽管有时它是那么咄咄逼人地情绪化。女性主义批评家广泛地对父权文明不满，常常满怀愤怒地要求改革，偶尔还要求革命。她们认为，形式主义是一种无知、拙劣、无效的不抵抗形式，对男性文化霸权缺乏道德与政治的冲击力量。尽管正如凯瑟琳·斯蒂姆森指出的那样，“女性主义文学批评与政治的完全结合还有待于实现”[14]，但是，女性主义者从一开始就在为实现这一目标而坚持不懈地努力。米利特、罗宾逊以及无数其他女性主义者的早期论著就清楚地证明了这一点。虽然她们对产生了清晰、简洁明了和雅致的写作风格的传统理性发起有力的冲击，但是，她们很少有创新行文风格的闲情逸致，她们的改革锋芒指向是父权话语的实质内容，而不是其表达方式。女性主义者文学批评家与其他很多学科中主张男女平等的专业学者，与各种年龄的妇女研究学生，与来自各种背景的、同情女性主义的记者、作家和艺术家都保持了一种特别的团结一致。最后，妇女运动带来并

---

[14] Catharine R. Stimpson, “On Feminist Criticism,” *What is Criticism?*, ed. Paul Hernadi (Bloomington: Indiana University Press, 1981), p. 234.

努力维系了一种切实的“集体精神”(*esprit de corps*),其特征是人们都感受到一种特殊的觉醒与一种类似的召唤。

法国心理分析理论:女性写作(L'écriture féminine)

从 70 年代末开始,美国女性主义批评家对 1968 年以后法国的女性主义理论越来越感兴趣。关于这一点,有纷纷问世的刊物特刊为证:《辩证批评家》(1975 年,冬季刊)的《文本的政治:女性主义批评》;伊莱恩·马克思(Elaine Marks)的《符号》(*Sign*, 1978, 夏季刊)的《法国妇女与文学》与凯罗兰·格林斯塔·伯克(Carolyn Greenstein Burke)的《来自巴黎的报告》;《附属》(*Enclitic*, 1980, 秋季刊)的《女性主义特刊》;《次立场》(*SubStance*, 1981)的《视野 / 女性主义:一个属于自己的立场》;《耶鲁法国研究》(1981) 62 期《女性主义阅读:法国文本 / 美国语境》;《符号》(1981)的《法国女性主义理论》;《辩证批评家》(1982, 夏季刊)的《寻找妇女:奴性主义批评 / 女性文本》;《当代文学》(1983, 夏季刊)的《女性写作》;《疆界 2》(1984, 冬季刊)的《论女性写作》。在这一传播过程中,起关键作用的是一些有法语阅读能力的美国批评家,特别是维雷娜·安德梅特·康丽(Verena Andermatt Conley)、肖珊娜·费尔曼、简·盖勒普(Jane Gallop)、爱丽丝·加尔丁、佩吉·卡穆夫(Peggy Kamuf)、伊莱恩·马克思、南希·米勒(Nancy Miller)和佳亚特里·查克拉沃尔蒂·斯皮瓦克。当然功不可没的还有几十位翻译者。另外,还有一些重要的文本值得一提,特别是伊莱恩·马克思与伊莎贝尔·顾尔帝夫隆(Isabelle de Courtivron)合编的《新法国女性主义文选》(*New French Feminisms: An Anthology*, 1980)、赫斯特·艾森斯坦(Hester Eisenstein)与爱丽丝·加尔丁合编的《差异的未来》(*The Future of Difference*, 1980)。这一切清楚地表明,美国人对一些法国女性主义者,如海伦娜·西苏(Hélène Cixous)、露西·伊利格瑞(Lucy Irigaray)与朱利娅·克里斯蒂娃,有着极大的兴趣。她们的一些最重要的论著在 80 年代中期就有了译本。

美国女性主义批评家研究的一般是妇女的经验与历史,而法国女性主义批评家通常分析的则是语言、哲学、心理分析以及其他话语系统中的“女性”建构。在后结构主义,特别是拉康的一些著作的影响下,西苏等人提出了**女性写作**的理论——特别是拉康的一些先锋写作的一种乌托邦式实践,由马拉美、乔伊斯、阿尔托(Artaud)与杜拉斯(Duras)开创——这种理论颠覆了西方话语的语言学与形而上学的传统。

"女性写作"有时与女性心理的特殊能量有关，它打破了压制性的男权制度所造成的沉默；它以一种激进的**差异（difference）**形式出现。对于很多由常识性注释批评传统训练出来的很多美国知识分子来说，一些法国女性主义者的风格似乎是"超现实主义"的。伊莱恩·肖瓦尔特在《荒野中的女性主义批评》一文中，对美国女性主义的经验模式与法国女性主义的理论模式之间的主要区别进行了描述。她指出："法国女性主义批评，本质上是心理分析式的，强调的是压抑；美国女性主义批评，本质上是文本性的，强调的是表达。"（249）

爱丽丝·加尔丁认为，美国女性主义批评与法国"女性本原"（gynesis）批评之间存在着三方面的重大区别。[15] 第一，美国批评家把作家的性别作为一个重要因素考虑；法国女性本原批评家在（后）结构主义"自我的死亡"的影响下，不认为经验作者是一个值得研究的场所。第二，美国批评家频繁地研究妇女意象、性别的刻板印象和虚构的人物——所有这些文学模仿的成分；法国分析家摒弃模仿说，把意象、类型与人物看成是纯粹的比喻或者语言效果（这里，值得一提的是，美国女性主义批评家的研究集中于现实主义文学）。第三，美国批评家孜孜不倦地追求文学作品之中或者其背后的"真理"，法国知识分子认为真理与虚构之间的关系是不可确定的，认为对真理的人文主义追求是虚幻的，因而不屑一顾。西方象征思维的历史已经清楚地证明，推翻"主体"、"再现"与"真理"说的正是"妇女"。"女性"这个概念，历史上意味着他者性（otherness）、他异性（alterity）、无声（the unspoken）、无意识（the unconscious），但是在女性本原批评家眼里，它指代的是具有颠覆力量的**写作（écriture）**，而不是生理上是女性的人。西苏与克里斯蒂娃这样的法国批评家是"反女性主义者"，因为女性主义的基本前提，是建立在人文主义清楚明确的性别身份的分类——男性 / 女性的二元对立——基础上的。要摆脱这种本质化（essentializing）的辩证逻辑，就必须推翻其有害的理论前提。"对于这些妇女来说，女性主义无可救药地不合时宜，其立足点是一种（男性）形而上学逻辑……"（64）值得注意的是，一些女性本原说批评家努力通过一个第三术语——双性同体（bisexuality）或者雌雄同体（androgyny）——来推翻性别的二元对立。一些美国女性主义者也诉诸同一策略。

在《新法国女性主义》中，伊莱恩·马克思与伊莎贝尔·顾尔帝夫隆把美国女性

---

[15] Alice Jardine, "Gynesis," *Diacritics*, 12 (Summer 1982), 56–61. 在这篇 1981 年学术会议论文的导言中，加尔丁告诉听众，她在巴黎与法国女性主义者一起工作了三年。

主义批评描绘成一种“经验主义的、归纳式的、反思辨的”，把法国女性本原批评描绘成对“上帝的死亡、人的死亡、唯我独尊的艺术作品的死亡”所作的马克思主义与心理分析式的延展。[16] 另外，她们还提到，法国女性主义者比美国女性主义者更猛烈地向男性的体系、价值与厌女症（misogyny）发起了攻击。最后，她们指出，法国知识分子有组织意识形态小组与沙龙的倾向，比如，克里斯蒂娃与“太凯尔”（Tel Quel）小组、西苏与拥有自己的报纸、出版社与书店的“政治与心理分析”集团。她们没有提到的是，法国批评家对男性文学的经典持接受态度，而美国女性主义者则主张修正男性经典。

正如肖瓦尔特指出的那样，法国女性主义研究“本质上是心理分析式的”。西苏、伊利格瑞与克里斯蒂娃都深受拉康的想象说的影响，并把它作为她们推论西方哲学话语中的女性地位的出发点。[17] 在拉康的心理分析理论中，想象（Imaginary）指的是儿童发展的前俄狄浦斯（pre-Oedipal）阶段，在这阶段，自我与母亲、自我与世界之间的界限还没有产生。在想象阶段，一切都是同一与在场。俄狄浦斯危机是进入象征秩序（Symbolic Order）的标记。在这阶段，自我与他者、语言习得和无意识之间的界限开始出现。这个“原初压抑”（primary repression）时刻不仅失去了与母亲与世界的同一性，而且也失去了与父亲法则（Law of the Father）、与菲勒斯的联系。滞留在想象界域就是处于精神忧郁。进入象征秩序不仅使自己面对社会、语言与无意识，而且也是面对失去、异化与欲望。在《新生妇女》（*The New Born Women*，1975；英译本 1986）中和其他一些场合，西苏描绘了一种乌托邦式的女性创造与想象的原始王国。这个王国不存在差异、不一致与二元性别对立，相反，它最终与母亲的声音——女性写作的源头——相连。另一类似的女性主义版本的想象界域来自露西·伊利格瑞，她于1974年发表了《另一女人的窥镜》（*Speculum of the Other Woman*，1974；英译本 1985）一书，其中有一章叫作“神秘的 / 歇斯底里的女人”（“La mystériqye”英译为 the“mystic/hysterical woman”）。在这一章中，她对女性神秘进行了分析，描绘出一个类似于肖瓦尔特的女性主义版本的想象界域。性高潮神秘状态的心醉神迷抛

[16] Elaine Marks and Isabelle de Courtivron, eds., *New French Feminisms: An Anthology* (New York: Shocken, 1981), p. xi.

[17] 有关西苏、伊利格瑞与克里斯蒂娃文论的介绍，见 Ann Rosalind Jones, “Writing the Body: Toward an Understanding of *I'Écriture féminine*,” *Feminist Studies*, 7, no. 2 (1981), pp. 247–263; and Moi, pp. 91–173.

却了主体性（一种男性化的状态），使绝望无助的女人回归到一个强势的想象界域，在那里获得一种特殊的话语。这个女性空间提供了摆脱父权压迫的机会。克里斯蒂娃对“符号界域”与“象征界域”的区分承传拉康的想象界域与象征秩序理论，把“符号界域”描绘成一种前俄狄浦斯范畴的原初驱力（primary drive）与过程，它们与双性同体的幻想母亲联系在一起，与文学的“基因文本”（genotexts）——革命的、先锋文学——联系在一起。

这些法国理论对美国女性主义批评的影响在心理分析批评家那里表现得最明显。例如，在《母语：女性主义心理分析解读文集》（*The (M)other Tongue: Essays in Feminist Psychoanalytic Interpretation*, 1985）的序言中，三位美国编辑宣称：“我们认为，我们作为读者和作者的立场是至关重要的，并且，我们建构或者接受的是一本母亲基础（mother-based）的小说还是父亲基础（father-based）的小说，也是至关重要的。总体说来，按俄狄浦斯情结组织的叙事（以及解读）以父亲与父权话语的决定性作用为基础，而前俄狄浦斯叙事则把发展与冲突的原动力定位在母亲形象上，所以两者叙述的故事截然不同。”[18] 这里，她们以拉康式的女性主义洞察力，提出了一种独特的女性诗学与阐释学。但是，这种前俄狄浦斯式的、母亲中心的、多性同体的女性写作的可能性，这种由女性本原批评家提出的乌托邦式的可能性引起了美国文化批评家的反对，特别是社会学者的反对。对此最先表示反对的是英国女性主义者的领军人物，她们中很多是马克思主义者，比如，朱丽叶·米歇尔（Juliet Mitchell）的广为流传的《心理分析与女性主义》（*Psychoanalysis and Feminism*, 1974）和她后来的《女人：最漫长的革命》（*Women: The Longest Revolution*, 1984）。美国女性主义者简·盖勒普在《女儿的诱惑：女性主义与心理分析》（*The Daughter's Seduction: Feminism and Psychoanalysis*, 1982）中宣告：“任何话语都是阳具中心的话语。”[19] 这就意味着，写作就是不可避免地进入有缺陷的、阳具中心的象征秩序。因此，在想象这样的界域中写作是不可能的。

---

[18] Shirley Nelson Garner, Claire Kahane, and Madelon Sprengnether, eds., *The (M) other Tongue: Essays in Feminist Psychoanalytic Interpretation* (Ithaca: Cornell University Press, 1985), pp. 9–10.

[19] Jane Gallop, *The Daughter's Seduction: Feminism and Psychoanalysis* (Ithaca: Cornell University Press, 1982), p. 125. See also Juliet Mitchell, *Women: The Longest Revolution* (New York: Pantheon, 1984), pp. 289–292.

许多美国女性主义者所持的前俄狄浦斯性别这一观点来自心理分析社会学家南希·乔德罗（Nancy Chodorow）的《母性的再生产：心理分析与性别的社会学》（*The Reproduction of Mothering: Psychoanalysis and the Sociology of Gender*, 1978）。在乔德罗的（非拉康式）弗洛伊德、马克思主义式的描述中，与母亲认同的前俄狄浦斯阶段的经验对男婴和女婴来说是不同的。在西方社会中，男性很早就被鼓励追求差异与独立，而女性直到成年还仍然埋植在对母亲的原初的爱与依赖之中。结果，对于成年的异性恋的妇女来说，她的性关系中，对母亲的情感依赖是第一位的，而与男人的情欲关系则是第二位的："女人有着不同的和更复杂的关系需求，单有与男人的关系是不够的。"[20] 对于这种需求，乔德罗的态度很矛盾。一方面，女人有着更丰富多彩的精神生活；另一方面，女孩与男孩不同的俄狄浦斯经验给后来的异性恋关系与家庭带来挫折。作为一位马克思主义者，乔德罗追求的是性别平等。基于这一追求，她最终提出，男女应该平均分担培养（养育）子女的责任，以纠正女儿的过度依赖性和儿子的不近人情的独立，因为两者都进一步巩固了工业资本主义社会所必需的父权组织与劳动分工。简言之，虽然一些法国理论家把前俄狄浦斯阶段与母亲的认同描绘成一种乌托邦式的、激进的、多性恋女性模式（一种女同性恋主义），但是，乔德罗最终不赞成这种分离主义幻想，其理由是，它进一步强化了倒退的政治与经济目的。

在法国，西苏、伊利格瑞等人提出的女性本原批评也并非无人质疑。1977 年新创的、由西蒙·德·波伏娃（Simone de Beauvoir）担纲编辑的法国女性主义季刊《女性主义问题》（*Questions féministes*）刊载了一篇编辑部集体撰写的重要文章，宣称："在我们是'女人'、'与男人不同'的幌子下，我们被剥夺了作为自由、独立的个人而充分享受生活的权利。是父权体系，把我们牢牢地束缚在'不同'的位置，以为我们被奴役的事实提供理由，并掩盖这一事实。是父权体系，规定了所谓的女性的'天性'和'本质'。"[21] 乌托邦式的前俄狄浦斯双性界域说与女性特征和 / 或者母亲相关，即使再深奥微妙，它维护的仍然是父权观念的"女人本性"与"女性差异。"《女性主义问题》杂志圈的女性主义者反对以一种独立的、乌托邦式的歇斯底里中心主义

---

[20] Nancy Chodorow, *The Reproduction of Mothering: Psychoanalysis and the Sociology of Gender* (Berkeley: University of California Press, 1978), p. 199.

[21] Editorial Collective, "Variations sur des thèmes communs" ("Variations on Common Themes"), *Questions féministes*, no. 1 (November 1977), trans. Yvonne Rochette-Ozzello, *New French Feminisms: An Anthology*, p. 214.

(hysterocentric) 王国来对抗阳具中心主义的心理社会秩序。许多英美女性主义者，包括盖勒普、琼斯、米歇尔、肖瓦尔特与斯皮瓦克，也对一种独特的**女性写作**说表示反对。卡露琳·海布伦 (Carolyn Heilbrun) 对这种抵制女性主义独立的态度进行了概括："我建议，我们坚决不要把自己限制在目前的这些唯女性模式之中，无论这些模式是符号学的、前俄狄浦斯的、文化的、母性的还是女同性恋的。"[22]

妇女研究的体制

正如黑人权力运动带来了黑人研究专业的建立、学生运动促成了免费大学和实验高校的发展一样，妇女运动也促成了高校妇女研究课程与专业的建立。到 1975 年为止，已经有 150 个这样的专业成立；到 1980 年，又增加了 150 个；到了 1985 年，又涌现了另外的 150 个。这 450 个专业每年大约开设 30 000 门课程，其中约有 3000 门集中讨论文学。1975 年现代语言协会成立 (其时的会员为 30 000 人)，在它的 70 多个部门中，语言与文学妇女研究部有 2000 多名会员，就人数而言，位于前五名。1970 年 9 月，圣地亚哥州立学院成立了一个开设有 10 门课程的妇女研究专业，这是全美第一个正式成立的整合专业。1970 年 12 月，新成立的现代语言协会妇女地位委员会收集了 66 份妇女研究课程的教学大纲和参考文献，由委员会主席弗洛伦斯·豪 (Florence Howe) 编辑，发表在《女性研究：第二期》(*Female Studies II*) 上。1977 年，全国妇女研究协会成立，标志着女权主义者在全国范围内建立这一新的研究和调查领域的早期努力已经取得了一定的成效。[23] 菲特利、吉尔伯特与古芭、斯帕克斯等人在她们的书中满怀激情地证实了她们对妇女问题的研究与她们的教学之间有着紧密的联系。

虽然一些高校最终建立了妇女研究系，开设了一些妇女研究的研究生课程，但是，大多数妇女研究专业是为本科方向与专业而设计的跨学科的协作网。就此而言，妇女研究专业与战后时期建立起来的美国研究专业颇为相似。该专业常用的教学方

---

[22] Carolyn G. Heilbrun, "A Response to *Writing and Sexual Difference*," *Critical Inquiry*, 8 (Summer 1982), p. 811.

[23] Marilyn J. Boxer, "For and About Women: The Theory and Practice of Women's Studies in the United States," *Signs*, 7 (Spring 1982); rpt. in *Feminist Theory: A Critique of Ideology*, pp. 237–271.

法是跨学科的与历史性的；在可能的情况下，课堂教学都是以小组活动进行，这种活动的模式来自于女性主义增强自我意识感的集体互动。教学的直接目的不仅包括批判与补偿妇女所受的父权压迫，而且也包括收集材料、建构传统以创造一种关于妇女的新概念。长期目标是要改变高校课程设置与社会实践中的男性偏见。不难想象，妇女研究项目从一开始就受到了既来自内部又来自外部的批评。

在1973年的一篇文章中，凯瑟琳·斯蒂姆森指出，女性主义学术界存在着五种不同的意识形态小组："开拓者"、"空想家"、"激进者"、"后来者"与"搭便车者"。斯蒂姆森希望，能有一个全国性的组织把女性主义学者与教师的各个对立的团体团结起来。[24] 也许，对妇女研究的主要的外来批评是，这样的研究课题是政治实体，它对意识形态和觉悟的提高比对学术与知识更感兴趣。针对这种批评，女性主义者发表了大量的学术论文，对于本位主义的父权意识形态进行坚决的批判。她们指出，维护现存的课程设置，与力图改变它们一样，都是"政治"行为。[25] 女性主义学术研究分析的是历史事实、解读与价值问题。在这个意义上，她们从事的就是传统的学术研究。改变社会的长期目标（与改变知识与高校结构的短期努力相比）更多地引起了妇女研究反对者们的公开批评。他们特别强烈反对的两点补充特征是：(一) 很多妇女研究专业都与妇女咨询中心以及强奸危机中心、行动主义社团有正式的外展合作；(二) 女性主义对于种族歧视、同性恋恐惧症、阶级压迫以及性别歧视的研究越来越投入。在一些妇女研究反对者的眼里，社区行动主义与对于殖民主义、女同性恋主义与阶级斗争的同情与兴趣都不是正当的学术研究。[26]

---

[24] Catharinc R. Stimpson, "What Matter Mind: A Theory about the Practice of Women's Studies," *Women's Studies,* 1 (Fall 1973), pp. 293–314. See also Stimpson, "The New Feminism and Women's Studies," *Change,* 5 (September 1973), pp. 43–48.

[25] Florence Howe and Paul Lauter, *The Impact of Women's Studies on the Campus and the Disciplines* (Washington, D. C.: National Institute of Education, 1980), p. 92. See also Howe, "Feminist Scholarship: The Extent of the Revolution" (1982), in *Myths of Coeducation: Selected Essays, 1964–1983* (Bloomington: Indiana University Press, 1984), p. 282——"教学是一种政治行为：不管出于什么原因，教者总是有选择地传授某些价值观、思想、假设以及信息。在这么做的同时，他们也就排斥了其他的价值观、思想、假设以及信息。如果，这些选择形成一种模式，把人类的一半排斥在外，这就是一种政治行为……"此后略为 *MC*。

[26] 有关对女同性恋女性主义批评这一特殊领域的概念，见 Bonnie Zimmerman, "What Has Never Been: An Overview of Lesbian Feminist Criticism," *Feminist Studies,* 7, no. 3 (1981), pp. 451–475；该文复收录于格瑞恩与卡恩编辑的《带来变化》及肖瓦尔特编的 *The New Feminist Criticism*。

在现代语言协会内部，妇女运动也以各种形式表现出它的存在。除了**妇女地位委员会**和**语言与文学妇女研究部**以外，现代语协还在代表大会内成立了一个特别兴趣小组，命名为**职业妇女**；它承认妇女议事会对现代语言协会的隶属身份；它在1975到1985年之间以**妇女地位委员会**的名义发表了十二篇专题论文与专著。在1956年到1970年期间，只有一位女性，玛乔瑞·尼科尔森（Marjorie Nicolson）担任过协会主席，但是，从1971到1985年间，却有七位妇女担任过这一显赫的职务：弗洛伦斯·豪（1973）、婕尔曼·布芮（Germaine Brée, 1975）、伊迪丝·科恩（Edith Kern, 1977）、让·帕金斯（Jean Perkins, 1979）、海伦·文德勒（1980）、玛丽·安·考斯（Mary Ann Caws, 1983）与卡露琳·海布伦（1984）。这些领导人当中，有一半从事妇女研究。1985年的执行委员会的十二位委员中，有五位是妇女，其中三位是女性主义者——伊莱恩·马克思、玛丽·露易丝·普拉特与凯瑟琳·斯蒂姆森。1985年文学批评部执行委员会的五位委员是：桑德拉·吉尔伯特、芭芭拉·约翰逊、麦克·里法特尔、苏珊·苏雷曼与简·汤普金斯。70年代末，协会的重要刊物《现代语言协会会刊》（*PMLA*）开始实行"不具名投稿"（blind submission）政策，这主要归功于现代语言协会的女性。她们提出这一政策的理由是，一项调查表明，审稿人往往给他们认为是来自男性的作品与简历更高的评分。

随着妇女研究运动的发展与现代语言协会的改变，新的女性主义刊物、教材与系列丛书不断问世。主要的学术刊物有《妇女研究》（*Women's Studies*, 1972年创刊）、《女性主义研究》（*Feminist Studies*, 1972）、《妇女研究通讯》（*Women's Studies Newsletter*, 1972）（1977年该刊成了美国妇女研究协会的喉舌，1981年改名为《妇女研究季刊》）、《符号：文化与社会中的妇女》（*Signs: Journal of Women in Culture and Society*, 1975）、《女性主义问题》（*Feminist Issues*, 1980）、《妇女书评》（*Women's Review of Books*, 1983）。早期的代表性选集在同一年问世，包括琼·高里安诺（Joan Gouliano）编辑的《妇女文学的六个世纪》（*By a Woman Writ: Literature from Six Centuries by and about Women*, 1973）；玛丽·安·福格森（Mary Anne Ferguson）编辑的《文学中的妇女形象》（*Images of Women in Literature*, 1973）；李·爱德华（Lee R. Edwards）与阿琳·戴蒙（Arlyn Diamond）合编的《美国声音、美国妇女》（*American Voices, American Women*, 1973）；弗洛伦斯·豪与艾伦·贝丝（Ellen Bass）合编的《摘下面具！妇女诗歌选集》（*No More Masks! An Anthology of Poems by Women*, 1973）；娜奥米·卡兹（Naomi Katz）与南希·弥尔顿（Nancy Milton）编著的《遗失的日记

片断与其他故事：亚洲、非洲与拉丁美洲的妇女》(*Fragments from a Lost Diary and Other Stories: Women of Asia*, *Africa and Latin America*, 1973)。有影响的教材有乔·弗里曼 (Jo Freeman) 的《妇女：女性主义视角》(1975)、埃丝特·斯坦曼 (Esther Stineman) 的《妇女研究：一份推荐的核心参考书目》(1979) 和格洛丽亚·鲍尔斯 (Gloria Bowles) 与瑞纳特·杜里·克雷 (Renate Duelli Klein) 的《妇女研究理论》(1980)。早期的重要丛书有KNOW公司(建立于1969) 与女权主义者出版社(1970) 共同出版的十卷《妇女研究丛书》(1969—1976)，为读者提供了优秀的教学大纲、阅读书目以及对于妇女研究教学的经验体会。后来，高校与商业出版社也纷纷出版妇女研究方面的论著。这些高校当中有芝加哥、哥伦比亚、康奈尔、伊利诺斯、印第安纳、马萨诸塞、密歇根和罗格斯大学，出版商有阿诺 (Arno)、巴特·富兰克林 (Butt Franklin) 与伽兰德 (Garland) 出版公司。

女性主义研究与批评从三个主要方面对代表了男性偏见的标准文学文本的经典发起了攻击。首先，坚定的女性主义批评家揭露了著名男性作家作品中恶毒的妇女形象与性别歧视的陈腔滥调，对他们的境界、道德与普遍性提出了质疑。米利特与菲特利是这方面的代表。其次，妇女本原批评家重新确立了被遗忘、忽视和低估了的妇女文本的地位，显示了女性文学传统的连续性与力量，纠正了长期以来对男权主义经典的失衡和过高评价。莫尔斯、吉尔伯特与古芭以及肖瓦尔特的批评文本在这方面起了表率作用。当然，与这些批评论著同时出现的还有很多妇女文学作品选集。最后，女性主义批评与教学法的理论家们发展形成了一整套成熟的手段与实践，进一步加强了意识形态批评与课堂教学，这对加强妇女研究体制的研究与发展起到了至关重要的作用。科罗德尼、罗宾逊、肖瓦尔特与斯皮瓦克等人详细阐述的文化批评，与豪、芮奇、肖瓦尔特与斯蒂普森等人开创的教学法理论都在这方面作出了重要贡献。

在教育学领域，芮奇、肖瓦尔特在早年都发表过一系列被广为阅读的论文，这一点，玛丽琳·波克塞 (Marylin Boxer) 在她对70年代妇女研究兴起的论述中有所描述。芮奇的乌托邦主义，特别是她的《关于谎言、秘密与沉默的散文选集：1966—1978》(1979)，比肖瓦尔特的实用主义更锋芒锐利，痛斥了男权主义的、强制性的异性教育的压迫性，为未来教育体制的转型提供了可能性以供思考。斯蒂普森对于教学法与促进妇女研究的贡献包括：(一) 数十篇未被收集成册的、言简意赅的文论与书评。她的书评常常发表在非学术性的刊物上，如《女士》、《民族》、《新共和》、《纽约时报书评》；(二) 创建了《符号：文化与社会中的妇女》，并连续六年担任该刊的编辑。

这是由芝加哥大学出版社出版的季刊，是妇女研究领域的领军刊物；(三) 成功地为《符号》季刊募捐，得到了福特基金 (Ford)、埃克森公司 (Exxon)、礼来公司 (Lilly) 与洛克菲勒基金会 (Rockefeller Foundations) 这些大财团的赞助；(四) 与现代语言协会、国家人文基金会 (National Endowment for the Humanities)、国家教育办公室 (U. S. Office of Education)、教育测试中心 (Educational Testing Service)、国家公共广播电台 (National Public Radio) 以及联合国教科文组织 (UNESCO) 主动合作。通过走出文学学术基地，斯蒂普森得以成功地把发展中的妇女研究与有影响的非学术性和 / 或者非文学性的刊物、基金会与代理机构联系起来。确切评估这种工作的效益是很困难的，但是，不管怎么说，它为高校的非女性主义知识分子与行政人员支持妇女研究的体制化提供了方便。

在文学学术圈内，妇女研究最早的著名掌门人是弗洛伦斯 · 豪。她是这一领域的开拓者，曾任现代语言协会妇女研究委员会首任主席、现代语言协会主席与许多机构与高校的顾问。她还是女权主义者出版社的创立者之一，是重要的文论集《男女同校教育的神话》(1984) 的作者，是《妇女研究通讯》(1972 第二版中改成了 1972—1982) 的编辑以及教学法材料的早期编辑。在 1970 年的现代语言协会年会上，妇女地位委员会免费散发了《妇女研究指南》。这是一份有 110 门妇女研究课程的目录，由豪与凯萝 · 阿伦 (Carol Ahlum) 共同编辑、由 KNOW 公司出版。1971 年 10 月，她们编辑了《当前妇女研究新指南》，收录了 188 个机构开设的 524 门课程，仍然由 KNOW 公司出版。次年，她们编辑了《当前女性研究指南之二》，由女权主义者出版社的妇女研究信息中心出版，又增添了另外 135 个机构新开设的 344 门课程，还命名了 45 个已经或者正在建立的专业。豪的女权主义者出版社在 1972、1973 和 1976 年分别出版了《女性研究》的第 6、第 7 和第 10 期，以及由特玛 · 贝克维茨 (Tamar Berkowitz) 等人编辑、由福特基金会赞助的《妇女研究名人录》(1974)。所有这些早期的资料，通过发放文献目录和课程大纲，通过鼓励建立新的专业与学术网络，不仅记载而且也进一步促进了妇女研究的发展与壮大。几年后，豪在对国家妇女教育项目顾问委员会的报告中首次评估了这一新领域的状况。这份研究是由联邦政府资助的，报告的题目是《七年后：1976 年妇女研究课题》(1977)。后来，在她与保罗 · 劳特 (Paul Lauter) 共同为国家教育研究所 (National Institute of Education) 所做的《妇女研究对高校校园与学科的影响》(1980) 报告中又再次对这个领域进行了评估。在女性主义批评家中，豪是促进、推广与评估妇女研究专业最活跃、最显眼的一位。

直到1976年，大多数妇女研究课程才正式纳入本科生的专业与选修课程。在此以前，这些课程一直都是其他专业的附属或者补充课。就是在这个时候，女性主义批评家纷纷开始发表批评论著，呼吁恢复女性文学传统。也是在这个时刻，建立全国妇女研究协会的计划最终定案。豪的兴趣从妇女研究专业的建立转移到对这些专业的评估，正是妇女运动的这个转折点的标志。

指导豪的思维与写作的是一种潜在的、美国许多女性主义批评带头人都深信不疑的文化诗学。在1976年的一次讲话中，豪宣称："批评家、作家以及他们的听众，都离不开他们的生平和历史环境的土壤。艺术既摆脱不了作者的烙印，也不具有超验的普遍性；它产生于具体的性别、阶级、种族、年龄以及文化经验之中。"她言简意赅地指出，"我认为，文学不是纯粹的，现在不是、过去不是、将来也永远不可能是。就是说，它与它在历史中的位置是不可分离的。"[27] 豪竭力敦促女性主义学者与教师在她们的研究与教学中运用与阶级、种族与性别有关的材料，这当然是不足为奇的。在《七年后》中，她建议，政府出资帮助开发有关西班牙裔、黑人、美籍亚裔、阿巴拉契亚以及印第安妇女的教材，特别是来自劳动阶级的教材。这样的教材，将有助于"避免在妇女研究中重复白人、中产阶级、男性中心的课程设置的弊端"[28]。

1979年，豪在回顾以往十年的女性主义学术研究时指出：

> 过去的十年中，我们已经建立起一个关于妇女与性别的知识体。这个知识体意义重大，它足以促成一种认知转变，而这种认知转变，在质量与数量上都可以与19世纪从神学向科学的转变相提并论。与19世纪的先辈们一样，即使是我们在把研究的透镜作为一个新的命题提出的同时，也在转换着我们的研究对象。[29]

革命的女性主义者的研究在美国各地数以百计的妇女研究专业中得到了体制化，构成了一种范式的转变。在这场划时代的颠覆男性中心主义对妇女的压迫的转变中，男人能起到什么作用？"男人能不能理解这一点？当然能。虽然，他们可能复制不了

---

[27] Florence Howe, "Feminism and the Study of Literature" (1976), *MC*, pp. 190, 197—198.

[28] Florence Howe, *Seven Years Later: Women's Studies Programs in 1976*, 这是美国女性教育计划顾问委员会的调查报告 (Washington, D. C.: Government Printing Office, 1977), p. 31。

[29] Florence Howe, "The Past Ten Years: A Critical Retrospective" (1979), *MC*, pp. 236—237. 有关十五年后的回顾，见 Ellen Carol DuBois et al., *Feminist Scholarship: Kindling in the Groves of Academe* (Urbana: University of Illinois Press, 1985)。

女性经验，但是，他们可以理解和研究它的存在。只要他们留意自己的经验与妇女的经验之间的差异，就能开发出一种女性主义的视角。”[30] 豪这么说是有道理的，因为从 60 年代末开始，她曾多次与保罗·劳特（Paul Lauter）合作，承担女性主义研究项目，包括携手创立了女权主义者出版社和共同撰写了数部论著。如果，我们说劳特是美国第一位男性的女性主义文学批评家的话，那么步其后尘者并不乏其人。在 80 年代初，不少男性批评家对女性主义深表同情，有时甚至是对其笃信不疑，仅列举五位卓越的学术界文学批评家，其中包括韦恩·布斯、乔纳森·卡勒、特里·伊格尔顿、劳伦斯·利普金（Lawrence Lipking）与罗伯特·休斯。很显然，认知范式的这种转变触及了所有的知识分子。

1976 年，《批评探索》刊登了安妮特·科罗德尼和威廉·摩根（William Morgan）之间围绕“男性女性主义”的“问题”展开的一场论战，引起极大关注。摩根，这位“女性主义者”认为，女性主义文学研究的革命浪潮所及不能仅仅局限于妇女学者。他认为，科罗德尼 1975 年的论文《定义“女性主义文学批评”随想》中的分离主义令人难以接受。科罗德尼回应道，“男性教授作为知识权威和潜在榜样的在场，特别是在妇女研究或者妇女作家的课堂上，无疑是不利的…… 正如弗吉妮亚·伍尔夫所深彻痛悟的那样，女人需要有她们自己的房间；在某些情况下，那可能意味着自己的课堂。”[31] 与豪不一样，科罗德尼在妇女研究的周围竖立标志。十年后，爱丽丝·加尔丁在《批评交流》关于《女性主义批评中的男人》的一期特刊上，宣告了同样的立场：“我认为，就女性主义 / 妇女 / 女性特征 / 女性性别 / 女性身份 / 等等问题而言，你们——我们的男性同胞们——应该暂禁其声。”[32] 这道禁声令得到了该刊中另一篇论文作者的支持，她指出：“男人是父权模式的传承者。”（41）这里，表现出的是一种激进的女权主义立场，这种立场的根源是一种分离主义和本质主义化的意识形态，它把妇女研究的命题投置于一种排他性模式之中——令人玩味的是，这一模式既给妇女研究带来了爆发性的活力，又内在地局限了它的所及范围与影响。

继越战时期无数自由与激进的活动与运动之后，一种保守的反弹在 70 年代开始出现并逐步形成势头。80 年代，罗纳德·里根（Ronald Reagan）在民意调查中的胜

---

[30] Florence Howe, “Feminist Scholarship: The Extent of the Revolution,” *MC*, p. 282.

[31] Annette Kolodny, “The Feminist as Literary Critic,” *Critical Inquiry*, 2 (Summer 1976), p. 830.

[32] Alice Jardine, “Men in Feminism: Odor di Uomo or Compagnons de Route?,” *Critical Exchange*, Special Issue on “Men in Feminism,” no. 18 (Spring 1985), p. 29.

利、基督教原教旨主义道德多数派在法院、各州政府和媒体中的成功，就是这种右派政治势力逐步抬头的象征，给妇女运动的所有政治派翼——无论是自由派、社会主义派、激进派还是革命派——都构成了威胁。[33] 妇女刚刚争取到的堕胎、同工同酬、受政府平权法案（affirmative action）保护的合法权益也受到了广泛挑战。无数右派妇女团体对整个妇女运动及其获得的所有成就提出抗议，其声势越来越大。出自女性之手的反女性主义的论著纷纷出笼，如米吉·德克特（Midge Decter）的《反对妇女解放的贞节新解及其他》（1972）、雅瑞安娜·S. 哈芬顿（Arianna Stassinopoulas）的《女性的女人》（1973），特别是贝蒂·弗里丹的《第二阶段》（1981），动摇了妇女研究的意识形态基础。这一切在加剧了妇女运动内部的政治分歧的同时，也暴露出团结和继续政治行动主义的必要。高校内外，女性主义者日益发现自己处于被动防御而不是主动出击的势态。尽管妇女研究取得了很大成功，但是，很多专业一直没有获得足够稳定的专项师资、职员、图书资料、研究基金、办公空间以及必要的设施配置。80年代，全国范围的保守派反弹浪潮高涨，持右派政见的、公开反女性主义的妇女声势不断扩大，高校内金融和行政维持系统不稳定，这都使得妇女研究专业的前景显得岌岌可危。虽然如此，女性主义学术研究还是得到了蓬勃发展，妇女研究专业激增无数。

---

[33] Zillah R. Eisenstein, "The Sexual Politics of the New Right: Understanding the 'Crisis of Liberalism' for the 1980s," *Signs*, 7 (Spring 1982); rpt. in *Feminist Theory: A Critique of Ideology*, pp. 77—98.

第十二章 黑人美学

太空时代的黑人解放运动

从殖民时期起，北美黑人的历史就充满着奴役、压迫与斗争。在美国与英国决裂的革命战争时期，占美国人口四分之一的黑人既得不到独立宣言的荫庇，也享受不到宪法的权益。自共和国成立之初，就有越来越多的黑人和白人为废除奴隶制而呐喊。南北战争以前，一些黑人领袖，如马丁·德拉尼，极力宣扬黑人民族主义，而另一些，如弗雷德里克·道格拉斯（Freiderick Douglass），则积极提倡社会改良与融合。正是在这一时期，一些美国黑人先驱开始移居海地，另一些人则创建起了利比里亚共和国。后来，在一次世界大战时期，马库斯·加维（Marcus Garvey）在非洲倡导黑人独立，而布克·华盛顿（Booker T. Washington）则提出：美国黑人应该通过努力工作、接受职业教育、完善道德情操逐步获得完整的公民身份。W. E. B. 杜波伊斯（W. E. B Du Bois）不同意华盛顿的调和主张。他强烈要求白人必须纠正其作为，坚决主张立即进行政治解放，以促进经济和教育进步。与加维一样，他也提倡泛非主义；他的晚年是在加纳度过的。这些深深根植于19世纪美国黑人历史之中的不同政治主张——调和与融合，积极改良与纠正，民族主义与非洲自由——在20世纪50年代中期到70年代初的黑人解放运动中强有力地表现出来。

战后的黑人解放斗争经历了两个主要阶段：一、1954年到1964年间的民权运动；二、1964年到1973年间的黑人权力运动。1954年，最高法院就**布朗诉教育委员会**一案做出了具有里程碑意义的判决，裁定公立学校的种族分离为非法行为。可是，一年后，在阿拉巴马州（Alabama）的蒙哥马利市（Montgomery），一位名叫罗沙·帕克斯（Rosa Parks）的黑人女性，拒绝在巴士的最后排就座，此举被认为是非法行为，她因之而遭逮捕。为此，黑人发起了长达一年的全市范围的对这一公交路线的联合抵制活动。同时，以小马丁·路德·金为首的蒙哥马利权利促进协会宣告成立，从而掀起了一系列非暴力的公民反抗和有组织的政治活动，这可以说是此后十年间黑人运动的特征。金的自由主义的种族融合主义哲学是建立在基督教基础上的，并通过1957年成立的南方基督教领袖会议而成为一种思想体系。他在1963年的华盛顿大游行集会上，发表了“我有一个梦”的著名演讲，并于1964年获得了诺贝尔和平奖，使他的融合主义哲学得到了空前广泛的传播与接受。此时，具有历史意义的1964年选举权利案（Civil Rights Act）也在国会得到通过。一年后，选举权利案被正式签署生效。在这同一段时间，还发生了几件重大事件。60年代初，四位黑人大学生在拒绝为他们服务的一家乌尔沃思（Woolworth）连锁超市[1]举行了长时间的静坐抗议。此举很快就得到其他学生的增援。随后的几个月中，整个南方出现了几十起类似的静坐示威。年底，黑人学生运动成立了一个学生非暴力协调委员会。次年，这个委员会为促进种族融合发动了自由乘车运动，最后警方逮捕并关押了几十位和平抗议者。第一起自由乘车运动，是1961年5月在种族平等大会（Congress of Racial Equality）的赞助下，由十三位黑人和白人发起的，持续了两个星期。运动的目的是挑战州际长途汽车站的种族隔离规定。1961年9月，这一挑战成功，州际商务委员会（Interstate Commerce Commission）终于取消了隔离规定。这场长达十年的民权运动有如下特征：对种族隔离的抵制越来越广泛激烈，激进主义的非暴力组织得以形成，种族融合主义哲学被广泛接受，法庭与大众媒体都频频爆出民权运动的重大胜利。

享有与白人同在一个饭馆吃饭、同乘一辆公共汽车的权利并没有对黑人的经济或者政治境遇带来多大改变。对于大多数的大城市贫民窟以及小乡镇的黑人来说，生活仍然是苦不堪言。尽管民权得到了普及，但是，许多北方城市仍然骚乱频频。1965年8月，洛杉矶的华特暴动（Watts riot）象征着黑人的不满与愤怒，而这种不满与愤怒是当时的民权组织与哲学无法疏通的。1966年到1968年期间，马丁·路德·金发动了“贫民运动”（Poor People’s Campaigns），为黑人的经济困境抗议。然而，先前存在的开明白人、中产阶级黑人活动家和贫民黑人之间的联盟已经开始瓦解，这标志着黑人解放斗争进入了一个新的阶段。正是在这一时期，马尔科姆·X（Malcolm X）、小亚当·克莱顿·鲍威尔（Adam Clayton Powell, Jr.）、斯托克利·卡迈克尔（Stokely Carmichael）等人发出的对黑人力量（black power）的呼唤开始引起人们的重视。早先的非暴力方式与融合目标似乎都越来越不可行。在加勒比海、拉

---

[1] 一家午餐店。——译注

丁美洲、亚洲，特别是非洲反殖民运动的启发下，这些新的黑人领袖们号召，为实现黑人民族主义而斗争；有时，他们还直接号召为革命而斗争。对于黑人文化传统的骄傲，在日益盛行的具有非洲特征的名字、衣着以及发型中显而易见，也表现在日趋激进的政治中。1966 年，黑豹党（Black Panther Party）宣告成立；1968 年，两名黑人运动员在接受奥运会奖牌时举拳行黑人力量礼。这两个令人难忘的时刻更是这种骄傲的象征。这十年的黑人力量运动与此前十年的民权运动的不同之处表现在一系列的巨大转变上：在政治目标上，从融合向分离主义和民族主义转变；在方式上，从非暴力和被动抵抗的方式向暴动、武装抵抗和革命转变；活动的群众基础，从中产阶级的黑人和白人转移到下层黑人与穷人身上；在价值标准上，从欧裔美国白人的传统与规范向激进的种族自尊、对黑人文化传统的骄傲以及非洲主义转变。

在美国黑人解放运动期间，出现了一次黑人文艺新生——“新文艺复兴”——其范围包括诗歌、戏剧、小说以及文学批评。[2] 特别是在黑人权力运动的日子里，黑人批评显示出一种新的紧迫和活力。这种紧迫感与活力在作家兼批评家的阿米里·巴拉卡（Amiri Baraka）和拉里·尼尔（Larry Neal）、编辑霍伊特·富勒（Hoyt Fuller）以及学术批评家小艾迪森·盖尔（Addison Gayle, Jr.）、斯蒂芬·亨德森（Stephen Henderson）和达尔文·特纳（Darwin T. Turner）等人的作品中可见一斑。70 年代和 80 年代期间，有两个值得注意的现象。一、年轻一代的黑人批评家崭露头角，如小休斯敦·A. 贝克（Houston A. Baker, Jr）和小亨利·路易斯·盖茨（Henry Louis Gates, Jr.）对于批评的贡献便是见证。二、一支独特的黑人女性主义批评脱颖而出：比如，作家托尼·凯德·班巴拉（Toni Cade Bambara）、玛丽·伊文丝（Mari Evans）、奥德莉·劳德（Audre Lorde）和艾丽斯·沃克（Alice Walker）以及学术批评家芭芭拉·克里斯琴（Barbara Christian）、格劳丽亚·郝尔（Gloria T. Hull）、芭芭拉·史密斯（Barbara Smith）、厄尔琳·斯泰森（Erlene Stetson）以及玛丽·海伦·华盛顿（Mary Helen Washington）等人的批评作品都令人刮目相看。另外，围绕如何使黑人研究专业体制化这一命题的学术与教学法也得到了相当的关注。从 60 年代末到 80 年代，高校知识分子对这一命题的兴趣一直不衰。

---

[2] 有关黑人艺术运动，见 Carolyn Fowler, *Black Arts and Black Aesthetics*（Atlanta: First World Foundation, 1981）.

黑人美学

1964年6月，马尔科姆·X创建了美国黑人团结组织（仿效1963年5月在埃塞俄比亚成立的非洲统一组织）。其时，他起草了一份《基本目标声明》，声称，"我们必须发动一场文化革命，帮助全体人民破除旧观念。我们的文化革命必须成为我们进一步接近黑人兄弟姊妹的一种途径。它必须从社区开始，以社区民众的参与为基础。对于美国黑人来说，只有依靠美国黑人社群的支持，他们才能够获得自由。美国的黑人艺术家们必须认识到，他们的艺术灵感来源于美国黑人。"[3] 马尔科姆·X察觉到了美国黑人中的政治、经济、社会以及文化分裂，因此力图通过一个旨在积极摆脱压迫与促进黑人联合的非宗教和非宗派的组织把黑人团结起来。他反对融合主义的政治目标，积极主张建立在所有黑人族裔的兄弟情义基础上的文化自足。他认为，黑人艺术家出自黑人社群，对黑人社群负有责任。所有黑人艺术的标准都来源于黑人社群生活，都根植于其中。在这种最有影响、最具代表性的黑人力量理论中，欧裔美国白人的美学与黑人毫不相干。

霍伊特·富勒是这些60年代中到70年代初提倡独特的黑人美学的文学知识分子的一员。他是《黑人文摘》(*Black Digest*, 1970年改名为《黑人世界》*Black World*)的一位深受尊敬的编辑，是以芝加哥为基地的**美国黑人文化组织**的顾问。该组织每星期召开一次黑人艺术家讨论会，参加讨论会的艺术家有格温多琳·布鲁克斯(Gwendolyn Brooks)、唐·L. 李(Don L. Lee)等领袖。在《论黑人美学》一文中，富勒毫不含糊地把创建黑人美学与黑人权力运动联系起来，指出："黑人的反抗，在街头与在文字中一样，触目可及。"[4] 在富勒等人看来，美国黑人民众的境遇无异于内部的殖民压迫。在种族之间，耸立着"一堵又高又厚的墙，一堵由怨恨与历史所构建的分隔墙"(585)。黑人社群要达成团结、增强力量，就必须重新发现和敬畏他们独特

---

[3] Malcolm X, "Statement of Basic Aims and Objectives of the Organization of Afro-American Unity" (June 1964), in *New Black Voices,* ed. Abraham Chapman (New York: New American Library, 1972), p.563.

[4] Hoyt W. Fuller, "Towards a Black Aesthetic," *The Critic,* 26 (April-May 1968); rpt. in *Afro-American Writing: An Anthology of Prose and Poetry*, 2d ed., eds. Richard A. Long and Eugenia W. Collier (University Park: Pennsylvania State University Press, 1985), p.582. 有关富勒的编辑生涯，见 Abby Arthur Johnson and Ronald Mayberry Johnson, *Propaganda and Aesthetics: The Literary Politics of Afro-American Magazines in the Twentieth Century* (Amherst: University of Massachusetts Press, 1979), pp.187—196。

的文化之根："通往团结与力量的路，不可避免地要经过对黑人艺术与文化的新发掘与教导"(587)。形势需要的是，建立起一种摆脱白人种族歧视文化价值观影响的"黑之神秘"(mystique of blackness)。富勒赞美黑人音乐与黑人语言的独特风格、韵律和技巧，这些风格、韵律与技巧反映了黑人经验的独特性和特殊规则。然而，尽管他的口气是肯定的，但是他对黑人美学理论的创建仍然表露出怀疑："通往彼处的道路——如果它确实存在的话——从本质上讲，不能经过文学主流。"(583)"这一微妙而危险的实验"其关键在于"新的黑人批评家的出现。这些批评家必须能够表达并阐明这种新的美学，并最终对白人批评家的限制性前提发起早就应该发起的攻击。"(587)

和富勒一样，诗人兼编辑拉里·尼尔也把新兴的黑人艺术运动与黑人权力运动联系在一起。在当时一篇被广为阅读的文章《黑人艺术运动》(1968)中，尼尔指出，新一代黑人艺术家的初期努力既打破了主流(白人)的艺术模式，又开创了以黑人为基础的创造模式。他把美国黑人社群看成发展中的殖民第三世界的一部分，这个世界正在寻找他们失去的本土传统——既包括社会、经济和政治组织传统，也包括神话、历史、文化和民族的精神特质。没有独特的文化，殖民地民族就只能沦落为压迫者的反映。这种文化理论出自弗朗兹·法农(Frantz Fanon)和罗恩·卡伦加(Ron Karenga)，它号召人们扬弃主流标准、重新发展以往被贬低否定的民族艺术模式和传统。根据这一理论，两次世界大战之间早期的哈莱姆文艺复兴(Harlem Renaissance)是一场失败。

> 它没有直面黑人社群的神话和生活方式。它脱离了根本，没有把自身与黑人社群的斗争紧密地联系在一起，没有成为它的声音与灵魂。蕴藏于黑人艺术运动中的是这样的一种观念：黑人，无论多么分散，构成了美国白人腹部的一个民族。这并不是一个新的观念。加维曾这么说过，现在受人尊敬的伊利亚·穆罕默德(Elijah Muhammed)也是这么说。黑人权力的概念正是基于这一观念之上的。[5]

在美学领域，倒退的融合主义哲学主张采纳主流做法、抛弃本土规范，而进步的民族主义哲学——无论是出自泛非政治纲领，或黑人穆斯林宗教观念，还是第三世界的革命理念——则提倡尊重本土生活方式和艺术，摒弃强加的、外来的生活方式与艺术。

[5]　Larry Neal, "The Black Arts Movement," *tdr: The Drama Review*, 12 (Summer 1968), p. 39.

斯托克利·卡迈克尔（Stokely Carmichael）是**学生非暴力协调委员会**主席和《黑人权力》的作者之一，他明确指出："必须摧毁的不是黑人社群，而是那被强加于它的从属性的殖民身份。黑人社群的社会和文化人格必须受到保护，社群必须在保护其文化完整性的同时赢得它的自由。这是当下正在进行的融合实践与黑人权力理念之间的本质区别。"[6] 政治与美学——黑人权力与黑人艺术——是不可分割的。

拉里·尼尔本人想把新兴的黑人美学定位于一种类似弗朗西斯·福格森的神话批评的仪式性艺术理论之中。在他与勒罗伊·琼斯（LeRoi Jones）合编的《黑色火焰：美国黑人文学选读》（*Black Fire: An Anthology of Afro-American Writing*, 1968）的后记中，尼尔把黑人音乐描述为黑人根本的原始的表达形式。他希望黑人的诗歌避免拘泥于文本，向仪式性口头表演传统回归："诗人必须学会歌唱、吟诵和用舞蹈形式来表达他们的作品，进入他们个人和集体经验的本质。我们必须使文学打动人，使人们更好地领悟它的深切含义。我们必须成为一种牧师，一种黑人魔术师，就像非洲西部的巫师以朱朱（juju）作法事那样，以文字作法，使其具有打动世人的魔力。"（655）在尼尔看来，书面文学是一种西方精英形式，与广大的黑人民众没有关系。"完全可以销毁文本，而任何人都不会因此有一点损失。"（653）因为真正的黑人艺术的源泉是社区的音乐和口头的民间传说，所以，新艺术必须向这些源头回归，才能成为当代黑人生活不可分割的一部分。新兴黑人美学所处的大语境是颓废的、违背人性的西方世界。"现在，白人世界——西方——被看作是一个垂死的生物，完全丧失了灵性。正因为如此，唯一的希望就是，在精神上从它的价值观与理念假设中挣脱出来。"（648）

这一时期，对宣扬和推广黑人美学贡献最大的是勒罗伊·琼斯。1968 年，他放弃了他的这个"奴隶名"，改为阿米尔·巴拉卡（Ameer Baraka），这是一个穆斯林名字，意思为主佑的王子；1970 年，又改为斯瓦西里语（Swahili）的阿米里·巴拉卡（Amiri Baraka）。1958 到 1965 年间，巴拉卡住在纽约的格林威治村（Greenwich Village），与先锋派垮掉的一代（Beat Generation）有交往，并与白人妇女海悌·科恩（Hetti Cohen）结为夫妇。1965 年，他与海悌离婚，离开格林威治村到了哈莱姆，后来又回到他的出生地新泽西州的纽瓦克（Newark，一个黑人占绝大多数的城市）；

---

[6]　Stokely Carmichael, "Toward Black Liberation," *Massachusetts Review, 7* (Autumn 1966); rpt. in *Black Fire: An Anthology of Afro-American Writing,* eds. LeRoi Jones and Larry Neal (New York: William Morrow. 1968), p. 128.

1966年，他与黑人妇女西尔维亚·罗宾逊（Sylvia Robinson）结婚；同年，他在马尔科姆·X以及美国西海岸民族主义者组织的创始人与领导者罗恩·卡仁加的先后影响下，成为一名黑人民族主义者。1965至1973年间，巴拉卡是黑人艺术运动的关键人物。他大张旗鼓，积极宣扬黑人美学、黑人民族主义，鼓励黑人社群的参与意识。他在昙花一现的哈莱姆"黑人艺术剧院暨学校"、在纽瓦克的"精神之家"（Spirit House）以及在1970年于亚特兰大召开的"美国黑人大会"（Congress of African People）中的领导作用，鲜明地标志着黑人知识分子普遍地从民权运动所提倡的民族融合主义哲学转向黑人权力运动所倡导的民族主义哲学。1965至1973年间，巴拉卡大约发表了十二部戏剧作品、四卷诗集、四本散文集和一本短篇故事集，并编辑了三部文选。他发表了无数讲演，筹建了各种各样的社群组织，创作了一个电影剧本，成立了一家出版社，并与他人合办了一个音乐刊物。这些工作大部分都与黑人美学的发展有关。[7]1974年，巴拉卡从文化民族主义转向政治国际主义，成了一名马克思列宁主义者。这一转变也象征着他在逐渐减弱的黑人艺术运动中的领导作用结束了。[8]

在《家：社会散文》（*Home: Social Essays*，1966）中，巴拉卡收集了从1960到1965年这一过渡时期的二十六篇散文，记录了他从现象学诗学向黑人美学和黑人民族主义思想的转变。他早期的现象学艺术理论坚持强调，过程比结果更重要，功能比形式更重要，艺术创作比艺术品本身更重要，精神比物质更重要，（作为动词的）存在（being）比（作为名词的）存在（Being）更重要。这无疑是对形式主义诗学的一种攻击。

> 西方的学术思想就是只注重艺术品崇拜、无视灵感闪烁的艺术过程的最好例证。[9]（175）
>
> 如果你需要什么的话，那么就崇拜制作这个物件的动词吧。（175）

---

[7] See Letitia Dace, "Amiri Baraka," in *Black American Writers: Bibliographical Essays*, eds. M. Thomas Inge, Maurice Duke, and Jackson R. Bryer (New York: St. Martin's, 1978), 2: 121—178.

[8] Amiri Baraka, "Why I Changed My Ideology: Black Nationalism and Socialist Revolution," *Black World*, 24 (July 1975), pp. 30—42; and Amiri Baraka, *The Autobiography of LeRoi Jones* (New York: Freundlich Books, 1984), pp. 202—313.

[9] LeRoi Jones, "Hunting is Not Those Heads on the Wall" (1964), in *Home: Social Essays* (New York: William Morrow, 1966), p. 174.

> 形式艺术，即：根据事先设计好的形式而制作的艺术品，几乎完全没有这个动词的价值。(174)
>
> 我所说的是动词过程，是动作，是形成，是此时此刻。所以，我们认为，现场演奏的音乐有着特殊的价值……(174)
>
> 模仿是最可悲的现象……(176)

巴拉卡在阐述黑人美学时，对他的反模仿说和反形式主义的艺术理论进行了修正。因为黑人艺术必须有社会与政治纬度，所以，需要摒弃现象学理论私人化了的表现主义。在《国家 / 意味着》(“State/Meant”, 1965) 一文中，巴拉卡宣称：“黑人艺术家的作用就是，帮助摧毁他所知道的美国。他的作用就是，准确无误地报道和反映社会的本质，以及他自己在那个社会中的本质，从而使得其他人能够被他的准确性所打动……”(251) 黑人艺术的社会政治使命要求一种根植于模仿理论中的、综合了说教与传情的诗学：艺术家的准确无误的报道将引导和打动黑人观众去纠正政治理解和行动。在发表于《黑色魔力：诗集 1961—1967》(*Black Magic: Collected Poetry*, 1961—1967) 上的《黑人艺术》这首诗中，巴拉卡写道：

> 我们需要，
> “杀戮的诗歌”。
> 刺客的诗歌，
> 能够射杀的诗歌。
> 我们的诗歌，
> 要与警察厮杀，
> 把他们扭进小巷，
> 夺过他们手中的武器，
> 把他们一枪了结，
> 然后昂然而去
> 任他们的舌头，
> 长长拖出口外……

在暴力与动乱时期，诗歌必须倡导革命的活动。诗人、政治家、牧师以及革命者都是集于一身的。

在巴拉卡的《家：社会散文》中的一篇重要文章是《马尔科姆·X的遗产及一个黑人民族的到来》(1965)。该文奠定了巴拉卡文化诗学的基础。巴拉卡认为，政治、社会理论、宗教以及艺术都会生产出整齐有序的形象模式，这些形象培养文化意识与民族自足感。因此，当代黑人艺术的任务是，向主流（白人）形象发起攻击，树立黑人形象，以培养自足的黑人意识、民族性与文化。“到了这本书问世的时候，”巴拉卡宣称，“我将会变得更黑。”(10)

1968年，霍伊特·富勒号召黑人文学批评家明确有力地表达、阐明新黑人美学。响应这一号召的黑人学者中，有斯蒂芬·亨德森和小艾迪森·盖尔。在为他的《新黑人诗歌鉴赏》(*Understanding the New Black Poetry*, 1973）所做的题为《未知事物的形式》的长篇专题介绍中，亨德森以“诗歌”为主要材料，对黑人美学进行了深刻精细的学术性论述。为了描述黑人经验的特殊性，亨德森提出了“心灵–地域”(Soul-Field)的概念。这是一个历史地形成的、有凝聚力的储存库，它容纳着美国黑人的社会经验、道德和政治价值、语言形式、宗教实践和正在萌发的追求。几年后，他把“心灵–地域”简化为“心灵”，并把它描绘成黑人“无意识”[10]。从这个领域之中，派生出各种各样的黑人表述，包括自我仇恨（对自身的“黑鬼成分”）的流露。对黑人文化传统的认同、黑人民族性以及黑人美学的根源都来自社群的心灵–地域，黑人艺术家的作品中都或多或少地渗透着这一点。从历史的角度来看，黑人解放运动，包括其在黑人艺术运动中的文化再现，见证着太空时代美国“心灵”的迸发。作为一位文学批评家，亨德森力求指出黑人诗歌独特的结构与主题特征。他明确地指出了黑人语言的十大特征与黑人音乐的十大特征，包括民间的与正式的韵律、典故、用词、意象、节奏、语气、人物以及文类等特殊模式，这一切都型造了黑人诗歌的表达，构成了它的特征。

亨德森阐述的文化诗学理论构成了批评实践的基础：

> 艺术，当然，包括文学在内，不是在真空中存在的。它反映了——并帮助型造了——它的创造者们的生活。另外，它之所以能够如此，是因为它具有这样的特征：能够使经验得到一种特殊的升华与精炼。同样，文学是通过文字把经验组合成优美的形式，但是，“美”与“形式”指的是什么，在很大程度上，取决于

---

[10] Stephen E. Henderson, "'Survival Motion': A Study of the Black Writer and the Black Revolution in America," in *The Militant Black Writer in Africa and the United States* by Mercer Cook and S. E. Henderson (Madison: University of Wisconsin Press, 1969), pp. 65–129, esp. pp. 87, 93, 124.

> 一个民族的生活方式、他们的需求、他们的追求、他们的历史——简言之，取决于他们的文化。[11]

亨德森认为，"美"的普遍形式是不存在的；一切美的形式在文化上都是独特的。构成美国白人美学与美国黑人美学的美之形式的因素，不一定是一样的，而且事实上就是不一样。因此，要描述和评价黑人艺术运动，就得有一套专门的黑人美学，这套美学基于黑人经验与历史的心灵–地域。只有黑人文学批评家才能准确、有效地理解与评价当代黑人诗歌的语言、节奏、意象、语气、结构、意义和价值。"谁最有资格评判黑人诗歌？显然是黑人，因为诗歌——至少是当代诗歌——是为他们而写的。"(10) 简言之，"批评性评估的最终标准必须来自创作的源头，即：黑人社群本身"(66)。虽然，亨德森在结语中允许非黑人读者通过黑人文学积极地转变他们自己的价值观并拓宽他们的情感，但是，他本人对这些并不感兴趣。

在巩固与推广新兴的黑人美学方面，没有人比小艾迪森·盖尔更为身体力行。1971年，他编辑了一部里程碑性的文集，收录了三十三篇论文、节选和宣言，包括巴拉卡、富勒、卡仁加、李与尼尔等人以及老一辈的W. E. B. 杜波伊斯、兰斯顿·休斯、约翰·奥列弗·基伦斯 (John Oliver Killens)、艾伦·洛克和理查德·赖特等人的当代作品。在这部《黑人美学》文集的开篇与结语篇中，盖尔阐述了他自己的黑人美学观，作为对黑人意识和文学进行一种去美国化 (de-Americanizing) 的政治与艺术的理论纠正，一个深深地植根于美国黑人传统的理论纠正。他对"美国学术界毫无生气的、无能的批评"[12]，特别是那些形式主义者与自由主义者，进行了无情的鞭挞。他敦促所有美国黑人艺术家，不仅要溯求和依靠他们特有的文化遗产，而且要抵制同化主义的诱惑，因为它糟蹋了很多像詹姆斯·韦尔顿·约翰逊 (James Weldon Johnson)、詹姆斯·鲍德温 (James Baldwin)、拉尔夫·艾里森等早期黑人作家的文学作品。

盖尔的《黑人美学》是黑人权力运动时期问世的几部重要的文集之一。这些重要文集还包括勒罗伊·琼斯和拉里·尼尔的《黑色火焰》(1968)、亚伯拉罕·查普曼 (Abraham Chapman) 的《新黑人的声音》(1972) 以及斯蒂芬·亨德森的《新黑人诗歌鉴赏》，它们都宣扬了新兴的黑人艺术运动的信息，以及要发展一种黑人美学理论的

---

[11] Stephen Henderson, *Understanding the New Black Poetry: Black Speech and Black Music as Poetic References* (New York: William Morrow, 1973), p. 4.

[12] Addison Gayle, Jr., ed., *The Black Aesthetic* (Garden City, N. Y.: Anchor, 1971), p. xvi.

目标。早些时候，盖尔的《黑人的表述》（*Black Expression*，1969）曾编辑了一部覆盖广泛的20世纪黑人文学批评文集，这是美国第一部这样的作品。

在《黑人的表述》的序言以及其他论述中，盖尔号召黑人批评家奉行道德批评，弘扬道德艺术。这一号召与黑人权力运动有着紧密的联系。

> 1965年，斯托克利·卡迈克尔逆美国历史的潮流而动，从生病的老虎背上跃身而下。于是，我们很多人也仿而效之。离开了虎背，我们便开始有了与我们的先辈不同的梦。我们梦想的不是融合，而是一个自足的民族；不是一个熔炉，而是一个多元主义的理论；不是一个伟大的社会，而是一个全新的社会。更重要的是，我们梦想着，在美国社会的废墟上建立起迦南，建立起一个不是以枪炮、而是以道德为基础的国家。如果我们的这些梦想没有希望实现的话，那么，人类的未来也便没有任何希望。[13]

黑人文学批评必须推动正义事业的发展；像形式主义和存在主义批评家那样，仅仅津津乐道于细致复杂的艺术技巧或者流连于精美的形而上学的虚空，是不够的。盖尔要的是，一种留意生活的政治、社会和历史层面的道德批评与道德文学。在他的黑人小说史《新世界之道》（*The Way of the New World*，1975）中，他强调指出，“在一个压迫性社会中，要培养一种审美情感，第一个先决条件就是，必须停止压迫……；更具体地说，在这个地球上大多数人都能够看见、感觉到、听见、欣赏到美之前，必须先创造出一个新的世界；这个世界必须适合所有人居住，在这个世界里，所有人都能享有自由。这是黑人美学意识形态的核心，是评价艺术的主要标准……”[14]

虽然富勒、尼尔、巴拉卡、亨德森、盖尔以及其他一些黑人文学知识分子都积极献身于黑人美学的研究，但是，也有很多人对此并不积极。上一代黑人知识分子中，像罗伯特·海顿（Robert Hayden）、桑德斯·瑞丁（J. Saunders Redding）、小内森·斯各特（Nathan A. Scott, Jr.）、迈尔文·托尔森（Melvin Tolson）这样的杰出人物都反对黑人美学。且以斯各特为例：他在《哈佛美国当代作品指南》（*The Harvard Guide to Contemporary American Writing*，1979）上发表的论战后黑人文学史的文章中，批评了黑人美学家顽固的党派性、哲学上的不严谨、对白人批评家特别缺乏宽容、对重要

---

[13] Addison Gayle, Jr., *The Black Situation* (New York: Horizon, 1970), p.221.

[14] Addison Gayle, Jr., *The Way of the New World: The Black Novel in America* (Garden City, N. Y.: Doubleday, 1975), p.313.

的黑人作家（特别是拉尔夫·艾里森）的横加指责以及他们的种族分离主义。斯各特以及其他一些批评家要黑人艺术达到普遍艺术的最高标准；他们认为，任何专属于某民族或某种族的审美都是不可接受的。

批评理论与实践

在他的自传《烈性顽童：一部个人的探索之旅》(*Wayward Child: A Personal Odyssey*, 1977) 中，盖尔对于1973年间黑人知识分子社群不能齐心协力、频繁发生内部争斗的现象表示了深切的惋惜。次年，阿米里·巴拉卡转向社会主义的国际主义，拥抱世界范围的劳动阶级。1975年，霍伊特·富勒的期刊《黑人世界》停刊。越战的结束也正是黑人权力运动与黑人美学运动的结束，这一巧合标志着黑人文学的新文艺复兴的结束，此后迎来了一个理论的百家争鸣、个人奋斗的时代，一个更年轻的批评家不断涌现、黑人女作家和女性主义者兴起的时代。从历史的角度讲，20世纪20年代中期至30年代中期出生的巴拉卡、富勒、盖尔、亨德森、金、马尔科姆·X和尼尔这一代人已经被一批在二战与朝鲜战争期间出生的新一代知识分子所取代。

新文艺复兴鼎盛时期，黑人文学批评在方法上多种多样，从早期巴拉卡的现象学理论到尼尔的神话批评，从富勒的社会批评到亨德森的历史美学实践，从盖尔的道德批评到晚期巴拉卡的文化批评。60年代末，这些批评家对于形式主义和存在主义所造成的闭门造车的不满，以及他们对于黑人社会历史和分离主义政治的信念，使得他们志同道合，这一切使他们的批评不仅具有社会性、政治性和历史性，也同时具有评判性。顺便提一下，盖尔在1971年出版了一本保罗·劳伦斯·邓巴 (Paul Laurence Dunbar) 的传记，1972年又出版了一本对克劳德·麦凯 (Claude McKay) 的批评研究。在他们的运动的尾声，阐释学、读者反应批评、结构主义、解构主义或者女性主义已经人所共知，但是，以上这些批评家却都对它们不感兴趣。他们也都不是马克思或者弗洛伊德的忠实追随者。

和巴拉卡一样，一些杰出的黑人女性主义者，如安琪拉·戴维斯 (Angela Davis) 与芭芭拉·史密斯 (Barbara Smith)，也为马克思主义所吸引。也许，老一辈黑人社会主义知识分子中，最有意思、最有影响、认同黑人民族主义和黑人美学的人是哈罗德·克鲁斯 (Harold Cruse)。60年代，他出版了两本家喻户晓的书——《黑人知识分子的危机》(*The Crisis of the Negro Intellectual*, 1967) 和《叛乱还是革命？》(*Rebellion or Revolution?*, 1968)。他是一名40年代的"纽约知识分子"，而且直到50年代初，还是一名共产党员。这使他能够如实地记录加入马克思主义组织的老一代黑人文学知识分子的复杂经验。可是，他最终发现，社会主义现实主义的狭隘、强加的国际主义、党内的种族歧视以及内部政治越来越令人难以容忍。于是，他转而信奉50年代开始发展起来的独立社会主义。克鲁斯不仅反对共产党，而且也反对形形色色的黑人融合主义组织，如全美有色人种进步协会、都市联盟、种族平等大会、南方基督教领袖会议、学生非暴力协调委员会。1960年，他与著名的黑人学术文学批评家桑德斯·瑞丁 (Saunders Redding) 之间发生了一场论战，更加深了他对融合主义的不满。对于这次论战，克鲁斯总结道，"就知识界对于黑人思想的复兴而言，像瑞丁这样的融合主义者比马克思主义融合主义者负有更大的责任。"[15] 值得注意的是，60年代中期，克鲁斯曾与巴拉卡携手合作为哈莱姆黑人艺术剧院的建立与运营做出了贡献，而且，他也积极投身黑人民族主义运动，虽然他对运动也不无批评。

克鲁斯认为："黑人的情况有三个重要方面：政治方面、经济方面和文化方面。每个方面都需要用特定的方法来处理。"[16] 他主张这三条阵线在争取黑人解放的斗争中应该相互呼应，但同时，他又强调指出，文化阵线应该有相对的自主与独立。他担心的是，文化斗争会完全被政治意识形态左右。60年代末，他批评巴拉卡的**黑人艺术剧院**，把黑人革命的艺术层面与政治层面混为一谈。要改变戏剧内容，就得改变社会，反之则不然。另外，巴拉卡的黑人艺术剧院既不是真正民族主义的，也不是真正分离主义的。[17] 他念念不忘地期待着新的、独立的黑人文化批评家脱颖而出，期望他们能够表述黑人批评的独特标准、道德、政治规范与方法。

盖尔的《黑人美学》中，有一篇是一次世界大战到1970年间的黑人文学批评简史。这篇文章的作者是达尔文·特纳，重点介绍了六组黑人批评家。第一组是重点研究主流白人文学的黑人批评家，如威廉·斯坦利·布莱斯维特 (William Stanley Braithwaite)、本杰明·布劳里 (Benjamin Brawley) 和内森·斯各特。第二组是精心地——虽然还不是心无旁骛地——致力于黑人作家研究的文化史学家，如W. E. B. 杜

---

[15] Harold Cruse, *Rebellion or Revolution?* (New York：William Morrow, 1968), p.23.

[16] "Harold Cruse：An Interview" (June 1969), in C. W. E. Bigsby, ed., *The Black American Writer* (Deland, Fla.：Everett/Edwards, 1969), 2：237.

[17] Harold Cruse, *The Crisis of the Negro Intellectual* (New York：William Morrow, 1967), pp.530—43.

波伊斯、艾伦・洛克和约翰・霍普・富兰克林（John Hope Franklin）。第三组是那些主要因他们对某些作家或者运动的偏激的评论而知名的社会批评家，如埃尔德里奇・克里弗（Eldriege Cleaver）和哈罗德・克鲁斯。第四组包括众多的诗人批评家，有两次世界大战之间的詹姆斯・韦尔顿・约翰逊和康提・库伦（Countee Cullen）、华莱士・瑟曼（Wallace Thurman）和兰斯顿・休斯；还有战后时期的阿纳・邦当（Arna Bontemps）和理查德・赖特、拉尔夫・艾里森和詹姆斯・鲍德温。第五组是著名的学术批评家，包括本杰明・布劳里、斯特林・布朗（Sterling Brown）、桑德斯・瑞丁、尼克・艾伦・福特（Nick Aaron Ford）、休・格劳斯特（Hugh Gloster）以及布赖顿・杰克逊（Blyden Jackson）。最后一组也就是第六组由黑人美学家组成，其中包括学术批评家小艾迪森・盖尔、斯蒂芬・亨德森、乔治・肯特，以及作家阿米里・巴拉卡、霍伊特・富勒和拉里・尼尔。在这篇文章中，特纳带着某种迫不及待，为黑人美学家掀起的理论转向热烈鼓掌。"重要的是，这些新批评家是在解释理论，而不仅仅是在评说实践。正如我曾说过的，以前，大多数美国黑人批评家都认为，可取的标准必须是那些美国文学权威时下正看好的标准。这种态度不可避免地使黑人作家束手束脚、机械模仿，而不能立意创新……但是，今天，黑人批评家正在提出这样的理论：对于黑人来说，根据黑人美学理论，文学是什么或者应该是什么……"[18] 特纳认为，太空时代黑人美学的发展标志着黑人文学批评历史中的一个重大理论转向。因为特纳是在 70 年代写作，所以他的描述中未能包括 70 和 80 年代起步的年轻一代批评家（包括女性主义批评家）的理论研究。而正是这些后来的批评家使太空时代黑人文学批评的理论多样化特征得到了进一步的发扬光大。

第二次世界大战开始后出生的男性黑人批评家中，很少有人——如果说有的话，也是寥寥无几——比小休斯敦・A. 贝克和小亨利・路易斯・盖茨更多产、更才华横溢。70 年代，贝克执编了《美国黑人文学》（*Black Literature in America*）选集，这是一部完整的选集，从早期的民间传说到黑人美学家的文学无所不包；他还发表了很多论文和几本诗歌集，编辑、撰写了一些批评论著。其中，特别重要的有《黑人长歌：美国黑人文学与文化论文集》（*Long Black Song: Essays in Black American Literature and Culture*, 1972）和《归路：黑人文学与批评问题》（*The Journey Back: Issues in Black Literature and Criticism*, 1980）。在此十年间，贝克荣获了各种主流基金会提

[18] Darwin T. Turner, "Afro-American Critics：An Introduction," in *The Black Aesthetic*, p. 72.

供的知名研究基金，积极参与现代语言协会，并在其中担任领导工作。他先后在耶鲁大学、弗吉尼亚大学和宾夕法尼亚大学任教。

贝克是一位文学历史学家，感兴趣的是黑人文学历史中那些来自传说、歌曲、演讲、布道、布鲁斯和爵士乐中的经久不衰的民间因素。这些因素是黑人文化在美国独具一格、与众不同的原因之一。贝克在他的文化批评中假定了一套黑人共有的独特完整的生活方式的存在。他深受60年代形成的黑人民族主义哲学的影响，把黑人社群看成是既不同于白人美国又不同于非洲新兴国家的一个被殖民化的民族。美国的黑人文化，具有一种集体的而不是个人的风格，一种桀骜不驯而不是随遇而安的心理，以及一种口头-音乐而不是文字的交流传统。[19] 作为一名文化相对主义者，贝克认为，没有理由去重一种文化而轻另一种文化。在他看来，价值与标准都是相对于具体的文化而言的，没有什么普遍性或者某种客观性。"美国黑人完全有理由说，他们拥有一种真正的文化——一种包括他们自己的道德标准与审美成就的**完整的**生活方式……而且，只有他们的这种文化才能演变出评判他们的知识与想象性作品的标准。"(6) 不足为奇的是，贝克坚决反对形式主义与结构主义批评家提倡的排他的、知识体系的艺术标准，并在《美国黑人文学》的序言与介绍性的综述中，强调了社会历史因素在文学评判中的重要作用。他与黑人美学家们志同道合，摒弃美国白人的标准，努力复活独立的黑人文学传统并对其进行重新评估。

在《归路》中，贝克改变了初衷，提出了一个由结构主义研究与理论启发的立场。"最近，围绕黑人文学问题出现了很大的思想混乱。可能，极端的民族主义的观点并不是研究黑人文学文本的最有效的方法。而且，毫无疑问，是到了向一个描述上更准确、理论上更成熟的层次迈进的时候了。"[20] 虽然有时他也摇摆不定，但是贝克为之献身的是一种"艺术的人类学"——一种科学的跨学科的研究方法。这种方法研究

---

[19] Houston A. Baker, Jr., *Long Black Song: Essays in Black American Literature and Culture* (Charlottesville: University Press of Virginia, 1972), pp. 16—17.

[20] Houston A. Baker, Jr., *The Journey Back: Issues in Black Literature and Criticism* (Chicago: University of Chicago Press, 1980), p. xii. 早先，贝克依据的是非结构主义的语言学理论，例如他的"On the Criticism of Black American Literature: One View of the Black Aesthetic," in *Reading Black: Essays in the Criticism of African, Caribbean, and Black American Literature*, ed. H. A. Baker, Jr., Monograph Series 4 (Ithaca: Cornell University Africana Studies and Research Center, 1976), pp. 48—58，书中还收录了小艾迪森·盖尔、桑德斯·瑞丁以及三位外国批评家的文章。

的是：(一) 在特定文化中艺术品与艺术表现的地位，(二) 在一指定的文化中具体的美学“作品”与其他实体与制度之间的关系，(三) 艺术创作与接受在其中的总体特性与功能。因此，贝克把黑人文学作品定位于美国黑人文化之中。他力求找到一种方法，将黑人美学家所提出的强大的理论前提非政治化、非理想化和非个人化。依靠结构主义思想，他把文化看作是建立在系统的规则、原理和规范基础上的语言学话语，认为所有这些规则、原理和规范都控制着社会艺术生产。黑人文化构成了一种“话语”——一个整体的社会存在的组织，“在这个组织中，受规则约束的各种体系(比如：宗教、政治、语言、经济、亲属关系，等等) 采取了战略上互联的运作方式”(165)。有了这个结构主义的方法论，贝克得以重新评估那些黑人美学家的贡献，因为他们为了通过言语命令来实现乌托邦世界而创建了“呼吁功能话语”(conative utterances)。这种意志与追求的历练是很多黑人文学批评的特征，当然并不能取代批评理性与分析(132—137)。60 年代，黑人美学家所提倡的是要形成有自我意识的黑人艺术家与黑人观众。既然这一点已经实现，贝克认为，他便可以抛开他们的理想主义的社会政治纲领，从而冷静地“研究美国黑人文化的表现形式，从而使人们能够把这种作品的意义定位于一种丰富的文化语境之中，作为一种结构创作来解读”(138)。贝克之所以转向人类学结构主义，是为了促进黑人批评抛开论战、向分析发展。因为这样的转变有赖于分析家对于美国黑人文化的语义体系有深入的了解，所以不熟悉黑人话语的白人批评家就有一种先天不足，他们的种族优越感就有可能导致对黑人文化的曲解。[21]

在《布鲁斯、意识形态与美国黑人文学：一种白话理论》(*Blues, Ideology, and Afro-American Literature: A Vernacular Theory*, 1984) 中，贝克再次修正了航向，在他的理论中融入了各种新的思潮，特别是马克思主义与后结构主义。在不放弃他的

---

[21] 与小休斯敦 · A. 贝克一样，年轻的黑人基督教神学家与左翼文化批评家康内尔 · 韦斯特在 80 年代转向“结构主义”思想。See West's “The Dilemma of the Black Intellectual,” *Cultural Critique,* no. 1 (Fall 1985), pp. 109—124.

See Houston A. Baker, Jr., “Generational Shifts and the Recent Criticism of Afro-American Literature,” *Black American Literature Forum,* 15 (Winter 1981), pp. 3—21. which was expanded in his *Blues, Ideology, and Afro-American Literature: A Vernacular Theory* (Chicago: University of Chicago Press, 1984), pp. 64—112; and his “Belief, Theory, and the Blues: Notes for a Post-Structuralist Criticism of Afro-American Literature,” in *Belief vs. Theory in Black American Literary Criticism,* eds. Joe Weixlmann and Chester J. Fontenot (Greenwood, Fla.: Penkevill, 1986), pp. 5—30.

艺术人类学的前提下，他把批评关注延伸至经典的黑人作品的经济潜台词。与斯蒂芬·亨德森一样，贝克的理论是，美国黑人文本产生于历史悠久的白话母体，而这种母体又根植于商业性驱逐和奴隶经济这一共同的历史现实之中。对贝克来说，"布鲁斯"就是这一"话语"范式的象征。在黑人文学的批评分析中忽略这一环节，就陷入了形式主义的盲目。贝克认为，一些年轻的黑人批评家，醉心于野心家的专业化政治，而不是黑人社群的政治，正是步入了这个误区。值得注意的是，贝克把理想的当代黑人批评家描绘成一个准备以各种各样的手段来继续他的旅程的游牧流浪汉。这位神话般的万事通是一个被社会遗弃的美国黑人流浪汉，而不是一个主流社会的欧洲白人**能工巧匠**（***bricoleur***），这并不是偶然的：这是作为历史学家的贝克刻意所为，他要将被排斥的边缘族群重新塑造为美国文化的文化母体。

小亨利·路易斯·盖茨于70年代末开始他的学术生涯，到了80年代中期，他已经编辑了一部有影响的论著，并撰写了一系列重要的论文。另外，他还担任了《批评探索》的一期关于"'种族'、写作与差异"的重要特刊的客座编辑。这期特刊（1985年秋）包括来自雅克·德里达、芭芭拉·约翰逊、玛丽·露易丝·普拉特、爱德华·赛义德、佳亚特里·查克拉沃尔蒂·斯皮瓦克这些著名学者的来稿。显然，这是后越战时代重要的美国理论刊物中第一个关于种族问题的特刊。盖茨是1981年享有盛誉的麦克阿瑟奖研究基金的得主，是80年代黑人后结构主义者的领军人物。他与贝克一样，把美国黑人社群看成一个受殖民的民族，具有一种独特的本土文化。他想充分利用成熟的主流批评理论，以此来加强黑人批评与文学的建设。对于盖茨来说，这不能只是一个简单的移花接木工程，必须是一种批判性借鉴，不然，就会形成以一种殖民话语取代另一种殖民话语的情形：虽然80年代的主流批评理论与实践已经很成熟，但是仍然带有种族歧视，带有源自古希腊-罗马与犹太-基督教传统的普遍的逻各斯中心的烙印。[22]

1984年，盖茨收集了十三篇出自不同手笔的理论与实践性论文，将它们汇编成《黑人文学与文学理论》（*Black Literature and Literary Theory*）一书，并为该书写了一篇介绍性文章。在文章中，他提出了一种有用的文本环境理论（theory of text-milieu），以此来描述黑人文学复杂的双重传统和当代黑人文学批评家的处境。盖茨认为，用西方

---

[22] Henry Louis Gates, Jr., "Editor's Introduction: Writing 'Race' and the Difference It Makes," *Critical Inquiry*, Special Issue on " 'Race,' Writing, and Difference," 12 (Aummn 1985), pp. 1—20.

语言——无论是英语、法语、西班牙语还是葡萄牙语——写作的黑人文学继承了双重传统：(1) 希腊–罗马、犹太–基督教以及欧洲文化遗留下来的标准语言、传统与经典；(2) 源于非洲、加勒比海或者美国黑人文化的本土语言、传统以及形成中的经典。对于今天的黑人批评家来说，白人的书面话语的传统与本土的口头话语的黑人传统截然不同，是压迫性的、民族中心主义的殖民秩序的一部分。批评家的任务是，既要批判地借鉴主流传统，又要深入研究边缘传统，从中发现批评原理与实践。这样，盖茨力图在调和这两种传统的同时，保存了它们之间的差异。他最痛恨的是那些陈腐的人类学、社会学和语言学的谬论，因为这些谬论把黑人的白话文学归入社会科学的范畴，而不是对其进行文学批评。但是，他的谴责对象不包括小休斯敦·A. 贝克提出的“艺术人类学”，因为它构成了一种精心关注黑人文学语言的严谨的批判性解读方法。对于盖茨来说，最重要的是，黑人批评家要进行**文学批评**，即：对黑人文本的修辞语言进行深入细致的分析。盖茨的这种细读或者微分析深受保罗·德曼的解构主义修辞理论的影响。他的《黑人文学与文学理论》就是题献给后者的。

盖茨认为，美国黑人文学最显著的特征就是它的比喻性。

> 美国文学传统从一开始就是比喻性的。否则，它又怎么能幸存到今天？……黑人一直都是比喻大师：言东喻西是他们在压迫性西方文化中生存的基础。误读符号可能是，而且也往往确实是致命的。在这个意义上，“阅读”不是游戏；它是一个小孩“读写能力”训练中必不可少的一个方面。这种娴熟运用比喻的读写能力，学会解读复杂符码的能力，正是黑人传统中最具黑人特征的一面。[23]

鉴于美国黑人文学的历史修辞性，盖茨认为，对于80年代的黑人文学批评家来说，分析性的细读是比早先的鼓吹社会政治分离的雄辩更为紧迫的一项任务。“因为这种对于黑人文学的社会与论战功能的奇怪的肯定，黑人文本的结构已经被**压抑**和处理，就好像它是显而易见的。黑人文学艺术作品处于一种三角关系（M. H. 艾布拉姆斯的“宇宙”、“艺术家”和“观众”）的中心，但是，是作为那种**不需**解释的东西而存在，似乎它是无形的，或者是只具有字面意义，或者只是一个一目了然的文件。”(5–6) 盖茨摒弃了早先政治化或者简单化的模仿、表达、说教和传情理论，代之以一种文本理

---

[23] Henry Louis Gates, Jr., ed., *Black Literature and Literary Theory* (New York: Methuen, 1984), p.6. 书中收集了十三篇论文，其中八篇最初发表于 *Black American Literature Forum*, 15, 4 (1981) and 16, 1 (1982), ed. H. L. Gates, Jr.。

论，一种强调黑人语言修辞性的文本理论。黑人文本的修辞性、它的多层面性和密集的指代，首先必须经过细读方能领悟。虽然这种文本研磨细读可以有很多方法，但是，盖茨个人比较偏爱由他的母校耶鲁大学的解构主义者形成的那种修辞阅读方法。

1983 年，盖茨在《批评探索》上发表了一篇重要文章，从文学史学家的角度，运用后结构主义互文性概念，对美国黑人文学的“经典”文本之间错综复杂的相互关系进行了阐述与分析。这篇文章可谓举足轻重，后来又再版在《黑人文学与文学理论》(*Black Literature and Literary Theory*, 1984) 中。文中，盖茨通过重点分析伊什梅尔·里德 (Ishmael Reed) 的小说《胡言乱语》(*Mumbo Jumbo*, 1972)，把美国黑人互文性模式阐述为一种“指代” [signifyin (g)]，这种指代源于存在已久的美国黑人传统，而美国黑人传统又扎根于非洲神话。“指代”在传统意义上通常指比喻、倒置、修正或者戏仿 (parody) 别人的语言或者话语方面的娴熟的语言技巧。盖茨认为，美国黑人文学的一种典型的“形式指代”是“第三修正”(tertiary revision)，即：一位作家至少修正或者指代了两种先前的文本。比如，伊什梅尔·里德在他的后现代小说中，同时戏仿了理查德·赖特的自然主义和拉尔夫·艾里森的现代主义。就《胡言乱语》的“指代”而言，盖茨宣称：

> 《胡言乱语》所欢庆的是不确定性 (indeterminacy)，即意义的多元性、能指本身的游戏。《胡言乱语》所涉及的是黑人文学传统的游戏，而且，作为一种戏仿，它又是对那同一传统的游戏。[24]
>
> 里德的《胡言乱语》最精妙的成就就是戏仿，就是指代重要的美国黑人经典文本中那些隐含的结局观 (notions of closure)。与经典相反，《胡言乱语》是一部表现和歌颂**不确定性**的小说。在这个意义上，《胡言乱语》是对于黑人小说中的结局传统及其形而上学含义的精心分析与深刻批判。里德摒弃了结局说，以美学**游戏**说取而代之：传统的游戏，对传统的游戏，不确定性本身的纯粹的游戏。(304—305)

---

[24] Henry Louis Gates, Jr., “The ‘Blackness of Blackness’: A Critique of the Sign and the Signifying Monkey,” *Critical Inquiry, 9* (June 1983); rpt. in *Black Literature and Literary Theory*, p.313. 在 1984 年耶鲁大学出版的 *Afro-American Literature in the Twentieth Century* (New Haven: Yale University Press, 1984) 中，迈克尔·库克改变了盖茨的互文本“意指”理论，而把它看成现代美国黑人文学的一种潜意识的民间形式与秘密母体（连同布鲁斯 / blues 一起）。

指代的概念使得盖茨能够在强调像“不确定性”、“游戏”和“互文性”这样的主流的后结构主义主题的同时，对美国黑人小说独特的内部文学史进行研究。换言之，盖茨设法调和了规范传统和本土传统，在背离前者的同时又借鉴其可取之处，从而进一步阐明后者，使其发扬光大。

和贝克一样，盖茨也有意识地力求超越黑人美学家的好辩的社会政治批评，同时借鉴后结构主义的长处为黑人批判所用。这两位批评家都致力对美国黑人文学史中的经典文本进行研究；他们既是专业的文学史家，又是新生的批判理论家。两人都希望以欧美文本主义的分析模式对文学文本进行严谨的批判性阅读。

80 年代，黑人批评家对于理论情有独钟，其动因与其说是出于对于批评独立的追求，倒不如说是出于对批评之成熟和分析之严谨的执著。这一情形的出现并不意味着同化或者融合这些旧的政治目标又开始复兴。总的说来，80 年代的黑人批评家假定，美国黑人社群的生活和文化有其独立、独特的地位。与早先的黑人理论家一样，这新一代的批评家继续用标准英语散文体写作，尊重主流学术的急切需求。当然，主要的美国黑人后结构主义者与白人后结构主义者之间存在着不容忽视的区别：黑人后结构主义者拒绝将“文学”文本从社会文本中剥离出来，拒绝让本土传统淹没在标准传统之中。后结构主义为这些 80 年代的黑人文学批评家所提供的，是一种成熟的应对残留的驱逐与奴役的方法。

黑人女性主义批评

70 年代初黑人女性主义者开始组织起来，而黑人女性主义批评家的著作在 70 年代中期与晚期开始涌现。在 1970 年的一次采访中，黑人哲学家与马克思主义理论家安琪拉·戴维斯宣称：“作为黑人女性，我们必须解放自己，并为黑人男性的解放提供动力……”[25] 戴维斯在这里所暗示的是，黑人男性与黑人女性之间存在着利益的分离。1973 年末，美国黑人女性主义者组织（National Black Feminist Organization）宣告成立，标志着这种分离已经不可调和、达到了顶点。大约在同一时间，类似的女性主义团体相继成立：比如，旧金山的黑人妇女行动组织（Black Women's Organization

---

[25] “Prison Interviews with Angela Y. Davis”（October 1970）, in *If They Come in the Morning: Voices of Resistance*, eds. A. Y. Davis et al.（New York: New American Library, 1971）, p. 198.

for Action)、芝加哥的黑人妇女团 (The League of Black Women)、巴尔的摩的忧患黑人妇女会 (Black Women Concerned)、底特律的美国黑人妇女政治领导核心 (National Black Women's Political Leadership Caucus) 以及波士顿的康比河集团 (Combahee River Collective)。后者是为了纪念哈丽特·图伯曼 (Harriet Tubman) 而成立的。1863 年 6 月，图伯曼在南卡罗来纳州成功地领导了一次鼓舞人心的游击行动，使 750 多名奴隶获得了自由。虽然许多黑人妇女起初对 60 年代的女权主义运动都持拒绝态度，认为它本身就带有种族歧视，但是随着种族障碍的逐步消弱，她们越来越认识到性别歧视的危害。这一时期，黑人在就业、教育和政治选举上所获得的些许进展都不公平地分配给了黑人男人。[26] 这就意味着，性别歧视不仅独立于种族歧视而继续存在，而且与种族偏见和阶级压迫一样，它也是一个根本性的社会问题。因此，黑人妇女必须在各条战线上战斗——反对白人种族歧视（包括来自白人女性的种族歧视），反对经济支配（包括来自黑人的剥削），反对白人与黑人的性别歧视（包括激进的异性恋主义）。1977 年 4 月，康比河集团的黑人女性主义者发表了一份宣言称："我们积极地献身于反对种族、性别、异性恋以及阶级压迫的斗争…… 作为黑人妇女，我们认为，黑人女权主义是反对那无时无处不在的. 所有的有色妇女都面临的压迫的一场势在必行的政治运动。" [27] 就与黑人男人之间的关系，这些女权主义者特别宣称："我们与黑人男人并肩战斗，共同反对种族主义；同时，我们也与黑人男人战斗，反对性别歧视。"(275)

和白人女权主义者一样，黑人女权主义者也把她们的运动起源追溯到 19 世纪。特别是 19 世纪 90 年代，几个重要的黑人妇女组织相继成立，其中包括美国有色人种妇女大会 (Congress of Colored Women of the United States) 和全美有色人种妇女协会 (National Association of Colored Women)。后者是先前的全国有色人种妇女联合会和全国有色人种妇女联盟两者的合并。正如安琪拉·戴维斯在她的历史论著《妇女、种族与阶级》(*Women, Race & Class*, 1981) 中用文献所证明的那样，这些组织

---

[26] Diane K. Lewis, "A Response to Inequality: Black Women, Racism, and Sexism," *Signs*, 3 (Winter 1977); rpt. in *The SIGNS Reader: Women, Gender & Scholarship*, eds. Elizabeth Abel and Emily K. Abel (Chicago: University of Chicago Press, 1983), pp. 169—191.

[27] "The Combahee River Collective Statement" (April 1977), in *Capitalist Patriarchy and the Case for Socialist Feminism*, ed. Zillah R. Eisenstein (New York: Monthly Review Press, 1979); rpt. in *Home Girls: A Black Feminist Anthology*, ed. Barbara Smith (New York: Kitchen Table—Women of Color Press, 1983), p. 272. 此后略为 *HG*。

的基础是早先内战前的废除奴隶制和争取女性权益的活动。19 世纪的黑人女权主义者中，出现了几位重要的文学女性，如弗朗西斯·哈泼（Frances E. W. Harper）和宝琳·霍普金斯（Pauline Hopkins），她们的小说为促进社会变革做出了贡献。[28]

70 年代，黑人女性主义者强烈地感到她们被美国社会孤立和边缘化。1975 年，米歇尔·华莱士（Michele Wallace）这样来描述她们的感受："我们存在着，分别作为女人、作为黑人、作为女性主义者存在着。目前，这每一种身份都被捆绑着、独立地存在着，因为这个社会中，还没有一种对于我们的困境有丝毫同情的环境……"[29] 当这种被强加的孤立感与反对压迫的道德勇气以及获得影响未来的声音的渴望相结合，便形成了黑人女性主义组织起来、追溯黑人女性传统以及结成女性主义者联盟所必需的条件。尽管黑人女性主义者感到愤怒、孤立，但是她们一般还是主张，继续作为更广泛的、反对种族和阶级压迫的黑人解放运动的一部分而战斗。当黑人女性主义者开始提出分离主义的号召时，她们的矛头指向通常是白人社会与白人女性主义。

活跃于 70 和 80 年代的美国黑人文学女性中，对女性主义批评做出重要贡献的有：托尼·凯德·班巴拉、芭芭拉·克里斯琴、玛丽·伊文丝、格劳丽亚·郝尔、奥德莉·劳德、芭芭拉·史密斯、厄尔琳·斯泰森、艾丽斯·沃克以及玛丽·海伦·华盛顿。这些知识分子都程度不同地对黑人妇女的特殊的社会处境、黑人妇女文学的历史、女性主义团结的作用、种族和阶级压迫的罪恶、黑人与白人男权主义的严重危害、第三世界其他妇女的困境以及未来社会变革的可能性表现出密切的关注。作为批评家，她们既从女性主义的批评视角对肆意歪曲与忽视黑人妇女的现象进行了批评，同时也从妇女批评视角（gynocritical）对黑人妇女的美学和文学传统进行了研究。她们中的大多数都献身于文化批评，因为她们都对黑人的生活、语言和性别政治的社会和历史现实有着切身的个人感受。虽然她们对于形式主义、心理分析或者现代欧洲大陆哲学（现象学、存在主义、阐释学、结构主义、解构主义）不感兴趣，但是，她们往往对传记研究、接受美学的研究模式和社会政治分析刮目相看。根据一种新兴的黑人女性主义的文化诗学，文学，从根本上讲，就是作家使用有节奏的语言，把个人感

---

[28] Hazel V. Carby, " 'On the Threshold of Woman's Era': Lynching, Empire, and Sexuality in Black Feminist Theory," *Critical Inquiry*, 12 (Autumn 1985), 262—277.

[29] Michele Wallace, "A Black Feminist's Search for Sisterhood," *The Village Voice*, 28 July 1975, p. 7. See also Wallace's *Black Macho and the Myth of the Superwoman* (New York: Dial, 1979). 书中，华莱士对黑人大男子主义进行了抨击，对模式化的黑人女性形象进行了详细解剖。

受与观察在形式上进行组织编排，它反映了群体现实，从而帮助读者理解现实。因为传统的西方美学评判标准不完全适用于美国黑人文学，黑人女性主义批评家通常都避免以传统的优秀标准为基础的评判性批评。另外，黑人女性主义者对于黑人女性同性恋文学也表现出极大的同情。

芭芭拉·史密斯的《论黑人女性主义批评》("Towards a Black Feminist Criticism", 1977)是一篇颇具争议的开拓性论文。文中，她提出了几个值得认真思考的重要问题，愤怒地谴责了黑人男性知识分子的性别歧视和厌女症，谴责了白人女性主义批评家，特别是艾伦·莫尔斯、伊莱恩·肖瓦尔特和帕特丽夏·梅耶·斯帕克斯的种族主义和异性恋主义思想。史密斯号召发起一个独立自主的而不是分离主义的黑人女性主义运动，提倡不仅要加强黑人批评家与艺术家之间的联系，而且也要加强所有第三世界妇女之间的联系。她为文化批评描绘了基本纲领。"黑人女作家的作品中，性政治、种族政治以及阶级政治是相互牵连、不可分割的因素，认识到这一点是至关重要的。黑人女性主义的文学批评必须体现这样的认识，这已经是一种绝对的需要。"[30]鉴于黑人妇女文学的特殊性，史密斯反对依赖白人男性批评观念和方法，主张开创有新意的、针对个人的黑人女性主义的分析模式。她希望，文学批评从政治上与更广泛的黑人女性主义运动保持一致，以促进文化革命。作为一名女同性恋者，她为黑人女性身份的文学进行了特别的辩护。最后，她指出了一种特殊的黑人女性美学和文学传统："就主体、风格、审美和观念而言，黑人女性作家的文学创作行为都有着共同之处。"(174)简言之，"黑人女性作家构成了一个可识别的文学传统"(174)。

厄尔琳·斯泰森编辑的文集《黑色姐妹：1746—1980美国黑人女性诗选》(*Black Sister: Poetry by Black American Women, 1746–1980*, 1981)就是史密斯所提倡的妇女批评的一个范例。斯泰森挖掘出大量的被遗忘的黑人作家，为美国黑人女性传统提供了依据。她为她收录的六十位诗人的每一位都列出作品清单；她提供了五十部黑人诗歌集的清单(其中四十部在六七十年代发表)；她还列出了四十部关于黑人文学的重要批评论著与文章。在文集的前言与绪论中，斯泰森呼吁对美国文学的经典与历史都要进行修正。她把黑人女性诗歌看成一个连贯的传统，指出了这个传统在

---

[30] Barbara Smith, "Toward a Black Feminist Criticism," *Conditions: Two*, 1 (October 1977); rpt. as a pamphlet in Trumansburg, New York, by the Crossing Press; and rpt. in *The New Feminist Criticism: Essays on Women, Literature, and Theory*, ed. Elaine Showalter (New York: Pantheon, 1985), p.170.

风格、主题、意象和结构上的共同特征。重复出现的意象包括花、面具和房屋；传统的主题有身份的探求、遁词的策略性运用以及颠覆性的现实观。比如，在黑人女性诗歌中，“房屋代表黑人妇女对于一个属于她们自己的家园的历史性追求——摆脱奴役、摆脱束缚、摆脱男权统治的房屋。房屋体现了妇女对于生存空间与归属的追求，对于一种完整完全的身份的追求，同时也象征了那如此难以获得的历史空间。”[31] 厄尔琳·斯泰森挖掘了诗歌中的黑人女性文学传统，而玛丽·海伦·华盛顿则在她的《黑眼睛的苏珊们：黑人女作家经典故事集》(*Black–Eyed Susans: Classic Stories by and about Black Women*, 1975) 与《子夜鸟：当代黑人女作家故事选》(*Midnight Birds: Stories of Contemporary Black Women Writers*, 1980) 中整理出一个散文文学的黑人女性文学传统。当然，在恢复与发现妇女中心的批评方面，她们也并不是孤军作战。

在文集编辑与经典建构的同时，黑人女性主义者也进行了旨在修正文学历史的批评性评估。格劳丽亚·郝尔就是这一领域的代表人物之一。她连续发表了数篇资料翔实的文章，对重要的女性作家的历史地位进行了评估。[32] 其中一篇文章发表在桑德拉·吉尔伯特与苏珊·古芭合编的著名批评文集《莎士比亚的姐妹们》(*Shakespeare's Sisters: Feminist Essays on Women Poets*, 1979) 中，郝尔对标准黑人文学史学这样评述道：“哈莱姆文艺复兴的总体定义本能地把女性作家的贡献排斥在外，或者低估她们的贡献。”[33] 换言之，黑人男性重男轻女的批评导致了一个不公正的文学史。在她的《黑人女性小说家：一个女性传统的形成，1892－1976》(*Black Women Novelists: The Development of a Tradition, 1892－1976*, 1980) 中，芭芭拉·克里斯琴把重要的黑人女性虚构叙事作家定位在黑人女性小说传统中进行了分析。与郝尔一样，克里斯琴有意识地扩展历史的美国文学传统和美国黑人文学历史的覆盖

[31] Erlene Stetson, ed., *Black Sister: Poetry by Black American Women, 1746–1980* (Bloomington: Indiana University Press, 1981), p. xxii.

[32] See, for example, Gloria T. Hull, “Black Women Poets from Wheatley to Walker” (1975), in *Sturdy Black Bridges: Visions of Black Women in Literature*, eds. Roseann P. Bell, Bettye J. Parker, and Beverly Guy-Sheftall (Garden City, N. Y.: Anchor, 1979), pp.69–86; her “Re-Writing Afro-American Literature: A Case for Black Women Writers,” *The Radical Teacher, 6* (December 1977), 10–13; and her “ ‘Under the Days’: The Buried Life and Poetry of Angelina Weld Grimké,” in *HG*, pp.73–82.

[33] Gloria T. Hull, “Afro-American Women Poets: A Bio-Critical Survey,” in *Shakespeare's Sisters: Feminist Essays on Women Poets*, eds. Sandra M. Gilbert and Susan Gubar (Bloomington: Indiana University Press, 1979), p.174.

深度与范围。

肖瓦尔特的影响深远的《新女性主义批评》(*The New Feminist Criticism*, 1985) 中转载了德波拉·麦克道威尔 (Deborah McDowell) 的《黑人女性主义批评的新方向》("New Directions of Black Feminist Criticism", 1980) 一文。文中，麦克道威尔对芭芭拉·史密斯在她1977年那篇具有突破意义的论文中的许多立场都进行了肯定，同时也指出史密斯不够严谨和精确，且过度依赖辩论。她以帕特丽夏·梅耶·斯帕克斯和玛丽·艾尔曼为例，对白人女性主义者的种族歧视进行了批判。她还对罗伯特·伯恩 (Robert Bone)、唐纳德·吉布森 (Donald B. Gibson)、戴维·里特约翰 (David Littlejohn)、罗伯特·斯坦普多 (Robert Stepto) 等人有关黑人文学的论著中所表现的性别歧视进行了批判。她呼吁结束否定性女性主义批评，鼓励更多地进行肯定性的妇女批评 (gynocriticism) 与批评理论建设。无论这样的理论最终会变得多么的多元化，它的女性主义的意识形态和文化倾向不会变："女性主义批评是一个合法的、必要的文化与政治事业"；它必然地"揭示出文学的生产、出版与评论的条件" [34]。麦克道威尔最向往的是一种注重严谨的文本分析的黑人女性主义批评。就这一点而言，她与休斯敦·贝克和亨利·路易斯·盖茨不谋而合。麦克道威尔认为，要系统地阐述黑人妇女美学的具体细则，就必须进行精确细致的文本批评。黑人妇女所用的语言、意象、主题和虚构人物必须与黑人男性的文学模式有着明显的、令人信服的区别。这篇文章写于1980年，麦克道威尔断定这种严谨细致的工作有待于黑人女性主义批评家来完成。她借鉴、肯定了白人女性主义批评家 (特别是安妮特·科罗德尼和莉莲·罗宾逊) 的一些见解，同时刻意避开黑人女性分离主义的话题。"黑人女性主义批评是否会或者应该独立，这一点还是有争议的。女性主义者必须从这个问题中摆脱出来，去考虑黑人女性文学的具体语言、去描绘黑人妇女作家运用文学技巧的别具一格的方法…… 如果把精力集中在这些和其他的相关问题上，黑人女性主义批评家将会为完整透彻地阐明黑人女性主义美学奠定坚实的基础。"(196—197)

就在麦克道威尔呼吁停止好辩的批评、全身心投入缜密的文本分析的同一年，芭芭拉·克里斯琴发表了《黑人女性小说家》一书，对麦克道威尔的呼吁做出了响应。书中，克里斯琴以一定的社会历史为依据，对重要的小说进行了缜密的细读，

---

[34] Deborah E. McDowell, "New Directions for Black Feminist Criticism," *Black American Literature Forum*, 14 (1980); rpt. in *The New Feminist Criticism*, pp. 190, 192.

细致地分析每一部小说的主题、人物和结构的发展。虽然克里斯琴的总体目标是用文献证明美国生活和文学中黑人女性的负面形象，但是她最令人难忘的成就却在于她对那些里程碑性的文本进行了细致的分析，由此拓宽了非裔美国女性小说传统的概念。

克里斯琴把她80年代初写的十七篇论文收入她的《黑人女性主义批评：黑人女作家面面观》(*Black Feminist Criticism: Perspectives on Black Women Writers*, 1985)一书。这十七篇论文，几乎每一篇都继续对黑人妇女小说进行了缜密的分析，从而给她早先的批评模式增添了一种更牢固的女性主义政治意识，为70年代开始的黑人妇女文学的非凡复兴提供了一个更清晰的视野，也开始表现出对于非洲文化的兴趣。在一篇论文的前言中，克里斯琴重申了她对文本分析的情有独钟，强调了她对于**文学**价值的矢志不移：

> 我认为，对于非裔美国妇女作家进行深入的批评分析，正是我们在发展的这种批评体系的基础。通常，出版市场对现象、问题、一般性主题、总体观念比对这种专一的分析更感兴趣。然而，没有这种方法的批评，我们的作家就会沦为社会问题或者困境的展示。人们对此会表现出一时的兴趣，但是却不会看到他们的技术、他们的视野、他们作为作家的工作的价值。[35]

主要的黑人女性主义者越来越与第三世界妇女认同。她们常常与所有"有色妇女"——一个包括美国黑人妇女、亚裔美国妇女、拉丁妇女和美国土著妇女以及全世界不发达国家的土著民族的广泛群体——结成统一战线。在为切丽埃·莫拉加(Cherríe Moraga)和格洛丽亚·安扎杜尔(Gloria Anzaldúa)合编的《我的脊背铸成的桥梁：激进有色妇女作品选》(*This Bridge Called My Back: Writings by Radical Women of Color*, 1981)所作的序中，托尼·凯德·班巴拉建议与第三世界妇女结盟，因为这是打破男权主义的"各个击破"(divide and conquer)的策略、成功地在政治"数字游戏"(number games)中竞争并"在那些从来就没有力量的领域创造新的力量"的有效手段[36]。在为1979年纽约大学的一次会议上所作的陈述中，奥德莉·劳德指出："此

---

[35] Barbara Christian, *Black Feminist Criticism: Perspectives on Black Women Writers* (New York: Pergamon, 1985), p.149.

[36] Toni Cade Bambara, Foreword, *This Bridge Called My Back: Writings by Radical Women of Color*, eds. Cherríe Moraga and Gloria Anzaldúa (Watertown, Mass.: Persephone, 1981), p. viii. (转下页)

时此地，不分析我们之间的诸多差异，不听取贫困妇女、黑人和第三世界妇女以及女同性恋的心声，而去讨论女性主义理论，尤其是一种学术傲慢。”[37] 接着，劳德对与所有有色妇女结成联盟、为共同目标奋斗表示了赞同。在《居家女孩：黑人女性主义文选》(*Home Girls: A Black Feminist Anthology*, 1983) 的绪论中，芭芭拉·史密斯指出："这个国度里，发生着一场生机勃勃的有色妇女运动……可以说，1982 年我们有了自己的运动。"(xxxi) 在史密斯看来，第三世界女性主义的出现是"80 年代最生机勃勃、最有希望的进展"(xlii)。一般说来，致力于第三世界女性主义的黑人女性主义者对于欧洲与美国中产阶级白人妇女的运动并不热心，且持批评态度。为了区分这些相互竞争的运动，艾丽斯·沃克提议，用"妇女主义者"(womanist) 取代"女性主义者"(feminist)[38]。第三世界妇女主义者的一个主要的攻击对象是民族中心主义。正如黑人激进诗人和第三世界妇女主义者帕特·帕克 (Pat Parker) 在 1980 年愤怒地指出："长期以来，我一直目睹着中产阶级的白人在妇女运动中以我的领导身份代表着我。我经常听说，妇女运动是一场中产阶级的白人运动。我是一名女性主义者。我既不是白人，也不是中产阶级……就我而言，我再也不愿意眼睁睁地看着一群自私的改良主义白痴继续篡改有着革命思想的妇女的需求。"[39]

80 年代初，黑人妇女作家与批评家所取得的成就引起了主要的黑人男性知识分子的注意。比如，阿米尔·巴拉卡就为他自己与阿米娜·巴拉卡 (Amina Baraka) 合编的《确认：非裔美国妇女文选》(*Confirmation: Anthology of African American Women*, 1983) 撰写了一篇洋溢着欣赏与同情的引言。巴拉卡认为，对妇女的压迫和货币资本主义与白人至上是一致的，这一点无可争议。因此，唯有广泛的劳动阶级的革命才能创造有利于结束性别歧视、阶级歧视与种族歧视的条件。也许，最能说明

(接上页) 该选集收录了二十九位第三世界女性作家的作品。也见 *The Third Woman: Minority Women Writers of the United States*, ed. Dexter Fisher (Boston: Houghton Mifflin, 1980), 这是第一部重要的美国印第安人、黑人、奇卡诺人以及亚裔女性文学选集。1980 年，费希尔在现代语言协会担任执行要职。也见 Toni Cade, ed., *The Black Woman: An Anthology* (New York: New American Library, 1970), 该选集收录的是黑人女性作家的诗歌、散文及短篇小说。

[37] Audre Lorde, "The Master's Tools will Never Dismantle the Master's House" (1979), in *This Bridge*, p. 98. 劳德 1976 至 1984 年间的文论及演讲收集在她的 *Sister Outsider: Essays and Speeches* (Trumansburg, N. Y.: Crossing Press, 1984).

[38] Alice Walker, *In Search of Our Mothers' Gardens: Womanist Prose* (San Diego: Harcourt, Brace, Jovanovich, 1983), pp. xi–xii.

[39] Pat Parker, "Revolution: It's Not Neat or Pretty or Quick" (1980), in *This Bridge*, p. 241.

黑人男性对于黑人妇女作品关注的例证是玛丽·伊文丝编辑的《黑人女作家（1950—1980）：批评性评估》[*Black Women Writers*（*1950—1980*）*: A Critical Evaluation*]。该书收集了二十四位女性和十五位男性作家的批评文本，其中包括艾迪森·盖尔、斯蒂芬·亨德森、乔治·肯特、哈基·马德胡布蒂 [Haki Madhubuti，又名唐·李（Don L. Lee）] 以及达尔文·特纳。耐人寻味的是，伊文丝的题词这样写道："献给小霍伊特·富勒，他本计划为本书抓笔撰稿；献给拉里·尼尔，他不巧没来得及答复约稿邀请；献给乔治·肯特，他在逝世前两个星期送来了修改稿。在此向他们致敬，正所谓名正言顺。他们是我们清晰的声音，我们的'长跑运动员'。他们为我们的努力祝福。"[40] 显然，伊文丝极力想把 80 年代的黑人女性主义批评与 60 和 70 年代的男性黑人美学家的理论联系起来。援引富勒和尼尔征募拉盖尔与亨德森加盟实际上是在弥合女性主义知识分子与男性黑人美学家的批评理论之间的裂缝。在他为这部里程碑性的关于十五位重要的妇女作家的批评概论作的序言中，亨德森高度评价了黑人女作家的工作，肯定了独特的黑人女性美学的兴起。至于盖尔，他在文中含蓄地褒扬了激进黑人文学妇女为在种族主义白人至上的美国培养对于民族身份的热爱、对民族身份的政治意识、道德意识和文化意识所做出的贡献。

和 1980 年的麦克道威尔一样，1983 年的斯蒂芬·亨德森也担心黑人女性主义批评家对于新的理论发展特别是结构主义和后结构主义不感兴趣。他抱怨，《黑人女作家》没有把休斯敦·贝克和亨利·路易斯·盖茨以及其他一些对前卫批评理论感兴趣的批评家的论著收录进来。不过，他承认，对于黑人女性主义者来说，某些社会学问题目前可能显得更为紧迫。无论如何，80 年代中期以后，学术上黑人女性主义的新战线似乎注定是批评理论。在《黑人女性主义批评》的序言中，芭芭拉·克里斯琴对理论日益增长的重要地位表示了怀疑、恼怒与焦虑的担忧：

> 什么是文学批评家？什么是黑人妇女批评家？什么是黑人女性主义文学批评家？什么是黑人女性主义社会文学批评家？这一个个形容词不断叠加，界定、限制了批评行为。到底怎样把它们区别开来？阐述理论、把各种批评活动归类是批评行为的一个重要部分……那么，就我的批评方法而言，这些类属又能告诉人们些什么呢？我所从事的是形式主义批评、操作性（operative）或者表现性

[40] Mari Evans, ed., *Black Women Writers*（*1950—1980*）*: A Critical Evaluation*（Garden City, N.Y.: Anchor, 1984), p. vii.

(expressive) 批评，还是模仿或者结构主义批评……？福柯的丛书压迫着我，那一层层有关认知学、本体论以及批评技巧的著作高高在上地蔑视着我，我怎能不愤怒？(x—xi)

毋庸置疑，随着时间的推移，黑人女性主义批评家愈来愈感受到发展成熟理论的需要。

高校的种族研究

自17世纪起，美国就一直是一个移民国家，其移民来自世界各地：从早期欧洲文艺复兴时期的荷兰、英国、法国和西班牙的早期开拓者，到最近的太空时代古巴、海地、印度支那、墨西哥以及波多黎各的移民。从历史角度讲，美国社会的肌体是由不断增长的种族群体构成的。比如，1815年至1914年间，有3500万西方移民来美国定居。历史学家把这个大规模迁移分为三个阶段。1815年到1860年间的500万凯尔特(Celtic)移民主要来自爱尔兰、苏格兰和德国；1860年到1890年间的1000万条顿(Teutonic)移民主要来自斯堪的那维亚半岛、德国、英国和波希米亚。1890年到1914年，来自地中海－斯拉夫地域的移民多达2000万，他们主要来自东欧、意大利、小亚细亚和巴尔干半岛。第一次世界大战打断了这场大迁移，20年代的立法则使其中止。尽管有长时期这样的门户开放惯例，尽管美国的多种族社会几乎是在不间断地发展，但是各种敌视少数族群的歧视与偏见从一开始就一直存在，并存留至今日。战后的社会学家与思想家们认为，少数族群于美国"大熔炉"中的同化，并不像政治家与社会幻想家们所期望的那样美好。这一时期的知识分子观察到，种族意识与身份是世代相传的，因此，他们开创了种族多元化——而不是同化——理论，以深入解析美国生活的多种族结构。1980年，哈佛的一些学者认为有必要为美国106个不同族群提供历史介绍，所以他们编辑出版了《哈佛美国种族群体百科全书》。

沃纳·索罗尔斯(Werner Sollors)在他的《论美国种族性》(*Theory on American Ethnicity*)一文中对太空时代这一领域频繁的声势浩大的学术和知识活动进行了总结。[41] 直到70年代，美国文学的丰富多彩的多元族裔性才引起知识界的认真重视。

---

[41] Werner Sollors, "Theory of American Ethnicity," *American Quarterly*, 33, no. 3 (1981), pp.257—283.

现代语言协会（MLA）可以算是这一时代的晴雨表：为代表大会创建了一个族裔研究特别兴趣小组；成立了一个美洲文学与语言委员会；组建了正式的种族研究分会和美国黑人文学与文化分会，正式的美国印第安人文学、美国亚裔文学、奇卡诺文学和美国犹太文学的讨论组；并汇编了一份高校种族研究专业的年度表。另外，协会还出版了五本书：《少数族裔语言与文学：回顾与展望》（*Minority Language and Literature: Retrospective and Perspective*, 1977），由德克斯特·费希尔（Dexter Fisher）编辑；《非裔美国文学：教学重构》（*Afro-American Literature: The Reconstruction of Instruction*, 1979），由德克斯特·费希尔与罗伯特·斯坦普多合编；《献给美国文学教师的三种美国文学：奇卡诺、美国土著和亚裔美国文学》（*Three American Literatures: Essays in Chicano, Native American, and Asian-American Literature for Teachers of American Literature*, 1982），由小休斯敦·A. 贝克编辑；《美国印第安文学研究：批判论文与课程设置》（*Studies in American Indian Literature: Critical Essays and Course Designs*, 1983），由保拉·甘·艾伦（Paula Gunn Allen）编辑；《美国文学的多族裔视角：关于欧洲贡献的论文选》（*Ethnic Perspectives in American Literature: Selected Essays on the European Contribution*, 1983），由罗伯特·迪·皮特罗（Robert Di Pietro）和爱德华·伊夫考维奇（Edward Ifkovic）合编。能说明问题的是，越来越多的刊物，包括《族裔性》（*Ethnicity*）、《族裔群体》（*Ethnic Groups*）、《族裔与种族研究》（*Ethnic and Racial Studies*）、《族裔研究》（*Ethnic Studies*）、《移民史通讯》（*Immigration History Newsletter*）、《国际移民论坛》（*International Migration Review*）、《族裔研究期刊》（*Journal of Ethnic Studies*，有两个同名期刊）、《今日移民》（*Migration Today*）、《诺瓦克报告》（*Novak Report*）、《多重声音》（*Polyphony*）以及《光谱》（*Spectrum*），都把主要重点放在族裔特性这个母题上。特别值得一提的是《美国多元族裔文学》（*MELUS*），该刊由美国多元族裔文学研究会（Society for the Study of the Multi-Ethnic Literature of the United States）于 1975 年创办。这个研究会隶属于现代语言协会，每年举行一次会议。综上所述，这些越来越多的新的论著和刊物、会议与讨论小组、组织与委员会、选集与教学辅助工具、基金与研究项目、大学专业与研究中心，都是为了研究美国的多元族群应运而生，这一现象充分反映了族裔性研究的迫切性。

总的说来，移民美国的人被期待着融入盎格鲁－撒克逊这个核心社会。这就意味着，要放弃自己祖先的文化、认同主流的价值观与行为规范。可是，各族裔的移民们往往不是接受同化，而是抵制盎格鲁化（Angloconformity），与他们祖先的起源、民族或者部落的历史、承袭的宗教、传统的语言或者方言、独特的文化形式与风俗保持着联系。除了这些与自己的族裔的自愿的联系以外，移民还常常由于他们的生理特征，例如身高、发质、肤色以及其他显著的结构特征，身不由己地见证着自己的民族身份。不可忽视的是，一些族群与另一些族群之间存在着显著的区别，因为他们是“被殖民”的群族而不是移民群族：就是说，他们是被武力强行编入美国的；他们遭受着特别的压迫，形象被歪曲；他们大多被压制在社会劳动力的最底层。这些“少数族群”中，包括美国黑人、一些亚裔美国人、奇卡诺人、美国土著印第安人、波多黎各人。研究这些民族的历史，从本质上讲，就是对美国内在的殖民主义进行反霸权的文化分析。[42] 在60年代末70年代初黑人解放运动最动荡的年代里，激进的黑人艺术家与黑人学者首先让很多美国知识分子清楚地认知到这一点。

建立黑人研究（或者非裔美国人研究专业和 / 或者）系科的热潮始于60年代末，1976年，美国黑人研究理事会（NCBS）宣告成立，使这一浪潮达到了顶峰。在所有被剥夺公民权的民族群体中，黑人是在高等院校创立族裔研究最活跃、也最成功的一个族群，为其他族群树立了榜样。这场黑人研究浪潮的中心任务，是记载和分析黑人的历史经验，促进建设性的社会变革。与W. E. B. 杜波伊斯、卡特 · G. 伍森（Carter G. Woodson）等早一辈的学者活动家一样，太空时代的黑人知识分子也从种族、阶级、民族以及文化的角度来强调非裔美国人族群的显著特征。黑人研究的历史焦点依次是，前流散时代（pre-diaspora）的非洲、奴隶贩卖、奴役、废除奴隶制度、乡村生活、移民、都市生活、当代黑人的解放。[43] 由于美国黑人的历史与其他少数族群如此不同，所以，在某种程度上，有必要对黑人研究进行特别、单独的处理。

在文化领域，黑人美学理论起到了为美国黑人艺术划定疆域、并为其规定具体内容的作用。这个任务必须与发展一种**族裔诗学（ethnopoetics）**的任务同步进行，两者是相互交织、密不可分的。这种族裔诗学必须密切关注艺术的仪式性起源、诗歌与戏剧的口头和表述纬度、被边缘民族的本土传统与模式以及被殖民文化的群体语境。把少数族裔文学与“欧美”传统同化，就会不可避免地导致对各少数族裔文学的诋毁。因此迫切需要的是，摒弃狭隘的单一文化标准，建立灵活的多民族的文化标准。“美

[42] Alan Wald, “The Culture of ‘Internal Colonialism’: A Marxist Perspective,” *MELUS*, 8 (Fall 1981), pp. 18—27，此文以法农等人的理论为基础。

[43] Abdul Alkalimat and associates, *Introduction to Afro-American Studies: A Peoples College Primer*, 5th ed. (Urbana: University of Illinois Publication, 1984), pp. 1—27.

国是一个多元的社会，然而，传统的文学研究和教育体系一直是建立在一套（排他的）同质的、种族主义的价值观基础上的。这种价值观揭示的只是人类或者社会的一个方面，因而大大地限制了主流群体以外的文化与文学的知识。”[44] 所以，最重要的是，不仅要建立一种新的美学和一种新的批评，而且还要为美国文学建立一套新的经典和新的课程设置。盎格鲁－撒克逊文学只是许多民族文学中的一种。美国社会是一个众多族群的结合体，它的文化，特别是它的文学，也同样如此。[45] 族裔诗学命题的宗旨就是结束知识的盎格鲁化所导致的霸权与压迫。可以说，黑人美学家的研究就是这一努力最重要的、最令人难忘的成果之一。

在高校建立黑人研究专业的动议，首先主要是由白人占绝大多数的高校中的黑人学生发起的。这一点在下列早期文献中是显而易见的：由奥姆斯特德·罗宾逊（Armstead Robinson）和其他耶鲁学生编辑的《高校中的黑人研究报告会论文集》（*Black Studies in the University: A Symposium*, 1969）；约翰·布拉辛格姆（John W. Blassingame）编辑的《黑人研究新视角》（*New Perspectives on Black Studies*, 1971）；尼克·阿伦·福特（Nick Aaron Ford）编辑的《黑人研究：威胁还是挑战》（*Black Studies: Threat or Challenge*, 1973）。1968 年到 1971 年之间，美国高等院校大概建立了 150 个黑人研究专业和系科。此后的十年里，这个数字起起伏伏。到了 80 年代初，这个数字大约已经上升到 225，此时从事黑人研究的大学学生、老师以及行政人员超过了 100 万。这一新领域中的二十六个主要专业刊物中，九个是在 1967 年到 1974 年之间问世的，十个是在 1975 年到 1983 年间问世的。还有七个是 60 年代就已经存在的，那时就有一些老牌的黑人研究机构与组织从事对美国尼格罗（negro/黑人）文化的研究。在开始的十五年里，黑人研究经历了以下几个互有重叠的发展阶段：创新、试验、危机和体制化。第四阶段的显著标志是：1976 年美国黑人研究理事会成立，以及理事会于 1980 年推出一套针对黑人研究的全国性的试行核心课程设置。[46]

---

[44] Dexter Fisher, Introduction, *Minority Language and Literature: Retrospective and Perspective,* ed. D. Fisher (New York: Modern Language Association, 1977), p. 7.

[45] Wayne Charles Miller, “Cultural Consciousness in a Multi-Cultural Society: The Uses of Literature,” *MELUS,* 8 (Fall 1981), pp. 29—44.

[46] The “Core Curriculum for Black Studies” was adopted at the Fourth Annual Conference of the National Council for Black Studies in March 1980. See Gerald McWorter and Ronald Bailey, “Black Studies Curriculum Development in the 1980s: Its Patterns and History,” *Black Scholar,* 15 (March/April 1984), pp. 18—31, and their “An Addendum to Black Studies Curriculum Development in the 1980s,” *Black Scholar,* 15 (November/December 1984), pp. 56—58.

一般说来，黑人研究专业的聚焦点在本科跨学科教育上，重点研究黑人历史、社会学和文化，强调对主流学术与非主流学术的研究方法进行细致的分析甄别。有些专业常常通过实习来保持与社群的联系。[47]

对于黑人研究发展与生存的威胁既来自专业外部又来自其内部。外部而言，资金来源一直是一个问题；保守的同行以及管理者一直持怀疑态度；新一代的以职业为导向的黑人学生觉得学黑人研究没有什么用处。内部而言，优秀、资深的跨学科研究教员很难找到，也很难留住（美国没有有黑人研究博士授予权的专业）。有时，黑人研究系把大量的时间与精力消耗在补救性教育上，影响了学术研究与教学的深入进行。另外，意识形态与政治上的分歧也严重影响了系科内部的和谐。非洲、加勒比海地区和美国的黑人之间时有内讧；民族主义者、泛非主义者、融合主义者以及革命者（马克思主义者等）之间也屡有摩擦。[48] 比如，哈罗德·克鲁斯在对罗恩·卡仁加颇有影响的《黑人研究介绍》（*Introduction to Black Studies*, 1982）所作的书评中，愤愤地抱怨黑人研究专业中存在的泛非主义与第三世界倾向，指出："黑人研究运动所谓的对非洲的兴趣，很大程度上是一种浪漫的、政治上的逃避主义，是对非裔美国人政治生存的残酷现实视而不见。"[49] 克鲁斯对美国黑人研究的专业化、去政治化、非洲化倾向深为不满。他希望黑人研究为美国黑人社区及其学生而从事学术研究与积极行动。尽管存在着内部与外部的问题，强大的黑人研究专业还是幸免于 70 年代的裁减，而且在 80 年代巩固了制度上的地位。

在与黑人研究运动有联系的文学批评家中，达尔文·特纳是运动早期的领军人物之一。他编辑了一套深受欢迎的教学用文选《美国黑人文学》（*Black American Literature*, 1969）。这套文选先是分别以诗歌、小说、散文的单行本出版，然后，又于 1970 年以包括戏剧在内的合订本形式出版。他为大学生汇编了一套全面的参考书目《非裔美国人作家》（*Afro-American Writers*, 1970）。他积极撰文探讨教学法；热

---

[47] Elias Blake, Jr., and Henry Cobb, *Black Studies: Issues in Their Institutional Survival*, Report for the U. S. Office of Education (Washington, D. C.: Government Printing Office, 1976), pp. 7, 9, 10, 14.

[48] Carlos A. Brossard, "Classifying Black Studies Programs," *Journal of Negro Education*, 53 (Summer 1984), 280–287. 这是一期重要的专刊，题为"美国高校黑人研究专业评估"，由美国黑人研究委员会主席卡林·杨编辑，它收集了十四篇关于 80 年代初黑人研究状况的论文。

[49] Harold Cruse, "Contemporary Challenges to Black Studies," review of Maulana (Ron) Karenga's *Introduction to Black Studies*, in *Black Scholar*, 15 (May/June 1984), 47.

心参与现代语言协会、大学联盟会、美国英语教师协会的活动；还与他人合作撰写了《美国黑人文学教学理论与实践》(*Theory and Practice in the Teaching of Literature by Afro-Americans*, 1971)。后者是一部对从小学到大学的文学教师都非常有用的专题著作。从1972年开始，特纳连续十多年一直担任爱荷华大学非裔美国人研究专业的主席。70年代，他是美国黑人研究理事会第一任理事会理事；他是《美国文学》(*American Literature*)、《黑人著作通报》(*Bulletin of Black Books*)、《大学语言协会会刊》(*CLA Journal*) 以及《黑曜石》(*Obsidian*) 等刊物的顾问编辑；他还不辞辛劳，担任着美国学术团体协会 (American Council of Learned Societies)、国家人文中心 (National Humanities Center)、洛克菲勒基金会 (Rockefeller Foundation) 等机构的评委。在这一段时期内，他还为一些选集撰写了几十篇文章；同时还为许多再版的黑人文学经典作品写了介绍文章。特纳与许多别的黑人文学家以及历史学家不同的是，他的研究工作不仅涉及课堂教学和高校管理，而且还涉及主流专业机构以及重要的基金发放机构。他的所有这些活动都大大地帮助了正在起步的黑人研究获得知名度与合法性。

与其他在20年代中期至30年代中期这段时期内出生的黑人文学知识分子一样，特纳肯定黑人美学的存在，并对它的总体特征进行了阐述。“我所认为的非裔美国人文学是这样一种文学：它再现民间故事的口头传统的特征；它依靠黑人社区常用的或者独特的用语；它从黑人文化的重要层面，比如布道，运用黑人音乐独特的韵律；它倡导黑人社区的独特生活态度。”[50] 但是，特纳与黑人美学家领军人物不同，他一心宣扬文学价值的重要，把它置于社会、政治、历史、心理或者道德价值之上。他坚持认为，“在文学课中，选材的最重要的标准应该是文学标准”(18)。因为特纳要把黑人文学纳入美国文学经典和课堂教材之中，所以他认为，以主流的形式主义价值观来提升黑人的作品是至关重要的。所以，毫不奇怪，他的主要立论前提是“非裔美国人的创作一直是很艺术性的”(37)。在发表于1970年的《大学英语》(*College English*) 上的一篇文章中，他指出：“对这样一个族群的文学，提出是否有学术研究价值的问题，这不仅是荒唐的，而且也是虚伪的。这个族群的作家在美国发表文学作品已经有两百多年的历史，他们已经创作了最著名的民间故事，他们当中有吉恩·图玛 (Jean Toomer)、康提·库伦、理查德·赖特、格温多琳·布鲁克斯、拉尔夫·艾里森、詹姆

[50] Darwin T. Turner and Barbara Dodds Stanford, *Theory and Practice in the Teaching of Literature by Afro-Americans* (Urbana: National Council of Teachers of English, 1971), pp. 11–12.

斯·鲍德温、罗莱恩·汉斯贝瑞(Lorraine Hansberry)和勒罗伊·琼斯这样的杰出作家。"[51] 特纳没有他这一代的黑人学者中常有的分离主义意识。作为一名非裔美国人,他极力主张黑人文化融入主流的美国生活与学识。所以,他便成了激进的黑人知识分子团体与主流的白人组织、行政机构和掌权者之间一位重要的、有影响力的调停人。

在美国高校创建族裔研究专业、系科和各种组织,出版有关族裔研究的刊物、文选、教育指南的同时,妇女研究也引起了相应的重视。这一点我们在十一章中已经看到。从 70 年代末开始,一些女性主义者便极力把妇女研究与族裔研究联系起来,黑人女性主义者尤为积极且越来越活跃。这一方面的一个里程碑事件是弗洛伦斯·豪的女权主义者出版社于 1982 年出版了《但是我们有些人是很勇敢的:黑人妇女的研究》(*But Some of Us are Brave: Black Women's Studies*)。这本书是由格劳丽亚·郝尔、帕特里夏·贝尔·斯各特(Patricia Bell Scott)、芭芭拉·史密斯联合编辑的。它的概论提供了芭芭拉·克里斯琴、格劳丽亚·郝尔、索尼娅·桑切斯(Sonia Sanches)、芭芭拉·史密斯、厄尔琳·斯泰森、艾丽斯·沃克、玛丽·海伦·华盛顿等活跃的黑人文学知识分子关于黑人妇女研究的成果。这部选集包括八套不同的文献目录、二十套教学计划范例(其中八套是文学教学计划)、十八篇论文、为觉悟提高小组提供的有关种族歧视的指导方针、对未来黑人妇女研究的十八条建议以及一篇郝尔与史密斯合写的序言。在这些重要的重印文本中,还包括芭芭拉·史密斯的《论黑人女性主义批评》以及康比河集团宣言。总的说来,这部选集为黑人妇女研究提供了宝贵的资料,为这一新的领域的研究奠定了基础。

在《身居尘嚣:高等教育中黑人妇女的困境》("Three's a Crowd: The Dilemma of the Black Women in Higher Education", 1973)一文中,身为高校管理者的康斯坦丝·卡罗尔(Constance Carroll)对妇女研究中的种族歧视与黑人研究中的性别歧视

---

[51] Darwin T. Turner, "The Teaching of Afro-American Literature," *College English*, 31 (April 1970); rpt. in *New Perspectives on Black Studies*, ed. John W. Blassingame (Urbana: University of Illinois Press, 1971), pp.186–187. 有关类似的对形式主义的强调,见 George E. Kent, "Ethnic Impact in American Literature," in *Black Voices: An Anthology of Afro-American Literature*, ed. Abraham Chapman (New York: New American Library, 1968), pp.691–697; and the programmatic Introduction to *Afro-American Literature: The Reconstruction of Instruction*, eds. Dexter Fisher and Robert B. Stepto (New York: Modern Language Association, 1979), pp.1–6, 书中收集了斯坦普多、盖茨等人的形式主义论文。肯特、特纳、斯坦普多、贝克、盖茨、克里斯琴及麦克道威尔等人极力推崇文本细读分析,此风从 60 年代一直延续到 80 年代。

提出了抗议，敦促黑人女性主义者从这两个运动的内部促进改变，承担起两者之间的桥梁作用。她反对黑人妇女脱离这两个运动，反对组建一支独立的第三力量。而在这一点上，格劳丽亚·郝尔和芭芭拉·史密斯与康斯坦丝·卡罗尔有分歧，在为《黑人妇女的研究》所作的序言中，她们建议在学术系统内建立一个新的独立的学科："黑人妇女研究不应该依赖妇女研究、黑人研究或者任何'直接的'系科而存在，而是应该成为一个独立的学术整体，与上述三个学科都结成联盟。"[52] 她们主张，为黑人妇女专门创办刊物、成立组织、召开会议、建立研究中心与专业。她们把这些活动与早先的黑人解放运动、女性主义的兴起特别是黑人女性文学的复兴紧密结合起来。这就是越战后期黑人美学运动衰落以后的非裔美国人文学现象的特征。

70 年代末，郝尔和史密斯以现代语言协会职业妇女地位委员会成员的身份开始筹划她们的书稿的时候，她们起初设想的命题是关于"第三世界妇女的研究"，而不是"黑人妇女的研究"。很快，她们就发现，她们缺乏这方面的经验。但是，她们表示，希望她们关于"黑人妇女的这本书有助于带来一个有利的氛围，促成关于美国印第安妇女、亚裔美国妇女以及拉丁裔美国妇女的研究尽快取得成果"(xxxi)。果不其然，就在同一年，休斯敦·贝克为现代语言协会执编的《献给美国文学教师的三种美国文学：奇卡诺、美国土著和亚裔美国文学文集》(*Three American Literatures: Essays in Chicano, Native American, and Asian American Literature for Teachers of American Literature*) 与读者见面。对于二次世界大战以后出生的这一代黑人文学知识分子来说，把黑人研究与其他少数族群的族裔研联系起来是司空见惯的。这些族群的共同之处在于，他们都有着不可磨灭的遭受内部殖民统治、种族歧视、经济剥削以及被曲解的历史经验。盎格鲁 – 撒克逊价值观的霸权带来的是他们的语言、文学与文化的被贬低。因为他们构成了美国内部一个长期存在的第三阶层，所以他们是历史的盟友，拥有相似的命运。六七十年代期间，这些族群的一个共同之处是：民族主义、激进的行动主义的高涨，社会政治的些许成功和文化的空前繁荣，接受高等教育机会的

[52] Gloria T. Hull and Barbara Smith, "Introduction: The Politics of Black Women's Studies," *But Some of Us are Brave: Black Women's Studies*, eds. G. T. Hull, Patricia Bell Scott, and B. Smith (Old Westbury, N. Y.: The Feminist Press, 1982), p. xxviii. 有关 70 年代黑人妇女的研究情形，见 Marilyn J. Boxer, "For and About Women: The Theory and Practice of Women's Studies in the United States," *Signs*, *7* (Spring 1982); rpt. *in Feminist Theory: A Critique of Ideology*, eds. Nannerl O. Keohane, Michelle Z. Rosaldo, and Barbara C. Gelpi (Chicago: University of Chicago Press, 1982), pp.253—256.

增加，以及族裔研究的体制化。在70年代与80年代的保守岁月里，少数族群大多数阵线的发展都有所减慢，但是却并没有停步或者倒退。80年代少数族裔知识分子的主要任务似乎是，保持并巩固以前所取得的成就，尽可能与主流文化建立起联盟或者联系，以及进一步加强学术上的细腻与深刻。这是一个再组织、再思考、再侦察的时期。而敢于冒险的第三世界妇女则是一个例外：她们的专长就是反其道而行之。她们敢想敢干、阔步向前。

第十三章　60年代到80年代的左翼批评

新左派运动及其影响

20世纪50年代末到70年代初的这一段时期，出现了各种喧嚣的反文化(countercultural)团体，从垮掉的一代(The Beats)、自由乘车者(The Freedom Riders)、民权游行者、新左派的倡导者、言论自由学生活动家、反战示威者到黑人民族主义者、女性主义者、嬉皮士(hippies)、本土的第三世界激进分子、同性恋权利倡导者、农业工人工会的同路人、雅皮士(yippies)以及公社组织者。这些团体众声喧哗，此呼彼应，便形成了这场“新左派运动”。虽然这场运动有许多不同的战线，但是它们似乎都齐心协力，要打破既定的社会传统的稳定性，掀起一场触及方方面面的解放运动。新的衣着、话语、音乐、文学、批评、政治参与、性道德以及生活模式雨后春笋般层出不穷，见证着一种新风尚的兴起。产生这种新风尚的根源是对政治的失望和一种反律法主义的精神。可是，紧随这些动荡、喧闹的岁月其后的是长期的保守主义的反弹。回想起来，这些动荡、变幻与短暂的岁月似乎已经烟消云散。

也许，这段时期内所有的组织中被判为最异质、最激进的是新左派。它是1960年到1972年间主要由白人大学生组成的一些组织散漫、变化无常的临时性结盟。新左派的核心是学生争取民主社会组织(Students for a Democratic Society，简称SDS)。该组织是1960年由工业民主联盟支持并命名成立的。后者是由老一辈的左派知识分子和工会成员组成的团体，最初由厄普敦·辛克莱与杰克·伦敦创立于1905年。1960年，密歇根大学的一位学生罗伯特·爱尔·哈伯(Robert Alan Haber)成为大学生民主会的主席。很快，他便与一位叫汤姆·海登(Tom Hayden)的同学一道，把这个由自由主义者、社会主义者和一些未加入组织的激进分子组成的小小的校园协会变成了一个声势浩大的左倾组织。也许，大学生民主会第一次显出它的重要性是在1962年6月于密歇根的休伦港(Port Huron)召开的里程碑性的年会上，该地是美国汽车工人联合会（United Auto Workers）的夏令营基地。出席会议的有来自全国学联、基督徒学生运动、学生非暴力协调委员会、青年民主党、青年社会主义者联盟等组织的六十位代表。会议上，海登起草了一份长长的《休伦港宣言》。这份宣言经过很多人修改、被广泛传阅，很快便成了萌芽之中的新左派一份奠基性的文件。大学生民主会的这份宣言深受早期的卡尔·马克思、赫伯特·马尔库塞、保罗·古德曼、C. 赖特·米尔斯以及威廉·A. 威廉斯的影响。它明确地宣告：年轻的激进派对美国的体制与官僚主义已经丧失信心，他们献身于参与式民主（participatory democracy）与非暴力的行动，他们不信任先锋党派与左派权威主义，他们有意识地不理会老左派与冷战时期的自由主义者。它对美国的对外政策、疯狂的反共产主义情结、两党政治体系、军事工业情结、种族歧视、贫困以及学术界事不关己的冷漠提出了批评。它号召学生活动家与劳工、民权以及其他自由事业的盟友结成联盟。据说，在 1968 年，大学生民主会达到了鼎盛，拥有 500 多个分会，会员达 100 000 之众。[1]

1965 年，大学生民主会删除了它的宪章中关于不吸收共产主义者的条款，因此失去了工业民主联盟的支持。次年，它又从进步劳工党（Progressive Labor Party）那里补充到了新的会员。后者的会员都是早些年被共产党开除的年轻的马列主义者。到了 1969 年，由于这种向左翼的开放和时代日益增长的激进主义，大学生民主会被分裂成很多派系，引人瞩目的有进步劳工党、革命青年运动 I［恐怖主义的地下气象员（Weathermen）］、革命青年运动 II（旧式的斯大林主义者）、女性主义者［具体说，就是“女巫”（WITCH）与“红袜子”（Redstockings）］、左翼自由主义社区组织者（使人想起 30 年代的人民阵线者）、自由意志社会主义者（某种意义上的欧洲新马克思主义者）。在此前几年，一家主要的新左派刊物《左派研究》（*Studies on the Left*，1960—1967）的编辑部也出现了类似的分裂。新左派的其他主要宗派中，有托洛茨基社会主义工人党、自由言论运动的参与者、与《解放》（*Liberation*）杂志有联系的和平主义者以及青年国际党的雅皮士。[2]

---

[1] Irwin Unger, *The Movement: A History of the American New Left, 1959—1972* (New York: Dodd, Mead, 1974), p. 115. 根据小埃德华·巴席奥克（Bacciocco, Edward J., Jr）编辑的 *The New Left in America: Reform to Revolution 1956—1970* (Stanford: Hoover Institution Press, 1974) 所记，1968 年大学生民主会有 300 个分会，35 000 名会员，其中交纳会费的有 6000 名（第 208 页）。

[2] Stanley Aronowitz, "When the New Left Was New," in *The 60s Without Apology*, eds. Sohnya Sayres et al. (Minneapolis: University of Minnesota Press, 1984), pp. 26—39.

鼎盛时期的新左派表现出一系列的特征：对于党派与选举政治深感厌恶；对于"代议"民主（"representative" democracy）制度的不足愈来愈感到沮丧；强调坚持文化异议与参与过程，而不是政治革命；提倡经济与政治的去中心化；执著于个人及社会解放；关注的焦点越来越集中在学生以及知识界而不是无产阶级，把前者视为后工业社会中被异化的中心阶级；对美国社会的缺乏活力、欺骗成风、充斥着失败极度不满；对第三世界的解放运动深表同情；对高校进行军官培训以及社会福利研究、维持现状、用捐赠基金来进行不道德的投资提出广泛批评；派别林立、名目繁多，相互间达成的无派别联盟一日三变。从一开始，新左派内部，在行动主义者与知识分子之间、在政治激进分子与文化激进分子之间、在社会主义者与无政府主义者之间，就一直存在分歧。不可忽视的是，这些斗争缺少一支强大的、与传统的劳动工会联系在一起的工团组织力量。造成这样的局面的原因在于，年轻的新左派的领导者们在运动之初听从了C. 赖特·米尔斯在《致新左派书》（"Letter to the New Left"，1960）中提出的建议，放弃了"劳工形而上学"（labor metaphysic）。其理由是，既然后战时期工业阶层的蓝领工人已经心满意足、成为现状的一部分，那么，就不可能指望它来领导或者支持以革命性变化为目标的运动。不过，后来大学生民主会内外的马克思列宁主义者阵营都坚决地重新恢复了劳工形而上学的路线。

"老左派"的成员常常对新左派提出尖锐的批评，这当然是不奇怪的。许多纽约派知识分子尤其如此。例如，威廉·菲利普斯在他的自传中，是这样解释60年代《党派评论》的政策的：它同情"年轻人的幼稚与理想主义"，但是同时也"对新左派与反文化运动把他们的无知、他们的莽撞、他们的自我放纵变成了幼稚的、时髦的、孤芳自赏的左派政策与流行文化这种做法进行批评"。[3] 菲利普·拉夫对新左派的批评更严厉、务实："他们对于革命策略的第一条，即教育、培养与保护革命的领导干部，表现得一窍不通。"[4] 他谴责新左派缺乏组织与纪律，并且引用列宁与托洛茨基的话来说明建党与争取群众支持的必要性。欧文·豪在他的自传中的反思表现出对新左派早期的同情与对其晚期的绝望。他特别指出了晚期新左派在一系列问题上的错

---

[3] William Phillips, *A Partisan View: Five Decades of the Literary Life* (New York: Stein and Day, 1983), p.18.

[4] Philip Rahv, "What and Where Is the New Left?" (1972), in his *Essays on Literature and Politics 1932—1972*, eds. Arabel J. Porter and Andrew J. Dvosin (Boston: Houghton Mifflin, 1978), p.352.

误：颂扬菲德尔·卡斯特罗（Fidel Castro）、胡志明（Ho Chi Minh）这些第三世界的激进独裁主义者；以知识分子取代无产阶级担当革命的先锋；不切实际地提出参与式（participatory）而不是代议制民主的观点；常常表现出一种道德上的偏激与自以为是（特别是无政府主义者与和平主义者）；完全摒弃增量改革[5]与渐进主义[6]观念，崇尚大动乱与暴力；否定选举政治、群众的支持以及严密的政治组织的作用；忽视美国激进主义的历史教训以及老左派的经验；陷入不可调和的宗派泥潭。欧文指出，在60年代末，"新左派离早期的友爱/博爱精神越来越远、越来越偏向一种刻板的教条主义，离非暴力的原则越来越远、越来越迷恋一种浪漫–虚无的'行动政治'。在越战期间，新左派主要是作为一个反对派中心存在，并因而得到了迅速的发展。但是，由于它奉行的政治愈来愈像老左派的宗派政治，所以它注定也摆脱不了同样的命运，最终走向瓦解"[7]。

30年代的老左派成员对新左派在政治与意识形态上的弱点的批判可谓切中要害，但是他们对于60年代的这场激进的学生运动在文化与道德上的关注对象却缺乏深刻的理解。新左派生活在一个富足而不是经济大萧条的时代，他们当中的许多人对于经济问题以及以经济主义为基础的欧洲激进理论不感兴趣，相反，他们宁愿强调扩展意识与道德操守的价值。在他们看来，政党、训练有素的干部以及无产阶级道德与他们所处的环境似乎都毫不相干。因此，他们觉得马克思和恩格斯、梅林和普列汉诺夫或者列宁和托洛茨基的经典马克思主义都没有多大用处。而法兰克福学派的弗洛伊德–马克思主义，特别是马尔库塞对伪意识、爱的异化以及压抑性宽容（repressive tolerance）的强调，则更适合他们的特殊需要。直到新左派销声匿迹以后，其他的欧洲马克思主义者，如阿多诺、阿尔都塞、本雅明、巴赫金、葛兰西，才开始引起美国高校知识分子的注意。具有讽刺意义的是，老一辈的本土激进分子的"马克思主义"遭到摒弃，而第三世界的法农、格瓦拉（Guevara）等人的激进主义却在60年代末变得相当流行起来。

---

[5] incremental reform，数量上的渐进改革。——译注

[6] gradualism，速度上的渐进。——译注

[7] Irving Howe, *A Margin of Hope: An Intellectual Autobiography* (New York: Harcourt, Brace, Jovanovich, 1982), p.309. 年轻的无政府主义者 Richard Koste-lanetz 在他的"The Perils and Paucities of 'Democratic Radicalism'"中，对豪进行了尖锐的批评，*Salmagundi*, no. 2 (Spring 1967), pp.44–60. See also the Preface and Introduction to *Beyond Left & Right: Radical Thought for Our Times*, ed. Richard Kostelanetz (New York: Morrow, 1968), pp. xiii–xli.

反文化运动对于文学研究的影响，不仅表现在女性主义批评和黑人美学的兴起，而且也表现在以学生为中心的读者反应批评与新阐释学的出现中。向欧洲现象学批评和存在主义批评的转变在 50 年代与早期的反文化思潮同时出现，这并不奇怪。在后战时期，对于意识与自由、异化与无意义感、孤独与人际互动的强调，引起了从社会学、心理学、政治科学到哲学、宗教以及文学等许多研究领域中的美国学者或者学生的关注。值得注意的是，60 年代，那些在 20 年代末到 30 年代末期间出生的高校知识分子纷纷对左派文学批评表现出强烈的反文化兴趣。这一点，我们将在下一节讨论布鲁斯·弗兰克林（Bruce Franklin）、路易斯·坎弗（Loise Kampf）、保罗·劳特以及理查德·奥曼（Richard Ohmann）的时候看到。与这些 60 年代出道的批评家不同的是，一些于 70 年代成名的美国左派文学学者开始转向现代欧洲新马克思主义，从那里寻求理论根据。这些学者中包括弗雷德里克·詹姆逊、杰弗里·萨门斯（Jeffery L. Sammons），我们将在本章的第三节中对他们进行讨论。70 年代末，文学批评理论兴起，成为一个强大的、不断壮大的学科分支，这使得一些左派批判家，特别是杰拉尔德·格拉夫、弗兰克·兰特里夏，对所有主要的批判学派和思潮都进行了广泛的政治性批评，这一点有待第四节讨论。一些于 1940 年以后出生、于 70 年代末或者更晚出道的马克思主义者把马克思主义与解构主义结合起来。这些人中包括约翰·布兰克曼（John Brenkman）、麦克·莱恩以及佳亚特里·斯皮瓦克，我们将在“左派解构主义批评”一节中对他们进行讨论。太空时期所有这些左派批评家的特征是：对于文化批判的执著，对于无孔不入的形式主义批评实践的抵制。有些坚定的文化批判家，如斯蒂芬·格林布拉特（Stephen Greenblatt）和爱德华·赛义德，在他们的左派研究项目中，并没有依靠马克思主义传统或者教条，而是构成了一条“后马克思主义”实践路线。这将在“后马克思主义文化批判”一节中讨论。正是上述的这些以及其他的左派文化批评家，延续了新左派与运动派的传统，在 1960 年到 1975 年之间它们震撼了美国社会。80 年代，各种模式的左派批评汇聚在一起，发展形成了一个“文化研究”模式的批评。这将在“学术界的‘文化研究’”一节中讨论。

80 年代初，一位学者对于 60 年代至 80 年代之间马克思主义在高校的兴起进行了这样的描述：

> 现在，美国的马克思主义令人起敬。它的实践者们不仅在社区学院、而且也在常青藤大学任教、有的会获得终生职位。他们的学术见诸大学出版社和主

> 流季刊。而且在某些领域，比如美国历史，马克思主义是主流……几乎每一个领域，社会科学更是如此，都有自己的马克思主义刊物以及自己的激进党团或者分组，与主流的组织争鸣或者相互交流。这些马克思主义团体共有12000多名成员，他们是美国历史上左翼学者最庞大的、最重要的一群。[8]

确实，这是文学左派分子的黄金时期，他们中很多杰出的批评家在名牌大学任教，担任激进的、主流刊物的编辑或者撰稿人，在主要的协会或者机构中担任领导职务，在享有盛誉的学术出版社出版论著。学术界与左派文化批判的倡导者之间的关系在本章的后面会有讨论，所以在这里只提一下，在60年代到80年代之间，左派文学批评家掀起了一场轰轰烈烈的多元的、多层面的运动。同时，许多老一辈的左翼纽约派知识分子——豪、卡津、菲利普斯、拉夫，只提这四位——也在名牌大学建立了声望，地位显赫。不用说，新老左派批判家之间的互动是很少的。不过，理查德·普瓦里埃（Richard Poirier）倒是想通过他的《拉里坦论坛》（*Raritan*，创刊于1981年）促成新老左派传统之间的联系。有时候，杰拉尔德·格拉夫以及一些年轻的纽约派知识分子也在他们的论著中把新老左派的理论糅合在一起。

对文学研究体制的攻击

60年代日益增长的激进情绪与社会思潮不只是限于大学生中的新左派。60年代末，本科毕业生、研究生、教授以及年轻的专业人士开始组织起来。1967年，SDS组建了民主社会运动（Movement for a Democratic Society）以培养非学生人群的激进主义。同一年，职业阶层激进派（Radicals in the Professions）宣告成立；次年，新高校联合会（New University Conference，简称NUC）开始运作。参加1968年3月NUC组织大会的有几位重要的SDS前成员，包括爱尔·哈伯、汤姆·海登、斯托顿·林德（Staughton Lynd）、理查德·福莱克斯（Richard Flacks）。根据会议的议程，NUC的宗旨是：组织学生，鼓励激进科研，揭露学术界对于战争与压迫行径的共谋，培养同行的激进意识。1968年到1972年（NUC解散的那年）间，同行的激进党团在主流学科中迅速发展，NUC宗旨中的最后一个目标得以实现。1968年NUC的筹划指导委

[8] Ellen Schrecker, "The Missing Generation: Academics and the Communist Party from the Depression to the Cold War," *Humanities in Society*, Special Issue on "Marxists and the University," 6 (Spring & Summer 1983), p. 139.

员会成员中，有路易斯·坎弗，麻省理工学院（Massachusetts Institute of Technology）39 岁的副教授、文学系主任。此前几个月，坎弗作为一名大学生民主会会员，当选为美国抵抗组织的副主任。这是一个由激进牧师、记者、作家、知识分子、教授组成的一个团体，它强烈反对越南战争、支持拒服兵役。它的很多成员都声名卓越，其中包括菲利浦·贝里根（Philip Berrigan）、诺姆·乔姆斯基、威廉·斯隆·科芬（William Sloan Coffin）、艾伦·金斯伯格（Allen Ginsberg）、保罗·古德曼、德维特·麦当诺、赫伯特·马尔库塞、理查德·奥曼、莱纳斯·鲍林（Linus Pauling）、苏珊·桑塔格、本杰明·斯伯克（Benjamin Spock）。

1968 年 12 月，现代语言协会在纽约召开年度大会。出席会议的有 12 000 人。会议召开的第一天，路易斯·坎弗以及另外两名研究生在美洲大酒店的大厅里，就这些活动家有没有权利在酒店张贴 NUC 告示一事与酒店保安发生摩擦，因而被捕。这个事件使许多与会者义愤填膺，他们立刻筹捐保释金、相互传告。一起普通的与警方的冲突被夸大渲染，闹得沸沸扬扬，满城风雨（cause célèbre）。坎弗也因此成了知名人物，被选为 MLA 的第二副主席，并于 1971 年继任主席。在同一次工作会上，出席会议的 600 名文学学者通过了四项政治决议：反越战决议；反征兵制决议；反作家压制决议；反教育立法中的防暴规定的决议。也是在这次会议上，第一次提出了建立职业妇女地位委员会的提议。MLA 的这一激进转向，是左派运动向学术界发展渗透的一个例证，尽管是温和的。

在这次工作会议上提名坎弗的是会议期间与坎弗同住一室的理查德·奥曼，37 岁，《大学英语》的编辑、NUC 会员。这两位年轻的教授都是社会主义者，对文学研究的体制，包括主流的教材、教学指南、刊物、学术团体、基金会、出版社、研究生专业、资金运转方式、试验程序、职业道德以及整个体制的主导意识形态，都日益不满、持批判态度。奥曼在他于 1965 年至 1975 年间写成的《对美国英语教学现状的一种激进观点》（*English in America: A Radical Review of the Profession*, 1976）一书的《致谢》中，表达了与坎弗合作的坚定心愿："与他交流、合作了十七年之后，我已经分不清哪些观点是他的，哪些是我的。但是有一点我很清楚，没有他的同志之谊，就没有这本书。"[9] 另外，奥曼还提到："我在酝酿、写作这本书的过程中，得到了英语与现代

---

[9] Richard Ohmann, *English in America: A Radical View of the Profession* (New York: Oxford University Press, 1976), p. v. See also Richard Ohmann, "*English in America*, Ten Years Later," *ADE Bulletin*, no. 82 (Winter 1985), pp. 11—17.

语言激进同盟会的大力配合与支持。"在说到拥有30000会员之众的现代语言协会时，奥曼认为，虽然它在1968年有一时的激进转向，但是它依然是一个精英主义的"庞然怪物，它追求的是中立政治和行会利益，基本上就是等于在维持现状"(45)。他最痛恨的是文学知识分子与学科职业化之间的沆瀣一气。这种沆瀣一气是先进工业资本主义腐朽没落阶段的布尔乔亚社会所酿成的。他最终希望的是，对社会与学术界进行一种社会主义改造。

奥曼认为，文学具有两种力量：一种是保守的、肯定传统的力量；另一种是批评与潜在的革命力量。英语研究的体制处处遏制文学的批评力量，抱着一种预防性(prophylactic)文学观不放，从而保证文学文化的无害性。所有"布尔乔亚"的批评学派都把文学当成一种特殊的、独立于环境、商业化、政治、科学与技术而存在的东西：文学奇妙地使批评家与学者超越现在，与永恒的"传统"结为一体。但是，在奥曼看来，文学"出自特定的时代与社会条件，它帮助创造未来。它与所有的艺术一样，有着反叛与打破旧习的倾向……"(58)。然而，英语系科主流的形式主义驯化了这种颠覆性力量，滋长了一种安于现状的政治以及一种看似公正无私、价值无涉的欺骗性方法论。这种政治与方法论与现代大学的象牙塔模式及其职业道德是一致的。文学教授不仅教授分析、组织与流畅的技巧，而且也教授那些超脱、小心翼翼与合作的态度，所有这些对于资本主义的技术专家控制体制(technostructure)以及自由社会的流畅运作都至关重要。学术界的文学研究体制，与所有的体制一样，是社会秩序的一部分，并在协助维护社会秩序中得以生存。社会及其领导者们对文学和批评的希望是，它们能够带来一种维护社会秩序、防止反叛同时又认可不墨守成规的安全模式的文化。

理查德·奥曼在建构他的文学与批评的观点时，没有讨论作家、文学作品、思潮以及主题；他分析的是教材、专业协会、标准化考试以及系科体制。他关注的不是文学和人文价值的美学范畴，而是当下文化体制的社会经济和政治基础。从60年代到80年代，左派文学知识分子的两种典型的研究方法是体制分析模式与意识形态分析模式。

1967年至1970年这段时期内，路易斯·坎弗在《哈泼斯杂志》、《民族》与《改变》上发表了一系列的论文，对从形式主义和神话批评到存在主义和结构主义的主导批评学派进行了鞭笞，谴责它们拒绝将文学与生活结合起来、将思维与行动结合起来，使批评研究沦为由异化了的专家学者所从事的一种不抵抗的、窥视性的、精神分裂的技巧。这种脱离了根基的批评模式服务于美国学术体制的腐败利益。在坎弗看来，很清楚,“高校是经济的奴仆,它的体制性作用就是为资本主义的科技胜利服务。文学系科被深深地卷入了这个过程,成了工业管理部门”[10]。高校的主要功用是维持现状、授予学位、把学生安排进社会的等级结构和培养工业干部。“美国大学起着一系列相互关联的功能。它进行与战争有关的研究,宣传统治阶级的意识形态,培训反叛乱专家,帮助拟定防暴动策略,等等。”[11]高校文学系科和其他学术系科的典型特征是,追求名利、官僚化、孤立主义、唯美主义、被资本主义社会招安。而这一切都导致了“知识与道德背叛的默认”(“SLS”, 90)。

坎弗认为,就文学的功用而言,它是一柄双刃剑:它产生文化压迫,也起着解放情感与思想的作用。西欧的高雅文化(“伟大的著作”)维护统治阶级的主导利益,它压制着民族、妇女和劳动阶级的文化。“强行灌输西方名著的丰富营养”导致一种自卑、麻木不仁、逆来顺受,“只会使人们更加病入膏肓”(“TL”, 30)。文学,只要被置于一个接近日常生活的活的语境,并远离其在伟大传统中神圣不可侵犯的位置,它就不再是统治阶级的压迫工具或者武器,而具备了一种解放性潜能。“虽然我们学术界有商人存在,但是文学不是商品,而是一种创造行为的标志,而这种行为又表达了个人、社会和历史的需求。因此,它不断地颠覆现状。”(“SLS”, 91)激进批评家的任务就是,破坏根深蒂固的教条与传统,使文学成为一种煽动与抵抗的工具,成为一种自由与真正解放的力量。“作为受过教育的中产阶级的成员,我们必须知道,我们的文字应该颠覆我们自己的文化。我们当中的文学知识分子和教师应该通过我们的工作来证明,艺术不仅只是属于那些文人雅士……”(“TL”, 32—33)坎弗的矛头最终指向资本主义社会的阶级划分以及大学与这种有害的社会分层的同流合污。他憎恨的是,文学研究体制既反映又进一步强化了这种阶级划分与同流合污。

---

[10] Louis Kampf, “The Scandal of Literary Scholarship,” *Harper's Magazine,* December 1967, p. 90. 此后略为“SLS”。有关体制分析的理论与实践,见 Peter Uwe Hohendahl, *Institution of Criticism* (Ithaca: Cornell University Press, 1982)。亨德尔,美国人,在德国出生,并接受教育,是一位马克思主义批评家。在《批评体制》中,他收入、修订了七篇于70年代拟定的论文。他也在另一篇论文中综合发展了塔尔科特·帕森斯、尤金·哈贝马斯、安东尼奥·葛兰西、路易斯·阿尔都塞、彼得·伯格尔等人有关批评体制化的重要理论。见“Beyond Reception Aesthetics,” trans. Philip Brewster, *New German Critique,* no. 28 (Winter 1983), pp. 108—146。

[11] Louis Kampf, “The Trouble with Literature...,” *Change,* 2 (May-June 1970), pp. 28—29. 此后略为“TL”。

1972年,《三季刊》(*TriQuarterly*)发行了一期关于"革命的文学"的特刊,刊登了诺姆·乔姆斯基、托德·吉特林(Todd Gitlin)、卡尔·奥格尔斯比(Carl Oglesby)、雷蒙德·威廉斯等激进学者的文章。弗里德瑞克·克鲁斯在他的文章中,对新左派及其运动提出了无情的批评,特别谴责了坎弗有斯大林主义倾向,把文学与宣传混为一谈,分不清教学与灌输之间的区别,对资产阶级文学又爱又恨。在克鲁斯看来,坎弗就像一个与婊子结了婚的牧师,不得不去兜售她的货物。1969年,坎弗在一篇鲜为人知的为他的激进同仁而作的文章中证实了克鲁斯为他描绘的这个邪恶形象:"上次,当我站在那佛纳广场(Piazza Navona)的时候,我注视的更多的是我的游客同伴,而不是贝尼尼(Bernini)的四河喷泉。我几乎不敢去想,我看到的这一切以及我之所以来这里旅游,其背后掩藏着罪恶、掩藏着人类的苦难。我站在那里,四周都是些无价的艺术珍宝,我欣赏它们的价值。然而,我憎恨给精心雕刻的石头贴上标价的经济制度。"[12] 在《一线希望》(*A Margin of Hope*,1982)中,欧文·豪把坎弗描绘成一个"被时代精神(*Zeitgeist*)逼疯了的"人(307)。坎弗发表在《民族》上的一篇题为《人道与非人道》的文章中机智地肯定了这一点。工业资本主义制造了人们的价值、日常活动以及更广泛的社会现实之间的极端的差别,因此,它有时迫使他们采取非理性的行为。坎弗举的例子是,1967年波士顿的300名学生退回了他们的征兵证,因而拒绝成为一个履行义务的文明公民。与这种疯狂、有损形象的行为一样,激进知识分子的批评抵抗行为有时也必然表现出一种无理智或者疯狂。主流社会力量的存在迫使抵抗行为呈现出疯狂的面目。

1984年5月,现代语言协会为百年会庆出版一期《现代语言协会会刊》(*PMLA*)的特刊时,聘请保罗·劳特就1958年到1983年之间社会对文学批评职业的影响写一篇专题文章。劳特是一名与60年代运动派有联系的激进主义者。奥曼在他的《对美国英语教学现状的一种激进观点》的《致谢》中提到,他曾得到过劳特的帮助。劳特可谓一名资深的激进主义者,他的激进资历包括:十几岁就参加了美国有色人种协进会(NAACP);60年代从事反战、反核、反候补军官学校培训制(anti-ROTC)以及支持工会的活动;曾是一名辉格党员(the Quakers),全职为促进和平工作;1964年他在密西西比自由学校任职;他是大学生民主会的会员;他曾多次因参加激进的抗议

[12] Louis Kampf, "Notes Toward a Radical Culture," *The New Left: A Collection of Essays*, ed. Priscilla Long (Boston: Porter Sargent, 1969), p. 424.

示威而被捕入狱；他积极参与女权主义活动，特别是 1969 年与弗洛伦斯·豪（也是一位激进主义者）一起创立女权主义者出版社；他与路易斯·坎弗合编了《文学的政治：英语教学的异见》(*The Politics of Literature: Dissenting Essays on the Teaching of English*, 1970)，这本书有一篇洋洋万字的介绍文章，所收集的十一篇文章的作者中包括布鲁斯·弗兰克林、弗洛伦斯·豪、理查德·奥曼、莉莲·罗宾逊。这些人当中，有几位原本是将他们的稿件投给《大学英语》1970 年 3 月的一期马克思主义特刊的。与其他 30 年代出生的激进主义者一样，劳特开始他的学术生涯的时候，也正是 50 年代的"一致"不复存在、60 年代的"危机"刚刚开始的时候。而且，他也是在 70 年代的紧缩期间进入了他的学术成熟期。站在 80 年代初的高度，回顾过去的四分之一世纪，劳特指出了美国文学研究令他特别担忧的三个方面：现代语言协会的状况；经典的地位；以及批评理论与实践的情形。

劳特认为，60 年代到 80 年代期间，现代语言协会得到了飞速发展与壮大，然而，"教育体制的结构基本上没有什么变化，我们所看重的那种结构也仍然没有发生变化"[13]。虽然妇女研究与族裔研究方面取得了引人注目的成果，但是 80 年代大学课堂里教授的经典文本，"与 1948 年全国英语教师协会对九十门基础入门课程所做的调查相比，没有显示出什么重大的变化"(425)。这一结论基于 80 年代对从全国各地收集的数百份教学大纲所作的两项调查。50 年代末主导的批判意识形态是"形式主义"，80 年代主流批判模式也依然是"形式主义"，虽然这种形式主义已经扩充了自己，吸收了阐释学、符号学和后结构主义。问题是，这三种批评都"接受了形式主义的批评立场，把文本包括批评本身的话语，主要地作为与其社会源头或者功用脱节的独立客体来分析"(425)。这种时髦的批评最令劳特沮丧的是：它与语言学和哲学而不是与历史和社会学一致，它有沉湎于专业主义、成为一种蒙昧的、自我指代的元批评（self-referential metacriticism）的倾向，它津津乐道于有限的精英主义的经典文本，它越来越多地摒弃实用的注释和人文价值，并且它愈来愈深入地占据了学术界的核心。

坎弗、奥曼和劳特把他们的矛头指向现代语言协会，对文学研究体制发起了最令人难忘的、最猛烈的攻击。现代语言协会是文学界专业学术人士的主要的全国性组织，它体现了主导美国文学研究与教学的学术和教学模式与价值观，并通过它的刊物、通讯、报道、书籍、会议以及它错综复杂的信息与影响网络来传播这些模式与价

---

[13] Paul Lauter, "Society and the Profession, 1958—83," *PMLA*, 99 (May 1984), p.417.

值。根据坎弗、奥曼和劳特的回顾性评估，虽然新高校联合会、激进同盟以及各种运动派人士在现代语言协会中的积极活动收到了明显成效：极端左倾决议得到通过，路易斯·坎弗与弗洛伦斯·豪当选为现代语言协会主席，职业妇女地位委员会宣告成立，年度大会上设立了马克思主义讨论小组和论坛，但是，这些明显的成功对于现代语言协会的影响却是微乎其微，昙花一现。经历了60年代末与70年代初的激进主义浪潮的冲击，"形式主义"仍然占据着学术领域的主导地位，教学的标准也基本上依旧没变。族裔文学、工人阶级文学、妇女文学和流行文学并没有取代贵族的、中产阶级白人男性的"伟大作品"。社会历史学的文化批评并没有取代新批评、神话批评或者存在主义批评。而六七十年代之交阐释学、结构主义和解构主义的来临却进一步巩固了私人化的、反历史的语言学分析模式的主导地位，读者反应批评也以它自己的方式起了同样的作用。直到后来弗兰克·兰特里夏发表了他的深受欢迎的《新批评之后》(*After the New Criticism*, 1980)，左派批评家才算对这些新来的批评流派进行了最有效的批判。

但是，虽然20世纪70年代的美国经济紧缩、保守主义有所抬头，虽然新左派及其运动销声匿迹，美国社会似乎已经离冷战共识相距甚远，已经忘记了麦卡锡主义和众议院非美活动调查委员会所掀起的清洗。这一切都是50年代的事了。70年代中期，李·巴克森德尔(Lee Baxandall)、布鲁斯·弗兰克林、弗雷德里克·詹姆逊、格劳德·勒罗伊(Gaylord C. LeRoy)、莉莲·罗宾逊、保罗·西格尔(Paul Siegel)和诺曼·鲁迪奇(Norman Rudich)等马克思主义批评家宣称，一场小规模的马克思主义的复兴正在悄然崛起。诺曼·鲁迪奇把他们的十八篇论文编辑成《批评的武器：美国马克思主义与文学传统》(*Weapons of Criticism: Marxism in America and the Literary Tradition*, 1976)，以进一步推动这场复兴。令人不解的是，这场与50年代后的新左派及其运动有联系的马克思主义批评的复兴却完全无视老左派的存在。他们只字不提维·范·卡尔文顿、詹姆斯·法瑞尔、格兰维尔·希克斯、伯纳德·史密斯、埃德蒙·威尔逊，或者其他30年代的著名左派批评家。在文学新左派的鼎盛期，源于19世纪的本土激进主义传统被抛却一边，被不分青红皂白地打上"宗派主义"、"共产主义"和"斯大林主义"的烙印，对这种遭受非难的传统感兴趣的只有历史学家和一些更年轻的纽约派知识分子。无产阶级是社会主义革命的唯一先锋的信念受到严重的挑战。不仅如此，早期苏维埃马克思主义也大大地失去了它的光环与吸引力，其原因有晚期苏联1956年对于匈牙利事件的武装干涉，1968年对于捷克斯洛伐克的武装干涉，以及 1970 年的波兰工人大罢工。对于左派运动中的知识分子来说，毛泽东和切·格瓦拉比斯大林的名誉扫地的继承者们更有吸引力、更有用。直到 1983 年弗兰克·兰特里夏发表文章对肯尼思·伯克早期的激进批判进行了深刻的反思，新马克思主义才开始与老马克思主义有了一种富有成效的接触。

70 年代初，左派批评家在高校中的地位与表面现象完全相反，很不稳固。对于文学界人士来说，1972 年斯坦福大学解雇已经获得了终身职位的英美文学副教授布鲁斯·弗兰克林这件事充分说明了这一事实 [值得一提的是，1972 年是左派运动的多事之秋。这一年里，NUC 宣告解散，坎弗作为 MLA 主席也任职期满，全国性总统大选中保守的理查德·尼克松（Richard Nixon）以压倒优势击败开明的乔治·麦戈文（George McGovern）]。布鲁斯·弗兰克林的学术成就无可挑剔，但是他关于大学在战争研究中的作用的政治观点却是斯坦福的管理者所不能接受的，因为他的观点导致他鼓励学生示威，反对在大学里进行秘密的军事研究。被解雇两年后，弗兰克林在奥曼和鲁迪奇任职的卫斯里安大学（Wesleyan University）找到了一份为期一年的临时职位。两年后，在罗格斯大学的纽瓦克（Newark）分校谋得一份永久职位，并于 1980 年被该校授予杰出教授称号。

布鲁斯·弗兰克林在 60 年代初是一位社会主义者，1967 年开始信奉马克思列宁主义和毛泽东思想，这是他在自传《何处来何处去：在帝国的死亡中的人生》（*Back Where You Came From: A Life in the Death of the Empire*，1975）中的自我描述。1970 年，弗兰克林在《大学英语》以及坎弗和劳特的《文学的政治》上发表了一篇声誉不佳的带个人情绪的文章《帝国最高学府中的文学教学》。文中，他义愤填膺地声讨了文学研究的形式主义体制，同时也进行了中国式的自我批评，并对自己的身世做了介绍。从他的自我批评与自传中，我们得知：他出生于工人阶级家庭；他痛恨贵族和资产阶级的文化价值观；他的本科教育使他脱离了他的无产阶级根基和喜好；50 年代中期，他曾在战略空军司令部当过情报官，为投放特务以制造事端的间谍飞机提供情报；他就读于斯坦福并于 1961 年获得博士学位；他为他受到的研究生教育感到愤怒。对于文学系的教职人员，弗兰克林这样评论道：

> 没有一个人关心我们这个世纪的主要意识形态问题。没有一个人熟悉那些用来攻击他们自己的信仰的主要观点。他们对于马克思、恩格斯、列宁、毛泽东，以及马克思主义批评全都一窍不通（这是在他们连续两年聘任那个人所共知的

专职反共产主义分子欧文·豪以前)。[14]

在弗兰克林看来，专业文学学者的问题在于，他们一心沉缅于形式主义的资产阶级意识形态。这种意识形态的根源是 30 年代反动的反无产阶级思想。“现在，形式主义利用唯美主义，迷惑我们的视线，使我们无视社会与道德现实。”(114) 形式主义教条所鼓吹的精英作品蔑视广大群众与他们的领袖。它把像西部小说与科幻小说这样的流行作品贬入“次文学”范畴，就像它贬低妇女作家、少数族裔作家的文本那样。根据形式主义的教条，人类的本性是腐败的，而伟大的文学则是一种超脱了社会阶级与政治斗争限制的先验性人类成果。但是，对于弗兰克林来说，“我们的文学艺术都是为人民大众的”。他引用毛泽东在延安文艺座谈会上的讲话来表达了他的文学观。

左翼运动高峰期的主要男性左派批评家包括坎弗、奥曼、劳特和弗兰克林等。他们的影响在 70 年代开始减弱，这不仅是保守主义的反弹造成的，更主要的是他们没有对后越南时代学术界风靡的最新的批评和理论模式提出挑战。这一任务有待于 70 年代末年轻一代的社会主义者杰拉尔德·格拉夫和弗兰克·兰特里夏来完成。他们的前辈所取得的成就是，使社会主义批评得到了高度公开的新生，为其在文学研究体制内的未来发展开辟了空间。文学新左派的结果是，某些重要的主流出版社、刊物、学术团体、研究院以及研究生专业都比以前对左派研究更加开放也更感兴趣。

欧洲新马克思主义与辩证理论

从 70 年代开始，美国的一些左翼文学批评家开始发展一种以欧洲主要的新马克思主义者的学说为基础的成熟的辩证理论。这方面，最早、最重要的文本是弗雷德里克·詹姆逊的《马克思主义与形式：20 世纪文学的辩证理论》(*Marxism and Form: Twentieth-Century Dialectical Theories of Literature*, 1971)。其他的重要论著包括杰弗里·萨门斯的《文学社会学与实践批评》(*Literary Sociology and Practical Criticism: An Inquiry*, 1977)、詹姆逊的《政治无意识：作为社会象征行为的叙事》(*The Political Unconscious: Narrative as a Socially Symbolic Act*, 1981)。这些论著以及类似的研究

[14] Bruce Franklin, “The Teaching of Literature in the Highest Academies of the Empire,” *College English*, Special Issue titled “A Phalanx from the Left,” 31 (March 1970); rpt. in *The Politics of Literature: Dissenting Essays on the Teaching of English*, eds. Louis Kampf and Paul Lauter (New York: Pantheon, 1970, 1972), pp. 110—111.

与左派运动批评家研究的不同之处，首先是它们对当代德国和 / 或者法国理论家的马克思主义研究融会贯通，显示出颇深的学术造诣。

在《马克思主义与形式》一书中，弗雷德里克·詹姆逊对西奥多·阿多诺、瓦尔特·本雅明、赫伯特·马尔库塞、恩斯特·布洛克、格奥尔格·卢卡奇以及让·保罗·萨特进行了细腻的分析。本书的最后一章是相当于专题论文篇幅的“论辩证批评”。詹姆逊在《序》中清楚地指出，他对后革命时期的苏维埃马克思主义、第三世界农民马克思主义或者两次世界大战之间的美国工业马克思主义都不感兴趣。他关注的是消费资本主义和后工业社会——当代西欧新马克思主义的主要关注对象。他的开篇语耐人寻味：

> 我想，当美国读者想到马克思主义文学批评的时候，他们脑海里首先浮现出来的仍然是 20 世纪 30 年代的社会氛围。那些日子里人们激烈争论的问题是：反纳粹主义、人民阵线、文学与劳工运动之间的关系、斯大林与托洛茨基之间的斗争、马克思主义与无政府主义之间的斗争。回顾这些，我们可能会有一种怀旧情绪，但是，这些已经不再是当今世界条件下应该关注的问题。[15]

稍后，詹姆逊宣称：“30 年代的马克思主义批评面对的现实是一个比现在简单的欧洲与美国，一个已经不复存在的欧洲与美国。那样的世界与 18 世纪更有共同之处，而与我们现在所处的现实则大相径庭。”(xvii) 通过强调不同的社会现实需要不同形式的马克思主义，詹姆逊得以名正言顺地摒弃正统观念的传统负重，为各种新马克思主义正名，并判定旧左派思潮和年迈的纽约知识分子中剩余的左派批评家已经落后于形势。就新左派的作用而言，他却令人费解地保持沉默，尽管他崇拜卢卡奇、马尔库塞和米尔斯的作品——他们是许多运动派知识分子的守护神。在他看来，欧洲辩证马克思主义的成功引进与运用面临着严重挑战，因为在美国存在着顽固的经验主义、逻辑实证主义、自由主义、反理论主义特别是反共产主义的立场。

50 年代詹姆逊在耶鲁大学就读，是埃里希·奥尔巴赫和亨利·皮尔 (Henri Peyre) 门下的学生，60 年代作为语言学和现象学批评家开始了他的学术生涯。他显然是在 60 年代初成了一名马克思主义者，但是却并没有因此而放弃他以前的批评立

---

[15] Fredric Jameson, *Marxism and Form: Twentieth-Century Dialectical Theories of Literature* (Princeton: Princeton University Press, 1971), p. ix.

场。在萨特的理论中，他发现了一种现象学的马克思主义模式，可以将它以阿多诺的方式与黑格尔主义和马克思主义辩证法联系起来。本质上讲，詹姆逊想发展的是一种严谨的文体与修辞性的文学批评，而这种批评又必须能够拓宽其研究范畴来覆盖政治、社会经济和历史现实。辩证批评要做的是，把关注点从对反映个体意识的私人艺术作品的分析转移到有关集体历史的公共现实上来——从精神转移到物质、从文学转移到社会学、从文化上层建筑转移到社会经济的基础设施、从黑格尔转移到马克思。这个阐释学研究命题必然要涉及在转换代码的戏剧性跳跃中有意打乱层次。詹姆逊认为，辩证批评的根本目标是"调和内部与外部、固有的与非本质的、存在的与历史的因素…… 超越文学的形式主义与社会学或者历史作用之间的那种刻板和静止的对立，这种对立曾经是我们常常不得不面临的选择"(330—331)。他把这种链接的关键时刻交替称为"道成肉身"(incarnation)或者"整合"(totalization)。

文学作品一旦触及社会历史的土壤，便表现出它与阶级斗争、经济生产模式以及思想倾向之间不可避免的相互关系。詹姆逊与各种新马克思主义观点保持一致，避而不论纯粹的经济决定因素的特殊作用，把文学定位在社会斗争中体现出来的人与人之间的关系上。庸俗的或者经济学的马克思主义存在的问题在于它的唯心主义或者形而上学的阶级观。这种阶级观与美国晚期资本主义的现状基本不对应，因为美国的下层阶级大多超出了第三世界的下层阶级范畴。詹姆逊的目的是要把文学马克思主义从它过时的无产阶级神秘说中解放出来，从它的机械的经济决定论中解放出来。

杰弗里·萨门斯是一名致力于社会学批评的德国语言文学专家。与詹姆逊一样，他也为后战时期欧洲与美国批评的分道扬镳甚感不安。他想把德国文学社会学引进美国学术界，以抵制形式主义所滋长的"救世主义诗学"与"反动的效忠"。[16] 他的《文学社会学与实践批评》(*Literary Sociology and Practical Criticism*)的基本立论前提是，"文学与社会、想象与现实的关系是相互的，或者用现在常说的话来说，是辩证的"(xii)。他的研究灵感来自于"德国学术界中马克思主义的惊人复兴"(6)，令他沮丧的是"美国批评愈来愈迷恋当下法国理论的时髦花哨，与现代马克思主义理论却格格不入"(14)。对于萨门斯来说，文学具有重要的人文目标，特别是对真理、理性与自由的追求，批评需要通过证明文学到底是什么来恢复文学研究的这些人文追求：

[16] Jeffrey L. Sammons, *Literary Sociology and Practical Criticism: An Inquiry* (Bloomington: Indiana University Press, 1977), p.4.

“文学是人类相互关系的一种产品，它对着处于相互关系中的人类说话。”(177) 萨门斯与詹姆逊最大的分歧是，他毫不犹豫地批评马克思主义的过激与缺点，积极倡导批评的多元主义。

在《政治无意识》中，詹姆逊发展了一种马克思主义阐释学。这种阐释学博采众长，不仅吸取了欧洲新马克思主义者的理论，而且也广泛吸取了非马克思主义批评家的理论，比如，雅克·德里达、诺思罗普·弗莱、A. J. 格雷马斯、雅克·拉康以及保罗·利科的理论。换言之，他对解构主义、神话批评、符号学、心理分析和现象阐释学领域最卓有成效的研究进行了筛选与综合，力图以此建构成一种解读模式。另外，他还借鉴了当代马克思主义者，包括路易斯·阿尔都塞、米哈伊尔·巴赫金、克劳迪·列维–施特劳斯、皮埃尔·马歇雷 (Pierre Machery) 以及一些英国左翼知识分子的理论。《政治无意识》比《马克思主义与形式》更广博、更见学术功底、也更加兼收并蓄，在对60年代以来发展形成的许多流派与思潮进行推敲的基础上，把自身定位在当代理论的十字路口。如果说此前的四本书还没有奠定詹姆逊在美国文学批评中的领导地位的话，那么这本书毫无疑问起到了这个作用。1982年秋，《辩证批评家》发行了一期关于詹姆逊这部论著的特刊，有力地证明了他的理论的重要性。

在第七章的最后几页，我们曾看到，詹姆逊建构了一种双重阐释学。否定、颠覆阶段，通过意识形态分析的运作祛除了幻想的神秘；肯定、修复阶段，通过文化生产提供通往乌托邦因素的途径。值得指出的是，詹姆逊采取了一种“文本主义”的历史与现实观来定位他的阐释学。他运用后结构主义的观点，指出：“历史不是文本，不是叙事，无论宏大叙事还是其他叙事；但是，作为一个不在场的起因，除非它以文本形式出现，否则我们无法接触它，而且我们接触它、接触真实本身的途径必得通过它在政治无意识中的事先文本化和叙事化。”[17] 这种文本化提供了一条避免经验主义与庸俗唯物主义的出路，使马克思主义辩证法与欧洲分析模式在“平等的基础”上竞争。我们已经在第九章的结尾讨论过詹姆逊《语言的牢笼》中对结构主义的批评。他认为，马克思主义对于文化作品的阐释，无论最终揭示的是什么，不可能“离开它对于作品中一切压迫因素、一切与特权和阶级主宰共谋的因素的评估，一种充满激情与党派偏见的评估……”(299)

---

[17] Fredric Jameson, *The Political Unconscious: Narrative as a Socially Symbolic Act* (Ithaca: Cornell University Press, 1981), p. 35. See also Jameson, “Marxism and Historicism,” *New Literary History*, 11 (Autumn 1979), pp. 41—73.

也许，对20年代到60年代之间欧洲新马克思主义兴起历史的最精辟的英语论著是佩里·安德森（Perry Anderson）的《西方马克思主义探讨》（*Considerations on Western Marxism*，1976）。安德森出生于30年代末，是英国的一位社会学家，担任有影响的《新左翼论坛》（*New Left Review*）的编辑。1982年，他应加州大学厄湾分校弗兰克·兰特里夏之邀，在该校韦勒克（Wellek）图书馆系列讲座中作了三个讲座。这三次讲座后来发表在《追踪历史唯物主义》（*In the Tracks of Historical Materialism*，1984）中，它们对70年代西方马克思主义的现状进行了分析。在安德森看来，太空时代马克思主义理论得到了蓬勃发展，但是马克思主义的政治战策略却一蹶不振、日渐萎缩。他不仅为它放弃可实现的社会主义这一经典马克思主义的目标而深感痛惜，而且也对结构主义与后结构主义的盛行深恶痛绝，因为这两者都进一步扼杀了对政治行动的关注。他直言不讳地批评马克思主义者为了批评理论而放弃激进行动。他们与左翼运动批评家不同，70年代的美国马克思主义理论家在政治无为与无能的掌控下辛勤地劳动着——有时候，这正是对詹姆逊的一种控告。像兰特里夏等人把特殊的知识分子（specific intellectuals）的政治工作与激进的知识分子的工作加以区分，这样的努力对解除这种批评的武装没有什么作用，这一点我们一会儿就能看到。

“理论”的政治

60年代到80年代之间，在学术文学研究领域内，左翼批评的复兴与“理论”这一分支学科的壮大同时出现。在第六章我们讨论过，60年代，一股欧洲思潮开始席卷美国批评界。70和80年代，随着阐释学、符号学、解构主义、新马克思主义、拉康心理分析、德国接受理论以及法国女性主义在高校的追随者日益增多，这股浪潮达到了顶峰。这段时间，文学–批评“理论”领域的日新月异的发展与体制化有如下标志：大量的新的专业学术刊物，如《辩证批评家》、《新文学史》、《批评探索》等的问世；新的机构，如批评与理论学院和国际符号学与结构主义研究暑期研讨班的建立；新的全国范围的理论小组，如MLA成员众多的文学批评分会和批评交流会的建立；一些有影响的大学出版社，如芝加哥、哥伦比亚、康奈尔、印第安纳、约翰·霍普金斯、西北大学、耶鲁等出版的大量理论作品的原著和翻译令人应接不暇；有关理论的期刊特刊与专题研讨会越来越多；新的理论术语、争论点和问题不断出现；学术理论家成了学术界的领军人物，影响不断扩大。60年代末到80年代初这段时期内，理论在学术性文学研究中的重要性与日俱增，成了这个学科的先锋——如果不是核心的话。它犹如一个硝烟弥漫的战场，各种新老学派、思潮与宗派在这里唇枪舌剑，竭力兜售他们的观点，火药味十足。与此相比，早先30年代、40年代和50年代在马克思主义者、新批评家、芝加哥学派、纽约知识分子派、神话批评家以及存在主义批评家之间的论战只不过是一些微不足道的小摩擦而已。

实际上，理论在学术界日益增长的重要性可以追溯到二战结束后不久的年月。韦勒克与沃伦的《文学理论》(1949) 以及后来弗莱的《批评的剖析》(1957) 的问世和广泛的成功便是标志。到了70年代中期，赫希的《解读的有效性》(1967)、多纳德和马克赛的《结构主义的论战》(1970)、德曼的《盲视与洞见》(1971) 以及布鲁姆的《影响的焦虑》(1973) 更是形成了一种庞大的集体影响的时候，可以说理论的重要地位已经基本上牢固地建立起来了。而这一切，对于文学历史学家、时期专家、版本目录学专家、传记作家、文学记者或者作家来说，却并不是好事。学者、非专业的文学知识分子与大学的理论家之间长期存在的矛盾更进一步扩大与深化了。70年代中叶以后，在学术文章或者流行评论中，看到对于"理论"的讽刺，已经是司空见惯。特别是解构主义，它明显的虚无主义和诡辩最令反理论的想象神魂颠倒。同时，理论家阵营内对理论的政治的关注也愈见强烈。70年代和80年代的情形与30年代和60年代一样，政治论战的带头人通常多是左翼批评家。不过，必须指出的是，在40和50年代，其他学派都在某种程度上避开政治话题，只有纽约知识分子派仍然坚持着这一传统。

可以说，后越战时代初期两位最杰出的先锋理论政治的左翼批评家是杰拉尔德·格拉夫和弗兰克·兰特里夏。前者出生于1937年，后者生于1940年。他们比其他几位左翼运动批评家坎弗、奥曼、劳特和弗兰克林年轻，不仅抨击形式主义、神话批评以及存在主义——这一点与他们的新左派前辈一致——而且也抨击现象学、阐释学、读者反应批评、结构主义以及解构主义。他们有意识地对理论领域里正在形成的意识形态发起攻击，特别是批评任何和所有反历史和形式主义的倾向。

在1985年为《党派评论》五十周年出版的纪念特刊上，杰拉尔德·格拉夫对他二十年的职业生涯进行了一个简短的、耐人寻味的自传性描述。他对60年代加盟左翼是这样描述的："1966年，我参加了新左派。我的新左派主义更大程度上是理论性的，而不是行动上的，尽管我也参加通常的宣讲会 (teach-ins) 和示威，在通常的抗议请愿书上签字。我阅读马克思、卢卡奇的论著、在《纽约书评》上读诺姆·乔姆斯基的文章，我开始称自己——当有人问起的时候——民主社会主义者。”[18] 接着，格拉夫把他对理性主义老左派和纽约知识分子派的信奉，描绘成对反文化和激进新左派时髦的非理性主义的一种保守主义修正，描绘成为文学批评保持与传统道德、政治和文化研究之间至关重要的联系的一种方式。

在《诗学命题与批评教义》(*Poetic Statement and Critical Dogma*, 1970) 中，格拉夫指出：诗学话语不仅仅是夸张的、体验性的，是有机统一的；而且也是命题性的、肯定性的，具有结构语义性的。他不否认诗歌渲染其虚构的态度、产生文字张力，也不否定诗歌包含着神话和原型。但是，他坚持认为这些特征并不排斥诗歌的说明和话语成分，而这些成分向我们提出了事实、知识、信仰和道德方面的命题。从本质上讲，格拉夫力图使文学既面向内在批评又面向外在批评，打破文学作品是神圣的自足体的排他性观念，把文学与历史、社会现实、政治和道德联系起来。在书后的附录中，格拉夫对1949年博林根奖评选委员会授予反犹太的、法西斯主义者埃兹拉·庞德诗歌奖的决定进行了分析，结论是诗人的恶毒的种族主义信仰不可挽回地损害了他的作品，使它失去了获得任何奖项的资格。格拉夫认为，博林根奖事件说明，文学与政治和道德是分不开的。

在《自我作对的文学：现代社会中的文学观点》(*Literature Against Itself: Literary Ideas in Modern Society*, 1979) 中，格拉夫把对各种先锋派批评的攻击进一步扩大、推向纵深，包括新批评、神话批评、现象学批评、存在主义批评、马克思主义批评的各种流派、阐释学、读者反应批评、言语行为理论、结构主义和解构主义。他攻击的主要目标是一套现代或者后浪漫主义观念，正是这些观念构成当代批评所有重要学派与运动的核心意识形态。作为一名哲学现实主义和传统人文主义的卫士，格拉夫认为，西方文化中的重要转折点发生在早期浪漫主义时期，在康德的真理融贯论 (truth as coherence) 取代早先的真理对应观 (truth as correspondence) 的时刻。正是这一时刻，对于一些核心理念的信仰消退，从而逐渐削弱了对于客观性、理性、不偏不倚的研究以及对于事实、理性论证的信念。随着工业资本主义社会在近代向后资产阶级消费文化转型，关于社会现实和文学现实主义、语言指涉和指涉性、客观解读和确定的意义的观念都随之失去了吸引力，成了保守的少数派——文化右翼——的

[18] Gerald Graff, “Teaching the Humanities,” *Partisan Review*, 50th Anniversary Issue, 51, nos. 4 and 1 (1984 and 1985), p. 851.

财富。文化左翼的激进主义者极力倡导艺术的反再现说和反模仿说的哲学。最终，出现了两种颓废的形式主义思潮：一种宣称，文学的关注不是现实，而是自身；另一种则断定，"现实"本身与文学是不可分割的。一种背离现实；另一种则把现实作为一种神话或者想象，因而吞食了现实。在这两种思潮中，文学都被渐进地剥离了它传统的模仿、表达和说教功能，越来越与政治和社会研究、历史与客观分析、伦理与道德判断无关。格拉夫指出，这种美学上的演变与西方资本主义的发展是平行的。结果，我们时代的先锋文学知识分子便在不知不觉中推动和助长了晚期消费资本主义的"进步"，放弃了他们对社会的批判功能。这种放弃是"进步"的黑格尔主义、存在主义、新左派和新马克思主义批评家的特征，也是新批评家、神话批评家、现象学批评家、阐释学批评家、读者反应批评家、言语行为理论家、结构主义者和解构主义者的特征。甚至一些与纽约知识分子派有关系的批评家，包括莱斯里·菲德勒、理查德·普瓦里埃和苏珊·桑塔格，也在宣扬一种反政治的形式主义。自相矛盾的是，所有这些文化先锋们与激进主义者都鼓励政治无为主义。

从格拉夫的左翼保守主义的视角来看，"激进的"现代与后现代美学是晚期资本主义的一个自然的文化伙伴。这种资本主义不需要历史、正统或者信仰，它与20世纪的怀疑主义、相对论完全一致，通过商业化、自恋、异化、快乐与游戏原则、不连续性和不确定性使自身得到了蓬勃发展。这样，文学知识分子所提倡的反历史的形式主义便进一步助长了毫无节制的个人消费，推卸了反抗与抵制资本主义社会这一批评固有的责任。他们实际上已经把自己中立化，成了自己最危险的敌人。他们越是把文学与生活割断开来，就越是削弱了文学对生活的批评作用。值得指出的是，格拉夫认为，不对高校文学系科的运作方法作大规模的重新调整，学术界就不可能有什么积极重建的希望。[19]

格拉夫的《自我作对的文学》出版一年后，弗兰克·兰特里夏的《新批评之后》也与读者见面。这部覆盖1957至1977年之间文学批评与理论的长篇批评史，一问世便立刻成为标准的当代批评史。它对神话批评、存在主义、现象学、阐释学、读者反

---

[19] See Gerald Graft, "The University and the Prevention of Culture," in *Criticism in the University*, eds. G. Graff and Reginald Gibbons, *TriQuarterly* Series on Criticism and Culture, no. 1 (Evanston: Northwestern University Press, 1985), pp. 62—82. 该文是后越战时代政治批评的典型之作，格拉夫对政治与文化上传统的"左""右"之分提出了质疑。毫无疑问，需要一个新的术语或者新的方式来对政治倾向进行概念化。

应批评、结构主义以及后结构主义进行了细腻、流畅、资料翔实的描述。格拉夫自始至终都采用一种几乎被人遗忘了的文学记者的辩证法模式，而兰特里夏则是以一种标准的学者风度侃侃而论。这两位左派批评家的论著有很多不同之处。兰特里夏用了大量的篇幅讨论欧洲大陆理论家和哲学家，而格拉夫却只是偶尔提到欧洲的影响。兰特里夏的左翼批评主要是受福柯的影响，他把这种批评巧妙地融贯在广泛的说明性叙事中；而格拉夫的左派攻击主要是受老左派的影响，这种攻击主导着他的全部论述，当他不在论辩的时候，就显得颇具讽刺意味。很奇怪的是，在心理分析、纽约知识分子派或者左派运动批评家的问题上，兰特里夏与格拉夫大不一样，几乎不发表什么议论。两人谁都没有提到女性主义批评家或者黑人美学家。对于文学研究的学术体制，也就是对于知识的系科化、学术组织、教学法的实践、高校的学刊与出版社、学术会议与研讨会、院校设置、文学经典与教材、基金会与专业行政机构、专业术语与专业化的规范这些问题，格拉夫是很关注的，相对而言，兰特里夏并不关心。从根本上讲，格拉夫倾向于体制分析，而兰特里夏则侧重对代表人物和代表论著构成的思想史进行探讨。格拉夫把文学与批评定位在社会历史当中，有时选择性地把一些政治事件、经济倒退以及一些重要的非文学的文化现象考虑进来。虽然他们之间存在着很多差异，但是两位批评家都认为，当代文学批评的主要流派是形式主义的，就是说，这些流派有反历史主义、哲学唯心主义、相对论、主观主义、唯美主义以及非政治主义的倾向。

直到《批评与社会变革》(*Criticism and Social Change*, 1983) 的问世，兰特里夏才开始摒弃历史描述和否定性批评，转向一种肯定性马克思主义批评。在这里，他对于大学、高校知识分子以及文学教育的社会政治功能深为关切。他痛恨当代理论的异化、分离主义以及非政治主义，因为这些倾向滋长了玩世不恭的事不关己和沉默主义。但是，他并不想摒弃理论，而是想推广理论或者把关注焦点放在它的内在的政治纬度上。他对德曼式解构主义所倡导的政治寄生 (political paralysis) 说进行了仔细推敲，也力图运用肯尼思·伯克的早期左派理论。同时，他还吸取了米歇尔·福柯、安东尼奥·葛兰西、赫伯特·马尔库塞、雷蒙德·威廉斯以及其他欧洲左翼批评家的重要理论。他对苏维埃、第三世界、老左派和最新的左翼马克思主义者不感兴趣，努力避开早先马克思主义的陷阱、发展一种独立的社会批评。

兰特里夏以葛兰西和福柯的理论为基础，对三种类型知识分子进行了描述。第一种，是公开地、不断地与工人阶级一起奋斗的“激进知识分子”。第二种，是“传统的知识分子”。他们在人文、哲学和艺术世界里以一种世界公民的身份出现，追求思想鉴赏家、文化管理员这样一种唯心主义的职业，置身权力与政治之外，珍视普世价值和独立的研究。因为兰特里夏关心的主要是当代的学术批评家，所以他对“激进知识分子”没有什么兴趣，对校园里到处可见的“传统知识分子”也相当绝望。他要左翼批评家努力克服并放弃他们所受的“传统知识分子”的教育，使自己成为“特殊的知识分子”(specific intellectuals)。“特殊的知识分子”反对压迫，而且就在他或者她身处其中的体制场所、严格地在他或者她的专长领域之内追求社会变革。从本质上讲，这样的文学知识分子的工作不能与教师工会、政治党派或者公开游行等活动联系在一起。不管这些活动多有价值，它们都与身为文学学者兼教师的学术知识分子日常的、具体的功能没有关系。兰特里夏认为：“作为高校的人文主义者，我们潜在的最有力量的政治工作必须是在我们所做的事情当中、在我们专长的工作中进行。”[20]对文学界人士而言，这意味着在话语层面上进行意识形态分析和斗争。兰特里夏遵循葛兰西和威廉斯的理论，他宣称，文化的生产、分配与消费构成了创造、维持和延续社会及其统治阶级利益过程中的一支主要的推动力量。为了使这种利益成为规范与必然，社会体制便对人民进行“教育”。社会主导意识形态的传播在既定的政治和社会结构内诱导合作和生产活动，从而避免使用胁迫或者暴力。通过家庭、教堂、学校、工作单位、传媒、法庭、警察以及其他社会机构，主导的观点与价值被深深地、广泛地植入日常生活的存在之中，从而构成了理解、判断和情感的无意识基础。维护文化统治或者霸权的这些程序从来都不是静止或者完成了的运作，它们必须不断地修正、三令五申以防止反抗与变革。在这方面，传统知识分子有意或者无意地成为意识形态的中介，而特殊的知识分子则是以反对派批评家的身份在劳作，细致分析那些被压制的观点，调查研究被排斥者和边缘人，并且不断地对整个文化进行再分析。

为了进一步推动特殊的知识分子的反霸权工作，兰特里夏提出了一个“马克思主义修辞”命题。这个研究命题的主要前提是，意识形态的实质是“**通过文本**向我们揭示的，所以也必须通过文本来掌握（阅读）和抨击（再读，改写）它”(24)。反霸权文化与霸权文化的主要工作都是通过语言进行的。换言之，社会变革和活动的中介是

[20] Frank Lentricchia, *Criticism and Social Change* (Chicago: University of Chicago Press, 1983), p.7.

修辞，可以用来行善或者作恶的修辞。对于专业文学批评家来说，严谨的文本和意识形态分析是他或者她的马克思主义修辞的基础：意识到政治影响、社会价值、文化的连续性与变迁，这样的操作理想化地将传统文本放入当代的接受语境中。新马克思主义修辞学家自觉地研究传统、经典以及意识形态的形成基础，寻求未来改变与社会变革的可能。

在建构"文学"理论的过程中，兰特里夏指出，在文艺复兴时期，"文学"涵盖了所有的书籍与作品，而在浪漫主义时期，"文学"只指想象性创作。这样，现代意义上的"文学"便"通过试图脱离历史、科学以及普遍的功利主义价值"而获得了身份与特征（123）。最终，在现代人眼里，"文学"就是指那些在美学意义上完善的伟大作品。这种对于"文学"的逐步限制与净化使文学越来越幼稚。在他的第一本论著《语言的欢乐：试论叶芝与华莱斯·史蒂文斯的激进诗学》（*The Gaiety of Language: An Essay on the Radical Poetics of W. B. Yeats and Wallace Stevens*, 1968）中，兰特里夏就以不偏不倚的学者风格，重构了诗学理论从浪漫主义、自然主义、象征主义到现代主义的简化进程。在他后来的论著中，他积极拓宽文学的范畴，力图扭转文学的这种历史萎缩的影响。

> 文学从来就不只是上流社会的伟大作品的经典；它也是我们所说的"少数"文学和"流行"文学。然而，这个拓宽了的定义甚至也覆盖不了它的全部。它是一切作为社会实践的写作……文学在我们的周围，无处不在，而且，它一直不停地在影响着我们。（157）

兰特里夏把"文学"与体现着意识形态和反意识形态的因素与力量的社会话语等同起来，从而把文学与社会现实和权力联系了起来，不仅突出了历史斗争与当代斗争之间的因果关系，也突出了它们之间的联系。另外，文学作为社会创作、作为文本和作为修辞，依赖于自愿、自由的活动，尽管这种活动受到环境和条件的限制。这就是兰特里夏保留的一点传统人文主义：对于人类意志与自由的信念。虽然他通过借助后现代主义关于文本性和社会话语的宽泛概念，力图恢复一种文艺复兴时期的"文学"观，但是，他拒绝接受后现代主义的"人之死"和被解构的主体的学说。与后越战时代其他受后结构主义影响的左翼批评家一样，他不仅使"文学"面向流行作品、工人阶级作品和族裔作品，而且也面向所有的话语。

随着60年代到80年代理论这一学科分支的发展，左翼批评家开始关注它的公开的和隐含的政治倾向和内涵。格拉夫和兰特里夏的研究就是这种对理论的政治越来越密切的关注的证明。就这个领域而言，早期运动派批评家与晚期左翼批评家之间的区别最明显地表现在理论研究范围的扩大上。格拉夫、兰特里夏以及其他的后越战时期的批评家不仅考虑到新批评、神话批评和存在主义批评，而且也考虑到现象学批评、阐释学、读者反应批评、结构主义和解构主义。80 年代初，女性主义批评也被增加在研究之列。1982 年《批评探索》发行一期关于“解读的政治”的特刊时，特刊的编辑已经可以宣告一个富有成效的命题，“批评与解读，即解释与理解的艺术，与组织人类生活的政治、权力结构和社会价值之间存在着一种深刻、复杂的关系”[21]。文学理论与意识形态、文学批评与文化霸权之间的自觉的联系，为所有学术知识分子敞开了政治、社会学、伦理学、经济学、人类学以及历史领域的大门。正是这一关键性的敞开，为批评分析扩展了的多学科研究奠定了基础。这一研究模式通常被称为“文化研究”——一种与传统的哲学唯心主义、唯美主义、主观主义、反历史主义以及非政治主义相对抗的理论实践。

左翼“文化研究”所挑战的是传统知识分子的统治与形式主义的主宰。对于左翼批评家来说，文学需要重新定义，以覆盖比旧的纯文学经典所能包含更广泛的话语。教学与批评的任务需要重新规划，以包括意识形态分析、社会探究以及文本注释。权威人物必须更换。因而，马克思取代了康德，福柯取代了德里达。兰特里夏以伯克代替了布鲁克斯；格拉夫用卢卡奇和美国老左翼批评家置换了弗莱和新批评派。70 年代末，一个重大的转变已经出现，“社会文本”取代“文本”成为研究的客体。这一转变在斯潘诺斯、费希、休斯、费尔曼和贝克的非马克思主义论著中都有所体现。这就意味着阐释学、读者反应理论、符号学、解构主义以及黑人美学都记录了运动对文化研究的冲击。尽管斯帕克斯、婕伦等人存在着分歧，但是女性主义者从一开始就形成了一个与文化批评研究平行的强大阵营。例如，凯特·米利特、莉莲·罗宾逊和弗洛伦斯·豪都属于 60 年代的新左派。相互关联的女性主义、黑人美学和文化研究都与

---

[21] W. J. T. Mitchell, “Editor’s Introduction,” *Critical Inquiry,* Special Issue on “The Politics of Interpretation,” 9 (September 1982), iii. 这期专刊刊发了布斯、费希、赫希、克里斯蒂娃、赛义德、斯皮瓦克以及怀特等人的文章。也见 Mitchell, ed., *Against Theory: Literary Studies and the New Pragmatism* (Chicago: University of Chicago Press, 1985)，这部文集收编了 1982 至 1985 年间在《批评探索》上发表的十二篇关于“理论”的众说纷纭的地位与本质的文章。

左翼运动相关，就是说，它们都是60年代反抗沉重的经济和历史条件的社会政治斗争的产物。这一切说明，**文化研究**是一个基础广泛的、多元的思潮，它开始于60年代末，80年代达到顶峰，吸引了20年代末到50年代末期间出生的一批最优秀的批评家，他们对形式主义理论的许多层面提出了有力的挑战。

左翼解构主义批评

许多左翼知识分子对解构主义都持敌视态度。比如：美国的杰拉尔德·格拉夫、保罗·劳特和弗兰克·兰特里夏，英国的佩里·安德森（Perry Anderson）、特里·伊格尔顿和雷蒙德·威廉斯。但是，其他的左翼批评家，比如美国的弗雷德里克·詹姆逊、爱德华·赛义德以及英国的罗萨林德·考沃德（Rosalind Coward）、约翰·埃利斯（John Ellis），则有选择地借鉴解构主义的洞见，同时也对它的非政治主义倾向进行批评。值得指出的是，随着70年代末解构主义的发展，一些左翼批评家，大多是1940年以后出生的，开始建构一种与解构主义理论一致的马克思主义批评。这些左翼解构主义批评家中，有约翰·布兰克曼、麦克·莱恩以及佳亚特里·斯皮瓦克。

我们在第十章中讨论到，佳亚特里·斯皮瓦克把马克思主义与解构主义联系在一起，就差支持耶鲁学派版本的文本性理论了。她认为这种文本理论是一种唯心主义的建构，把社会经济、政治和历史力量都简化成了纯粹的语言。对她来说，解构主义最有用的就是它对现代逻各斯中心社会的有力批判，对这种社会的父权、资本主义、种族和阶级约束形式的有力批判。

1979年，约翰·布兰克曼在《社会文本》上发表《解构主义与社会文本》（"Deconstruction and the Social Text"）一文，对解构主义的两个中心概念——文本性与互文性（intertextuality）进行了修正与扩展，从而把马克思主义与解构主义衔接重叠起来。首先，解构主义的文本或者修辞理论存在着几个问题。指涉对象（the referent）或者实在界（the Real）被非常狭隘地定义为知觉的稳定、不动的客体，这是一种陈旧的观点；无意识的概念不是被忽视，就是被误解。布兰克曼遵循马克思的学说，把指涉对象或者实在界当成历史的产物和社会的调整。这种理论比索绪尔的语言学更充分地描述出能指（signifiers）和所指（signifieds）之间的不稳定性与差异。他运用拉康理论，给符号理论又增添了一个心理分析的层面，以增进对语言口误的理解：不管对于什么人类话题，语言都包含着结构性空隙，所传达的与实际陈述的总是有差距。换言之，语言口误现象有一个源于精神生活的心理层面。这样，把文本理论重新定位在马克思主义与弗洛伊德的逻辑基础上的效果是，在不放弃解构主义的语言口误说的同时，把语言的指涉与社会现实和无意识联系起来。这样做的另外一个好处是，从左翼解构主义的视角来看，语言的虚构性或者修辞性既突出了文学置身实在界（the Real）之外对社会进行批评的力量，又强调了它放纵幻想题材、描绘出乌托邦的可能性力量。

布兰克曼认为，解构主义的互文性理论极端狭隘，有着极大的局限性。他指出，文学文本不仅指涉其他文学文本，也指涉广泛的社会作品、象征构成以及再现系统。互文性把文本与宗教、文化、政治以及经济话语联系在一起。这些异质的文本领域加在一起，便构成了一般文本或者"社会文本"。通过把互文性理论转变成**社会文本**理论，左翼解构主义者不仅把富有诗意的作品与文学传统联系起来，而且也与文化历史联系起来。结果，他们从根本上扩展了解构主义的拆解和否定工程，使其承担起马克思主义意识形态批评和体制分析的任务。

也许，左翼解构主义批评最重要的论著是1982年约翰·霍普金斯大学出版社出版的麦克·莱恩的《马克思主义与解构主义》(*Marxism and Deconstruction: A Critical Articulation*)。莱恩是斯皮瓦克的学生，70年代末曾在法国与德里达一起工作，与行动主义的法国哲学教学研究小组一起工作。他60年代末出道时是一位新左派毛泽东主义者，喜欢去中心化的民主共产主义，不喜欢苏维埃风格的官僚斯大林主义和列宁主义的纪律主义。他对第三世界社会主义、女性主义马克思主义、法国激进后结构主义和当下英国马克思主义批评表示同情。他承传了一些欧洲新马克思主义者和意大利理论家安东尼奥·奈格里（Antonio Negri）的理论，还参与翻译了他们的一些论著。他对美国解构主义不感兴趣，认为它助长政治保守主义、文化传统主义、认知虚无主义以及事实上的向现状的投降。

与布兰克曼和斯皮瓦克一样，莱恩也把文本性和互文性理论与社会文本理论联系起来。为了做到这一点，他对德里达的激进的他者性或者**他异性（alterity）**概念进行了重构。"实质或者主体性、本体论或者神学、存在或者真理的确定基础，无一不是交织在一种他者-关系的网络之中，或者一连串的区分之中。"[22] 事实上，所有的概念、客体和现象都纠缠在一种异质性关系、传统、历史和体制的网络之中。对于文学

[22] Michael Ryan, *Marxism and Deconstruction: A Critical Articulation* (Baltimore: Johns Hopkins University Press, 1982), p.14.

批评家来说，这就意味着文本和社会文本之间有着牵扯不断的关系。因此，莱恩把解构主义差异方法论转变成一种辩证批评形式，一种既是关系性的又是区分性的思维方式。它打破所有纯净化或者本质化概念的自我封闭的实质和理念，如原始“言语”和“主体性”，揭示它们的构成的他者性，在此基础上对它们的差异进行分析。另外，它还固执地把事件与现象像联系文学与政治经济一样地联系起来。通过区分和关系思维这种马克思主义的解构过程，莱恩建立起一种激进教育学和一种批评实践。

在这本书的结尾，莱恩把新左派的哲学和风格与解构主义的哲学和风格进行了比较。与新左派哲学一样，解构主义也表现出这样一些重要特征：“强调多元性、反对专制的统一，喜欢批评、而不是服从，拒绝接受一切形式的强权和主宰的逻辑，提倡异议、反对认同，以及对国家普遍主义（state universalism）提出质疑。”(213) 这种去中心的和“无政府主义的”运作模式是对一切中央集权的战略反抗，无论这种集权的形式是党派政治、国家权力、哲学观念还是经典化的文学传统。从这种新左派和解构主义的价值观出发，莱恩肯定了飞地政治（enclave politics）的优点，特别是由社会主义女性主义者、波兰团结工会（Polish Solidarity）和意大利“独立”运动发展形成的飞地政治。总而言之，左翼解构主义者对新左派的价值是认同的。这一点并不特别奇怪，因为这些激进主义批评家是在新左派的鼎盛时期成年的，而且他们常常参加新左派的活动。

不过话说回来，很多左翼知识分子对解构主义还是持敌视态度，认为它对马克思主义政治和批评实践没有什么用处。例如，1985年，一位马克思列宁主义者发表文章对左翼解构主义以及德里达和耶鲁解构主义学派进行了严厉痛斥。这位学者谴责，解构主义——无论是来自右翼、中间还是左翼——消解了马克思主义有关阶级、无产阶级、政党的中央集权主义、工人革命和夺取国家政权的主要概念。左翼解构主义者反对共产主义、中央集权主义和革命，支持无政府主义、联合政治和左翼多元主义。根据这一激进观点，所有的解构主义都是一种反进步的、形式主义的唯心主义，因此就造成了整个学派政治上的破产。[23] 左翼解构主义者遭受到马克思主义运动的保守派、温和派和激进派各方面的攻击。格拉夫、兰特里夏和其他许多左翼分子都对马克思主义与解构主义的结合持否定性态度。而且，主流解构主义的领军人物也不喜欢

[23] Barbara Foley, “The Politics of Deconstruction,” in *Rhetoric and Form: De-construction at Yale*, eds. Robert Con Davis and Ronald Schleifer (Norman: University of Oklahoma Press, 1985), pp. 113—134.

扮演激进马克思主义者眼中政治上的反革命角色，所以他们对左翼解构主义者的理论大多置之不理。

后马克思主义文化批评

早在卡尔·马克思和他的追随者为人所知以前，欧洲和美国就已经出现了左翼思潮。例如，社会主义、工团主义和无政府主义可以追溯到19世纪中叶以前。没有理由相信，未来任何一种左翼哲学与运动都必定与马克思主义思想和传统有关。一个后马克思主义左翼的出现并非没有可能。一些新马克思主义者指出，马克思主义适用于19世纪工业资本主义，但是却不适用于20世纪末的消费资本主义。这就提出了马克思主义是否仍然与当代西方社会相关的问题，尽管这一问题的提出有时是无意之中。特别是，与无产阶级联系在一起的社会革命的可能似乎越来越遥远。60年代，进步的激进行动的力量显然已经从产业工人转向呼吁和平、生态平衡、妇女权利和种族授权（racical empowerment）的活动家。这些流行的激进主义都远离工厂。从历史角度讲，美国的阶级斗争与反对核武器、反对亚洲战争和反对种族隔离这些真实的斗争相比，似乎成了一个文物古迹。这些新兴的流行运动之间各种不同的利益、目标和意识形态越来越严重地削弱了马克思主义在左翼的主导地位。同时，苏联对于捷克斯洛伐克和阿富汗的武装干涉，波兰工人反对马克思主义政府的罢工以及柬埔寨左翼红色高棉发动的种族灭绝，大大地降低了太空时代马克思主义的信誉。这一切，加上鲁道夫·巴罗（Rudolf Bahro）、诺姆·乔姆斯基和希拉·罗博瑟姆（Sheila Rowbotham）这些杰出的、声名卓越的非马克思主义激进主义者的出现，便使得后马克思主义运动和分析模式不仅成为可能，而且大有发展前景。因此，美国从事后马克思主义文化批评的文学批评家队伍日益壮大，其中包括文艺复兴专家斯蒂芬·格林布拉特和在巴勒斯坦出生、在美国接受教育的知识分子爱德华·赛义德。我们在先前的讨论中曾提到，一些左翼批评家如60年代的保罗·劳特和凯特·米利特，70年代的弗洛伦斯·豪和伊莱恩·肖瓦尔特，80年代的威廉·斯潘诺斯和罗伯特·休斯都倡导了各种后或者非马克思主义的文化批评研究。

70年代，斯蒂芬·格林布拉特提出了一种“文化诗学”说。这一学说在他的《文艺复兴的自我形塑：从莫尔到莎士比亚》（*Renaissance Self-fashioning: From More to Shakespeare*, 1980）中得到了充分展开，该书也获得了英国文化协会人文奖。在写作这本书的过程中，格林布拉特发现，"形塑自己和被文化体制——家庭、宗教和国家——形塑是相互牵连、密不可分的""任何时刻都不存在纯粹的、不受约束的主体性；事实上，人类主体本身开始显得极端的不自由，成了特定社会中权力关系的意识形态产物。"[24] 独立的自我只是一种幻想而已，自足的文学文本也同样是一种幻想；自我与文学文本都必须放在它们与社会体制的复杂的相互关系中辩证地考量。不管是在讨论作者的"自我"还是文学作品中人物形象的"自我"，格林布拉特把16世纪的主体性定位在各种互相竞争的话语势力的网络之中，一方面受到敌对的他者的侧面攻击，另一方面受到权威的压制，身份（的认同）受到了来自双方面的威胁颠覆。最后，一个可以证明是同一的自我的构成就意味着与强大的文化控制机制的谈判斡旋。

虽然格林布拉特的文化诗学也依赖一些马克思主义学术的零碎概念，但是它得益最多的还是当下的人类学理论，特别是克里福德·格尔茨（Clifford Geertz）的《文化解读》(*Interpretation of Cultures*, 1973）。格林布拉特最希望避免的是还原式的文学传记、文学历史和文学社会学。传记的主要问题在于，它把自身局限在作者的行为上，牺牲了对更大的社会网络的关注。传统的文学历史忽略文学的体制和个人功能，错误地把艺术看成是自足的或者不受时间影响的东西。文学社会学，把艺术完全描绘成社会准则和规范的反射，使它在意识形态上层建筑中孤立，削弱了作者作为即兴创造者、颠覆者的作用。[25]

作为一名英国文艺复兴文学的历史学家，格林布拉特发现自己处于一种两难的境地，一方面必须概括一个世纪的文化生产；另一方面又想描述一系列相互关联但又有差异的历史。"这本书不会对英国文艺复兴的自我形塑提出任何全面的'解释；'每一章的解释都是独立的探索，它的轮廓是根据我们对于作者或者文本的具体情形的理解而形成的。但是，我们可以总结出一套大多数的自我形塑所共有的主导条件……"(8–9) 格林布拉特的主要兴趣不在一个长治久安的社会构成中潜在的大规模的结构

---

[24] Stephen Greenblatt, *Renaissance Self-Fashioning: From More to Shakespeare* (Chicago: University of Chicago Press, 1980), p. 256.

[25] Stephen J. Greenblatt, Preface, *Allegory and Representation,* Selected Papers from the English Institute, 1979–1980, ed. S. J. Greenblatt (Baltimore: Johns Hopkins University Press, 1981), p. xiii; and *Renaissance Self-Fashioning,* pp. 227–228.

Similar attempts at renewing sociohistorical criticism were sketched in *Historical Studies and Literary Criticism*, ed. Jerome J. McGann (Madison: University of Wisconsin Press, 1985), 这部文集包含十二篇出自不同作者的论文，在80年代中期，格林布拉特与麦克甘恩以及其他一些批评家的理论被笼统地称为"新历史主义"。

性限制，而在于由这样的限制给具体作者所带来的具体矛盾和冲突。值得指出的是，许多后马克思主义知识分子的历史学都从整体分析(holistic)转向差异性(differential)分析。他们继承的是法国后结构主义历史学家米歇尔·福柯的传统。在后越战时代，在美国的一些后马克思主义或者非马克思主义文化批评家例如格林布拉特、赛义德、休斯和斯潘诺斯中，福柯理论的影响与实用性远远大于德里达和拉康。

格林布拉特关注的只是16世纪的学术，对17世纪末和18世纪初的一般性理论的论战没有什么影响，而爱德华·赛义德却深深地卷入主要的对立学派和思潮的实际论战，担当起"激进"的批评家并置身于文学批评理论论战的中心。十年多的时间里，他一直是福柯和后马克思主义文化批评卓越的拥护者。赛义德首先是通过他雄辩的文章，开始拥有了广泛的读者。另外，他在一系列的论著，包括《东方主义》(*Orientalism*，1978)、《巴勒斯坦问题》(*The Question of Palestine*，1979)、《报道伊斯兰》(*Covering Islam*，1981)中，运用他的理论立场深刻分析和揭露了欧洲和美国对于阿拉伯社会的歪曲理解。

发表在斯潘诺斯的《疆界2》上的一篇题为《美国"左翼"文学批评反思》(1979)的文章中，赛义德对冒牌(ersatz)"左翼"批评表示了些许不满。他对这种批评的定义是："对被认为是既定的或者保守的学术理论采取一种反对立场"，而且"**似乎**"(**as if**)在倡导一种思想、实践或许还有社会的激进化"[26]。这种批评的一个缺点是，不管它是不是马克思主义的批评，把历史研究中立化以方便修辞分析和方法论的系统化。另一个缺点是，对于主导价值、定义和体制的广泛肯定，这种肯定是拒绝审查学术与权力机关之间同谋关系的结果。值得注意的是，赛义德认为奥曼和福柯的研究是这方面的两个例外。第三个不足之处在于，"左翼"文学批评家自愿地接受文学研究孤立说，忽视了更大的社会问题。这种倾向在德里达分子中显得尤为突出。他们的文本观限制了文本与同样地被剥离了历史与权力的其他文本之间的联系，从而使文本成了同质性的东西。这种倾向也体现在左翼知识分子的易于治理上，因为他们对于文化名作的盲目献身精神对主导价值与国家政体并不构成威胁。第四个薄弱环节在于，左翼批评在无意识中存在着种族中心的西方主义。这种西方主义与当代西方的

[26] Edward W. Said, "Reflections on American 'Left' Literary Criticism" (1979), in *The World, the Text, and the Critic* (Cambridge: Harvard University Press, 1983), p.159. 这是他的一部个人文论集，收集并略微改动了他在1969年至1982年间发表的十二篇论文。此后略为*WTC*。

种族仇恨、殖民扩张、帝国战争以及对第三世界国家的经济操纵都有着紧密联系。赛义德列举30年代和40年代知识左派积极参与政治的事例，把早先埃德蒙·威尔逊、F. O. 迈锡森和安东尼奥·葛兰西的论著奉为表率。他对70年代左翼批评家躲避对抗性政治深感惋惜。他指出，“缺乏一种连续性的本土马克思主义理论传统或者文化”是一大不足（166）。他敦促知识分子“把文化看成一种历史力量，具有它自己的各种构成。这些构成又与社会经济领域的那些构成交织在一起，最终以政体的形式对政体产生影响”（171）。

不管赛义德怎样与真正的左翼政治保持一致，与马克思主义传统保持一致，他还是拒绝把自己当成一名马克思主义者。在论文集《世界、文本与批评家》（*The World, the Text, and the Critic*, 1983）开篇宣言的结尾，他解释了他对马克思主义的看法：“马克思主义需要系统的解码、去神秘化和严格的澄清”（29）。在这方面，他举出诺姆·乔姆斯基的论著作为典范。在赛义德看来，抵抗的知识分子的恰当角色不是做一个学派的好成员，不是去遵守党派的纪律。他不应被教条所束缚，而应该永远对正统持怀疑态度。批评必须是“世俗的”，不是侍神的或者“宗教性的”。因此，对于赛义德来说，“被事先修饰、贴上‘马克思主义’或者‘自由主义’标签的批评，是一种矛盾修辞法。思想的历史，更不用说政治运动的历史，充分说明‘团结高于批评’的金玉良言意味着批评的死亡”（28）。即使赛义德倾向于成为一名马克思主义者，当今美国马克思主义仍然存在着其他的严重问题，由政治原因引起的严重问题。

> 就目前的美国文化历史而言，“马克思主义”主要是一种学术信仰、而不是政治信仰。它有成为一种亚专业的危险。从这种不幸的现实我们可以推断，还存在着与此相关的其他问题：没有一个重要的社会主义党派（与欧洲各种党派相似的），“左翼”批评话语被边缘化，各种职业团体（学术的、院校的、区域的）似乎没有能力组织有效的与政治行动团体之间的联盟。在当今的情况下，“从事”马克思主义批评或者创作的实际效果，当然就是宣告自己的政治信念，但这样做的同时实际上也就将自己置身事外，割断自己与当今世界上正发生的许许多多事情的联系，割断与其他批评的联系（28—29）。

从学术和战略角度讲，在后越战时代的美国，要成为一名马克思主义者，就有被封闭、被边缘化和失去号召力的危险，有囿于教条主义、庸碌无为和失去批评锋芒的危险。

赛义德70和80年代发表的文章和论著宣扬和倡导的是具有后马克思主义风格的行动主义文化批评。“我的观点是，文本是世俗的东西，在某种意义上，它们是事件。哪怕它们有时似乎在否认这一点，它们也仍然是社会世界、人类生活的一部分，当然，也是它们身处其中并被阐释的历史时刻的一部分。”（*WTC*, 4）不足为奇的是，赛义德从维柯直到奥尔巴赫（Auerbach）一脉的知识分子所从事的哲学和语言学形式的世俗批评那里获得灵感。他在《开始：意图与方法》（*Beginnings: Intention and Method*, 1975）中，对这两位大师都赞誉有加。赛义德极力提倡对联属网络进行严格的文本分析，即对许多把文本与作者、文化和社会物质上/实质上联系起来的环节/纽带的分析。任何以人文主义、形式主义、结构主义或者什么别的主义的名义，来抹杀这种联属或者联系的行为，都意味着放弃批评责任。而且，仅仅研究环境形成的话语直系关系或者附属关系也还是不够的；如果一个文本宣扬维持独断的现状或者某种形式的压迫，那么，就必须对其进行抵抗与反对。赛义德崇拜乔纳森·斯威夫特（Jonathan Swift）和乔姆斯基这样的抵抗的批评家和行动主义者，因为他们倡导改革、选择与干预。从根本上讲，“批评必须把促进社会进步、使生活更美好作为己任，必须从本质上反对任何形式的独裁、专制和虐待；它的社会目标是为实现人类自由而生产非强制性的知识”（*WTC*, 29）。

赛义德最厌恶的是各种形式的正统、权威、教条、系统化，特别是无为主义。他提倡对这样的“宗教”形式和倾向持“世俗”的怀疑主义和讽刺态度。例如，解构主义的不确定性和不可解读性的观点实际上是在提倡逃避世俗现实，鼓励高雅文化的私人消费。任何只提倡精致、墨守成规和/或者不干涉的批评模式都使得批评与时事不相干并且无能，这种批评脱离了文化和社会，从而削弱了自身的力量。不仅解构主义者的研究项目令赛义德生气，晚期福柯以及他的追随者们的理论也同样使他不满。“福柯唯恐落入马克思主义经济主义，因此迫不及待地把工人阶级、经济、反抗和暴动在他所讨论的社会中的作用一笔勾销。”（*WTC*, 244）这种抹杀的结果是不幸地“用老到的知识主义为政治无为主义进行辩护”（245）。赛义德对福柯的这一令人吃惊的批评，却引起保罗·鲍威对他的批评。鲍威指出，赛义德本人没有对传统给知识分子指定的傲慢、自私的角色提出挑战——“[传统]知识分子的作用是，运用他们的批评意识，帮助被压迫者缓解他们所受的压迫。”[27] 凯瑟琳·加拉格尔（Catherine

---

[27] Paul A. Bové, “Intellectuals at War: Michel Foucault and the Analytics of Power,” *SubStance*, nos. 37/38 (1983), p. 46.

Gallagher）也对赛义德进行了指责，因为他的世俗批评没有涉及任何具体的政治。她指出，在赛义德那里，“政治变得毫无实质，几乎失去了意义”[28]。事实上，赛义德的政治，正如《东方主义》和他的晚期论文中所暗示的那样，提倡的是自由主义，有无政府主义的倾向。所以他特别反对教条主义、独裁主义以及正统和无为主义。[29]

赛义德所崇拜的知识分子和批评家都表现出一种“域外性”（extraterritoriality）。就是说，他们在行动主义的世俗批评实践中打破了学科和民族的界限。在赛义德看来，“批评的未来或者批评的功用，将在各种文化、话语和学科之间的交汇处展开与实现，而不是在任何一个特定领域的占有、体系化、管理和专业化当中展开与实现”[30]。这一观点解释了赛义德的世俗文化批评命题游移不定的界域，同时也反映了他对比较文学的执著以及他从巴勒斯坦流亡出来的个人经验。相比之下，格林布拉特的研究命题不像赛义德的那么涉猎广泛。他倡导的是在英语研究框架内的一种社会学文化诗学。这两位批评家的共同之处在于，他们都致力于在不受马克思主义的规范约束的前提下从事跨学科研究、“话语”（社会文本而不是文学文本）研究、政治和经济问题的研究。他们都自觉地反对限制性的形式主义和后结构主义的研究模式，都在接受细读要求的同时提倡传记、历史、伦理和社会分析。

学术界的“文化研究”

左翼批评与其他各种形式主义批评之间最显著的区别就在于，前者坚持把美学现象和艺术作品定位在与社会基础和其他文化作品之间的关系中来研究。这种研究不仅要求文学批评家进行文本分析，而且也要求批评家对文化生产、分配和消费的经济、政治、社会、体制和历史基础进行分析。因此，美国学术界的左翼批评家越来越提倡整体化分析模式和广泛的文化研究命题。鉴于太空时代左翼运动内部存在着不同的派别与研究模式，文化研究的命题也以不同形式出现。

虽然左翼批评家之间存在着性格、职业和政治上的分歧，但是他们大多认为，学

---

[28] Catherine Gallagher, “Politics, the Profession, and the Critic,” *Diacritics*, 15 (Summer 1985), p.38.

[29] Edward W. Said, *Orientalism* (New York: Pantheon, 1978), pp.24, 327–328; and “Orientalism Reconsidered,” *Cultural Critique*, no. 1 (Fall 1985), pp.91, 106.

[30] Edward W. Said, “The Future of Criticism,” *MLN*, 99 (September 1984), p.956.

术文化研究的体制存在着不足，亟待改变。从60年代到80年代，文学左翼的共识是：批评研究的范围必须显著地扩展，"文学"的概念必须大大地拓宽。所以左翼批评的特征就是对文学批评的局限和伟大作品标准的狭隘性发起攻击。例如，在60年代，弗洛伦斯·豪和莉莲·罗宾逊提出要把妇女文本纳入课程设置；莱斯里·菲德勒和理查德·普瓦里埃积极争取流行文化的合法地位；路易斯·坎弗和保罗·劳特敦促要关注工人阶级文学。所有这些批评家都坚持强调政治之于文学批评不可回避的重要性。70年代，弗雷德里克·詹姆逊提出了辩证批评；斯蒂芬·格林布拉特发展了文化诗学；爱德华·赛义德则倡导世俗批评。他们的这些批评模式都强调政治和批评之间的联系，敦促对"文学"重新定义以包括迄今一直被认为是"非文学"的材料。到了80年代初，左翼批评家重新定义文学和重新构建批评的研究采用了一个被广为接受的名字"文化批评"。

《高校中的批评》(*Criticism in the University*, 1985）是一部论文集，收入十八篇出自不同手笔的论文。两位编辑杰拉尔德·格拉夫和雷金纳德·吉本斯（Reginald Gibbons）在该文集的序中指出："如果说有什么东西把我们的十八位撰稿人联系在一起、使他们超越了地方性差异的话，那么它就是这样的一种共同感觉：要重新振兴当下文学的人文研究，最迫切需要的乃是一种复苏的'文化批评'，一种建立在普遍观点和最广泛意义的文学文化基础之上、包括当代想象作品（和其他媒介）的文化批评。"(10）接着，他们宣称，"如果对于文学作品的具体的细读是在真空中进行——脱离了历史、哲学和社会语境的话，那么就不可能恢复文学曾经有过的使命感"(10—11)。面对使命感的日益丧失、人文学科的奄奄一息和学术界的超专业化(hyperspecialized）与漠然，越来越多的左翼批评家在不想贬低或者摒弃早先形式主义者提倡的细读这一重要习惯的同时，提倡社会历史、哲学和政治模式的批评分析。文化批评所产生的复兴计划依赖的是扩大文学概念，不仅把当代和经典的文本包括进来，也把其他形式的媒介包括进来。在《论文化马克思主义》("Theses on Cultural Marxism", 1983）中，约翰·布兰克曼是这样解释拓宽"文学"概念的必要性的："人文学科对于资本主义社会的文化凝聚已经不再至关重要；其重要性已经被大众文化所取代……"[31] 鉴于这一历史性转变，大众文化成了当代人文分析和文化研究必不可少的对象。为了给文化研究正名，一些左翼文学批评家呼吁向早先更为丰富的批评

[31] John Brenkman, "Theses on Cultural Marxism," *Social Text*, 3 (Spring and Summer 1983), p. 20.

模式回归；另一些左翼文学批评家则指出适应新的和改变了的社会现实的必要。前者诉诸以往的传统，如格拉夫；后者则把关注焦点集中在当下时刻，如布兰克曼。一方从纽约知识分子派那里获得灵感；另一方则追随法国后结构主义思潮。不管哪一方，这些文化研究命题都拓宽了“文学”和“批评”的定义，使其显然有别于众多与之争鸣的批评学派和运动的实践。

在 1982 年的一次采访结束时，弗雷德里克·詹姆逊宣称：“马克思主义是当今唯一有生命力的哲学。它拥有一个知识整体和‘学科’领域统一的概念，穿越旧式的系科和体制结构，恢复了普遍研究对象的理念，为看似独特的经济、政治、文化、心理分析等等领域的探索奠定了基础。”[32] 詹姆逊认为，治疗学术专业化和知识系科化所产生的碎片化的唯一有效的方法是久经考验的马克思主义文化批评实践。这种实践显然远比当代跨学科研究所滋长的昙花一现的伎俩优越得多。在他自己的文化批评实践中，詹姆逊追求的是一个不仅包括新马克思主义和（后）结构主义，而且也包括神话批评和阐释学的集大成。在《政治无意识》中，詹姆逊雄心勃勃地建构他的马克思主义阐释学，力图为美国文学批评家提供一个最恢宏的文化批评的解读模式。

80 年代，随着时间的推进，越来越多的批评家呼吁创建有效的当代文化研究模式。例如，罗伯特·休斯在《文本的力量》(*Textual Power*, 1985) 中敦促：

> 我们必须停止“教授文学”，开始“研究文本”。我们重建的组织 / 运作方式必须为文本研究所用……在这个新的事业中，我们无需舍弃我们喜爱的文学作品，但是文学作为一个范畴的排他性必须抛弃。任何一种文本，无论是视觉的还是文字的，无论是挑起论战的还是诱惑性的，都必须当作进一步研究其文本性的机会。文本研究必须超越零散的页面的界域，书本必须放在体制实践和社会结构中考量……[33]

通过以后结构主义的文本性概念取代传统的“文学”观，休斯设想了一个“文本研究”的命题，这个命题将一切类型的“文本”和社会形式都纳入研究之列。对于马克思主义，他既不全身心投入也不明显敌视。同样，1985 年创刊于明尼苏达大学的

---

[32] Fredric Jameson, “Interview,” *Diacritics,* 12 (Fall 1982), p. 89. See also Fredric Jameson, “Marxism and Teaching,” *New Political Science,* nos. 2—3 (1979—80), pp. 31—36.

[33] Robert Scholes, *Textual Power: Literary Theory and the Teaching of English* (New Haven: Yale University Press, 1985), pp. 16—17.

《文化批判》(*Cultural Critique*) 的编辑们，也期望他们的刊物"占据文化解读的广泛领域，那个当下由文学、哲学、人类学和社会学研究交汇，由马克思主义、女性主义、心理分析和后结构主义方法交汇所界定的广泛领域"[34]。他们进一步宣告："在最广泛的意义上，《文化批判》的目的可以理解为，从经济、政治、社会和美学的谱系、构成和效果这些角度，来对人们所接受的价值、体制、实践和话语进行分析。"(5) 这一后马克思主义的文化研究规划自觉追求的是取代传统文学批评和理论的研究。该期刊的顾问委员会中有很多左翼知识分子的领军人物，其中包括马克思主义者斯坦利·阿罗诺维茨 (Stanley Aronowitz)、弗雷德里克·詹姆逊、弗兰克·兰特里夏和海登·怀特；无宗派的左翼批评家保罗·鲍威、诺姆·乔姆斯基、爱德华·赛义德、威廉·斯潘诺斯和康内尔·韦斯特 (Cornel West)；女性主义者爱丽丝·加尔丁和佳亚特里·斯皮瓦克；英国马克思主义者特里·伊格尔顿、斯蒂芬·希斯 (Stephen Heath)、考林·麦卡布 (Colin MacCabe) 以及雷蒙德·威廉斯。

英国左翼批评家在70和80年代首先提出了文化研究课题。其中，最有影响的课题包括雷蒙德·威廉斯的"文化唯物主义"、伯明翰当代文化研究中心 (Birmingham Centre for Contemporary Cultural Studies) 的"文化研究"以及特里·伊格尔顿的马克思主义"修辞与话语理论"。伊格尔顿在他广为流传的《文学理论介绍》(*Literary Theory: An Introduction*, 1983) 中对后者进行了勾画。他借鉴威廉斯等人的理论，努力强调"文学"不是一个一成不变的本体论范畴或者客观实体，而是一个可变的功能性术语和社会历史构成："最好把'文学'看作一个术语，一个人们在不同的时间、出于不同的原因，给一些不同类型的作品所起的名称，福柯把这些类型作品构成的整个领域称为'话语实践'……"[35] 文化研究的真正对象不是文学，而是话语实践，这种话语实践在历史意义上被理解为与知识和权力联系在一起的修辞建构。伊格尔顿列举的值得研究的话语形式包括：电影、电视节目、流行文学作品、儿童书籍、科学文本，当然还有经典"名著"。就批评方法而言，伊格尔顿提倡以马克思主义政治为基础的"多元主义"："任何方法和理论，只要它能通过对社会进行社会主义变革，为实

[34] Editors, "Prospectus," *Cultural Critique,* no. 1 (Fall 1985), 6. See also *Works and Days* (established in 1979), especially number 5, published in Spring 1985, which concentrated on "Cultural Criticism."

[35] Terry Eagleton, *Literary Theory: An Introduction* (Minneapolis: University of Minnesota Press, 1983), p. 205.

现人类解放、生产‘更好的人’这一目标做出贡献，都是可以接受的。”(211)

在对雷蒙德·威廉斯和伯明翰文化研究中心的分析中，麦克·莱恩指出，当代文学研究向文化研究的转型过程经历了三个重要时刻。首先，女性主义、伦理学和左翼批评的合力有力地促成了这样的认识：文学文本从根本上讲就是文件和社会事件，有其社会历史指涉意义。第二，结构主义和符号学的研究证明，文本由社会规范、传统和再现所型造，从而打破了文学自足说。第三，大众传媒和流行文化的重要性日益增长，取代了文学经典的中心地位，迫使批评家不得不承认这些新的话语所起的至关重要的影响和教育作用。[36]

80年代，受后结构主义思潮影响的文化研究倡导者们提出，纯粹的前话语（pre-discursive）、前文化（pre-cultural）的现实或者社会经济基础是不存在的：文化话语构成社会存在和个人身份的基础。基于这种“诗学”，文化研究的任务是，研究由一整套文化话语所形成的传统和再现。这种诗学概念打破了经济基础/上层建筑这一经典的马克思主义学说，也因此颠覆了经久不衰的模仿和反映说。不是文学话语反映社会现实；相反，是各种话语以再现和叙事的形式构成了现实，从而在认知和社会政治语域（registers）产生了可见的情感和说教效果。[37] 正是这一文本诗学（或者类似文本诗学的东西），使左翼解构主义者、后马克思主义者以及一些新马克思主义者后来的文化研究课题有别于那些由新左翼和保守马克思主义者先前提出的文化研究课题。在一个阵营里，有布兰克曼、格林布拉特、詹姆逊、兰特里夏、普拉特、莱恩、赛义德、休斯以及斯皮瓦克这样的批评家；另一个阵营里，有弗兰克林、格拉夫、弗洛伦斯·豪、坎弗、劳特、奥曼、罗宾逊以及史密斯。在相当大的程度上，70年代末和80年代左翼文学批评的魅力和力量，来自于它能够在不牺牲自己传统的政治和伦理信仰的基础上融合和运用先锋的欧洲大陆哲学家的见解。

在对流行文学和工人阶级文学、大众传媒和“亚文化”形式的研究中，文化研究

---

[36] Michael Ryan, “Cultural Studies—A Critique.” 我谨在此感谢莱恩教授给了我这篇文章的一份样稿。有关对雷蒙德·威廉斯和特里·伊格尔顿的批评，见 Catherine Gallagher, “The New Materialism in Marxist Aesthetics,” *Theory and Society*, 9 (Spring 1980), pp. 633—646. 有关伊格尔顿与威廉斯的关系，见 Andrew Martin and Patrice Petro, “An Interview with Terry Eagleton,” *Social Text*, nos. 13/14 (Winter/Spring 1986), pp. 83—99.

[37] 有关对五种相互争鸣的马克思主义文学模式的介绍，见 David Forgacs, “Marxist Literary Theories,” *Modern Literary Theory: A Comparative Introduction*, eds. Ann Jefferson and David Robey (Totowa, N. J.: Barnes & Noble, 1982), pp. 139—167.

的实践者们无意中提出了众说纷纭莫衷一是的关于美学价值和评估的问题。一部莎士比亚的戏剧是不是比最新的哈里昆传奇（Harlequin romance）更有价值？左翼批评家异口同声的回答是，"价值"不是一个内在属性（intrinsic property）；它来源于身处具体情形之中的某些群体，在这些情形中，特定的标准是为既定目的服务的。就是说，价值是历史性的和相对的。在某些情况下，一部流行的浪漫小说可能比一部莎士比亚戏剧更有价值，无论是美学价值还是其他价值。[38] 这种推理所起到的一个影响是，严肃的学术研究可以名正言顺地研究各种各样的文化话语，而不仅仅只是精英文学或者经典文学。

太空时代的左翼批评

太空时代，美国学术界左翼文学批评的兴起与发展经历了三个阶段。60 年代末，一个充满活力的左翼已经形成，成员包括新左派批评家、黑人激进分子、左翼女性主义者、纽约派知识分子以及独立激进主义者。这一时期的特征是，卡斯特罗、法农、格瓦拉、胡志明等这样的第三世界左派分子的名字广为流传，其影响深入人心。70 年代，新左派解散，而左翼女性主义者（包括白人和黑人）的人数却不断增加。一些纽约派左翼批评家变得越来越保守。不可忽视的是，70 年代初，出现了主要受法兰克福学派影响的新马克思主义者；70 年代末，出现了受法国后结构主义影响的左翼解构主义者和后马克思主义者。在这十年里，相比之下，不属于任何学派的左翼批评家所起的作用较小。80 年代初期和中叶，各种左翼批评模式的涉猎范围和影响，特别是女性主义、新马克思主义、左翼解构主义和后马克思主义的左翼批评模式达到了一个明显的高峰，而且大有继续下去的势头。也是在 80 年代初，一些重要的意大利和英国马克思主义者发挥了他们最大的影响，文化研究成了一个基础广泛的思潮，吸引了众多的非左翼批评家加入这一行列。

在 60、70 和 80 年代的发展过程中，学术界左翼文学批评体现出相当的多元性，而且显然与 30 年代的马克思主义没有多少关系。大萧条时代的激进主义者深切关注的很多事情对于大多数太空时代的左翼分子来说无关紧要，包括共产党员身份、即将

---

[38] 左派自由主义文学理论家 Barbara Herrnstein Smith most convincingly argued for the ultimate contingency of all literary value and evaluation. See her "Contingencies of Value," *Critical Inquiry*, Special Issue on "Canons," 10 (September 1983), pp. 1—35.

到来的无产阶级革命、斯大林与托洛茨基之间的斗争、成功的人民战线的政治作用、苏维埃社会的发展以及国际阶级冲突的状态。与30年代的文学左翼相比，60年代到80年代之间的学术界文学左翼显得分裂、多元、非正统和庞杂。但是，左翼思维在大学的成功，很大程度上依赖于它的非党派、非俄国以及非颠覆性特征。伯特尔·奥尔曼（Bertell Ollman）和埃德华·弗纳夫特（Edward Vernoft）在他们的文集《左翼学术：美国校园中的马克思主义研究》（*The Left Academy: Marxist Scholarship on American Campuses*, 1982）的序言中指出了这一点。

太空时代的文学左翼是一个构成庞杂的学派。以这样或者那样的方式与左翼有联系的知识分子包括，一些纽约派知识分子、存在主义批评家、阐释学主义者、读者反应批评家、符号学者、解构主义者、女性主义者、黑人美学家、新左派激进主义者、马克思列宁主义者、新马克思主义者以及形形色色的特立独行者和无党派者。很多情况下，一个左翼批评家同时兼有多重学派身份，比如：莉莲·罗宾逊是一位新左翼马克思主义女性主义者，芭芭拉·史密斯是一位黑人马克思主义女性主义者，佳亚特里·斯皮瓦克则是一名第三世界马克思主义女性主义解构主义者。大体说来，在20世纪60到80年代之间的这一时刻或者那一时刻、在不同程度上与左翼思想一致的诸多美国知识分子中包括：阿米里·巴拉卡、约翰·布兰克曼、肯尼思·伯克、哈罗德·克鲁斯、朱迪丝·菲特利、莱斯里·菲德勒、布鲁斯·弗兰克林、杰拉尔德·格拉夫、斯蒂芬·格林布拉特、伊哈布·哈桑、弗洛伦斯·豪、欧文·豪、弗雷德里克·詹姆逊、路易斯·坎弗、阿尔弗雷德·卡津、保罗·劳特、弗兰克·兰特里夏、凯特·米利特、理查德·奥曼、玛丽·露易丝·普拉特、莉莲·罗宾逊、麦克·莱恩、爱德华·赛义德、杰弗里·萨门斯、罗伯特·休斯、伊莱恩·肖瓦尔特、卡娅·西尔弗曼、芭芭拉·史密斯、苏珊·桑塔格、威廉·斯潘诺斯、佳亚特里·斯皮瓦克以及菲利普·拉夫。值得指出的是，左翼批评家广泛地吸收了外国激进主义者的理论，如：英国的佩里·安德森、特瑞·伊格尔顿、朱丽叶·米歇尔和雷蒙德·威廉斯；法国的路易斯·阿尔都塞、雅克·德里达、米歇尔·福柯和皮埃尔·马歇雷；德国的西奥多·阿多诺、于尔根·哈贝马斯（Jürgen Habermas）、卡尔·马克思、赫伯特·马尔库塞；意大利的安东尼奥·葛兰西和安东尼奥·奈格里；俄国的米哈伊尔·巴赫金、V. I. 列宁和里昂·托洛茨基；第三世界的思想家弗朗兹·法农和毛泽东；还有很多很多其他人。

美国左翼文学知识分子的领军人物在著名的高等院校中任教，在有声望的刊物与出版社发表论文论著，从重要的基金会和机构那里获得研究基金和奖金，在主要的学术团体、会社和机构中担任领导。他们中的一些，如巴拉卡、弗兰克林和劳特，曾因参与政治活动被解雇和被捕入狱；另一些则经历了较为温和的官方压制。虽然并没有一个特定的左翼团体、会社、出版社或者刊物把左翼知识分子联合在一起，但是很多人都参加了现代语言协会；在大学出版社，比如加州大学、芝加哥大学、印第安纳大学和牛津大学出版社出版论著；积极向重要的刊物投稿，比如《疆界 2》、《大学英语》、《批评探索》、《文化批判》、《明尼苏达评论》、《新德国批评》、《新文学史》、《党派评论》、《实践》(*Praxis*)、《激进教师》、《拉里坦论坛》、《再现》、《社会文本》和《终极》(*Telos*)。

从政治上讲，多元庞杂的左翼批评家群体其立场广泛纷呈：从格拉夫的左翼保守主义到欧文·豪的民主社会主义，到格林布拉特和劳特的非宗派左翼主义，到詹姆逊和萨门斯的新马克思主义，到巴拉卡的马克思列宁主义，到弗兰克林的毛泽东主义，到哈桑、莱恩和赛义德鲜明的无政府自由主义。他们当中，有和平主义者、社会主义者、共产主义者、工团主义者、无政府主义者、激进女权主义者以及第三世界和反种族歧视活动家。一些人提倡彻底的改革，另一些则相信唯有革命才能解决问题。从风格上讲，他们的批评模式丰富多彩：有义愤填膺的新闻性论辩，有沉稳的学术论述，有哲学推理，有乌托邦风格的创作性批评。也许，80 年代左翼批评最值得注意的特征是它的容纳百川、博采众长，在不放弃自身的一套核心理念、追求和实践的同时，广泛吸取其他学派和思潮的观点、发现、立场和做法。

第十四章　文学的全球化

我的主要观点并非特别有争议。我认为，自20世纪60年代起，民族文学的概念，如美国文学、英国文学，已经发生了戏剧性的变化，而且这种变化今天仍然在持续。造成这些变化的关键因素有如下几种。首先，在女性文学、有色人种文学以及土著族群和移民文学被纳入公认的经典的过程中，各少数民族起着至关重要的作用。这就提出了这样一个令人头痛的多元文化的问题：少数民族的语言、方言、克里奥耳语和洋泾浜混杂语在民族文学中处于何种位置？其次，曾经被忽略或者受怀疑的文类，如日记、奴隶叙事、游记以及土著神话等，在近期都已重新受到重视，被接纳为重要的文学体裁。而且，迄今为止一直遭排斥的但却日渐壮大的大众文化文体，如浪漫/传奇小说、哥特式恐怖小说、侦探和科技幻想小说等，也都已被重新接纳，得到肯定，虽然这些体裁被接纳、受肯定的程度不如前者。另外，以前没有受到应有重视的区域，比如黑色大西洋、太平洋盆地以及"美洲"(从阿拉斯加至阿根廷)，很长一段时间以来已经产生了跨国文学。而对这些跨国文学的欣赏与研究只是最近才开始的。最后，当代的全球化已经使人们注意到一种"后民族文学现象"，比如英语文学、法语文学、以西班牙以及汉语为母语的族裔文学。我的论点是，在后现代的全球化时期，我所经历的一生中，美国文学和英国文学已经进入两个阶段：第一阶段是一个史无前例的扩张阶段。这个阶段指20世纪中叶形式主义时期，为纯净文学巨著和宝贵的写作技巧而实行狭隘的收缩以后的扩张；第二阶段是一个解组分化阶段。这一阶段的标志是接纳边缘文学和跨国文学以及生成这些文学的社会历史语境，从而打破了传统的教学模式和文学系科的学术界限，使之因校而异。

今日之美国文学

今天的美国文学与近几十年的转变发生以前的60年代美国文学相比是怎样一种情形？60年代我在三所不同的美国大学攻读英美文学的学士、硕士和博士学位。在我看来，美国文学已经发生了重大的“内在”和“外在”的变化，请允许我为了便于说明而这么加以区分。

“内在”的变化包括对美国文学的不断增补。这些增补的作品，从女性作品和黑人作品开始到美籍西班牙人、美籍亚裔和土著印第安人的作品，在美国的高校里广为采用。[1] 由此产生出许多复杂的问题。且举两个突出的例子：美国土著印第安人的语言和非文字的口头“文学”（往往是宗教性的）形式就有数百种之多，那么经典是不是必须进一步扩充以包括非英语语言以及新的文学体裁？再者，文学的定义迄今为止是纯文学性的，这是不是需要进一步补充或者摒弃以接纳其他意义上的定义，比如社会学、人类学，当然还有历史学意义上的定义？

2000 年，由两位著名的哈佛文学教授马克·谢尔（Marc Shell）和沃纳·索乐斯（Werner Sollors）编辑的具有划时代意义的《多语美国文学选集：原著加英文译本文选》（*Multilingual Anthology of American Literatures: A Reader of Original Texts with English Translations*）问世。[2] 选集中收集了多种非英语文本，如《瓦拉莫沃勒莫》（*Walam Olum*），一篇土著印第安人用德拉华 / 兰纳普象形文字写的史诗；一篇阿拉伯语的 19 世纪 30 年代的奴隶叙事；一篇法语的 19 世纪 30 年代的黑人短篇故事；一篇意大利语的 19 世纪 30 年代的美籍意大利人诗歌；一篇圣经的马萨诸塞方言 [3] 译本加注释；在天使岛拘留所的墙壁上发现的 20 世纪初的中文诗；那伐鹤人的民歌和颂歌；还有丹麦语、德语、希腊语、匈牙利语、挪威语、波兰语、西班牙语、瑞典语、威尔士语和依地语的欧美文本。有数首诗歌是用“德美语”写成的，这是一种类似于西班牙英语、法语英语、依地语英语的混杂语。20 世纪 60 年代美国文学的构成绝对只有英语，而今天的美国文学已增添了新体裁、新语言和方言，因而正在被重构为一种多语言多文化的实体。另外，一部力求重新发现被遗忘、被压制的新的文学史正在形成当中。

毋庸置疑，在美国，美籍西裔和美籍亚裔文学的概念，正如美国土著文学的概念一样，需要扩展。这里所说的美籍西裔文学包括美籍墨西哥、美籍波多黎各、美籍古

---

[1] 有关美国黑人、土著印第安人、美籍西班牙人、美籍亚裔和女权主义文学的理论与批评，参见文森特·里奇总编的《诺顿理论与批评选集》的注释目录 2532 页。[Vincent B. Leitch, ed., *Norton Anthology of Theory and Criticism*（New York：New York, 2001）, 2532 ff.]

[2] Marc Shell and Werner Sollors, eds., *The Multilingual Anthology of American Literature: A Reader of Original Texts with English Translations*（New York：NYUP, 2000）.

[3] 一种已经失传的东阿尔贡金语。——译注

巴文学，以及许多中美、南美族群文学。就我的统计，亚裔这一指代涵盖几十个民族传统和语言，不仅包括汉语、菲律宾语、日语和韩语这历史上所说的四大语言，还包括从南亚至东南亚的巴基斯坦语、印度语、柬埔寨语和越南语。

至此，我还没谈到在美国文学经典和学术研究中还或多或少地包括了种种非法的、地下的文化形式和次文化形式。这些文化形式范围广泛，从布鲁斯和说唱乐的歌词到行为诗歌、擂台赛诗歌到斜杠小说。斜杠小说是诸如《星际之旅》[4]之类的流行电视连续剧热爱者们所创作的同性恋题材的作品。近来，文化研究学者们发现并对这些边缘文学做出了肯定，指出：这些文化形式不仅表现了自身的创造力和创作力，也揭示了社会动力。值得说明的是，电影、电视和广告可以用文学分析的方法来研究，而且自上个世纪 60 年代以来，人们已经这样做了。不管怎么说，对这类边缘和亚文化话语的发现与欣赏目前似乎还一眼看不到尽头。

美国文学的"外在"变化反映了新的地理现实和意识。比如，一些当代泛非美国作家和学者把非洲人的迁移以及由此产生的文学看作是一种值得研究的连续性的多语言的跨国构成。[5]这一迁移特指宽广的大西洋盆地，即所谓的黑大西洋贩奴之路。而且，"美国"一词还含指北半球。新近的"美国文学"这一概念不仅涵括从阿拉斯加到阿根廷（包括那些所谓的加拿大的"第一民族"）的多语土著文学，也包括这一地区所有用西班牙语、法语、英语和其他方言创作的作品。[6]另外，一些注重夏威夷文学研究的学者和批评家还在波利尼西亚和亚洲地区发现了一种多语跨国文学传统，这种文学传统横跨"美太"，从大洋洲和波利尼西亚直至菲律宾和中国台湾。[7]那些显然是在近期的全球化语境中形成的区域文学，诸如黑大西洋、太平洋盆地以及内美洲本土文学，已经改变了美国文学的经典，特别是它的地理范围、文体以及语言，从而取代了历史上美国文学一直以与英语和东岸（波士顿-纽约-费拉德尔菲亚轴区）密

---

[4] 关于《星际之旅》之类电视剧的热爱者们如亚职业妇女与劳动阶级所创作的斜杠小说，参见 Constance Penley, "Feminism, Psychoanalysis, and the study of Popular Culture", *Culture Studies*, eds. Lawrence Grossberg, Cary Nelson, and Paula Treichler（New York: Routledge, 1992）, 479−494。

[5] Paul Gilroy, *The Black Atlantic: Modernity and Double Consciousness*（Cambridge: Harvard UP, 1993）.

[6] John Carlos Rowe, "Postcolonialism, Globalism, and the New American Studies", *The Future American Studies*, eds. Donald E. Pease and Robin Wieman（Durham: Duke UP, 2002）, 167−182.

[7] Robin Wilson, *Reimagining the American Pacific*（Durham: Duke UP, 2000）.

不可分的欧洲传统为主的基础核心。毫无疑问，这种改变与取代还将持续下去。

对于美国文学的教学来说，这些改变意味着什么呢？且以划时代意义的《赫思美国文学选集》(*Heath Anthology of American Literature*) 为例。该书于 1990 年问世以来，一直定期增补更新：所选经典不断扩充，收入了大量的工人阶级作家、女性作家、黑人作家、拉美裔作家、印第安人作家和亚裔美籍作家的作品；不仅涵括了新文体和对现存各种文体的评估，还包括了以前一直被禁的如虐待儿童、种族暴力以及同性恋等种种题材。[8] 随着 2000 年谢尔和索乐斯的《多语美国文学选集》的问世，美国文学只用英语的这一基础不仅被重新语境化，而且还正式或非正式地受到了质疑。另外，美国研究与文化研究的学者们还特别地强调了浪漫小说和科幻小说这类“亚文学”文体的价值与黑大西洋文学之类的区域文学的重要性。[9]

我从 20 世纪 60 年代就开始研究美国文学。在我看来，美国文学近期的变化是惊人的，具有一种启迪性力量，犹如一场大解放，反映了美国文学话语更宽广的历史、范畴与性质。在这种话语中，“文学” 不再像 20 世纪中叶那样被限制在一个狭窄的文体范围，限制在那号称已被当今审美标准与品味严格印证为“最好” 的言论与思想之中。[10] 今天，教材与教师都有机会更开放地代表美国人民的文学。但同时，我也不得不花很大的精力来不断更新自己的美国文学知识。有时，这不免让人觉得累赘，因为这种更新不仅意味着要阅读以前忽略了的材料，还意味着要重新梳理编排有关文体以及语言等级体制的概念。正因为如此，很多学者都不得不花精力补课。更重要的是，对我和其他学者而言，迎头赶上的标准所涉猎的范畴不仅已远远超出审美尺度、传统的突破、感染力和理性深度，它还包括了社会和历史的再现。[11]

在过去的四十年里，进入美国的正式移民每年平均几乎有一百万人。虽然，美

---

[8] Paul Lauter, gen. ed., *The Heath Anthology of American Literature*, 2nd ed., vols. 1 and 2, eds. Richard Yarborough et al. (Lexington, MA: D. C. Heath, 1994).

[9] Janice Radway, *Reading the Romance: Women, Patriarchy, and Popular Literature* (Chapel Hill: University of North Carolina Press, 1984), 和 Andrew Ross, *Strange Weather: Culture, Science, and Technology in the Age of Limits* (New York: Verso, 1991).

[10] 有关社会各阶层的品味基础，参见 Pierre Bourdieu, *Distinction: A Social Critique of the Judgement of Taste*, trans. Richard Nice (Cambridge: Harvard UP, 1984)。

[11] 关于美国 20 世纪末衡量文学成就标准的改变，请参见 *Theory Matters* (New York: Routledge, 2003) 的第一章和关于美国文学批评的历史背景一书 *American Literary Criticism from the 1930s to the 1980s* (New York: Columbia UP, 1988)。

国政府还在继续推行"只用英语"的大熔炉式的同化主义观念和体制，而不是实行更令人可信的彩虹式语言政治，但事实上，这个国家现在已经是、而且很久以来就一直是有着多元文化、使用多种语言的国家。美国文学研究和教学有一个长期策略，就是用一元化的民族主义和公民培训与以种族、民族、阶级、性别、地区、宗教和性别取向划分的多元传统与社区相抗衡。[12] 然而，当今的国民分歧似乎比以往任何时候都更大、涉及更多层面，而且这些分歧也更明显地反映在教材里和课堂上。对我以及其他学者而言，这种现象忧喜参半，因为它涉及当下多元文化主义、后现代化和全球化视角的复杂的美国叙事。稍后，我将进一步探讨多元文化主义、后现代化和全球化的问题。

今日之英国文学

我曾于 20 世纪 60 年代致力研究的英国文学到今天已从内到外都发生了很大变化。这些变化以其产生的地域最为显著，语言和文体其次。近几十年来，联合王国的权力已正式下放，虽然这种下放是不情愿的。这突出地反映了一种分裂意识，反映了苏格兰、爱尔兰和威尔士与英格兰之间的分裂。而这每一次的分裂都见证了苏格兰、爱尔兰和威尔士对他们自己的文化传统和民族语言（苏格兰盖尔语，爱尔兰语，威尔士语）的兴趣复燃。无独有偶，今天民族复兴与传统语言研究在后殖民世界已是司空见惯。这不仅对文学研究产生了影响，也对政治与地理产生了影响。英国本身就有它自己独特的区域特性与方言。例如，约克郡和南方诸县的特性和方言就与伦敦不一样。任何英语专业的学生都能证明，"英国文学"与 20 世纪中叶"只用英语"的美国文学经典不一样。它有着悠久的多语言历史，其中古英语、盎格鲁－诺曼底语、古挪威语、中古英语以及各拉丁语文本传统起了各种不同的公认的作用，但其最主要的作用还是对非常久远的时代进行的学术性的历史研究。苏格兰语、爱尔兰语和威尔士语起的作用较小，但是它们也会不时有所复兴，比如目前的情形就是如此。但是只有雷蒙德·威廉斯（Raymond Williams）才注意到，在 18 世纪的英国，文学这一概念是通指图书馆书架上所有的书。而到了 20 世纪中叶，它已大大窄缩，专指某些值得

---

[12] 有关美国文学学术研究的批评史，参见 Peter Carafiol, *The American Ideal: Literary as Worldly Activity* (New York: Oxford UO, 1991). 特别是 42−43 页他关于作为国家工程的美国主义的学术研究的论说。

一读的诗歌、戏剧和小说（而这些绝大多数是男性作家用英语创作的）[13]。不足为奇的是，近来英国文学经典不断扩展，不仅收入了以前一度被排斥在外的如科幻小说和神秘小说之类的流行体裁，而且还重新为书信、游记、日记、旅行指南、布道和民谣（后两者均为口头文学）等题材正名。当然我还没提对颂歌和配音等新的形式的接纳。正如今日之英国文学对形式、语言和方言的涵盖面更为宽广一样，英国文学经典也包括因战后的移民和殖民的解体所引起的进一步的演变与延展。

自第二次世界大战以来，来自西印度群岛、南亚、中东和非洲的移民浪潮不断冲击着英国的单一文化，已经使其成为一个文化越来越多元化的国家。这一点在英国当代文学中亦有所反映。虽然英国文学仍然是单语文学，但是其他语言、方言、克里奥耳语和洋泾浜已经渗入其边缘。另外，由来已久的英联邦一方面已经逐步衰弱，但另一方面还仍然存在着，甚至在近几十年里还进一步发展扩大，拥有了五十个成员国，从而赋予如澳大利亚、加拿大、新西兰、南非和许多其他国家的英语文学一种不定的（或多或少的）"英国"身份。还有，由居住在英国的南亚、非洲和西印度作家创作的作品构成的"有色人种英国文学"现已成为广为承认的英国文学一支。[14] 所以，今天的英国作家包括奇努·阿切贝（Chinua Achebe，尼日利亚），杰默·科特兹（J. M. Coetzee，南非），那丁尼·高尔蒂莫（Nadine Gordimer，南非），维斯·纳帕尔（V. S. Naipaul，特立尼达），纳固基·瓦提翁高（Ngugi wa Thiongo，肯尼亚），迈克尔·翁达杰（Michael Ondaatje，斯里兰卡），塞尔曼·鲁西迪（Salman Rushdie，印度）和德里克·沃考特（Derek Walcott，圣路卡）。而依据早先的标准，这些都是有问题的案例；毫无疑问，即使今天，在不同的地区这些作家到底是否可列为英国作家也还是有争议的。

正如与之平行的法语文学、拉丁语文学、葡萄牙语文学以及汉语文学一样，盎格鲁文学包括全球所有的用英语创作的文学。这种分类的形成是近几十年的事，并还在形成当中。由此而引起的主要问题是：文学的定义是什么？英语的定义是什么？比如，一部用英语创作的含有一些洋泾浜英语和音乐、舞蹈、服装的非洲典仪戏剧是不是英语文学？用其他独特的英语方言、克里奥耳语、土语和地方形式创作的作品又

---

[13] Raymond Williams, "Literature", *Keywords: A Vocabulary of Culture and Society*, rev. ed. (New York: Oxford Up, 1983), pp. 183—188.

[14] 2005年3月10日我在网上做了个"有色人种英国文学"词条的搜索，结果是令人难以置信的，共有380万个条目。

算不算？[15] 英语文学是当下全球化的产物，它具有跨国、多种族、多元文化的特征。很大程度上，它是英国扩张、殖民以及近期的殖民解体的遗产的一部分。当然，这份遗产并不只是一个当下现象，它可以追溯到很多世纪以前。一方面，英语世界兼并了如黑大西洋和太平洋盆地之类的区域构成；但是另一方面，如此大规模的全球性的形式与这种独特的跨国性地域构成同时生成，前者并不对后者的生存构成威胁。正如口号所说的：地方与全球共存；往往是全球带动地方，地方改写全球。[16]

这些变化对于英国文学的教学来说，意味着什么呢？翻阅一下如1996年出版的《阿诺德后殖民英语文学选》(*Arnold Anthology of Post-Colonial Literatures in English*)这类先锋教科书时，我们就会发现英语文学从英国和美国一路向外延展至非洲、澳大利亚、加拿大、加勒比海、新西兰、南太平洋、南亚和东南亚。这本书的最后一节专门用来介绍“跨文化写作”，这些“跨文化写作”都承认“把移民作品贴上国家或者地区的标签禁锢起来是不可能的”[17]。书中选录了地方作家的作品，该书的非经典体裁包括一首阿科力(Acoli)的受辱歌、鼓乐伴诵、广播剧和家庭相册。如我所言，在很多场合“英国文学”已经逐渐地变成“用英语创作的文学”，而这一界定正在被越来越多的高校英语系所承认。无论是就英格兰、联合王国、英语世界而言，还是三者广而言之，今日之英国文学都是一个体裁、语言和传统的大杂烩——或者说是潜在的大杂烩。毫无疑问，时至今日该有一部“多语英语文学选集”产生了(如果它还没有产生的话)，而这部选集不仅要覆盖过去，还要包括异语共存、众声喧哗的现在。

很多近期的英语文学的学术研究都比20世纪60年代更果断地采用历史的(而不是形式主义的)、多文化的和全球化的视角。因此，相应地，英语文学的教学与教材也越来越多地采用女性作家、移民作家和少数族裔作家的作品，并吸收了更广泛的

---

[15] 正如乔伊斯(Joyce)和卡夫卡(Kafka)的作品所显示的那样，用主要民族的语言创作的少数族裔作家可以起到“自由经纪人”的作用，能够扩展、颠覆、改变主导语言、传统与体裁。参见 Gilles Deleuze and Félix Guattari, *Kafka: Toward a Minor Literature*, trans. Dana Polan (Minneapolis: University of Minnesota Press, 1986)，第三章。

[16] 有关全球与地方之间的互动关系，参见 *Review* 22. 2 (1999) 第151—187页 Arif Dirlik, “Place-based Imagination: Globalism and the Politics of Place” 一文和注6中提到的 Rob Wilson 的作品，特别是他在第四章中的观点：“因此，正如我在本文中指出的，任何地方或者地区的版本，都必须在全球化的后现代这张认知地图上展开。”

[17] John Thieme, ed., *The Arnold Anthology of Post–Colonial Literatures In English* (London: Arnold, 1996), 3. 或者如 David Damrosch 也在 *What Is Literature?* (Princeton: Princeton UP, 2003, 230.) 中指出：“英国文学现在既是一个民族现象又是全球现象。”

体裁，而这些体裁有些以前都是处于经典的边缘甚至是被排斥在外的。有趣的是，像乔叟、莎士比亚和弥尔顿之类的伟大作家比以前更受敬仰与重视。但是从当下的后形式主义批评角度对他们的作品的新的关注与质疑也比以往更加令人注目。就此而言，20世纪60年代以来，所有的文学作品的境遇都是一样。性别研究在这当中起了什么作用？社会阶级的差异在这其中又是如何运作的？种族地位等级在不在起作用？其中存在或者允许哪些社会法规、准则和异常因素？作品有没有传播社会和政治的抵抗与颠覆因素（这些因素在文化中显然是得到传播的）？跨国的体裁、题材和人物，比如欧洲的或者其他的，又是如何起作用？贸易和旅游对此有何影响？谁有机会阅读他们的作品？从技术和政治角度上讲，这些作品是如何生产与分配的？图书馆的藏书是以什么模式存在的？60年代当我还是一名学生时，人们还不是常常提问这些问题。当然，那些热门的关注与问题是从在大学学英语专业时形式主义盛行的年代传下来的。人物的动力是什么？作者怎样安排作品的结构？有哪些语言、意象、风格的特征，特别是有创意的风格特征值得注意？体裁起到什么作用？怎样看待一个作家的个别作品与全部作品之间的关系？与传统之间的关系？作品的文本可信度存在不存在什么症结与问题？作者生平或者文本遗产中有没有什么东西有助于个别文本的解读？从我的经验来看，这些来于早先时代的问题在今天的英国文学和美国文学学术研究中起的作用较小。

由于关于女性文学、少数族裔文学、流行和通俗文学[18]以及后殖民和盎格鲁文学的课程、模式与文本的延展，对于像莎士比亚这样的重大经典作家的研究在今天就占据了更独立的位置。今日之英国文学的主流已经分股，形成了无数支脉，一方面将那些“伟大的”作品置于比一般支流文学稍高的地位，但同时又耐人寻味地将其作为总体文化话语的一部分，因而成为可供批评的而不是神圣不可侵犯的东西。随着战后时期流行文学的发展，在越来越多的学者中已经逐步形成了一种废弃经典的意识。现下乔叟与弥尔顿占据的位置似乎没有以前那样显赫，而为他们开设的课程似乎更专门化了。莎士比亚的情形则有所不同。因为他的作品之丰厚，因为新的历史主义的学术成就的出现，因为不断有新的制作演出，特别是电视与电影的制作，所以他似乎不仅比前两者更牢地根植于他所处的时代的流行文学土壤之中，而且也牢牢地植

[18] 参见Scot McCracken, *Pulp: Reading Popular Fiction*（Manchester：Manchester UP, 1998）。该书对如何阅读侦探小说、浪漫小说、科幻与恐怖小说作了探讨。

根于我们这个时代的流行文学的土壤之中。在天才作家这一观念得以存留的同时，今天莎士比亚这个名字似乎已不像三十年前那样超验，而是代表他所处的时代，向人们揭示他所处的时代，并成为他所处的时代的代言人。除了通常都是右派传单出现的那些冒牌作家之外，今天的主要作家在文化与课程设置中占据着一席重要的空间，虽然这一空间的范围比前缩小了。

文学经典：后现代化与全球化

过去的一个世纪里，美国高校与其他机构一样，其文学研究是建构在国家、时期、文体和重要作家的分类基础之上的。学生、教员、课程和教材所研究和专攻的方向有：19 世纪美国诗歌、17 世纪英国戏剧、莎士比亚（早期或者晚期）、现代英美小说，等等。外国文学和比较文学研究的情形也是如此，教授学者们所研所教的种类有：19 世纪法国小说，20 世纪意大利喜剧，歌德的作品或者浪漫诗歌比较（英国、法国、德国）[19]，等等。国家、时期、文体、主要作家是压倒多数的模式。学术界最近的动态又是如何改变了这一切呢？

今天的文学研究与二三十年前相比，已经发生了很大的变化；但是另一方面，又似乎是变化甚微。我这里且以英语专业来说明变化的一面。今天的英语专业一般都接触一些民族文学和女性文学、黑大西洋作家和盎格鲁后殖民作家、流行体裁与亚文化体裁，而这些文学、作家与体裁或多或少是独立的领域。这与四十年前的情形是颇然

---

[19] 比较文学是依赖于民族文学与语言的中间学科。后现代化和全球化已经使这个中间学科变得岌岌可危。很多近期的学术研究都反映了这一点，特别是美国比较文学协会（ACLA）1993 和 2004 年度学科总体状况的报告更为明显。参见 *Comparative Literature in the Age of Multiculturalism*, ed. Charles Bernheimer（Baltimore：Johns Hopkins UP, 1995）和ACLA 2004 年度学科状况报告 http：//www.stanford.edu/~saussy/asla/。也见 Gayatri Chakravorty Spivak, *Death of a Discipline*（New York：Columbia UP, 2003）。作为一名比较文学研究者，Spivak 发出了如下的警告：“我希望，人们会把这本书当作一个正在死亡的学科的最后一次喘息来读。”（第 xii 页）

顺便提一下一个与之相关的话题。很多学术研究已经对“世界文学”这个概念的前景表示了担忧。这种担忧的出发点往往是一个全球化的都市主体视角。参见注 16 David Damrosch 一书和 *Debating World Literature*, ed. Christopher Prendergast（London：Verso, 2004）。该书收集了 15 篇文章，其中有 Franco Moretti 的“世界文学推测”，一篇令人惊心动魄的文章，他指出：“世界文学的研究不可避免地是一场世界范围内争夺象征性霸权的斗争。”（158 页）

不同的。但是，所有这些领域当然没有一个是多语言的研究，还是全部只用英语，只有些许接触"方言"而已。英语专业的必修课程还是遵循久经印证的模式：一门方法与理论课，一门重要作家课，两门文学概况课，加上四五门通常要覆盖几种不同文体的时期研究课程。因此，国家–时期–重要作家这一模式仍在沿用，但是在原有课程基础上作了变动、调整，以选修课的形式增加了诸如英国文学或者美国文学概况，18 世纪小说，19 世纪美国小说，现代英国诗歌，中世纪文学，当代美国戏剧等课程。学术系科和高校专业的改变是缓慢的，不情愿的。变化的来临，往往不是以变革的形式而是以增补的形式，倾向于采用一种平和的自助餐式的方式。然而，大量增补成就了改变。回顾过去，事情就是这样发展为今天的现状的。请允许我就文学经典这一点展开讨论。

在西方，文学研究的经典类型现在是、而且还将继续是诗歌、戏剧和小说，伴之以一份精心勘校的文艺复兴后期的中心文体与边缘亚文体的图表。例如，在诗歌领域，史诗仍然是主要的体裁；浪漫史诗稍次；重要的十四行诗系列再其次；单独的十四行诗为次要体裁；讽刺短诗非常次要；五行打油诗则被视为次文学体裁。随着近几十年来新文学体裁的增加与合法化，经典已经经历了诸多的史无前例的变迁。很显然，它已经扩充延展了。经典体裁的等级体制虽然已受到广泛的挑战，但是它仍然存在，明显地存在于课程设置和教员的职业无意识之中。值得注意的是，特别是在对当代题材的研究中，经典已经被巧妙地回避，沦为与之无关的东西，比如说科幻小说、战后流行诗、当代美国黑人戏剧、女性地摊花边小说或者英国神秘小说的研究，就（或者可能）是这样的情形。因此说，近来的文学与文体的增殖已经扩展、重新定位了经典，并使其灵活变通了：在一些情形中，它被扩展和民主化；在另一些情形中，它被回避；还有一些情形中，它被模仿、"大话"，特别在新兴文学选集的编创之中；其他情形中，它还仍然或多或少保持着它百年之久的地位。[20] 这是一个不均衡的发展，是我们后现代文化的一个重要标志。[21]

---

[20]　参见约翰·盖尔利被广为引用的《文化资本》一书，特别是第一章。John Guillory, *Cultural Capital: The Problem of Literary Canon Formation*（Chicago：University of Chicago Press, 1993）. 该书探讨了经典在社会和语言阶层的构成与排斥中的作用，不遗余力地降低经典的内容的重要性，不管是以开放的观点新增补的还是地位笃定的老的保守的经典。

[21]　有关后现代文化的经典描述与批评，见弗雷德里克·詹姆逊的《后现代主义，或晚期资本主义的文化逻辑》[Frederic Jameson, *Postmodernism, or Cultural Logic of Late Capitalism*（Durham：Duke UP, 1991）] 和大卫·哈维《后现代的状况》[David Harvey, *The Condition of Postmodernity*（Cambridge：Blackwell, 1990）]。

以上所述，是诸多变化累积而成，反映了文学研究的后现代化。我所说的“后现代”就是弗雷德里克·詹姆逊、戴维·哈尔维（David Harvey）与其他许多文化批评家所说的，有明显的后工业（或者第三阶段的资本主义）特征的战后文化。这种文化的表现特征独特而又繁杂。在此我谨列举一打广为印证的特点：高雅文化与低俗文化界限的模糊；现代空间自主性的侵蚀；再现危机的发生；新型社会运动（诸如令人瞩目的女权和人权运动）取代传统的政党而成为变革的势力；社会变得明显地——有时是正式地——多元文化化；庞大的政府机构、庞大的劳工组织和大企业的减缩（这毫无疑问是不平衡的）；夸张地说，主体的人变成了后人类的靠机械装置控制操纵的人，而且这个人通常是少数民族，同时占据多个主体位置；巨型综合大学取代大专院校；新学科，如女性研究、民族研究、后殖民研究和文化研究的兴起；以及宏大叙事遭受解构。还有在文学和文化批评家之间广为流传的一系列标志后现代的当下时髦用语，比如：差异，微型政治，异质性，彩虹联盟，解读群体，多语性，多元文化主义，混杂化，互文性，白话理论，跨学科性，融合，模仿（pastiche）等。[22] 后现代的最大特征，如我在其他场合所指出的那样，是解组，或者更确切地说，是分化。这便是自 20 世纪 60 年代以来英美文学以及广义上的文学和文化研究领域或多或少发生的变化：异质因素的扩散，新形式和组合的形成，等级体制的解体，对不可比性与差异的包容，多元化的视角，这一切累积而成了一场变革。

在这样一种情形中，全球化的现象是以什么方式运作的呢？早在文艺复兴时期（如果不是更早的话），这种全球化现象就已随着欧洲的殖民扩张开始了。到了 20 世纪的后期，全球化进入了一个崭新的阶段。象征这一进程的标志多种多样，比如：核武势力的扩散、太空探索、全球性气候变暖和货币浮动，还有像联合国、世界银行、国际金融基金会、世界贸易组织以及多国联合公司这样的跨国组织的发展。这类机构加速了世界性的货币、物资、服务、人员和信息的流通，促进了自由市场经济和多元化文化（包括官方的和偶然的）以及文化熔合和都市化的形成。[23] 构成全球化现

[22] 参见 Vincent B. Leitch, *Postmodernism: Local Effects, Global Flows*（Albany：SUNY, 1996），以及 *Theory Matters*，特别是前言第 vii—xi 页。

[23] 罗兰·罗伯逊（Roland Robertson）在他的《全球化：社会理论与全球文化》[*Globalization: Social Theory and Global Culture*（London：Sage, 1992）] 中探讨了从 1400 年至今全球化过程的五个阶段。我也在《理论至关重要》（*Theory Matters*）的第八、九章中探讨了有关全球化的最新学术动向。

象的一个组成部分就是对于这一进程的各种不同的反应，或者是伴随这一进程的不同反应：从殖民解体运动、地方自主权、土著居民对环境保护的权利、移民族裔的联合和群体记忆的恢复，到国家的重建（如发生在苏联的情形）、保护性关卡的设置和进行经济重新分配的呼吁。所有这些现象在今天都可以用"全球化"一词以冠之。一年一度的世界社会论坛是许多"抵制全球化"势力的有建设意义的聚会。耐人寻味的是，在这个论坛的语境中，全球化一词往往带有很大的贬义，成了下列这些彼此相关的现象的同义词：侵略性的西方化、美国化、自由资本主义、现代化、殖民主义、帝国主义、帝权、霸权、猖獗的商品化和一元化等等。但同时，它又扮演着令人可疑的宏大叙事的角色，成为一种言语行为、一种神话、一种幻想。[24]

就全球化而言，倡导者有之，批评者有之，怀疑者亦有之。然而，我认为，正如本章的题目所标示的那样，这一用语比喻性地描绘了近期英美文学的后现代构成的变化。这变化不仅包括内在变化，比如族裔文学和少数民族文学的出现及其独特的文类，也包括外在的变化，如各区域土著文学、跨大西洋文学和盎格鲁文学等跨国文学构成的兴起。文学领域与其他领域一样，全球化现象不仅向人们提出了熔合、多元文化、都市化和民族迁移等问题，同时也引起了身份政治、分离自治、殖民解体以及多语言主义等问题。[25]"全球化"这一当下重要用语指代同类化了的全球英语和霸主地位的盎格鲁语文学，就此而言，它代表着后现代经验的一个核心部分，有人为之哀叹，有人提出批评，而这种哀叹与批评又常常是不无道理的。但是，全球化这一定义低估了被压制的少数群族、亚文化族群的声音，低估了那些少数民族和主要民族语言和文化形式中被遗忘的他者的声音。它不该如此。

美国文学和英国文学以及"英语"专业面临着变成新自由主义全球化项目的一部分的危险。在这样一种情境中，无论文学研究的内容与意愿是什么，它都不可避免地沦为帝国权势的一种工具。但是，通过对其进行批判性的处理与接受，赋予其以潜

---

[24] 与全球化的狂热者和鼓吹者不同的是，其怀疑者对倡导全球化叙事本身的动机与权力提出了质疑。参见 Paul Hirsh and Grahame Thompson, *Globalization in Question* (Cambridge: Polity, 1996),和 J. K. Gibson-Graham, *The End of Capitalism (as We Knew It)* (Cambridge, MA: Blackwell, 1996)，特别是第6章，其中的论点旨在"把全球化看作是资本主义的不可避免的碑文……"(第139页)。

[25] 参见《现代语言协会期刊》特刊"文学研究全球化" *PLMA* 1 (2001)，第116页。此刊共收集了12篇论文。

在的抵制、讽刺、幽默与愤慨，它就可以被用以抵御任何简单的单向的霸权使命。[26]（英语）交换（exchange）一词之中包含“变”（change）字。培养逆向性阅读的能力，学会在雷声中、在笑声中说“不”的能力，或者任何一种批评性阅读的能力，都可以产生影响、改变现状。这样就可以把文学变成控诉垄断利益财团的财富积敛、影响、权势和知识的见证。文学研究，不可避免地涉及道德和政治冲突与争论。

近期扩展了的和后现代化了的英美文学经典所呈现的多元文化主义已经经过正式处理。在这种处理过的多元文化主义之下，还蕴藏着批判性多元文化主义进一步激进化的可能。这种激进的多元化寻求的可能不只是各民族主体之间正式的合法化的平等。这些民族主体今日之特征就是只说英语，以“自由代理人”的身份在残酷竞争的达尔文世界里生活和行动。激进多元化的追求可能更进一步，它所要描述的是一个具有生态意识并致力于促进生态平衡的公民-主体。这个公民-主体面对众声喧哗的社会和语言环境的冲击，受到合作的鼓励，有着毋庸置疑的而又并非盲目的民族主义情结，它献身于经济与社会公正，但同时保持自治、差异和批评的权利。这是一种幸福然而做作的多元文化主义的大合唱，就像比比皆是的由企业和商会资助的地方音乐节上，墨西哥街头乐队和钢鼓乐队之后演出的是美国土著印第安人的舞蹈。[27]调和这种大合唱的一个途径就是坚持我们都是有性别和阶级身份的族群，坚持我们的这种身份不仅仅是私下的，也是公众的和多重的。社会不应该是无色的、同质的，但是社会必须有秩序，有一个不加标志的主导核心。这个核心应该戴上面具，应该享有特权，应该宽容别人。我认为，只有这样一种批评性的多元文化主义，才不仅是后现代的民族身份、民主和历史的意义与内容所在，也是后现代教育的意义与内容所在。

---

[26] Asjun Appadurai, *Modernity at Large: Cultural Dimensions of Globalization* (Minnesota Press, 1996). 作者在书中对全球化等于（美国）化的论点提出了不同的看法。

[27] 参见 Lisa Lowe, *Immigrant Acts: On Asian Ameircan Cultural Politics* (Durham: Duke UP, 1996)，特别参见第四章，作者有力地批驳了美国官方自由主义多元论者倡导的多元文化主义中脱离政治、脱离历史的倾向和平等包容的神话，批判了这种多元文化主义对揭露不平等现象的反对派的叙事置若罔闻。

索 引

A

B

C

D

E

F

H

K

L

M

N

P

Q

R

S

T

W

X

Y

Z

后　记

历史的生成语境

历史是发现也是创造，这是显而易见的。史学家无论是在描述、解释、论证、评估还是在叙事，他们都不可避免地要对素材进行筛选、取舍，对有些主题浓墨重彩，有些则一带而过。全面与客观是追求的目标，但却不可能实现。历史文本通过取舍、强调、忽略、肯定和批评，争奇斗艳、显现出自身的独到。作为写作，历史一边发现，一边杜撰。另外，任何文本都毫无例外有着自身的句法、风格和叙事要求，这种要求决定着文本的顺序与对称，从而赋予历史话语一种根本的文学性。因此，“创造性”不仅是历史的特征，也是历史的构成。

然而，很显然，史学家的境况在很大程度上决定了可取素材的范围、观点和风格。不是一切都总是可为的。一个时代有其特定的认知矩阵（matrix）或结构，它就像一种文化无意识一样运作着，主导着历史的生产。史学家所不能触及和掌控的同样是历史，也许与他的所见所闻同样值得研究。

历史要显得真实可信，就必须明了和完整，还得有所取向。就此而言，环境与机遇的作用也许和知识、计划、风格与智慧同样重要。取向是一系列根本力量复杂组合的结果。这不仅涉及语法、话语结构、互文本的协调和体制传统之间的运作，另一方面还涉及知识意志（will-to-knowledge）、社群愿望、社会经济条件、政治忠诚、敬业精神以及道德取向。在各种互相冲突的力量的纠结中，最终无法推断的是指哪些是有意识的选择，哪些是无意识的决定。总之，历史话语必定有其取向，但是如何取向却是难以定断的。历史文本充斥着机遇、巧合和选择、语境的重重谜团。

20 世纪 70 年代初到 80 年代末，美国学术文学批评呈现出两个互相矛盾的特征。一方面，文学批评理论这一学科经历了一场划时代的变革，高校内各种令人振奋的、有洞察力的、重要的学派与思潮百花齐放、争奇斗艳，这一现象史无前例。另一方面，文学研究作为学术职业却陷入了长期的低谷，显示出种种衰败的特征：博士生泛滥，本科的文学和语言专业剧减，教育重点逐步从文学向基础读写能力转移，教授职位的日渐匮乏，成千上万受过良好训练的文学知识分子面临前所未有的危机——不是没有就业机会就是大材小用。这种集体悲剧使得高校中传统的等级体制更加恶化。这种制度中，薪水丰厚的文学学者为数较少，他们主要供职于那些精英研究生院；越来越多的人不得不成为待遇微薄的兼职教员，教补习班、临时代课、当助教，或者沦为“吉卜赛人”学者；逐渐地，大批的文学教授不得不供职于四年制和社区院校，接受低于常规标准的待遇，花费愈来愈多的时间教授基础读写。这一体制性悖论因为另一个矛盾的存在而更加恶化。

因为大多数对文学批评理论“革命”作出贡献的批评家来自于精英阶层，所以，承担着繁重教学任务的象征性专业人员（token professionals）和普通知识分子往往把先锋“理论”看成精英分子的霸权工具，与他们所熟悉的工作无关。针对这种令人不安的看法，一些有抱负的理论家脱颖而出，出版了大量的理论指南、文集、概论和入门书，向那些寻求信息和理解的人们阐述新理论的重要性。有时，这些介绍人被误解，受到谴责，认为他们在驯化理论，从所谓的理论“繁荣”中牟利。在某种意义上，我的这部拙作和此前的《解构主义批评》就属于这类作品。这些文本都有着人文学术的共同特征，吸取前人思想中的丰富营养，为己所用，壮实自身。然而，恰恰是这种散播与“驯化”，突出了精英理论的重要性、生命力与现实相关性。当然，在祛除理论的神秘外衣的同时，也难免会曲解和亵渎理论。历史正是这样书写和存在的。“亵渎”、冲突和繁荣是相辅相成的。